献给有信仰，有追求的人。

川西涅槃

余震 著

四川大学出版社

图书在版编目（CIP）数据

川西涅槃 / 余震著． — 2版． — 成都 ：四川大学
出版社，2024.2
ISBN 978-7-5690-6594-7

Ⅰ．①川… Ⅱ．①余… Ⅲ．①长篇小说－中国－当代
Ⅳ．① I247.5

中国国家版本馆 CIP 数据核字（2024）第 029824 号

书　　名：川西涅槃
　　　　　Chuanxi Niepan
著　　者：余　震

选题策划：蒋姗姗　王小碧
责任编辑：王小碧
责任校对：廖仁龙
装帧设计：成都惟文文化传播有限公司
责任印制：王　炜

出版发行：四川大学出版社有限责任公司
　　　　　地址：成都市一环路南一段 24 号（610065）
　　　　　电话：（028）85408311（发行部）、85400276（总编室）
　　　　　电子邮箱：scupress@vip.163.com
　　　　　网址：https://press.scu.edu.cn
印前制作：成都惟文文化传播有限公司
印刷装订：四川省平轩印务有限公司

成品尺寸：170 mm×240 mm
印　　张：24.5
字　　数：401 千字

版　　次：2020 年 7 月 第 1 版
　　　　　2024 年 4 月 第 2 版
印　　次：2024 年 4 月 第 1 次印刷
定　　价：88.00 元

扫码获取数字资源

四川大学出版社
微信公众号

一幅讴歌天府文化的历史长卷

——长篇小说《川西涅槃》序

张中信

　　巴尔扎克有一句名言："小说被认为是一个民族的秘史。"不错，我阅读了长篇小说《川西涅槃》后，深有此悟。小说描写了川西平原的风土人情、民俗美食和天府文化的灿烂历史、故事传奇，把我们带到了新中国成立前那段风云变幻的时代，让我们认识了一群人的心志和灵魂。

　　天府文化厚重深邃，近年来优秀的文艺作品不断涌现，《川西涅槃》就是其中力作之一。作者余震是一位从故乡巴山走出来的农家子弟，朴实厚道且具有大山一样的品性。他花了8年时间，经过多次修改，才完成这部小说，由此可见此书乃他耗尽心血的倾力之作。

　　故事发生在20世纪50年代初的川西平原，正是国民党反动派垂死挣扎的黑暗时期。当时，国民党政府巧取豪夺，横征暴敛，无休止地征粮、派款、抓壮丁，加上军阀、恶霸、土匪横行，地主老财盘剥，人民群众处于水深火热之中，"天府之国"成了人间炼狱。随着解放军南下脚步的推进，敌后开始出现反内战、反饥饿、反迫害的浪潮，地下党成立了"川西解放组"，发动人民群众奋起自卫，迎接解放。川西平原革命形势风起云涌，"天府之国"就像一只浴火重生的凤凰，等待春天的到来。

　　小说以解放川西、保护国宝古玉"凤龙虎熊座"为主线，成功地为读者呈现了刘仲明由一位国民党县长转变为中共地下党员，最后壮烈牺牲的革命历程。他为人正直，为官清廉，他信奉孙中山的"三民主义"， 他人生的目标就是为民多做善事益事，推行新政， 实现共和。可是在那群魔乱舞的时代，刘仲明处处遭受排挤和迫害，在地下党人的帮助下， 刘仲明思想上得到新生，改变了原来狭隘的想法， 认识到一个人的力量不能改变这个政府， 要有共产主义信仰，要有民族大义精神，如此才能拯救劳苦的人民大众。于是刘仲明秘密参加了地下党"川西解放组织"，最终为革命慷慨赴死。他的学生邱华生把革命进行到底，保护国宝，解放了金堂县城厢古镇。

小说创作手法独特，每一章开头有一段小引，这种写法使我不由想到《红与黑》， 作者司汤达每章开头都会引用一些名言警句， 发人深省。但《川西涅槃》前面的小引，却另有一番风格——或咏叹天府美食，或概括故事情节，或反思天府文化，或歌颂爱情，或讽刺世道，让人回味无穷。不仅如此，小说中引用了许多传奇故事、民间习俗， 意在映射故事情节、人物形象和命运；描绘了川西风景名胜城厢古镇、毗河、云顶山、五凤溪等； 记叙了出嫁、月光会、祭孔会、城隍爷出驾、美食等民俗；展示了城厢过街连萧、小金龙龙舞等非物质文化遗产。作者通过小说告诉我们，民间文学、天府文化才是文学创作的源泉所在。

小说采用梦幻、神秘、灵异、讽刺等创作手法，继承发扬传统优秀文化。"凤凰涅槃"的民间传说与虚构加工相得益彰，民间习俗与故事情节结合巧妙， 真实人物与历史背景相互映衬。在川西这块土地上曾经发生了很多颇具传奇色彩的故事，作者经过淘洗，再创作，让它们重放光彩。小说细致描绘了许多极具地方色彩的川西民间传说，如做噩梦、两蛇交欢、坟茔现鬼火、祖坟冒青烟、鸦雀开会、盲人算命等，对于推动故事情节、交代人物命运、塑造人物形象都有映衬作用。这些创作手法我们可以在《三国演义》《西游记》《水浒传》等名著中发现， 作者采用了许多相似写法， 向古典学习， 汲取古典营养。

小说的意境极其美好，作者在"楔子"中采用李巧儿的梦引出美丽的毗河，并闪现两千多年前"凤凰涅槃"的场景，告诉了我们在这片土地上发生了许多神奇的故事。接下来， 小说描写了美丽善良的船家女巧儿、英勇帅气的县长秘书邱华生、追求自由的富家女陈小英、多愁善感的女诗人何友琴、粗犷能歌的船夫李达昌等人物形象；记叙了家珍公园的咏荷诗会、春游龙门桃花山、云顶山剿匪等许多故事情节。小说的语言也十分优美，用散文的笔调，极具地方特色的口语，并引用了许多民间童谣、民间歌谣、民间故事等，为我们展示了川西特有的风情。

小说让我们反思什么样的人生才有意义。小说还通过人物对话、塑造人物形象以震撼读者的思想和灵魂。从《川西涅槃》中我们可以窥视到一个千年古城的历史风貌、厚重的文化底蕴；读到一个大写的人物——刘仲明，其意志坚定、威武不屈、爱国忧民的高贵品质；领悟到邱华生、陈小英、曾绍成、王从武等人不怕牺牲、追求真理、向往自由，为实现人生理想奋斗不息的情怀。同时，小说还刻画了一群反动、凶残、保守、自私、迷信、贪婪的反面人物形象：陈思远追求权势金钱，渴望儿子继承香火，不让寡居的表妹再嫁人；周理润淫人妻女，只想吃喝玩乐过一生；孔红亮反动凶残，镇压革命；吴志洪结交酒肉朋友，最后被朋友出卖等。作者通过这些反面人物批判旧社会封建礼教残酷压迫女性、人与人之间勾心斗角、朋友出卖朋友、买官卖官、迷信虚伪、黑白颠倒等社会乱象，反映国民党统治末期政治腐朽、黑暗、反动，社会动荡，民不聊生，政权即将覆没的历史状态。可以说这部小说既是一场人生价值的探讨和论证，也是一出讴歌人间真、善、美的正剧。

作者正值创作盛年，拥有坎坷的生活经历、好学慎思的良好习惯，其在文学创作上前途未可限量。让我们拭目以待，他终能不负众望，写出更多更优秀的作品！

2018年6月于成都雍容楼

（本文作者系中国作家协会会员，冰心散文奖、四川文学奖得主，四川省散文学会副会长、成都市微型小说学会会长）

C ONTENTS 目录

楔　子 / 1

第一章 / 5

第二章 / 11

第三章 / 17

第四章 / 22

第五章 / 29

第六章 / 37

第七章 / 48

第八章 / 54

第九章 / 60

第十章 / 66

第十一章 / 74

第十二章 / 86

第十三章 / 95

第十四章 / 103

第十五章 / 109

第十六章 / 117

第十七章 / 123

第十八章 / 134

第十九章 / 142

第二十章 / 154

第二十一章 / 162

第二十二章 / 171

第二十三章 / 176

第二十四章 / 186

第二十五章 / 193

第二十六章 / 199

第二十七章 / 209

第二十八章 / 220

第二十九章 / 229

第三十章 / 236

第三十一章 / 242

第三十二章 / 249

第三十三章 / 256

第三十四章 / 264

第三十五章 / 273

第三十六章 / 280

第三十七章 / 287

第三十八章 / 294

第三十九章 / 304

第四十章 / 312

第四十一章 / 319

第四十二章 / 327

第四十三章 / 333

第四十四章 / 341

第四十五章 / 350

第四十六章 / 357

第四十七章 / 363

第四十八章 / 371

跋 / 381

楔　子

凌晨，起风了。风没有什么阻挡，兴奋地在川西平原上乱窜。没有月亮，秋夜的星空那么高远，那么深邃。

"啊……呀……哇……"天地间传来一阵悦耳悠长的鸣叫声，叫声持续了许久，像传说中凤凰的叫声，预示人间将有惊天动地的变化。

此时的"天府之国"还沉浸在黑夜中。

风，跑到白贯村时，渐渐放慢了脚步。白贯村正沉睡在梦里。村里众多的梦境中，巧儿的梦最美。从媒婆踏进家门那一天开始，巧儿每晚总做同一个梦。在梦里，毗河很蓝很蓝，像蓝色的丝缎一样，一直向前延伸，延伸，远远地，直到与天边连成一片。

毗河水流啊流，流淌出一曲清幽幽的歌。两岸垂柳成荫，房屋若隐若现，村中公鸡打鸣，狗吠声声。巧儿与伙伴秀珍、桃红、牛娃在河里玩水，嬉戏。一群姑娘媳妇蹲在河边洗衣，蓝幽幽的河水倒映着她们的倩影，潺潺地在女人们白嫩嫩的脚背上淌过，从纤细的手指间流过，舒气透了。

歌声飞扬：

> 苞谷秆，
>
> 节节甜，
>
> 张家娃儿来拜年，
>
> 妈呀妈，
>
> 生辰八字开给他。

背时妹子那么想嫁，

毛还莫得桃子大。

欢笑声随着冰凉凉的水波，一圈一圈地向远方荡漾。

一转眼，巧儿驾着爹爹那艘小船在宽阔的河面上穿梭。水雾缭绕，朦胧中，她看见妈妈的影子在不远处冲着她微笑。妈妈的脸犹如天上的太阳，她伸手去摸，怎么也摸不着。巧儿越急，妈妈的脸越远，最后被毗河水吞没，消失在五岁的记忆里……

回过头来，巧儿看见爹爹含泪的眼神，听到他若有若无的叹息。再后来，清澈的毗河上，爹爹驾着船，挥舞着强健的双臂，划着桨，把一批批过客迎来又送往。风儿轻轻，波光粼粼，河面上飘来粗犷而低沉的歌谣：

毗河那个十八潭，小小船儿浪中摇；

财主屋里多钱粮，我家屋里多红苔。

毗河那个九道湾，水中鱼儿游得欢；

苛捐杂税像座山，穷人腰杆都压弯。

巧儿坐在船头，水中的鱼儿呆呆地注视着她，竟忘记了游走，似乎懂得了她的心事。一天天地，巧儿长大了，出落成了个大姑娘，长得就像清澈的毗河水，那么好看。毗河渡口，耀武扬威的财主坐着滑竿来了，后面跟着一大群狗腿子；带枪的大兵横冲直撞，坐船从不给钱；流里流气的土匪，在村子里东搜西抢，她的一个小姐妹就被土匪抢上了云顶山，从此没了音讯。那以后，爹爹很少让她出门，她就在家洗衣做饭，做鞋绣花。

这天太阳落山时，肥滚滚的媒婆进了门，在堂屋里悄悄与爹爹说了很久。巧儿后来才知道，自己被许配给了县城南门外的张家。出嫁的日子说来就来，唢呐声从远处飘来，巧儿看见一个男子骑着高头大马，领着迎亲队伍，抬着花轿，喜气洋洋地来了。亲戚们来了，乡邻们来了，儿时的玩伴也来了，个个笑逐颜开。爹爹一夜间苍老了，眼角隐然有泪。难道这还是梦？巧儿惊醒了过来，侧耳倾听：夜，静悄悄的，黎明即将来临，不远处毗河水哗哗地日夜流淌。巧儿翻了一个身，叹息一声，再也睡不着。

明天，她真的要出嫁了。

同样是两千多年前的黎明，毗河岸边，凄风冷雨。西汉时期，金堂县属地龙、凤、虎、熊部族的族人全都陷入万分悲痛之中，因为他们最尊敬的凤公主投火自焚了。音乐回荡，火光熊熊，高高的祭祀台上，巫师戴着鬼头鬼脸的面具，披头散发，口中念念有词，手拿长剑疯狂地挥舞，跳跃。凤公主的爱人龙王子带着龙、凤、虎、熊部族的族人，悲痛欲绝，跪在台下，虔诚地悼念凤公主。凤公主与龙王子本是一对相亲相爱的恋人，正当族人准备为他们举行婚礼庆典时，龙、凤、虎、熊四部族为了争夺毗河水源发生战争，死伤无数，血流成河。

凤部族为了笼络势力最强的虎部族以打败其他部族，把美艳绝伦的凤公主许配给了虎部族首领，然而早已垂涎凤公主美色的熊部族首领偷袭了凤部族，杀死了凤部族首领，抢走了凤公主。愤怒的龙王子联合虎部族攻打熊部族，双方激战数月，死伤无数。凤公主看见父亲被杀，众部族族人为了她陷入水火之中。一个星光灿烂的秋夜，凤公主那美丽的躯体被火吞噬，她希望以死唤醒众部族，让他们停止争斗仇杀，归于安静祥和。凤公主的慷慨赴死，让龙、凤、虎、熊四部族幡然悔悟，他们停止了战争，并达成协议共享毗河水源。

此时，火焰在跳跃，火光照耀着一张张悲愤的脸，音乐回荡，节奏铿锵。凤公主的葬礼正在举行。两名武士抬出一座约一米高，具有象征意义的"凤龙虎熊座"玉石雕像出现在祭台。玉石雕像晶莹剔透，光芒四射。那祭品由龙王子用上好的玉石亲自雕刻而成，凤高高居于龙、虎、熊之上，展翅欲飞，栩栩如生，表达了龙王子及其他部族对凤公主深切的怀念。

乌云密布，细雨纷飞，众武士恭恭敬敬地将那玉石雕像置放于祭台正中。

祈祷声声，泪水涟涟。龙王子站起来，悲愤地大声说："尊敬的神灵啊！请你保佑众族人，让战争远离我们，让人世间的不快与仇怨随风而去，让毗河的水造福世世代代，让我们的子子孙孙幸福安康，让凤公主的灵魂得以安息……"

毗河岸边，风雨呜咽。

从此，在川西土地上流传着"凤凰涅槃"的故事。传说凤凰是一种不死鸟，是人世间幸福的使者，每五百年，它就要背负着人世间的不快和仇怨，投身于熊熊烈火中自焚，以生命美丽的终结，换取人世间的祥和与幸福。

第一章

> 主人请我吃晌午，九碗摆得胜姑苏；头碗鱼肝炒鱼肚，二碗仔鸡炖贝母；三碗猪油焖豆腐，四碗鲤鱼燕窝焯；五碗银钩勾点醋，六碗金钱吊葫芦；七碗墩子有块数，八碗肥肉粑噜噜；九碗清汤把口漱，酒足饭饱一身酥。
>
> ——川西"九斗碗"歌谣

晨风吹开川西平原黎明的眼睑，大地是寂静的、肃穆的，成都以北的金堂县城厢古镇犹如一颗明珠镶嵌在川西平原。这里有古蜀奴隶制王国的传说，西魏置白牟县的痕迹；这里有从都江堰发源的毗河润泽千里，在赵镇汇入沱江；这里繁华热闹，风俗独特，人杰地灵，美食远播。

"哒，哒，哒……"清脆的马蹄声打破黎明的宁静。在通往金堂县城城厢古镇的大道上，有两个人扬鞭策马而来。他们是来金堂县赴任县长的刘仲明和他的学生邱华生。刘仲明四十来岁，中等个头，微胖；邱华生二十多岁，个子偏高，身体瘦弱。

一轮红日冉冉升起，照耀着川西平原特有的黑土，那黑土吃饱了露水，流着油，泛着金，冒着热气，一望无际的稻田尽显秋天的丰韵。突然，刘仲明勒住缰绳，胯下的马长嘶一声，扬起雄壮的前蹄，抖动着长鬃。他眺望远方，只见前方空旷平坦，光辉耀眼，再回头看了看跟进的邱华生，愉快地说："大约城厢地界到了。""是的。"邱华生清脆地回应道。"小邱，你在省城当记者多好呀！来我这里做事，真是大材小用，委屈了你。""老师，您不是常给我讲，只要自己认为正确有意义的事就去做吗？"邱华生大学毕业后在成都当记者，听说老师刘仲明在三台县任县长，特意从成都来三台县投靠老师。谁知他刚到三台县，刘仲明又改任金堂县县长，于是又跟着老师来到了金堂县。邱华生的话，让刘仲明心中一片温暖，他意味深长地说："是呀，可是在三台县我推行新政，却招致一些人反对，恐怕在金堂也会这样，要给你带来不少麻烦。""老师，我理解您，我相信您是坚持正义的，我会义无反顾地支持您！"邱华生坚定地说。刘仲明抖了抖缰绳，双眼闪亮："但愿我们师生携手在金堂干一些事情。"

马，打了一个响鼻，撒开四蹄，如风而去。

东边的天空慢慢绽放出五彩霞光，毗河岸边白贯村李达昌家的那两间破旧的茅屋热闹非凡，喜气洋洋，原来是李达昌的女儿李巧儿出嫁，不久就要上轿出门。锣鼓阵阵，唢呐声声，屋里却飘出一阵悲伤的歌声：

> 一根板凳三尺长，中间坐的扯脸娘。
> 扯我一根赔十根，扯我一把赔不清。
> 扯我当面一朵花，哪有脸来见爹娘。
> 扯我后头一朵云，哪有脸来见邻人。
> 扯我左边一窝草，哪有脸来见哥嫂。
> 扯我右边一窝葱，哪有脸来见弟兄。

这是"开脸"仪式，由陪嫁女与巧儿对歌。虽然巧儿没有哥嫂，但哭嫁歌还是得那么唱。此时，巧儿的眼泪如毗河的流水，成串儿淌不尽。巧儿的叔伯姑姑、舅舅舅妈、表叔表哥、朋友近邻挤满了茅屋，院坝里还坐着站着不少人，他们一边听一边叹息，快乐却洋溢在心底。以摆渡为生的李达昌是远近公认的好人，谁家有困难，他都会尽力帮衬。无论冬夏，如果有人半夜想过河，只要吆喝一声，他也会毫无怨言地起床开船送人。如今他唯一的女儿出嫁，乡里不少人来祝贺，有的送面条，有的送鸡蛋，还有的送钱钞……

王顺文六十多岁，笑盈盈地坐在院坝板凳上一边抽叶子烟，一边与人摆龙门阵："巧儿这女娃子我是看着长大的，五岁的时候，她娘洗衣服掉进毗河淹死了，李达昌为了把她养大吃了不少苦。"他的声音虽然不大，但许多人都听到了。有人赞成："如今总算苦尽甘来，李达昌结了一门好亲，男方是县城南门外富户张家，巧儿嫁过去就算是城里人，乡坝里的人变成城里人，那是几辈子才修来的福啊！""可惜巧儿长了一双大脚。"李达昌十分宠爱巧儿，看见别个女娃子缠脚很痛苦，就没有让巧儿缠脚，如今巧儿长了一双大脚，还好，做事相当利索。"大脚又怎么了？马大脚还给朱元璋当皇后呢！"快嘴兰姊嬉笑着驳斥道。"张家那么大的家当，巧儿过去后，如果将来当家理事，李达昌用不着摆渡了，巧儿把他接去供起……""哈哈！嘻嘻！"又有人说："可是我听说张家男娃子是个抽大烟的，身子弱。"当即有人反对："现在男子有几个不抽的，年轻的身体稍微好的都被抓了壮丁，上前线打仗当了炮灰，巧儿找个年轻家境好的就很不错了。""是啊，现在农民种的粮食是地主的，生养的娃儿是老蒋的……""民国没到四十年，田赋就征到一百年，老百姓怎么活呀？"

有人突然问："昨晚深更半夜，你们听见啥子怪叫了吗？""我听见了，像是一种鸟叫，那声音真好听，而且叫了很久。""难道是不死鸟在叫？"王顺文抖了抖烟斗，双眸在晨光中闪亮："有可能，不死鸟就是凤凰，你们听说过'凤凰涅槃，浴火重生'的故事吗？这种鸟不会轻易叫唤，一旦叫唤，人世间必有大事发生。"有人发问："啥子大事要发生呢？"众人一片默然。

一阵锣鼓唢呐声高亢响起，在毗河两岸回荡，早晨的空气清新宜人。举行完一系列仪式后，就十人一桌围在一起开始吃饭，虽然是穷人家嫁女子，桌上菜不多，酒也不好，没有富人家的"九斗碗"，但大家都吃得兴高采烈、热热闹闹的。吃完饭，天已大亮。唢呐吹响，锣鼓喧天，鞭炮齐鸣，新娘罩着盖头走出闺房，迈着轻盈的脚步，踩过红红的毡毯，上了花轿。

一群年轻美丽的陪嫁女在后面轻轻地吟唱：

手撑门方莲花瓣，离娘女儿今天散；

莲花开花十二朵，离娘女儿就是我。

一听到娘字，巧儿哭得更伤心了，呜咽声揪住每个人的心。望着女儿远去的花轿，李达昌哽咽了，一颗颗晶莹的泪珠从黝黑的脸腮滚落下来。

　　阳光洒满毗河两岸，秋水伊人。那一波一波迷人的水花啊！悠悠地向远方荡漾……

　　大路边，一家餐馆外，堂倌将一笼笼葱肉大包端出来放在店铺前的火炉上，热气腾腾，香味扑鼻。路过此地，刘仲明和邱华生顿时觉得肚子饿了，该吃早餐了，于是下了马，把马拴在路边树上，走进餐馆。店老板热情地迎上来问："客官，想吃啥子？"邱华生看了看火炉上热腾腾的包子道："来两笼葱肉包，两碗稀饭。"刘仲明问："有没有豆浆？""有呢！"堂倌爽快地回答。刘仲明说："我来一碗豆浆，不要稀饭。"

　　等他们坐定，店主人将他们要的东西端了上来，并给他们端上了一碟泡菜。看着眼前黏稠乳白的豆浆，刘仲明轻轻呷了一口，味道还不错。此刻，他不由想起身在大巴山深处的父母，在家里父母每天早上都要给他做一碗豆浆，他熟悉那气味，父母现在都是七十多岁的人了。刘仲明家境比较好，有些田产，父亲还入过县学，当过地方团总，为人处事慈善、仁义，在当地颇有声望。刘仲明是家中独子，当时医疗条件差，母亲生育了八胎才养活了刘仲明这么一根独苗。因是独苗，父母对他甚是溺爱，为了给他充足的营养让他健康成长，每日都要给他做一碗香喷喷的豆浆，几十年不变。刘仲明的父亲还千方百计送他读书考学，因为父亲认为只有这样儿子才会有前途，才能光宗耀祖。刘仲明师范毕业后，父亲认为当老师没有多大出息，又筹钱送他去读四川政法学堂。父亲时常以做人要讲"仁、义、礼、智、信"来教育刘仲明。后来，刘仲明信仰孙中山先生的"三民主义"，二十多岁就加入国民党，走上仕途。他为官讲正气，希望通过推行新政，为百姓多做善事益事，实现共和，改变这世道。然而官场上像他那样坚持秉公执法、不同流合污的为官之道根本行不通，他处处受打压。刘仲明在重庆法院做过推事，却不愿像其他人那样干拿人钱财、替人消灾的事，受到同事孤立。后面经朋友举荐，他又去省政府教育室当副主任，却又因为不愿巴结领导，得不到领导的重视，遭到排挤。后来，他下放到地方当县长，在三台县推行新政，却引起地方权贵富豪的不满。

刘仲明又想到了病逝的夫人程氏，程氏也是当地大户人家的千金，岳父与他的父亲是同学，他俩自小定了娃娃亲，两人年龄相差不大，程氏小一岁。结婚前，他从没有与她见过面，也不了解她。就在刘仲明十九岁时，双方父母为他俩完了婚，那年他刚从阆中师范毕业，由于受新思潮的影响，他对这门婚约并不满意，无奈父母苦苦哀求，他只好勉强答应。成婚那晚，他默默地脱掉自己的衣裤，独自上床躺下，不久便沉沉地睡着了。程氏没趣地自己扯下盖头，轻轻地躺在他的身边。半夜里，他忽然醒来，感觉有人在捏他的手，原来是程氏那双温润的手。他甩开她的手不理睬，翻了个身继续睡去，然而他感觉到她的手又在捏他的身子。他翻身刚要发作，黑暗中，却看见一双明亮的眸子泪光盈盈。他最见不得女人的眼泪，心软了，一把将她搂在怀里……

　　婚后，通过接触了解，他发现程氏不但端庄贤淑，通情达理，而且会读书识字，能绘画书法，多才多艺。两人日久生情，感情甚笃。由于刘仲明在外读书做官，夫妻俩在一起的时日比较有限，直到刘仲明三十多岁时，程氏才生下儿子小新。然而天有不测风云，程氏在小新六岁时得病去世，这对刘仲明是个巨大打击。上有父母无人奉养，下有小新需要照顾，父母劝刘仲明续弦，可他总推说自己在外工作忙，没空顾及此事。其实，在他心目中还没有人能代替程氏。

　　小新今年九岁，脸蛋胖嘟嘟的，长得虎头虎脑，爷爷奶奶十分溺爱他，每天早上像以前对待儿子一样给孙子做一碗豆浆。小新已经读书启蒙两年多了，原本就是一个异常聪明的孩子，在爷爷的教导下能背诵一百多首古诗词，而且十分活泼开朗，淘气可爱，经常用棍棒把花坛里的花打落一地，把爷爷的老花镜藏起来，直到爷爷央求他，给他说好话，他才肯拿出来。然而自亲娘去世后，小新性情开始变得文静内向，少言寡语，懂事多了，时常主动帮助爷爷奶奶做事。刘仲明心中很内疚、很自责，恨自己不能随时留在小新身边，在生活上关心照顾他，在学习上帮助辅导他……

　　吃完了早餐付账时，邱华生问堂倌："这里离城厢还有多远？""顺着大路往西去，还有十几里路。"店主人指着西边说。出了餐馆，二人上了马，扬鞭继续赶路。清新明媚的空气中，留下一串串清脆的马蹄声。

寿佛寺（何志勇　配图）

第二章

陈善人从梦中突然惊醒，睁开眼，窗外天已麻麻亮，屋内还是朦朦胧胧的。陈善人浑身冷汗，他梦见自己被一个鬼头鬼脸、披头散发的人追杀，那人样貌看不分明，手拿利剑，气势汹汹地追着陈善人从花园一直追到客堂，又从客堂追到花园，他慌得双脚乱蹬。醒过来，浑身还颤抖着。身边女人秀红震耳欲聋的鼾声在屋子里回荡起伏，像牛饮水的声音。

陈善人躺着，望着昏暗的屋顶，再无睡意。妻子陶氏死后第二年，他续了弦，就是身边的秀红。秀红是他从省城戏园子里花大价钱赎回来的，年轻貌美，会唱川剧清音，会说书，可人儿一个。他娶她，不仅因为她迷人的身体，他还喜欢她平时唱曲说书给自己解闷。望着女人娇媚的脸，他觉得一股热气往上涌。他轻轻地抚弄着她的身体，她醒了，喉咙"咕噜"两声，迎合着翻身过来，两人缠在一起。

"梦见有人追杀我，狗日的，吓人得很。"他轻轻地说。"那不吉利哟！"女人把手伸到他胯下，还带着很浓的睡意。"如何化解？""按风俗，把符贴在东墙上。"她一只手拢了拢乱发。"恐怕不行。"他笑得很邪。在女人光洁的乳房上用力拧了一把，她"哎哟"一声轻呼，柔柔地用头在他胸前拱来拱去，拿嘴咬他的肩。他再也忍不住，翻身压住了女人，有节律地运动着，木板床"嘎……吱，嘎……吱……"响起来。

毕竟五十多岁了，没折腾几下他就气喘吁吁，很快完事了，翻过去像死猪一样瘫在那儿。而秀红还在沸腾，用手不断地推捏他。"行了，行了。"陈善人招架不住。"哪一回都是虎头蛇尾，很快洗白了，搅了我的好觉。""呵呵，老子白使劲，你也没给老子生个儿子。""儿子，儿子，我说了千回万回了，是我一个人的问题吗？"秀红气哼哼地转过身，甩给他一个光洁的背影。

窗外，晨光悄然而至。

历史上出现过二十四位陈姓状元，这是陈善人时常引以为自豪的事情。

> 族聚三千人，世间第一；
> 居同五百载，天下无双。

这说的是金堂县城第一大姓——陈姓。城厢历来有"陈半县"之称。清朝初年，随着"湖广填四川"的浪潮，迁来的客家人中，福建南靖的陈氏举族人共两千余口，风餐露宿，历尽千辛万苦，迁至城厢生根发芽，开枝散叶，二三百年后，人口众多。

陈善人的一生有许多追求。他二十岁结婚时，就想能生出七八个儿子，个个能考上状元，可惜事与愿违，太太只给他生了一个女儿；后来他期望自己家财万贯，经过二十多年的打拼终于如愿，成了金堂数一数二的财主，并当上了县商会会长。接着，他渴望权力，立志从政，于是凭自己的财富竞选上了议长。当上金堂县县长是他的终极目标。陈善人的家在东街陈家花园，父亲陈利智系清朝举人，当过外地知县，经过商，致富后修建了陈府，名"蔗园"。此名很有深意，陈利智希望自家后人生活像吃甘蔗一样越吃越甜，家境越过越好，人丁越来越兴旺。至于后来不知为啥改名"陈家花园"，也无从考究了。整个陈家花园由三个大院、两个小院、厢房、绣楼和荷池组成。花园布局特别，有四季花开不断的花坛、活灵活现的假山、雕纹精美的亭台。

花园中碧水楼影，清幽宜人。

陈善人本名陈思远，叫他"陈善人"是因为他每年都向县慈善公所捐一百块大洋，捐款金额列居榜首。陈善人长相很闷墩，肥头肥脑，逢人笑眯眯的，给人一种和善温厚的感觉，人称"笑面菩萨"。他长期担任县商会会长，后选上议长，如果不是前任县长罗县长干涉他兼任商会会长，如今他就能集商界政界职位于一身了。他家的资产除了县城的二十多间铺面、乡下的几千亩良田，还有何公馆。

借用街上流浪的老酒鬼张老头的话："狗日的，你晓得不？城厢半个城都姓陈，算一算陈家，历史上出了二十四个状元郎……"张老头一扬脖子，一口酒下肚，醉醺醺地哼唱起自编自创的顺口溜：

> 城厢"陈半县"，阎王老子都滚蛋；
>
> 曾家寨子算球啥，受气吃亏没戏唱；
>
> 五凤那个周袍哥，提鞋打伞都不像；
>
> 最有出息龙三堰，英雄舍身投一弹。

张老头顺口溜里的"英雄"说的就是辛亥革命时期为推翻满清封建统治舍身炸良弼，被孙中山追授为大将军的彭家珍。

张老头十多年前就在城厢活动，具体姓名无可考证，他从哪里来，也无人去过问。他以乞讨为生，嗜酒如命，乞讨来的钱大多买了酒喝，常常喝得酩酊大醉，胡叫乱骂。但他不敢骂寿佛寺里的主持玄真，因为玄真是他的最爱，也是他的心病。他还会写几个字，能诵读一些文章，算半个斯文人。

"老爷，老爷……"迷迷糊糊之间，陈善人突然听见管家陈礼才在门外喊叫，翻身起来，发现天已大亮。灿烂的阳光透过窗户斜射进来，眼前一片光明。"啥子事？"他揉揉双眼，懒声懒气地问。"周理润周老爷来找你，说有事相商。"屋外的陈礼才大声说道。陈家的下人，只有管家才敢与老爷大声地说话。"快起去……有客人来了……让我再睡一会儿。"旁边的秀红醒了，嘟嘟囔囔着，滚到一边。陈善人睡眼惺忪，摇摇头，清醒过来，极不情愿地穿衣起床，口中骂骂咧咧："周烟灰鬼扯火，这么早就来打扰老子。"由于前任县长罗县长干涉他兼任商会会长，他就把商会会长的位置让给了结拜小弟周理润。就在穿上长衣长裤、拴上腰带的当儿，陈善人突然想起，最好把噩梦符贴到寿佛寺东墙上去，这样才会更灵验。想到寿佛寺，陈善人自然而然想到了寺里的老尼姑玄真，她收藏了一件宝贝叫"凤龙虎熊座"，传说是寿佛菩萨的法宝，是一种古玉，不但价值连城，而且得到它就能够多子多福多寿。

一想到这，他心惶惶的。

周理润四十来岁，比陈善人小几岁，腰别一杆烟枪，身体与陈善人刚好相反，大烟已经把他折磨得骨瘦如柴。两人交往多年，亲如兄弟。周理润是仁义堂袍哥大爷、商会会长、青年党主委，虽然大部分家产在五凤乡，但在城厢北街也购置了不少房产铺面。此时，他一脸不耐烦，在屋子里烦躁地走来走去。一番洗漱后，陈善人才迟迟缓缓地往客厅来，刚才与秀红翻云覆雨过度，他的体力有点透支，一脸倦意。"大哥，你知道吗？新任县长姓刘，是从三台县调过来的，就在这两天来上任。听说他比前任县长罗光海还棘手，以前在省政府教育室当副主任，是出了名的耿直人……"陈善人那闷墩儿身子刚在房口出现，周理润就嚷嚷起来了，焦急之情溢于言表。

"慌啥子慌？"陈善人说。周理润立即闭上嘴，盯着陈善人那空洞的脸。陈善人不慌不忙地坐在太师椅上，呷了一口丫鬟小翠给他沏的上好的龙井，然后"啐"地一口把吸进去的茶叶吐了出来，清了一下嗓子："这事我知道了，他叫刘仲明，原在三台县任职。""你知道？难道是陈监察委员来信说的？"周理润愣了愣，惶疑地坐了下来。陈善人点了点头。他有个本家兄弟陈胜庆在省监察厅任委员，陈善人与他一向交往颇多，所以在金堂县陈善人是消息相当灵通的人士。"这么大的事，你怎么不告诉兄弟我一声，害得我还蒙在鼓里。""这事当时一直没有确定，所以没有声张。"周理润探过头，小声地说："大哥，我担心上面追查罗光海的事。"陈善人脸一板，抖了抖皱了的衣衫，低声斥道："不要再提了，你要把这件事烂在心里……罗光海与谭麻子勾结做鸦片生意，索贿受贿，铁证如山，有他的亲笔信为证，有啥子可担心的？""我担心选举之事……"周理润改了口。陈善人敲了敲桌子："这就要靠你自己努力了。""是，是。"周理润低声下气地应合。

1946年内战爆发，随着国民党军队前方取得节节胜利，蒋介石认为共产党迟早会灭亡，于是决定召开国民代表大会，要求地方选举国大代表，制定宪法，这样他就可以名正言顺地当上中华民国大总统了。周理润叹了一口气，埋怨道："为啥我们金堂只分了一个名额呢？害得我们苦苦相争。""我已了解过，周边其他县也只分了一个。""大哥，你知道的，我们县三个人参加选举，竞争相当激烈，那黄寅敬是团长，有兵权在手；曾用刚是省政府人事室主任，有曾绍成给他撑腰；而我只不过是金堂县商会会长、青年党主委。"周理润声音软软的，像一朵泡了水的棉花。陈善人嘴一瘪："曾绍成算不了啥，他曾家与我们陈家斗了这么多年，没有斗赢过。前年竞选县议长，曾绍成不是扬言一定要拿下的嘛，结果还不是败给了我？我反而比较担心黄寅敬，他是驻防部队的，现在手里有兵就是天王老子。""那我恐怕没有希望了？"周理润眼巴巴地望着。陈善人瞪了周理润一眼，愤愤地说："你怎么这么小瞧自己？要充满信心，你是县商会会长，不是有商会、青年党和袍哥支持吗？"听了这话，周理润黑瘦的脸舒展了许多，心情也舒坦了许多。

突然，陈善人神秘地问："你知道，现在关键是啥子？""是啥子？"周理润侧过耳朵听。"关键就是能够得到县长的支持，有了县长的支持才有把握取胜。可惜前任罗县长不识抬举，一直不与我们合作……"

上个月正在筹备竞选时，前任县长罗光海出事了，因为鸦片贩子谭麻子写举报信告发罗光海索要、收受贿赂，并将罗光海向他索贿的亲笔信交给了省政府。之后罗光海就被免了职，关了起来，接受调查。因为新任县长还未上任，竞选的事就搁置了下来。"我担心这个新任的县长也不好对付。"周理润不无忧虑地说。"现在暂时不谈这个。"陈善人拿起桌上烟枪，很轻松地说，"你那么好抽，来抽两口。""来抽我这个。"说着周理润从身上摸出一包烟土打开放在桌上。那烟土金黄色，呈颗粒状，如胡豆大小，是一种经过熬煮和发酵的熟鸦片。陈善人凑过去用鼻子嗅了嗅："这是哪里的？""印度产的，没抽过吧？"周理润嘻嘻一笑。陈善人抓起一小撮，慢慢地放入烟枪，然后划燃洋火，鼓着腮一吸，一道烟雾随之升腾起来。顿时，空气中散发出香甜的气味。"劲道怎么样？"周理润盯着他的神情问。"还可以。"他优雅地吐了一口烟圈，"不过这玩意会让人瘦得像一根柴，我们要有节制，不要抽那么多。"周理润答应着打了一个呵欠，拿起烟枪，也拈了一小撮，吞云吐雾起来。陈善人抽了几口后，心情十分舒坦，唠叨着说："姓刘的当县长又如何呢？听说以前是个教书的，穷酸文人一个……你就放心吧！"周理润感激地说："那就全倚仗大哥您了。""你不能掉以轻心，小瞧曾绍成和黄寅敬，你要抓紧运作，多拉选票。""我早就给商会的朋友、青年党党员、袍哥兄弟，以及我的一些亲戚朋友都打过招呼了，不但叫他们选我，而且让他们回去动员他们的亲戚朋友都给我扎起。""这不够，还要做扎实点。""那，我回去想办法再多烧几把火。"屋子烟雾缭绕……

第三章

古玉"凤龙虎熊座",古蜀文明的见证。

两人烟瘾过足后,周理润起身告辞。望着周理润的身影在门口消失,陈善人放松地坐在太师椅上,不由又想起那寿佛寺,想起老尼姑玄真来。玄真收藏的古玉"凤龙虎熊座",听人说有一米多高,造型很特别,由"凤、龙、虎、熊"四种动物构成,"凤"居于上面展翅欲飞。按中国传统,龙应该居于上面,那宝贝偏偏是"凤"把"龙、虎、熊"都压在下面。为此有许多种说法。说法之一:"凤龙虎熊座"就是"凤凰涅槃"传奇故事中的古玉;说法之二:远古的时候,凤是世界的主宰,如同女娲,它诞下龙、虎、熊,谁得到它就会子孙昌盛,延续千年;说法之三:这玉是寿佛菩萨的法宝,谁得到谁就能多福多寿,长命百岁,好运连连。陈善人很相信第二、第三种说法,他热切地需要多子多福多寿。但陈善人只是听说过,却从没有见过那宝物,他很想见一见,为此还多次到寿佛寺拜佛施舍,然而一直没机会见到。玄真与她的弟子深居简出,对宝物之事都讳莫如深。想了一会儿,陈善人精神抖擞地起身到书房去写了一张"噩梦"的纸符,准备亲自贴到寿佛寺的东墙上去。

走到门口,陈善人迎头碰上心急火燎的女儿小英。他正要躲避,已经来不及了。小英一脸的委屈与愤慨,冲着他嚷:"爹,我要到成都去读书。""怎么又提这件事呢?女子家读那么多书干啥子?"他很恼火地斥责道。"你保守,你自私,现在那么多女子到外面去读书呢!"小英一屁股坐在椅子上,十分委屈地嚷着。"不行,你是陈家千金小姐,不能随便到外面抛头露面。"他口气很坚决。"你一天只晓得陈家,惦记着陈家的家业,完全不顾我的感受！"小英一顿足，身子一扭，眼泪花花地走了。

陈善人待在那里，良久说不出话来，刚才那股兴致被一杠子打到九霄云外去了。他就这么一个女儿，今年十九岁，长得花容月貌，很像她娘。由于前妻陶氏在小英四岁时就得病死了，所以小英被他娇宠惯忒得性格十分倔强、任性。小时候让她裹脚，可是她坚决不从，在她表姑何友琴的帮助下，时常背着他把裹脚布剪掉，至今还是一双大脚。不过小英从小聪明伶俐，六七岁时就吵着要读书，在她表姑何友琴的极力支持下，他勉强同意把她送进绣川小学。小学毕业后，小英以优异的成绩考入金堂中学，但他心里有底线，绝不会让她到外面去读书。果不其然，小英中学毕业后，强烈要求到成都去读大学。可就算太太秀红替她说好话，表妹何友琴登门求情，他就是不同意。

家家都有一本难念的经，陈善人虽然家财万贯，可陈家却人丁不旺。陈善人的前妻陶氏是大家闺秀，尽管年轻时陈善人很努力很刻苦，夜夜没有松懈，可是陶氏最终还是只生了个女儿。陶氏死后，他娶了秀红，虽然当时秀红还是姑娘家，可也没能生个一男半女。他不死心，打算再娶一门，于是先偷偷地在家中两个耐看的丫鬟身上试了试，许诺谁怀上孩子就娶了谁，可是两个丫鬟肚子根本没有动静。他怀疑是自己的工具出了毛病，或者运气不佳，为此还请了一些有名的大夫诊断过，到列祖列宗灵位面前去上过无数次香，多次到明教寺、寿佛寺、三清观去祈祷过，也请街上的严神仙、王神仙测算过，仍没有结果。虽然秀红并不反对他再续娶，但他自己认为婆娘多了，就会相互争夺家产，一家人弄得你死我活的，麻烦得很。既然上天只赐给他一个女儿，他认命了。但小英要到外面去读书是万万不能的，女娃子放出去了，就像断了线的风筝会飞走的。如果那样，将来谁来给他送终？谁给他树碑立坊？谁来继承他的家业？况且女子无才便是德，读那么多书干啥？他表妹何友琴就是个坏榜样，读那么多书，号称诗人，结果还不是在家守活寡。何友琴是他舅舅何先成唯一的女儿。何先成是清朝末期朝廷三品大员，清王朝垮台后，何先成回到家乡金堂县何公馆当寓公，后得病去世，不久妻子张氏也去世。那时何友琴才十岁，年龄还小又没多少至亲，他这个体面有身份的表哥就暂时监管起来。何友琴小时受父母宠爱，不缠足，不习女红，练习琴棋书画，长大后读诗写诗，是城厢有名的文化人。让堂弟陈才顺入赘何家，是陈善人做的主，他认为陈何两家联姻可以亲上加亲。可惜陈才顺命浅，结婚两年后，他坚持到成都做生意，结果在那儿被人图财害了性命，当时刚二十多岁正芬芳着的何友琴从此守了寡。何公馆又归了他监管。何友琴守寡后，曾有过几家富豪上门提亲，可陈善人不同意，因为何公馆那么大的家产，不能轻易落入他人之手。

陈善人心情糟糕极了，背着手在客厅内走来走去，心里在琢磨："不知小英跑到哪里去了，是不是又到她表姑家搬说客去了？"为了不与小英纠缠，写着"噩梦"的那张纸符也懒得贴了，他把符随手扔掉，匆匆走出家门，准备先到下北街田喔味餐馆去吃早餐，然后再到东街临风茶楼与朋友喝茶打牌。

周理润从陈家出来后，在陈善人的点化下，心境一下开阔多了，一股热气从下身一直腾腾地上升，直至脑门——他想发泄一下。他认为一个人要过得滋润，就要吃好喝好，要多抱几个美女，这样才不会枉过一生。别看他骨瘦如柴，可在城厢城里有不少情人，贺松的女人汪玉莲，城南王胖子的女人陈凤……当然他不会白搞的，他都会以经济或者政治的方式给予回报。贺松原来不过是他手下跟班，他不仅做媒让贺松娶上了汪家小姐，而且让贺松当上了五凤乡的乡长。有一位女人周理润做梦都在想，却一直可望不可即，她就是陈善人的表妹何友琴。在他眼里，何友琴就像一朵出水芙蓉，清秀高洁，再加上是诗人，才华横溢，导致他日思夜想。他每次借故与何友琴亲近，何友琴都只给他冷面孔，一副神圣不可侵犯的样子。何友琴越那样，周理润心里越痒，平日里越想占有她，但又慑于陈善人的威势不敢轻举妄动。陈善人也看出了他的心思，有意无意护着何友琴。在他看来陈善人作风一直很正派，不赌不嫖，但他心里很是嘲笑陈善人，何友琴这么好的尤物不用，简直是白痴。

周理润把自己相好的排列了一下，最后选择了汪玉莲，好久没有和她翻云覆雨了，刚好贺松这几日到五凤乡处理事务去了。贺松住在下北街，要不了几步路就到了。可是贺松家大门紧闭，周理润上前敲门。门"吱呀"一声开了，守门人老五探出那又枯又秃的脑袋来，嘴巴一瘪，鄙夷地说："周老爷来了，我们老爷不在家，请回吧！"老五正准备要将门关上，可是来不及了，周理润用身体挡住了门扉："我找你家夫人有事情。"说着周理润挤进门，轻车熟路地往汪玉莲房间去。

房内的汪玉莲听见外面的声响，迎了出来，一见周理润，嗲声嗲气地说："哟！是哪一阵风把周表哥吹来了？小红，上茶。"两个人是远房亲戚，按辈分是平辈。顿时，贺家下人觉得太太的话如猪屎臭，因为前几天周理润才来过贺家，这明显是在遮掩。

等丫鬟小红上了茶，汪玉莲支开小红后，马上关上房门。两人手拉手直奔床上，嘴对嘴轻咬起来。周理润腾出一只手剥开汪玉莲的胸衣，露出一对雪白丰满的奶子。汪玉莲比周理润小几岁，是周理润做媒把她介绍给贺松的。成家后她经常到周家去打牌，周理润也时常以亲戚的身份到贺家来串门，一来二去，两人就暗地里盯梢——偷偷摸摸地搞上了。不一会，周理润将汪玉莲剥得一干二净，呈现出一具洁白丰腴的胴体，他迫不及待地褪去自己的衣衫，用腿蹭开她的腿……此时，他感觉她那里面如一片海。玉莲控制不住自己，叫声很肆意。她愿意与他保持情人关系，不仅仅是因为他有钱有势能帮助她丈夫升官，而且还因为从周理润身上她能找到男女之间的刺激与快乐，别看她丈夫贺松长得人高马大，可那方面不如他。

事后，两人裸着身相拥而眠。周理润幽幽地说："给你当家的说一说，这次我参选国大代表，让他多使些劲。""我说了。""给他咋说的？""我说你要把你师傅的事当作你自己的事来做，一定让你师傅选上。"周理润亲吻了汪玉莲一下："这还差不多。""你到我家中来……不好，下人……会怀疑的，如果他发现了咋办？"汪玉莲的话语声含含糊糊，像嘴里含了一根烧萝卜。周理润很神经质地问："那你说咋办？"汪玉莲妩媚一笑："我想过了，每月的十五、三十晚上，我借故打牌到东街福来客店去。""如果没有三十号又怎么办呢？或者中途我想来了呢？"汪玉莲轻轻地用手抓了一把周理润胯下那个东西，嗔骂道："莫名其妙的鬼东西，人心不足蛇吞象……"隔了一会儿，汪玉莲又问："听说又来了一位新县长？"

"是的，姓刘。"

"听说很正直，从省上下来的，后台很硬……你们要收敛一下。"

"哪个说的？"

"曾家传出来的。"

一提到曾家，周理润没好气地说："收敛个屁，在金堂，老子怕过谁？"两人缠绵了一会儿，然后各自起床穿衣。趁汪玉莲在镜前梳理头发，周理润便别上烟枪，打开房门扬声告辞而去。贺家其他仆人不敢多言，因为贺乡长虽然在外面风光，其实在家里很怕老婆。

第四章

云蓝曾识古城隅，晓听疏钟达五衢；
残月尚窥禅塔静，曙风微动寺楼虚；
声传法海三千界，响记牟尼百八珠；
敲罢顿教群品寂，还从象外悟空无。

——清代县令谢惟杰　《净土晨钟》

明教寺是城厢的一处大寺庙，位于东街，金堂中学旁，始建于南北朝时期，原名"净土寺"，宋代的时候，明教在此发展，因此改名明教寺。寺正殿为觉皇殿，正中塑有缅甸工艺的毗卢遮那大佛，雕工精细，形态逼真传神，那大佛慈眉善目，俯视着下面的信男善女，芸芸众生。在寺里面钟楼上有一口明代万历年间的大钟，名叫"净土晨钟"，每天早上都会被明教寺的和尚有规律地敲响。

有这么一个传说。钟楼修好后，铸了一口大铁钟，那钟摸起来坚硬厚实，足足有五百斤重。十几个工匠们用绳子把大铁钟往楼上挂，然而始终挂不上去。当时正好有一位衣着破烂的老叫花子经过，老叫花子观察了一会儿，拿出一根竹篾条对工匠们说："用我这根竹篾条才能挂得上去。""哈哈，哈哈！"众工匠嘲笑道，"好大的口气，碗口粗的绳子都挂不上去，何况一根轻巧的竹篾条呢？"不想老叫花坚持说："你们不用我这个篾条，这口钟是永远挂不上去的。"大家将信将疑，就用那根竹篾条试一试，结果那竹篾条当真有股神奇的力量，把大铁钟挂了上去。众工匠想问个究竟，可待要寻那老叫花子时，老叫花子早已无影无踪，那根竹篾条也不见了。

这大铁钟虽然挂上去了，但方丈不知应当啥时候敲，要敲多少下才合适。一日，那位让工匠用篾条挂铁钟的老叫花子又突然求见，老叫花子说："方丈，这口钟不能轻易敲，一旦敲响就没有灵性了。""那要怎样敲呢？"方丈请求指点迷津。"你一直向北走，能走多远就走多远，一路走一路传经送佛，满二百天后的那个早晨，寺内才可以敲钟，到那时无论你走多远都能听得到钟声，到那时你才可以回庙。"方丈半信半疑，想起老叫花子让大家用竹篾条挂铁钟的神奇事，而当时方丈确实想到北方去出游一下，于是给徒弟们交代清楚后，就出寺门向北云游，并按照老叫花子的吩咐，一路走一路传经送佛。三个月后，天气变冷，明教寺一位小和尚思念师父，担心师父在外生病，想敲响铁钟把师父召回来，于是没有与其他师兄商量，独自去敲响了大铁钟。当时方丈身处西安，听到钟声，摇头叹息一声，只好往回走。此时，距离方丈离寺刚好一百零八天。从此，净土晨钟每天只敲一百零八下，声音最远只能传到西安。

"哐，哐，哐，哐……"清晨，明教寺的钟声响起。天空湛蓝，云彩映照城厢街市的每个角落，晨风将明教寺钟楼的钟声传送到四面八方。钟声嘹亮，悠悠扬扬，一共敲击一百零八响。在此起彼伏的佛音中，明教寺觉皇殿烟雾缭绕，烛光飘忽，佛音阵阵入耳，和尚们开始早课诵经。一日之计在于晨，在发人深省的佛音中，金堂中学、绣川书院的学生们开始晨读，书声琅琅。在不紧不慢的佛音中，城厢四门大开，从乡下进城的人们，从城里外出的人们，都踩着节奏，心沐福祉，身浴晨光，开始一天生计的奔波。

踩着明教寺的佛音，陈善人心情不畅地在街上走着。初秋的太阳虽然不像夏天那样凶猛，但照在地上还是明晃晃的，有点刺眼，虽然他多次到明教寺觉皇殿毗卢遮那大佛面前祈祷过，供奉过很多钱，但他还是觉得自己很倒霉，大佛没有保佑他再有一男半女，也没有保佑他当上县长，更没有保佑他财源广进。街面上行人较多，身穿体面干净的长衣帮被人叫"爷"的，他们或腰别长烟枪，或手提鸟笼，在街上自在地闲逛；身穿短衣短褂的短衣帮被人称作"哥老倌"的，他们皮肤粗糙黝黑，粗手粗脚，身上不是负着重物，就是步履匆忙。

古城美食主要集中在北街，例如，声名远扬的张癞子灯影牛肉，色香味俱佳；最上口的川北伤心凉粉，佐料特别，吃法讲究；最让人垂涎的周家凉拌菜，薄利多销，广交朋友；最吊胃口的田喔味的抄手，少而精，分量稍显不足。陈善人早上就喜欢到田喔味店吃上一碗抄手，与田喔味餐馆老板田大贵摆一会龙门阵，然后才去找别的快乐。尽管店内顾客众多，但陈善人的身影刚在店门口出现，掌柜田大贵就满脸堆笑地迎上来，点头哈腰招呼："陈议长来了。"以前陈善人是商会会长，田大贵叫他陈会长或陈老爷，当上议长后，田大贵立刻就改口叫他"陈议长"，而且越叫越勤，越叫越响。

田大贵一边把陈善人迎进里面包间，一边冲一位堂倌大声喊："给陈议长来一碗抄手，微辣的。"陈善人经常到这儿吃，连老板田大贵都知道他要吃多少，吃什么味道。所谓的包间实质上是里面的一间小屋子，比外面要干净一些，却狭窄了许多，一般有头有脸的人才在里面吃，外面吃的一般是贫穷人。陈善人一屁股坐下来，田大贵站在一旁陪着说话。"田老板，生意如何？""托陈议长的洪福，还过得去。陈议长，听说新县长姓刘，就在这几天到任？""哪个说的？"陈善人微微一笑。"全县城的人都知道了，都在议论这事，听说以前在省上任过职，后台不错哟！"不一会儿，一碗抄手端上来了，热腾腾的。"请慢用。"田大贵拱拱手，出去忙去了。陈善人举起筷子吃起来，很快，一碗抄手就吃完了，连汤汁也喝了个精光。他伸了伸腰，觉得吃好了，抓来一张黄表纸，擦了擦嘴巴，走出来付了钱。"陈议长慢走。"田大贵哈着腰在后面殷勤地道别。

1946年9月，川西平原的秋来得有些迟缓，虽然秋分早已过去，但仍然艳阳高照，秋老虎肆掠着辽阔的大地，直到九月下旬，才感觉到些许凉意。金秋来临，一切开始忙碌起来。平展的稻田里，稻谷沉甸甸的，农民正忙着收割；还有忙碌的鸟儿们，到处偷食庄稼，赶也赶不走；不远处的果园里，苹果红艳艳的，橘子像灯笼，还有那黄澄澄的梨，在微风下摇摇晃晃，晃晃摇摇。

刘仲明与邱华生离金堂县城厢越来越近了。因为金堂县县长职位空缺，而温江专区专员何开平与刘仲明又是故交，两人以前在省政府共过事，关系不错，因此通过向省政府打报告，何开平一纸调令就将刘仲明调往了金堂县。至于前任县长罗光海，刘仲明知道这个人。1936年省主席刘湘推行新县制时，他与罗光海一起考入省府举办的县政人员训练班，二人不同班而已。正行间，一条大河挡住他们的去路，河岸一道石碑上清晰地写着：女儿渡。

这就是毗河。

两人下了马，站在女儿渡碑旁瞭望。灿烂的阳光下，毗河烟波荡漾，曲曲折折由西向东流去。河两岸绿树成荫，房屋若隐若现，鸡鸣狗吠声在空旷的田畴间飘荡，二人沉醉在明媚的田园风光里。

"要过河吗？"有人大声问。不知什么时候河边划来一只渡船，船夫五十来岁，中等个头，短衣短裤，皮肤黝黑，一看就是一个粗犷豪爽之人。刘仲明两人牵着马上了船。船不大不小，刚好可再容纳两人两骑。船夫一边划船，一边不经意地问："两位是从哪里来，要到哪儿去呀？""三台县来，要到城厢去。"邱华生回答道。"三台离这儿可不近哟！""就是，我们昨天就赶了一天的路。"原来这船夫就是巧儿的爹李达昌。"我本来今日家中有喜事，不来摆渡的，可是这里过客多，不能缺人。"李达昌乐呵呵的，一脸的喜悦。"大哥，啥子喜事？说给我们同喜。"刘仲明饶有兴趣地问。"我今日嫁女。""恭喜，恭喜。"刘仲明拱手向他道贺。"我女儿嫁的是县城南门外张家，是一大户人家，你们去县城也许会遇到呢！""那好，我们也凑一凑热闹，沾沾喜气。"一提到结婚，刘仲明不由想起病故的妻子，还有在老家年迈的父母和儿子小新，心中不禁一阵惆怅。突然，耳边响起嘹亮的歌声，打断了他的思绪。只见那船夫随口唱道：

> 破费一席酒，可解十世冤；
>
> 吝惜九斗碗，结下终身怨。

歌声低沉粗犷，在灿烂的阳光下婉转起伏，悠悠扬扬。"唱得好，唱得好。"刘仲明连声夸赞。李达昌爽朗地笑道："过奖，过奖。"

下了船，刘仲明二人继续向西行。远远地就听前面唢呐声声，锣鼓阵阵。渐渐近了，看到一队衣着光鲜的人们，抬着花轿，吹吹打打逶迤前行，果真是张家的迎亲队伍。路旁看热闹的人不少，都想一睹新娘的芳容，然而花轿蒙得严严实实，新娘子根本没有露面。有人夸赞："张家门第高，摆渡的李家女能够嫁进去，那是前世修来的福气。""是啊！听说那女子相貌不错。"刘仲明二人策马而去，马蹄扬起阵阵尘沙。又一阵唢呐嘹亮地响起，在空旷的川西平原久久回荡。风儿不停歇地在一望无垠的田畴间跑来跑去，好像与秋天捉迷藏。

"在城曰坊，近城曰厢"，大约一个时辰后，刘仲明二人来到城厢东门城外，眼前高高的城垛凹凸不平，破旧的城门斑斑驳驳，三丈宽的护城河多年失修，河边杂树成荫，环绕着城池，无数只蛤蟆躲在下面歇息，时不时发出清爽的叫声。二人下了马，进入金堂县城。县城分东、西、南、北四条大街，每条大街都有许多小巷子，这些小巷子把各条街串联起来，四通八达。街面都是由四四方方的青石板砌成的，街两边大多是传统的商居两用房，前铺后舍，穿斗木结构，小青瓦，铺板门，一进或三进天井院落。临街铺面多数为两层，下层是商铺，出售各种商品；上层是小阁楼，供人居住。那些柱子屋檐上雕刻的花草、虫鱼、鸟兽等各式各样优美的纹饰，有的繁复，有的简略。杂货铺里，有专门出售古董、瓷器、布匹、茶叶、皮鞋、金银首饰等商品的，沿街还有小商小贩叫卖柑橘、苹果、烧饼、糖葫芦等吃食。特别是那些卖糖画的匠人，灵巧地用滚烫带黏腻的糖油勾勒出鸡、鸭、狗等各式活灵活现的小动物，一群馋得直流口水的小孩紧紧围着他，眼巴巴地望着。

城厢街道悠长，巷子幽深。街上棉花铺、木匠铺、铁匠铺随处可见。一会儿，这个棉花铺里传出："得得当当……"；一会儿，那个木匠铺里奏起："吱吱嘎嘎……"；接着，这个铁匠铺里飞来："哐当哐当……"工匠们正在制造他们的作品。无数声音，喧嚣不息，汇成一曲交响乐。刘仲明一行牵着马，感受着古镇古色古香的气息，踩着平整的青石板缓缓行来。

时间已接近正午，吃午饭时辰到了，从路边餐馆里飘出饭菜的香味。两人拴好马匹，走进了街边一个名叫"实惠饭店"的店。这家店桌椅整齐，干净卫生，里面吃饭的不少。机灵的堂倌看见客官进来，连忙吆喝："贵客二位，摆起。"两人在一处靠窗的桌边刚坐下，一位堂倌过来给他们摆上碗筷，笑吟吟地问："客官，想吃啥子？"刘仲明随便点了几样小菜和一壶酒，等待堂倌上菜。不一会儿工夫，堂倌将酒菜一并端了上来，有肝腰合炒、木耳肉片、红烧茄子、炝炒青菜等，还有一个酸菜粉丝汤，每道菜不咸不辣，味道鲜美。那壶酒很特别，是金堂当地人自酿的跟斗酒，甘醇可口。两人不紧不慢地一边品尝，一边观望店外人情世故。从衣着服饰、行为举止上看，当地人比较文明富裕，热情大方。就在这时，一位衣衫褴褛的老头儿畏畏缩缩地进来了，他个儿高高的，胸前挂了一个酒葫芦，一张瘦削的脸好像很久没有洗过，衣衫破了好几个洞，赤着双脚。

原来是老酒鬼张老头。张老头先在门口望了一会儿，发现刘仲明二人很陌生，像新来的外地人，于是摇摇晃晃地向刘仲明走过来，哀求道："客官，行行好，给点酒喝吧！""出去，出去。"一位堂倌过来凶神恶煞地喝到，要赶他走。张老头正要极不情愿地离去时，刘仲明挥手制止堂倌说："哥老倌过来，这边请坐。"张老头看了看堂倌，然后大方地过来坐下。刘仲明吩咐堂倌："再来一壶酒，上几道小菜。""就来一壶跟斗酒吧！"张老头提示堂倌。堂倌很快把酒菜端了上来，三人边喝边聊。一扬脖子，张老头猛灌了一口，然后放下酒杯，给自己又倒了满满一杯："两位是外乡人吧？""是呀！"邱华生回答。"要到哪儿去呢？""到县政府……"邱华生被刘仲明用眼神制止，忙改口道："我们到县政府去办一点事。""这里是东街，县政府在西街，一直往前走，过了丁字路就快到了。""哥老倌，我们初来乍到对这里不熟悉，这里有啥子有趣的掌故？"刘仲明转换了话题。"你们想听啥子？"张老头饶有兴致地问。"就讲有关金堂的一些地方故事嘛。"张老头咂了一口酒，骄傲地说："那就讲我们金堂的骄傲彭家珍大将军舍身炸良弼的故事。""这个我们知道，讲个其他的。"张老头若有所思："那我给你们讲一个有关叫花子的故事吧！"

很久以前，毗河要从绣水乡和平村流过。那时候，河南岸住着告老还乡的陈尚书一家，陈尚书家有一位花容月貌的千金。河北岸则住着一家王姓大户，王家有一位才华横溢的公子，两家经媒人撮合联了姻。后来，王公子考取状元，两家就准备给他们俩完婚，官府还出面为两家建造了一座十八洞桥，取名王官桥。桥修好了，王状元踩桥那天，因为看热闹的百姓不少，衙役就开始驱赶百姓，殴打百姓。

一个老叫花子跳出来大声唱：

> 此道百姓开，
> 该让百姓踩；
> 大户欺百姓，
> 确实不应该。

当时，县官听了很气恼，命人把老叫花子往死里打，老叫花子一边东躲西闪，一边接着唱：

> 王官桥，
> 十八洞，
> 洞洞都无用。

唱完，老叫花子跳进河里，像鱼一样游走不见了，大家都觉得很奇怪。再后来，一条蛟龙经过王官桥时，尾巴一甩打垮了南堤，毗河水从此改了流向，王官桥真的成了无用桥。

"有意思，有意思。"刘仲明赞许道。"呵呵，所以不要小看我们叫花子，连明朝开国皇帝朱元璋都是叫花子出身。"张老头自豪地说，"咕噜"一声将一块肥硕的回锅肉吞下了肚。

第五章

盖碗，竹椅，八仙桌，还有掏耳朵的人，
拼成川西老茶馆。

陈善人从田喔味店出来后，直接往西街临风茶楼去，李五爷、陈麻子、彭友明等几个茶友坐在那儿早已等候多时。临风茶楼分上下两层，下层一般是市井百姓喝茶聊天的地方，价格便宜；上层装饰则高档得多，是有身份有地位的人喝茶聊天的地方，收费贵一些。

上午喝茶的人很少，临风茶楼空空荡荡的。陈善人一踏进门，堂倌就笑容可掬地迎上来招呼："陈议长，他们在楼上。"陈善人不问就知道是什么意思，于是"咚咚咚"地上楼来。他一上楼，陈麻子笑呵呵地说："我以为你今天不来了。"陈麻子是做盐生意的，与陈善人是本家，平辈的，年龄也相仿，是个马大哈，两人在一起爱相互开玩笑。陈善人一屁股坐下来，冷冷地道："怎么，昨天输了，不服气，今天想报仇？""有仇不报非君子。"陈麻子笑着说。"好呀！让我们今天再来一决高下。"陈善人毫不客气地说。陈善人常与几个茶友在一起边喝茶边打纸牌，但是他们打牌从不输银钱，纯粹是为了娱乐，最多用纸粘胡子。陈善人虽然家财万贯，但最恨赌博。李五爷、陈麻子、彭友明他们也是有钱有身份的人，也不喜欢赌博，所以几个人常在一起喝茶打纸牌聊天。

茶楼的伙计给陈善人来了一杯普洱，四个人就开始玩纸牌。"陈议长，听说新任的县长姓刘，就在这几天上任？"李五爷摸起了一张好牌，神情兴奋地问。"大概是吧！"陈善人慢条斯理地回答。"听说那姓刘的有点声望。"彭友明补充道。"管他妈哪个当县长，不为老百姓办事，老子就不认他！"陈麻子接过话题。"你敢与政府作对？"陈善人板起脸问。"呵呵，说起的，我哪敢与政府作对，我是说那位新任的县长。"陈麻子皮笑肉不笑地回答。

大家扯到其他话题。"你们听说了吗？那寿佛寺玄真有一件宝贝叫'凤龙虎熊座'，是一件古玉，价值连城，传说是寿佛菩萨的法宝，谁得到了就会多子多福多寿；但也有人说那是'凤凰涅槃'故事中的古玉……"陈麻子声音很低，却有点像鸟鸣。大家面面相觑，一时间只听见摸牌的声音。"闭上你那乌鸦嘴，哪有那事？"陈善人愣了一下，生气地说。"真的，连云顶山上的赖山河都知道，扬言要来抢……""打牌，打牌。"彭友明给陈麻子使了个眼色。陈麻子自知失言，立即噤了声。

小英确实去了表姑何友琴家。何家公馆位于西街，里面的设施布置虽然不及陈家富丽堂皇，没有假山、荷池，但有天井和四合院，在城厢也算是为数不多的富户了，何公馆离东街的陈家花园没多远，一会儿工夫就能走到。何公馆深红色的大门旁蹲着两尊石狮子，金色的"何公馆"几个字在阳光的照射下泛着光。

"咚—咚—咚"，小英使劲地敲门，看门人打开门见是小英，一脸笑，哈腰讨好道："陈小姐来了，请进，请进。"小英低垂着头，没有理睬看门人，径直往表姑闺房而去。每当她感到孤独无助或受到委屈时，她都会去何公馆找表姑倾诉。在小英的心目中，继母秀红对她不淡也不咸，不冷也不热，只有在表姑那里，她才能找到母爱的温暖和快乐。在她的心目中，表姑不但漂亮聪明，慈爱和善，而且琴棋书画样样都行，她打心眼儿里敬服表姑。在表姑的支持下，她读完了小学和中学，而且学到了琴棋书画的不少知识。何友琴对她也是呵护有加，由于自己没生养孩子，对待小英就像亲生女一样，把希望都寄托在她身上。但许多事情何友琴也很无奈，毕竟她仅仅是小英的表姑。小英小猫般眼泪汪汪地跑进来，一见表姑，就扑在她的怀里哭泣起来。"咋啦，又挨骂了？"何友琴抚摸着她乌黑的秀发轻轻地问。"爹还是不让我去成都读大学。"小英哽咽着抹了一把泪，起身在椅子上坐了下来，泪水又开始像雨珠儿往下掉，可怜的模样像雨后的梨花。何友琴沉默好一会儿："哎，你的家事我不好管啊！深不得浅不得……这也许就是女人的命吧！三从四德，三纲五常，女人生下来就只能嫁人，生儿育女，相夫教子，哪有自己命运自己做主？""难道就不能改变？现在不是提倡女权，提倡新生活吗？"小英啜泣着说。"说是那样，但是目前人们的观念很难改变，这种想法并没有得到大家接受和认可，人生活在现实中，一位弱女子能改变啥子呢……这样，我再去给你爹好好说说，求求他。"看着小英哭得伤心的样子，何友琴心中很纠结。

陈善人回到家，看到表妹何友琴已经等待多时了，看样子是要不达目的不罢休了。何友琴一袭青绿荷叶裙，一条红绸发带压住飘然欲飞的一瀑青丝，一双秀眉衬托着乌黑发亮的眼眸，虽然守了十多年的寡，但风韵依旧。然而，陈善人并未注意到这些，他知道表妹来访的意图多半又是为了小英，神色相当难看，走进来在正中太师椅子上坐了下来。何友琴刚要开口，就被陈善人顶回去了："我知道你想说啥子，你们原来不是答应的只在金堂读书吗？怎么能言而无信呢？""她要去成都就让她去嘛！她保证读完大学就回来。""保证，拿啥子保证？你忘记陈才顺咋死的吗？不就是在成都出的事？"陈善人总是那句老话，他认为这句话对表妹很管用，十分具有说服力。"那是那时的事情，现在早已过去了，你不要总是提这个事，小英女娃娃家这么守规矩，不会在外面惹是生非的。"何友琴辩解道。陈善人强压住心中的怒火："你没有看报纸吗？现在国共两党正在打仗，时局动荡，社会治安很不好，到处出现枪战流血事件，我是为她的安全着想。"一旁的小英突然插嘴道："简直是杞人忧天，成都很稳定，哪有你说的那么危险。"陈善人的怒火终于燃烧，冲着她大声吼道："你哪儿也不能去，就在家里待着。"顿时，小英委屈的泪水像泉水般涌出，她蒙着面跑进了房间。何友琴尴尬万分，自觉没面子，红着脸起身走出客堂。这时，管家陈礼才过来告知吃午饭了，陈善人留何友琴吃饭，但何友琴坚持走了。

吃午饭时，桌上摆了不少可口的菜肴，可是小英躲在闺房里不出来。陈善人放不下面子，先让管家去叫，管家去叫小英，小英不吭声；又让秀红进去劝说，小英躺在床上不理睬。秀红出来后无奈地对陈善人说："你自己进去叫她吧！"陈善人拍着桌子，气恨恨地道："不理她，一顿饭不吃，不会饿死人。"但他心里开始了盘算，女儿已经十九岁了，女大不由人，还是得招个上门女婿拴住她，让她死了心。但一时哪里能找到合适的人选，谁家少爷能进入他的法眼呢？这一直是他十分头痛的事情。

刘仲明边吃边听酒鬼张老头讲故事，一顿饭吃了近两个小时，他起身到柜台付钱时，那张老头紧紧地跟了过来。刘仲明转身好奇地问："你还有事吗？"张老头笑嘻嘻地举起胸前那个空荡荡的酒葫芦不说话。刘仲明明白了，吩咐掌柜："给他打酒。"掌柜提醒道："客官，不要管他，他经常到这里来向客官讨酒喝。"刘仲明豪爽地道："不要紧，一点酒而已。"掌柜不吱声了，拿过张老头的酒葫芦，不耐烦地问："要啥子酒？"张老头乐呵呵地应道："跟斗酒，跟斗酒，打满，打满。"掌柜转身过去打酒，张老头接过掌柜递来的酒葫芦，摇了摇，发觉里面的量是足的，开心地笑了，冲着刘仲明点头哈腰说："谢谢您！谢谢您！"

刘仲明师生二人牵着马来到县政府门口时，已到正午，守门的自卫队员张拐子刚与廖塌鼻换了班。因为喝了一点跟斗酒，张拐子脸色通红，脑壳有点晕，挂着长枪斜靠在门口打瞌睡。张拐子其实并不拐，只是小时候走路有点瘸，长大了就好多了，但从此落下了"张拐子"这个绰号，一直叫到现在。刘仲明二人走到县政府大门口时，张拐子还没有觉察，邱华生上前在张拐子肩上拍了两下。"哪个？"张拐子惊醒过来，睁开醉眼，警惕地操起手中的枪。邱华生指着刘仲明大声道："这是新任的刘县长。"张拐子抬头看见刘仲明那威严的眼神，脑子激灵一下，立即酒醒了大半。他听说新任县长这几日就要上任，于是点头哈腰说："县长大人，请进，请进。"

进了县政府，里面人很少，原来此时正值午休，大家都下班回家了，整个县政府大院空荡荡的。张拐子拴好两人的马，放置好行李，请他们在厅堂休息，然后自己飞快地去自卫队驻地武庙向队长王从武报告去了。趁着张拐子去叫王从武的当儿，刘仲明他们把县政府走了一遍。县政府的房子都是清代建筑，跨进大门就是大堂，经过走廊为二堂，再经过走廊便是后堂，是典型的古代衙门结构。各堂有东西两院，前两堂设有各科室，后堂为生活区，是县政府官员的住所。

自卫队长王从武和副队长朱治松接到报告后，马上赶到县政府与刘仲明见了面，并分派人四处通知其他官员。王从武三十多岁，一米七的个头，是金堂本地人，妻子叫陈兰香，按辈分是陈善人的侄女婿。王从武从过军，官做到团副，后因病辞去军职回到城厢，在陈善人保举下担任自卫队长一职，朱治松是他的得力助手。通知其他官员的当口，刘县长与王从武摆谈起来。原来他们是校友，都是四川政法学堂毕业的，刘县长比王从武高几级，是学长，王从武是学弟。二人在此地见面，格外亲近，无拘束地攀谈起来，谈母校的老师，谈母校的轶事，谈母校的风景。不一会儿，议长陈思远、县党部书记长汪东生、副县长陈才用、副县长王世成、警察局长孔红亮、税务局长陈地康、教育局长马世洪等一大批金堂官员陆续前来拜问，王从武一一做了介绍，县政府里一片热闹。

警察局长孔红亮很兴奋地说："各位，刘县长舟车劳顿，我提议到东方欲晓酒楼为刘县长接风洗尘。"此言一出，立马得到大家的一致赞同。刘仲明却极力推辞："我们刚刚吃了饭的。"孔红亮并不罢休："我们先去喝茶聊天，该吃饭时就吃饭。"于是众人不顾县长的推辞，兴高采烈地簇拥着刘仲明向东方欲晓酒楼而来，刘仲明初来乍到不好拒绝，只好随着他们。

东方欲晓酒楼位于东街，是陈善人的店面，已经开了四五年了，是县城最大的食庄，大约有一千多平方米，分楼上楼下两层，有打牌喝茶的地方，有专门就餐的地方，每回接待县内外贵宾都在这里。官员们熟络地来到楼上茶房，边喝茶边聊天。那些堂倌们忙开了，抹桌子，泡茶递水，同时厨房里准备菜肴。大家海阔天空地摆谈了起来，内容大多与前线战事有关。有的说国军攻占了延安，朱毛灰溜溜地跑了；有的说国军作战顺利，一次性消灭了共军几个军，共军快要彻底覆灭……

刘仲明看这么多人进了这豪华的休闲庄，心有不安，批评旁边的孔红亮说："这未免太奢侈了，这不是用公款吗？""没事，没事，您放心吧！这么大一个县，不在乎这点。况且刘县长您刚到我们这个地方来上任，初来乍到，接风洗尘与大家认识认识是应该的。"孔红亮满不在乎地回答。旁边有人问："刘县长，你消息灵通，能不能给大家说说，到底前方战事如何？"刘县长站起身来，准备讲话。众人顿时静了下来。他清了清嗓子，大声说："首先告诉大家一个好消息，国军分三路形成包围圈向延安进攻，共军节节败退，进展相当顺利，不出意外的话，今年之内就可以把共军打垮消灭。""哈哈，哈哈……"一帮人大笑起来。刘县长拱手道："鄙人刚刚上任，工作还是要靠在座的各位，今后我们县不但要大力推行新政，而且还要保证今年的征粮征兵纳捐纳税工作一样不能落下。"大家却你看我，我看你，并不响应。他有点不明就里："难道各位有困难？""我们尽力支持。"众人语气含蓄。在座的都是金堂的大富户，掌控了全县的经济命脉，纳捐纳税等于从他们身上割肉，他们便千方百计转嫁给农民。

这时，一个人走了进来，大约五十岁的样子，戴着一副近视眼镜，身材瘦削，穿着长衫，一副儒者风范。经王从武介绍，原来他是副议长曾绍成。曾绍成拱手道："对不起刘县长，在下来迟了。"刘县长拱手回礼。陈善人呛曾绍成："老曾，咋每回都姗姗来'吃'哈？"陈善人与曾绍成是小学同窗，常互开玩笑。"对不起，对不起，学校有一点事情耽搁了。""曾老兄现在变性了，开办女校，成了'女王'，不便与我们为伍了。"陈善人继续调侃。大家一阵笑，笑得很有深意。曾绍成并不搭理，脸上红一阵白一阵地，没趣地找了一个位置坐了下来。

堂倌来报告说饭菜准备好了，于是大家起身准备就餐。来到餐厅，里面空间比较大，崭新的桌椅，装饰讲究，能容下一百多人。书记长、议长、几位局长等有头有脸的人物陪着刘仲明和邱华生坐了一桌，其他的各自结伴围在一起，一共坐了四大桌。两名副县长都是五十好几的乡绅，不胜酒力躲到另外一张桌子上，留下几个能喝酒的陪刘仲明。席间，众人轮番给刘仲明敬酒，刘仲明推托不过，喝了许多。邱华生给他挡了几杯，但也抵挡不了他们的轮番攻势。其他人看形势不对，开始自由散打，相互举杯庆贺。也许好久没有像这样在一起喝酒了，大家酒杯一举就成了哥们朋友，心里有话就掏了出来，席桌上一片觥筹交错，闹闹哄哄。那天傍晚，刘仲明和邱华生都喝得酩酊大醉，最后是被人扶着回的县政府宿舍。两人的住居早有人打扫得干干净净，安排布置得整整齐齐。

　　夜很静，凉如水，窗外月光徜徉，没有声息，只有秋虫在草丛里此起彼伏地吟唱着。邱华生突然从睡梦中惊醒，他想起和老师昨天在东方欲晓酒楼喝了许多酒，自己年轻身体壮没多大的问题，但有点担心老师。邱华生起身侧耳倾听，隔壁房间没有动静，这才放心重新躺下。这是邱华生第一次来金堂，他对这个地方十分迷茫。陌生的人，陌生的环境，他开始思考自己要如何与当地地下组织接头，将来如何开展革命工作。邱华生出身贫民家庭，父母是地道的农民，大字一个不识，全靠租种地主的土地为生，丰收年月才能吃得起一碗稀饭，灾荒年月只有饿肚子。小时候，邱华生家里没有粮食，肚子饿得咕咕叫，他溜进地主家的红苕地偷了几根红苕被人发现，不但挨了地主一顿鞭子，他家还因此赔了地主一石粮食。他父亲很生气，狠狠地揍了他一顿，那年春节全家过不上年。从此，他心中播下一粒种子：为什么世界上这么多不公平？为什么穷人吃不上饭，富人却能顿顿山珍海味？他决心改变自己的处境和命运，让自己有钱能吃上饭，进而改变社会现实，让穷人不再挨饿受冷，不再受欺负。

　　邱华生勤奋好学，脑瓜子聪明，被人称为神童，在亲戚朋友的帮扶下他读完中学，后来靠自己勤工俭学又读完大学。求学道路上无比艰辛，他尝尽了人世间酸甜苦辣。刘仲明是他读县初中时的老师，待人和蔼可亲，像父亲一样鼓励和关照他，在生活上资助他。最后，他以优异的成绩考取四川大学。大学毕业后，邱华生应聘进入成都一家报社当记者。在报社他努力地工作，为了写出深度报道，经常深入基层了解民众疾苦，揭露抨击社会阴暗面。由此，他结识了中共地下党成都市委宣传部部长张冬生，在张冬生的介绍下秘密加入了地下党组织。有了信仰，有了组织，邱华生工作起来信心十足。可是一天黄昏，张冬生突然来找邱华生谈话，地点就在邱华生简陋的宿舍内。张冬生问："小邱，你有一位老师名叫刘仲明，以前在省教育室当副主任，现任三台县县长，是不是？""是啊！他是我的恩师，对我很好。""你们最近有联系吗？""有联系，我们最近通过信，他怎么啦？"邱华生诧异地问。"他目前改任金堂县县长。""喔！我没有去过他那儿，不知道这回事。""组织研究了，决定利用你与刘仲明的师生关系，派你到金堂开展革命工作，解放川西。"消息来得太突然，邱华生有点犹豫不决："可是我喜欢记者工作，这才是我的专长。"张冬生神情严肃地说："你必须服从组织的安排，那里更需要你，作为一名共产党员，思想上要转变工作角色，随时接受新的考验。""刘老师是不是党员呢？""不是，但他很正直开明，思想进步……"

不知不觉，邱华生带着回忆进入了梦乡。

第六章

客家人办红白喜事，八仙桌，八个人，九斗碗，一坛跟斗酒。

怪事。

午后，空气热烘烘的，干燥的风在田野里吹来吹去， 一片片稻谷成熟了，低垂着头，像金黄的地毯。田边草木处于更迭期，在风中摇曳，蚂蚱们在上面肆意地打着秋千。玉虹乡护镇局的两名枪架子， 身背长枪，一起到城厢南门外的张家去吃喜酒，因为张家与他俩都有亲戚关系。当他们路过一道田埂时， 炽烈的阳光下， 看见两条一米多长的青蛇正在草丛里交欢，你缠我绕， 兴奋地把草木搅倒一片，嘴里还发出刺耳的"咝咝"声。"妈呀！"两人吓了一大跳，惊叫起来。 一位枪架子认为看见此现象不吉利，举起枪要打它们。另一位枪架子赶紧制止，认为不能破坏这场喜事： "动物交配嘛，都是想育下一代， 正常，正常。""我不那么认为，常言，看蛇交要倒霉。"两人争论不休，回头再看那两条青蛇，早已无影无踪。 一位枪架子责怪道： "你看你搅黄了一桩好事。"另一位枪架子道："狗日的，要出怪事情。"

巧儿出嫁的张家就在城厢南门外，有一处大宅子，门前的两座石狮子十分威 武。张家祖上以前系当地名人，家有良田千亩， 后头不幸家道中落， 如今的张

家只能算小康人家。

四川物产丰富，尤以川西平原土壤黝黑肥沃，历来有"天府之国"的美誉。然而自中华民国成立以来，四川军阀割据， 拥兵自重，连年混战。为了维持巨大的军费开支， 军阀们横征暴敛，捐税纳款多达数十种， 并强迫农民割去庄稼改种罂粟，一时间罂粟花开满川西田野。在大烟泛滥成灾的四川，男人

抽大烟并不稀罕，甚至有许多女人也抽上了大烟。

曾有民谣这样描绘民众的生活处境：

三月杂粮三月糠，三月野菜三月荒。

张家新郎，十岁就染上了烟瘾，所以不好结亲，许多富贵人家都不愿意把自家女嫁给一位"烟灰"。但是健康的成年男子几乎都被拉去当了壮丁，没有去当壮丁的，要么他家有钱，拿钱找人顶替了，要么身体差不宜当兵。所以有的人家为了让自家的儿子能传宗接代，延续香火，便鼓励儿子吸食大烟，成为病秧子。此时张家的房柱子上早已贴上了红对联，门上贴着大大的喜字，院子里整齐地摆设着十来张八仙桌，围着桌子赌博的，摆龙门阵的，招呼客人的，跑堂的，人声鼎沸。

外面锣鼓喧天，只听有人高喊："新娘来了！"随即鞭炮轰鸣，震耳欲聋。在一片鼓乐声中，新郎踢了轿门，新娘披着红盖头，在伴娘的搀扶下进了院子，上了红毡毯。新郎二十来岁，白皙俊俏，一脸喜气，只是身体枯瘦，脸色苍白。新郎新娘进入客堂开始拜堂，张家的父母满脸笑容，早已坐在堂正中准备接受跪拜。

一阵鞭炮过后，主持婚礼的人高喊：

男出华堂，女出花毡，
先拜天地，后拜祖宗，
夫妻对拜，请入洞房。

随着主持人的吆喝，一对新人按照规矩行礼。新郎新娘双双牵着一朵大红花进入新房，身后一片欢声笑语。进了洞房，要举行撒帐仪式，相当于给新郎新娘布置新房。

只听主婚人哼唱：

一对金花金灿灿，戴在头上大家看；

今天喝你新人酒，明年吃你醪糟蛋。

……

很快，新房新床布置妥当。外面开席了，八人一桌，十来张八仙桌，客人们围坐满了，跑堂的将一道道"九斗碗"像流水一样陆续端了上来。民国时期，川西客家人有红白喜事时盛行办"九斗碗"宴席，这一名词的起源与当时成都地区流行用大碗喝酒有关，一般每席有九碗菜。民间视"九"为吉数，有"九九长寿""九子登科""天长地久（九）"等说法。坐席时，按男女有别、辈分的高低分散坐在一张张八仙桌旁。菜品有软炸蒸肉、蒸排骨、粉蒸牛肉、蒸甲鱼、蒸浑鸡、蒸浑鸭、蒸肘子、夹沙肉、咸烧白等，拿行话来讲叫作"三蒸九扣"。做筵席的厨师唤作"油厨子"。这些菜肴有的色泽金黄，有的晶莹通透，有的香气扑鼻，有的滑腻上口……宴席间，喧闹阵阵，众客人大块吃肉大碗喝酒，有人开始喝酒划起酒拳：

一朵花儿开呀，二只喜鹊来呀，

桃园三结义呀，四季那个发财。

……

热风拂面，空气中除了飘荡着浓浓的酒菜香味，还夹杂着鞭炮火药味儿，裹在一起四处飘散。新郎换了一身新长袍，出来挨个席桌敬酒，几杯酒下肚，一张瘦脸醉得满脸通红，走起路来摇摇晃晃。

傍晚，太阳斜斜地挂在西边的地平线上，许多亲戚朋友吃饱喝足后准备离开张家，主人还准备了黄表纸，桌上吃不完的食物，可以打包带走。一些年轻的姑娘后生留下来举行一项特殊的仪式：闹洞房。洞房里，新娘端坐在床上，姑娘后生不断地挑逗，闹着要揭开红盖头瞧一瞧新娘漂不漂亮，伴娘赶紧制止："不行，必须等你们走后由新郎揭。""那让新郎新娘赋诗一首。"有人提议。新郎摸摸脑袋，羞愧地说："这太为难在下了。"原来，新郎识字不多。"嘻嘻，那让新郎新娘喝交杯酒。"大家赞成。于是拿杯的拿杯，倒酒的倒酒。在闹洞房的人生拉硬扯下，新郎新娘喝了一杯交杯酒。一杯酒喝完，大家又要求必须喝三杯，新郎新娘只好答应，可是喝第二杯时，红盖头下的新娘呛得喝不下去，新郎只好代喝。

不知谁起头拍掌唱起了歌谣，其他人随声附和：

> 我敬新郎凤凰头，
> 生个儿子当公侯。
> 我敬新郎擂鼓捶，
> 生个儿子胖蕾蕾。
> 凤凰尾，敬新郎，
> 后代儿孙坐大堂。

随后，新郎撒出一种只有两枚铜钱的红包，大家争先恐后地抢夺，抢到了的乐开了怀，没抢到的只有等下一轮新郎撒红包。接着又有人唱上一段歌谣，新郎又撒一些小红包，大家接着抢，谁抢得多谁沾的喜气就多，谁的运气就好……

月亮从川西平原东边山头爬上来了，悄悄地俯视大地，好像什么也瞒不过它。微风吹拂，热气像泄了气的皮球，慢慢消散，扑面而来的是清清凉凉的夜色。新郎喝醉了，说话开始不着边际，其他人也很疲累了，闹洞房的人、伴娘相继离去，屋子里只余下新郎新娘。屋内灯光幽暗，新郎第一次入洞房，心里十分慌张，迟疑不知如何办，由于烟瘾犯了，坐在那里不停地打呵欠、流鼻涕。他摸索到外面找来烟枪，坐在床头卷烟抽。烟雾瞬间在屋子内弥漫，新娘禁不住轻咳起来，然而新郎并不在意，自顾自地抽，抽了没几口就突然偏倒在床上，拼命地挣扎了几下，伴着几声痛苦的呻吟，之后再也没有爬起来，再也不能揭开新娘头上的红盖头。

云雾迷蒙，缠绕着大地，天边晨曦一片。秋天，川西平原凌晨多雾是很平常的事情。那些雾在田野、村庄上空盘旋回绕，像小猫的脚那么轻柔，凡踩过的地方，都会留下湿湿的印痕。遮天蔽日的雾，直到太阳升起来，或者快要到中午时，才会消失得无影无踪。

城厢古镇的清晨空气清新，十分寂静，听不见人声、车辆声，只有鸟儿在房檐上兴奋地鸣叫个不停。"咚咚……咚咚……"睡梦中的刘仲明被一阵急促的敲门声惊醒，他起了身，发现天已大亮，阳光穿过窗户，照得屋内明晃晃的。头很晕，刘仲明扬声问："谁？""县长，是我，王从武。"外面的人回答。"啥子事？""报告县长，有人报案出了人命。"一听出了命案，刘仲明脑子立马清醒过来，迅速地起床穿好衣服，打开房门走了出来。"啥子情况？你说一说。"刘仲明问。王从武把情况给他做了简略的汇报。原来，城外的张家儿子，在结婚当夜暴毙，好好的一件喜事成了丧事，张家把新娘巧儿告到县政府，说她谋害亲夫。刘仲明边走边问："哪个张家？""就是南门外张家，听说娶了个船夫的女儿。""喔，是他家。"刘仲明心里"咯噔"一下，他立即想到李达昌，被告新娘估计就是李达昌的女儿。

人命关天，刘仲明开始升堂审讯。县政府外，原被告双方早已候着了，而且新郎的尸体被抬到门外大街上，脸上蒙着一层草纸。此事几乎传遍县城，不少人赶到县堂外面来看热闹。开审了，原被告进入大堂，由于昨天在路上新娘坐在轿子里看不见，今天才看清楚。那巧儿，身材苗条，面若桃花，完全不像一个摆渡人家的女儿。只是如今巧儿已被张家五花大绑起来，视如仇敌，巧儿从没见过如此大的场面，吓得不断地哭泣，不敢抬头。刘仲明和颜悦色地看了巧儿一眼，吩咐左右："给被告松绑！"张母害怕县长袒护巧儿，拉长声音哭着："县长——大人，她是杀人——犯，是凶手啊！不能放——过她，应该让她跪下。""案情没有查清之前不能说她是杀人凶手，现在推行新政，要求尊重女性，解放女性，提倡新生活……快，给她松绑。"刘县长的声音很洪亮。旁边卫士上去给巧儿松了绑，巧儿心里一阵温暖，一下子跪在地上，委屈地哭喊："县长大人，我冤枉啊！"刘县长温和地提醒说："别着急，把事情说清楚。"巧儿好不容易控制住情绪，流着泪说出事情的缘由。

原来，当晚新郎先是坐在床边烧了一杆叶子烟，但是烟没有抽完就躺过去了。新郎有过几声挣扎呻吟，但新娘以为他只是喝醉了。后面很久不见新郎动静，她只好自己掀开盖头去看个究竟，可是任新娘怎么推他都不醒，她以为新郎睡着了，就给新郎盖了一床被子，自己挤在床边过了一夜。好不容易熬到第二天天亮，新娘揭开被子一看，那新郎脸发青，嘴发乌，身体僵硬，早已气绝身亡。她吓得哇哇地大哭起来，声音惊动了张家其他人。大家进来一看，只见新郎躺在那里没了气息，全家哭成一团。张家母亲更是伤心，当场晕了过去，众人好不容易才将她救醒。张家其他亲戚邻居闻听此事，也陆续赶了过来。大家想不通，昨天还看到新郎活蹦乱跳，喜气洋洋，怎么一夜之间人就没了呢？大家怀疑新郎的死因有问题，有人提议叫一位大夫来查看，张家人连忙去请大夫。不一会儿，来了一位姓陈的大夫，六十多岁，平常大家都请他看病。陈大夫看了看死者的嘴唇，再掰开眼睛查看了一会儿，得出结论："新郎乃中毒而亡。"所以张家父母就把儿子死因归结在新娘身上了，特别是张母一把鼻涕一把泪指着巧儿说："是她，就是她投毒谋害亲夫。"张母这么一说，大家都开始怀疑巧儿。有人大声吼："把她绑到县政府去，交给官府审问。"随即几人应和："听说新县长上任了，我们去找他。"说着就有几个年轻后生过来动手把新娘绑了起来，巧儿不断地挣扎叫屈，大家并不理会，直接将其押到了县政府大堂，把新郎的尸体也带了去。

了解了前因后果，刘仲明思虑良久，传令："叫验尸官来验看尸首。"不一会儿，验尸官来了。验尸官姓胡，五十多岁，戴着一副近视眼镜，时常板着一张脸，像有人欠了他的钱没有还一样。

胡医官经过一番认真查验后，当即解释：从死者嘴唇、皮肤、指甲等方面判断，新郎确实是中毒身亡。刘仲明提高声音问："中的啥子毒？"胡医官摇晃着脑袋："目前无法考证。""那就解剖尸体化验吧！"刘仲明说。胡医官沉默了，张家人纷纷极力反对，他们不愿意让自己的亲人被开膛剖肚。刘仲明问胡医官："还有没有其他方法呢？"胡医官摇摇头，思虑片刻后又说："如果能找到其他投毒的证据也行。"刘仲明看那巧儿可怜的样子，确实不像什么杀人犯，又回想起昨天上任路上巧儿爹的神情，李家并没有值得怀疑的地方，难道是其他人作的案，然后嫁祸于她？案情不可能没有突破口，现场应该有蛛丝马迹。思忖至此刘仲明宣布："此案案情有许多可疑的地方，嫌疑犯暂时收监，本县要到现场察看一番，至于死者的遗体暂时放进停尸房不要安葬。"

雾不知不觉散去，阳光灿烂，洒满大地，天气变得燥热了，几只狗在树荫下吐着舌头，鸣蝉在树丛里不安地高叫着。刘仲明当天上午就要去张家察看现场，王从武带着几名自卫队员随行。来到张家，刘仲明在院中一张椅子上坐定后，吩咐随员："去，找来几名曾现场参加婚礼的人问一问。"现场民众中有许多人说自己参加过婚礼。刘仲明问："你们中间有没有人中毒，或发生呕吐现象？""没有，没有。"现场的人都这么说。刘仲明又叫来厨子问话，主厨的是一个大胖子，姓张，是新郎的本家。"昨日，新郎要过啥东西吃吗？"张胖子摇头说："没有，只是……昨夜我看见新郎喝了很多酒，是不是酒喝高了？"胡医官接过去分析："不可能，根据迹象不是酒精中毒。"刘仲明起身提议："我们到新房去看一看。"

刘仲明与胡医官走进新房，只见红双喜还贴在墙壁上泛着光，红枕头、红被褥堆叠得那么整齐，一切都显得那么温馨美满。刘仲明吩咐胡医官："查验屋中的茶水、果品是否有毒。"胡医官用随身带来的仪器对屋中的茶水和果品认真地查验后，摇头表示："没有毒。"难道案情进入死角？刘仲明神情凝重，在屋内走来走去，仔细察看屋里的一切。突然，他看见床前地上有一个没有烧完的半截叶子烟，捡起来展开仔细查看，指着从中抽出的一根半截烧焦的东西问："这是啥子？"胡医官走过来接去一看，大吃一惊："这是蜈蚣呀！""蜈蚣有毒，是吗？"刘仲明有点明知故问。"是的，剧毒。"二人相视一笑。刘仲明让胡医官收好那半截旱烟，一起走出房门。

刘仲明回到县政府，稍做休息后，与王从武、胡医官事先商量了一番案情，然后才回到堂上继续审理。巧儿的爹李达昌听到音讯赶到了县政府，见到巧儿后，父女俩抱头痛哭，旁边的人一片唏嘘。李达昌认出了审案的县长就是昨天那个渡河的，他一下子跪在地上声泪俱下："县长大人，我相信我女儿不是啥子杀人犯，请您为她做主！""莫慌，莫慌，本官会秉公执法，决不会冤枉无辜。"刘仲明回应道。李达昌站了起来，垂着泪站到一旁。刘仲明询问巧儿:"你再说一说,新郎进了洞房干过啥子?"她回忆:"他……他喝多了,去外面拿来烟杆儿坐在床边抽烟,把我呛得不得了,他也不管我。""他抽了有好久的烟?""抽了一小会儿,但没有抽完就偏倒过去,当时他嘴上在叫,身子在动,我以为他酒喝多了。"刘仲明转头吩咐胡医官:"好了,你给大家解释一下。"胡医官站出来, 当众拿出那半截夹有蜈蚣的烟卷: "这是我们在张家新房里找到的烧焦了的烟卷,里面有这东西。"有人问:"那是啥子呀?""是蜈蚣,这是我们在现场找到的。新郎是昨夜中了蜈蚣毒而亡的, 并不是新娘下毒害死的。"胡医官进一步说明。

此言一出,堂外堂内议论纷纷,大家根本不相信。胡医官继续解释:"新郎在酒醉状态下,误将剧毒蜈蚣卷进烟卷进行抽吸,由此中毒而亡。"世上哪有这么巧的事,大家都半信半疑。张家母亲蛮横地吼道: "这怎么可能的事?我们不服,我的儿子不可能白死。"旁边的王从武站出来大声道:"这完全有可能,现场都找到中毒的证据,而且经我们调查新娘李家与新郎张家远日无冤,近日无仇,新娘根本没有杀害新郎的动机。"王从武是本地人, 许多人认识他,他的话大家还是有几分相信的。

巧儿一下子给张家父母跪下哭道:"婆婆,公公,我哪会谋杀自己的亲夫呢?"李达昌声泪俱下地说: "亲家公, 亲家母,我女儿绝不会做出那种伤天害理之事,请你们放过她吧!"张家父母看巧儿父女俩那个样子,只是一个劲地哭泣。刘仲明看双方势态有所缓解,于是宣布: "案情已真相大白,新娘李巧儿无罪,当庭释放。"巧儿跪下说:"感谢县长大人,我愿意为夫守节。"刘仲明问张家父母: "你家还有其他儿女吗?"张父回答:"还有一个七岁的儿子。"刘仲明对巧儿说: "现在提倡解放妇女,男女平等, 反对封建礼俗,张家还有其他儿女,你就用不着守节了,回家另嫁他人吧!"李达昌表示:"我愿意退还男方送来的彩礼。"刘仲明问张家人的意见。张家人见事已至此,只好同意了。

临风茶楼,陈麻子正在眉飞色舞地给牌友们讲述新任县长明断"蜈蚣案"的故事。李五爷问: "事情有那么巧?""哎, 也许是他运气好呗! "陈善人摸了一张牌，不以为然地说。"而且他不让新娘给新郎守节，有失礼法。"陈善人补充了一句。"现在政府实施新政，提倡新生活，刘县长这样做是在我们县开了先河。""不只他吧！曾绍成开办女校，教女子不要缠脚，让女子与男子一同读书。哎，现在社会与以前确实大不相同了……""这个县长不简单，有魄力，是一个实干人物。""枪打出头鸟，金堂这个地方龙蛇混杂，我看这位刘县长将来日子不好过……""听说月光会开始了，我今晚去看一看，你们去不去？"李五爷扯开话题。马上有人接话说："要去，要去，月光会一年才一次，热闹得很，而且每次只有那么几天，我们去看能否购买到一些便宜实用的玩意儿。"

打牌结束后，陈善人回到家中，刚好何友琴也在，正与秀红、小英一起在客堂上有说有笑，气氛十分活跃。小英也不再为读书之事愁眉不展，好像换了一个人一样。何友琴给他打招呼："表哥回来了？""嗯。"陈善人在他常坐的太师椅上坐了下来。"你们在摆啥子？"他十分好奇地问。秀红不吭声，抿着嘴笑。"爹，我们正在说新任县长奇断蜈蚣案的事。"小英笑吟吟地回答。"这事有啥子大惊小怪的，巧合罢了。"他撇了撇嘴，不屑一顾地说。秀红问："听说那刘县长死了老婆，目前没有续弦？""这个嘛！我还不太清楚。"他慢条斯理地回答。小英嘻嘻一笑："哪天我们见识一下这位刘县长。""男人之间的事，你们少谈论这些，女人应该遵从妇道……今晚城隍庙的月光会开始了，你们去不去？""晚上我们都要去。"秀红兴奋地回答。

城厢每年农历八月初一至十五都要举行盛大的商会，名叫月光会，主会场就在东街城隍庙。城隍庙是县城最热闹的地方，不但每年农历五月都要在这里举行"城隍爷出巡仪式"，而且秋季还要在这里举行月光会。每年这个时候，那些远近各地的金银帮、玉器帮、石头帮、斧头帮、百货帮、日杂帮、瓷器帮等八大帮会都会集中在这里摆摊设铺，价格十分实惠，城里乡下许多百姓纷纷到这里来购物。刘仲明刚来到城厢，许多工作需要了解并积极推进。下午的时候，他召开了一次县政府工作会议，参加的人并不多，都是副县长、各科室的科长和各局的局长。会上，大家按照顺序发言，有的谈征收，有的谈选举，有的谈安全，有的谈教育……大家都知无不言，言无不尽。会议结束后，王从武磨磨蹭蹭地留了下来，像有事情要告诉刘仲明。刘仲明问："王队长，你还有事吗？"王从武回答道："没啥子事，只是今晚东街城隍庙有月光会，是我们这儿比较大的商会活动，今晚您可以去看一看，想买啥都可以买到。"王从武解释道。"好吧！到时去逛一逛。""您初来乍到，要不要我陪您？""不用，你回去吧！我还有一些事情要做，到时我把小邱叫上一起去。""好的，希望你们今晚有所收获，玩得开心。"王从武说完就转身去了。

天色逐渐暗淡下来，此时的城隍庙早已灯火辉煌，人影憧憧。刘仲明走出办公室来到院子里，忙了一整天，确实体力透支得差不多了，想轻松轻松，他想起王从武提及的月光会，于是叫过邱华生："今晚东街逛城隍庙有月光会，听说很热闹，你去不去？"邱华生欣然同意。

城隍庙位于东街中段。天渐渐黑下来了，月亮升上来了，远远望去像一盏大灯笼，照耀着黑黢黢的大地。东街街口已张灯结彩，人来人往，熙熙攘攘，走进去里面商品琳琅满目，金器银器亮闪闪的，成捆的布匹码得整整齐齐地堆积在货摊上，还有各类家居用品、生活用品、劳动用品，应有尽有。买东西的，看热闹的，男男女女来回穿梭。辉煌的灯光中，刘仲明与邱华生在里面走走停停，观赏着街两边的商品。在一个书摊前，两人停住了脚步，这里有许多种类的书，刘仲明和邱华生都喜欢读书，二人先是进行了一番浏览，接着各自选了几本买了下来，邱华生主动把刘仲明的书接过去拿着，两人继续前行。这时，旁边有人招呼他们："刘县长，刘县长。"仔细一看，原来碰见了陈善人一行。双方走近一起说话，陈善人把刘仲明和邱华生给秀红她们做了介绍。借着灯光，几位女人好奇地把刘仲明和邱华生打量了一番。陈善人热情地问："怎么，刘县长今晚有空来逛月光会？"刘仲明笑着回答："走一走，看一看。""对头，你们刚来，应该了解一下城厢的习俗和地理情况。"陈善人看见邱华生怀中的书，赞许道："不愧是知识分子，买了这么多书。"刘仲明解释道："我买了几本，他买了几本。"闲聊一阵后，双方分开了。

家珍公园(何志勇　配图)

> "我老彭收功弹丸。"——孙文
>
> "共和成，虽死亦荣；共和不成，虽生亦辱……"——彭家珍

第七章

还没有到金堂上任时，刘仲明就了解到金堂县是革命先烈彭家珍的故里，以前，他也听说过彭家珍的壮烈故事。彭大将军专祠位于县城东门家珍公园内，家珍公园原名"金刚公园"。彭大将军专祠里面陈列有孙中山大总统、蒋介石委员长等重要人物的题词。

要问彭家珍何许人也？他就是金堂县姚渡乡二堰村人。在辛亥革命时期，革命浪潮如火如荼，当时的清政府依靠袁世凯、良弼等人负隅顽抗。时任京津同盟会军务部长的彭家珍热血沸腾，为了策应孙中山的六路北伐，1912年1月27日，自告奋勇刺杀清廷军机大臣良弼，致良弼重伤而亡，彭家珍本人也当场牺牲，年仅二十三岁。良弼之死重创了清廷顽固派，清廷不再有多少可以依靠的力量。不久，清帝宣布退位。为了悼念先烈，孙中山追授彭家珍为陆军大将军，并下令修建彭大将军专祠，彰显彭家珍的丰功伟绩。但是由于没有经费，彭大将军专祠一直未建。直到1938年，时任国民党四川省主席张群个人捐赠大洋三千多元，在金堂金刚花园旁建造了约四百平方米的纪念馆，原来的金刚花园由此改名为"家珍公园"。

历任县长上任之初都会参拜家珍专祠，一来是以表对革命先烈、领导人的崇敬；二是在当地给自己的县长职位营造声势和权威。刘仲明来金堂县第四天才决定去参拜彭大将军专祠。上任的头几天，刘仲明一直在梳理县政府的工作，摸清金堂县的具体情况，由于前任罗县长免职仓促，许多工作没有来得及交接。为了推进工作，刘仲明除了召集政府部分官员开会，还先后与两位副县

长进行单独谈话。副县长陈才用主要协助县长管理日常事务，副县长王世成主要负责征收工作。

邱华生主动向刘仲明请缨，希望自己能多为老师分担一些工作。刘仲明意味深长地说：“小邱，我们俩是师生，你是我最信任的人，许多重要事情需要你去办理。你以前当过记者，文笔很好，你当我的秘书，负责办公室工作，起草一些文字材料，让办公室的小谢、小赵协助你。还有，我希望你多历练历练，协助王从武队长的工作。”小谢、小赵都是二十来岁的年轻人，大学毕业，本地人，平常在县政府办公室担任文秘方面的工作。接着，刘仲明交代了明日上午举行祭奠彭大将军仪式和下午召开党政联席会议的几点工作安排。第二天一早，一份书写娟秀、文笔优美的演讲稿就放置在刘仲明办公桌上。刘仲明认真阅读后，做了一些改动。

阳光灿烂，彩霞满天，看来又是一个晴朗的天气。家珍公园里郁郁葱葱，树林里鸟鸣声声。邱华生带着县政府办公室几个工作人员来到家珍公园忙着张贴标语，布置会场。王从武和孔红亮调派力量维持秩序。参拜仪式在上午十点举行，参加的人大多是政府要员，还有不少百姓赶来看热闹。纪念馆周围松柏掩映，金刚池畔杨柳依依。祭拜会由副县长陈才用主持。第一项仪式是向英雄献花。鼓乐奏响，鞭炮轰鸣。在彭大将军遗像前，刘仲明带领众人三鞠躬，并献上花篮。由于是参拜革命先烈，大家神情庄严。接下来，刘仲明发表演讲：“各位先生、各位女士、各位同胞：今天，吾辈怀着一颗赤诚之心来祭拜革命先烈。彭大将军之逸事，众所周知，他舍生取义，用自己之鲜血推翻了满夷帝制，换来民主自由，实现共和，得到孙先生、蒋委员长等党和国家领袖高度赞扬和评价。他是金堂之骄傲，也是中华人之骄傲……彭大将军不畏牺牲之高贵品质，永远值得吾辈学习……他伟大光辉之形象永远活在吾辈心中，吾辈要把英雄精神和高贵品质世代传承，坚持‘三民主义’，推行新政，实现共和……”

仪式结束后，刘仲明参观了纪念馆。馆内陈列着孙中山的“我老彭收功弹丸”、蒋委员长的“英姿飒爽”、李宗仁的“浩然正气”、孔祥熙的“万古长青”等题词。刘仲明认真看了蒋委员长的墨宝“英姿飒爽”——其笔锋硬朗，中规中矩，有冷峻和刚毅风采。纪念馆负责人彭家梁是彭家珍的族弟。他给刘仲明介绍："其实金堂老家只有兄长的衣冠冢，他的遗体被安葬于北京。"

下午要举行党政联席会，二时许，参加会议的官员们陆续集中，主要商讨国大代表选举事宜。开会了。这是刘仲明来到金堂县召开的第一次党政联席会议，人员来得相当齐整。会场就设在县政府大礼堂，国民党金堂县党部书记长汪东生、副县长陈才用、王世成，议长陈思远，副议长曾绍成，青年党主席刁十一以及政府各科室科长、各局局长等都参加了会议，挤了一屋子人。官员们大多是烟鬼，烟瘾发作后就自顾自地抽起来，弄得会场里烟雾缭绕、闹哄哄的，像没头苍蝇在乱飞。会议主席台上坐着刘仲明、汪东生、陈思远、陈才用、王世成，会议由副县长陈才用主持。陈才用站起身来，环视大家一阵子，清了清嗓子大声说："肃静，肃静。"大家渐渐安静了下来。陈才用讲道："各位，首先我给大家隆重介绍一下，我们金堂县迎来了一位新县长刘仲明县长，刘县长大学毕业，年轻有为，是省政府的下派干部，我们以热烈的掌声欢迎刘仲明县长到我们金堂县工作。"话音刚落，下面掌声一片。

"现在我们请刘县长讲话。"陈才用说道。刘仲明扫视整个会场，抑扬顿挫地讲道："……中央要求各地要迅速开展国大代表选举工作，力争十一月底召开全国代表大会，所以时间紧迫。今天把大家召集在一起就是为了选举工作，这是当前的大事要事，虽然我县只分了一个名额，但有三个人参选。上面催得紧，我们要尽快拿出结果来，不能再拖了。如果谁耽误了选举工作，上面就要追究谁的责任。"在座的各官员哑声一片。他继续讲："选举是中央实行民主改革的重要方面，是群众关心政治行使政治权利的头等大事，由于时间紧，我们初步制订了一套方案，下面由民政科曾子义科长来给大家宣读，大家审议讨论。"

民政科长曾子义，快步走上前台宣读选举方案。

摘要几条：

一、成立县选举事务会所，由县长任所长；

二、事务会所下设总干事，由民政科长担任；

三、总干事下设选务、事务两个科；

四、各乡镇成立选举委员会，设立选举办公室；

五、每周一，县政府召开党政联席会，研究选举事务推进情况；

六、严格选举纪律，成立纪律检查领导小组，由县长为组长，书记长、议长为副组长，一经查实有人拉选票，买卖选票，徇私舞弊，则取消其选举资格。

大家进行了热烈的讨论，会议一致同意了该方案，并确定县选举事务所办公地点设在县政府内民政科。接下来，刘仲明继续发表施政讲话："推行新政，大力提倡新生活，废除封建礼俗，解放妇女，男女平等，言行自由；禁赌禁毒，打击土匪恶霸，维护社会稳定……在座的各位都是政府官员，要认清政治方向，由于前方战事紧张，上交的赋税较多，为了减轻农民的负担，政府要开源节流，不能铺张浪费。政府开支要接受民众监督，如果查到有人大吃大喝，县政府将严肃处理，该免职的免职。"此话一出，大家议论纷纷，因为历任县长都没有这样实施，大家都觉得十分新鲜。刘仲明讲完政务工作后，汪东生接着讲党务工作。汪东生说："在座的大多数人是国民党党员，要特别讲政治，特别讲党性，特别讲纪律，一切以党国事业为重。目前共党分子猖獗，到处发动群众举行示威游行，搞破坏，对于共党分子，我们要严惩不贷，服从蒋委员长'宁可错杀一千，不可放过一个'的命令，如有人知情不报，以共匪论处……"

恐怖，顿时蔓延全场。

办公室内，刘仲明在看报纸，报纸上许多新闻在说什么国军获得多次决定性胜利，已逼近了共军的心脏延安，活捉"朱毛"指日可待。但他有点怀疑，共军就那么不堪一击？日本鬼子八年了都拿共军没办法。院内忽然传来喧闹声，刘仲明走出办公室，见是五个荷枪实弹的大兵在一名尉官带领下闯进县政府，负责警卫的张拐子等自卫队员上前拦阻，双方发生了争执。特别是那带头挂短枪的尉官，姓谢，自称参谋，戴着一副墨镜，流里流气的样子。

刘仲明上前问："你们是哪一部分的，来干啥子？"谢参谋说："我们奉长官的命令来找刘仲明。""我就是。"谢参谋上下打量刘仲明一番："我们长官有请。""你们长官是谁？""黄寅敬黄团长。"一听"黄寅敬"三个字，刘仲明想到这次参加国大代表选举，黄寅敬就是三名候选人之一。"他叫我去干啥子？"刘仲明问。"有重要事情。""可是我现在有事。"刘仲明觉得很有可能黄寅敬是为了选举之事找他，心中不情愿去。但几个大兵过来将刘仲明连拖带拽上了一辆马车，向城外驶去。

邱华生在后面不知如何是好。这时，王从武接到张拐子的报告，气喘吁吁地赶了来，他听说了事情经过后，安慰说："不要紧，这是驻军黄寅敬黄团长把他叫去了。"邱华生愤愤不平地说："他一个团长就这样霸道，怎么强拉强请的？""黄团长做事一向就这样的。""简直是军阀作风，还有没有王法？我们派人去接刘县长。"邱华生担心老师的安全。经过商议，王从武和邱华生带上十几个自卫队员往驻军防地赶去。

刘仲明稀里糊涂地被拉到了城厢北门外大小寺国军驻地，在一间屋子内，他见到了一位军官。只见这位军官矮胖矮胖的，身板子很结实，一脸的横肉，神情威严地坐在太师椅上。刘仲明相当镇定，因为他在省政府工作时，这样级别的军官他见多了。那军官一抱拳，大大咧咧地说："刘县长，在下黄寅敬，请坐。"黄寅敬是重庆人，说话像大舌头，穿着打扮很土，原是土匪出身，上前线打过日本鬼子，立功后升任的团长。刘仲明在黄寅敬对面椅子上坐了下来，不软不硬地道："你用这种方式来请我，恐怕不妥吧！""刘县长受惊了，在下有事与你相商。"黄寅敬说话的语气软了许多。黄寅敬毫不掩饰地说："我是一个粗人，明人不说暗话，我这次参加国大代表选举是志在必得的，但由于我不是本地人，在这里亲戚朋友较少，还请你鼎力支持，出面给各乡镇打招呼只选我，这样子效果就好多了。"刘仲明知道不能那样做，自己才说了要推行新政，发扬民主选举，那样做就是徇私舞弊，破坏选举。"选举有选举的纪律，这是原则的事情，我不能破坏民主选举。"刘仲明回答说。看他不愿配合，黄寅敬从抽屉里拿出两根金条："我不会让你白帮忙的，这是你的酬劳。"两根长方形的金条放在桌上，黄灿灿的，很诱人。刘仲明义正词严地回答："你这是啥子意思？我不能收，也帮不上你的忙。"两双眼神碰上了，刘仲明的眼神很锋利，很坚持。

黄寅敬正要发作，不想这时军营门外面喧闹声传到屋子里。原来，邱华生和王从武带着人已在军营门外，阵仗还挺大。一位士兵急匆匆地进来在黄寅敬耳边说了些什么。黄寅敬脸色突变，对刘仲明道："你手下还挺忠心，这会带着人到我驻地门前来要人呢。""黄团长，那要没其他事，我告辞了。"刘仲明起身要走。看着刘仲明严肃的神情，黄寅敬明白，此事只怕是枉费心机，只好挥了挥手："走吧！"

刘仲明刚离开，黄寅敬气哼哼地发泄不满："想不到那姓刘的像粪坑里的石头——又臭又硬。""团长，不要紧，我给各乡镇长打招呼，如果哪个不买账，我叫他吃不了兜着走。"一旁的谢参谋为上司出谋划策。"只有如此，但也不能弄得太过分，省得给别人落下口实，毕竟是选举……"黄寅敬叹了一口气说。

第八章

> 她是毗河儿女，毗河，是她梦中的河。

巧儿回到毗河岸边白贯村的家中，她和张家新郎的事已传遍了整个村子，村里人都在背后议论纷纷，说巧儿是扫把星，克死了自己的丈夫。李达昌自然听说了村里人的风言风语，心里很难受，在巧儿面前唠叨说："村里人说这说那，你今后如何再嫁人……流言可畏，你以后最好都在家里待着，一个女子家别到外面去露面。"她争辩道："爹爹，嘴长在别人身上，让他们自己说去，至于婚姻要靠缘分。"李达昌沉默不作声了。她继续道："我看刘县长是一位好人，他救了我，我们得感谢人家。"李达昌问："如何感谢呢？""我想打些鱼送给刘县长。""做人就得老实厚道，知恩图报，这个我支持你，需要船就去驾。"

巧儿自幼在毗河岸边长大，时常在河边洗衣、挑水，在河中嬉戏玩耍，她了解毗河的脾性，熟悉岸边的一草一木，水中的一事一物。为了搞好家中的伙食，她在父亲的帮助下，学会了驾船，学会了撒网捕鱼的本领，有时还把捕到的鱼拿到集市上出售，贴补家用。

说动手就动手，巧儿整理好家中的渔网，一大早就驾着父亲的船将网放置在一处流水较缓的地方，等晚上才去收。可惜第一次捕获的都是小鱼小虾，拿不出手。原来，毗河两岸穷苦人太多，为了生活，把毗河里的鱼捕得差不多了。巧儿并不灰心，经过几日耐心地撒网，终于捕获了几条一斤多重的鱼。

这天早上，太阳刚从东边探出头来，阳光洒满毗河两岸，明媚地落在水面上，正应了"半江瑟瑟半江红"那句诗。巧儿一早起了床，收拾好准备到县政府送鱼去。李达昌道："还是让我送去吧！""不，渡口离不开爹，我自己去送。"巧儿坚持说。她提着几条鱼出了门，一路往县政府而来。来到县政府门口，张拐子和廖塌鼻认出了巧儿。张拐子盯着巧儿手中的鱼，好奇地问："你来干啥子？"她大大方方地说："为了感谢刘县长，我给刘县长送几条鱼来。"廖塌鼻鄙夷地说："刘县长瞧得起这几条鱼吗？"她坚持道："不管他到底稀不稀罕，你们还是进去通报一下吧！"张拐子道："好吧，你稍等。"张拐子说罢就转身进去通报去了。不一会儿，刘仲明出现在门口。巧儿上前将几条鱼递过去说："谢谢刘县长，谢谢上次救了我，这是我一点心意。"刘仲明并没有立即接过去，而是笑吟吟地说："好呢，今晚上煮鲜鱼汤！"说着从口袋中摸出两块大洋："但是，你必须收钱，我才要你这几条鱼。"巧儿着急地说："这是我感谢您的，不要钱，不要钱。"刘仲明笑道："我是县长，不能轻易收受别人的礼物，你不收钱，就请拿回去，你的心意我领了。"说着刘仲明转身就要进去。巧儿无奈地说："那好吧！我收下你的钱，但也不能有这么多呀！"刘仲明将两块大洋塞到她的手中："不多不多，你家中情况我知道……"巧儿呆呆地看着刘仲明提着鱼走进县政府，两块大洋在手中暖暖的。

"叽叽喳喳……叽叽喳喳……"鸟儿在笼子内不安分地跳跃，想从里面蹦出来。陈善人午饭时喝了二两酒，脑袋晕乎乎的，脸色通红，自顾自地在花园里逗鸟儿玩。管家快步来报："老爷，周理润来访。""让他在书房等候。"陈善人一边回答，一边罩好鸟笼，准备接待周理润。他知道周理润多半又是为了选举之事找他商量。来到书房，陈善人头脑清晰多了，不过一开始他们并没有谈事情，陈善人先向周理润要了一小撮熟鸦片，打燃洋火，两人凑在一起抽起来。

陈善人深深地吸了一口大烟，问："选举准备得怎样了？""我与上五区和下五区的各乡长镇长都见过面，请过吃喝了，还与一些乡的袍哥老大订了盟誓，他们都答应尽力支持我。"周理润吐了一个烟圈，喜滋滋地回答。"商会的人呢？""我专门开会给他们讲了。"陈善人摇头表示："商会的人我了解，许多人鬼精得很，根本不可靠啊！他们经常就是当面一套背后一套……商会里也就贺松还值得信赖，毕竟跟了你那么多年。"周理润说："我听孔红亮说，黄寅敬为了选举之事把新来的刘县长请去谈话了。我原本也想接触一下刘县长，可是他推行新政，实行民主选举……"陈善人在桌子上磕了一下烟枪，不屑一顾地说："新政，新政，每个县长刚上任时哪个不是口口声声地要实行新政，结果呢？……不过与刘县长接触一下还是有必要，虽然他刚上任，但还是有很大的影响力。特别是在选举上，如果他打个招呼，或睁一只眼闭一只眼效果都不一样，可是在这选举的当儿大张旗鼓请客，未免容易引起他们议论。""我有个办法，一来可以避免嫌疑，二来可以探一探刘县长的口风，争取把他拉拢过来。我们在北街王从武的歌乐厅剧场举办一个舞会，邀请刘县长参加如何？""这个办法不错，啥子时候呢？""明晚是周末，就明晚吧！"二人商议好后就按照计划去请刘仲明，令他们高兴的是刘仲明答应了。

北街歌乐厅是王从武开办的，是金堂县城唯一的一家剧场。王从武因病从部队辞职回到金堂后，发起成立了"金堂在乡军官会"，筹集了一些费用，然后就在北街建起了这个歌乐厅剧场，档次较高，结束了金堂没有剧场的历史。

周末晚上八点，舞会准时在歌乐厅举行，刘仲明和邱华生都应邀到来。舞会自然需要女伴，陈善人带上了姨太太秀红和女儿小英，并把表妹何友琴也带上了。原来，何友琴和小英都是舞迷，听说有舞会都踊跃报名参加。陈善人本不想让小英抛头露面，在小英强烈要求下，为了缓和父女之间紧张关系，才不情愿地准许小英参加。参加舞会的还有五凤乡乡长贺松、汪玉莲夫妇、玉虹乡乡长吴志洪、杨琼华夫妇，警察局长孔红亮等人。

歌乐厅内有歌舞台、霓虹灯、酒吧台。开始大家都喝红酒，互相认识。何友琴、小英她们与刘仲明是第二次见面，并不陌生。陈善人领着周理润走过来见刘仲明："我给你隆重介绍一下，这是我们县商会的周理润会长。"刘仲明与周理润首次见面，双方举杯客气地表示："幸会，幸会。"正在他们闲聊的当儿，音乐悠扬响起，女歌手闪亮登场，歌声悠扬，舞会开始了。本来刘仲明是今晚的主角，风头却被何友琴抢了去。只见何友琴淡妆浓抹，发髻高耸，白丝袜，一身崭新的旗袍，十分高贵淑雅、漂亮大方。在众人的注视下，何友琴径直走到刘仲明跟前，把纤纤玉手伸向刘仲明："请跳一曲舞吧！"刘仲明顿时显得有点腼腆：“我……我跳得不好。”何友琴温柔一笑：“刘县长过谦了吧！”在何友琴一再要求下，刘仲明只好答应。两人随着曲子面对面跳起来，何友琴有意无意地往刘仲明怀里靠，一身香气熏得他头发晕，让他分不清方向，不由自主地把身体向外挪。其实，刘仲明对眼前这个女人有好感，她是那么漂亮，那么有气质，可是他并不了解她的情况和底细……跳着跳着，刘仲明有点开始想入非非。一曲终后，刘仲明赶紧到一边喘口气，稍稍平静了一下心情。周理润趁机走过去对何友琴说：“女诗人，下一曲我请你跳。”却被何友琴委婉地拒绝道：“我已经有舞伴了。”说着，何友琴像躲瘟神一样赶紧走到了一边。歌声又响了起来，何友琴走过来接着请刘仲明跳下一曲，他身不由己地就跟过去了。一旁的周理润气得直跺脚，只好没趣地走到一边。

霓虹灯闪烁，何友琴小鸟依人地靠近刘仲明的胸前，轻声问：“刘县长，您喜欢写诗词吗？”“喜欢，以前教书时写过，改了行以后由于工作繁忙就没有时间写了。”何友琴莞尔一笑，露出一排整齐的牙齿：“我们组织了一个吟荷诗社，欢迎您来参加。”“好啊！向你们学习。”“更重要的是，支持地方文化发展。”“对，推行新政，建设地方文化，应该支持你们。”

何友琴与刘仲明的亲密行为，引得坐在一旁喝红酒的周理润极为不满，他心里在嘀咕：“啥子节妇？不过婊子一个。”又一曲终后，周理润端起一杯红酒来到刘仲明面前敬酒：“刘县长是哪里人氏啊？”“川东人。”“来金堂各方面习惯吗？”“习惯，我已经在成都生活六七年了。”陈善人看周理润与刘仲明在说话，于是挪步靠了过来。“刘县长，你知道的，我这次也参加了选举，希望得到你支持。”周理润语音有点沙哑，声音几乎被音乐吞没。“怎么支持呢？”“给各乡镇打个招呼。”“这要靠选民自己的意愿。”“可是现在竞争相当激烈，周兄弟是我的一位朋友，还希望刘县长关照一下。”陈善人帮腔道。“我初来乍到，这个不好办啊，况且这次是民主选举，我不能破坏规则。”“对县长您来说很简单，只要有些事情通融一下就行。”刘仲明沉默不语。这时，何友琴轻盈地走过来，伸出手想再一次请刘仲明跳舞。陈善人很不耐烦地说：“我正在与刘县长谈事呢！”何友琴嘻嘻一笑：“舞会结束后你们再慢慢谈吧！”说着就拉走了刘仲明，刘仲明趁机脱身。

邱华生一个人坐在一边喝红酒，一个穿着短衣短裙的清纯女孩走过来，大方地邀请他跳舞。这个女孩子看起来很漂亮，很活泼，他一直都有注意到她。邱华生回想起来他们在月光会上见到过，她是陈善人的女儿小英。随着音乐的旋律，两人边跳边谈起来。邱华生问："你是陈议长的女儿？""是呀！我们见过面。""你叫啥子名字？""陈小英。""看你还是个学生吧！""高中刚毕业，听说你是刘县长的秘书，大学毕业？"邱华生点点头。"哪所大学？""四川大学。""大学真好，我想读大学可我爹不答应。""他为啥子不让你读书呢？""他说女子家读书无用。""怎么那样？现在提倡新生活，解放妇女，男女都可以平等接受教育。""你别看他是议长，思想保守得很。""那他为啥子还让你读初中高中呢？""是我表姑坚持要我读的。""你表姑又是哪个？"小英朝何友琴努努嘴："就是那个何女士。"邱华生这才弄清楚了她们之间的关系。"有机会请你给我讲一些大学里的事情。""你为啥子想上大学？"小英幽幽地说："因为在大学里能学更多的知识，懂得更多的道理……"

　　邱华生要到德新书店找一个人，一个特别重要的人。他来城厢已经几天了，由于工作繁忙，一直没有去德新书店与当地党组织联系。他没有忘记自己此次来金堂的使命，利用工作之便，他找到了德新书店的位置，就在南街76号，他决定周末去德新书店看一看。

　　周末上午，阳光灿烂，空气清爽，整个县城里洒满金灿灿的阳光，大街小巷人来人往，热闹非凡。邱华生信步来到德新书店。这书店是一间相当大的房间，进门处摆设着前台，中间放置着一排排整齐的书架，书架上陈列着各式各类的书，书架四周摆放着许多桌子椅子，方便读者阅读。书店的墙上还张贴着如"书籍是人类进步的阶梯""阅读使人快乐"等许多名言。书店里看书的人比较多，有年老的，有年轻的，有男人，也有女人，他们或坐或立，都在认真地选书看书。

　　德新书店是成都市地下党特委主持开办的川西书局的分店，面上是个普通书店，暗中还销售中外进步文艺书刊，也会秘密组织进步青年阅读毛泽东同志的《论持久战》《论联合政府》等革命书刊。组织上叫邱华生到德新书店后去找老板杜科。邱华生一进书店就引起老板杜科的注意，因为他面生得很。邱华生进店后，并没有急着直接找杜科，而是先四处浏览一下书店里的书，观察店内情况，然后拿着一本美国女作家米切尔写的《飘》来到柜台前付款。邱华生问："多少钱一本？"老板回答："十块法币。""这么贵，能不能少点？少五块，五块。""不行，这是我们刚购进的新书。"邱华生付了钱后，环顾一下四周："那……请问，你们老板是不是姓杜，叫杜科？""是啊！""喔，他成都舅舅给他带了一封信。""我就是杜科，你是？""我是他舅舅的邻居张二娃。""老乡来了，请楼上坐。"

原来，他们说的全是接头暗语。

杜科安排雇员照看书店后，二人一起进了楼上房间。屋内，邱华生亮明身份，杜科热情地握住他的手道："我们已经接到上级的通知，欢迎你来到我们支部，我是支部书记杜科。"接下来，邱华生介绍了自己来金堂的目的："一来是发展革命力量，解放川西；二来是保护城厢古镇文物不受破坏。""寿佛寺老尼姑玄真那儿有一件叫'凤龙虎熊座'的古玉，许多人都在打它的主意。""我们这个地方有一个'凤凰涅槃'的传说，'凤龙虎熊座'就是故事中的古玉。"杜科大致讲了一下传说的由来。邱华生沉吟片刻："请杜书记给我介绍一下寿佛寺周围的环境。"杜科用手在桌子上比画起来："寿佛寺位于家珍公园内，靠左是彭大将军专祠，对面是金堂中学及绣川书院。""金堂中学？喔，我们打算就在金堂中学发展革命力量，利用师生来保护国宝？""金堂中学和绣川小学的一些老师和学生经常来这里阅读进步书刊。而且校长曾绍成是副议长，此人思想开明，为人豪爽正直。""有没有较积极的，而且有家庭背景的老师？""有，金堂中学英语教员曾传秀老师，大学毕业，二十来岁，她是曾绍成的独生女儿，经常来书店读书，是积极分子。""把她争取过来，让她去做她爹的工作。""我们正在做这方面的努力。"杜科回答说。

第九章

吴志洪觉得刘县长吃人饭拉狗屎， 一点没有人情味。

西街大南毛笔社，老板姓陈，名才川，五十多岁，在城厢做毛笔文具生意二十多年了。大南毛笔社门户陈旧老化，色泽暗淡， 油漆脱落，显示着斑驳岁月。毛笔社离县政府大门没有多远， 只有几百米路程，陈才川整日像木偶似的坐在柜台内，许多政府官员都在他这里购买办公用具，也经常与他摆龙门阵， 所以他对县政府里发生的大小事情了如指掌。

午后，风儿吹拂，只听见陈才川拖着声音自唱自吟：

闷了，来一段清唱川戏，四川快板，摆一摆几十年前野史趣闻；

渴了，来一杯三花茶，或谈古论今，或闭目养神，直到喝成白水；

馋了，来一盘花生米，二两跟斗酒，慢慢咂到太阳西下；

饿了，品尝一碗"彭老六"伤心凉粉，酸辣可口，欲罢不能。

声音在街面上飘飘荡荡，起起伏伏。门前， 一条老黄狗摇着尾巴，沉静而悠闲地趴在柜台外看着街上人来车往。陈才川转身注意到刘仲明从县政府走了出来。刘仲明来金堂十多天了，平时忙于公务， 很少到大街上游逛。这日下午公务不多，刘仲明处理完后，觉得疲累， 身子像是飘的，就想四处走一走， 散散心。秋阳明媚，挂在街檐上，几只鸟儿在房顶上飞来飞去。这是一个响晴的午后， 人来车往，集市上十分闹热，街两边有卖麻花、凉粉、糖人的小摊， 叫卖声不断。街上的空气烦闷、干燥，充溢着牲畜的气息。

街口一些小孩子唱起了歌谣：

叉叉裤，偷萝卜。

狗来了，爬桑树。

桑树倒，钻茅草。

茅草多，钻鸡窝。

鸡窝烂，钻尿罐。

刘仲明在街上东游西逛，不知不觉转到了东街。突然，前面传来一阵喧闹声和打骂声，而且越来越激烈，刘仲明赶过去时只见一群人正在一家叫"鸿运赌场"的门外围观。刘仲明快步走到事情发生地，伸长脖子一看，只见两个流氓模样的人正狠狠地揍着一位中年人，他们用脚踢，用拳头没头没脸地揍，揍得那中年人口鼻出血，倒在地上爬不起来。看没有人出面制止，担心这样子下去会出人命，刘仲明心中十分气愤，拨开人群上前大声喝道："住手，你们为啥子打人？"

两个混混停了手，上下打量刘仲明一番，看刘仲明虽然像个官爷模样，但穿着普通。一个混混盛气凌人地问："你他妈是谁？关你屁事！""你不要管我是谁，打人就是不对。"另一个混混气势汹汹地上前一把抓住刘仲明衣服的前襟："咸吃萝卜淡操心，他欠钱不还，我们抖他。"刘仲明据理力争："欠钱又怎样？不应该打人。""他妈的，你算老几？"两个混混握着拳头要揍刘仲明。刘仲明挺直胸，面无惧色。两名打手见刘仲明正义凛然的样子，内心有点胆怯，拳头始终没有落下来。旁观者中不知是谁在吼："打人要不得哟！打人要不得哟！"接着又有几个人随声附和。两名打手被震住了，背鼎锅上山——吃不住劲，放开了刘仲明，指着倒在地上的中年人骂了两句，躲进了赌场。

刘仲明上前扶起中年人问："你欠他们好多钱呢？"中年人抹了抹嘴角的血，流着泪回答："我没有欠他们的钱啊！今天我手气好，赢了钱，他们仗势欺人说我出老千，然后就动手打我……天啊！简直是活坑人！"刘仲明朝赌场里瞅了瞅："这是谁开设的赌场呢？""你不知道？是玉虹乡乡长吴志洪开的，他爹吴三泰在经营。"玉虹乡乡长吴志洪的情况在刘仲明脑海里飞转起来，他记起了吴志洪的模样来，一个闷墩，肥头肥脑，走起路来气喘如牛。"你可知道赌博害人？"刘仲明问。"知道，可是……有瘾嘛！控制不住自己。""哥老倌，有瘾也要戒掉，今后不要去赌了，你可知道赌博赌博越赌越'薄'的道理？"中年人点头应承。"要不要看医生？""没关系，谢谢您，我叫陈启华，住在南街，今后有机会定当感谢。"中年人弯腰拍了拍身上的灰，向刘仲明千恩万谢地走了。

围观的一些人过来低声告诉刘仲明："这家鸿运赌场仗着吴志洪的势力，不但赌得大，而且还用放高利贷和出老千等不法行为为害乡邻。"刘仲明听了心中有气，说："一个乡长就这样无法无天，难道没有人管吗？""有人撑腰，谁敢管呢？""谁给他撑腰呢？"旁人欲言又止，显然背后的人物不简单。"陈启华也是一个混混，那么大的家产让他败光。"众人议论纷纷，四散而去。

刘仲明继续逛街，心里极不平静，他最恨赌博了，见多了人因赌博输掉财产，最终落得家破人亡，妻离子散。现在实行新政，应该禁赌查赌，他打定主意不能轻易放过这件事，首先就要惩处这家赌场，整顿社会风气。想到这刘仲明索性街也不逛了，快步来到北街警察局，孔红亮刚好在，刘仲明吩咐孔红亮："走，带几个人去查封鸿运赌场。"孔红亮听了这话一脸惊讶。刘仲明把刚刚遇到的事讲了一遍。孔红亮嗫嚅着："可这赌场是吴乡长家开的……"刘仲明表情很严肃："管他哪个开的，只要为害百姓，我们就要处理。""可是……""有困难吗？这样，我们一起去。"刘仲明盯着孔红亮说。

看着刘仲明较真的神情，孔红亮只好硬着头皮带上几个警员与他一道来到鸿运赌场。他们一走进场子就被认了出来，吴三泰认识孔红亮，笑脸迎上来招呼。吴三泰六十多岁了，戴着一副大眼镜，以前在大同乡任过副乡长，知道官场上的路数。其他参赌人员看见警察进来，并没有惊慌，满不在乎地继续赌博。孔红亮点点头，给吴三泰使眼色："我们今天是来查封你们赌场的。"

吴三泰愣了下，笑嘻嘻地问："你们又是在例行公事吗？""不是，我给你介绍一下，这位是新任的刘县长，有人举报你们非法经营，我们县长亲自前来查处。"孔红亮说出实情。吴三泰不慌不忙上前与刘仲明见面打招呼："不知县长驾到，失礼，失礼。"刘仲明把脸转向一边，对吴三泰不理不睬。先前打陈启华的那两个混混认出了刘仲明，知道事情不妙，忙把吴三泰拉到一边嘀咕了几句。吴三泰这才发觉事态严重，过来给刘仲明赔礼："先前他们有眼不识泰山，得罪了县长，请海涵。"吴三泰当即唤过那两个打手过来给刘仲明道歉。刘仲明神情十分严肃："不必了，据民众反映你们有放高利贷、出老千等不法经营行为，现在予以查处。"吴三泰问："有证据吗？""刚才你们打人就是证据，我亲眼所见，现在要求你们停业接受调查。"吴三泰还想辩解。"封了，封了。"刘仲明一挥手道。

孔红亮命令警员开始驱散参赌人员，那些参赌人员看警察动了真格，全都一哄而散，风一般涌出赌场。吴三泰顿时变得像吃了雷公的胆，天不怕地不怕地乱骂："你们乱执法，滥执法，欺负小民，老子不干，老子不干……"吴三泰号叫着，坐在地上撒泼乱骂不出去。孔红亮看情形一时束手无策，过去问刘仲明。"你看着办，这点事你警察局长都处理不好？"刘仲明转身走出了赌场。孔红亮看了看地上的吴三泰，横下心命令道："把他拖出去。"几名警员把吴三泰像拖死狗一般拽出赌场，丢在了街边，然后两条盖着县政府大印的条子往门上一贴，鸿运赌场就这样给封了。

刘仲明查封吴志洪他爹的赌场时，吴志洪正与王水眼、陈天刚等几个混混在北街张癞子灯影牛肉馆喝酒。两碟灯影牛肉，一盘花生米，一碟猪肚条……摆了一桌子菜。灯影牛肉是该店的招牌菜，是用牛后腿腱子肉切成片后，经腌、晾、烘、蒸、炸、炒等工序制作而成，味道麻辣香甜，因牛肉片薄如纸，色红亮，可以透过灯影，有民间皮影戏的效果而得名。如果挑起一小块，放进嘴里细细咀嚼，那味道细腻、鲜嫩、香脆，巴适得很。一斤鲜牛肉大约只能做出四五两灯影牛肉，所以这灯影牛肉价格十分昂贵。酒，还是本地自产的跟斗酒。

今天是王水眼请客，他是一家布店的老板，他们几个经常凑在一起喝几盅。此刻，酒已喝多时，个个喝得满脸通红，二麻麻的。鸿运赌场的堂倌杨扯火急匆匆地跑来向吴志洪报告："少爷，不好了，县长把咱家赌场给封了，你快回去看一看吧！""啥子？"吴志洪此时神经已经不做主了，没有听清楚。"新来的县长把咱家赌场给封了。"杨扯火提高音量说。"他妈的，谁敢封老子的店，老子这就与他理论去。"吴志洪肠子不打弯，是直性子，说话间就一下子从板凳上跳起来要往县政府奔，找刘仲明的麻烦。众人连忙一把按住他："人家是县长，你瓜娃子乡长不想当了吗？""不要冲动，任何事总有办法解决。"吴志洪此时哪听得进去，挣扎着要去，几个酒友死活拉住他不让去。众人继续劝道："你不要与县长对着干，新官上任三把火，想来他只是做样子给老百姓看的。""那就这样子吃亏受气？""想其他办法，例如贿赂刘仲明，现在哪个当官的不贪呢？"吴志洪想了想也是，于是沉下心来，举起杯："来，喝，妈的，暂时不管他！""对头，今朝有酒今朝醉，喝死当睡着。"大家又举杯畅饮。吴志洪与大伙一道把酒喝完才回家，才到家老婆杨琼花就添油加醋把刘仲明封赌场的事讲给他听。吴志洪不急也不恼，进了房间谁也不理睬。急得杨琼花跺脚直骂："一天就喝那个汤汤，家里发生这么大的事不管不问。"杨琼花骂了半天不见动静，进屋去看，吴志洪正像死猪一样呼呼大睡。

有钱能使鬼推磨。经过一番思索，第二日一大早，吴志洪揣了一张大面额的银票来到县政府找刘仲明。刘仲明一见就知道他是为赌场的事而来，随便招呼了他一声，便低头继续处理公务。吴志洪自觉没趣，满脸堆笑施礼道："刘县长，昨天我的下人得罪了您，我今天特地来道歉。""你是说鸿运赌场的事吧！"刘仲明抬头瞄了瞄吴志洪。吴志洪点头哈腰："是，是，那些下人有眼不识泰山，得罪了县长，我在这里给您赔不是。""这不是得罪不得罪的问题，你知道上至中央下至地方都明令禁止赌博和贩卖大烟，而且我们掌握了鸿运赌场不但赌资大，而且有放高利贷、出老千等不法行为的证据，你吴志洪是一乡之长，知法犯法……"

刘仲明句句说得吴志洪心惊肉跳，吴志洪哈身道："我知道，我知道，都是我的错，是我的错，今天我特意来给刘县长认错赔不是。这是一点小意思，请县长笑纳。"说着，他抖抖索索地从怀里摸出二百大洋的银票递了过去。刘仲明明白他的意图，直视着吴志洪，语气有点寒冷："吴乡长，你这是啥子意思？""一点小意思，请刘县长通融，通融。""不要搞这些，请公事公办。"沉默良久，吴志洪轻轻地把银票放在桌子上，转身要离去。刘仲明"腾"地一下站起来，大声道："吴乡长，请你拿走，否则我让人送到你家去。"吴志洪满脸通红，停住了脚步，迟疑片刻，转身拿走银票揣进怀里，口中嗫嚅着："刘县长……您……这是为何呢？""不为啥子，我是依法办事。"吴志洪灰溜溜地从县政府出来，走在路上脑子晕沉沉的，一片空白。他深吸一口气，回想刚才的事，觉得刘县长简直是吃人饭拉狗屎，一点没有人情味。

第十章

曾用刚，一位最后让刘仲明出乎意料的人物。

曾用刚决定亲自去见一见刘仲明。自从黄寅敬、周理润、曾用刚三人宣布参加国大代表竞选后，三人为拉选票进行明争暗斗。为了使自己在选举中胜出，三人都利用一切可以利用的力量，到处游说拉选票，并采用拿钱买票、封官许愿等多种手段，这已成了金堂公开的秘密。现实就是那样残酷，谁落后了谁就当不上国大代表。新任县长被黄寅敬请去谈话、周理润在歌乐厅办舞会请客的事传到了曾绍成、曾用刚的耳朵里，曾家自然不甘落后，曾用刚专门请假回到城厢，与曾绍成、曾通成等一些亲戚朋友商议对策。为了招待各位亲戚朋友，曾家在城厢东街三桥酒馆置办了两桌酒席，参加的都是与曾家很要好的当地名流。为了不给其他竞争方留下把柄，曾家对外宣称是家庭聚会。

席间，大家边喝酒边谈事。曾通成呷了一口酒，提起了话题："黄寅敬、周理润他们暗地里贿赂拉选票，我们可不能干等，如果不采取行动就没希望了。"曾通成是曾用刚的本家叔父。"他们是在徇私舞弊，这根本不是公平选举。"彭家梁有点气愤，放下手中的筷子说。曾绍成问："怎么办呢？人家阴着搞，我们没有证据。刘仲明这个人很重要，如果他帮别人搞一些小动作，我们就白忙活了。到底他是怎样一个人，目前还搞不清楚，通过上次蜈蚣案，可以看得出他有点清正廉明。用刚，听说他在省上也任过职，你在省政府对他应该熟悉吧？"曾用刚是曾绍成兄长曾绍全的儿子，由于兄长去世得早，曾绍成就挑起了家中的事务，所以侄儿的事就是他的事。曾用刚回答："他在省教育室，我们只是认识，不是很熟，但听说他性格比较耿直……既然他到我们这个地方来做官，我去拜会他一下。""上次刘县长参拜彭大将军时还发表了就职演说，我看刘县长人品不错。"彭家梁夹了一箸菜放进碗中，话中有赞许。还是曾绍成有经验，他以前竞选议长败给陈善人，知道民意很重要，他说："但愿吧！我看选举方面，目前仅依靠一个县长是不行的，我们要下乡加紧拉选票。我已经给东山日新、福洪、姚渡、太平等几个乡的乡长都说了，他们答应了。"曾通成有点担心："那不可靠吧！现在竞争激烈，周理润、黄寅敬恐怕早给他们打过招呼了，他们说话不会作数的。"彭家梁赞成曾通成的看法："在关键时刻才看得清一个人。"曾绍成给彭家梁敬了一杯："我希望彭老弟出面给彭家族亲说一说，打个招呼。"彭家梁回敬道："这个没问题。放心，我们彭家与曾家世代交好这是众所周知的，我会极力支持你们，等我回去给彭家族亲那些人打招呼都选用刚。""那我在这里就谢过彭伯父了。"曾用刚举起杯。"客气，客气。"经过一番磋商后，大家达成一致意见，一是让曾用刚去见见刘仲明，二是分派人手积极到各乡镇拉选票。

第二天，下了点小雨，天气凉飕飕的，好像秋天真正要来临了。曾用刚来到县政府，守门的张拐子认识曾用刚，知道曾用刚是省上一位大人物，赶紧通报了进去。刘仲明听说曾用刚来访，他们本就相识，也知道他是为了选举之事而来，于是出来把曾用刚迎了进去。办公室里，两人坐下来谈话，办公室小赵给曾用刚斟上一杯茶。刘仲明客气地问道："不知曾主任啥子时候回来的？""最近两天……刘县长能到金堂县赴任，是经过我们省人事部门慎重研究过的。""呵呵！感谢曾主任的关照支持。""别客气，今后希望多加来往……刘兄来这里习惯吗？"曾用刚问。"还可以，许多情况我目前正在熟悉。"接着，两人谈起当下时局。刘仲明问："曾主任在省上工作，消息很灵通，听说前线节节胜利，共军已被打得溃不成军。""怎么说呢！中央政府是那么宣传的，但具体情况你我都不清楚。"曾用刚打开杯盖，呷了一口茶。"可是上面不断地催粮抓丁，苛捐杂税多得很，百姓怎么承受得了，基层工作不好开展啊。"刘仲明难为情地说。"能怎么办呢？战事需要得嘛。"政治是相当敏感的话题，两人彼此心照不宣，觉得不便深谈下去。"曾主任这次回家乡参选一定会旗开得胜，为家乡人民谋福祉。"刘仲明转换话题。"但愿如此，如果能够取胜，吾将尽力为家乡谋事，今天我就是为选举之事而来……打开窗子说亮话，这次竞争比较大，黄团长、周主委都是本地的头面人物，在下不才，没有多大的把握。""曾主任过谦了，曾家是金堂县名流，声望很高，很有实力，一定能大获全胜。""其他参选的人找过你吗？""找过，可是鄙人不能为他们做啥子呀！"刘仲明开诚布公地回答。"希望刘县长在这件事上能够坚持原则。"曾用刚说这话时双眼直视着刘仲明，仿佛话中有话。"一切按程序，依法依规，鄙人完全尊重选民的意愿。"刘仲明回答道。

下午要下班了，王从武从武庙来办公室找刘仲明。见刘仲明一个人正在忙着审批文件，王从武在一张椅子上坐了下来，问："刘县长，今晚有空呀？"刘仲明抬起头看了看他："有事吗？"王从武笑吟吟地说："您来这么久了，我们是学长学弟，还没有一起聚一聚，今晚一起喝酒，我请客。""好啊！不过我做东。"刘仲明爽快地答应了。"你是学长，我是学弟，况且你初来我们金堂，是客人，我应该做东，不要推辞。""那……把小邱也叫上？""不，就我们俩，我有一些事情想与你谈一谈。"刘仲明看了眼王从武很慎重的脸色，回答说："好吧！"

刘仲明放下手中的文件，跟着王从武出了县政府，来到西街一家叫"食客来"的餐馆。这家餐馆虽然比较僻静，但顾客还不少。二人点了几样小菜，要了一壶跟斗酒，边喝边随意地谈了起来。开头摆谈的都是有关大学校园的事，后来，两人谈及毕业后的经历。王从武讲述了自己的经历，他政法大学毕业后回到金堂工作，在县党部任指导员和宣传股长，负责编辑《醒民周刊》。当时驻扎在金堂县的军阀旅长杨秀春掌控金堂县军政大权，期间横征暴敛，除了征粮征税，种大烟的收烟捐，不种大烟的抽祠堂会产等，中饱私囊。他看不惯杨秀春的所作所为，就在刊物上发表文章猛烈抨击他，从而得罪了杨秀春。杨秀春准备逮捕他，幸亏有人报信，他躲到在南京警察局工作的侄儿王耀那儿。在王耀的保举下，他从了军，从少尉文书干起，后来升至上校团副。在军中，他参加了反对老蒋组织的"国民党护党大同盟"，后因形势所逼，不得不托病告假回到金堂县，当了自卫队队长。

刘仲明也大致把自己的经历讲了一遍："看来，我们的性格和经历有许多相似之处，都想为党国为百姓办实事，希望王兄弟今后在工作上多支持。"王从武并没有直接回应，而是问："不知刘县长来金堂之前了解过这里的情况吗？"刘仲明摇头道："没有，希望兄弟指点指点。"王从武沉吟良久，叹息道："给你说实话，金堂比较复杂，姓陈的比较多，最有势力就是陈家。除此，曾家也有一定的势力，在姚渡有'曾半街'之称，两家在省上都有后台。陈家以陈议长为代表，曾家以曾绍成为代表，这两人虽是同窗，却争斗多年。政府官员大多是陈家的势力范围，曾家的势力主要在教育和乡镇上，你查封了吴志洪的赌场，那吴志洪是陈家这边的人，你得罪了陈家，今后要小心，做事要把握分寸。"

刘仲明一扬头，正义凛然地说："本人是一县之长，还要看别人脸色行事？我推行新政，是为老百姓做事，为老百姓伸张正义！""道理是那样的，可是……哎！前几任县长在金堂都被拉了下来，听说这次国大代表选举，黄寅敬、周理润、曾用刚都找过你，我希望你在这方面能正确地把握。""一切都按选举规则办事。"王从武神色犹豫。"怎么，你怕他们吗？还是你今天是专门来给某人当说客的？"刘仲明直视着王从武的眼睛。王从武摇头道："不是，只是作为下属和学弟，我善意地提醒你，今后许多事情要灵活处理，不要明着与他们干。""既然那样，我自己心里有数。"刘仲明举起杯，"来，喝酒，感谢你真诚的提醒。"两人碰了一下杯。一杯酒下肚，刘仲明放下酒杯问："你知道前任罗县长的事吗？""我了解一些，罗县长这个人其实很不错，可是谭麻子举报他向毒贩索贿受贿。""那谭麻子呢？""谭麻子是云顶山上的土匪。""土匪的话能成为证据？""但是关键是有罗县长的亲笔信。""那封信你看过没有？""这个倒是没有。"

国大代表选举工作在全县上下正紧锣密鼓地筹备着，农历八月二十七的祭孔会也来临了。这件事不仅是金堂县各界的大事，而且是金堂中学全校师生的大事。对祭孔会最积极的人要数曾绍成了，他提前十多天就布置全校师生组织歌生队、舞生队，让全校的男女生都参加，还要操练队形，不然在大众面前会给金堂中学丢脸。曾绍成年少时在北京政法大学读书，参加过五四运动，支持孙中山的"三民主义"。他毕业后在外省谋事，四川统一以后，局势稳定下来，加上兄长去世，他就回到城厢姚渡乡曾家寨子继承经营祖业上万亩田产和一些商铺。曾绍成经过深思，认为教育才能唤醒民众，才能救国。由于当时金堂交通闭塞，文化教育落后，于是他致力筹款振兴家乡教育，还担任了金堂中学的校董、校长，后因名望较高，被推选为副议长。当时女子"三从四德"的封建礼教思想在金堂盛行，为了解放妇女，让女子得到教育，他开办女子中学班，让金堂女子走出厨房，进入学校，享受教育的权益。

农历八月二十四下午，放下学校里的事务，曾绍成出了校门，往西街县政府而来。办公室内，曾绍成与刘仲明见了面。曾绍成首先询问祭孔会的事，刘仲明解释道："祭孔这件事我提前几天就吩咐下去了，听说准备得差不多了，只是祭祀的物品还需购买。你们学校呢？""也差不多了，县政府能否拨一点经费给金堂中学，我们去购买服装、仪仗、标语等东西。"刘仲明为难地回答："提到经费我就头痛，现在完成上面派款征粮的任务已经相当困难，你们学校那么多师生可以自己筹嘛！""我们学校更难，县政府三个多月没有给教师拨工资了，我自己掏钱来垫的。我想问一问，你啥时候能给我们教师发工资？"曾绍成叹了一口气道。"这件事我知道了，我会尽快把教师的工资给你拨过来的。""请刘县长不要食言，几十个教师等米下锅呢！"刘仲明点头表示："一定不会，一定不会。"

曾绍成走后，刘仲明就去了征收局，他要了解一下最近全县的征收情况。确实应该支付金堂中学老师的工资，他自己当过老师，知道老师的工作实在不易，再不支付会引发社会矛盾。征收局位于城隍庙后殿，掌控着全县派款、纳捐、征收的工作，副县长王世成具体负责此事。由于国家处于战乱时期，隔三岔五上面就会分发新的任务，不是征款，就是征物，而且都严令限时完成。征收局工作相当繁重，局里十几号人都忙不过来，他们的工作就是到各乡场集镇收款派款，然后再报送分发。因为许多乡镇采取久拖不交，即使有钱也说没有钱的方法应付他们，为此，王世成经常要亲自带着征收局的人到各乡镇去督促催收。征收局内堆放十分杂乱，王世成正督促人员清账记账，看刘仲明来到，几步迎了上来招呼："刘县长来了？"刘仲明看了看众人，问："征收情况如何？"王世成摇摇头："各乡镇东拖西阻，最近温江专区要求上交两万大洋，至今还差一半。""你没有给各乡镇说，征收是头号政治任务？谁完成不了，乡镇长就地免职。""说了也不起作用，乡镇长有自己的难处，农民交不起他们也没有办法。"刘仲明在一张凳子上坐了下来，说："目前，我们要暂时先把金堂中学教师的工资支付了。"王世成睁大眼睛吃惊地道："这样子，我们更完不成任务了。""如果长期不给教师发工资，学校教师学生闹事的话，我们的麻烦会更大。"王世成想了想道："这也是个问题……我明天就给金堂中学划拨过去。"

农历八月二十七那天，位于西门的孔庙里一大早就焚烟缭绕，高大庄严的圣人塑像前的案头置放着牛羊肉，这些肉是熟透了的，油腻得闪光，整个大殿的空气都散发着诱人的香味，而且案上还供有盐、菜、米、豆等其他祭品，供圣人享用。香案前整齐地摆放着许多跪拜用的垫子，大殿两边摆放了许多凳子，供当地官员和有影响的社会人士就座。站在一边的还有礼生队、舞生队、歌生队，一切听从司仪指挥，随时奏乐。庙内外有上千名男女学生、当地官员和有影响的社会人士，他们整齐地排着队站在那里，面向圣人，神色庄重。刘仲明是主祭人，曾绍成是司仪。

上午九时，曾绍成一声令下："祭孔仪典现在开始，奏乐！"此时乐队奏起了音乐，舞生队跳起了舞。"全体肃立！"乐停，舞停，殿上的人不再说话。曾绍成宣布："请主祭人就位。"刘仲明整理好衣冠，双手起合至眉，直身缓步至案前，三鞠躬。"请陪祭者就位。"汪东生、陈善人、陈才用等官员和社会名流、男女学生等陪祭者都双手起合至眉，直身缓步至案前，三鞠躬。刘仲明拿过旁边礼仪传递过来的黄色丝绸和仿古酒杯，恭恭敬敬地放置于香案上，并拿出事先准备好的供奉祭文，开始高声诵读：

金风送爽，天高云淡；

先师圣诞，九州恭迎。

道出尼山，谦虚多能。

内修外交，终有大成。

仁德为本，孝义智信；

有教无类，因才而蒙。

……

读完后，全体参祭人员再对孔子像五鞠躬。

乐音冉冉，舞生队翩翩起舞，歌诗班齐诵《孔子赞》：

孔圣人，居阙里。

依尼山，临洙泗。

求真知，养浩气。

开儒教，惊天地。

崇大道，尚仁义。

尊贤者，重孝悌。

十五学，始为志。

……

正在大家留心看表演时，酒鬼张老头不知从哪个角落里偷偷地钻了出来，从香案后面伸出一只乌黑的手抓向那飘着香味的牛肉羊肉。拿第一块时没有人注意，他狼吞虎咽后还不解馋。他伸手再拿第二块时，被旁边的人发现了并将他一把抓了出来，那张老头干脆一屁股坐在地上大吃起来。

这是对孔子的大不敬啊！在场的人目瞪口呆，迟缓片刻，顿时"哄"的一声，大家醒悟过来，喧嚷开来。陈善人高喊："这是对圣人的亵渎，打死他！打死他！"于是有人挥舞着拳头击打张老头的头，有人上前踢了张老头几脚，张老头拼命地护着自己的头和身。现场如打架的鸡群，乱成一团。旁边的学生们没有动，惊愕地看着眼前的一切。刘仲明看势头不对，如果自己不出声制止的话那今天张老头不是被人踩扁，就是被人打瓜，于是大声喝止道："住手，住手……"

有些人像没听见刘仲明的话一样继续殴打张老头，刘仲明上前一把抓住打张老头的人："住手，听见没有？不许打人！"见状，曾绍成也赶忙上前帮忙制止，众人这才停止下来。刘仲明扶起张老头关切地问："你伤得重不重？"张老头摇摇头，但嘴角和脸上有血，墨一般的血往下淌。刘仲明吩咐旁边的人："送他去医生那看一看，而且给好酒好菜让他吃饱。"一旁的陈善人不满地质问道："一个乞丐值得这样对待他吗？"有人起哄："他偷吃圣人的祭品，难道就这样放过他吗？""不能放过他，不能放过他。"一时间群情激昂。刘仲明大声说："乞丐也是人，况且在圣人面前动武，有辱读书人的斯文，圣人不是教导我们要有仁爱之心吗？"听他这么一说，大家渐渐安静下来。曾绍成叫自卫队员把张老头护送出大堂。

第十一章

袍哥开香堂，坐码头，"仁、义、礼、智、信"，操社会，吃欺头。

　　周理润是袍哥出身，五凤乡人，老家有人来报告说周家祖坟上常常冒青烟，说得有板有眼，神乎奇神。全家人围在饭桌上吃饭时，他摆谈起这件事。周家大太太开玩笑说："莫不是周家人要当官了？"二太太推波助澜："很有可能哟！我一直看老爷有官相。""嘻嘻！""哈哈！"大家笑开了花。周理润信以为真，特意回老家坟园去看了个究竟，的的确确看见他祖父的坟上偶尔会冒出一股青烟，细细袅袅地上升着，一会儿就消失在空中。这情形着实让他兴奋，于是乎他兴高采烈地回到家，举家庆贺了一番。

　　五凤乡位于龙泉山脉中段，境内山岭十分崎岖，自北而南向东，山峰郁郁葱葱，绿水长流。遥望山峰有五座，形似五只凤凰，五凤之间有小溪，终年水色清澈，故名五凤溪。民间传说"凤凰涅槃"故事中的不死鸟——凤凰就是在五凤溪饮水觅食，那里的百姓时常能听见凤凰那悦耳悠长的鸣叫声。周家祖上在五凤乡是一户殷实人家，周理润十几岁就来到城厢混，与陈善人结义金兰，靠走私鸦片枪支、放高利贷、开赌场发了财，并当上了仁义堂的袍哥大爷。由于前任罗县长干涉陈善人既任议长，又任商会会长，陈善人被迫把县商会会长的位子让给他，他相当于捡了一个落地桃子。不过他家财也不赖，不但在县城购置了许多铺面，而且在五凤乡也有几千亩土地。原本周理润只是计划吃吃喝喝、多抱几个美女过一生，然而看着自己多年的朋友陈善人当选上了议长，在金堂呼风唤雨，他的心痒了，于是加入青年党，后来又被选为主委，希望能捞个政治资本，混个官当一当，过个官瘾。果然机会来了，这次他在青年党主席刁十一的极力推荐下竞选国大代表，如果胜出能够到中央去开会，与蒋委员长见面，那是多么荣耀的事情啊！

从陈家花园回来后，周理润吩咐仆从："到贺松乡长家去看一看他在不在家，如果在，叫他过来一趟。"贺松正好在县城，没有去五凤，接到传唤，急忙整理衣衫就赶了过来。贺松三十多岁，身材高大，浓眉大眼，很精明能干。客堂内，一见面，周理润就热情地拉着贺松的手坐下来，吩咐下人上茶，他的客气让贺松有点受宠若惊。周理润故弄玄虚地问："小贺，我对你咋样？"贺松觉得师傅那慈祥的目光包围着他的全身，使他局促不安，一时不知如何回答，结巴着说："师傅，我有……今天全靠……您的提携。""你知道我要参加国大代表选举，希望你鼎力支持。""这个没问题，以前我给师傅讲过，其他乡镇我不敢保证，但五凤乡就包在我身上。"贺松信誓旦旦地说。"五凤乡我就靠你了，你马上去运作，有啥子情况及时报告。"随后，周理润拿过桌上一叠厚厚的法币递给贺松："我知道选举需要钱，这点拿去花销。"贺松一把按住他的手，无比真诚地说："怎么能用您老的钱？放心，开销由我想办法。""你嫌少吗？""不是，不是……我们乡镇有经费。"周理润只好收回了钱钞，将一只手搭在贺松的肩上，亲昵地说："老弟，事成后我忘不了你的。""师傅见外了，我感谢您都来不及呢！"贺松回答。

为了尽快筹办此事，第二日一大早，贺松就回到了五凤乡。经过一番思索，他认为要让周主委竞选上国大代表，还得依靠袍哥的力量。五凤乡仁义堂的袍哥虽然不多，只有几十号人，但都是本乡一些有名望的乡绅，有财有势，属于清衣帮，而且很讲义气，遇到事情都会相互帮衬，十分团结。

就在乡公所大礼堂，贺松召集仁义堂众袍哥开会。听得贺松的召唤，仁义堂袍哥陆续来临。事先他们都已听到周理润要竞选国大代表的风声，早就开始议论纷纷。他们都与周理润是炒面捏娃娃——熟人熟识，不是朋友就是亲戚，一致认为周理润此举不错，如果能选上，实属是为五凤乡争光。看人员来得差不多了，坐在前台上的贺松清了清嗓子大声说："众位哥弟，我们都是袍哥人家，义字当先，决不拉稀摆带。大家知道，青年党大多是我们袍哥的人，是我们袍哥的党，这次周理润主委竞选国大代表，你们说我们五凤仁义堂应不应该给他扎起呢？"应该，应该，这是好事情，大家扎起，扎起！""谁不扎起，就是幺哥子。"大家纷纷应和。

贺松满意地说："那就好，首先我们仁义堂众兄弟不但要一律选周主委，而且回去要发动自己的亲戚朋友、邻居熟人选周主委。你们尽管这样说，该给油大的给油大，但是，我事先申明，如果拿了油大不照办，有命难保，而且连根拔。""可是油大哪个出呢？大约有多少呢？"有人问。"这个大家放心，由乡上出，只要选举周主委，十张票就给一个大洋。"贺松拍了拍桌子道。"嘘——"现场响起一片嘘声，从嘘声中可以懂得大家认为钱有点少。"这并不是钱的问题，而是我们袍哥要讲'义气'。"大家沉默了。贺松大着声音继续问："为了拉选票，大家有没有其他好的主意，提出来议一议？"然而众人议论纷纷，一时也拿不出好的主意来。

小学校务主任张季方站起来提议："贺乡长，我认为我们应该把学校的力量充分利用起来。"张季方三十来岁，个头不高，身体单薄、瘦削。小学的事务贺松只不过挂了一个校长职位，平日里都是由张季方负责日常事务。贺松连声夸赞："主意不错，学校人手多，你有文化有水平，也是青年党员，现在正式任命你为选举筹办主任，负责筹办青年党五凤支部选举事宜，而且要迅速提出一个方案来，选举办公室就设在乡公所会议室。""可是光我一个人怎么行呢？"张季方问。贺松转头吩咐护镇局队长杨冬瓜，"你就协助张主任的工作，护镇局的枪架子由你俩指挥调配。"杨冬瓜点头应承。杨冬瓜本名杨启贵，取名"冬瓜"是因为他长得又矮又胖，活像冬瓜。虽被叫作"冬瓜"，可是他身手敏捷，力大无比，是贺松的得力助手。张季方和杨冬瓜得到指令，开完会后，两人就在乡公所办公室磋商了起来。张季方与杨冬瓜年龄相仿，说起来他二人还沾亲带故，原来张季方的姑婆是杨冬瓜的曾祖母，也就说他们是老亲，张季方比杨冬瓜长一辈。经过一番商议，二人决定由张季方执笔，拟订好具体方案，内容大致有以下几点：

一、全乡八岁以上的乡民必须入册；

二、袍哥组织历年入会人员逐一造册登记；

三、小学四年级以上学生造册均为青年党员；

四、在校教师为青年党员；

五、即将毕业的初小高小学生必须加入青年党，否则，不办任何手续；

六、利用寺庙抄录善男信女花名册，确定为青年党员。

　　经过反复推敲，他们觉得这样做就能板上敲钉子，让周主委稳打稳扎地当上国大代表。两人一起将这六点方案呈给贺松，并做了一番解释。贺松称赞道："就按这样办，如果事情成功了，你们一个升为校长，一个升为副乡长。"听了这话，有甜头，有奔头，两人欢天喜地地开始各干其事。可是一开展工作麻烦事就来了，因为制表需要文化，护镇局那些枪架子都是大老粗，平时吃喝嫖赌是能手，握毛笔写字就不行了。杨冬瓜无奈地问："叔，时间这么紧促，哪里去找这么多人手呢？""这个你放心，我把那些读小学高年级字迹工整的学生调派过来就行了，你的人就去各寺庙拿名册。"

　　贺松细细琢磨，觉得张季方起草的选举方案不错，就把六点方案抄写下来，揣在衣兜里，准备回城厢拿给周理润看。第二天回到城厢，他没有回家，首先来向周理润汇报工作。贺松到访时，周理润正在客厅里烧大烟，待贺松坐定后，他笑着说："来两口？"贺松摇头回答："我不抽这玩意儿，抽上就戒不了。"周理润喷了一口烟问："选举工作开展得怎么样了？""情况不错，看嘛！我们是按照这样来做的，你觉得如何呢？"贺松不动声色地将张季方拟的那六条方案递了过去。周理润认真看了一遍，说："不错，切实可行，这是谁想的主意呀？""就我们几个袍哥兄弟伙研究的。"周理润把那六点方案交给旁边的管家，吩咐道："去，把这方案抄录几张，送到各乡镇袍哥大爷、青年党支部负责人手中作为借鉴。"管家走后，周理润放下烟枪，站起身提议："老弟辛苦了，我请你喝酒。""用不着，师傅。""怎么，不愿意？好久我们没有在一起喝酒了。"说着一把拥过贺松，两人出门喝酒去了。

　　二人来到北街出名的"龙烧腊店"，这家主人姓龙，主要经营烧肉，有红烧腊肉、红烧排骨、红烧牛肉等，味道鲜美独特。堂倌看客人来临，热情相迎。两人点了几样烧肉，要了一斤跟斗酒，边饮边聊起来。周理润饮了一口酒，慢条斯理地问："小贺，你说说人的一生追求的是啥子呢？"因为从来没有人问贺松这个问题，他愣了半天说："当官，像你一样当国大代表。""不是。"周理润摇头道。"发财，赚很多钱？"周理润又摇头。"让夫人开心快乐？"周理润还是摇头。贺松茫然说不清楚。周理润敲了敲烟枪，一撮烟灰飘落，说："我认为人的一生很短暂，不如趁年轻多抽两口大烟，多抱几个美女，多喝几盘酒，尽情地享受一番，不然等人老了，啥子都搞不成了。"贺松点头道："师傅说得有道理。""嘻嘻……这样我们今晚一起到春花楼去喝一盘花酒，你去不去？"贺松抹了一把油腻的嘴说："师傅，算了，你去吧！我家中有事。"周理润指着他哈哈大笑："我就知道你是粑耳朵，怕老婆。"贺松脸色顿时通红，嘴唇颤动。他原本是街上小杂皮，偷鸡摸狗，打架斗殴，是周理润提携让他当上了乡长，并娶了大户人家汪家的千金，他很知足。

各区各乡的国大代表选举如火如荼地开展起来，为了拉选票，竞争三方各施展手段，特别是黄寅敬，为了能选上，不但叫手下军官到各乡镇去拉选票，还扬言："谁如果不选黄团长，就把他拉进去关起来，枪毙。"为了防止作弊，县政府作了周密部署，刘仲明不但每周一按时召开党政联席会议，及时了解选举事务推进情况，而且亲自带队到各乡镇巡视巡查，一旦发现不良现象，就及时要求整改和查处。特别是在各乡镇选举监察委员人选任命上，刘仲明亲自把关，经过反复斟酌才确定了人选。为了保密，人选名单在全县选举日前一天才公布，目的就是为了防止暗中拉关系，搞不民主选举。然而，令刘仲明担心的事还是发生了，五凤乡出了个大纰漏。

其实，五凤乡选举领导班子早就成立起来了，主任委员是贺松，两名副主任委员是当地乡绅，而监委会成员由县上选派，所以还不知结果。两名副主任委员贺松有把握搞定，他更关心监委委员人选，因为只要监委委员睁一只眼闭一只眼，事情就好办多了，所以几乎每天他都要到县政府去打听，五凤乡分配的监察委员是哪些人。

10月10日上午，五凤乡监委会人选出来了，一共三人，令贺松高兴又担忧，高兴的是有两名监委会成员与他平时关系很好，担忧的是他的本家兄长贺成是监察委员之一。贺成原是私塾教师出身，在金堂中学任过教，与曾家交好，后弃教从政，在曾绍成的举荐下，担任县监察室副主任。贺松与贺成关系不是很好，贺松认为贺成为人迂腐。而贺成则不耻贺松的奸狡圆滑，两家向来口交心不交。为了拉拢关系，就在当晚，贺松在五凤乡馨香酒馆摆了两桌宴席，宴请两名副主任委员和三名监察委员，给他们接风。两名副主任委员和两名监委会成员都如约而至，唯独贺成没有来。

　　贺松吩咐张季方："你去请一下贺监察。"张季方应声而去。由于人没有到齐，大家都在一旁等候，望着满桌子美味菜肴吞口水。过了一会儿，张季方一个人回来了。"他来不来？"贺松问。"他说他身体不适不来。"其他人听说贺成不来，有些迟疑不肯入席，有人提出："不如再去请一请。"贺松吩咐杨冬瓜："那你去请。"杨冬瓜匆匆去了。过了一会儿，杨冬瓜仍然一个人回来了说，"他不来，他说胃痛不能喝酒。""瓜娃子，你就说不喝酒，叫他吃菜总可以喽！"杨冬瓜摸一摸脑袋："我说了，他就是不来。"贺松心里有气，觉得贺成明显要和自己作对，气哼哼地道："客怕三请，他不来就算了，迂夫子一个……来，我们喝酒，不管他。"大家这才入席就座，贺松举起酒杯："首先敬大家一杯，明日就选举了，希望大家支持我的工作。"大家举杯畅饮。贺松继续说："这一杯我代表周理润主委敬大家，各位知道，我贺松参加了青年党，青年党对我贺松十分关照。这次我们周主委参加选举，希望大家多支持。酒喝完后，还有一点小意思，请大家笑纳。"众人一饮而尽。虽然那晚酒喝得巴适，但贺松心里还是很不痛快。

　　10月11日大选终于来临，这天天气比较好，阳光一大早就从东边天空伸出头来，微笑着鸟瞰大地，欢快的鸟儿们飞来飞去，鸣叫个不停。选举现场设在五凤小学校操场上，由于要搞选举，学校给学生放了假，操场上整齐地摆设了一些桌椅板凳。操场边张季方九岁的儿子张小明与几个小娃儿在跑来跑去玩耍，一位年纪小的，不小心摔倒了，哇哇地哭起来，其余小娃儿指着他唱起歌谣：

> 哭笑，哭笑，
>
> 黄狗飙尿，
>
> 飙至武官庙，
>
> 捡个破毡帽，
>
> 戴三年，
>
> 丢三年，
>
> 老鼠啃个穿眼眼。

小娃唱歌的声音有点让人心烦，那些小娃儿被贺松轰到一边，一会儿，不知他们从哪里又冒出来唱唱跳跳。

贺松把全镇护镇局的枪架子都集中起来训话："要严格维持选举秩序，选举时，选民只准进不许出。"选举现场上，杨冬瓜在场外布置了十多个枪架子，守卫森严。选举主席台上，主任委员、副主任委员、监察委员等端坐在那儿，可是百姓很少来现场。慢慢地那些官绅们有点不耐烦了，喝茶的喝茶，抽烟的抽烟，有的跑出会场上厕所。大约十点多钟，陆续才来了二三十个选民，他们每个人手上都有一大沓选票，因为许多选民根本不识字不会写字，所以就叫人将选票一并拿来请人一起填写了。选民雷复文拿的选票最多，手头就有一千多张，他一进来就开始挥舞着毛笔填写，可是上千张选票一个人一时怎么填写得过来呢？他看见旁边的熟人刘光桂已经填写完了，央求道："光桂，帮我填一下嘛！"刘光桂过来帮忙填写。刘光桂问："填谁呢？""填曾用刚。"这话被台上的贺松听见了，大为恼火，他使眼色给站在旁边的杨冬瓜。杨冬瓜会意，走过来提示雷复文："雷哥老倌，贺大爷说了，只能填周主委，你怎么填曾用刚呢？你不怕袍哥连根拔吗？"雷复文不买账，放下手中的笔，一拍桌子大声道："你们要干啥子？这是民主选举，啥子大爷说的也没用，老子想选谁就选谁，关你屁事？"杨冬瓜也来气了："瓜娃子的不识抬举，一个人填这么多，你这是徇私舞弊。""我啥子徇私舞弊，他们不识字，叫老子代写。"两个人开始骂了起来，其他选民见状，一哄要出选场，枪架子都弹压不住，只好让他们走了。贺成见状一边下台制止，一边大骂守门的枪架子："混账东西，难道不知道选场的规矩！准进不准出！你们为何放走选民？狗日的，个个是草包！"

守门的枪架子是贺松的人，贺松本来就对贺成不满，快步下来责问贺成："你骂啥子？嘴里干净些。""就是要骂人，你是主任委员，放走选民你不闻不问，你这是失职！"贺松气冲冲地吼道："你是监察委员，监督选场是否有徇私舞弊是你的本职，有人作弊你却不管不问，你才失职！"贺成听后猛扑过去与贺松扭打在一起，身强力壮的贺松转眼间就把贺成压在下面，从口袋里摸出一支手枪对准贺成："老子崩了你！"贺成不能动弹，气得脸青面黑地大骂："老子是你哥，你敢！""哥又咋样？老子六亲不认。""你这个不知羞耻的东西。""老子就是一个滚刀皮，你把老子咋样？""老子要告你贪污受贿，徇私枉法。""你告嘛！证据呢？谁敢把老子咋样？老子杀你全家。"贺成翻身过来一把抓住贺松的枪，两人又一阵厮打。有人怕枪走火，闹出人命来，过来抢走了枪，于是两人站起来开始对骂。就这样，两兄弟杠上了，什么难听的话都骂了出来，其他副主委、监察委员没有一人敢上去劝解。选举现场一片喧闹声，吸引了许多人来看热闹，雷复文趁乱跑了。贺松和贺成两人吵闹了一上午，选举根本无法进行，只有暂停。可是按照县上的要求，选举必须要继续，还必须选出一个结果来。贺松回去想了一夜，终于想出了一个办法。第二天一早，他把杨冬瓜和张季方叫去，让他们发动袍哥弟兄、护镇局枪架子和学校老师，到各家各户去做工作，该拿油大的拿油大，叫他们代选；他们又托其他亲戚朋友代选，特别是那个雷复文要好好做一下工作。经过一番手脚，效果很快就显出来了，现场唱名计票结果，周理润在五凤乡选举成功胜出。

上午，阳光和煦，风儿轻拂。县政府门前的信息栏上贴着一张大字报，这是一张特别吸引人的大字报，上面公告着全县国大代表的选举结果：

曾用刚票数第一，周理润第二，黄寅敬第三。

大字报前人头攒动，围了不少看客，其中也包括陈才川。"想不到黄寅敬作为正规军团长，票数最少。"有人说。陈才川说："这才能体现出强龙压不过地头蛇来。""可是曾家与周家势力差不多，结果曾家获胜，况且周家有陈家支持，这回周家和陈家面子上就过不去了。""曾家也有彭家支持呀！""大家不要说了，这个结果不是正好体现民心民意吗？"陈才川提醒大家。正说着，就看见两位关键人物——周理润和陈善人走过来了，大家不敢再议论，相继散去。

陈善人、周理润难以接受这个事实，以前都是他们多次取胜，这次他们是半路上丢算盘——失算了，还输给了曾家。他们是来找刘仲明反映情况，准备把曾用刚拉下马来的。两人一进办公室，刘仲明看他们神色不对，心里知道他们是为选举之事而来，于是微笑着问："二位有事吗？"陈善人说："周主委调查到曾用刚在选举中徇私舞弊，他把情况给我说了，我说我做不了主，所以我把他给你带来了，他要讨个说法。"刘仲明一眼看出这两人是合起伙来找碴儿，于是神情严肃地问周理润："你有证据吗？""有，曾家和彭家联合起来，在三桥酒馆请客吃饭，拿钱买选票，而且曾用刚借自己身份封官许愿……不信，你去查一查。"周理润滔滔不绝地说出了证据。"果真有此事的话，我们要调查处理……但是，我问一下，你们有没有徇私舞弊呢？""没有，没有，我们绝对没有。"周理润摇头保证。刘仲明平静地说："我们会调查此事，给大家一个说法。陈议长，你说要不要得？"陈善人点头赞同。

陈、周二人走后，刘仲明把民政科科长曾子义和副科长何军叫到办公室，问："你们说一说，选举过程中有没有问题？"此时，二人你看我，我看你，神色有异。曾子义首先说："应该不会有问题。""什么叫应该不会有问题，到底有没有问题？"刘仲明盯着曾子义的脸问。曾子义解释道："各乡镇选举过程中不免有些小动作。"刘仲明继续质问："但是有人举报说在国大代表选举中曾用刚徇私舞弊。"何军当即反映："他们三个为了拉选票，全都在暗地里活动过，没有一个人是清白的。而且五凤乡乡长贺松在选场上还与他堂兄监察委员贺成打起来了……""怎么一回事，这么大的事情你怎么不给我报告呢？"刘仲明听了这个消息，十分震惊。何军望了望曾子义，欲言又止。曾子义看瞒不过了，只好如实汇报情况，最后说："据我了解，他们二人是为了维持选举秩序和纪律而发生纠纷的。"刘仲明生气地说："这事应该当时就向我汇报的，怎么这时候才说！ 你们下去认真调查此事，然后做一个翔实的报告给我，我要给上级部门汇报，我丢了乌纱帽事小，违反国家法律法规事大。"

这日上午，贺松正在乡公所办公，几名护镇局的枪架子在院中玩扑克，几支长枪堆放在一边，玩得兴高。突然， 院子里气势汹汹地闯进一队手拿冲锋枪全副武装的士兵。领头正是黄寅敬的刘副官， 刘副官趾高气扬地问："谁是贺松？"几名护镇局的枪架子吓得六神无主，不知如何回答。贺松听见外面有声响， 走出办公室："我就是，找我有啥子事？"刘副官并没有解释原因， 手一挥下令："把他抓起来。"几名士兵扑过来将贺松绑了，其他枪架子看要抓乡长， 跑过去要拿枪反抗。然而已经迟了，两只黑洞洞的冲锋枪对准了他们的脑袋，枪架子们个个成了晁盖的军师—无用。贺松挣扎着问："你们是啥子人，为啥子抓老子？""我们奉黄团长的命令来抓你。""老子又没有犯法，你们为啥子抓老子？"贺松大声争辩道。"见了黄团长就知道了。"刘副官一挥手， 贺松被架出屋外。这时，杨冬瓜带领护镇局几个枪架子赶来了，持着枪拦住去路不准走。虽然杨冬瓜人多，刘副官并不示弱，掏出手枪挥舞着咆哮道："你们想造反吗？"那几名士兵立马将手中的冲锋枪子弹推上膛，形势顿时剑拔弩张。虽然按武器论，优势在刘副官这边，然而护镇局的人个个是从部队上回来的老兵，并不怯场，持枪把刘副官等人围得死死的。还是贺松老到，看胳膊确实扭不过大腿，制止杨冬瓜等人："你们不要轻举妄动，好歹我是乡长，我跟他们走，看他们能把我怎样？"杨冬瓜这才命令让道。出了乡公所，贺松看见贺成也被五花大绑，押解在了路边。贺松明白了，这为了选举之事，黄寅敬在大做文章。于是贺松回头吩咐杨冬瓜："给陈议长、周主委带信， 叫他们救我。"就这样，十多个枪架子眼睁睁地看着几名大兵把贺氏兄弟押走。枪架子刘扯火大声说："他妈的， 太欺负人了， 我们人多不怕他，走，我们去把贺乡长抢回来。"杨冬瓜立即制止："他们武器比我们好， 你没有看见他们手里拿着冲锋枪？我们这些鸟枪根本打不赢。""就这样算了？"枪架子二毛啐一口痰问。"我们去找陈议长和周主委。"杨冬瓜说。

曾用刚获得票数第一，这就表明周理润没有希望了，当国大代表的事就成了朝天放炮——空响（想）。周理润面子上搁不下去，这两天一直精神不振，藏在家中不见人。他心里暗骂陈善人，不是打包票说一定能获胜，结果怎么样呢？花了那么多钱，还是打了水漂。他开始盘算哪些乡镇拿过他的钱，哪些亲戚朋友拿过他的钱，他合计了一下，前前后后至少花了一千块大洋，还不算请客吃饭。真是肉包子打狗——有去无回，他心痛起钱来。

吃了午饭，周理润烧了一袋大烟，顿时又有了精神，由于前阵子忙于选举，他好久没有找情人了，于是决定出门找情人玩一玩。临出门时，他在想，找谁呢？找汪玉莲，不可以，因为他们约定的时间没有到。翻来覆去思虑后，他决定去找城南王胖子的女人陈凤。这王胖子在城东开了一家茶铺子，正因租他的铺面，所以他与陈凤早就勾搭上了，不过他不会白搞，在租金上给予了王胖子家很大的关照。他很少到花柳巷去找女人，因为他觉得花柳巷的女人经历过的男人比较多，身上不干净，不知会染上什么病。他喜欢那些有夫之妇，因为他觉得她们身上干净。

陈凤二十多岁，个儿不高，长得小乖小乖的。白日里王胖子在外经营茶铺，家里只有王胖子六十多岁的老妈张氏。张氏耳朵有点聋，周理润与陈凤偷情时，往往都是趁张氏不在家帮王胖子看铺时进行。为了防止别人看见，周理润每次趁陈凤在厨房做事时从厨房门溜进去，而且先要到厨房后面的水洞口去望一下，弄出一点响动来，如果陈凤在里面说："不要在那里晃，我泼你一瓢。"说明不方便，不要进去。如果不说那样的话，陈凤就会把厨房门轻轻打开，他就可以溜进去。

周理润来到陈凤的厨房外时，听见厨房里有人，他就在水洞口轻轻敲了两声，里面人听见了外面的响声。令他狂喜的是，厨房里平静了一会儿，只听"吱呀"一声，门闩被打开了。他闪身进去，果然是陈凤，两人搂抱在一块，嘴对嘴啃起来。然而陈凤急促地说："不要在这，到床上去。""不，就在这。"周理润固执地说。两人喘着粗气在柴堆上纠缠在一起。周理润饥渴地剥开陈凤的衣衫，正要压上去，可是她叫了一声："哎哟！""怎么啦？"周理润直起腰关切地问。"我被啥子刺了一下。"她翻身过来，洁白的胴体果然有血印，原来柴堆里有荆棘。周理润用嘴吸了一口那鲜红的血水，然后把陈凤抱起来放在板凳上，展开她的双腿，很快褪去自己的裤子，让多事的家伙轻而易举地进去了……好一会儿收了尾。陈凤起来穿好衣服，幽幽地问："你这次竞选国大代表我们全家都投了你的票，听说没有选上？""那没啥子关系，大不了不当罢了。"说着周理润捏了一下陈凤的手。陈凤柔柔地一笑："也是。"为了防止被陈凤家里人发现，周理润很快穿好衣服像猫一般溜出王家，一切神不知鬼不觉。

第十二章

权势与阴谋往往是孪生兄弟。

一大早，陈家花园院坝里，两只公鸡在啄架。两只公鸡都十分雄壮，个头也差不多，打得势均力敌，它们除了用嘴啄，还用翅膀拍，用脚踩，一时间院子里鸡毛乱飞，惨叫声不断。管家陈礼才吆喝着把它们拆开。殊不知，过了一会儿，两只公鸡又斗了起来，彼此斗得伤痕累累，血流一地。管家急忙又过来拆架。管家见陈善人出来看见了，就说："老爷，这两只公鸡光啄架，把它们杀了吧！"陈善人想了想："让它们啄吧！免得你动刀见血。"管家听了这话，就走开不理睬了。过了一会儿，管家又给陈善人报告："一只公鸡被啄死了。"陈善人愣了愣："好，晚上炖鸡汤。"不过陈善人鸡汤还没有喝成，周理润就因纠纷之事找上了门。

杨冬瓜当天下午就带上两个人往县城而来，他们首先来找周理润，可是敲开周家厚重的大门，看门的却说主人不在家。杨冬瓜几个转身要去找陈善人，刚走几步，碰到周理润回来了。周理润刚从陈凤那里偷情回来，春风满面，心情十分愉悦。他认识杨冬瓜，杨冬瓜也认识他，同是袍哥，以前打过一些交道。杨冬瓜迎了上去说："周会长，我们的贺乡长被黄团长抓走了，听说还有贺成监察也被抓了。"周理润诧异地问："为了选举之事？""很有可能。"周理润听了，顿时心情跌到冰点，他怕贺松供出自己，于是急切地问："听说贺乡长与贺成在选举场上吵架？""是啊！那又有啥子关系呢？""那一定是为了选举之事了，黄团长要抓住此事做文章……我想办法救人，你们在我家等候消息。"

事情紧迫，安顿好杨冬瓜等人，周理润赶紧去陈家花园找陈善人。他时常感觉陈善人是自己的中枢神经，所以什么事都请陈善人出主意。

　　亭子里，秀红正在给陈善人唱川剧，听守门人来报周理润有要紧的事情来访，秀红就停住不唱了。陈善人有点扫兴，吩咐道："让他到荷池边来。"陈善人支开了秀红，他认为男人之间的事，女人最好不要有牵扯。过一会儿，陈善人听到周理润急匆匆的脚步声由远及近，还没等周理润屁股坐稳，陈善人　不耐烦地问："啥子重要的事？"周理润着急地说："贺松和贺成被黄寅敬抓　了。""为啥子？"陈善人听了这件事的确感到很诧异。周理润把事情的前因　后果讲了出来。陈善人思虑良久，想到了今天早上两只公鸡啄架的事情，于是　说："这是好事，你不要着急，让他们闹去，闹得越大越好，事情闹大了你才　有翻身的机会。"周理润望着陈善人的脸，脑子还是云里雾里。陈善人耐心地　解释："据我所知，这次选举你们三个人都在作弊，不是请客吃饭，就是给别　人封官许愿。上头知道了我们金堂在闹，或许就会直接确认哪个为代表，不然　就重新选举。"周理润有点担心："我怕贺松供出了我。""供出来又如何？　你有啥子重要的事嘛！大家都在作弊，反正按照票数，你是当不了的了。如果　他们要告你，你就告他们，特别是曾用刚，最好把他拉下来。""那贺松不救　了？"陈善人话中有话："人是要救的，可是用不着你去救，你把事情报告给县政府……"周理润明白了深意。

　　从陈家出来后，周理润心情畅快了许多，快步回到家中。客堂内，杨冬瓜等人都如热锅上的蚂蚁焦急地等待消息。然而周理润并不着急，他慢条斯理地坐下来招呼杨冬瓜等人喝茶，吃点心。可是杨冬瓜他们哪顾得着这些，一再追问："怎么办？事情有眉目了吗？"周理润眯了眯眼，淡淡地说："你们到县政府找刘县长报告此事，就说黄团长把你们的乡长抓走了，你们乡没有管事的。""能行吗？"杨冬瓜半信半疑。"行，不行的话，你就赖在县政府不走，让刘县长向黄团长要人……我们这边也向黄团长要人。"杨冬瓜是老实人，眼见天快要黑了，救人要紧，当即带着手下出了周府来到县政府，向刘仲明报告了此事。

　　贺氏兄弟被关进了一间黑屋子里，并没有给他们戴手铐，可以自由活动。

屋子里散发出潮湿腐烂的气味。阴暗中，两兄弟你望着我，我望着你。贺松责怪贺成道："都是你假装正经，弄出事非，害得我们两人都坐牢。""我心里坦坦荡荡，怕啥？只是你要注意。""我怎么啦？我注意啥子？""你自己做的事自己清楚。""是不是我请你们吃饭的那件事情？我作为乡长、选举委员会主任招待你们，请你们吃一顿饭，在工作上交流一下，这很正常呀！"贺成不吱声。外面传来军士在一起喝酒唱歌的声音。贺松吞了一口唾沫："我肚子饿了，你呢？""我不饿。"过了一会儿，贺松抱紧双臂害怕地说："我听说黄寅敬杀人不眨眼，该不会枪毙我们吧？"贺成一字一句地说："该枪毙就会枪毙，我是不会怕的。"贺松暗暗佩服他，心中给自己打气，他知道如果供出周理润、陈善人，等于出卖朋友，按照袍哥的规矩，今后他在金堂就没法混下去了，而且有可能要受"三刀六洞"。

牢房门开了，一名士兵送来一些饭菜："吃吧！吃了团长要见你们。"士兵话语中有幸灾乐祸的口气。死了也得做个饱死鬼，贺氏兄弟顾不得那么多了，一会儿工夫就把饭菜一扫而光。吃完后，几名士兵来提审他们。在一间办公室里，他们见着了黄寅敬。黄寅敬一身军装，神情严肃地坐在太师椅上。黄寅敬上下打量了二人，问："听说你们在选举场上吵架，徇私舞弊，有没有这回事？"原来，黄寅敬不服选举结果，派人到各乡镇调查选举情况，在五凤乡查出贺松贺成在选举场上打架的事，就想以此推翻这次选举结果。贺松抢先回答："有，为了维持选举秩序吵架，不是为了别的。""交代你们选举作弊的事。""没有呀！我们是正常进行选举。""胡说，你们以为我不知道你们干的事情，不老实拉出去枪毙了，你们要知道我杀一个人就跟踩死一只蚂蚁一样。"黄寅敬的声音像老虎。黄寅敬又问贺成："你说，你们选举作过弊吗？"贺成沉着一张包公脸："没有。""我最后问你们到底有没有？"两人还是回答没有。黄寅敬提高声音："来人呀！他们不老实，拉出去毙了。"

几个士兵推门进来就把两人往外拽，贺成一言不发。贺松看贺成都不怕死，也咬着牙不吱声。贺成贺松被拖到校场上，四脚不着地，被像吊人干儿一样吊了起来，前面站了一排荷枪实弹的士兵。黄寅敬走过来问："你们招不招？不招就毙了你们。""啥子罪名？"贺成镇定地问。"莫须有。""强盗！"贺成骂道。"你还敢骂人？我看你们是茅厕里点灯——找（屎）死。"黄寅敬举起手作势要发令："预备——"众士兵们端起枪瞄准。死亡已经逼近，贺成脸色苍白，但还是一言不发。贺松虽然心里有点害怕，但他毕竟是袍哥出身，有些胆量，认为黄寅敬不会因这么一件事就枪毙他，于是紧闭上双眼。黄寅敬惯爱玩这样的死亡游戏，喜欢看人在枪毙前绝望、恐怖的神情。然而这次令他失望了。黄寅敬见两人有点骨气唬不住，只好扫兴地挥手下令："把他们关起来——关起来——"

接到杨冬瓜报告的那一夜，刘仲明没有睡好，整夜都在为贺氏兄弟的事考虑，这两人一个是乡长，一个是监察室副主任，都是政府重要官员，都是他应管之事。他知道黄团长不满这次选举失败，故意找地方政府的茬，但地方政府不能当软柿子任他捏。不过五凤乡出现的这件事也是一个问题，如果不处理妥当，他也许会丢掉县长的职务。第二日一大早，刘仲明刚起床，心里还在想如何处理贺氏兄弟的事。这时，张拐子来报，说杨冬瓜三人又来县政府了，张拐子叫他们回去，他们赖着不走。刘仲明知道杨冬瓜等人是苍蝇叮上臭蛋不松手的，于是走出大门对杨冬瓜等人说："你们自己去找黄团长要人吧！"杨冬瓜嬉皮笑脸地说："我们哪敢去，只好求您县长大人了。"看着杨冬瓜等人死皮赖脸的样子，刘仲明明白事情复杂，肯定有人在背后给他们支招。"真拿你们没有办法。"刘仲明埋怨道，心中有气不好发泄。杨冬瓜三人只是笑着站在那里，一言不发。"那我们一起去找黄团长问一问。"刘仲明当即提议。

趁着明媚的晨光，刘仲明叫来一辆马车，带着杨冬瓜等人出了县政府，顺着北街出了北门，来到城外大小寺驻军门口，要求面见黄寅敬。可他们被几名守卫挡在了营门外，一名守卫军官说："军事重地不能进去。"刘仲明问："你们有没有抓贺松贺成？"军官傲慢地回答："人是抓来了，目前正在审查，不能放。"刘仲明看进不去，吩咐杨冬瓜："你们暂时回五凤乡，我们另想办法。"支走杨冬瓜等人后，刘仲明独自返回县政府。随即，他召集相关人员商讨如何解决此事。曾子义认为，据调查了解，参选的三人都不清白，说起来屁股上都有屎，都不干净。特别是黄寅敬还派手下到处贿选拉选票，甚至放言威胁，这些都是有人证的。陈才用觉得，这事不用管他，贺氏兄弟是地方官员，又不是普通百姓，黄寅敬不敢把他们怎样。但王从武认为，黄寅敬心狠手辣，鬼点子又多，如果他弄死了贺氏兄弟，再随便扯个理由结案，地方政府只有白盯着。刘仲明说："我认为我们应当据实向省政府报告，要求省政府出面处理。"但多数人认为事情还没有到那种地步。顿时屋内一片沉静，大家一时想不出办法。最后，王从武出了个主意："要不然我们联络在乡军官与之严正交涉，写联名信要求放人。"众人认为可以试一试。

下午，刘仲明和王从武组织了十来位在乡军官来到驻军门口递交抗议书，要求黄寅敬放人。守卫军官上前拦住他们，不接受他们的抗议书。一位姓杨的老军官气势汹汹地走上前，给了那名军官一耳光骂道："虱子不大，还咬人，我们也是军人出身，我们要见你们的团长。"那名守卫军官摸着发烫的脸，敢怒不敢言。其他老军官趁机鼓噪着要往里闯，看情势不妙，守卫军官这才答应："你们稍等，我进去报告。"于是那份联名抗议书就放在了黄寅敬的案头，上面都是一些在乡军官和当地官绅的签名，有的军官的官衔甚至比黄寅敬的都高。看着联名抗议书，黄寅敬很恼火，问一旁的谢参谋："怎么办呢？"谢参谋出主意道："强龙不压地头蛇，如果得罪地方，今后我们的日子也不好过。况且目前我们还没有有力的证据，不如这样，我们不去插手，让相关执法部门去调查。""你的意思是向法院起诉？""还是团长高明，我们可以向省高等法院起诉。"黄寅敬沉默了一会儿："只有这样子了，人给他们放回去，但事情不能轻易了结。"

不久，县里就传来黄寅敬告状的消息。据说黄寅敬在成都聘请了两名律师，调查准备了很多材料，并托了一些关系，向省高等法院递交了起诉书，控告金堂县地方政府选举弄虚作假，徇私舞弊。大家都知道黄寅敬的目的是推翻上次选举结果。

这日上午，刘仲明正在办公室与相关人员讨论如何应对黄寅敬的控告。刘仲明问及选举的调查情况，何军回答："曾用刚和曾绍成坚持说他们是家庭聚会，其他客人和三桥酒馆的老板也出面作证了。""贺氏兄弟呢？""贺氏兄弟在选举场上发生纠纷，是为了维护选举秩序和纪律，并没有多大的事。相反，很多乡镇反映黄寅敬在选举期间倚仗权势，派手下四处放言威胁。""这些证据最好形成书面上的东西，叫相关的证人签字画押，据实向专区和省政府报告，或递交给法院，让法院采纳。"这时，张拐子进来递送了一封公文，刘仲明原以为是法院的传票，打开一看，原来是国民党中央文件。刘仲明看了那封文件，顿时脸上乌云变成了阳光。曾子义凑过来问："啥子事？"刘仲明将公文递给曾子义："这是中央发来的。"曾子义看了后，一字一句念给大家听："……金堂县青年党党员最多，指定金堂县为青年党选区，国民党党员即使选中，也必须退让。"在场的人不由兴奋地鼓起掌来："这样子太好了，免得他们争来争去。"最终还是中央政府化解了矛盾，平息了这场纠纷，刘仲明让邱华生把文件多抄几份，一是公告出来发给乡镇；二是给黄寅敬专门送去一份。

国军驻地里，黄寅敬很快看到了县政府送来的国民党中央文件的复抄件，顿时傻了眼。他把文件丢给谢参谋问："这是不是真的？是不是金堂县政府造的假？"谢参谋认真看了看文件道："应该是真的，他刘仲明没有那个胆敢造这样的假。"黄寅敬气愤地道："老蒋这是啥子意思嘛？弄得我们白费劲。""看样子，老蒋的意思要叫我们上前线去打仗，现在战事又起。""很有可能。他妈的，老蒋糊弄我们，老子虽不是他的嫡系部队，但在抗日战场上也立过不少功嘛！"黄寅敬恨恨地骂道。

后来，经过省政府和温江专区批准，金堂县国大代表由周理润出任，曾用刚作为列席代表参加，黄寅敬出局。黄寅敬诉讼金堂县地方选举弄虚作假的事，被无限期地搁置了下去。

周理润原本没有希望当选国大代表，可是黄寅敬这么一闹，不但拉下了曾用刚，而且拉下了黄寅敬自己，周理润白捡了一个落地桃子，家里妻子小妾儿女都向他庆贺。"怪不得我祖坟上冒青烟。"周理润十分得意地炫耀。周家人信了，而且信得很开心。周理润当选为国大代表，县政府还特意公示了。其实，公示都用不着了，这是国民党中央决定的，是板上钉钉的事情。县乡一些名流富户争先前来巴结，有的还送上厚礼，连陈善人也前来祝贺，周家一时门庭若市。

青年党主席刁十一就是上门的人中重要的一位，他专程上门拜访周理润。刁十一七十多岁了，白须飘飘，穿着一件灰布长衫，很有儒者风范。以前他也是袍哥，虽然看上去根本不像是那蛮横无理、粗野任性的袍哥形象。但刁十一的确在这金堂县清衣袍哥中资历最老、威望最高，否则他也当不上青年党主席。一见面，刁主席抱拳道："恭喜周会长当选国大代表。""同喜，同喜，如果没有刁主席鼎力支持，哪有这样的结果。"分宾主坐下，仆从奉上茶水后，刁十一开门见山地说："周会长此次当选为国大代表，是名至所归，威风八面。我已和其他主委商议好了，本人年事已高决意辞去主席一职，大家推选你为金堂县青年党主席，想通过你提高青年党在金堂县的影响力。"周理润心里清楚，要是当上青年党主席，几乎就相当于掌控了金堂县的袍哥势力，这是他梦寐以求的事情，但他不敢轻易应承，他知道陈善人想要这个位置，以前陈善人在他面前提过几次。"这事要从长计议，我11月初就要上南京去开会，多久能够回来还说不清楚，等我回来后再说。目前，我看刁主席老当益壮，身体健康，完全能够胜任党主席一职。""哎！我老了，身不由己了……那等周代表回来后再决定嘛！"既然周理润这么说，刁十一不再多言。

因为周理润不久要到南京去参加国民代表大会，刘仲明决定预先开个各界人士座谈会。这日，刘仲明把邱华生叫到办公室吩咐道："通知周理润代表，就说县政府要召开一个各界人士座谈会，邀请他必须参加。"邱华生问："啥子时间呢？""就明日上午九时，还要通知其他人来参加座谈会。"邱华生问："通知哪些人呢？"刘仲明想了想回答："就通知县政府各科室人员、县党部人员、县议会各委员、县商会……再多请一些社会名流。"接下来邱华生根据刘仲明的要求进行了一番安排部署。

会议就在县政府大会议堂里举行，有五六十人参加。主席台上坐着周理润、刘仲明、汪东生、陈思远、刁十一等人。

会议开始了，刘仲明清了清嗓子，大声说："大家知道周会长被选为国大代表，是我县唯一的国大代表，这是中央对我县的信任，也是我县的光荣。周代表这次到南京去开会，要去面见蒋委员长，今天把大家召集在这里，就是想让大家有啥子话要给中央说，要给蒋委员长说的，就请畅所欲言，由我们的周代表带去。"开初，大家一片沉静。刘仲明继续提示大家："有意见就尽快提。"有个大胆的乡绅站起来说："我请周代表给中央带个信，不要征收那么多税，我们简直无法承受。""也不要征兵打仗了，死了那么多人，农村劳动力缺乏。""现在贩卖鸦片严重，土匪盛行……""现在贪腐严重，个个都想往包里装……"大家七嘴八舌地议论开来。汪东生坐不住了，拍了拍桌子："大家不要谈那些，要谈正面的，积极向上的。"孔红亮心领神会，站起来大声说："我深刻领悟蒋委员长的精神要领，要和平，要统一，全力支持消灭共匪。""坚决支持蒋委员长提倡的民主选举，支持选举蒋委员长为总统""请向党中央汇报，我们金堂县坚决支持解放妇女，尊重女权。"最后，刘仲明说："我刚才听了大家的发言，许多意见很中肯，说明鄙人工作没努力，这些意见都是对鄙人工作的要求和督促。鄙人认为无论是好的意见，还是不好的意见，都是基层民意，鄙人希望周代表能够都带到中央去，让高层人物尊重民意，清楚明白地施政。鄙人作为基层一位县长，既要完成上面的征收，又要安抚下面的百姓，这些事情把我弄得日夜睡不好觉，吃不下饭。我觉得自己仿佛处在火山口……"

晚上，陈善人来找刘仲明说："为了欢送周代表到南京去参加国民代表大会，我们为他饯行，请刘县长你务必参加。"刘仲明问："有哪些人参加？"陈善人回答："有江东生、陈才用、王世成、孔红亮、吴志洪等。"刘仲明想了想："我参加不妥。"陈善人问："有啥子不妥？是我们私人出钱请客，又不是用政府公家的钱。"刘仲明解释说："本来这次选举结果就有争议，很多人意见大，如果我参加你的宴请，民众会误会说我给周代表走私，暗中帮助他当上了国大代表。"陈善人觉得刘仲明的话有道理，只好作罢。

宴请地点在北街陈才发的火锅店，这是一家老店，自助特色，开了十多年了，味道很不错。晚上七时多，周理润才慢吞吞地到达，陈善人他们已等待很久了，由于周理润这个主要人物没有来，大家都没有动筷子。陈善人责怪周理润来迟了。周理润乐呵呵地回答："有事耽误了一会儿。"开席后，场面十分热闹，在场的大多是政府官员和他们的女眷，男人两桌，女人一桌，都是经常一起聚餐的。周理润坐了下来问："刘县长怎么没有来？"陈善人回答："我请了，他说有公务不能来。"冬天吃火锅取暖正合适，大家吃得热火朝天，轮流向周理润敬酒表示祝贺，周理润也一一回敬大家。由于喝得过多，到后面周理润醉醺醺的，在陈善人耳边嘀咕起来："那天刁十一来找过我，让我当青年党主席，我推了。""为啥子推了呢？""你知道吗？我想到你。""我不想当那个。""你不要虾子过河——牵须（谦虚）嘛！你以前不是有那个意思吗？"陈善人知道周理润有点醉了，于是端起酒杯："喝酒，喝酒。"旁边的吴志洪隐隐约约听见他们的谈话，凑过来说："陈议长，凭你的能耐，弄个县长当一当都不成问题。"陈善人叹了一口气道："一句话就能当上县长了吗？"吴志洪没弄明白，一旁的孔红亮骂道："瓜娃子，要钱。"至于要多少钱，吴志洪就没有细问了。

11月初的一个早晨，天气虽然有点冷，但大家是热情的。周家大门大开，因为按照周代表的行程，今天他就要去南京开国民代表大会，选举中华民国总统了。一大早，刁十一带着青年党的头头脑脑来给周代表送行，参加的还有县政府官员、商会代表等。周理润在门口一出现，顿时外面锣鼓喧天，还有人放了鞭炮，一片掌声夹杂着欢呼声在街面上起起伏伏。小金龙龙舞队过来送行，只见八条小金龙随着鼓点时快时慢，在一个大头舞笑和尚带领下开始了表演。每条小金龙约四米长，周身金黄色，前面一个人双手分别握龙头龙身的竹柄，另一人双手分别握住龙身龙尾的竹柄，随着鼓点和队形的变化，舞者挥动着双臂，一条条金龙灵巧地时上时下地翻飞，时前时后地跳跃，时左时右地盘旋。小金龙们在一起嬉戏，欢腾……只听女声说："恭祝周代表一路顺风。"男声回："恭祝周代表步步高升。""再见。""再见。"周理润回头向大家挥手告别。这次，他不但带上了充足的盘缠，而且带上了两位最忠实的仆从，一同上路去南京参加国民代表大会。他们先要到成都赶车去重庆，再由重庆坐船去南京，两位仆从一路上不仅要管理他的行李，而且专门侍候他的生活，确保他路途平安。

第十三章

你再不来，我要下雪了，开放了。

　　一位美丽少女，父亲早亡，与母亲相依为命，靠纺织度日。邻居一富户家的浪荡子垂涎少女的美色，买通了少女的叔叔，让叔叔说服其母亲，将其生辰八字偷偷交与浪荡子家。按当地风俗，如此少女就相当于许配给了浪荡子。少女知道后坚决不从，以死相抗。富户将少女诉之官府，官府将其判给浪荡子为妻，少女仍不答应。浪荡子带着十多人到少女家闹事，还调戏少女，少女不堪受辱用刀自刎，幸好伤口不深，经大夫抢救侥幸活过来了。一月后，浪荡子听说少女伤口愈合，再次带人上门纠缠，少女用刀再刎，死去几日，脸上怒气未消。

　　夜晚，何友琴惊醒过来，一身冷汗，刚才是一个噩梦。由此，她再也无法入眠，白杀少女的惨状在她脑海里不断地闪现。日有所思，夜有所梦。她梦见的那位少女自杀的事情是厨房老妈子张婶讲给她的，张婶讲得有鼻子有眼，而且说是她们村子很久以前发生的事情。

　　窗外银辉似水，秋夜透凉。自从参加那次歌舞会后，刘仲明的形象在何友琴脑子里久久萦绕，刘仲明身上有一种气质，有一股吸引力，使她欲忘不能。她时常设想与刘仲明在一起的情形，她愿意为刘仲明做任何事，甚至想与他举案齐眉，共度此生。她明白自己喜欢上了刘仲明，害了相思病。她设法引起刘仲明的注意，想多与刘仲明接触，可是前一段时间由于搞国大代表选举，大家都在忙，她没什么机会。现在选举工作接近尾声，刘仲明不是那么忙了，她想到了咏荷诗社。

金堂县金刚池的荷花是附近出名的景点，它位于彭大将军纪念馆与寿佛寺北侧，面积有二十多亩，历史达百年之久。一到夏日，这里荷花竞相开放，粉红的，雪白的，而且芳香四溢，吸引无数游客前来观赏。何友琴与金堂县爱好诗词的男女组成咏荷诗社，何友琴任社长，诗社基本上一月会办一次诗会。该诗社在当地颇有影响，目前发展会员达一百多人了。时间已经十一月底，虽然金刚池里的荷莲已枯死了，但咏荷诗社活动仍然要举行。何友琴与几位诗友商量了一下，为了扩大咏荷诗社的影响，他们决定邀请刘仲明来参加。以咏荷诗社的名义，何友琴给刘仲明写了一封请柬，然后央求表兄陈善人带她一道去见刘仲明。陈善人应承说："我把请柬带给他就行了，你用不着去。"何友琴坚持说："为了表示庄重与诚意，我得亲自送去。"

陈善人看出了表妹的心思，但不好说破，只好同意了。这日上午，陈善人带上何友琴来到县政府见刘仲明。何友琴跟着一起来访，刘仲明颇感意外。一阵寒暄后，何友琴说明来意，将请柬递给了刘仲明。刘仲明接过请柬，详细看了一遍，爽快地说："这是好事，我们正在推行文化新政，我一定来参加。"何友琴高兴地说："到时希望刘县长多指教。""指教不敢，相互交流，相互学习。""刘县长深入民众，体察民情，这是好事。"陈善人在一旁赞许道。

这日，邱华生像往常一样走进德新书店，书店购书读书的人比较多，杜科很忙。邱华生问："老板，最近进新书没有？"杜科听出是他的声音，抬起头来微笑打招呼，然后指了指西边的书架："有一批新书在那边，你去看看吧！"邱华生来到西边角落书架前，选了一本书，坐在一旁读起来。这是一本名叫《大众哲学》的书，作者是艾思奇，他知道当局不准看，是禁书，但书中内容深深吸引了他。正看得起劲，杜科走过来塞给他一张纸条。等杜科走开后，他悄悄打开纸条，上面写着：晚八时到南街54号茗香会馆。他看完了纸条，当即就毁掉了，然后冲杜科点头示意，表示有机会参加。阅读了一会儿，他决定买下《大众哲学》，于是来到柜台前付完钱离开了德新书店。

晚上八时许，天已经黑了，虽然天气十分寒冷，但街上行人还比较多。邱华生走进了南街的茗香会馆，茗香会馆位于县城南门一隅，位置比较偏僻，还隐藏在一片梅树林里。夏天这里凉爽宜人，冬日这里梅花飘香，而且有不少小包间，适合生意人在这里洽谈业务，读书人在这里谈经论道，政客们在这里评论国是。其实这茗香会馆是共产党地下党员彭涛开的，彭涛是一名税务官，在当地颇有人缘，所以开了这间会馆，时常有身份的人来喝茶，也不会引起他人注意。在一个十分隐蔽的包间里，杜科五六个人已经在那里等候了。在场的人除了杜科外，邱华生都不认识，杜科给他一一做了介绍。他们分别是彭涛、陈守义、蒋洪道、陈才川。彭涛的妻子曾氏也是积极分子，为了安全起见，彭涛让妻子在外望风，不让其他人进来。陈才川凑近邱华生说："邱科长，本人姓陈，名才川，是大南毛笔社的老板，离你们县政府只几步路，我们是邻居，你们县政府的人经常到我那来买办公文具，所以我认识你们县政府的人。"原来，陈才川与杜科在生意上经常往来，是很好的朋友，在杜科的影响和帮助下，成为一名共产党地下党员。邱华生握住陈才川的手："大家都是同志，今后请多关照。"

开会了。杜科讲道："我接到上级组织要求，要成立'川西解放组金堂小组'，我为书记，彭涛为组织部长，邱华生为宣传部长。我们的工作目标一是发展党组织力量，团结金堂进步官绅名流，发动民众，和平解放金堂；二是保护城厢古镇，特别是寿佛寺中的国宝（凤龙虎熊座）。"接着大家开始讨论如何开展工作。杜科对邱华生说："你要利用你的特殊身份将县长刘仲明、议长陈善人、副议长曾绍成争取过来，为我党办事。"邱华生表示同意："我了解刘老师，他很正直开明，思想进步，却很固执，一直信仰孙中山的'三民主义'，推行新政，实现共和……目前，我本人不好直接出面。""工作慢慢做，而且不能轻易暴露你的身份，陈才川可以协助你。"杜科说。至于争取其他人，彭涛提出了自己的意见："根据我平常了解，争取曾绍成还比较容易，争取陈善人却不大容易。""陈善人在本县势力很大，且为人阴险狡诈，骨子里反动保守。"于是话题转到争取曾绍成上来。杜科说："曾绍成本人比较开明，乐善好施，他的女儿曾传秀在金堂中学教书，思想比较进步，常到书店来阅览一些进步书刊，可以先把她争取过来，由她给曾绍成做工作。"听说曾传秀是曾副议长的女儿，邱华生出于好奇，当即提出："要不我也来认识认识她。"杜科点点头："她经常周日上午来书店读书，你们两个年轻人在一起有话说。"杜科提醒大家："随着我们党小组人员的增加，我们不能再经常集中开会了，以免引起敌人的注意，今后我们最好采取单线联系，谁联系谁，今天具体分配一下。"经过讨论，邱华生与陈才川实行单线联系。

深秋，好几日没有日头了。这天，总算出了很好的太阳，金灿灿的光辉洒满金刚池畔，那些荷的枝叶，横七竖八地躺在水面上，一点生气也没有。再过一段时间，那些枝叶会沉浸入泥土中，成为来年荷花盛开的养分。活动的台子已经搭好，一大早，许多爱好诗词的男女汇集在一起。由于县长要来，一些政府官员、社会名流也都来参加，所以人来得比以前多得多。何友琴一身亮丽时尚的旗袍，小英则穿着学生样式的短衣短裙，两人在众多人中显得鹤立鸡群。可惜周理润去了南京开会，如果他还在金堂，今天一定会来给何友琴捧场。

仪式举行得比较隆重，参会人员围坐成一个大圆圈，有年轻人，有老人，有十几岁的小孩，有男人也有女人，他们大多是咏荷诗社的诗友，正中放置着一面大鼓。场外除了站着许多围观的群众，四处张贴有许多标语。"推行新政，文化强国，文化兴县。""尊孔重教，驯化于人。"大约九点多钟，刘仲明来了，邱华生随同而来，他们应邀与大家坐在一起。

咏荷诗社的节目开始了，由社长何友琴站在圆圈中间当主持。何友琴提高声音说："各位文朋诗友，刘县长十分关心我们咏荷诗社，百忙之中来参加我们的活动……这里，我们以热烈的掌声欢迎刘县长的到来。"一片掌声响起，刘仲明立刻站起来点头回礼。何友琴满面笑容继续讲："我们中华民族文化博大精深，源远流长，特别是古诗词中咏荷的层出不穷，今天，我们回顾一下古往今来有哪些诗人留下了描写荷花的绝妙诗句。首先，我们来活跃一下气氛，做一个'击鼓传花'的游戏，规则是：以击鼓为号，迅速传递手中的大红花，看谁传得快，鼓声一停，红花还在谁的手上或面前，就该谁根据主持人朗读的咏荷的名言佳句回答出作者和出处。"说着何友琴拿起一朵用绸布做的大红花交给大家，旁边的鼓手一听命令马上开始击鼓，主持叫停立即停。"预——备，开——始——""咚，咚……"鼓手随即敲响了鼓点，下面的人都高度紧张，害怕在鼓点停下来时红花还在自己手中或在自己面前留下来。队伍里一时慌乱一片，场外观众一片喧哗。鼓点终于停下来，红花停留在一位年轻人手上，大家这才松了一口气。何友琴吟道："出淤泥而不染，濯清涟而不妖，中通外直，不蔓不枝，香远益清，亭亭净植，可远观而不可亵玩焉。"年轻人当即回答："这很简单，这是宋朝诗人周敦颐的《爱莲说》中的句子。""嘘——"在场的人一阵嘘声："这也太简单了吧！"何友琴说："先来点简单的，提高大家的兴趣。"接着第二轮开始，一位老者动作太慢，红花传到他手上，还没有来得及传出去，鼓声就停止了。何友琴吟道："仙风道骨，生香真色，人间谁妒。"老者捋捋长长的胡须："这难不倒我，这是元朝赵孟𫖯的《水龙吟次韵程仪父荷花》。"又开始击鼓传花了，这回轮到刘仲明了，红花刚到他的手就鼓声停止了。何友琴咏道："雷雨过，半川荷气，粉融香浥。"刘仲明略微沉思了一下："这是范成大的《满江红荷花》中的句子。"何友琴笑容灿烂，带头鼓起掌来："不错，完全正确。"十几轮"击鼓传花"过后，有部分人没有回答准确，其他人帮着回答了，大家一阵乐。

接下来以"荷花"为题即兴赋诗。何友琴提高声音："听说刘县长大学毕业，是大才子，首先以热烈的掌声请刘县长以荷花为题作诗一首。"作诗对于刘仲明来说还是难题，因为古体诗讲究押韵和平仄，他以前还是当学生时候作过诗。刘仲明极力摆手推辞："我没有准备，大家先来，大家先来。"可是何友琴并不同意，坚持要求刘仲明给大家吟诵，其他人也在一旁鼓噪。盛情难却，刘仲明沉思片刻，站起来吟道：

玉立绿池上，亭亭天水间。

炎凉何足道，风雨只等闲。

长历无由寂，曾经十分艰。

平生只为洁，碧色是容颜。

大家拍手齐声叫好，并提议社长来一首。何友琴并不客气，看来早有准备，她大方地起身吟道：

一池绿棚金刚畔，莲花朵朵显娇羞。

文人历代多情趣，诗笔万千汇巨流。

爱意层层华瓣展，风姿缕缕墨香稠。

清荷有幸入塘苑，裙绿霓裳伴舞悠。

接着，许多文友也都站起来即兴赋诗，场面尽显风流。

即兴赋诗后是"飞花令"，参加诗会的人中挑选二十人，分成两个组， 一组十人，每组在很快的时间内说出带"花"的诗句，一组一句，而且不能相互重复， 哪个组到最后说不出来了， 那个组就算输。经过何友琴分配， 刘仲明与其他几个为甲组，小英与邱华生在乙组， 还是由何友琴主持。刘仲明这一组为甲组开头，刘仲明首先大声道："落红不是无情物，化作春泥更护花。"小英代表乙组迅速回答： "夜来风雨声，花落知多少。"甲组有人马上吟道："桃花潭水深千尺，不及汪伦送我情。"乙组邱华生站出来回答： "停车坐爱枫林晚，霜叶红于二月花。"甲组刘仲明吟道："人面不知何处去，桃花依旧笑春风"……

直到最后，甲组实在回答不起了，只有宣告失败，小英与邱华生所在的乙组赢了。活动快要结束，主持人何友琴请刘仲明作总结发言。刘仲明走到场中间站定，参加诗会的人顿时安静下来。刘仲明扫视大家一番， 清了清嗓子说：今天我很荣幸参加这次诗会，诗会形式活泼，气氛相当愉快， 通过这次诗会，我看到金堂有如此多的才俊，是藏龙卧虎之地。而且我还看到大家对古诗词无比热爱，甚是欣慰。文化建设， 也是政府推行新政的重要举措，国学是国粹，吾辈要将国学永远传承下去，并发扬光大……

周日上午，这是一个阴天，天气较冷。邱华生走进书店，此时书店里已经来了不少爱好读书的年轻人，也许他们来这里寻找知识的温暖吧。杜科给他点头示意，表明曾传秀已经来了。顺着杜科的示意，邱华生第一次见到了曾传秀，乌黑的长辫，瓜子脸，柳叶眉，身材较高。邱华生心中拿小英与之比较，曾传秀要年长一些，成熟一些。邱华生从书架上选了一本《牛虻》，在曾传秀对面坐了下来。曾传秀看书比较认真投入，并没有注意到邱华生。良久，邱华生看见曾传秀正在阅读《钢铁是怎样炼成的》，咳嗽一声，故意问："小姐，这本书怎样？"曾传秀吓了一跳，戒备地抬头看了看邱华生，将书收折了一下，因为这种书是国民党当局禁止阅读的。邱华生悄声道："不要紧，我在看《牛虻》呢！"说着他扬起手中的《牛虻》给曾传秀看。《牛虻》也是当局禁止阅读的书刊。曾传秀点了点头，脱口而出："我认识你，你是新来刘县长的秘书。""啥子时候认识我的？"邱华生十分诧异。"在祭拜彭大将军仪式上，还有祭孔仪式上，县政府就那几个人，新来了谁大家都清楚。"沉默了一会儿，邱华生故意问："不知小姐在哪里高就？""在金堂中学校当老师。""你们学校校长曾绍成我认识。"曾传秀抬头回答："他是我爹。""校长的千金，幸会，幸会。本人姓邱，全名邱华生，很高兴认识你。""知道了，我叫曾传秀。""听说你们学校办得不错，哪天到你们学校来参观参观。""欢迎。"曾传秀的眸子流露出喜悦之情。

此后，邱华生工作之余，经常到德新书店查阅资料，阅读了许多革命进步书刊。有时也到陈才川的大南毛笔社与陈才川摆龙门阵，与陈才川增进了解。这日，邱华生正在办公室撰写材料，张拐子进来报告："邱秘书，外面有人找您。""是谁呢？"邱华生随口问。张拐子一张脸笑嘻了："是位女士。"邱华生心想："会是谁呢？在金堂我认识的女士不多，不可能是杜科派来的人吧？但根据约定他与陈才川实行单线联系，没有特殊情况下，杜科不会主动约见我啊。"想到这，邱华生追问道："到底是谁呢？"

"你出去就知道了。"张拐子羡慕地望了望他，然后转身出去了。邱华生走出县政府，只见小英一身漂亮的着装站在门外，像一朵盛开的芙蓉花在风中摇曳。"意料不到是我找你吧？"小英莞尔一笑。这么俊秀的女子来找自己，难道她喜欢上自己了。邱华生有点激动，结巴着说："那……到办公室坐坐吧！""不了，你这时有空吗？我们去逛街。"小英知道里面许多人都认识她，她很难为情。

两人一边走，一边谈。邱华生问："你找我有事吗？""没事，我想听听你讲一讲大学的事。""你真的那么想读大学？"小英点点头。"现在解放妇女，妇女与男人一样平等，一样可以读书，一样可以参加选举，要不我去给你父亲做一做工作，让他同意你读大学。""他不会让我出去读书的，我只想听听你们大学生活的事……你给我讲一个吧！"

"那我就讲一件事。那是读大二时，生活很困难，营养差，同学们一周都很少吃上肉油。我们寝室有位姓李的同学下晚课后，肚子饿了，从外面买了两个油饼回来吃。他上铺的张同学看他吃得津津有味的样子，流口水了，也想吃。于是两人打赌，如果张同学能一口气吃完十五个油饼，李同学就输他二块大洋。两人说干就干，李同学就从外面买回来十五个油饼，张同学抓起两个就开始吃，结果吃了八个就咽不下去了，只好认输。这不打紧，半夜里，姓张的肚子撑得要命，起来到操场上跑了十多圈。""咯咯咯……"她笑个不停。笑完后，沉默了一会儿，小英幽幽地问："你说，一个人应该有理想和目标吗？""应该有，而且必须有，并为之奋斗不息。""那你的理想是啥子呢？""我的理想……是……消灭剥削，消除贫困……人与人之间平等。"邱华生断断续续地回答。

小英似懂非懂地望着他。

第十四章

哥老倌，不要当油嘴狗，不要吃混堂锅
盔，不要打翻天印。

　　新政既出，就必须遵照执行。县政府接到民众举报，说大同乡乡长陈逸民
用公款大吃大喝，而且赖账不给钱，举报人是一家名叫"内江小吃"的餐馆老
板胡仁学。因税赋沉重，刘仲明推行新政，三令五申要求全县政府机关开源节
流，不准用公款大吃大喝。然而这个陈逸民居然顶风作案，刘仲明决定亲自到
大同乡调查处理。大同乡离城厢不远，就十几里路，刘仲明带着办公室人员小
赵在两名自卫队员护送下骑马来到大同乡。

　　在内江小吃门口，刘仲明见到了胡仁学。胡仁学三十多岁，个头较高，
愁容满面，因为一家五口人就靠经营这家餐馆维持生计，可是谁知不但没有赚
到钱，而且欠了不少账，如今被迫关门歇业。当胡仁学得知刘县长为他的事亲
自下来调查处理，忙把刘仲明等人迎进店内。原来，由于胡仁学厨艺好，内江
小吃餐馆的菜肴又很有特色，味道不错，大同乡乡长陈逸民就经常带着下属来
这里消费，但每次消费都只记账不拿现钱。日积月累下来，记账的金额可不是
一笔小数目。但胡仁学怕得罪陈乡长，每次都忍气吞声，可是后来入不敷出，
实在经营不下去了，他便拿着欠条找到陈逸民要账。乡公所乡长办公室里，胡
仁学见到了陈逸民。胡仁学赔着笑，小心翼翼地说："陈乡长，您看能不能把
以前的账付了？"陈逸民拿过账单一看，一共二百多块大洋，吓了一跳："我
们哪里消费了那么多哟？"胡仁学忙解释："您看账单上你们每次消费的时间
和价钱我都给你们记好了的。""这是你自己造的价，作不得数，况且乡公所
现在根本没有钱，连上面税款都交不齐……"看那么大一笔钱，陈逸民耍起了

赖，推说缓一段时间再说。后来，胡仁学又跑了乡公所好多趟，好话说尽，结果一分钱都要不到，甚至后来连乡公所的门都进不了。胡仁学十分恼火，听说新任县长实行新政，不准公款吃喝，于是一气之下就把陈逸民告到了县政府。

刘仲明听完胡仁学的诉说后，当即叫陪同而来的小赵到大同乡乡公所去通知陈逸民来现场接受调查。陈逸民得知刘县长为胡仁学的事来到了大同乡，很快就跟着小赵来到内江小吃餐馆。双方坐下来进行协谈。刘仲明问陈逸民："陈乡长，你说一说你们乡公所是不是在胡老板这里经常消费？"陈逸民眨了眨眼回答："我承认，我们是在这里消费过，可是数目并不是胡老板所说的那么多。"胡仁学起身从柜台内拿出账本说："你看嘛！这里消费时间、消费价钱都是记录好了的，而且有你和你们乡公所的人签字。"陈逸民争辩说："没有消费那么多吧！"刘仲明问："难道胡老板诬陷你们？"陈逸民改口说："刘县长，我不是那个意思，我是说胡老板他们胡乱定价，漫天要价。"胡仁学解释道："我没有乱要价啊！你们每次消费的菜单我都保存了的呢？"胡仁学说着起身进了里屋，翻出几十张菜单出来，一张一张地解释："都是当时的市场价，依照法币计算的，红烧茄子四元、红烧豆腐五元、青椒肉丝十元……折合大洋二百多元。"陈逸民看着那一张张菜单哑口无言。刘仲明看陈逸民吃了别人的，还想赖账不承认，心里大为发火。他拿过胡仁学手中的账本和菜单翻阅了一下，问陈逸民："难道你不知道县政府实行新政，明文规定要求开源节流，禁止公款吃喝？"陈逸民无言以对，望着刘仲明那严肃的神色，知道形势不妙，但他心存侥幸，因为议长陈善人是他的堂叔，刘仲明拿他没有办法。陈逸民低声嘟囔着说："我知道不应该，但也是为了工作，希望看在我堂叔陈思远陈议长面上，通融通融。"刘仲明并没有在意陈逸民说了什么，很快作出决定：责成大同乡公所付清欠款，免除陈逸民的乡长职务。

免职后的陈逸民垂头丧气地回到县城，但是心里不服气，过了几天，特意到陈家花园向叔父陈善人诉说事情的前因后果，并分辩说："这件事顶多违纪，不至于免职。"陈善人斥责道："你自己要撞到枪口上的，我也没有办法！"陈逸民苦着一张脸说："那我的乡长职务就这样白丢了？我可是托你花了五百大洋买的啊……"陈善人思虑良久："县商会开办的银行缺一位副经理，我给周理润会长打个招呼，你到那里去上班。"听说有肥差，陈逸民顿时眉开眼笑："谢谢叔叔，谢谢叔叔！"陈善人沉着一张脸说："如果你上那里上班，今后必须听从我的，掌控金堂县大户人家的经济信息，并随时向我报告。"陈逸民一再保证："一定，一定。"

　　周末，贺松刚回到县城家中，陈善人就派人把他叫去了。去陈家花园的路上，贺松心里如打水的吊桶，七上八下，因为以前有师傅周理润照护着，他很少与陈善人接触。他知道陈善人与周理润的关系很好，如果越过周理润去巴结陈善人，那他就相当于打师傅的翻天印，这在袍哥组织里是最忌讳的。见到陈善人后，陈善人把贺松当上宾，很是礼遇，贺松有点受宠若惊，不知陈善人葫芦里卖的是什么药。陈善人和蔼可亲地说："周会长这次能选上国大代表，贺乡长立功不小。"贺松很谦逊地回答："尽力而为，尽力而为。""贺乡长还想升一下职位吗？"听了这句问话，贺松疑惑不解地望着陈善人，一时不知该如何回答。原来上次选举的时候，贺松在黄寅敬军营里表现得很好，陈善人认为贺松确实很能干，趁这次周理润上南京开会的机会，他想笼络贺松，把贺松拉到自己门下。"你想不想当副县长？"陈善人直截了当地问。这话把贺松吓了一大跳，一时就像半夜里吃黄瓜，摸不着头尾，望着陈善人那深邃的脸，贺松好半天才小心翼翼地问："陈议长，你该不会是取笑在下？"陈善人很认真地说："我说的是真的，陈才用多次给我说他老了不想当了，叫我推荐一位人选。我认为你比较合适，所以我才给你说这话。"贺松这才有几分相信，他相信陈议长的能力，知道他能摇动省、专区大人物，提拔他当副县长是轻而易举之事。贺松大着胆子说："希望陈议长鼎力相助。""这就对了，年轻人就要有上进心。"

　　回到家中后，贺松乐滋滋地把事情给妻子汪玉莲说了。汪玉莲喜出望外，转而醒悟过来，拍了贺松一巴掌："光凭陈议长一句话还不行。"贺松疑惑不解地望着太太。"趁热打铁，我们给他送钱。""送多少？""五百个大洋。""五百个大洋买个副县长值，而且重要的是自此你就算攀上陈议长这棵大树了，今后好办事得多，比周烟灰强多了，省得老娘今后为你操心。""可是周会长现在是国大代表。""国大代表又怎么啦？那就是空架子。你要知道在这金堂真正有权势的人物是陈善人。"贺松认为老婆分析得对，只要陈议长收了钱，事情就踏实多了。汪玉莲当即叫来管家筹措五百大洋面额的银票，由贺松亲自送到陈善人家。

贺松才离开不久，这么快又来访，让陈善人颇感意外。贺松将那些银票轻轻地放在陈善人面前桌子上，看着贺松送来这么多钱，陈善人疑惑地问："你这是干啥子？""希望陈议长能帮助在下当上副县长。"陈善人极力推辞。"您为我的事费心操劳，这点意思是应该的。"陈善人半推半就收下了。

果不其然，过了没几日，陈才用副县长向县政府请辞，在县党部书记长汪东生的推荐和陈善人的保举下，温江专区下达任命书，任命贺松担任副县长，接替陈才用的空缺。

刘仲明才到任就破了一桩离奇的人命案，这事连云顶山上的土匪头子赖山河也听说了。赖山河听喽啰报告此事时，他正躺在慈云寺观音大殿上那张老虎皮太师椅上抽大烟，把满屋子熏得烟腾腾的。听完后，赖山河嘴一张吐了一个烟圈，呵呵一笑："看来这个刘县长还有点名堂，老子哪天与他会一会。"云顶山位于成都平原东北部龙泉山脉中段，离城厢西面百里，海拔近千米，山势挺拔，峭壁入云，易守难攻，上有建于南北朝期间的慈云寺，还有宋元战争时期的石头城。这里周边地带出现了许多土匪，他们时常纠集一帮人在这个县那个乡镇游来窜去，有时又隐藏于山中、田坝里，行踪不定，国民党军队清剿起来很困难。这赖山河就是金堂县境内的一大匪首，云顶山就是他的老巢。慈云寺内原来有七八个尼姑，赖山河带人占领后，那些尼姑怕被奸污，全都仓皇逃走了，于是慈云寺就成了赖山河的司令部。赖山河本是金堂县福洪乡人，是当地文盲无赖一个，初时依附其兄长赖金刚打家劫舍，后赖金刚被邓锡侯剿灭，赖山河则收拾残匪继续为非作歹，成为川西北一大匪首。

这日，赖山河与众喽啰在山寨喝酒正起兴，突然大声说："兄弟们，有啥子刺激的？"二头目谭麻子站起来："大哥，听说那金堂县来了个臭文人县长，我们给他来个搅一搅，看他到底有多大的能耐，怎么样？"赖山河斥责道："城厢外有驻军，黄胖子在那儿，谁敢去？"众人面面相觑。"大哥，你不要长别人的士气，灭自己的威风，上次，我们不是与孔局长他们一起把那个罗县长搞下台了吗？"谭麻子满不在乎地说。原来，赖山河长期与孔红亮、陈善人、周理润等人一起暗中做贩卖大烟的生意，此前被前任县长罗光海抓住了一些把柄，加上陈善人不满罗光海不要他兼任商会会长，选国大代表时又不买周理润的账，所以他们策划搞掉罗县长。于是几个人联合定下了由谭麻子出面指控罗县长包庇毒贩，索贿受贿的计谋，并伪造了罗县长亲笔信件，加上陈善人利用省上的关系，罗光海由此被免职。

"听说寿佛寺有一件国宝，叫凤龙虎熊座，价值连城，传说是寿佛菩萨的法宝，我们把它抢上山吧！"有人说。"不，那是谣传，那个'凤龙虎熊座'是'凤凰涅槃'故事中的古玉才是真的。"众土匪争论起来。"管他是啥子，只要值钱，我们就去把它弄来。"谭麻子极力怂恿。赖山河"咕噜"一口酒下肚："可是陈议长和孔局长叫咱们不要轻举妄动。"谭麻子不以为然："他们那是想独吞，陈善人在金堂谁人不知是眯眼菩萨。"赖山河斥骂道："瓜娃子，我们目前得罪他们有啥好处？如果不是与他们一起做点烟土生意，大家都要在这云顶山喝西北风。"大家继续喝酒。一个叫赵前的试着问："那就这样让他们占便宜？"赖山河说："我在想办法，可是玄真口相当紧……放心，我心里有数。""是不是凤姑……"谭麻子有点醒悟过来了。赖山河给他递了眼色，谭麻子不开腔了。原来，赖山河在寿佛寺有内应。

见小英在家无所事事，继母秀红便催她学习女红，小英知道是父亲的主意，但她十分讨厌做这样的事，所以经常十天半月才拿起针线学一学，大部分时间都在看书习字。说实话，邱华生的出现，让小英心中泛起了涟漪。邱华生英俊潇洒，大学毕业，有才华，还是县长的秘书，自是前途无量。那次在吟荷诗会上相见，邱华生更使她念念不忘。她读过《红楼梦》《乱世佳人》《呼啸山庄》等爱情故事，她向往纯洁、甜蜜的爱情，她希望能与所爱的人谈一场轰轰烈烈的恋爱……心念至此，小英决定与邱华生主动接触。

这日，她走出陈家花园，信步来到西街县政府门口，张拐子一见她就笑嘻嘻地问："陈小姐，你又来找邱秘书吗？"小英脸色绯红，问："他在吗？"

张拐子连声回答："他在，你自己进去找他吧！"小英很难为情地说："你帮我叫一声。"张拐子应声"好吧"就进去了。不一会儿，邱华生走了出来，怕张拐子、廖塌鼻听见，小英把邱华生叫到一旁说："你读过大学，能不能把你大学读的书借我看看？""我带的书不多，你想看书可以到德新书店去看。""那有大学教科书吗？""这个我不太清楚。"邱华生摸摸脑袋。"我以前去看过，没有呀？把你的书借我一本吧！"邱华生望着她那期待的眼神："你就在这儿等着，我进去给你拿一本来。"邱华生走进县政府，拿了一本《逻辑学》出来。书厚厚的，有点旧了。小英接过去，粗略地翻了翻："我看了就还你。"说罢小英欲走，又回过头来很有深意地说："我有些地方不懂就来问你哈，你当我的老师。"邱华生呵呵一笑："老师我不敢当，不过我们可以相互学习。"

第十五章

硕鼠，硕鼠，无食我黍，三岁贯女，莫我肯顾。——《诗经》

寒冬，街上冷风阵阵，冰冷入骨，由于时间还早，行人比较少。算起来刘仲明到金堂有二三个月了，季节由秋天变成冬天，县政府的工作也基本上路了。国民党执政末期，由于税赋沉重，官逼民反，社会矛盾激化。县政府的事情比较繁多，不但要实施新政，推行民主，破除封建礼俗，而且要征粮派款拉兵，审理刑事民事案件，解决民间纠纷，这些事情弄得刘仲明焦头烂额。工作之余，刘仲明心中充满对书的渴望，他知道邱华生经常去南街的德新书店借书买书，所以他也很想到德新书店去逛一逛。今天，德新书店老板杜科早早地打开了门，上午来买书看书的人很少，杜科想趁此机会把书店卫生收拾一下，该整理的图书整理一下。这时，刘仲明走进书店。杜科对刘仲明很陌生，热情地迎上前招呼道："先生，买书吗？"刘仲明点点头回答："是的。""想买啥子书呢？""这个嘛！随便来看一看，有我喜欢看的书再说。""好吧！你随便看随便选。"刘仲明走进书橱间，顺手在书架上抽了一两本书翻了翻，然后放回原地，随口问："老板贵姓呀？""免贵姓杜，全名杜科。""喔！杜老板，生意可好？""还可以。"这时进来几个买书的，杜科招呼其他顾客去了。刘仲明在店内转了两圈后，选了两本有关经济方面的书，付了钱就离开书店了。杜科并不知道他就是人们口中的刘县长，但刘仲明记住了他。

回到县政府，刘仲明接到省、专区下达的文件，要求在一个月内筹集两万元大洋军饷、三万石军粮。然而只有一个多月就要过年了，富裕人家开始杀年猪准备年货，辛苦劳累了一年的贫穷老百姓也在想方设法添置一点东西过个愉快年。这么多军饷军粮的任务怎么完成得了，刘仲明犯了难，但上级命令必须执行。时间紧迫，他吩咐办公室通知各乡镇，第二日上午就召开党政联席会议。会上，刘仲明传达省、专区的文件精神，一时间大家意见很大，一些人当即拍案而起："现在过年了，到哪儿去筹这么多，还要老百姓活不活？""是啊！割韭菜要等一段时间苗子长起来才割。"等大家情绪平静下来后，刘仲明说："可是目前战事需要，没有办法，如果完不成征收任务，上头会追究责任，大家只有下去想办法，给老百姓做工作，但我话说在前头，千万不能出人命，谁个乡镇出了人命谁负责。"接下来，刘仲明要求各乡镇表态，说一说如何完成任务。许多乡镇长都保持沉默，没有人愿意表这个态。隔了一会儿，玉虹乡乡长吴志洪率先站起来表了态，说他能够完成任务。接着，其他乡镇也只得先后表明会争取完成任务。

经过县政府一番分配，玉虹乡领了两千大洋、三千石粮食的任务。吴志洪乡长回到乡公所后，把任务告诉了护镇局队长许大明。许大明吓了一大跳："怎么这么多呢？这要到哪儿去筹？"吴志洪别有用心地笑了一笑："你晓得个屁，只要有项目征收，不愁老子收不到钱。"许大明疑惑不解。"叫我们征收两千大洋，我们收三千，那一千个大洋是乡长的办公经费。"说话间吴志洪开始布置任务："你带几个护镇局的人，去通知各保长甲长明天下午到乡公所来开会。"第二天上午，各保长甲长相继来到乡公所会堂，大约二三十人，凑在一起议论纷纷。他们事先都听说了又要征款征粮，个个发起愁来，因为两个月前才征收了一次。有人抱怨："这才征好久又要征，是不是要人命哟！""许多人家里穷得叮当响，屋内根本没有值钱的了。""可是有些人家征别人的税，自家肥得流油。""你说谁呢？"几个争吵起来。

开会了，吴志洪首先讲了一通这次征款的目的和任务。讲完，吴志洪板着一副面孔接着说："数目一会儿就给你们分配下来，这是硬任务，大家不要有怨言。你们下去挨门挨户派款，他们卖田卖粮也好、坑蒙拐骗也好，必须交上，否则，吊干人儿……但是千万不能闹出人命，其他事情我可以给你们担着。"那时期，农民不交钱赋，用绳子吊起来抽打，叫"吊干人儿"。由于连年战争，百姓的财物被搜刮殆尽，生活真是抱黄连敲门，苦到家了。吴志洪强调："这件事由护镇局许大明队长负责，你们有困难就找许队长。"接下来就是分配具体款数，保长甲长都怕分多了，完不成任务，相互讨价还价。经过一番吵闹，终于把数额分配下去了，个个极不情愿地离开了乡公所。

乡里都说许大明是催人命的恶魔，许大明平常手拿着一根扁担，腰挂盒子枪，见人就是一扁担，人称"许扁担"。在许大明精心策划下，一时间玉虹乡百姓为了筹款有借高利贷的、有卖田卖房的、更甚者卖儿卖女，更不用说百姓过不过得起年了。

这日，许大明听说有人看见玉虹村民王辰华从成都擦皮鞋回来了，于是带着三四个人突然袭击来到王辰华家。王辰华的家是两间破草房，好久没有翻修过了，在寒风中摇摇欲坠。许大明到时，王辰华正在院子里打扫卫生，看到许大明的影子王辰华正想溜走藏起来。许大明眼尖，大声喝道："王辰华，哪里去？"王辰华吓得浑身发抖，颤颤巍巍地回答："我想去上茅房。"许大明上前就给王辰华一扁担："你是看到我想溜吧，你在成都擦皮鞋挣的钱在哪里？"王辰华像泥一样瘫软在地，结结巴巴地说："我根本没有挣到钱。"王辰华的婆娘沈氏和两个年幼的娃子见状吓得慌忙躲到一边。"你骗人。"许大明上前朝王辰华又踢了两脚，厉声吩咐："把他吊起来！"手下七手八脚把王辰华五花大绑吊在院边的洋槐树上，许大明叫手下用鞭子使劲地抽。王辰华被打得杀猪似地号叫，不停地求告："许大爷，许大爷，饶命啊！""那快把钱交出来。"许大明大声吼，说话间，工辰华身上又留下了数道鞭伤。"我给，我给。我家还有大洋和鸦片烟在箱子里。"几名枪架子冲进屋里，翻箱倒柜搜出了八块大洋和一包鸦片烟。看着这些东西，许大明神情有所舒缓，他掂了掂大洋和烟土："就这些？""就这些了，许大爷，你饶了我吧！"王辰华痛苦极了。

但是许大明并没有叫人立即把王辰华放下来，而是一把搂过呆愣在院坝边的沈氏，嬉皮笑脸地说："你婆娘还挺标致，让我乐一乐。"于是开始在沈氏身上动手动脚，乱摸乱捏。"哈哈，哈哈！"其余人一阵哄笑。沈氏双手拼命地护住自己的乳房和下身。王辰华声嘶力竭地喊："许大爷，要不得。"许大明充耳不闻，一把将沈氏扯进屋。只听见屋里传出激烈的搏斗声，呼救声，可声音持续没多久就没了，屋外两个年幼的孩子哭得扯心扯肝的。王辰华吊在那儿一个劲地哀求。数分钟后，许大明衣衫不整地出来了，随口对手下说："该你们了。"然而，其余人都如茶壶里贴饼子——下不了手。许大明骂道："真没出息。"许大明拿着大洋和烟土，与手下心满意足地走了。

许大明拿着八块大洋来见吴志洪，吴志洪问："狗日的，就这点钱？""我们把他家搜了一个底朝天，只有这么多了。"其实还有一包鸦片烟被许大明私吞了。"不可能。"吴志洪摇头道，"王辰华在成都擦皮鞋已有大半年了吧？""可他说只有这么多。""肯定不止这点钱，他蒙你的，钱估计藏起来了。"经过吴志洪的提醒，许大明觉得王辰华家还有油水。

过了几日，许大明派三名枪架子把王辰华绑到乡公所，继续审问，但王辰华一口咬定只挣了那点钱。许大明不信，又让枪架子把王辰华像吊干人儿样吊起来，两名枪架子轮番用鞭子抽打，一直折腾了一个多时辰，打到最后王辰华没了声息。许大明见状立马叫人把王辰华放下来，一摸胸口，已经冰凉了，原来王辰华被活活打死了。许大明看王辰华被打死，顿时慌了神，急忙跑去报告吴志洪。

听到此消息，吴志洪目光锋利，狠狠地骂道："你个瓜娃子，叫你千万不要闹出人命来，你想害老子，这下看你怎么收场？"许大明呆愣着，不敢吱声。吴志洪下令："去把王辰华的婆娘叫来。"许大明带着两名枪架子一阵风跑去叫来了王辰华的婆娘沈氏，沈氏听说王辰华被打死了，眼睛一翻，软倒在地，众人忙着压胸脯掐人中，好不容易才把她弄醒。两名枪架子一个在前面拉，一个在后面推，这才将哭天喊地的沈氏架到办事处。办公室内，吴志洪如热锅上的蚂蚁早已等待多时。吴志洪见到哭泣的沈氏假意安慰："妹子，妹子，别哭，人都死了，你可别哭坏了身子。"在众人的劝解下，沈氏情绪才慢慢安定下来。吴志洪继续给沈氏做思想工作，答应给沈氏二十块大洋和二百斤谷子，让她先把王辰华的尸体拉回去葬了，但是要对外面人说她男人是暴病身亡的。然而沈氏哪肯答应，不停地抽泣哭喊："哼呀！喔呀……我男人被你们抓来时是鲜活的，现在被你们活活整死了，你们要赔命。"在一旁的许大明沉不住气了，大声说："你要滑，你男人贩卖鸦片是死罪，你知情不报和他同罪。"吴志洪疑惑不解地看着许大明，问："贩卖鸦片？你们有啥子证据？"许大明自知失言，这才说出在王辰华家还搜出了一包鸦片。"那鸦片呢？"吴志洪问。许大明红着脸结结巴巴地交代在他家里。吴志洪上前给了许大明一耳光："你瓜娃子想私吞，现在事情出来了，你自己去摆平！"许大明捂着脸说："当时我把钱交来，忘记了拿鸦片。""你怎么没有忘记吃饭？"吴志洪冲着许大明又是一巴掌。许大明慌忙举起手挡住："我这就回去拿。"吴乡长命令："快去拿来，那是赃物，不然老子免了你。"

许大明一溜烟回去把那包鸦片拿来交给了吴志洪。吴志洪拿着鸦片在沈氏面前晃了一晃："这就是你和王辰华贩卖鸦片的证据，如果报到县政府，你准会被枪毙。"沈氏顿时吓住了，只好让步，答应把王辰华的尸体运回去埋了，但必须要马上拿到二十块大洋和二百斤谷子。吴志洪看沈氏心虚了，便讨价还价想只给十个大洋、一百斤谷子。沈氏看情境对她不利，只好暂时忍气吞声接受了。沈氏在两名枪架子的帮助下雇了一辆牛拉车，装上王辰华的尸体往回拉。刚回到王辰华家，只见院坝里已站满了人，原来都是王辰华的叔伯兄弟、亲戚朋友，他们听说王辰华被打死了，都来打探消息。看有这么多人可以依仗，沈氏一把鼻涕一把泪诉了事情的经过。"强奸妇女，强抢民财，还害死人命，难道没有王法了？"一时间群情激愤，吼声如雷。王辰华的叔叔王明理义愤填膺地说："太欺负人了，我们去找许大明、吴志洪算账。"王家有人则认为不要冲动，工辰华有贩卖鸦片的证据在他们手中，得想个万全之策。大家经过一番谋划，决定先把王辰华的尸体运到许大明的家里，看他如何办。王家于是发动全族的男女老少七八十个人，一起将王辰华的尸体抬往许大明的家。来到许大明家中时，许家空无一人，原来许大明一家早得到风声都躲起来了。大家把王辰华的尸体就放在许家院坝里，看许家十分富裕，一面打开许家的粮仓，屠杀许家的猪羊，烧火做饭，以供大家伙食，一面叫人到附近寺庙请来和尚给王辰华做道场。

王家这么一闹，许大明咽不下这口气，大吵大闹道："走！我带上几个枪架子去打倒几个！"吴志洪马上喝止："你还嫌闹出来的事情不够大吗？"许大明顿时耷拉下了脑袋。吴志洪安慰道："我看他们是泥沼里的泥鳅，兴不起大浪，让他们闹去，他们敢把你房子烧了，我就去以放火罪把他们全抓起来。"事情过了七八天，王家几十个人住在许家，把许家屋里粮食吃得干干净净，有的还偷偷地把许家的东西往自家拿。然而七八天过去，许大明还是不出面，乡公所的人也不来。大家聚在一起商量下一步怎么办。有人说："这样子下去不是办法。""我听说这次来的县长很不错，比较公正，不如我们有理有节地向县政府告状。"最后，由王家一位老秀才执笔，写了一封诉状，王家选派了几个代表将诉状送往县政府。

　　早晨，天气十分寒冷，地上结起了厚厚的霜花，王辰华的尸体像僵硬的石头一样静静地躺在院坝中央。天寒地冻，守在许家的王家人在院子里生了一堆火取暖，弄得院子里烟雾缭绕的。大约九点多钟，许家院子里来了一大帮警察，王家人吓了一大跳，以为警察是来抓他们的。经过询问，原来是县长刘仲明亲自带警察前来调查处理，陪同他来的是警察局副局长杨成斌。获知刘县长来到的消息后，吴志洪也带着护镇局的人赶了过来协助调查。刘仲明叫过沈氏问："事情到底怎么一回事？你把前因后果如实告诉本县长，本县长为你做主。"沈氏一把鼻涕一把泪断断续续把许大明征款打人和许大明强奸她的经过一一讲来。刘仲明问："你家的鸦片哪来的？"沈氏极力分辩："那鸦片是我家五年前自家种的，用来治病的。"刘仲明传唤许大明到场接受调查，然而许大明不在。刘仲明问一旁的吴志洪："许大明呢？"吴志洪胆怯地回答："这两日我没有看到他。""简直是胆大包天，小小的护镇局队长就敢这样胡作非为，欺压百姓，难道没有王法了吗！"刘仲明很生气，决定严惩不贷，当即给杨成斌下令："以强奸妇女、故意伤害致人死亡罪抓捕许大明。"

　　杨成斌当即带人到处搜捕许大明，然而许大明早已不见踪影，但有人报说看见许大明去了云顶山。杨成斌只好回来复命，刘仲明问："抓到没有？""跑了，有人看见他往云顶山上去了。"一时间民众议论纷纷，躁动不安，有人大声吼："一定要把他抓回来绳之以法。"刘仲明心里明白，事情不能这样简单了事，必须给民众一个交代，如果不妥善处理，会激发民变。他转身问吴志洪："吴乡长，这件事你有责任吗？"吴志洪顿时慌了神，结结巴巴地说："王辰华……贩卖鸦片，我秉公……执法。""明明是你们胡作非为，工作失职，不处理你，不能平民愤。"吴志洪顿时脸色苍白，满头大汗，半天不知如何回答。刘仲明站起来大声说："兄弟姐妹们，对于你们的遭遇我也很痛心，本县长上任以来，一直推行新政，尊重民主民权，力求减轻农民的负担，可惜事与愿违，上面无休止地派款征粮，下面的人胡作非为，新政实施相当困难……这里我宣布，玉虹乡乡长吴志洪工作失职，现免去乡长职务，还要把几个打人的枪架子抓起来判刑；至于许大明，发通缉令继续抓捕，定要将其绳之以法。玉虹乡乡公所给受害者购买一口棺材，给其家眷五十块大洋抚恤金，并免去受害者家庭两年的赋税。"王家人怨气这才平息下来，几个人动手把王辰华的尸体抬回去埋了。

刘仲明在金堂县推行新政总觉得力度不够，特别是在打破礼教，解放妇女方面不够彻底，尽管他多次深入农村极力演讲倡导男女平等，颁布一些政令禁止妇女为亡夫守节，提倡男女婚姻自由，维护妇女的权利，但县里男尊女卑的思想根深蒂固，一些封建民俗民规一时无法改变。刘仲明意识到要想从思想上教化民众，让民众逐渐醒悟，那就只有兴办教育，开启民智。他了解到曾绍成在金堂中学开办了女子中学班，但他认为这还不够，应该开办女子师范学校，培育一批女教师，再让这些女教师深入到各乡镇去教化育人，在村上开办一些女子识字班，让妇女去影响妇女，如此才能改变乡民落后陈旧的思想。可是开办一所学校谈何容易，要选校址、采买教学设备、聘用教学人员，这可是一笔不小的开支，现在财政资金这么紧张，到哪儿去筹措款项呢？为此刘仲明专门召开了一次教育工作会，参会人员有三种不同意见，一种以副议长曾绍成为代表，极力支持开办女子师范学校；一种以陈善人和孔红亮为代表，他们极力反对，认为开办女子师范学校不但财力不允许，而且有违旧俗；还有一种既不反对也不支持，冷眼观望双方争斗结果。虽然那次教育会议没有结果，但事后刘仲明还是坚持积极推进，多方设法想把女子师范学校开办起来。

这日，陈逸民突然来访，通过传递进来的名片得知，陈逸民如今是商办银行的副经理。虽然以前与陈逸民有过过节，但银行是财神爷，政府某些时候是需要他们，刘仲明于是接见了他。只见陈逸民一身西装，一副自命不凡的样子，他一见刘仲明就抱拳施礼道："以前是陈某不对，违法乱纪，触怒了县长大人，现在表示歉意。"刘仲明说："事情已经过去了，不要放在心上，况且你也受到了处罚。"陈逸民说："我理解你推行新政，也支持你推行新政，听说你们县政府开办女子师范学校需要资金，我们商办银行愿意贷款给你们。"刘仲明将信将疑地盯着陈逸民，不知他葫芦里卖的是什么药。陈逸民继续解释："你放心，我是真心诚意地想弥补我以前的不对，况且办学校也是为家乡办实事、办好事。"刘仲明问："那你们银行能提供多少资金支持呢？"陈逸民回答："县政府需要多少就贷多少，而且利息很低。到时我们可以签订合同，县政府可以每年收取学生的费用或者其他方式逐步偿还给我们。"刘仲明思虑良久，同意了。接下来，贷款的事情进展很顺利，县政府与商办银行达成贷款一万大洋的协议，分期十年还清。有了资金，刘仲明就着手开始租用校址，购买教学设备，招收学生的相关事宜。

第十六章

爱情好像真的来临。

傍晚，在金刚池畔，邱华生在与小英约会，两人走在林荫道上。小英告诉邱华生，她回去把那本《逻辑学》看了两遍，但还是有许多地方看不懂。邱华生问："哪些地方看不懂呢？""这个我忘记了，你现在给我系统讲解一下吧！"小英柔柔地说。邱华生于是开始侃侃而谈："《逻辑学》是十九世纪德国古典哲学家黑格尔的主要哲学著作之一。黑格尔哲学体系的出发点，是承认在自然和人类社会出现以前，存在一种作为世界本原的绝对理念……当理念处于存在以及与之相关联的本质阶段时，他称之为'客观逻辑'；当理念扬弃了与存在以及与之相关联的'本质'，即作为主观性的概念出现时，就称之为主观逻辑……因此，《逻辑学》由客观逻辑和主观逻辑两部分组成。"

小英闪着明亮的眸子："你讲的我还是一点也听不懂……但我觉得黑格尔真是了不起！能研究出这么高深的理论。""我最近看的一本哲学书更是了不起，内容有趣还通俗易懂，名叫《大众哲学》。""谁写的呢？""艾思奇。""艾思奇是谁？""我不好说……反正是一位哲学家。""像个外国人名，他也是德国人吗？""不是，是我们中国人。我记得序言中他这样说，哲学就在人的生活中，每个人都有他自己的哲学，本没有什么神秘的，不过因为多数哲学家用高深的词句来谈哲理，所以使一般人反而糊涂起来，以为哲学太艰深难解了，没有方法可以和它接近。这种错误的观念，不能不说是由过去谈哲学的人所造成的……"

"这本书能不能借给我看一下呢？"邱华生面带难色，因为那本书是当局禁止看的书，但他又不好给小英明说。小英一再要求将书借给她看一下。邱华生只好说："过段时间吧！我还没有看完呢！""那等你看完了再借给我看……我们学哲学到底有啥子用呢？""客观认识万事万物，树立正确的人生观和价值观。""上次，你说做人要树立理想，我回去想了一下，我的理想就是去上大学。"邱华生禁不住笑起来。小英嗔怪道："笑啥子？我还没有给你解释清楚，我想上大学是因为听说那里有民主、自由。"邱华生脸色严肃了起来："你说得对，那里确实有信仰和追求……"理智告诉他，根据党的组织纪律，目前他还不能把自己的身份和秘密告诉给这位富家小姐。

小英迷惘地望了望远处一棵树，看着那棵树被夜色逐渐吞没。"唉！"她叹了一口气，"我只想逃脱牢笼似的家，获得自由，自己想干啥就干啥！""这就要自己努力争取。"邱华生鼓励道。邱华生突然记起了一件事，于是对小英说："小英，县政府正在创办女子师范学校，招收初中高中毕业生，你可以去报名。"小英摇了摇头说："我也听说女子师范学校的事了，我也喜欢当一名乡村小学女老师，可爹不会同意的。他认为女子无才便是德，女子不能抛头露面，我是陈家千金大小姐，他更不会答应我到乡村去当女老师了。"两人沉默下来。小英突然起身道："天黑了，我要回家了，不然我爹要责骂我。""再见。""再见。"小英快步走出了家珍公园。

陈善人见女儿小英三天两头去县政府找邱华生，知道她喜欢上了邱华生，但邱华生本人没有多少反应，是自己女儿单方面的追求。陈善人侧面打听了一下，了解到邱华生虽然家境不太好，但年轻有才华，大学毕业，又是县长的学生，很有前途。他对邱华生比较看好，只要小英不离家去成都上大学，他会认这位女婿。陈善人在客厅里抽大烟，看见小英又往外溜，于是叫住小英问："要去哪儿？"小英停下脚步说："到外面逛街买东西。"陈善人神情严肃："你别瞒我了，是不是又去找邱秘书？""哪个邱秘书？"小英故作不知。"你以为我不知道，就是县政府那个邱秘书。"陈善人并没有生气，而是和蔼地说："你去对他说，我请他晚上到我们家来吃饭。""为啥子呢？""傻女子，我要看他对你是不是真心的。"小英听了这话，欢天喜地到县政府找邱华生去了。

　　傍晚，下了班，邱华生特意换了一身干净整齐的衣服准备去陈家赴宴，走到县政府门口迎头遇见刘仲明从乡下归来。刘仲明问："穿得这么光鲜要去干啥子？"邱华生脸有点发烫："老师，陈小英要我去她家吃饭。""哪个陈小英？""就是陈议长的千金。"刘仲明拍拍邱华生的肩："人家千金看上了你，好好表现。"邱华生难为情地回答："我不会说话，老师，我们一起去吧！""快去，我去不方便，你保持本色就行。"刘仲明笑道。邱华生是个明白人，小英三天两头来找，他就知道她喜欢上了自己，面对这位年轻漂亮、聪明活泼的富家小姐，他确实心动了。虽然小英的父亲阴险反动，为富不仁，但她本人单纯活泼，身上没有多少罪恶。第一次上女方的门，以前没有哪个姑娘请他这样子做，邱华生心里有点紧张，本来没有多远的距离，他觉得像走了一个小时。

　　当邱华生来到陈家，陈家已备好酒席，菜肴十分丰富，席间没有多少人，只有陈善人、秀红、邱华生和小英。陈善人给邱华生斟了一杯酒："邱秘书是哪里人呀？""南江县人。""你家中还有啥子人呀？""还有父母、兄长。"陈善人直截了当地问："你和小英在谈恋爱？"邱华生顿时脸色通红，不好意思回答。小英看见邱华生难为情，嗔怪父亲道："爹，你怎么这样子问呢？""这有啥子，现在讲新生活，男女自由恋爱。"邱华生这才点头承认。"我只这个女儿，我很宠她，我靠她养老。"陈善人强调说。小英在一旁不好意思地插嘴："爹……"陈善人停了停，端起酒杯喝了一小口酒："我希望你好好待她。"邱华生认真地回答："伯父，这个您放心。"趁大家高兴，邱华生问："伯父，听说小英想到成都去读大学，你怎么不要她去呢？"陈善人一听这个立马就生气了："女子读那么多书干啥子？""现在不是提倡解放妇女，妇女能接受教育吗？""提倡个屁，现在外面乱得很，随时出现枪击事件……"陈善人直直地望着他。席间顿时充满火药味。小英说："我可以不去成都读书，但我想在金堂县城里读书，现在县政府正在创办女子师范学校，我也想去参加学习。"陈善人想了想："但是不能真正下乡村去当老师，你是我陈家的千金，爹养得起你。"邱华生还想说什么，小英给他递了一个眼色，邱华生就没有说了。

刘仲明很关心邱华生的相亲结果。傍晚，下班后，刘仲明邀约邱华生到外面去用晚餐，他们一同来到离县政府不远的一家餐馆，这里环境不错，干净卫生，两人要了一壶跟斗酒，点了三份炒菜和一份凉拌菜。几杯酒喝下后，刘仲明问："我想知道你和小英发展得怎么样？你未来的岳父待你如何？"邱华生不好意思地回答："她爹已经认可我们恋爱。""小邱福分不错，找个富家千金，尽快结婚，以免夜长梦多。""结婚？还早吧！我感觉她爹对我不是很满意。""说明你做得不够好，不够努力，我给你讲过，做人做事要有目标，多做一些有意义有价值的事。只要你尽力做出几样出来，就会得到社会的认可，也自然会得到你岳父的认可，他就会同意把女儿嫁给你。"邱华生扬起头说："老师，您以前这样给我们讲过很多次，可是经过我后来探索，认为做人要有信仰和追求，要有民族大义感……"刘仲明觉得邱华生的话很激进，连忙打断说："现在是非常时期，到处都有警察和特务，你不要胡讲乱讲，如果别人听见了，会把你当共党分子抓起来。"邱华生不吱声了，他知道老师的脾性，目前看来转化老师还是很困难。过了一会儿，刘仲明从怀里摸出十块大洋递给邱华生："小邱，看情形，要过年了，今年奖金无望了，上面的派款都收不齐，目前你工资低，跟着老师在这里也没有多少奔头，快要放假过年了，你拿着这点钱添置一套新衣，或者给父母买些东西，回家过个愉快年。"邱华生坚决推辞："老师，我不能要您的钱。"刘仲明按住邱华生的手："你的家庭情况我知道，我家比你家好得多，快拿着，多攒钱，今后还要娶妻生子养家呢！别让人家瞧不起你。"邱华生热泪盈眶地收下了钱。

何友琴得知小英与邱华生交往，得到了表哥的支持，心里很不平静，联想到自己，没有爱情也没有幸福，难道就此孤独终老？刘仲明的身影在她心头绕来绕去，但怎样向刘仲明传达自己的爱意呢？她决定修书一封给刘仲明，大意是为感谢刘仲明对咏荷诗社的大力支持，她准备在东街新开张的蓉缘酒店宴请刘仲明，希望刘仲明明晚七时准时赴约。何友琴让小英将这封信转给邱华生，再由邱华生交给刘仲明。小英拿过信，问："难道表姑你喜欢上了刘县长？"

何友琴顿时脸红了，嗔骂道："胡说乱说，我撕你的嘴！""我说的是大实话。"小英嘴不饶人。"你还说。"何友琴作势要撕小英的嘴，小英嬉皮笑脸地跑开了。第二天上午，小英带回来一个好消息：刘县长答应今晚赴约。"看来刘县长对您有意，要抓住机会。"小英戏谑地说。何友琴摇摇头："我对婚姻爱情已经死心了。""不要悲观嘛！您现在还这么年轻，况且您和刘县长郎才女貌很般配的。""……小英，你今晚陪我去，我一个人与他在一起不方便，有人会说闲话。你把邱秘书也请来。"

刘仲明果真答应来赴约，难道他真的喜欢自己？何友琴一下午都沉醉在幸福之中。赴约前，何友琴花了两个时辰才化完妆，然后换上自己最好的衣服——貂皮大衣。这件貂皮大衣是她花了四十块大洋从成都购买回来的，一直舍不得穿。小英一见何友琴就惊呼："表姑，您今天好漂亮。""难道我平时不漂亮吗？""漂亮，表姑一直很漂亮。"两人结伴来到蓉缘酒店，可是时间没有到七点钟，刘仲明与邱华生还没有到来。这家店店主是陈启华，他热情地上前问："欢迎光临，两位女士，就你们俩？"何友琴回答："还有两位没有来。"陈店主问："先点不点菜？"何友琴摇头。小英却提议："我们先点几样吧！"嘴馋的小英点了猪手、酱香排骨、耗儿鱼、跳水豆腐等。小英边点菜边戏谑道："表姑，我今晚要好好宰一宰您。""点吧，只是不要把你自己吃成小胖子嫁不出去就行。"点好了菜，陈启华忙着安排去了。

不一会儿，刘仲明和邱华生来了，两人都身穿笔挺的西服，显然是经过一番准备。刘仲明一跨进店门，陈启华就迎上来抱拳说："刘县长大驾光临，让敝店蓬荜生辉。"陈启华后来才得知那天救他的是刚上任的刘县长，而且刘县长封了鸿运赌场，他对刘县长充满感激，思想上也深受教育，不再赌博。刘仲明认出了他，微笑着问："怎么？现在不赌博了，转行开店了？""经过上次事情我省悟过来，赌博发不了财，现在开了个小店养家。"当陈启华得知小英和何友琴两位女士邀请的客人就是刘县长，急忙安排入座。四人客气地坐下来，堂倌很快把菜端了上来。陈启华在一旁问："不知四位喝啥子酒？"小英和何友琴急忙摆手："我们不喝酒。""请人喝酒，自己不喝，行吗？"刘仲明笑道。何友琴解释说："我们确实不会喝酒。"陈启华打圆场："这样，男士喝白酒，女士喝红葡萄酒。"很快，一瓶白酒和一瓶红葡萄酒摆上了桌，并分别斟到各自的杯中，点的菜也摆上了桌子。何友琴举起酒杯："感谢刘县长对我们吟荷诗社的大力支持，请饮下这一杯。"大家举杯畅饮。放下酒杯，刘仲明问："你们最近举行活动了吗？"何友琴回答："举行了，就是我们最近想印一本小集子，选载了我们创作的诗作，可是没有资金，不知县政府能否资助？"刘仲明想了一想："大约需要多少钱？""五十块大洋就行了。""县政府资金十分紧张，不过推行文化新政，这个我考虑一下……"何友琴举起杯："感谢，感谢。这里，春节马上来临，我祝大家新年快乐，工作顺利，万事如意。"大家举杯畅饮。机灵的小英举起杯："刘县长，表姑，我看你俩对诗词都十分喜好，不如今后在一起好好沟通沟通。"说着，用胳膊顶了一下邱华生。邱华生马上反应过来，举起杯应和："对，对，我正缺一位师娘呢？"邱华生说得太直白了，场面陷入了尴尬，弄得刘仲明、何友琴很难为情，但两人还是举起杯来轻轻碰了一下。刘仲明放下杯子，郑重其事地说："何女士，我想给你说一件事，这件事我也考虑许久了，你是女诗人，这么有才华，县政府正在创办女子师范学校，我想聘请你当校长。"何友琴红着脸说："校长不敢当，我可以当一名普通老师。"刘仲明坚持说："不，当校长，你是吟荷诗社的社长，在金堂县很有威望。"何友琴还想推辞，刘仲明说："事情就这么定了，到时我们再谈报酬的事。"小英拍着手高兴地说："我也报名女子师范学校，到时表姑就是我的真正老师兼校长了。"何友琴腼腆地笑了。

第十七章

哥老倌，吃着肉，喝着酒，谈着友谊的时候，请不要当告密者。

　　他看到一位白胡子老头儿在前面向他招手，于是快步向白胡子老头跑去，然而总是追不上，白胡子老头始终与他保持着不远不近的距离。东拐西拐，白胡子老头走进寿佛寺，在一株菩提树下，白胡子老头正用锄头使劲地挖着什么，不一会儿，竟挖出许多白花花的银子。当他正迷惑时，突然白胡子老头不见了，只余下他一人，他一把抓起地上白花花的银子哈哈大笑起来……

　　吴志洪一大早就给太太杨琼花讲起昨夜的梦。"撞到鬼了，你这么倒霉，还有那样好的事？"杨琼花斥责了他一通。吴志洪无趣地闪到一边。吴志洪确实倒霉到家了，前段时间新来的刘县长封了他家的赌坊，生意也断了，现在又免了他的官职，失去了政治地位。他觉得脸上无光，没法出去见朋友，所以整日窝在家里无所事事，不是吃饭，就是睡觉，朋友几次约他出去喝酒，他总是推辞。他认为，通过这次事件，也可以看得出到底哪些才是真正朋友。

　　傍晚，陈天刚派人过来约吴志洪出去喝酒，他爽快地答应了。喝酒地点在北街周德发凉菜馆。周氏世代做凉菜生意，味道独特，注重交友，加上价格便宜，干净卫生，几乎天天顾客盈门。七八个人很快聚在了一起，有吴志洪、王水眼、陈天刚、冯明照等，他们是酒友，经常在一起聚餐。点了几样凉菜和一坛跟斗酒，几个边喝酒边聊了起来。吴志洪有好几个月没有看见冯明照了，于是问："冯明照，你幺哥子这段时间到哪里去了？"冯明照回答："在外面做生意。""做啥子生意？""无可奉告，反正是赚钱的生意。"王水眼反问："吴乡长，近段时间也不见你，你到哪里去了？"话语有点幸灾乐祸。"请你们不要喊我乡长，我现在不是乡长了。"吴志洪神情沮丧，他明白大家都知道他被免了乡长职务，故意这样问他。"你当乡长与酒有关吗？官可以不当，我们是兄弟，酒必须要一起喝的。"陈天刚打圆场，并给王水眼使了个眼色。同桌的其他人认为此话很正确，吴志洪心里才稍稍有所安慰。大家举起杯来："干，大家都是朋友。""当乡长有屁用，一个月才拿几个钱，不如跑一趟山上。"冯明照打了一个响亮的酒嗝说。冯明照所说的"跑山上"，就是上云顶山与土匪做鸦片生意。有人说："那样做很危险，逮住了要吃枪子儿的。"冯明照嘴一撇，很轻蔑地说："要得富，走险路，想办法喽！你几个瓜娃子就这样子能发大财吗？""你有没有贩卖鸦片哟？""我没做那东西，但我听说金堂县城有许多富户与山上有来往。"说者无意，听者有心，吴志洪把这件事记在了心上。

这日，吴志洪正一个人无所事事地在大街上溜达，街上人群熙熙攘攘，十分热闹。由于天气寒冷，吴志洪的脸冻红了，手也冻僵了，正准备回家，忽然，他发现前面有个人的背影很像许大明，吴志洪赶紧上前几步看个究竟。只见那人身穿黑布长衫，头戴黑色帽子，一嘴胡须，虽然许大明以前没有胡子，但吴志洪确认那人就是许大明，只不过胡子是粘上去的。吴志洪上前一把紧紧扯住那人，大声说："许大明，你哪儿去？你狗日的把老子害苦了。""你认错人了，我不是许大明。"那人极力挣脱。"你狗日的烧成灰老子都认识。"吴志洪右手死死拽着那人不松手，左手去扯他的胡子，那人急忙护住自己的胡子。吴志洪这么一闹，周围其他人停下来惊愕地看着他们俩，同时有三四个壮汉向他们围过来，原来许大明不止一个人。吴志洪发现事态不对劲，胸一挺，腰前露出一把手枪："怎么，老子怕你们不成？"三四个壮汉见势不妙，闪到了一边。那人心想光天化日如果在城里行凶，肯定跑不脱，于是承认他就是许大明："吴乡长，求求您，能不能借一步说话？我有重要的事给您说。""狗日的，老子不相信你。"许大明一再哀求："您放心吧！青光白日，在这县城我不敢对您如何，况且您对我还有恩。"

吴志洪看许大明可怜的样子，于是松了手，答应谈一谈。为了安全起见，吴志洪把腰上的枪拿到手里紧紧攥着，随时防备着。两人钻进一个僻静巷子，与许大明一起的人在外面望风。吴志洪问："有啥子重要事情？你现在在哪里做事？""在云顶山上。"许大明一边回答，一边眼睛四处望，生怕被人发现。"你狗胆包天敢下山来，不怕被抓？"许大明神秘地一笑："怕啥？连你们警察局我们都有人。""警察局哪个？""这个只有我们赖大哥知道。""那你狗日的下山干啥子呢？""做鸦片生意。""和谁呢？""这是机密……你想不想发财嘛，我们一起做生意。"吴志洪不说话。"怕啥嘛，你们县城好几个富户都在与我们做鸦片生意。"许大明极力怂恿。"哪几个呢？""这个我不清楚，我只是听说，我们这些小喽啰平常只是负责送货，实行单线联系……做鸦片生意的确来钱得很，只要有胆量，几次就可以发财。""怎么做，怎样联系你们呢？"吴志洪说话声越来越低。"你先考虑考虑，我知道你县城的住所，三天后我们有人主动与你联系。"说完，许大明转身与其他几个人走了。

吴志洪忐忑不安地回到了家，坐在那里魂不守舍。太太杨琼花看见他心事重重的样子，问："你怎么啦？"吴志洪回答："我今天遇见许大明了。""你咋不报警把他抓起来呢？""他不止一个人，还有几个。夫人，我们赌坊被封了，我的官也被免了，像这样子坐吃山空不是办法。""都是刘县长害我们的，你有啥子办法挣钱呢？""许大明叫我做生意。""做啥子生意？""鸦片。"说这话时，吴志洪望着太太，以为太太会反对，意料不到杨琼花却赞成："可以呀！我听说城厢很有几个官绅富户暗中与云顶山上的土匪做鸦片生意，不然他们哪有那么富裕？"吴志洪很惊讶，连夫人都知道这事，他却不知道。"你也可以做嘛！反正你一天闲着没事。""抓住了咋办呢？要枪毙的。""没有那么严重吧！你就说买来自己抽嘛，现在有几个不抽大烟的？况且陈思远、周理润、孔红亮那些人不是与你关系很铁吗？有他们关照，你怕啥子？"在妻子的怂恿下，吴志洪热血澎湃，就等三天后许大明来联系他了。

好不容易挨到第三天，一大早，吴志洪拖了一把椅子坐在堂屋正中，观察门口的动静。大约到正午时，只见门口有一陌生人在鬼头鬼脑地观望，那陌生人穿着短棉衣，戴着一顶旧黑帽。吴志洪起身走出去问："你找谁呀？"那人回答："我找吴志洪吴老爷。""我就是，找我有啥子事？"那人上下打量他后回答："三天前那个叫你做生意的朋友要见你。"吴志洪跟着那个人来到大街上，也许是担心安全，他紧紧地攥住藏在衣兜的手枪。那个人走到一水巷子里，确定后面没有人跟踪，便低声说："你朋友叫我问你做不做生意？""可以做，许大明本人呢？""他今天没有来，如果你愿意做，明天午时带上大洋到东门外等候。""我们第一次合作，做小一点吧！带上五十块大洋就行了。"说完那人一闪身，像一条乌梢蛇一样不见了踪影。"做不做呢？"吴志洪心里十分挣扎，管他妈的，陈思远、周理润、孔红亮他们那么发财，一定暗中在做鸦片生意。"要得富，走险路"，他回想起冯明照的话，觉得不能错过机会。第二天临近午时，吴志洪带着五十块大洋来到东门外等候，这里人来人往，十分安全。由于五十块大洋比较多，不能袋装，杨琼花用一个盒子给他装好，外面用布包裹起来让他挎在肩上。

东门外寒风呼啸，没有阳光，天气十分寒冷，吴志洪蜷缩着身子站在那里半天，脚都冻麻木了，然而许大明还没有来。吴志洪心中诅咒许大明："狗日的，你是不是扯谎？叫老子在这里挨冷受冻。"这时，他感觉背后有人拍了他一下，他转过身一看，原来正是化了妆的许大明，手里提了一个黑布口袋。吴志洪责怪道："你怎么这个时候才来？"许大明并没有直接回答他，而是问："五十块大洋带来了吗？""带来了。"吴志洪把包裹递给许大明。许大明掂了掂道："我们第一次合作，相信你。"说着许大明顺手把一只黑口袋交给吴志洪。吴志洪掂了掂黑口袋，并不重，怀疑地问："就这点？""够多了，你赚一百个大洋不成问题。"许大明看了看四周："如果还想要更多的货，就到康家渡东山茶馆联系。"说完，许大明跳上一匹马风驰电掣地去了。

由于第一次做鸦片生意，吴志洪胆战心惊地提着货进了东门，好在城门口并没有警察检查，他顺利地把货带回了家。杨琼花接过黑布口袋打开一看，说："这是川东产的货，虽然货的成色不是很好，但五十块大洋并不亏。"吴志洪好奇地问："你又不烧大烟，怎么这么熟悉？""我虽不烧，但我的一些朋友在烧。"吴志洪明白了，杨琼花经常在县城一些官绅富户家走动，结识了不少闺蜜，其中就有不少烧大烟的女人。"现在你去给你那些烧大烟的朋友说，叫他们来我们这儿拿货，我去给我那些朋友说来我们这儿拿货。"吴志洪说，"卖价多少呢？""五块大洋一小坨，你这有三十坨。"吴志洪的一些朋友如王水眼、陈天刚等人都是有钱人，很快知道吴志洪那里有货，陆续到吴志洪家来拿。就这样，朋友介绍朋友，才二三天，吴志洪的货就被人买了个精光，吴志洪果真赚了一百多块大洋。两口子心里乐开了花，他们料想不到赚钱这么容易，决定要把生意做下去。

后面，吴志洪又跑了趟康家渡，果真从东山茶馆那里轻轻松松地又运回了一批烟土，这回比上一回赚得更多。接近年关了，吴志洪准备再去购一批货回来，大赚一笔好痛痛快快过春节。这日，他赶着马车到康家渡去取货，出西门时，正好遇到王水眼，王水眼拦住吴志洪的车问："吴兄，要上哪儿？"吴志洪回答："到康家渡去拜访个亲戚。""啥子时候回来呢？晚上我们一起喝酒。""下午吧！""好的，早点回来。"王水眼若有所思地望着吴志洪远去的马车。

县政府门口，一位衣着破烂的老年乞丐拿着一封信吵嚷着要见刘县长，被张拐子、陈塌鼻拦住了。"我们替你交给刘县长。"老年乞丐坚称："不行，我必须把信亲手交给刘县长。带信的那位先生说，必须要我亲手交给刘仲明县长，否则不拿钱给我。"张拐子无法，只好进去通报给刘仲明。很快，刘仲明出来了，和蔼地对老年乞丐道："我就是刘仲明县长，请你把信交给我吧！"老年乞丐望了望张拐子、陈塌鼻，像是向他们求证。张拐子、陈塌鼻点头证实："他就是刘仲明县长。"老年乞丐这才把信交给了刘仲明。刘仲明打开信看了后，神情十分严肃，转身发现那位乞丐已经不见了踪影。这是一封很保密的信，要尽快处理，而且必须派特别信得过的人去办。刘仲明回到办公室把邱华生叫来，吩咐说："给你一个重要任务，有人举报吴志洪从康家渡偷运鸦片，你带上几名自卫队员秘密潜伏在路边实施抓捕。"邱华生惊讶地问："这情况您怎么知道？""你看一看嘛！"他把乞丐送来的那封信递给邱华生。

邱华生接过来一看，只见信上简短地写着：

举报

吴志洪贩卖鸦片，今下午将从康家渡运货回来。

一位知情人

"这是谁写的呢？"邱华生问。刘仲明回答："我也不知，一位老乞丐送来的。无风不起浪，看来此事是真实的，但要高度保密，不能走漏风声，所以我叫你去办理此事。"

傍晚，在康家渡通往城厢的路上，吴志洪兴冲冲地赶着马车回城厢，一路尘土飞扬。突然，邱华生带着几名自卫队员拦住了他的去路。吴志洪吓了一大跳，正要掉转马头逃跑，然而已经来不及了，几名自卫队员冲上来控制住了马车。吴志洪无法躲避，只好跳下马车，向邱华生不停地点头哈腰："邱秘书好，怎么在这儿见到您？"邱华生问："吴乡长，你这去哪儿呀？"吴志洪脸色煞白，回答说："到康家渡去……拜访亲戚才……回来。"邱华生看着吴志洪紧张的样子道："你为啥子跑呢？车上装的啥子？"吴志洪结结巴巴地说："是一些……礼……品。"真的吗？说着邱华生转过身吩咐自卫队员："给我搜。"果然，几名队员在马车上搜出了大量的鸦片。"这是礼物吗？这分明是鸦片。"邱华生拿起一块鸦片厉声说。吴志洪顿时瘫软在地。

吴志洪被押往县城，关进县政府预审室。邱华生向刘仲明报告情况："老师，吴志洪果真贩卖鸦片，现在人赃俱获。"刘仲明沉吟片刻："看来，举报是真的……但事情并不简单，我要亲自审讯。"审讯室里，自卫队员并没有给吴志洪上镣铐，只是让他坐在一条板凳上。刘仲明问："鸦片是从哪里来的？是谁指使你的？""是我从外地购买的，自家用。"吴志洪神情平静，从心底还认为陈善人、孔红亮、贺松等人会救他，所以闭紧嘴不交代任何东西。刘仲明说："吴志洪，请你放聪明一点，你知道我们的政策，还是趁早交代吧！"经过几次盘问，吴志洪并不交代。刘仲明下令上大刑，两名自卫队员过来将吴志洪绑上刑架，一名队员将烧红了的烙铁放置于吴志洪的大腿上，顿时，一道青烟升起，吴志洪惨叫不断，屋子里充斥着一股浓烈的烧焦味。养尊处优的吴志洪哪经得起如此刑罚，很快把自己与云顶山上的土匪做鸦片生意的经过交代了出来。刘仲明问："你们每次交易地点在哪里？""在康家渡东山茶馆。""你认识他们吗？知道他们姓名吗？""不知道，每次都是一手交钱一手交货，他们不告诉我他们的姓名。"刘仲明继续问："你知道还有没有其他人贩卖鸦片？""我听冯明照、许大明说，县城有一些官绅富户在与他们做生意，警察局还有他们的内应，具体是谁，我也不知道。"听到这些，刘仲明觉得此案不简单，有可能是大案要案，追问道："那些人究竟是谁，有没有确切证据呢？"吴志洪摇头说："我不知道具体是哪些人，也没有确切的证据。""你的意思是只听别人说过。""我知道的只是一些线索，具体情况就需要你们去调查。"吴志洪并没有交代太太杨琼花与他一起做鸦片生意的事，因为他心里清楚如果把太太交代出来，他家就全完了。听了吴志洪供述，刘仲明叫邱华生带人去搜捕冯明照，搜查吴志洪的家，自己则带人迅速赶到康家渡东山茶馆。

傍晚，刘仲明带着人赶到了康家渡，东山茶馆位于康家渡场口，此时大门紧闭，刘仲明上前敲门，然而里面没有任何响动。刘仲明叫人砸开门，房内空无一人，显然土匪得到消息全跑了。在一间暗屋里，自卫队员搜到几口袋土匪来不及运走的鸦片。刘仲明下令："将鸦片就地销毁。"不一会儿，自卫队士兵点燃火将几口袋鸦片全烧了。康家渡的民众得知此事后，纷纷赶来观看，当看到那么多的鸦片被扔进熊熊大火，大家都拍手称快。回到县政府，邱华生向刘仲明报告没有抓到冯明照，吴志洪的家里也没有发现其他鸦片。刘仲明认为，既然吴志洪交代了县城某些富户与云顶山土匪在做鸦片生意，警察局里有土匪的内线，这些事情不是空穴来风，要求邱华生和王从武对此事进行一次彻查。邱华生问："吴志洪怎么办？"刘仲明果断地说："吴志洪贩卖鸦片数量巨大，根据法令，判死刑，报请上级核准。"

与此同时，陈善人正在花园亭子里与秀红手拉手唱戏，唱的是《西厢记》中张生初会莺莺那段。只听陈善人高声吟道：

月色溶溶夜，花荫寂寂春；

如何临皓魄，不见月中人？

秀红和道：

兰闺久寂寞，无事度芳春；
料得行吟者，应怜长叹人。
······

孔红亮急匆匆地来了，打扰了陈善人与秀红唱戏的雅兴。陈善人问孔红亮："有啥子事吗？"孔红亮点头道："有急事。"陈善人让秀红避一避，秀红极不情愿地去了。陈善人一屁股坐在椅子上问孔红亮："啥子事？"孔红亮压低声音："吴志洪因为贩卖鸦片被抓起来了。"陈善人大吃一惊："真的？以前没听说过他贩卖鸦片啊？""不知他最近脑子发啥子热，居然做起了鸦片生意，而且是与山上做。"一听山上，陈善人明白吴志洪也是与赖山河在做生意了。"这些事情你在负责，你们是朋友，很好办嘛！"陈善人摸一摸那稀疏的胡须轻松地说。"糟糕就在这，并不是我负责呀，而是县政府直接插手此事。""县政府怎么知道的呢？"陈善人很惊讶。"听说是有人向县政府告密，邱秘书带人去抓的。""那事情不好办了，谁告的密？""这个还没有调查出来。""吴志洪交代了赖山河在康家渡设的点，麻烦的是交代了县城有富户与土匪做鸦片生意，而且还交代了警察局有内线……""他妈的，这个吴胖子像疯狗样乱咬人。""幸亏他只知道一点儿，并不知道县城哪些富户与土匪做鸦片生意，警察局内线到底是谁，而且我及时掌握了消息，通知康家渡那边转移了。"陈善人松了一口气："你给山上和其他富户传话，最近风声紧，彼此收敛一下。""我已经给他们说了……这是上个月你的分红。"孔红亮将一张五百元大洋的银票递给陈善人。陈善人接过银票详细看过，然后收了起来。孔红亮问："吴志洪咋办？他婆娘跑来求我救她丈夫。""做事没脑子，活该……你暂时不要管，稳住看情况，如果此时伸手救他，恐怕惹火上身引起刘县长怀疑。"孔红亮有同感。"我估计刘县长不会善罢甘休，县政府近期肯定会有大的动作，你提醒县城其他人藏好手头的东西，否则，撞上了枪口，谁也保不住谁。"

冬月，虽然天气很寒冷，但国民党中央是热闹的。国民党酝酿近一年的国民大会终于在南京正式召开，出席代表有一千多人，会议的中心任务是制定宪法。各党派为了各自的利益和目的，吵吵嚷嚷了一个月才通过了《中华民国宪法》。金堂虽然离南京遥远，但金堂人十分关心政治新闻，有的听电台播送，有的阅读每天的报纸，时刻关注会议动态。直到会议结束，金堂人也没有看见新闻报纸上登载他们金堂县国大代表周理润的照片，许多人心里很失望。周代表一月中旬才回到金堂，那时已近年关了，家家户户都在准备过春节。这是抗战胜利后第二年，举国上下都想好好庆祝一番。富人们开始杀年猪，购置年货，吃团年饭；穷人们虽然过不起年，但无论如何也要购置一点好吃的东西或添置点新衣，让全家高兴高兴。空气中，到处弥漫着过年的味道。

得知周理润代表即将归来，金堂政界、商会以及袍哥组织酝酿着要举行隆重欢迎仪式。这日，川西平原下起了小雨，淅淅沥沥的，云顶山上飘起了雪花。此时各家各院栽植的蜡梅花开了，大街小巷梅香扑鼻。当周理润的车马入城时，鞭炮轰鸣，许多人前来迎接。东方欲晓酒楼上早已摆好了酒席，为周理润接风洗尘。周理润下了车，就在一伙人簇拥下直接来到东方欲晓酒楼。酒楼上，一些县党政要员、商界名流已等待多时了。当周理润走进酒楼，掌声一片，像是接待国家元首一样。周理润趾高气扬，张口一个蒋总裁，闭口一个蒋总裁，畅言自己参加国民大会的经过。"我见过李宗仁、何应钦、孔祥熙、见过毛人凤……"周理润掰着指拇眉飞色舞地给大家讲述着。席间，有人提议："让周代表给我们讲一讲开会的具体情况怎么样？"周理润站了起来："大家让我讲几句，我就来讲几句。这次我们开会的目的就是制定《中华民国宪法》，选举蒋委员长为总统……蒋总裁在会议上讲，宪法是国家的根本大法，我们每一个人包括我都要严格遵守……"讲到兴处，周理润从怀中摸出一个小本本来，翻开一页给大家展示，上面潦草地写着"蒋中正，1946.12.25"。周理润无比自豪地说："这是蒋总裁的亲笔签名。"大家争相传阅，纷纷发出羡慕的感叹声。周理润让大家看了后，又小心翼翼地揣进自己的怀中，并提高声音说："我要作为永久的留念。"大家不由鼓起掌来。

直到腊月二十七，县政府好不容易才把上面要求征收的军款军粮凑齐，交了上去。这年春节，县政府放了十多天假。由于放长假，刘仲明与邱华生决定一起回老家南江县过年。经过两日日夜骑马赶路，腊月二十九下午，他们终于踏上了家乡的土地。放眼望去南江县全是山，好大好高的山。南江县位于川东地区，大巴山深处，偏僻闭塞，山高地薄，农民相当贫困，一路茅草土墙房随处可见。分手时，邱华生提出要去看望老师的父母。刘仲明却说："用不着，你以前见过他们，明天是腊月三十，你父母还在家等你回家过年呢！"邱华生与刘仲明的家相隔二十八里路。"有几年没有见过他们了，而且我想看一看小新，明天早上一早就走，中午回家吃团圆饭不成问题。"邱华生一再坚持要去，而且给师公师婆买了一些新鲜水果和营养品，给小新买了一包他喜欢吃的糖食。天黑时，当霞光消失在西边天空，在大河乡刘家沟村，邱华生见到了师公师婆，还有小新。师公师婆都是七十多岁的人了，家里的土地都是他们自己在耕种，没有请长工，由于长年劳累，又要照顾孙子小新，两位老人已衰老不堪。小新长高了不少，像半个男子汉，平日里除了读书，回家还帮助爷爷奶奶放牛放羊。刘家双亲看见他俩回来了，十分高兴，急忙烧茶煮饭，杀鸡做菜。小新更是兴高采烈，一会儿跟着爸爸问这问那，一会儿围着邱哥哥又蹦又跳。几年没有见到小新了，邱华生拿出事先买好的糖给小新吃，并问小新的学业。小新回答说自己学业很好，得了"优"，并当着大家面背了两首很难的古诗词。

吃饭时，一张大桌子上放置着木耳肉丝、青笋肉片、红烧鸡块、腊肉香肠、萝卜汤等菜肴，大家围在一起边吃边摆龙门阵。刘父陪邱华生、刘仲明一起喝酒。刘父呷了一口酒问："仲明，你们在外面消息灵通一些，现在国民党与共产党正在争夺天下，你看谁会赢呢？"刘仲明看了看邱华生："爹，吃饭时怎么提这些呢？"刘父说："我问的是实话，小邱你是诚实人，为人和善，相当我的亲孙子。现在时事变化无常，我们作为老人，一直在家为你们的安全担惊受怕，你们在外要相互关照。"邱华生问："师公，看来您十分关心政治，您说一说，谁会最终胜利？""我认为共产党要夺取天下。国民党根本不得人心，税赋沉重，内部又不团结，各自为政。""师公，我看您老不出家门，就知天下事。""小邱，你不知道，我见过共产党，那是1931年至1937年的时候，共产党在我们南江建立过根据地，他们信仰马克思列宁主义，追求民主与自由，打土豪，分田地，建立人民政权……"邱华生附和道："共产党不错，解放穷人的。"刘仲明用筷子敲打桌子，很生气地说："政治是相当敏感的话题，你们不要乱发议论，一句话不对也许会招致坐牢杀头。"刘父放下酒杯反驳道："我一个乡下老头子怕啥子？我是实话实说，你们在外面做事要眼光长一点。我就你一个儿子，如果你有个三长两短，我和你妈怎么办，小新怎么办？""爹，你不是时常叫我勤政爱民，多做正义之事吗？可是如今你怎么会变成这样子呢？""无论给国民党做事，还是给共产党做事，并不妨碍你做正义之事啊！我只是为你的安全担心，听说国民党对共产党毫不留情，杀了不少共产党员。""我知道，我这么大的人了，能照顾自己，用不着您担心。"一时间空气中充满火药味。还是师婆打破了紧张气氛，给刘仲明和邱华生不停地夹菜："快吃，你们赶这么远的路一定饿了。他爹，仲明他们很久才回来一次，你能不能少谈那些事？"刘父只好不再多说什么了。

一夜无事。第二天一大早，邱华生离开了刘家，匆忙赶路回家。临走时，师公师婆让他带了不少土特产给他父母。在邱华生的心中，师公师婆是最和善的人！

第十八章

世上的确没有后悔的药！

在城南关二里有一座坟，名叫"皇姑坟"，是清朝男饰名旦魏长生的坟墓，旁边还修有石牌坊，有许多遗迹。春节的晚上，张混混和刘混混喝醉了酒，路过皇姑坟，停下来准备屙一泡尿，只听到坟园里传出"呦呦……呦呦……"的怪叫声，而且有火光闪闪烁烁。两人以为是鬼叫，吓得魂飞魄散，连滚带爬地逃走了。张混混和刘混混回到家，给各自老婆家人讲了，家人又给邻居讲了，事情渐渐传播开来。周理润听到管家报告这个消息后，不以为然地说："这世上哪里有鬼，哄人的。"

周理润从中央开会回来后，许多人都想听他讲一讲开会的经过和那些有关国民党高官的事情。特别是过年那段时间，金堂县一些名流，为了巴结周理润这个中央代表，轮流请周理润吃酒席。周理润喜欢这样吃吃喝喝，天天如此都可以，如果有美女抱，那就更好了。周理润从南京回来后，最懊恼的还是贺松，自己在陈善人的帮助下当上副县长，让他觉得对不起师傅，很想救赎一下自己。贺松好几次奉上帖子请周理润吃饭，可周理润都不理会，贺松想了个主意，那就是买一些厚重的礼物给周理润拜年。正月初二下午，贺松提着厚礼来到周理润家，却被挡在门外，守门人说必须通报才行，不能像以前那样随意进出了。贺松心里觉得对不住周理润，只好耐心地等候通报。当守门人向主人报告时，周理润正在客厅与几个女人打麻将。他听说贺松来了，没好气地说："他现在是副县长了，还找我干啥？叫他滚！"守门人正要离去，却被二姨太叫住，二姨太劝道："老爷，你何必拒人于千里之外呢？毕竟师徒一场，况且，他是来拜年的，一定带了不少礼物来孝敬你。"周理润问守门人："他带了礼情来吗？""带的，带得多，我看很重。""那暂时不理他，让他在外面多等一会儿，晾他一下。"贺松一直在外面候着，一个副县长给商会会长拜年，竟受到如此冷遇，贺松心中十分憋屈，又不好意思离去，等了很久，贺松才被叫了进去。两人见了面，气氛很难堪，周理润话语有点讽刺："你现在是副县长了，还找我干啥子？"贺松站在那儿也不敢坐下，结结巴巴地说："完全……是周代表的提携……""我提携你了吗？"贺松脸红到脖子："反正……都是……你和陈议长二位老人家的帮助。""别拿陈议长来压我。"沉默许久，贺松把手中的礼物放在桌子上，又从口袋里摸出几张钱票："这是我孝敬您的，给您拜年，祝您新年吉祥，万事如意。"周理润也不说收还是不收。贺松起身要走，只听周理润在背后吆喝："叫你太太过来打牌，三缺一。"贺松很郁闷地回到家，吩咐太太汪玉莲："周代表叫你去打麻将。""我不去，现在你是副县长了，还怕他？"汪玉莲理直气壮地说。"事情不能那样子说，人家现在不仅是国大代表，还是商会会长、袍哥老大，不搞好关系，今后许多事情不好办。"贺松好说歹说劝老婆去，汪玉莲极不情愿地去了。

　　杨琼花这个年过得相当难受，吴志洪关在牢房里生死未卜。借过年之机，杨琼花想给陈善人、周理润、贺松、孔红亮等金堂有权势的人拜年，拿钱买通他们。可是他们不是说有事，就是闭门不见，人没见着，但是礼物还是照单收下了。这些人听说吴志洪在狱中供述金堂县城有不少富户与云顶山上土匪一起合伙贩卖鸦片，县政府正在追查此事，他们怕沾惹上与吴志洪是共犯的嫌疑，所以不敢轻举妄动。翻年后，吴志洪贩卖鸦片的案子终于结案了，县政府张贴出告示：由于贩卖鸦片数量巨大，按照政府法令，吴志洪被判处死刑。杨琼花得知此消息后，顿时昏厥了过去，家人好不容易才把她救醒。杨琼花哭哭啼啼地去找陈善人、周理润、贺松等人，哀求他们出面向刘县长求情，希望不要判吴志洪死刑。到了陈家花园，陈善人这次接待了杨琼花。一番交谈后，陈善人故作气愤地说："这个刘仲明确实太过分了，怎么判得这么重？贩卖了一点鸦片就判死刑。"杨琼花听了这话趁机说："他还以为自己是包公再世吗？说是秉公执法，其实纯粹是打击报复，不给你们面子。""我认为应该找他理论，可是光我一个人行不行喽？""我相信陈议长的能耐，一定能说服他。"杨琼花极力怂恿。"我的意思是我个人的面子没有那么大，我想联合周代表、贺副县长、孔局长他们一起去说，这样效果就会好一点。我与吴兄弟是多年的朋友，我帮忙无所谓，可是你是知道的，其他人可不是白帮忙的。"杨琼花明白陈善人话中的意思，连忙说："目前，我家没有多少现大洋了，只要你们肯帮忙，北街有一间铺子，我抵押给你们。"陈善人知道这铺子位置不错，是个黄金位置，于是说："我们几个出面去说一说，成不成功，那就不一定了。"傍晚，杨琼花亲自把那一间铺面的房契拿到陈家花园交给了陈善人。

陈善人行动也很积极，与周理润、贺松、孔红亮等人商议，认为应该出手救吴志洪了，最后确定由陈善人、周理润一同出面向刘仲明求情。这日上午，陈善人与周理润相约来到县政府办公室找刘仲明。当二人说明来意，刘仲明明白，他们是地方上的头面人物，势力很大，不会轻易出马，可是吴志洪的鸦片案牵涉到原则上的事情，他必须坚持，于是回答："吴志洪触犯了法律，理应受到法律制裁。"陈善人求情道："他是初犯，而且他当了那么多年的乡长，对政府有功，希望刘县长高抬贵手从轻发落。""现在推行新政，中央到地方明令禁止贩卖鸦片，吴志洪当过乡长，从事过禁烟工作，然而他知法犯法。""据我了解，吴志洪自从被免职后，心态不平衡，一时冲动才做出这样的事。而今眼目下，社会很乱，许多人控制不住自己。""那也不能违法犯纪呀？"周理润沉不住气了，大声说："刘县长，我们商会每年给县政府捐助了那么多钱，今天我们一同来找你，怎么说都得给我们一点面子。"刘仲明不慌不忙地回答："可是现在新政规定，法律面前人人平等，我也没办法呀！""那也不能判得太重了！"周理润没好气地说。"判得重吗？我们是完全按照法律来的，贩卖多少鸦片就定多大的罪。""我希望你酌情考虑，常言道，'得饶人处且饶人'。""我是按照国家法律来判决的，如果不依法办事，新政如何实施？""新政，新政！推行新政就不讲人情味了吗？"周理润与刘仲明争吵了起来。陈善人劝止道："好说好商量，好说好商量。"刘仲明道："我必须坚持原则。"陈善人、周理润二人看刘仲明是炝炒四季豆——难进油盐，只好告辞。

狱中的吴志洪得知自己被判处死刑的消息后，痛哭流涕，怪自己贪心，丢了性命。枪决前夕，县政府通知死囚的家属可以与死囚见上一面。吴志洪被关在县政府典狱所，这里条件还不错，有床铺有桌椅，环境干净卫生，只是饭食差了一点。杨琼花做了一些红烧肉、清蒸排骨、番茄炒蛋等好吃的食物带到监狱，夫妇俩一见面就抱头痛哭。杨琼花哽咽着说："是我害了你，不该让你去贩卖鸦片。""今后家里全靠你了，你要服侍孝敬我爹娘，把儿女抚育成人。"闻着饭菜香味，看着杨琼花做的很多好吃的，吴志洪忍不住流口水，豪气地说："管他妈的，只要有好吃好喝，死了也值得。"吴志洪端起那些饭菜狼吞虎咽起来，边吃边问："陈思远、周理润、孔红亮他们出面为我说情没有？""出面说了，刘县长根本不买账，而且陈思远他们把北街那间铺面要去了。"吴志洪强咽了一口饭，盯着杨琼花问："为啥子？""他们说情不能白求，面子不能白给。""狗日的，简直是落井下石。"吴志洪恨恨地骂道。"陈天刚、王水眼那些人更不见踪影，我看你尽交的是酒肉朋友。"杨琼花突然想起："听说是有人写纸条到县政府刘县长那儿告发了你。""真的吗……？"吴志洪惊疑地问。"估计是熟悉你的朋友。"朋友？吴志洪心中一片惊疑，他想到了出事那天他遇到了王水眼的情景。难道是他？吴志洪转念一想："不可能，他是我的好朋友。"没有证据，此时吴志洪不好给太太提及，而且王水眼是布店老板，在金堂也是有势力的人物。等杨琼花离去后，黑暗中，吴志洪坐在那里反复地把自己那些朋友想了一遍又一遍，然后恨恨地啐了一泡口水："酒肉朋友不可交，等老子来世擦亮眼睛，再也不交那样的朋友。"

春节后，刘仲明把禁毒工作提上了议事日程。县政府内，刘仲明召集王从武、孔红亮、朱治松、邱华生、杨成斌、汪得顺等自卫队、警察局主要官员开会。首先，刘仲明通报了吴志洪贩卖鸦片案的情况，然后说："据吴志洪交代，金堂县一些富户在与云顶山上的土匪做鸦片生意，而且县警察局有土匪的内线。"此言一出，几名官员面面相觑。刘仲明问孔红亮："孔局长，目前你们警察局有没有线索？"孔红亮辩解道："没有呀！我们警察局一向廉洁自律，根本没有违法犯纪的行为发生。大家知道，我们警察与土匪是死对头，他们也许是报复，故意这样说。"刘仲明知道孔红亮并非等闲之人，警察局内部一定有问题，可是他没有确切证据，便当即要求孔红亮："无风不起浪，你们警察局内部要进行调查，一有情况就向我报告。如果有隐瞒，知情不报，县政府会严肃追责。"孔红亮满口答应。刘仲明接着问大家："你们认为对于那些与土匪做生意的富户我们该怎么办？"孔红亮道："此事不好办，到底是哪些富户与土匪做鸦片生意，我们也不知道，不可能挨门挨户闯进人家私人住所去搜查。"一时间大家不说话，会场沉默许久。邱华生提议："不如我们公告民众，发挥民众的力量，采取举报重赏制度，不准贩卖鸦片，不准私人拥有过多的鸦片，一旦举报查实，对举报人重赏，并对被举报人进行严处。"刘仲明认为此举可行，安排部署道："土匪能够与县城中的富户做鸦片生意，主要是因为我们松懈了对县城四门的检查，今后多派人手对县城四门日夜加强盘查，对可疑人员立即采取措施。"

经过大家讨论，制定了以下条款：

一、私家最多拥有十克鸦片，超过数目，一经查实，作为贩卖鸦片罪制裁；

二、凡举报他人贩卖鸦片，吸食鸦片，私藏鸦片，县政府根据实情给予重赏；

三、加强县城四门检查，对各条街道进行巡查；

四、各乡镇设置检查点加强场口、大路行人检查；

五、凡窝藏土匪、烟贩的，给土匪、烟贩提供情报，通风报信的，一经查实，加以重处。

当这些条款公告于众，整个金堂县人人自危，因为许多人吸食鸦片成瘾，一时戒不了。但为了保住性命，保住自家的财物，不坐牢不受罪，许多人开始戒烟。陈善人、周理润、孔红亮等人心中则是非常气恼，县政府这一招，让他们不敢像以前那样与云顶山上的土匪随便交易了，相当于断了他们的财路。

春季要开学了，女子师范学校筹建工作也已经有了眉目，商办银行贷款资金到位后，县政府租用了沈家宗祠几间屋子作为教学点，并购置了桌子、板凳、黑板、粉笔等教学用具。刘仲明原来想雇请何友琴为校长，可遭到了陈善人的反对，陈善人只答应让何友琴在学校担任国学教员，不答应何友琴当校长。刘仲明只好自己兼任校长，让邱华生、小谢具体负责筹建工作。刘仲明毕竟当过教师，对学校事务相当熟悉，很快教学设备、教学科目、任课教师等方面的工作都得到了落实。招生广告发布出去后，许多女学生来报名参加考试，经过一番测试，录取了一批。小英以优异的成绩考上了。3月4日上午，县政府决定举行开学典礼。虽然天气还比较寒冷，但沈家宗祠内彩旗飘扬，乐鼓震天，一片喜气洋洋。台上坐着党政一些要员，台下站着身穿统一服装的女学生，这些女学生有十五六岁的初中毕业生，也有十八九岁的高中毕业生，一共有近一百名，她们大多是县城一些大户人家的女子，也有各乡镇来的女子。

　　在一片掌声中，刘仲明开始讲话："……举办女子师范学校是县政府推行新政之重要举措。破除封建礼教，解放妇女，实行男女平等，不但在法律平等，而且在教育上享受平等权益。一千多年封建社会以来，让妇女缠足，不让妇女上学，让妇女'三纲五常'，我们妇女同胞们遭受迫害已久，现在是彻底解放你们的时候了，希望你们珍惜这次读书的机会，努力学习，不但为社会国家做出贡献，也为自己争得光彩。你们将来要深入乡村去工作，去唤醒那里的民众，让他们尊重妇女，解放妇女，让那里的妇女接受新理念，享受新生活。今天，我们办女子师范学校是解放妇女的第一步，今后我们还要在乡村开办女子识字班，让女子离开厨房、走出家门、认字识字、寻找新的工作……"

　　女子师范学校的创办工作十分顺利，刘仲明亲自到校主持了两次校务会议，搞了一次教研活动，他把以前当教师时的经验讲给学校老师听，做了一些示范。

　　县政府开办女子师范学校的事迅速传遍全县，也传到了毗河岸边巧儿家。

　　巧儿回娘家之后，有人上门给她提过亲，但不是给人家做小，就是嫁给贫苦人家的儿子。李达昌对此并不满意，虽然张家新郎新婚夜因为中蜈蚣毒死去的事，对巧儿的名声影响很大，但巧儿不到二十岁，年龄尚小，后面的路还长，他不希望自己的宝贝女儿嫁到不合适的人家中去吃苦受气。这日中午，李达昌回到家吃午饭，刚到家巧儿早已把饭菜做好了，父女俩边吃边摆起了龙门阵。李达昌说："我听那些过河的人摆龙门阵，说刘县长是一位好县长，很正直，推行新政，为老百姓做事，不但免去了大同乡公款吃喝的乡长的职务，而且枪毙了贩卖鸦片的原玉虹乡乡长吴志洪。现在他又在办女子师范学校，在全县范围内招收年轻女子去读书，毕业后还能够分配工作。""他们招收什么样的女子？""这个我就不知道了。"李达昌有意无意地说，"我还听说刘县长是单身，他的太太得病去世几年了……多好的人啊！谁嫁给他谁就享福咯。"巧儿听了这话，双眼发亮。沉默，沉默，父女俩继续低头吃饭，巧儿想着自己的心事。

第二天一大早，巧儿在镜子前梳理了一个好看的发型，穿上自己最漂亮的衣服。巧儿的行为让李达昌很诧异，除了上次出嫁，他从来没有看见女儿这样打扮过。李达昌疑惑不解地问："你这是要干啥呢？"巧儿嫣然一笑："爹爹，我今天要去县城，有可能很晚才回来。"李达昌问："进城有事吗？白天我要摆渡，那我的午饭怎么办呢？""我给你收拾好了的，你回来烧火自己做，要不了多长时间。"出了家门，巧儿什么也没有带，两个多时辰就进了县城，径直来到县政府门口要求见刘县长。守门的张拐子认出了她，问："你又来给刘县长送东西？他不会收的。""不是，我来找刘县长有事，请你进去通报一下吧！"巧儿不动声色地说。张拐子道："那你稍等。"一会儿时间，张拐子出来说："刘县长叫你到办公室去。"在张拐子的带领下，巧儿在办公室内见到了刘仲明。巧儿道："听说你们开办女子师范学校招收女学生，我想读书。"刘仲明摇头道："不行，我们一般招收初中和高中毕业的女学生，而且进去读书必须要经过考试，你文化程度比较低，识字不多，是考不上的。"巧儿的脸一下子红了，站在那里不知说什么。刘仲明看她窘迫的样子，呵呵一笑："不过，我们要在你们乡镇和村上开办女子识字班，你可以到那里去参加学习。"

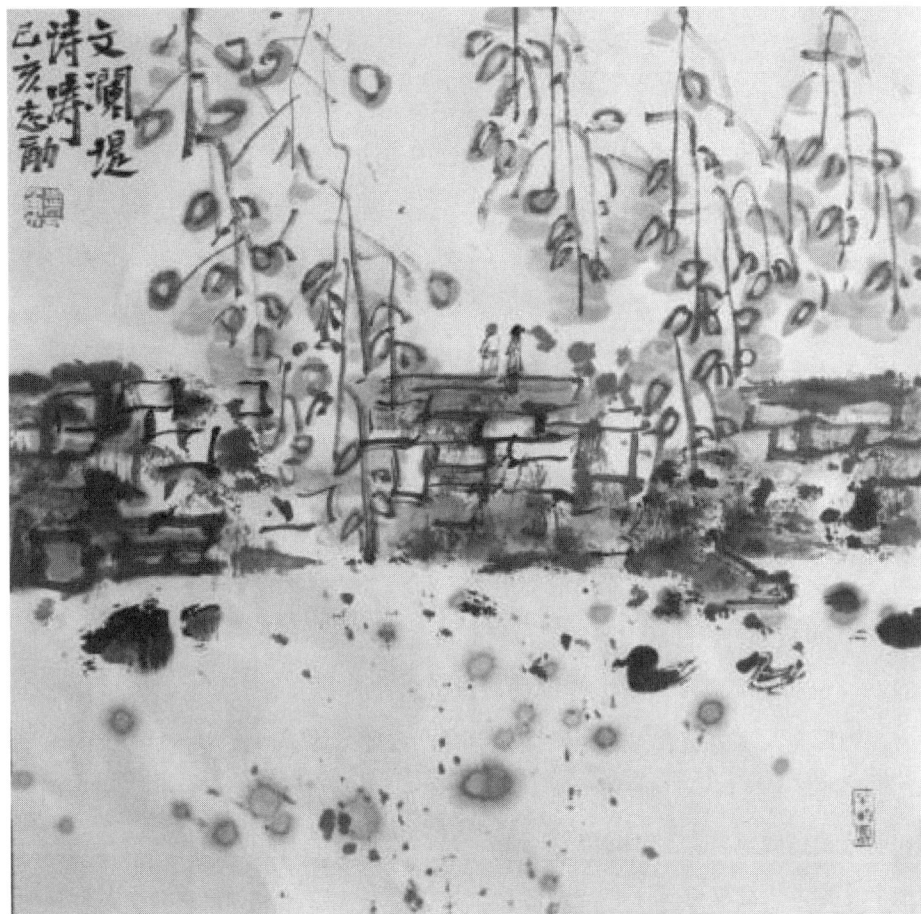

文澜秋月（何忑勇　配图）

爱情如花儿一样美，但仍需足够的勇气攀折。

第十九章

1947年的春天来得很早，小年刚过，春雨就发了，淅淅沥沥下了三四天。万物复苏，百花争艳，春天如约而至来到川西大地。然而前方国共之间的战事如火如荼，国民党的军队能用的都用上了，金堂的驻军也不例外。三月春日的某天，黄寅敬带领部队上了前线。然而不久，县政府又接到了国民党中央政府的新一轮的征兵命令。由于吃败仗，国民党许多军士成了俘虏，为了补充兵力，国民党军事委员会发布全国征兵命令，到处抓壮丁，就连老弱病残的男子都上了战场。这日，县政府突然来了一名军官，身后带了三名兵士，军官向刘仲明耀武扬威地声称："本人赵锦平，是白崇禧部的营长，专程到贵县接兵，请多支持。"随即赵锦平将一份征兵命令交给刘仲明。拿着征兵命令，刘仲明感觉压力很大，因为去年就征了几次兵了，现在又征，到哪儿去找兵源呢？赵营长看他为难的样子，问："你们这儿开办有中学吗？"刘仲明不假思索地回答："有。"赵锦平眉开眼笑地说："这就对了，我们就从中学着手开始征兵。"刘仲明把赵锦平安顿到旅店歇息，并通知了金堂中学曾绍成曾校长。金堂中学是一所上千人的学校，学生年龄大部分在十四岁以上，而且绝大部分是富家子弟，当时贫苦百姓饭都没有吃的，哪有钱上学。为了鼓动学生当兵支援前线，刘仲明决定到金堂中学举行一次当前形势的演讲。

第二天，阳光和暖，明媚的光辉把金堂中学打扮得亮堂堂的。刘仲明随同赵锦平来金堂中学演讲。由于县政府办公室提前通知了金堂中学，所以学校打出"欢迎县领导光临""保家卫国是匹夫义不容辞的义务和责任"等标语。

会场设在学校大操场上，全校学生都集合在那里，黑压压一片。曾传秀负责接待他们。邱华生与曾传秀第二次见面，两人主动说上了话。刘仲明诧异地问邱华生："你们认识？"邱华生不好意思地回答："我们在书店认识的。"人声鼎沸，学生很快在操场上集合完毕，主席台上坐着刘仲明、赵锦平、曾绍成等人。曾绍成对着扩音机大声说："肃静，肃静。"声音镇住了下面喧闹的人群。曾绍成继续说："同学们，前方战事紧张，国内形势严峻，作为学生应该知晓天下事，胸怀忧国忧民的思想……现在我们以热烈的掌声请县长刘仲明先生和赵锦平营长对当前政治形势进行分析讲解。"下面掌声一片。等学生们安静下来后，刘仲明首先作了题目为《认清形势，大力支援前线》的演讲。

邱华生与曾传秀坐在会场边上，两人边听边谈话。邱华生问："你们金堂中学大约有多少学生呢？""一千二百多个。""其实，我也想当一名老师。可没有机会。""那你可以来我们学校教书，欢迎你这位高才生。""看以后有没有机会。"邱华生笑笑说。

刘仲明讲完后，赵锦平又讲，会议足足开了将近三个小时。会议结束后，赵锦平对刘仲明和曾绍成说："为了征兵方便，我们就驻扎在学校里。"曾绍成反对说："你们会影响我们的教学秩序。"赵锦平说："这是命令，完不成征兵任务你负责。"

接下来就开始征兵，赵锦平就在金堂中学根据学生的籍贯和年龄开始强行征兵，不愿意当兵的就交钱，并向各区各乡镇分派壮丁人数。与此同时赵锦平的三名士兵却在金堂县的大街上耀武扬威，横冲直撞，有时甚至殴打百姓。这日，三名士兵从一家会馆喝茶出来，正好遇见女子师范学校的学生李佳惠，一名王姓士兵见李佳惠长得花容月貌，就上前拦住李佳惠，嬉皮笑脸地开始对李佳惠动手动脚，吓得李佳惠顿时脸色通红，加快脚步急忙躲避。然而三名士兵并不罢休，一直追到女子师范学校门口。李佳惠看同学多起来，情急之下大声呼唤："非礼，抓流氓啊！"那王姓士兵恼羞成怒，上前抓住李佳惠扇了她两耳光，然后扬长而去。

当时在学校负责教务工作的小谢把情况汇报给了刘仲明，刘仲明听了十分气愤，命令小谢："你去找赵营长，要求惩治那三名士兵。"小谢来到金堂中学找到赵锦平交涉，赵锦平已经知道事情的经过了，坐在那里沉着脸说："我的士兵不会那样做的。"小谢看赵锦平袒护那几个当兵的，争辩说："我们学校很多学生看见了的，你们想不认账，亏你们还是军人！"赵锦平听得火冒三丈，腾地一下子站起来打了小谢一耳光，斥责道："他妈的，你敢骂人，军人就是你老子。"小谢捂着脸不吱声了。赵锦平又骂了几句，然后命令手下："他辱骂军人，把他扣留下来，要刘县长拿五百大洋领人。"

消息很快传到县政府，刘仲明十分气愤，来找刘锦平理论，刘仲明义正词严地说："赵营长，我可以这样回答你，县政府一分钱没有，今后你们在这儿的供给县政府也不会提供了。你们调戏女学生在先，又无理扣留县政府工作人员在后，我要向军部申诉。"赵锦平看刘仲明态度强硬，知道今后在金堂驻扎征兵还需要县政府提供支持，顿时矮子放屁——低声下气地说："可是你们工作人员辱骂我们的军人，又如何处置呢？"刘仲明问："他怎么骂的呢？叫小谢出来对质。"在刘仲明一再坚持下，赵锦平只好把小谢带来对质。当刘仲明听了小谢的诉说后，沉着脸说："他说的对呀，明明有那么多人看见你的手下做了不法行为，你们还不承认。"赵锦平沉思良久："你把人带走吧！"刘仲明继续说："那你又如何处置你的手下呢？"赵锦平说："我会处置他们的。"刘仲明坚持说："不行，我要亲眼看你如何处置他们。否则，我是不会离开的。"在刘仲明的要求和监督下，赵锦平下令打了那王姓随从三十军棍，其他二人各二十军棍。后来，赵锦平等人的行为也收敛了许多，不久就带着壮丁部队上了前线。可是事情并没有结束，问题出在了李佳惠与小谢身上。

云顶山慈云寺大殿上，喧闹阵阵，几张八仙桌上摆了许多美味菜肴，还摆了几坛酒。赖山河与众土匪正在海吃海喝，庆祝他们的敌人黄寅敬和他的部队终于在金堂这块土地上消失了。谭麻子猛喝一口酒，大声说："大哥，黄胖子这么一走，我们可以大胆行动了。"一土匪摔碎酒碗："我们今后可以大块吃肉大碗喝酒了，不再过穷日子了。""可是城厢城里还有自卫队，各镇有护镇局。""那些都是豆腐搅屁做的，没用。""哈哈……哈哈……"众土匪狂笑起来。"大哥，怎么办？我们跟你干。"大家目光齐刷刷地投向赖山河。

赖山河则笑吟吟地问赵前："军师，你出个主意。"赵前沉思良久，边比划边说："我们先来搅他一搅，试一下水深水浅。我们找一个地方虚张声势地拦路抢劫，看那刘县长有什么反应。""这个办法好，那在哪个地方呢？"大家议来议去，决定由二头目谭麻子带队，地点定在毗河女儿渡南岸。女儿渡虽然有点偏，但那里经常有许多富商来往，是个理想的打劫地方。至于为什么定在南岸，那是因为如果北岸城厢的警察来了，很容易发现，有足够的时间逃跑。

这日，天上没有太阳，毗河上笼罩着浓浓的雾，毗河里的水日夜不停地奔流着。船夫李达昌像往常一样驾着船摆渡，他拖长声音吟唱：

县长肥流油，乡长搜耕牛，

保长啃骨头，佃户眼泪流。

渡河的人笑他："你这一天天唱的啥子？你不怕那些当官的整你吗？""老子怕啥子，大不了我这一身骨头让他们啃。"满船人哈哈大笑。"再来一首。"有人提议。李达昌使劲摇了一下船桨，随口接着唱：

会吃会喝是大爷的，挣下银钱是乡长的，

生下儿子是老蒋的，老百姓穷死莫说的。

大约上午十点多钟，渡口南岸来了十几个人，他们自称是成都来的自卫队，拦住过往的人搜身，凡是搜出大票额的钱钞就没收了，给的理由很简单：现在前方打仗需要军费，要拿去捐献。就这样，许多人随身携带的钱被强行搜了去。李达昌一见那十几个人就知道是云顶山上下来的土匪，想去县政府报案却脱不了身，于是大声唱：

会唱歌来唱首歌，不会唱歌打吆喝，

吆喝吆喝三吆喝，三个吆喝算一歌。

李达昌拖长声音唱了两遍，歌声粗犷，在毗河水面上婉转飘荡。不远处，正在家中做针线活儿的巧儿侧耳听到爹的歌声，知道爹遇到了土匪打劫。原来他们父女俩约定好了的，唱这样的歌是一种暗号，表明渡口有危险，快去县政府报案。巧儿丢下手中的活就出了家门，站在屋前坡上远远瞧去，只见渡口一伙人在拦路打劫，于是巧儿直奔县政府而去。

县政府内，刘仲明正在办公室与人研讨工作。这时张拐子急匆匆地进来报告："刘县长，巧儿求见，说有重要事情向你报告。""快让她进来。"巧儿气喘吁吁地说："刘县长，快……快去抓土匪，女儿渡有土匪打劫。"刘仲明惊讶地站起身问："有多少人？""大约十多个。"刘仲明下令："立即通知孔红亮局长和王从武队长，集合人马火速赶往女儿渡。"不一会他们就集合了警察和自卫队兵士一共五十来人。刘仲明挥手命令："出发。"部队在刘仲明亲自带领下急行赶往女儿渡。可是部队在渡口北岸一出现，就被渡口南岸的土匪发现了，等李达昌用船把刘仲明等人渡过去，那些土匪早已脚板揩油——溜了。刘仲明问李达昌："你可知道，他们是哪里来的？"李达昌回答："是云顶山下来的。"刘仲明很诧异："你怎么知道他们是云顶山的呢？"李达昌呵呵一笑："县长大人，我在这儿摆渡了十几年了，许多情况我比较熟悉，我还可以从相貌、打扮、言行上辨别出他们的身份。"刘仲明以前听说过云顶山上的赖山河，但不知详情，问孔红亮："云顶山土匪有多少人？""大约有一百多人。"王从武插嘴道："赖山河精得要命，原来有驻军在他不敢猖狂，驻军一走就出来撒野了。"

部队回撤。一路上，刘仲明与孔红亮、王从武一起研究防卫工作。刘仲明认为，赖山河势力不小，如果不及时清剿会后患无穷，最好组建一支军队将其彻底消灭。刘仲明问孔红亮："你们警察局一共有多少人？""三十来个。"刘仲明问王从武："一共有多少自卫队员呢？""连站岗的四十多个。"刘仲明沉默了一会儿说："这点力量怎能维护全县的治安？"孔红亮眼睛发亮："可以补充，只要有大洋就能解决问题。""你测算一下，如果扩充到一百人，大约要多少大洋呢？"孔红亮伸出五个手指。"五千个大洋。""要这么多钱？"刘仲明吃了一惊。"现在人不好找，枪也不好购买。"王从武在一旁不吱声。刘仲明问王从武："王队长你有啥子想法呢？""我认为钱不会花那么多，人和枪我们可以从各乡镇护镇局选调。""这个主意不错。"刘仲明十分赞许。可是孔红亮听了极为不满，因为他想利用此机会扩大自己的势力，或者趁机捞上一笔，王从武这么一说，他立刻反驳："各乡镇不是那么好拔毛的，况且组建一支军队，军费开支从哪里来呢？"一提到钱，大家沉默了。

金堂县历史上有很多名胜古迹，其中最著名的"八景"是："云顶晴岚""韩滩春涨""净土晨钟""文澜秋月""宝塔临江""金船舣峡""圣灯朝佛""白马涌泉"。

清代县令谢惟杰有诗两首：

文澜秋月

二水潆洄曲曲流，文澜堤畔桂花浮；

谁将一片蟾蜍影，分作蒹葭两岸秋；

雁阵声回黄叶浦，渔歌响彻白云楼；

闲情为赋坡仙赋，明月清风乐未休。

宝塔临江

百尺浮图绣水东，插天巨笔紫云峰；

欲为瀛岛无双品，先作文坛第一峰；

门拥层峦风面面，波涵斜日影重重；

曲江题塔真堪羡，镌上科名启后踪。

后来，由于年代久远，许多景点毁损殆尽，金堂县又涌现了家珍公园、龙门桃花、福洪杏花等景点。三月正是桃花盛开的季节，一朵朵，一簇簇，粉红粉红的，草木葱绿，空气中混杂着花的香味，正是野外踏青的好时节。何友琴在女子师范学校教了两个班的国学，小英就在其中的一个班上就读，一天一二节课，相当轻松。何友琴也收到了刘仲明托邱华生送来的五十块大洋，于是开始着手编辑出版诗集。周末放假，小英来何公馆玩，闲谈中，何友琴问小英："你和邱秘书发展得怎样了？ 明日不上课， 你约他，我们到野外龙门去看桃花吧！""叫不叫刘县长呢？""叫上吧！"小英顿时心领神会， 笑嘻嘻地说："看来，表姑确实对刘县长有意思……"何友琴正色地道："不要胡说，你爹知道了， 我又要挨骂。我们是诗友， 我约他是为了感谢他对我们诗社的支持。"小英只是一个劲地笑，最后说："表姑的话我一定带到。"很快，小英带回来一个好消息，刘仲明答应了。

龙门桃花山是一个在川西很出名的地方，几乎家家户户在门前屋后以及大路边种有桃树，有的甚至田地不种庄稼，只栽桃树。 一到春天，桃花盛开，这里几株， 那里一片，形成一道独特的风景。这时节， 城里那些太太、老爷、小姐、少爷纷纷来这里观赏桃花， 当地一些人就地生财，有的在路边搭建帐篷卖茶水，有的开饭馆，有的卖土特产，家家生意做得红红火火。春阳灿烂，鸟语花香，刘仲明一行四人结伴来到桃花山，为了行走方便， 他们雇了两顶车轿，刘仲明与邱华生乘坐一辆，小英与何友琴乘坐一辆。一路说说笑笑，他们到达桃花山时已经正午了。阳光照在山坡上，暖洋洋的。桃花粉红了山野， 芳香扑鼻，蜜蜂和蝴蝶穿梭在桃花丛中忙着采蜜。这里早就来了许多观赏桃花的游人， 游人们三五成群，围坐在桃树下， 有的咏诗作对，有的品茶闲聊。在花丛中， 小英像从笼子里放出来的小鸟拉着邱华生跑来跑去。春风荡漾，花香扑鼻，看着这繁艳艳的桃花，刘仲明兴致勃勃，禁不住咏道：

桃之夭夭，灼灼其华。

何友琴接过去咏道：

今岁花开君不待，明年花开复谁在。
故人不共洛阳东，今来空对落花风。

邱华生大声说："我也来一首。"说完，邱华生咏道：

人面不知何处去，

桃花依旧笑春风。

小英也不甘示弱，出口咏道：

自是桃花贪结子，

错教人恨五更风。

邱华生与小英故意加快脚步走到前面去了，而刘仲明与何友琴脚步慢一点走在后面。刘仲明问何友琴："在女子师范学校上课感觉怎样？""还可以，我正想培育一批诗词爱好者，我看刘县长推行新政，解放妇女煞费苦心。""国民要醒悟，必须走教育之路，这样才能塑造灵魂，改变愚昧。"何友琴偏着头冲着刘仲明嫣然一笑，"我可不可以喊你'刘哥'呢？喊刘县长多别扭呀，你喊我'何友琴'吧！"刘仲明一愣："你想喊啥子就喊啥子，不要拘束。""刘哥，听说你夫人过世了？""是的，已经三年多了。""得的啥子病去世的呢？""得的肝病。"何友琴沉思良久，叹一口气说："哎！我已经单身十多年了。"两人的手无意中碰了一下，马上又分开。沉默，长时间的沉默。隔了一会儿，何友琴问："刘哥，你相信世间有真正的爱情吗？""有，肯定有。"两人又是沉默，各想各的心事。

这边，小英从桃树上摘了一朵桃花交给邱华生："邱哥，给我戴上。"邱华生接过桃花轻轻插在小英乌黑的头发上。小英回过头，冲着邱华生嫣然一笑："嘻嘻，好看吗？""好看。""嘻嘻，不要哄我。""真的好看。"小英一路欢笑，拉着邱华生的手蹦蹦跳跳，在她心中，这就是甜蜜纯洁的爱情，邱华生就是自己喜欢的白马王子。她转过头冲着邱华生嫣然一笑，很认真地问："邱哥，我们将来真的会在一起吗？""会的，只要我们真心在一起。"邱华生肯定地回答。小英看着走在后面的刘仲明与何友琴，努了努嘴低声道："他们也是多好的一对呀！""我们可以想办法撮合他们。""可能有困难，我爹会反对，据我所知，以前有不少人给表姑说媒，我爹都不同意。""那不一定，我老师可是县长……事在人为，我们可以试试看。""那谁去说媒？你去说，还是我？"说到这两人尴尬地笑了，因为他们自己还没有成呢！

刘仲明一行边走边说，不知不觉来到一处茶园，里面喝茶的很多。大家觉得口渴，于是走进茶园选一处坐下，各自叫了一杯茶，边喝边聊。不远处，那酒鬼张老头正在眉飞色舞地给几个人讲故事："大家听说过我们金堂魏长生魏皇姑的事吗？"有的人说听过，有的人说没有听过。张老头侃侃而谈："那我给大家讲一讲。"

魏长生是秦腔大师，川剧的创始人，他本是安徽人氏，后随父母逃难到金堂绣水，父亲乘船淹死在毗河，母亲在他十岁时生病去世了，他靠邻居周大娘抚养长大。绣川书院院长见他聪明俊秀，收他入院中作杂役，还教他读书习字。后来，魏长生随江湖艺人学习弹唱，走南闯北，拜师学艺，练就一身本领，主要擅长男生饰演旦角。乾隆四十四年，魏长生奉调入京给宫廷演出，他演出的节目轰动京城，深受乾隆皇帝和皇后的喜爱，被乾隆帝认作"干女"，"皇姑"的称呼就由此得来。可是后来，魏长生遭人排斥，同行嫉妒，乾隆下旨禁止魏长生的演出，将他押解回原籍。魏长生回到金堂后，时常到成都与一些艺人切磋技艺，博采众家之长，经过发展改进，在秦腔的基础上创川腔，促进了四川梆子的形成。魏长生六十多岁进京演出时，在台上暴病去世。后来他的徒弟将其遗体运回金堂，葬在城南关二里。

刘仲明问身边的何友琴："金堂历史上有这么一个人吗？"何友琴点头："很出名，被誉为'野狐教主'。"刘仲明正要问为什么取这个名时。只见那张老头走了过来，不好意思拱手招呼道："刘县长，上次感谢您出手相助。"刘仲明起身拱手回礼："不必客气。"这时，茶园里的人齐刷刷地将目光投向刘仲明。张老头特意把刘仲明介绍大家："这是刘县长，刘县长在金堂明断蜈蚣案，枪毙毒贩吴志洪，干得好，干得好。"不少人围过来一睹县长的风采。"过奖，过奖。"刘仲明拱手向大家致意。两人坐下来闲谈，刘仲明问："我还不知先生贵姓呢？""鄙人姓张。""不知那魏长生为何称为'野狐教主'，正好向你请教。"张老头举起随时挂在身上的酒葫芦，饮了一口："这要从诗人李调元给魏长生写的一首诗说起。"

张老头咏道：

魏王船上客，久别自燕京；

忽得锦官信，来从绣水城。

讴推王豹善，曲著野狐名；

声价当年贵，千金纸不轻。

张老头解释："'曲著野狐名'，魏长生的'野狐教主'名字早就名满天下了。"刘仲明赞叹："张先生真是见多识广。"张老头扬了扬手中酒葫芦得意扬扬地说："我读过七八年私塾，要不是贪这个，我或许能考中秀才呢！""你是一个读书人，目前怎么成了这个样子呢？""难道这样子不好吗？"闲谈了一会儿，张老头起身告辞，走出了茶园。刘仲明问何友琴："不知他是哪里人呢？""听说是成都那边过来的，在城厢好多年了，一直没有离开，以前家里很有钱，由于嗜酒贪杯，沉迷赌博，如今落得这般境地。"刘仲明回头望了望张老头的背影，感慨地说："封建科举害了他，真是可哀，可叹！"

周理润无意之间听人议论说何友琴约刘仲明游龙门桃花山，醋意大发，决定把这件事告诉陈善人。在陈家花园客厅里，两人凑在一起烧大烟。烟雾缭绕中，周理润叹口气，有意无意地说："大哥，我劝你还是给你表妹找个好人家嫁了，金堂大户人家多的是。"陈善人疑惑地问："何出此言呢？""你不知道？前几天，她与刘县长在龙门桃花山约会，不过还有小英和邱秘书……我觉得这事简直有伤名节，不合礼俗，应该给你提个醒，免得出大问题。"陈善人翻身起来瞪大眼，问："有这回事？""你哥老倌还蒙在鼓里，这样下去要出事的。"听了这个消息，陈善人心中像打翻了五味瓶，她们的行为确实太出格了，简直让他无法忍受，拿以往的说法叫"男女私会"，陈善人心中恨恨地骂道："他妈的，都是兴办那个女子师范学校惹的祸！"

等周理润走后，陈善人怒气冲冲地来到小英的闺房，小英刚好没有去上学，正斜靠在床上呆呆地想着心事。陈善人黑着脸问："你表姑与刘县长前几日是不是私会游龙门桃花山去了？""啥子私会？我们一起去春游，我和邱秘书也在一路呀！"小英直起身满不在乎地回答。"女子家不经过家长同意，私会男人，这事关陈何两家门风。""表姑那么年轻，难道你让她守一辈子活寡？""她已嫁给我们陈家人，应该呀！""现在新时代提倡新生活，你还搞旧封建那一套，真是不可理喻！"看小英斥责自己，陈善人大发雷霆，冲过去举手要打小英，小英迅速跑出了屋子，找不到人影了。

陈善人还不解气，认为必须严重警告一下何友琴，不然这样下去还得了吗？他马不停蹄地出了陈家花园，往何公馆而去。何友琴在屋内窗下安静地看书，只见陈善人气势汹汹地闯了进来，大声质问她："听说你们与刘县长游龙门桃花山？"何友琴迟愣着不敢回答。"私会男人，难道你不觉得你的言行极为不检点吗？简直有辱陈何两家门风！"何友琴分辩说："刘县长支持我们吟荷诗社，给我们诗社提供经费，我们一起去春游观赏桃花，游玩了一下……况且还有小英、邱秘书作陪。""你经过我允许没有……三从四德，三纲五常，难道你忘记了吗？……你枉读了那么多圣贤书。""呜呜……呜呜……"何友琴丢下手中的书，趴在桌子上哭了起来。"乱了，乱了，都是开办那个女子师范学校搞乱了我家的规矩，老子发誓给你关了。"陈善人骂骂咧咧地走了。

陈善人憋了一肚子火回家，路过秋玉巷时看见一位算命先生，是一位瞎子，七十多岁，须发花白。巷子里经常有算命先生在这里摆摊算命测字，原来的那几个人陈善人都比较熟悉，也找他们算过，结果并不准，他认为都是骗钱的，没有真正的本领。这个瞎子看着是新来的，瞎子他还是头一回看见，于是凑过去问："你算得准不准哟？"瞎子听见有人找他算命，便提高声音："来，给你免费算一盘，算不准不给钱。但我首先讲明，我的规矩是一个人我只算三次，算满三次我就不算了。"陈善人好奇地问："你怎么算？"瞎子伸出一双干枯的手："来，随便在我手上写一个字。"陈善人就在瞎子手上写了一个"天"字。瞎子问："先生要算啥子？"陈善人想了想说："就算姻缘吧！""算你的，还是你家人的？""我家人。"瞎子叹了一口气："先生，你家有两个女人在作怪。""怎么看得出来？"陈善人有点吃惊。瞎子分析：

"二人合起来就是'天'，'天'字出了头就是'夫'，'夫'就是女人，这两个女人要出头啊！"陈善人将信将疑："怎么化解？""常言道：在一个家里，男人是'天'，女人是'地'。如果女人出了头，那男人就不是'天'了……设法把出头的部分斩断，那'天'就不会成为'夫'了。"陈善人联想到小英和何友琴的事，觉得瞎子讲的有些道理，当即给了一些钱，问："先生贵姓？""免贵姓岳。"陈善人离开秋玉巷一路走一路在想："姓岳，金堂县传说中有个算命灵验的岳登仙，难道是岳登仙转世？"

过了几日，周理润又来到陈家花园找陈善人。坐定后，周理润问："事情如何？"陈善人疑惑地问："啥子事情？""就是你表妹的事。"陈善人气呼呼地说："我把她骂了一通，并把她看管起来了。""那起啥子作用？女人的心野了是不好对付的，最好的办法是把她嫁了。""嫁给谁？嫁给刘仲明？"周理润摇头道："他不适合，名义上是县长，其实穷酸一个，我的意思是金堂县大户人家与她门当户对的多的是……例如我还想续娶呢！"陈善人鄙夷地说："算了吧，你小子心花我不是不了解。""哪个男人不三妻四妾？多几个婆娘多生几个娃，传宗接代多有意思，哪像你晚上只抱一个婆娘睡！"陈善人觉得周理润话中讥讽他，当即说："何友琴已经嫁给我们陈家就永远是我们陈家的人了，她不会再嫁了。"周理润看没戏，于是话题一转，神秘地说："大哥，我有重要的事情给你说。""寿佛寺有一件稀世古玉'凤龙虎熊座'，听说那古玉是寿佛菩萨的法宝，不但价值连城，谁得到它就能多子多福多寿。"陈善人并不接话。"你知不知道中央哪个想得到它？""谁？""王实杰。""就是那个蒋总统的秘书？""是的，他是主管立法的。他想得到古玉，而且愿意出大价钱，说是要献给蒋总统。如果成功的话，把宝贝献给了蒋总统，你我今后就有享不尽的荣华富贵，但我一个人力量有限，所以我来找你。""谁也不知玄真把宝贝藏在啥子地方了？""设法找到它，恐怕就我们两个人不行吧！我们应该多找一些人，人多主意多。""人多了，每人分得的就少了。""我提议把孔红亮拉进来，他是警察局长，许多事情好办得多。"周理润赞成："我也这么想，孔局长与你关系铁，你出面找他最好。"

第二十章

是狐狸，总要露尾巴；是毒蛇，总要吐信子。

窗外，晨光灿烂。做完早课，玄真与弟子们在一起用早膳，食物是馒头和稀粥， 在这年月能吃上这样的饭食相当不错了， 众人吃得津津有味。吃罢饭，玄真吩咐弟子： "我昨夜梦见了你们师祖，她老人家叫我看好寺庙， 说有贼人要进来，所以到晚上大家要关好庙门，轮流守护。"慧了不以为然地说："这寺庙除了菩萨，啥子都没有，贼娃子进来偷啥子？"有弟子道："还有点食物可以偷。""还有几卷经书可以拿，嘻嘻！"玄真沉沉地一声："阿弥陀佛，小心为妙。"

寿佛寺位于家珍公园内，与家珍专祠相邻，该寺始建于乾隆三年。原是当时金堂一个张姓大财主夜梦无量寿佛菩萨，于是将其住宅改建成寺，取名"寿佛宫"， 后改名"寿佛寺"。寿佛寺坐南面北，山门为东北向， 门上"寿佛寺"三字炫人眼目。寺内包括主持玄真一共有十来个尼姑， 一些尼姑长相还比较周正，身材也不错，她们每天除了吃斋念佛外，有时还会出去化缘，传经布道。玄真确实有一件古玉名叫"凤龙虎熊座"，是前任住持空明老尼临死前传给她的。据说这是空明老尼师傅的师傅从一个盗墓贼手里购得的， 经初步鉴定，是汉代的古玉。至于古玉的来源，有的说与金堂县民间流传的"凤凰涅槃"故事有关，有的说与远古时凤诞下龙、虎、熊有关，还有的说是寿佛菩萨的法宝。空明老尼的师傅之所以购买这件宝物， 一是怕这件国宝流失，二是想把它留作镇寺之宝。可是传到玄真这一代，不知谁走漏了风声，许多人都想得到它， 民间传说那宝贝不但价值连城，而且谁得到就会多子多福多寿。玄真把那件宝贝收藏在一个只有她自己知道的地方，而且她收弟子时也相当谨慎，就怕哪个弟子惦记着那件宝贝。可是她越这样保密，社会上对古玉就越传越玄妙、神秘。

一年前，一位落魄的年轻女人找上门来，模样十分清秀，执意要求削发为尼拜玄真为师。那女人声称自己是一富家小姐，随父母到成都经商，谁知路途遇土匪，父母双双被杀，她也被玷污，于是看破红尘，要求削发为尼。玄真看她哭哭啼啼、可怜兮兮的样子，动了恻隐之心将她收留，取名"慧明"。慧明刚进寺那段时间很规矩，每天大门不出只在寺里吃斋念佛，可是后来常往外跑，不知干什么去了，甚至有人发现她身上有酒味。玄真曾当面训诫过她，训诫后她收敛许多，但两三个月后，她还是耐不住寂寞往外跑。而且慧明有时趁人不注意，还会偷偷溜进玄真的房间。有一天，趁师傅和师姐们在佛堂上念功课，慧明悄悄溜进玄真的房间，四处翻找。正翻找时，大师姐慧了闪身进来，看到慧明鬼鬼祟祟的样子，大声质问："慧明，你在找啥子？"慧明吓了一大跳："我给……师傅打扫房……间。"她的声音有点发颤。"师傅房间由慧成专门打扫，难道你不知道吗？""我……走错了房间。"慧明急匆匆地走了出去。慧了觉得慧明平常行为很可疑，就把此事报告给玄真。慧了问："慧明是不是哪个派来的？"玄真也觉得慧明来历不简单，便吩咐慧了："暂时不要把慧明的事声张，今后要对她多加提防，有啥子情况及时给我报告。"慧了是玄真的大弟了，跟了玄真多年，以前规矩守本分，可是最近几年多次问及古玉"凤龙虎熊座"的事，玄真心中很失望。

那日抢劫后，谭麻子如惊弓之鸟般带着剩余人马逃回了云顶山，看着谭麻子那惊慌失措的样子，赖山河问："这回怎样，城隍爷戴孝——白跑了一趟吗？""油水不多……大哥，这个刘县长真厉害，这么快就知道了我们的行踪。"谭麻子实情相告。"狗日的，一群饭桶，这点事都办不好。"赖山河把谭麻子等人训斥了一顿，谭麻子低眉顺眼不敢吱声。一旁的赵前劝道："大哥，没关系，自卫队几个人算啥子？黄寅敬正规军都拿我们没有办法。"赖山河这才稍稍消了一些气，问赵前："下一步我们怎么办？"赵前神神秘秘地说："我想好了，下一次我们来个更妙的。"赵前在赖山河耳朵边说了几句。赖山河摇头："可是风险很大。""大哥，你不早采取行动，难道想让别人占先？"赖山河想了一想："那我先下山与英姑联系一下。"

这天午后，城厢东街东蔡包子旅店来了一位神秘客人，这位神秘人物总是两三个月来一次，每次都住进同一个房间。不久，会有一个年轻尼姑找来，说是要找那位神秘客人化缘布道。只要那女尼一进去，门就会被反锁，几个时辰才会有人出来。原来那神秘客人就是云顶山上的土匪头子赖山河，他化了妆，很难被人认出来，年轻女尼就是寿佛寺的慧明。慧明其实是赖山河的女人英姑。英姑原是一大户人家的千金小姐，被赖山河抢上山强奸了，顺从了赖山河，赖山河派她来寿佛寺当尼姑，就是探寻那古玉"凤龙虎熊座"的藏匿地点。慧明一进屋子，就被急不可待的赖山河一把抱起放到了床上。慧明压低声音："关上门，关上门。"赖山河快步去把门反锁上，像饿虎一样扑了过去。"哈哈，嘻嘻……"慧明惊叫了起来，周身神经兴奋不已。赖山河开始吻慧明的耳朵，吻她的颈子，慧明喉咙发出愉悦的呻吟声。赖山河开始像剥笋子一样剥去慧明的衣裤，慧明扭动着身子配合，赖山河迅速地脱光自己的衣服……大约过了半个钟头，事情才结束，两人蜷缩在一起直喘气。赖山河嗫嚅着说："尼姑的味道就是不一样。"慧明用手点了一下他的头："像从牢房里放出来的……这段时间你又瞒着老娘勾搭了几个女人？"赖山河呵呵地笑："哪里，老子就你一个婆娘，尼姑多干净。""……你以为老娘愿意当尼姑，都是你这个死冤家，害老娘干这些事。寺里的尼姑不能喝酒吃肉，整天对着那泥菩萨念经，快要把我憋死了。""怎么能半途而废呢？等一会儿叫来好酒好菜给你补虚……我问你事情有结果了吗？""那老尼子嘴紧得很，一天除了讲经念佛，其余啥子也不说。""你没有去搜查过她的卧室？""看了，看了好多遍了，啥子也没有，不知藏在哪个地方？""要有耐心，你平时观察她常到哪个地方去，不准别人动哪些东西。""这些我都考虑过观察过了，就是没有蛛丝马迹……但是，我被慧了发现在玄真屋内找东西，玄真更加提防我了，而且慧了有可能被人收买了，也在找那宝贝。""……你估计她帮着谁呢？""这个我不清楚。"赖山河沉思良久："看来我得改变策略，不然到头来竹篮打水一场空。你知道黄胖子带兵上前线了，金堂现在就是老子的天下，我把那老尼姑抓来一审不就知道了吗？""这方法不错，人都怕死，严刑拷打下那老尼姑会招供的。如果那样，我就用不着当尼姑了。""这段时间你必须好好待在那儿，不能轻易暴露自己的身份。"慧明很不情愿地把脸转到了一边，赖山河又扳过慧明的身子不停地说好话。慧明问："你们啥子时候动手呢？""该你啥子时候值班守夜？""这个月三十日。今天二十一号，还有八九天。""那就那个时候，白天我先带一些弟兄潜进县城，半夜里你就开门让我们进去。具体时间，我们到时以暗号联系。"

夜色逐渐锁住了寿佛寺，捻亮油灯，佛堂上的尼姑们开始诵晚经，慧明经过一年多聆听玄真讲解经文，对佛经有了初步了解。此时，她心不在焉，从心底认为这群尼姑是在这里消耗自己的青春和年华，不吃肉不喝酒，不受男人滋润，人这样活一辈子，简直白活了。好不容易，慧明回到自己的房间准备就寝。她与慧玉、慧琳同住一个房间，床是单人床，慧明自己有一张。慧玉、慧琳显然受大师姐的唆使对她进行严密监视，除了平时冷落她，语言上也刺激她，她只好忍气吞声，默默祈祷尽快离开这苦海。慧明刚把衣衫脱了一半，"砰"，门突然被人一脚踢开，慧了带着两名尼姑凶神恶煞地走了进来。慧明吓得周身发抖，很快镇定下来。慧了冲着慧明吼道："慧明，给我起来。"慧明衣服都顾不上穿了，只穿着内衣，战战兢兢地站了起来，低着头，像做错了事的学生。慧了上前给了慧明两耳光，质问："你是不是土匪的婆娘？你来这里干啥子？"慧明捂住脸："不……是。"慧了命令其他两名尼姑："撒谎，去把她的衣服扒光，看身上有没有印记。"两名尼姑过来就要脱慧明的内衣，慧明拼命地挣扎，慧了、慧玉、慧琳也上前帮忙。五个人好不容易脱光慧明的衣服，但什么也没有发现。慧明头发凌乱，双手护住自己的私处，蹲在那里哭泣。慧了并不罢休，上前一把扯住慧明的头发，一脚踩住慧明的身子，使劲地把她的头往墙上撞，口中不停地问："说不说，说不说……你是不是土匪的婆娘？你来这里干啥子？"慧明痛得大声哭叫起来。慧了换了一种方式，用脚踩，用拳头揍……突然，一声"阿弥陀佛"，住持玄真出现在门口，众人不动了，只有慧明蹲在那里大声哭泣。玄真问："你们在干啥子？"众尼姑不吱声。玄真仿佛明白了是怎么一回事，对慧了说："你跟我来。"慧了跟着玄真走了。其他尼姑回房去了，慧玉慧琳也上床睡觉，慧明蹲在那里哭泣了好一会儿，自己爬上了床睡去。寿佛寺又恢复了平静。

　　已经30日了，城厢白天还是那么平静而热闹，但是细心的人就会发现在家珍公园周围一些茶楼酒馆突然出现许多陌生的面孔，他们三五个聚在一起吃喝闲聊，并四处张望。原来，他们是云顶山的土匪，都暗藏武器，装扮成乡下人溜进了城厢，等天黑就采取行动。吃过晚斋，玄真老尼像往常一样给弟子讲解经文，然后就叫弟子们背诵。到深夜，师徒众人都觉得很困了，于是分散开来各自回房睡觉。

　　清风萧瑟，夜，像沉睡的大海，平静但异常。寿佛寺外人影晃动，只听几声清脆的鸟叫，寿佛寺大门被打开一条缝，十几个蒙面人冲进寺院，踢开尼姑的门，将众尼姑控制住。那些尼姑从睡梦中惊醒不知发生了什么事，全吓得魂飞魄散。有几个尼姑睡觉没穿衣，弄得春光乍现。黑暗中，一些匪徒趁机在那些尼姑隐私部位摸上一把，吓得那些尼姑惊叫不已。在赖山河喝令制止下，那些土匪这才收住淫心。在土匪黑洞洞的枪口下，众尼姑抖抖索索地穿上衣裤被赶到大殿。大殿上灯火通明，她们看见师傅玄真已被五花大绑拴在了柱子上。众尼姑衣衫不整，站在风中瑟瑟发抖。玄真质问："阿弥陀佛，你们到底是啥子人，想干啥子？"众匪徒也不回答她，就在寺内翻箱倒柜地寻找，然而一无所获。赖山河开始审问玄真："快说，你把古玉藏在哪里？"玄真神色平静地说："啥子古玉？我不知道。""就是'凤龙虎熊座'。""阿弥陀佛，我从没有听说过。""不老实，给我打。"赖山河一声令下，鞭子雨点般落在了玄真身上，但玄真咬紧牙关不吱声。鞭子不停地在玄真身上抽打，打得玄真满身血污。此时夜深人静，寿佛寺里那么大的动静周围的人竟一点也不知晓。没几下玄真就被打得昏死了过去，赖山河一挥手叫喽啰不要打了，他担心老尼真得被打死了，那宝贝就找不到了。赖山河命人找来一桶清水将老尼泼醒，然后抓过尼姑慧静，用短枪顶在她太阳穴上威胁玄真："如果你不招就毙了她。"慧静吓得脸色煞白，周身发抖。玄真却回答："阿弥陀佛，她们都是佛的人，看你们怎么办吧！"随后玄真闭上眼，从此任打任骂不吱声。

众土匪看玄真不配合，一时束手无策，看来今晚宝贝是无望了，只能空手而归。有人心怵了，怕被人发现出不了城，提议迅速撤退。但一些人觉得大费周折进来却空手回去，并不甘心。赖山河问："那你们想干啥子？"许大明侧眼看向那群衣衫不整、春光外泄的尼姑，凑过来嘻嘻笑："大哥，我看这群尼姑个个年轻貌美，不如让我们乐一乐？"众土匪中的几个好色之徒内心早已躁动，还没有等赖山河点头同意，就各自抱了一个进了屋，场面失去控制。那群尼姑被吓得惊叫连连，然而这一切被夜色吞没，此时城厢城内百姓也还在睡梦中。反抗是徒劳的，反抗会丢掉性命，尼姑毕竟是弱者，几下就被那帮如狼似虎的土匪制服了。土匪人数多于尼姑，一拨人发泄完后，另一拨又上。就连赖山河也蠢蠢欲动，但英姑那双眼盯着他，他只好充当正神，坐在那里看热闹。突然"砰，砰"两声枪响，划破夜空传到很远很远的地方。原来，尼姑慧玉不甘受辱，无意中摸到许大明的枪，开枪自杀了。土匪个个吓了一大跳，急忙穿好衣裤跑出寿佛寺，迅速奔到南门，在城外赵前的接应下，打开南门消失在茫茫的夜色中。

寿佛寺的枪声惊动了整个县城，有人报告了县政府，刘仲明从睡梦中爬起来，带人打着灯笼火把，直奔寿佛寺。寂静的夜开始喧嚣起来，火光把寿佛寺照得通明。刘仲明一边走一边在想，土匪为什么平白无故来抢寿佛寺，为色还是寺内有宝物？他们很快到了，夜色中的寿佛寺那么朦胧、神秘。寺内一片混乱，自杀尼姑的尸体摆在院子里，用一块白布包裹着，空气中还散发着血腥味。孔红亮、杨成斌带着十几个警察先期到达，正在指挥人勘查现场，询问相关人员做记录。两人看刘仲明来了，赶紧过来报告情况："有十多个土匪来寿佛寺打劫，一名叫慧玉的尼姑死亡，一名叫慧明的尼姑失踪。"刘仲明问："那些土匪是哪里来的？""他们大多蒙着面，从情形看我估计是云顶山上的赖山河那帮人。"又是赖山河！刘仲明心底一股莫名之火腾腾升起来。"他们抢走了啥子呢？"刘仲明问。孔红亮回答："没有，我们调查了一下，土匪只是逼着住持玄真交出啥子宝物。"杨成斌插嘴道："就是古玉'凤龙虎熊座'。"刘仲明问："'凤龙虎熊座'是啥子东西？""听说是寿佛菩萨的法宝，不但价值连城，而且谁得到就会多子多福多寿……"杨成斌解释道。孔红亮瞪了杨成斌一眼，示意他不要多嘴，杨成斌闭口不说了。刘仲明问："抢走了吗？"孔红亮说："玄真不承认有那宝物。""喔……我去看看她。"在一间禅房里，遍体鳞伤的玄真老尼躺在床上痛苦地呻吟着，几个徒弟围着她啼哭不止。虽然这些尼姑穿着僧衣，但个个容貌不俗，她们的啼哭多半是因为自己失去了贞洁从此在佛祖面前抬不起头了。刘仲明来到床前看望玄真，关切地问："请大夫了吗？"慧了回答："请了，大夫开了药。""好好治疗。"玄真慢慢起身喘着气说："县长，我估计是云顶山上的土匪，而且慧明是与他们一伙的，你们要严惩凶手，我真是瞎了眼，引狼入室……我如果早察觉出来，就不会出这样的事情。""慧明是哪个？"刘仲明不解地问。"就是那个失踪的女尼姑。"一旁的孔红亮回答。沉默半晌，刘仲明环顾了一下周围的人："你们暂且回避，我有事要与老师傅谈一谈。"屋内的人陆续退出。刘仲明压低声音问："师傅，这里只我们两个人，明人不说暗话，那些土匪是不是来寿佛寺抢啥子宝物？"玄真心头一紧："我根本没有啥子宝物呀！他们是凭空捏造的。""听说那宝物是寿佛菩萨的法宝，价值连城……我是县长，有责任有义务保护你们寿佛寺的安全，最好把东西交给我们政府。""我确实没有啥子宝物呀！""那个叫慧明的尼姑啥子时候来的寿佛寺呢？""一年前吧。"玄真回忆道。玄真不想刘仲明追问下去，答完这句话就把头偏到一边不再说话了。

赖山河连夜率领众匪徒从县城撤了出来，仓皇回到云顶山时天已大亮。当踏踏实实地坐在老虎皮太师椅上时，赖山河才长长地松了一口气。赖山河心中越想越气恼，觉得这次行动简直是偷鸡不成，倒蚀一把米，不但古玉没有得到，英姑还暴露了身份，今后再去夺那宝贝就更难了。赖山河的气无处可出，他问身边的土匪："昨晚是谁失枪让那尼姑自杀的？"有人报告说是许大明。赖山河以前听说过许大明在玉虹乡欺压百姓的恶行，十分讨厌他，当即下令："狗日的，把他给老子毙了。"几个喽啰过去把许大明捆了起来。许大明吓得面如土色，尿湿了一裤裆，跪在地上不停地告饶。赖山河不耐烦地手一挥："拉出去，拉出去。"两个喽啰像拖死狗一样把许大明拖了出去。"砰"，只听外面一声枪响，许大明就到阎王那儿与吴志洪做伴去了。这时，一喽啰来向赖山河报告："大哥，夫人有请。"赖山河想起英姑又回到了自己身边，心中稍稍宽慰了一些，他知道英姑要好好犒劳自己，于是火急火燎地去了。赖山河一进门就闻到一股饭菜香味，只见英姑一身新衣坐在那儿，面前桌子上摆放了许多菜肴。英姑见赖山河来了，站起来妩媚地一笑："老爷来了。"赖山河惊诧地望着英姑和一桌子菜："你这是搞啥子名堂？"英姑轻声细语地说："为了给老爷压惊，我亲自下厨给你做了一桌子饭菜，备了一壶好酒。""夫人，太客气了，我还是先来吃你这道人肉餐吧！"赖山河说着就开始对英姑动手动脚。英姑笑嘻嘻地拦住赖山河的手："我们还是先吃饭吧！"赖山河停住了手，闻了一闻菜肴："好久没有吃过夫人做的饭菜了，好香！"于是两人开始就餐，你一杯我一杯地喝起酒来。英姑边吃边问："老爷，这次失手你该不会责怪我吧？"赖山河一手端酒杯一手把英姑抱进怀里："夫人，怎么这样说呢？你平安回到我身边就万事大吉了……都怪那个许大明，老子把他毙了。"几杯酒下肚，两人激情迸发，酒也不喝了，菜也不吃了，就直奔床前宽衣解带干起了那事。好一阵子才结束，两人相拥而眠，赖山河无限感慨地说："老子这一生只要有金钱和美女就够了，立马死了都值。"英姑使劲地捏了他一把："怎么这么没出息？"

> 只有变得强大了，敌人才会畏惧。

第二十一章

　　这是一个周末的下午，春阳灿烂，照在人身上暖暖的，正适合出行。邱华生与小英相约一起逛街，他们一起走进了一家伞店。这里的雨伞别致典雅，有大有小，花色样式不少。店老板在一旁大声吆喝："唐家寺的伞——换一把。"邱华生好奇地问小英："他为什么这样说？"小英温柔一笑："这是金堂县有名的歇后语，其中有一段离奇的故事。""你给我讲一讲。"邱华生想弄个明白。一旁的店老板为了推销自己的伞，赶紧接过话头："客官，你是外乡人吧？我来给你讲。

　　这唐家寺也叫"弥牟"。很久以前，有一个陕西来的伞匠，在成都做雨伞生意，赚钱后想把钱带回老家去，可是路上不太平，抢匪猖獗。伞匠就用银子买成珠宝塞进一把旧伞的把子里。当伞匠赶路来到唐家寺时，由于天黑了，他就在唐家寺住了一宿，而第二天起来却发现伞不见了，被人偷走了。为了寻回珠宝，伞匠就用身边的碎银子在唐家寺开了一家伞铺，出售雨伞，修理雨伞。他有个规矩：只要伞把子和伞骨头是好的，都可以到他的铺子调换新伞。这样一来二去，许多人拿旧伞来调换新伞，不出一年，伞匠终于找回了他的珠宝，高高兴兴地回陕西去了，唐家寺的伞就此出了名。

　　邱华生赞道："有意思，有意思。"店老板看客人有兴趣，趁机热情地介绍："先生，我这是正宗的唐家寺的伞，夏天雨季就要来了，买一把吧！"邱华生扫视了一下店内的伞，问小英："你喜欢哪种样式？"小英很挑剔地看了一把又一把，最后选了一把淡红色有樱花的说："买这把。""多少钱？""十五法币。"邱华生掏钱买了下来。巧的是，那日阳光强烈，十分刺眼，邱华生就用那把伞给小英遮阴。一路行来，邱华生与小英路过德新书店时，小英坚持要进去看书，邱华生只好随同进入。邱华生与杜科见面点了点头，因为有小英，他们没法说上话。小英无聊地在书架上选了一本书，看了一下，又放回原处，如此重复了好多次，最后一本书也没有买，就迈出了店门。所有过程，邱华生都耐心地陪着。小英有的是时间闲逛，所以成天黏着他，可是县政府还有许多工作需要他去做。小英很任性，如果不顺她的意，她就会生气，邱华生只好尽可能地依从她。在离开书店前，杜科趁人不注意塞给了邱华生一张纸条。原来，金堂县地下党小组周一晚召开紧急会议，地点在陈才川家中。

傍晚，西边天空收起了最后一丝云霞。八时许，邱华生如约来到陈才川家中。陈才川的家在西门，离他经营的大南毛笔社不远，陈才川的妻子孩子时常在乡下老家，就他一人住在这里。这次会议有曾传秀参加。杜科首先介绍："我们又增加了一名新党员，她就是曾传秀同志，是金堂中学的老师。曾老师思想觉悟很高，组织能力强，经过两年多考验考察，她主动申请加入党组织。"曾传秀起身向大家点头示意。杜科说："曾老师还是学界代表，金堂中学学联主席，今后，我们要在学生中多发展力量。"曾传秀回答："目前，我已经在金堂中学高中部发展了一批积极分子。"杜科赞许道："曾传秀同志工作很积极，学生是我们将来依靠的重要力量，我希望你进一步做好此项工作。"杜科停了停，意味深长地说："现在国内形势严峻，国民党发动全面内战，党中央要求我们大后方积极发动民众反内战、反迫害、反饥饿，支援前线。上次土匪抢劫寿佛寺的事，大家已经知道了，这件事在金堂县城反响很大，民众对县政府工作颇有意见。在这种情形下，我们打算发动民众举行游行示威给政府施压，借此团结民众，发展革命力量。"陈才川问："游行示威时间定在啥子时候？""就是本周五。"邱华生担心事情对老师不利，当即提议："游行不能过分，据了解，县政府刘县长正在积极筹备武装力量，消灭土匪。"彭涛赞成说："虽然刘县长有想法有行动，可是组建一支队伍不容易，我们营造一些声势支援他，也能促成事情尽快落实。从中我们也可以了解和掌握金堂有哪些积极分子、正义之士，逐渐把他们争取过来，成为我们的力量。"接着，大家开始讨论游行示威的具体方案。会后，杜科悄声问邱华生："那天和你一起的那个女子是谁？""陈议长的千金。""你们在谈恋爱？""嗯。"邱华生点点头。杜科拍了拍邱华生的肩，微笑着说："怪不得那么亲密……不错，要珍惜，陈思远是金堂县实权派人物，借此还可以掩盖你的身份。"

周五这天风轻云淡，街上人声喧哗，民众要举行游行示威。金堂中学、绣川小学、金堂女子师范学校的一些学生、老师和部分工人市民不约而同地聚在金堂中学外面。他们手拿写有"要和平，反内战，反迫害，反饥饿""打倒土匪，保卫金堂""加强治安，惩处恶霸"的标语，一路喊着口号，向县政府进发，途中越来越多的人参加到游行队伍中，声势十分浩大。县政府很快接到消息，刘仲明命令警察局和自卫队前来维持秩序，保卫县政府。这么多人游行示威，声势与抗日战争时期民众举行抗议日军侵略暴行的活动差不多。孔红亮十分震惊，对刘仲明说："这是造反，这是共匪行为，必定有共党分子在捣乱，我们应该坚决镇压，把领头的抓起来。"刘仲明制止道："不行，这是民众合理的诉求，我们要接受，否则会激起民变。"游行队伍浩浩荡荡来到县政府门前，被全副武装的警察和自卫队士兵拦住。有人高喊："请刘县长出来见面。"随即，其他人附和，汇聚的声音洪大，震天动地。刘仲明把县政府的官员集中起来训话："各位同僚，大家都是党国的干部、政府的精英，孙中山先生教导我们'天下为公'，我们推行新政，就是为民众服务。'水能载舟，亦能覆舟'，外面就是民声民意，不能因民众有一些怨言，就要躲避退缩，我们必须勇于面对，坦诚接受……发生这样的事情我们每个人包括我要深刻反省，工作是否到位，态度是否端正？"

在刘仲明发动下，政府官员一同走出县政府大门。众官员一露面，游行民众情绪稍稍稳定下来。刘仲明向大家拱手："鄙人就是县长刘仲明，你们提出的要求县政府正在研究，我们准备建立地方武装，消灭土匪，加强保护全县民众生命财产安全。至于要和平，反内战，这是中央的决策，不是鄙人小小县长能够左右得了的……大家回去吧，该读书的回去读书，该回去工作的回去干好自己的工作。""不行，县城府要拿出具体措施。"有人吼道。"拿出具体措施来！不能拿空话大话来糊弄民众。"看大家不相信，刘仲明神情激动，拍着胸膛保证："我们成立自卫总队，扩大武装力量，消灭土匪。""啥子时候成立？"有人追问。"就在最近几天，县政府要召开党政会议商讨此事。""消灭土匪，消灭土匪！"县政府门前又是一片示威声。

其实就算没有民众游行施加压力，刘仲明也清楚地知道建立自卫队加强地方防卫的重要性、必要性。可是上哪儿找人员、武器、资金呢？上次赵锦平来征兵，把许多青壮年拉上了前线，加上现在赋税沉重，县政府根本没有能力组建一支自卫队。但这件事不得不去做，刘仲明思前想后，觉得必须依靠大家的力量。事隔一天，县政府发出通知召开全县党政联席会议，要求各区乡镇、科室、局级单位、商会等必须参加。本来这次会议邀请了商界的人参加，但是上次刘仲明执意要处决吴志洪，因此周理润等人拒绝再参加县政府的会议，所以参加这次会议的商界的人士很少。

开会了。刘仲明大声说："诸位，大家知道黄团长的军队上前线后，县内以赖山河为首的土匪猖獗，公然晚上摸进来抢劫寿佛寺。上次民众到县政府门前游行请愿，要求县政府维护全县百姓的生命财产，所以今天把大家召集起来就是商议如何维护社会秩序。"有人问："不是有警察局和自卫队吗？怎么搞的，出这样的事？"刘仲明解释说："警察局一共只有三十来人，自卫总队也只有四十来人，而且他们的武器枪支都有限，光靠这点力量维护全县治安显然是不行的，所以县政府决定扩大武装力量成立自卫总队。"听了这话，一部分人赞成，一部分人反对。有人问："养一支部队谈何容易，要人要枪又要钱，这些从哪里来呢？"孔红亮听说要武装自卫队，心中很不是滋味，当即提出："如果武装自卫队，我们警察局咋办？"有几人也随声附和："武装自卫队，不如武装警察。"刘仲明大声解释："我们建立自卫总队的目的不仅是为了维护社会治安，我们要建的是能够剿匪，能够上前线打仗的正规军。""目前初步有一个办法，就是人和枪从各区乡护镇局抽调。"此言一出，那些乡镇长立即吵嚷起来："保护县城，凭啥子要我们既出人又出枪，我们乡镇又如何维持治安呢？"现场一片喧闹。刘仲明站起来大声制止："诸位不要激动，据我所知，云顶山上现在有上百个枪架子，你们乡镇那一二十个枪架子能拿他们怎么样？俗话说：'倾巢之下无完卵。'没有一支强大的队伍保护，土匪就会横行无忌，民众包括大家的生命和财产随时都会受到威胁。"会场顿时安静了下来。刘仲明提醒道："你们不说，就表示同意，那我们就按照花名册人数向各区乡抽调人。"接下来，开始讨论资金。刘仲明道："养一支部队，要吃要穿还要发工资，大家讨论一下如何解决军费开支。"有一些人说让大家捐。刘仲明摇头道："捐钱不是长远之计，必须依靠其他办法。"大多数人认为还是要靠征收，这毕竟是为了维护社会治安，特别是现在时局动荡，武装地方力量保护民众生命财产十分必要。经过一番议论，最后敲定附粮征增加治安费征收，自卫总队司令部设在武庙，总队长由王从武担任。

此后，刘仲明不断地派人到乡镇去催缴，想尽快把自卫总队成立起来。一周后，各乡镇陆续把人和枪送到县上。王从武把这些兵丁集中到武庙，请刘仲明去看一看。武庙位于东街，坐北朝南。庙内有正殿三楹，东西廊各十楹，殿前有一个大坝子，正好可以练兵。刘仲明兴致勃勃地往武王庙来，到了以后看到的情景却让人哭笑不得。那些兵丁不是人老，就是有点残疾，枪也都是烂枪坏枪，甚至有的兵丁没有枪，手里拿了一把大刀。刘仲明让王从武把那些不合格的兵丁退回去，连同那些不合格的枪也带回去，叫那些乡镇重新选派，送来合格的人和枪才编入自卫总队。迫于压力，许多乡镇极不情愿地更换了一些人员和武器。

半个月后，自卫总队终于成立起来了，刘仲明亲自去检查，三百多号人集中大坝子里，一看就知道有"三不"，一是服装不统一，二是年龄不一，三是高矮不一。而且这些人大都是烟灰，站了一会儿就遭不住了，呵欠连天烟瘾犯了，东倒西歪要抽大烟。刘仲明问王从武："这样的队伍能打仗吗？"王从武忍俊不禁地笑了："比原先送来的好多了，这也没办法，乡镇也有乡镇的难处。"刘仲明说："你们要加强训练这些士兵，服装要统一，对坏枪烂枪进行修复，今后有机会再招一些人，购买一批枪支。"刘仲明站在闹哄哄的队伍前，等他们稍微沉静下来，开始训话："各位战士们，全县群众的生命财产就靠你们了，你们要知道肩负的责任……为了加强战斗力，本县长在这里约法三章，一不许抽大烟，二不许赌博嫖娼，三组织纪律严明不许打架扰民。"接下来在朱治松的指挥下，自卫队员开始进行队列练习。刘仲明转身吩咐王从武："管好队伍，搜缴一切烟具，不准士兵轻易外出，实行封闭式的训练。如果一些士兵烟瘾发作，就给他们喝茶喝水，吃一些食物。……而且我准备把邱秘书派来给你们当副手。""可是县政府办公室和女子师范学校不是需要他吗？""小谢在负责女子师范学校的工作，办公室还有小赵，邱秘书兼任办公室工作，需要他时，我自会叫他回去。我想让他到自卫队来历练一下，你任自卫队总队长负全责，他过来与朱治松一起担任副总队长，协助你的工作。你我是校友，他又是我的学生，今后还请你这个师叔多加关照。"

　　第二日，刘仲明亲自带着邱华生来自卫总队报到。看着邱华生弱不禁风的样子，王从武笑嘻嘻地拍了拍邱华生的身板："要时常带队训练，你行不行哟？"邱华生挺了挺瘦弱的胸脯："行。"刘仲明提议："那你带着一小队，在这坝子里跑上几圈。"邱华生当即与一小队自卫队队员跑了几圈，虽然累得气喘吁吁，满头大汗，但信心十足。刘仲明鼓劲道："小邱，多锻炼，多向王队长和朱副队长学习。"邱华生喘着粗气："好的，但……但我有点意见。"王从武问："啥子意见？""只是在这坝子里跑来跑去，根本得不到多少锻炼。""你的意思是把队伍拉到外面去？""不错，到外面去，更能增强体力。"邱华生回答。"我也有那个意思，但今天就这样，明天再开始吧！"之后，邱华生除了政府一些要紧的秘书工作，其余时间，就与士兵一起进行跑步、越障、练靶等加强体质技能的训练。后来，他干脆与士兵一起同吃同住，很少回县政府宿舍。

　　傍晚，夜色降临，天边有月亮升起来了，县城家家户户撑亮了灯，灯光朦朦胧胧地照耀着街面。部队拉练结束后，又累又饿，王从武、邱华生、朱治松一起来到龙烧腊餐馆喝酒。他们点了一盘烧腊肉、一盘烤鱼、几样卤菜和花生，三人边吃边聊。朱治松放下酒杯问邱华生："刘县长来金堂这么久了，怎么没见他家属？"邱华生叹一口气："师娘几年前就去世了，刘老师有个十岁的儿子在老家南江县由孩子爷爷奶奶在带。"朱治松恍然大悟："原来是这么一回事。"邱华生想到上次龙门桃花山何友琴与刘县长的亲昵行为，于是试探着问："你们能不能给我老师说一门亲事？""有没有合适的呢？"朱治松问。"我认为小英的表姑何女士与我们刘老师十分般配，我出面去说媒不太方便。"邱华生说。"这事好呀！才女配才男，最好找王队长，王队长的夫人姓陈，何女士也是王队长太太的表姑。"朱治松朝王从武努了努嘴。王从武接过话茬说："这事有点难，因为要陈议长做主，可陈议长这个人十分固执。"朱治松道："刘县长人家毕竟是县长，有身份和地位，万一他们有缘分，陈议长答应了呢？"王从武想了想："你先回去问一问刘县长啥子意见，确定后，我才去给陈议长说。""老师那没问题，我可以打包票，他对何女士有那个意思。他们相约一起吃饭，一起游桃花山，彼此关系很不错。""那我去探一探陈议长的口风。"王从武答应了。

第二日，王从武抽空来到陈家花园，陈善人听说王从武来访，便出来热情地迎接。入座后，陈善人关切地问："最近，自卫总队搞得怎样了？""进展比较顺利。"王从武回答。陈善人问："好好训练，提高战斗力，现在时局动乱，保卫金堂的工作就靠你们了……今天来找我有啥子事吗？""何友琴表姑单身这么多年了，我想给她说个媒。"王从武小心翼翼地说。"是谁嘛，你给谁说媒？说来我听一听。"陈善人饶有兴趣地问。"就是刘仲明县长，他目前是单身，我认为他们俩还挺般配的。"陈善人脸上的笑容顿时僵住了："不可能，表妹已经嫁给了陈才顺，她生是陈才顺的女人，死了也是陈才顺的女人。怎么？王队长不好好带兵，却当起媒婆来了？快回去干好本职工作，别管这些闲事。"王从武当时就无话可说了。

这日，刘仲明从一家报纸上看到一则新闻《丑闻——女子师范学校是政府官员的姨太太培育所》，再一细看，报道里说的正是金堂县女子师范学校。让刘仲明感到震惊的是，报纸上列举了具体人物的一些具体事情，如刘官员与女老师何某、邱官员与女学生陈某、谢官员与女学生李某，并评论说："金堂县女子师范学校招收的尽是花容月貌的富家女子，有利于县政府官员将她们发展为自己的情人……县政府打着解放女性的幌子,实质上干的都是见不得人的勾当……"语言相当犀利。刘仲明明白"刘官员与何某"指的是自己与何友琴,"邱官员与女学生陈某"指的是邱华生与陈小英,那"谢官员与女学生李某"指的是哪两位呢?刘仲明经过调查,原来指的是小谢与李佳惠。上次小谢找赵锦平为女学生李佳惠伸张正义被扣留,感动了李佳惠,李佳惠也是十八九岁的人了,情窦初开,于是主动与小谢接触,这一来二去两人关系发生了暧昧。这显然是有人要借此大做文章。不仅如此,其他报纸很快转载了此事,在社会上一片哗然,就连成都的许多家报纸的记者都前来跟踪报道,一时间金堂县政府被推上风口浪尖,一些家长将自己的女儿领回家后就拒绝来校上课了,并要求退还学费。

刘仲明正为此事头痛,又接到小谢的报告,说女子师范学校被商办银行查封了,学生没地方读书,教学设备也拿不出来。刘仲明怒气冲冲地问:"他凭啥子查封女子师范学校?"这时,陈逸民拿着成都市地方法院的文件来找刘仲明,刘仲明质问陈逸民:"我们签的贷款合同不是说,分期偿还你们吗?"陈逸民理直气壮地说:"你好好看一看合同内容,有一条规定:女子师范学校不得干违法之事。现在你们学校不但有违法行为,还被成都许多家报纸报道了,现在你们这个学校学生大量流失即将破产,所以本银行申请成都市地方法院实行查封……现在你们想法偿还我们的债务吧!"说着,陈逸民将那法院文件一扔,扬长而去。看着陈逸民远去的背影,刘仲明顿时明白过来,原来这是一个圈套,一个阴谋。小谢问:"怎么办?现在他们查封了我们的学校,一些学生要求退学退费,剩余的学生也无地方安置,还站在大街上呢!"刘仲明沉思良久,吩咐小谢:"去把曾校长请来。"不一会儿,曾绍成来到县政府,刘仲明把事情给他说了,曾绍成眨了眨眼说:"事情我明白了八九分,这是陈思远他们给你挖了一个坑,让你跳进去呢,我太了解他们了。"刘仲明着急地问:"那怎么办呢?那么多学生和老师如何安置?"曾绍成道:"我想了一下,不开办啥子女子师范学校了,盖宗巷五福祠是我们曾家祠堂,我把它捐出来开办女子师范班,安置那些学生。为了节约开支,教师就由我们金堂中学的老师兼任,你们辞去女子师范学校聘请的老师。至于你们的贷款,只能由你们县政府想办法筹措暂时偿还给商办银行了，女子师范班的每年收益我们再用来偿还给你们县政府。"听了这话， 刘仲明说："就按照这样办，感谢曾校长的支持，解了我们的燃眉之急。"

她多么希望酒鬼张老头能浪子回头呀！

第二十二章

经过一段时间的休养，玄真身子渐有好转，可以起床与徒弟们一起吃斋念佛了。寿佛寺的枪声，不但惊动了整个县城，而且让许多乡下人也知道了这件事。寿佛寺藏有国宝"凤龙虎熊座"这件事不再是秘密！可到底古玉"凤熊龙虎座"像什么样儿，有多高多重，没人知道。有人猜测像动物形状，有人猜测像瓷器，有人猜测像小山，众说纷纭。不少人开始蠢蠢欲动想来寿佛寺一探究竟，沾沾寿佛法宝的灵气，寿佛寺一下子人气旺了，香火盛了。从人们那些熠熠发光的眼神和指指点点的动作中，玄真知道自己被推到了风口浪尖上。今后如何办，玄真心中也在琢磨。养伤期间，她经常听见寺外酒鬼张老头拖长声音在唱歌，玄真知道他很关心她，可是她根本不想理睬。玄真与张老头原来是少年夫妻，家住新都县。张老头本名张贵和，是大户人家的少爷，玄真本名王淑琳，也是大户人家的千金，自小与张老头订了娃娃亲。二人成年后，两家给他们成了亲，圆了房，刚开始夫妻二人十分恩爱，一年后还生了一个宝贝儿子。可是张老头考秀才屡试不中，不觉心灰意冷，渐渐脾气变得十分暴躁，成天沉迷赌博，将家中的财物都输光了，而且还经常酗酒，每晚醉醺醺地回家。王氏数落他，他就对她拳打脚踢，后来发展到稍不如意，他就对王氏一阵毒打。王氏开始一直忍让，没有离开张家，是因为她舍不得还在襁褓中的孩子。可是有一天，王氏外出不在家，张贵和喝得醉醺醺地回到家，躺在床上倒头就睡，不知被子下还睡着儿子，活活将儿子压死了。王氏伤心地大哭一场，埋葬了儿子后，准备上吊自杀，却被人救下，但她对人世间已经绝望，于是离家出走，来到城厢寿佛寺当了尼姑。

妻子失了踪，张贵和更加肆无忌惮，挥霍无度，把家中的田产败光。后来，清朝垮台了，没有科举制了，希望没有了，加上身无分文，又别无长处，张贵和开始以乞讨为生，四处寻找妻子。当张贵和乞讨到城厢，发现妻子已在寿佛寺出家，张贵和良心有所发现，十分愧疚，多次找到玄真，请求玄真跟他回家，让他重新做人。可是玄真死活不肯，张贵和不愿放弃，发誓不离开城厢，就守候在妻子的身边。这对冤家夫妻就这样二三十年过来了。自从儿子没了，玄真认为自己已经死过一回了，一了百了，她对这个尔虞我诈、黑白颠倒的世道也看透了。她一直在思索前夫经过这么多年挫折，应该悔改了吧！在这危急时刻，要不要让他帮忙呢？他能帮得上忙吗？

这日傍晚下班后，刘仲明一个人走出县政府，他想再找玄真谈一谈国宝的事，于是径直朝寿佛寺而来。刘仲明到时已经接近黄昏，寿佛寺的门虚掩着，有几位尼姑正在打扫院落。刘仲明推开门问："你们住持在不在？"尼姑们都认识他，知道他是县长。"在。"一小尼回道。"你去通报一下，说我有事找她。"会客室内，刘仲明关切地问玄真："你的身体好些了吗？""阿弥陀佛，好多了，多谢县长的关心。"刘仲明看了看周围的人："我想与你单独谈一谈。"玄真看刘仲明有话要问，于是支开了其他弟子。屋内，只有刘仲明与玄真了，然而门外慧了屏住呼吸正在偷听。刘仲明低声问："听说这次云顶山的赖山河来抢，主要是针对你的古玉'凤熊龙虎座'来的，所以我今天专程来拜访，核实一下你有没有这样的宝物。如果你真的有那古玉，放在你这儿是不安全的，最好交给政府，由政府保管。""我知道刘县长推行新政，是个好官，可是我确实没有那古玉。""你要相信政府，我们会妥善保护好国宝。""如果有，我一定交给政府。"刘仲明又问了几句，玄真只是默默地坐在那里，口中念道："阿弥陀佛……"看玄真口紧，问不出所以然来，刘仲明只好起身离去。

邱华生整日泡在自卫总队里，冷落了小英，没有主动与小英约会，这让小英很不高兴，以为他在故意疏远她，不喜欢她了。由于女子师范学校关闭了，表姑何友琴被解了聘，小英也没有继续到女子师范班读书了，因为她觉得那里根本学不到新的知识。在家里，她成天心不在焉，有时坐下来读几页邱华生借给她的《大众哲学》，有时坐在绣楼、花园、庭院里发呆。实在憋不住相思之苦，小英就跑到何家公馆找表姑诉说。何友琴道："你主动点，去找他喽！"小英嘟囔着说："每次都是我主动约他……都没有见他主动约我。"何友琴呵呵一笑："感情需要付出，谁叫你喜欢他呢？"

上午，天气很好，邱华生把兵士带到外面去训练。"一二一，一二一……"兵士一路跑一路喊，动作相当齐整，吸引来不少民众观看。行进间，他看见小英在一旁给他招手，于是停下走过来与小英说话。小英把脸一沉："现在当军官了，也不理我了，找你也找不到。"邱华生抹一把汗解释道："最近一段时间工作确实很忙，我现在在自卫总队这边干事，自卫总队刚成立，有许多事要做，请你原谅。"小英莞尔一笑："那你今晚八时到家珍公园来。"还没有等邱华生答复，小英转身像云一样飘走了。

傍晚，邱华生路过大南毛笔社的时候，陈才川塞给他一张纸条，原来杜科约他晚上八时见面。邱华生左右为难，到底是去见小英，还是去见杜科？杜书记这么急约他，一定有重要事情，工作为主，他决定先去见杜书记。北街一家茶馆，灯光朦胧，在这里喝茶的人不少，有的打牌，有的在吃瓜子，邱华生与杜科碰了头。杜科低声说："听说国民党中央有人在打古玉'凤龙虎熊座'的主意。""我们要保护好它，不能让敌人得逞。""此事我已安排蒋道明同志负责，随时注意寿佛寺内外的情况，我们要做的就是坚持暗中保护，不让宝物离开金堂，坚持到金堂解放就可以了。现在金堂县成立了自卫总队，而且由你担任副总队长，今天，我找你就是研究在自卫总队发展革命力量的事。""我也有这种想法，就是在自卫总队发展一些先进分子，把自卫总队变成我们的队伍。""目前有没有一些积极分子呢？""有，如陈高华、兰勇、张庆明等，他们都是贫苦农民，思想进步，为人诚实正直。""陈高华我比较熟悉，他妻子多病，有儿女三个，家庭相当贫困，我还资助过他。这些积极分子，我们完全可以把他们发展为民协或者民盟成员。你们王队长也是比较正直的人，他以前在县党部工作，办刊物抨击当时驻扎在金堂的军阀杨秀春，还被杨秀春通缉过，后来逃到南京，在他侄儿的帮助下入伍当了军人。王队长这个人为人谦和，处事稳重，你想办法把他争取过来。"与杜科分开后，邱华生急匆匆地赶到家珍公园，然而他到时天时很晚了，家珍公园里空空荡荡的，小英早已不在那里了。

听说上次赖山河抢劫寿佛寺夺取古玉没有成功，又听慧了报告刘县长单独见过玄真，陈善人害怕古玉的事被其他人捷足先登，于是与周理润进行一番商议后，决定向玄真老尼公开摊牌，直截了当地说明。这日，陈善人和周理润一起来到寿佛寺拜访玄真，他们到时玄真正在佛堂上带着众弟子念经，两人只好耐心地等候。如今玄真经过调养，精神好多了，能够自由行走。功课结束后，玄真走了出来，陈善人迎上前拱手道："玄真师傅，你好！"玄真回礼问："阿弥陀佛，两位施主找贫尼有事吗？"玄真对陈善人、周理润比较熟悉，知道他们是金堂数一数二的官绅富户，而且这两位以前都来寿佛寺参过福，捐过善款。陈善人回答："有事与你谈一谈。"玄真疑惑地盯了盯他们："好吧！随贫尼来。"三人来到会客室，分宾主坐下，小尼姑奉上香茶。陈善人似笑非笑地说："玄真师傅，你知道我是议长，他是国大代表，今天我们是代表政府代表国家来与你谈话的。"玄真看着陈善人和周理润那慎重的样子心里就明白了八九分，理了理僧服，扬起头说："你们说，啥子事？""请你把古玉交给国家，你如果交出来，政府将给你一大笔善款。""啥子古玉？我不知道。""不要隐瞒了，全金堂的人都知道你有古玉。""根本没那一回事，是他们谣传。""那云顶山上的赖山河来寿佛寺抢啥子呢？""贫尼不知。"周理润接过话荐："给你明说了吧！那是蒋总统要的东西。""阿弥陀佛，我不认识啥子蒋总统，我只认得如来佛祖、寿佛菩萨。"周理润语气十分嚣张："国家领袖都不尊敬！没有国家领袖，你还能平平安安坐在这庙堂上吃斋念佛吗！"玄真话中有话："我看这一切，不久就要风雨飘摇了吧！"听了这话，陈善人和周理润更是恼火。陈善人斥责道："你说反动言论，侮辱领袖，还隐匿国宝不交，贪为己有，将与共匪同罪。"玄真淡淡地说："我没有那东西。"看来，这事是要成为按鸡头啄米——白费心机，陈善人、周理润二人气哼哼地走了。玄真心事重重地望着两人远去的背影，这么多人为古玉明争暗斗，事情到底如何办呢？

城厢的春夜很静，月光淡淡，黑暗笼罩着大街小巷，已经是深夜了，四周雾气蒸腾，街上行人极少，空气中夹杂着花的清香味道。酒鬼张老头喝了一壶酒，醉醺醺地倒在东街角一处楼底酣睡，身上盖着一件薄薄的破棉衣。这是一处小阁楼，楼上住着一户姓李的人家，但很少有人在上面居住，环境十分偏僻幽静。楼底下有许多空处，张老头捡拾一些油纸、麻布之类的东西蒙在四周挡风，下面铺了一层破烂的棉袄当床，这里就成了他的栖身之所。楼上李姓人家也怜悯张老头，并没有赶他走。睡梦中，张老头感觉有人在用脚踢他，可是酒精作用太凶猛，他翻了一个身又睡去。那个人继续踢他，把他踢痛了，他这才爬起来，睡眼蒙眬地问："谁？"那个人没有回答。张老头揉了揉眼睛，借着淡淡的月光，这才看清是寿佛寺的玄真。张老头翻身起来，咧开嘴笑着说："原来是夫人。"他已经十多年没有和自己妻子说过话了，一下子精神起来，站起身说："夫人，你想通了和我回家？上次土匪来抢你们，我担心死了。"玄真并没有直接回答，只是责怪："看你还是个读过书的人，真是百无一用是书生，如今混成这个样子。"张老头一下子跪在地上，口中不停地说："夫人，是我错了，是我错了，你跟我回去吧！我重新做人。"玄真伸出手拦住道："打住，打住。我是不会跟你回去的，我今天来找你是因为我遇到了危险。""啥子危险？"玄真伏身在张老头耳边交代了什么，并强调："我相信你不会像以前那样糊涂不懂事了吧！""不会的，不会的。夫人，你要干啥子？""我的事，你别管。"说完，玄真转身消失在茫茫的夜色中。望着她远去的背影，张老头喃喃自语："夫人，你不要出事……你不要出事……"

第二十三章

曾家寨，"川西客家第一庄"，铭贤学校，今昔何在？

"哇，哇……"姚渡镇曾家寨的人听见田野里、树林里有不少乌鸦在叫，那些乌鸦成堆成群，黑压压的，一会儿从这里飞到那里，一会儿又从那里飞到这里，久久不肯离去，一声声叫得甚为苍凉、凄惨。有人说乌鸦叫，祸事到，要死人。哪个要死，死多少人？不知道。也有人说这是乌鸦要变凤凰，"凤凰涅槃，浴火重生"，不死鸟——凤凰要重现，这世道要变天。还有人说是因为赖山河抢劫县城里的佛门圣地，玷污尼姑，得罪了寿佛菩萨，寿佛菩萨的法宝"凤龙虎熊座"显灵了，要惩罚大家，降祸于人间。一时间寨子里人心惶惶。曾家寨年近八旬的老夫人曾张氏也听见了乌鸦叫，安慰大家说："没那么灵验！畜生而已，我活了大半辈子的人了，什么没见过。"大家这才稍稍宽慰了点。曾绍成长期在外，曾家主事的就是他的老母亲曾张氏。曾张氏身体健朗，一把年纪了，然而眼不花，耳不聋，十分能干，不但把家务处理得井井有条，而且十分开明，儿子在外办教育，兴办公益事业，都是她支持的。

曾家寨号称"川西客家最大的庄园"。曾氏是清初湖广填四川时来金堂居住的，曾家寨创建人是清朝的曾秀清，寨子由四大主寨和一个祠堂，即曾家老寨、水浸坝曾家寨、上新寨、下新寨和秀清公祠堂组成。曾氏世代多以务农为生，也有一些人很有商业头脑，通过买卖粮食、川椒、白蜡等赚了一些钱，每年又用赚来的钱置办一些田地，曾在姚家渡买了街房数十间，以至于姚家渡有"曾半街"之称。随着子孙后代人数增多，老房子住不下，曾家人分住几处，曾秀清觉得这样不利于对子孙的管教，于是决定修寨子。曾家人从外县购买木料、石材，就地烧瓦滚砖。十年时间修成了建筑面积五十余亩的寨子。寨子外挖了深水沟，进出寨子的大门铺了桥，寨子从内至外分居住区、生活区和保卫区，俨然一座城堡。1937年"卢沟桥事变"后，因为不堪日寇的血腥侵扰，孔祥熙在山西省太谷县创办的山西铭贤学校，经当时主事的曾绍成同意，于1939年初，迁移到曾家寨子。后经国民政府教育部批准，铭贤学校改建为"铭贤学院"，由专科改为本科。1946年初，铭贤学院迁回山西，当地学生则合并到金堂中学。

金堂县成立自卫总队的消息很快传到云顶山上，当与手下谈及此事，赖山河只是轻蔑一笑："一群乌合之众，没枪没炮，我看到底谁厉害？"赖山河问赵前："我想再下山干点轰轰烈烈的事，你有啥子好点子？"赵前低头想了一会儿："大哥，你有胆量去抢曾家寨吗？曾家寨可是金堂县的大富户。""有何不敢？老子天不怕地不怕。""可是，听说曾家寨有四十多个枪架子看守。""狗日的，那算啥子，现在黄胖子走了，金堂县就是我们的天下。只是那曾绍成把钱都花在了兴办教育上，不会有很多钱了吧？"但赵前不以为然地说："瘦死的骆驼比马大，抢上一回也够我们吃上一年了。""这次行动我亲自带队，寨中只留下十几个兄弟守卫。谭麻子，你留下来负责寨子里的守卫。"可是谭麻子吵嚷道："我也要去，我也要去。"赖山河神色威严地说："这是命令。"谭麻子只好不再说话。

黎明，大雾笼罩着曾家寨，房屋在云雾中若隐若现。屋外空气清新，狗吠鸡啼，曾家寨三百多号人还在睡梦当中，他们做梦也没有想到赖山河那么猖狂，敢来攻打曾家寨。"砰"，一声枪响，打破了黎明的宁静，一大队土匪出现在寨前引起了曾家寨城堡上哨兵的注意，双方交起火来，枪声传遍整个曾家寨。"土匪来了，土匪来了。"有人大声吼。呼喊声惊醒了寨子里的所有人，大家连忙从床上爬了起来，胡乱地穿好衣裤，也不知来了多少土匪，寨子内的人一片慌乱。以前从来没有出现过这样的情况，寨里的人顿时没有了主意。只有曾张氏没有慌，毕竟她见多识广，知道方圆百里没有大的土匪。曾张氏下令："各家把值钱的藏好，老人和小孩想办法躲起来，青壮年男子拿起武器到堡头抵抗。"大家这才镇静下来，按照曾张氏的安排分头行事。曾张氏还不放心，叫过管家曾一耳语了一阵子。曾一四十多岁，也是曾家族人，在曾家当管家已经十多年了，为人相当忠厚。原来，曾家寨扶风楼有一条密道直通寨外，原是老祖宗为了防备敌人围攻，专门修建了向外送信的。这条通道只有曾张氏、曾绍成知道。曾张氏吩咐曾一："你必须亲自去，向绍成报告，请求县政府支援。""我去了你们怎么办？""放心，还有我呢！"曾一转身去了，来到扶风楼一间屋子里，打开其中一堵墙，穿过地道，快速向县城飞奔而去。

枪炮声激烈，赖山河指挥众土匪强攻曾家寨，他们打算翻越护城河，用手榴弹炸垮城墙，然后冲进去，可是曾家人凭借有利地形顽强抵抗，土匪的企图被阻止。一喽啰向赖山河报告："一时攻不下来！怎么办？"赖山河一挥手，大声道："给我硬冲，谁攻破曾家寨，我奖励他大洋十块，女人一个。"这时，赵前上前拦住说："老大，我们不如围着他们佯攻，里面的人毕竟弹药有限，等他们弹药打得差不多了，我们才猛攻。"赖山河认为这个主意不错，当即下令："堵住四门，防止他们出去报信。"

火焰在跳跃，硝烟在空气中弥漫。寨内，有人向曾张氏报告："老夫人，我们子弹不多了，怎么办？"曾张氏突然想起了一计，于是把老人和妇女集合到坝子里训话。经过一番召唤，一百多个老人和妇女从各自躲藏的地方跑了出来，他们听见外面的枪声，都惊恐万分，有的小孩子甚至吓得哭出声来。曾张氏默默地看着大家，待众人沉静下来，她才声音洪亮地说："如今我们哭也没有用，闹也没有用，只能自己拯救自己，保护家园不受侵害。寨子就是我们的家，如今危难关头，我们誓死要与寨子共存亡。目前我们弹药有限，你们就往城墙上搬砖块、石头、木头，用来砸他们，那帮土匪砸死一个算一个。"于是寨子里的老人和妇女们开始四处寻找砖块石头木头往城堡上搬，在曾张氏指挥下，一切井然有序地进行着。一个多时辰后，城堡上堆满了大小石块砖块木头，可以随时扔向敌人。但这还不够，有人提议："如果土匪攻进来了，我们可以拿起刀和锄头，与敌人死拼到底。"曾张氏夸赞道："对，敌人对我们内部情况不熟悉，我们隐蔽好，只要他们进来，就让他们有去无回。"

这边，曾一租了一匹马向城厢飞奔而来，他首先来到金堂中学向曾绍成报告:"二少爷,快……快……有土匪攻……打我们曾家寨。"曾一又累又急,此时语无伦次。"有多少?""大约一百……多个。""肯定是云顶山的赖山河,我去请县政府出兵。"曾绍成让曾一休息,自己立马往县政府跑。很快,曾绍成来到县政府,刘仲明听了报告,觉得情况危急,二话不说,起身与曾绍成一同来到武庙自卫总队驻地调兵。正好,王从武、朱治松和邱华生都在,刘仲明当即向王从武下令:"有上百名土匪攻打曾家寨,你们集合队伍火速开往曾家寨。"王从武马上集结队伍。刘仲明果断地说:"这次我亲自去,争取把土匪给灭了。邱副队长,你去通知孔局长,叫他带人增援。"邱华生领命而去。时间就是生命,曾家寨三百多号人危在旦夕,队伍立即出发,跑步向曾家寨进发。

此时金堂中学一片沸腾,曾传秀听说曾家寨有难,奶奶处于危险之中,心急如焚,于是现场发动学生,组织了一支一百多人的学生军。操场上,曾传秀大声说:"同学们,土匪猖狂,到处杀人放火,无恶不作,不但抢劫寿佛寺,如今还攻打曾家寨,我们作为曾校长的学生,作为一位家乡人,应该拿起武器消灭土匪,保卫家乡……""消灭土匪,保卫家乡!消灭土匪,保卫家乡!"学生们齐声高吼。在曾传秀的带领下,曾昌盛、陈定明等积极分子手拿红缨枪、砍刀,向曾家寨迅速开进。

城墙上的枪声少了,赖山河以为寨子里的护卫没有弹药了,于是下令强攻。但当他们靠近城墙时,墙头上突然像雨点一样滚落下无数大小砖头、石头、木头,土匪们来不及防备,被砸得头破血流。赖山河只好下令撤退。已经交火二三个时辰了,曾家寨却久攻不下,赖山河心里开始发毛了,他明白今天遇到了高手。正当赖山河准备组织新一轮进攻时。"砰,砰……"突然,土匪的队伍背后枪声大作,几个喽啰中枪倒下,鲜血如墨一样淌了一地。赖山河大叫:"糟了,敌人援兵来了。"土匪腹背受敌,他们不知县城自卫总队怎么来得这么快,瞬间慌成一团。赖山河强作镇静,继续指挥喽啰拼死抵抗。自卫总队人虽然多一点,但火力差,土匪这边武器要好一点,火力猛,双方一时间处于僵持状态。城墙上的曾张氏看见时机到了,下令:"打开寨门。"守卫愣住了,不知老夫人是什么意思,该如何办。曾张氏再次下令:"打开寨门出击。""冲啊……"寨门大开，曾张氏亲自指挥寨子里的人冲出来，进行前后夹攻，赖山河抵挡不住，只好率人仓皇逃走。

不一会儿，孔红亮、邱华生带着警察赶来了，曾一、曾传秀带着学生军也赶来了，他们一起打扫战场，经过统计一共消灭了三十多个土匪，缴获了四十多支枪，六百发子弹、十多枚手榴弹。曾家寨这边也有十多人的伤亡。赶走了赖山河，曾家寨举寨欢庆，他们把大家迎接进去，杀猪宰羊款待。美酒飘香，桌上摆设着各式可口的菜肴。曾张氏举杯向刘仲明致谢："若不是你们及时赶到，我们曾家寨会遭受大劫难，真是感激不尽。"刘仲明起身回敬："护卫乡民是本县长应尽的职责，不必客气。"言谈中，刘仲明提到县自卫总队正在筹建中，武器比较落后。曾张氏当场慷慨许诺道："我给自卫总队捐一千块大洋，用来购买枪支弹药。"刘仲明拱手道："太感谢曾老夫人和曾校长了，上次曾校长在解决女子师范学校的事就帮了县政府的大忙，这次又要捐款购买武器，在下真的感激不尽……有了这批武器，我们就不怕赖山河了，一定把他们消灭干净。"大家齐声叫好，笑语连连。在场的孔红亮听了心里有点不舒服，站起来道："曾老夫人，你也关照一下我们警察，我们也缺少装备呀！"曾张氏回答："好吧！给你们赞助二百大洋。"孔红亮听了这话，脸上才有喜色，当即举杯表示感谢。曾张氏望着曾传秀夸奖道："我孙女有大将之风，居然带着队伍来救我们。""奶奶……"曾传秀不好意思低下头，大家一阵笑。曾绍成举起酒杯："我母亲即将八十大寿，为了感谢大家，到时鄙人邀请大家来做客。"曾张氏嗔怪儿子："不要说我的寿辰。"刘仲明当即表示："老夫人辛辛苦苦大半辈子，是应该庆贺一下，到时本人一定来，一定来。""八十岁了？看不出来。"在座的议论纷纷，依次举杯向老夫人敬酒。

吃过饭，已经下午了，太阳偏了西，刘仲明等人带领部队回归县城。曾张氏亲自出寨门相送，望着刘仲明远去的背影，曾张氏向曾绍成夸赞道："儿子，这个县长不错。""是呀！他来到金堂县后推行新政，兴办女子师范学校，成立自卫总队，为民做了不少好事。""金堂这个地方情况复杂，你要多支持他的工作。"

赖山河带着残兵败将回到云顶山，仔细一清点，发现损失惨重，不但伤亡了三十多人，而且损失了不少武器。赖山河大为恼火，一屁股坐在太师椅上愤怒地对谭麻子说："去把赵军师叫来。"不一会儿，军师赵前畏畏缩缩地来了。赖山河训斥道："我说要速战速决，你却拖延时间围而不攻，说什么等别人耗尽弹药，现在好了，给了别人救援的机会，损失了那么多兄弟。""这是我失策，这是我失策，我没想到他们这么快搬来了救兵！"赵前只好承认。"承认错误就行了吗？兄弟们的性命就这样白丢了？"赵前知道赖山河要惩罚他，暗中给谭麻子递眼神。谭麻子心领神会，劝慰道："大哥，胜败乃兵家常事，我们不能内部起讧，怪只怪那刘县长诡计多端，我们今后要小心从事。"听谭麻子这么一说，赖山河情绪稍稍稳定下来，转而问赵前："如今又怎么办，刘县长查禁鸦片，断了我们财源，我们现在到哪里去发财呢？"赵前嗫嚅着说："不如我们再去抢曾家寨。""啪"，赖山河给了赵前一耳光，骂道："瓜娃子，再去抢，你以为人家是蠢猪，不知道防备？"赵前不敢再开腔了，摸住脸灰溜溜地出去了。赖山河心里在想："难道那刘仲明是神将，我每次采取行动他都未卜先知，弄得我防不胜防。"为了把事情搞清楚，他吩咐谭麻子："你派人下山到县城去打探一下情况，一旦收集到有价值的消息立刻来报告。"

"哐，哐，哐，哐……"清晨，明教寺的净土晨钟被不紧不慢地敲响，悠扬的钟声，翻开城厢民众又一天生活的序幕。阳光灿烂，今天是药王会，人只要上寺院祭拜神佛，就能消除百病，长寿安康。好久没有到明教寺去朝拜毗卢遮那大佛了，为此陈善人与秀红起了个大早，要去给毗卢遮那大佛烧几炷香，保佑家中事事如意，家人平平安安。当他们来到明教寺，寺里已来了不少善男信女，殿内灯火辉煌，香烛燃烧，木鱼声声，他们与众僧人一起低头双手合拢，诵经念佛，神情是那么专注虔诚。

佛音在觉皇殿缭绕，随着钟声远扬。陈善人与秀红分别在香案处上了一炷香，然而双手合拢，夹在人群中与大家诵起经来，他们不知念什么，只是一个劲地低声轻念："南无阿弥陀佛，南无阿弥陀佛……"大约半个时辰后，早课仪式才结束，善男信女渐渐散去。出了明教寺，陈善人与秀红刚回到家，这时，孔红亮有重要事情来访。书房内，孔红亮神神秘秘地说："议长，我发现一个重要情报。""我们金堂县有共党分子。他们经常组织一些青年学习反动书刊，地点我都查清楚了，就在德新书店。他们隔三岔五在那里一起开会。""有哪些人参加？""参加的人不少，大多数是一些年轻人。""我记得德新书店是一位姓杜的人开的。""难道杜老板就是共党分子？""很有可能，而且……"孔红亮迟疑地看向陈善人，露出不敢说的样子。"你大胆说，没啥子。""我们发现你未来女婿邱秘书也有可能是共党分子。因为我们发现邱秘书经常去德新书店，与杜老板走得很近。""邱华生是刘县长的学生，那不是刘县长也是共党分子？""还没有证据，很少看见刘仲明与杜老板来往。""这个事情千万别向刘县长说，不然打草惊蛇，你要特别注意德新书店那个杜老板的行动。"

送走孔红亮，陈善人心事重重地回到客堂，寻思："如果邱秘书是共产党，他做了我的女婿，查出来后，那不是要牵扯到我全家？况且他将来还要革我这个岳父的命……"他决定必须立刻阻止女儿与邱华生来往。屋内，秀红一人坐在那里做女红，陈善人一坐下来就问："小英呢？""在她房里，你那宝贝女儿这段时间在闹情绪。"秀红阴阳怪气地回答。"闹啥子情绪？""听说县政府那个邱秘书近段时间没理睬她。""从现在开始，把她看好，不允许她与那个邱秘书来往了，也不准她到女子师范班去读书了。"秀红吃惊地望着他。"我与县长不和。""你与县长不和与邱秘书何干？"陈善人并没有多解释："你去把小英叫来，说我有事与她谈。"秀红莫名其妙地去了。

不一会儿，小英来了，站在那里将脸转到一边，情不自愿地问："爹，啥子事？"陈善人神色严肃地说："从今天开始，你不能与那个邱秘书来往了。"小英不敢相信自己的耳朵，惊疑地盯着父亲问："你当初不是同意我们来往吗？""此一时彼一时。"绝望、愤懑聚集在小英的脸上，她吼道："你不许表姑与刘县长来往，现在又不要我与邱秘书来往，你出尔反尔。""我与县长不和，因为县长罢了你哥哥陈逸民的官，判处你吴志洪叔叔死刑，我们是敌人，他是县长的学生，凡是县长的人，我们都势不两立。"陈善人也觉得自己的解释很荒谬，但他目前不能说怀疑邱华生是共党分子。"刘县长秉公执法，吴叔叔是咎由自取，况且你们工作上的事与我们感情何干？邱哥又不是县长，只是一个工作人员……你不顾他人感受，你是十足的老顽固！""啪！"陈善人猛地冲上前，重重地给了小英一巴掌，小英护住脸哭着跑回自己的闺房。秀红责怪道："你怎么动不动打人呢？"陈善人气急败坏地说："她是我女儿，我想怎样就怎样！"并武断地下令，"从今天开始，把她看严了，不许她迈出大门一步。"

　　邱华生一直为上次失约的事耿耿于怀，他知道小英很生气，想当面给小英说清楚，由于工作忙，一直没有来得及去找她。可是接连几天邱华生都不见小英主动来找他，他心中十分疑惑，是不是小英真的生气了，不理他了。邱华生想两人恋爱一场总应该有个结果，于是决定主动到陈家去找小英。当他来到陈家花园门口，守门的却把他挡在门外。守门的名叫陈跛子，五十来岁，脚杆短一截，有点不正常，如果正常的话，他家老爷早送他到前线打仗去了。陈跛子故意问："邱秘书，你找谁呀？"邱华生感觉有点怪异，以前陈跛子对他点头哈腰的，叫他"姑爷"，今天却直接叫他"邱秘书"，他回答："我找你们家小姐。""我们家小姐不见你了，你不要来找我们家小姐了，陈家不欢迎你了。"显然，事先有人教陈跛子那样说的。事情肯定不会那么简单，其中有变故。"我要当面问你家小姐。"邱华生坚持往里闯。这时里面出来几个人把邱华生拦住，不要他进去，他无可奈何，只好悻悻地离去。

　　后来，小英听丫鬟说邱华生来找过她，她也很想见他。现在她爹反对他们来往，她并不屈服，想与心上人一起私奔，离开这冷酷无情的家，离开她爹的束缚，到外面去自由自在地生活。可是怎么才能见到他呢？小英决定求助于表姑。小英吵着要去见表姑，在家里发脾气摔东西，摔坏了不少碗和盘子，把枕头被子扔在地上，把屋子弄得乱七八糟。丫鬟翠英向陈善人报告了小英的要求，陈善人思索了一会儿："可以让她去见她表姑，但必须几个人跟着，防止她再去见邱秘书。"就这样，在严密看守下，小英来到表姑何友琴家。屋内，姑侄俩一见面就拥抱在一起流泪。何友琴看着小英憔悴的样子，心疼极了。小英抹一把眼泪："听说从武哥替刘县长上门提亲，爹不同意，也不允许你和刘县长来往？"何友琴点头："我是过来人，无所谓了，你可是没有经历过多少感情……""爹简直是魔王……这暗无天日的日子怎么过啊！我想见一见邱秘书，可是怎么去得了呢？"小英望了望门外看管她的几个人。"我给你想办法。"何友琴让小英搭一条凳子从旁边窗户跳出去，绕过花园，悄悄地出了门，几个仆从还傻乎乎地站在门外不知道。那几名仆人好半天听里面没有人说话了，走进去发现只有何友琴一个人在屋内，迟疑地问："我们家小姐呢？""你们家小姐早走了，你们没有看见？"几个仆从见屋内确实没有人，这才发觉上了当，匆匆忙忙找人去。

小英快步来到武庙，哨兵把她拦在门外。她十分着急地说："我找你们邱队长。""可是不巧，他不在，他带人巡察去了。""到哪里巡察去了，好久回来呢？"哨兵摇头说不知。小英十分失望，在武庙外面徘徊了好一阵子，正准备回去。这时，邱华生带着一队士兵回来了。小英喜出望外，迎上前去叫过邱华生。看见小英憔悴的样子，邱华生很愧疚地说："小英，上次我临时有事，失约了。""不是那个原因，现在我爹反对我们来往。""为啥子？""我不知道，我想问你一件事。""如果我要离开这里，你愿意和我一起走吗？"邱华生惊讶地问："你要离开这里？你不去女子师范班上学了吗？""不去了，在那儿学不到新的东西，我们一起走吧！""去哪儿？""四海为家，你去不去呢？""我……我……"邱华生满脸通红，口中像吃瓜子，说话吞吞吐吐。事情来得太突然了，他一点儿没有思想准备，但他知道自己身上有重要的任务，不能因为感情上的事耽误了，一时间邱华生不知如何回答。看他迟疑的神情，小英有点失望："果断一些……你好好想一想，准备一下，到时我来找你。"

孔红亮得到陈善人的指令后，就开始秘密派人对德新书店进行监视，由于杜科做事很谨慎，孔红亮一时找不到可疑的地方。这时，省保密局下发文件，要求各县加强对共产党活动的侦察，每个县分配有任务，而且一有可疑的地方立即报告，经省保密局查证确认是共党分子，根据立功大小，可以奖励五百至两千大洋，如果知情不报，则与共匪同罪。接到文件后，汪得顺问孔红亮："孔局长，德新书店的事情怎么办？"孔红亮想了想："只有采取行动，把他抓起来，交上去，让他们自己去审，我们得奖金就行了。""给陈议长报告吗?""用不着,他知道后一定会反对我们的行动,如果他问及,到时我用省上的命令去应付他。""啥子时候?""要吃午饭了,下午去……我亲自去。"

　　午时,太阳斜射下来,落在地板上,映衬着德新书店内的一切。杜科躬着腰正在忙碌,一个中年妇女急匆匆地走了进来,将一本书交给杜科说:"还你书。"杜科还没有看清面目,那女子头也不回地走了。杜科打开书,里面夹着一张纸条,上面写着:"你已暴露,快转移,青江一号。"杜科赶紧把那张纸条撕毁, 然后观察书店外的情况,的确发现一两个陌生人正在偷偷地瞄着店内, 杜科知道自己被盯上了。怎么办呢?他是书记, 金堂地下工作要开展下去,而且还不能暴露其他同志。正在紧要关头, 曾传秀走进了书店, 她是来看书的, 由于店内有其他人, 两人只是点头示意。杜科写了一张纸条夹在书里封好, 趁人不注意,他将装有纸条的书交给曾传秀并小声吩咐道: "你尽快把这本书交给邱秘书。"曾传秀看了一会儿书后,若无其事地走出了德新书店。

第二十四章

板凳龙、小金龙、连箫、腰鼓……渐行渐远的天府文化。

在城隍庙坝子里， 一个舞者在领唱小调，众舞者齐唱闹词，边唱边舞动一根长短一致的竹棍，击打身体的各个部位，发出有节奏的声响。

柳连柳呵，柳连柳呵！

连箫是一根竹棒棒儿；

柳连柳呵，柳连柳呵！

天天打来是月月唱；

柳连柳呵，柳连柳呵！

爷爷打来是奶奶唱，

柳连柳呵，柳连柳呵！

……

他们这是在为农历五月十八即将举行的城隍爷出驾仪式排演连箫节目。领舞者是一位大妈， 身材十分苗条，边唱边舞动连箫棍，用碰、点、踢、拍、转、抖等手法与身法，击打身体肩、胸、腰、背、腿、脚等各个部位，连箫棍发出"哗哗"的声响，舞者动作十分优美娴熟。连箫已经传承一百多年了， 与小金龙龙舞都是金堂最具影响的民间民俗活动。

邱华生带着自卫队士兵跑步训练经过城隍庙时，有士兵好奇地往这边张望那些男女表演连箫，其中一个士兵不小心摔了个狗啃泥，摔倒的士兵赶紧爬起来，惹得其余人嘻嘻笑个不停，而邱华生并没有注意这些，埋着头继续往前跑。许多士兵都觉得这几日邱副队长心事重重，做事丢三落四。原来自从小英回去后，邱华生成天忐忑不安，他知道小英很任性，说到做到，他们虽然相爱，可是他不能跟她走，他是共产党员，必须服从党组织的安排，完成党组织交给他的任务。他不知如何面对小英，如何给小英说清楚，让小英理解他不跟她离开金堂的原因，邱华生自责在感情上自己确实是懦夫，是伪君子。

回到驻所，邱华生丢魂落魄的样子被王从武看在眼里，王从武上前关切地问："小邱，怎么了，生病了吗？"邱华生摇头。"失恋了？"邱华生还是摇头。邱华生三缄其口，弄得王从武莫名其妙，自己带兵训练去了。这时，有哨兵来向邱华生报告，说营门外有一位小姐找他，邱华生以为是小英来找他。他不想去见她，回忆起以前的感情，邱华生觉得对不起小英。思虑许久，该面对的要面对，邱华生觉得当面给小英说清楚他俩不适合，早点分手，这样下去彼此才不会受到更大的伤害。可是当来到营门口邱华生才发现找他的并不是小英，而是曾传秀，他感到很意外："怎么是你？"曾传秀知道他与陈小英恋爱的事，嗔笑道："你以为是陈小姐呵？"她从包里拿出一本书递给他："杜老板带给你一本书，叫我一定亲手交给你。"那本书是用报纸封好了的，一定有重要情报，邱华生接过来并没有当即打开。他回到自己的寝室，关上门打开报纸，原来是一本《三国演义》，书并没有特别的。但他知道一定发生了重要情况，不然杜书记不会轻易带书给他。邱华生翻了翻书页，一张小纸条飞落在地上，他捡起来一看，上面写着："我已暴露，如有意外，金堂小组就由你负责。另外，警察局里潜伏着我们一位同志，代号'清江1号'，有重要情况他会与你联络。"他看完后，当即毁掉那张纸条。怎么办？革命同志处于危险之中，自己岂能袖手旁观，他决定马上到德新书店去看一看，看能否出手相救。

邱华生走出营门朝德新书店而来，刚到街口，发现店内有很多警察，周围还有不少围观的人，他忙躲到一边。只见孔红亮带着一队警察押着杜科从书店出来，后面几个警察抬着两筐书，那是一些进步书刊、红色书刊。孔红亮向围观的人群大声宣布："德新书店传播出售反动书刊，接上峰指示，查封该店，拘押老板杜科。"随后，两名警察上前将封条贴在门上，他看见杜科脸色十分苍白，低着头，没有挣扎反抗。最后，孔红亮一把熊熊大火销毁了那些书，然后就带人押着杜老板走了。邱华生正想冲上去营救，背后一双大手拽住了他，回头一看，陈才川不知什么时候站在了他的身后。陈才川低声道："不要做无用的牺牲。"在陈才川的劝阻下，两人离开了书店，找了一个隐蔽的地方商谈。邱华生问："你怎么来了？难道你知道杜书记要出事？"陈才川摇头说："我也不知道，我去找杜书记刚好碰上。"邱华生把杜书记让曾传秀带信的内容告诉了陈才川，陈才川拍了拍邱华生的肩："这是杜书记对你的信任，好好干，我支持你。"

县政府门口，张拐子、廖塌鼻像往常一样站岗守卫，由于刘仲明以前把他们几个站岗守卫的叫去训过话，他们的表现比以前规矩多了，站岗姿势也标准多了，再不敢掉以轻心。一位管家模样的人带着四位手下，抬着两竹筐沉沉的东西来到门口，说是为县政府送钱来的。张拐子并不放心，上前踢了一脚那两竹筐沉沉的东西问："这到底是啥子东西？"

管家模样的人回答："白花花的现大洋，快去给你们刘县长通报，就说曾家寨为县政府送大洋来了。"原来这是曾张氏派管家曾一送捐赠给自卫总队的钱款来了。张拐子掀起用布掩盖的竹筐，只见里面满满的现大洋，顿时眉开眼笑："我马上去通报。"张拐子一转身进去通报了。不一会儿，刘仲明带着小谢小赵迎了出来。管家曾一向刘仲明拱手道："老夫人叫我给你们送来一千二百块大洋，一千块捐助给自卫总队的，另二百块捐助给警察局，请您验收。"刘仲明回礼道："曾家很讲义气和信用，回去告诉老夫人，刘某代表县政府深表谢意。""客气，客气。"管家曾一命令四位手下把钱抬进县政府内堂放好，然后就回去复命了。

等曾一走后，刘仲明叫来王世成副县长，吩咐道："这是曾家寨捐赠给自卫总队和警察局的一千二百大洋，用来购买武器，你们清算一下，把它单独列成专项，今后好使用。"有了这笔钱，刘仲明心里有了底气，决定尽快采取行动武装自卫总队，提高警察部队的战斗力，彻底消灭云顶山上的土匪，还金堂县民众一个安宁。但是到哪儿去买枪呢？他把王从武、孔红亮、邱华生召集来商讨此事，听了刘仲明的讲述，王从武为难地说："现在是战争时期，不好购买军火。""而且现在管得很严，军火一般优先补充军队，不许地方武装购买。"孔红亮补充说。刘仲明坚持说："我相信只要有钱就能购买到武器。""私自购买军火这个责任谁也承担不起，我们还是走政府合法渠道购买吧。"王从武提议。刘仲明表示同意："给上级打报告，就说金堂县匪患严重，请求购买一批军火，我想上级会批准的，如果不批准，到时再想其他办法。你们下去尽快做个预算报上来，到底需要多少武器弹药，还有一千多块大洋能购买多少。"

邱华生与王从武从县政府开会回到自卫队驻所时，正好碰到小英提着一个行李箱在武庙外面徘徊，神情十分焦急。王从武上前搭讪："小英妹子，要到哪里去吗？"小英只是幽幽地盯着邱华生："从武哥，我找邱秘书有事。"王从武并不知内情，示意邱华生："快去，别让小英妹子等久了。"邱华生赶紧过去，王从武一个人进了武庙。小英满脸期待，一双杏眼直盯着邱华生问："你想好没有？要不要和我一起走。"邱华生的眼神不敢与小英对视，为难地说："可是我有重要的事情要做，不能跟你走。""难道是为了你那个副队长官衔吗？"邱华生摇头说："不是那个原因……我一时给你说不清楚，也不能给你说。"邱华生从心里反对小英出走，可她拿着行李箱，那架势是决意要离开金堂了，但自己又不能跟她去，不如当机立断提出分手，让她不出走，或者另外去寻找幸福。邱华生沉默了一会儿，然后郑重其事地说："小英，我们志向不一，我们不合适，你爹又强烈反对，我们还是分手吧！""我就知道会这样……"小英哽咽了，眼泪禁不住喷涌而出。良久，她擦了擦眼泪："你不跟我走，女子师范班那里我又不想去，我去成都读大学。""你爹知道吗？""不知道。""你去读书也好，我们还年轻，各自有各自的理想和前途，目前暂时抛开儿女私情……祝你好运，需要啥子给我来信。"小英哭泣着走了。望着小英远去的背影，邱华生心中十分难受，禁不住泪眼迷离，自言自语道："小英，对不起，对不起……我会等你回来。"

与此同时，陈善人与秀红正在后花园里唱清音，两人一唱一和，声音在陈家花园回荡，老远都能听见。

他们正在唱《摘海棠》：

　　佳人早起出兰房，睡眼蒙眬赛海棠，叫声丫鬟摘来一朵配鸳鸯，丫鬟回言道，那海棠生得来青枝绿叶……

陈善人把"鸳鸯"二字没有唱好，秀红纠正道："鸳——鸯——"陈善人跟着唱："鸳——鸯——"仆从着急地来报："老爷，老爷，小姐不见了。""她去哪儿了？"陈善人问。仆从摇着头，焦虑地望着陈善人回答："不……知道。我到外面去了一趟，回来就不见了。""我不是吩咐你们看住她吗？"陈善人厉声问。仆从吓得不敢吱声，面如土色。"愣在这干啥子，还不去找！"陈善人气急败坏地冲着仆从吼道。仆从愣愣地回答："已经找了……""到她表姑家去找没有？"秀红问。"去找了，表小姐说她也没有看见。"陈善人发觉不对劲，急忙来到小英的闺房，门是关着的，他打开房门查找，只见被子枕头那些还在，一些衣物和书箱不见了。"糟了，她与那姓邱的私奔了……我去找那姓邱的算账。"说着陈善人急匆匆地出了门往武庙奔来。

来到武庙，陈善人问守门的哨兵："你们邱副队长在不在？""在，议长找他有事吗？"哨兵认识陈善人。"有事，你叫他出来。"陈善人得知邱华生还在，心里稍稍沉静了一些。不一会儿，邱华生出来了。只见邱华生脸色沮丧，失魂落魄的样子。陈善人劈头就问："小英呢？她到哪里去了？""她到成都读书去了。"邱华生回答道。"是你让她去的？"陈善人像一头发怒的狮子咆哮道。"是她自己要去的。""去的哪所学校？""这个我不清楚，她不给我说。陈伯伯，她长大了，有自己的想法，你不能限制她的人身自由。""混账，她是老子的女儿，老子想怎样就怎样……老子要去把她找回来，押都要押回来，拖都要拖回来。"说罢陈善人愤愤而去。

回到陈家花园，陈善人浑身像散了架似的，神情沮丧地一屁股坐在椅子上，秀红过来叫他吃午饭，他却向秀红气势汹汹地吼道："你一天只晓得吃吃吃，不晓得将来还有没有人给你收尸。"秀红知道老爷在气头上，不敢顶嘴，赶紧离开，其他下人更不敢过来相劝了。小英的离家出走，对陈善人来说，仿佛天要塌下来一样，未来顿时没了希望。陈善人跟跟跄跄地来到堂屋里，这里摆设着陈家列祖列宗的牌位。他神情忧郁地点燃三支香，向祖宗三鞠躬，口中不停地说："列祖列宗在上，保佑小英在外面平平安安，陈家就这么一个独苗呀……"每当遇到烦心事，他都会来到列祖列宗面前烧香祈祷，与祖宗们倾心交谈，仿佛这样就能让心中所有的烦恼消失得无影无踪，然后继续生活下去。

农历的五月二十八快要来了，城厢民众都在期待着这个日子来临，因为这一天是城隍爷的生日，每年的这日城厢都要举办盛大的庆祝活动。旧时，各地均建有城隍庙，传说城隍爷与所在地方官员同级，专管阴曹地府的事，城隍爷生日时要巡视全城，察看民间疾苦。这一天，城厢按照习俗不但要举行盛大的城隍爷出驾的仪式，而且三清观老戏台还要演大戏五天，百姓可以免费观看。晚上的时候，人们都会戴上面具或者眼镜上街观看灯会，灯会直到六月初二才结束。

城隍庙位于县城的东街，庙门外除了两座石狮子，还有一片空地，供举办仪式使用，庙门左侧塑有手提铁链的鸡脚神，右侧塑有高举"正在拿你"木牌的无常鬼。城隍庙正殿上坐着城隍菩萨、城隍奶奶的高大森严的泥塑像，两边有牛头、马面、判官、小鬼等。大殿正中放着一张宽大的供桌，上面摆着各种祭品。庙宇两侧是十殿厢房，那些秦广王、楚江王、宋帝王、仵官王等十殿阎王分列两旁。其实头一天，也就是五月二十七日，城隍庙内就开始热闹了。凡参加城隍出驾的各队都要值班，把道具摆出来，旗锣伞帐、香盘、提炉等都要摆设在殿上。乐队在庙内吹打演习，请佛的居士婆婆要在塑像前又唱又跳，扮演喜神的要化妆到殿上站班，跪蜡。

城隍爷出驾这日清晨，太阳还没有从东边探出头来，随着明教寺的钟声，城厢大街上已经人山人海，无论是城里人，还是乡下人都赶来看热闹。县政府放假两天，虽然刘仲明对城隍爷出驾这种仪式十分熟悉，但难得清闲两天，他便挤在人群中看热闹。无意中，刘仲明发现了一个熟悉的身影，那就是何友琴。她穿着一套粉红的旗袍，头上梳了一个好看的发髻，装束十分得体，十分时尚。由于上次提亲不成功，除了之前在女子师范学校见过两回面，两人已经很长时间没有见面了，此时相遇，情景十分尴尬。何友琴主动靠近招呼："刘县长，你也在看热闹？"何友琴对刘仲明的称呼比过去生疏了许多。"是的，你也来了。"他们的声音几乎被周围喧闹声淹没。

只听鞭炮轰鸣，锣鼓喧天，巳时到了，城隍爷开始出驾了，只见两人抬着燃着柏树枝丫的大铁锅走在最前面。何友琴凑过来问刘仲明："这是啥子呀？为啥子要这样？"刘仲明解释："这叫清道，首先要熏秽除污。"接着，两位皂隶各扛一面红旗，手执一面铜锣边走边敲。"我知道，这叫'鸣锣开道'。""下一个出场的是啥子呢？"刘仲明问。何友琴摇头不知。"应该是仪仗队了。"果然是仪仗队，十二支彩旗迎风而出，十二把幡伞紧随其后，一些皂隶扛着"肃静""回避"牌两面跟随，开路神手持铜锤行走其间。接着是喜神队，一群十岁左右的小孩腰插"巡风"小旗，手敲铜锣为前导，跟着是赤发长脸、头长双角的"开路神"，还有手执铁链、雨伞的鸡脚神等。还有川剧队扮成的"九头人"，随着锣鼓边走边唱。引人注目的是那连箫队手执连箫，舞者上下击打，边打边唱，看得人眼花缭乱；小金龙龙舞队，一条条小金龙在舞者手中翻滚跳跃，还有板凳龙、腰鼓等相继登场。刘仲明和何友琴混在信男善女中间，跟在城隍爷神轿后面逶迤而来。仪仗队经东街走到丁字街口，向左走，经南街出永宁门，再沿城墙路向左一路走到庆泽门，进西街直走到丁字街口，再向左走，过上北街、下北街，出尚武门，又向右拐沿城墙走到朝阳门进东门回到城隍庙，每年城隍爷出驾都是按着这样顺序走的。在一同行进观望过程中，由于拥挤，刘仲明无意之中身体与何友琴的身体有一些接触，但何友琴并没有躲闪，有时还斜眼微笑睨着他。刘仲明闻到何友琴身上散发出来的醉人芳香，真想上前拥住她，他试探地捏了一下何友琴的手，她却轻轻地挣开了……

淫人妻女，吃喝嫖赌，抽大烟，这就是国大代表。

第二十五章

　　周理润刚从中央开会回来的那段日子，十分红火，许多人崇拜他，追随他，可是后来发现从他身上捞不到好处，也寻不到新奇的事情了，就逐渐远离他，甚至不闻也不问了。周理润记得青年党主席刁十一答应等他从中央开会回来，就把党主席的位子让给他，可是后来刁十一连提都没有提了。更令人恼火的是贺松没有他的帮助也当上了副县长，就连汪玉莲也不与他打牌了，不到福来客店与他约会了。他知道，这一切都是那白了尾巴的狐狸——陈善人暗中在操控，周理润却无奈，只有忍气吞声。但他日夜想念汪玉莲，恋上了汪玉莲的肉体，认为从她身上才能找到快乐与自信。周理润决定给汪玉莲一点颜色看一看，让她知道被他抱上床过的女人，他绝不会轻易放过。

　　这日闲来无事，周理润到贺家去串门，目的是给汪玉莲传递秋波。贺松刚好也在家，夫妇俩热情地接待了他。下人奉上茶，周理润呷了一口，问："小贺，现在当上了副县长感觉怎样？""多谢周代表的关照，只是工作上比原来更忙了。"贺松赔着笑说。"是呀！年轻人忙是好事，多干多历练，会有大好的前程。"他们又谈起周理润到南京开国民大会的事。周理润色眯眯地望着汪玉莲："你知道吗？我见过蒋总统的夫人。""那是宋美龄呀！"贺松惊异地说。"就是呀！你们亲眼见过她吗？"贺松直摇头："没有那个福分，她怎么样呢？""没啥子说的，是我这一生中见过最美的女人。""到底有多美呢？"贺松舔舔嘴唇问。"反正我无法形容，我们金堂找不到那样美那样有气质的女人。"周理润说，"但她赶不上贺太太。"贺松一本正经地回答："我太太哪能与总统夫人相比哟！"汪玉莲知道周理润说这话其实是不怀好意，于是用锋利的眼神挖了丈夫一下，贺松知道妻子不满他的话，改口说："各有千秋，各有千秋。""哈哈，哈哈。"周理润大笑不止。坐了一会儿，贺松外出小解，周理润趁此不停地给汪玉莲比划手势，要求在老地方见，其中含有威胁的意味，汪玉莲无可奈何地点了点头。等贺松回来后，三人又闲谈了一阵子，周理润便起身告辞，贺松夫妻殷情相送。周理润笑嘻嘻地对汪玉莲说："贺太太，哪天又一起打牌，上次你赢了我们，我们还想赢回来。"汪玉莲面无表情地回答："好呗！"周理润欢天喜地地去了，可是他们的一举一动被暗中监视的贺家小少爷贺小刚看在眼里。贺小刚恨恨地暗骂道："狗日的周烟灰，给老子走着瞧。"

夜色，在古镇城厢的大街小巷渐渐着陆，只有天边还露出一些微光。已经是春夏之交，风儿暖暖的，吹在人身上十分舒畅。按照约会时间，周理润一个人出了门直奔东街福来客店。一路的小巷子黑黢黢的，像有鬼，但周理润心情十分愉快，根本没有注意到这些。还是那个第九号宿舍，还是那张舒坦干净的床铺，周理润拿着堂倌给他的钥匙，打开房门，一边品茶一边等候汪玉莲来到。一切都很正常，汪玉莲不一会儿来了，两人一关门就纠缠起来。周理润轻轻地把江玉莲那微胖的身体放在床上，动手解开她的衣服，好久没有在一起了，周理润觉得汪玉莲的身体变得很陌生。经过一番翻云覆雨，两人心满意足后就相拥着说话。"为啥子这么久不理我？"周理润话语中含着责备之意。"有事吧！"汪玉莲随口回答。"你女人家有啥子事？"汪玉莲幽然地说："我们以后不能再这样了。"周理润一下子翻过身看着她，质问道："为啥子呢？难道因为贺松当上了副县长？""不是，你不知道，我家那宝贝少爷盯得紧。""大人的事，他小孩子家管得着吗？"周理润放松地仰躺下来。"可是他不小了，已经高中毕业了，反正我们今后不能来往了，今晚我来就是说明这事的。""那我想你咋办？""你不是有两个婆娘吗？""她们哪有你有味道。""去，去……今后不要再来纠缠了。""不行，坚决不行。"周理润生气地说。分手后，为了避嫌，汪玉莲先出了客店，隔了一会儿，他才出来。

夜深人静，周理润一个人走在小巷中，由于兴奋未尽，嘴里还哼着歌呢！突然，从黑暗中蹿出三个人向他扑来，把他吓了个半死。还没有等周理润反应过来，他就被按倒在地，用布条蒙住嘴，五花大绑地装进一个大口袋，然后塞进一顶轿子向东抬走。此时的周理润骨头都吓软了，呼吸急促起来，过了一会儿，他才清醒过来，心里明白自己遭绑架了。他拼命挣扎，却无济于事。轿子出了东城门，来到一片田地间停下来。周理润被像拖猪一样揪出轿子。他想吼却吼不出来，嘴被紧紧地塞住，特别难受。几个人朝着周理润身上开始拳打脚踢，像击打沙包，周理润疼痛难忍，滚倒在地，像鱼一样在地上翻腾，然而越挣扎挨揍越凶，直到周理润躺在那里不动弹了，那些人这才住了手。那打人的到一旁嘀咕了一阵子后，便给他松了绑。有人低声向周理润低声呵斥："如果你再找贺家奶奶，要你狗命。"说完几个人把周理润抬起来，"扑通"一声扔进了水田里，然后扬长而去。

幸好此时是初夏，田里的水很温暖，也并不深，周理润好不容易从水田里爬起来。然而四周无人，没有救援。周理润满身稀泥，鞋子又掉了一只，摸摸索索地往城里而去。天这么晚了，街上的行人比较少，没有人注意到他的囧态。周理润一身污泥像乞丐一样，一步一挨来到自家门前，上台阶时又不小心摔了个狗啃泥。周家守门的因为主人还没有回家一直心神不安，开了几次门往外瞧，大街上也没有主人回归的身影。忽然周家守门人听门外有人敲门，一个低低的声音说："开门。"守门人一听像是主人的声音，他迟疑地打开门，只见门前躺着一个泥人，正要发作，可用灯笼仔细一照，原来是主人。守门人大惊失色："老爷，你怎么啦？"周理润没有多言，像狗一般爬进门，吩咐："快把门关上。"守门人赶紧把门关上，看见主人那个样子，向屋里大声呼叫："不好了，夫人，夫人，老爷受伤了。"此时大家都已上床睡觉，听见吆喝声，纷纷起来一看究竟。眼前的周老爷、中央国大代表变成了落汤鸡，而且满身是伤，周理润两个老婆见状就明白怎么一回事了，都掩口而笑，纷纷躲避，周家那几位少爷小姐见父亲那个样子更不敢靠近。还是管家机灵，吩咐下人找来一件棉被给周理润披上，又吩咐下人赶紧烧热水给周老爷清洗，并换上干净的衣服。看老爷周身是伤，管家问："老爷这是怎么了，谁干的？""没啥子，去叫大夫。""报不报案呢？""不要报案，而且吩咐下去，不要把事情张扬出去，谁张扬出去，老子打断他的狗腿。"管家看主人生气的样子，不敢多言，按照吩咐找大夫去了。之后周理润就只是在家疗伤，躺了好几日，才勉强下床走路。

世间没有不透风的墙，周理润一个中央代表因风流挨黑打的事，在城厢传得满城风雨。周理润的这些丑事被抖搂出来，人们都说他风流成性，许多家男人怀疑自己老婆与他有染，一些女人莫名其妙地挨丈夫的打，大街小巷有时会传来女人们的哭喊声，大多是男人们在审问自己的老婆。事情传到贺松的耳朵里已经是很多天以后了，当时贺松正在茶楼上与几位朋友喝茶，有人讲道："周理润一个中央代表搞女人挨黑打，出这样的事简直可耻可笑。"贺松却说："你们简直是睁着眼睛说瞎话，这事不可能吧？""怎么不可能呢？有人还蒙在鼓里，有人还心甘情愿当乌龟王八。""你师傅周理润好色，全金堂的人都知道。"在场的一些人嘻嘻哈哈看着贺松。那些人笑声暧昧，贺松领悟到什么味道，难为情地问："笑啥子？""你老婆与周代表经常一起打牌，走得那么近，她给你戴绿帽子没有？""她堂堂一个副县长的老婆，不可能做这样的事。"贺松挺胸极力为妻子辩护。"哈哈，呵呵，世界上许多不可能的事很有可能。"贺松脸顿时涨得通红，站起来冲着那人破口大骂："放你妈的狗臭屁！"大家又是一阵笑。从笑声中贺松感觉到事情愈发有古怪，怪不得汪玉莲老往周家跑，说啥打麻将，其实去上床，一种奇耻大辱之感腾腾升起。贺松茶也不喝了，没头没脑地下了楼直奔家门，他急着回去向汪玉莲问个清楚明白。

贺松到家时，汪玉莲正好在客堂上抽大烟。贺松冲上前去劈头便问："你是不是与那周理润有啥子？"汪玉莲很镇定，知道贺松这会是如瘪肚的臭蚊子要叮人："没有啥子呀！你说有啥子？"贺松直截了当地说："他们说你与他上床。"汪玉莲骂道："是哪个烂嘴巴编造的？""谁编造的呢？整个城厢都传开了，周烟灰还挨了黑打呢！"气急败坏的贺松上前要揪打汪玉莲，汪玉莲腾地一下站起来指着他的鼻子："你敢动老娘一下，老娘与你拼了。"贺松顿时矮了半截。汪玉莲数落道："这几年，不是老娘，你能当袍哥大爷，能当乡长、副县长？当个狗屁！""那就说有那回事喽？""有那回事又能把老娘怎样？"汪玉莲咆哮着，像一只母老虎。儿子贺小刚听见吵闹声过来劝阻，贺小刚也帮着他爹吵闹汪玉莲，说要她行为检点，不要让外人说闲话。汪玉莲冲着贺小刚嚷："你也帮着你爹欺负我。"说着汪玉莲鼻子一酸，号啕大哭起来。在家里其他管家仆人劝说下，三人吵闹了一阵子，贺松父子俩悻悻地走了，客堂里只余下汪玉莲的哭泣声。看儿子贺小刚那神情，贺松心里明白找人打周理润的事肯定是儿子干的，渐渐地贺松心理平衡下来，毕竟儿子为自己出了一口气，狠狠教训了周理润一顿。自那以后，贺松不再去找周理润了，平时也把自己的老婆盯紧，安排家中仆人丫鬟暗地里注意汪玉莲的一举一动，有情况及时给他报告，汪玉莲这才收敛了自己的行为。

事情还没完，开茶铺的王胖子从一些喝茶的闲言碎语中听说自己老婆陈凤与周理润有一腿，而且他们约会有点特殊，周理润事先会在厨房后面下水洞口打探，作为约会暗号。茶客们把事情说得板凳上打窟窿——有板有眼。开初王胖子不信，说的人多了，就有点相信了。他回家问老母亲，老母亲耳背，摇头说不知。但他还是不放心，于是决定亲自来做一个实验，试一试陈凤。这日下午，茶铺上喝茶的人少，王胖子叫老母亲帮他看铺子，自己一个人跑回家去。他蹑手蹑脚地来到自家后门厨房外，听见陈凤迈着三寸金莲在屋内走来走去，他就用石头在下水洞口弄得咚咚地响。屋内的陈凤停止行动，只听她说："你再在那弄，老娘泼你一瓢。"就是"老娘泼你一瓢"这句话，与茶客们说得一模一样，说明她确实有野男人。王胖子怒火中烧，一脚踢开厨房门，扑上去抓住陈凤的头发就打。陈凤吓坏了，还没有反应过来，身上就挨了好几下。这王胖子可不是贺松，有的是胆量和力气，几下拳头脚尖下去，陈凤娇嫩的身躯哪受得了，疼痛得杀猪般地叫唤："打死人喽！打死人喽……"陈凤的叫唤声引来了邻居，邻居好不容易才把王胖子拉开。王胖子可从来没有这样打过老婆，陈凤哭天抢地问："你凭啥子打人？你凭啥子打人？"王胖子铁青着脸不回答。劝架的邻居也质问他为什么动手打人，王胖子索性冲着陈凤吼："你干的事你自己清楚。"陈凤哭泣着过去拉着王胖子理论："我干的啥子事呀？你当

着大家说呀！你说呀！你不说今天就要你把我打死。"面对众人，王胖子不好
意思说出口，甩开陈凤的纠缠，径直到铺子上去了。毕竟做了亏心事，在众邻
居的安慰下，陈凤哭泣了半个时辰后也就算了。

自从找算命瞎子测字后，陈善人反复在思量，到底瞎子算准没有，他总觉得瞎子的解释有点牵强附会。后来几次经过秋玉巷，陈善人看见瞎子还在那算命，一张桌子、一张凳子就是瞎子的算命摊。而且陈善人站在那里观察了半个多时辰，发现找瞎子算命的人颇多，他决定再找瞎子给他算一算。来到瞎子摊位前，陈善人一屁股坐下要求瞎子给他算命。瞎子侧耳一听声音，说道："你曾找我算过，是不是？""是呀！"陈善人一惊，问："那我找你算了啥子呢？""就是那个'天'字，你把那出头的斩断没有？"陈善人摇摇头，又点点头："还没有。""啥子意思？""一言难尽。""我再次说明，我一共只给一个人算三次，你这次又算啥子？"陈善人认为瞎子算命有点名堂："我这次不测字，让你采用其他方式，算准了，我给你一百元。""摸骨也可以啊！""那好，我看你摸骨功夫如何？"男左女右，陈善人伸出左手让瞎子摸，瞎子抖抖索索地把他的手掌、手背、手指摸了一遍，然后一个劲地摇头。陈善人问："怎么啦？""先生准备测啥子？""测官运和财运。""如果问官运，你将紫袍加身；如果问财运，你徒劳无功。""怎么回事？"瞎子双手合拢："南无阿弥陀佛。""啥子意思，信佛能化解？""天机不可泄漏。""呵！骗人，说的话简直是白说！"陈善人嘟哝了一句，扔给瞎子一百元法币走了。

陈善人要去寿佛寺找慧了。自从与玄真摊牌后，陈善人、周理润对古玉的寻找并没有进展，陈善人在盘算，是不是在这个时候玄真把宝贝传给了大徒弟慧了，慧了在瞒着他，因为按照常规，慧了是大师姐，理应是住持的接班人。慧了原姓刘，是本地人，由于年轻时家穷，婚姻又不幸，所以出家当了尼姑。陈善人与她很多年前就认识，刚开始陈善人私下里接触慧了，希望她能协助他找到古玉。可是慧了一口拒绝，认为自己是出家人，不应该出卖师傅出卖寿佛寺，更不应该涉足俗事。陈善人不死心，他通过从慧了的父母亲戚身上着手，时常在赋税、征兵等方面关照慧了的父母亲戚，加上许以丰厚的报酬，慧了才答应协助陈善人得到宝贝。哪想玄真心思缜密，这么多年不显山露水，所以他们才一直无法得手。趁慧了外出为寺内购物的机会，陈善人单独约见了她，地点就在小巷一僻静处茶馆。陈善人到达时，慧了穿着一身素服在那里等待多时。两人坐在一起边喝茶，小声地交谈。陈善人问："到底有没有古玉的消息？"慧了摇头："还没有。""你师傅一直没有对你提及此事？"慧了点点头。"将来她会不会传给你呢？""这说不清楚。""我想你还是应该抓紧一点，因为蒋总统要这件东西。""心急吃不到热豆腐，况且依现在的局势，国民党迟早要垮台，共产党就要打来了。""我不管，在共军还没有到来之前我要得到它。"慧了沉吟片刻："目前贫尼是无法了，你自己想办法吧！""你不帮我了吗？""你那么急，东西一时又得不到。""我的意思是让你加快进度。"慧了摇头道："事情难办呀！""反正我们把全部希望寄托在你身上了。""……贫尼尽力而为吧！""我等，将来寿佛寺住持迟早是你的。"

从慧了那里一无所获，陈善人并不甘心，回到陈家花园后，他便把孔红亮找来商量，看有没有其他办法。陈善人问："现在那古玉不好弄，怎么办？""我派几个人把玄真抓来，我不相信撬不开她的嘴。""你想当第二个赖山河？"孔红亮无奈地说："那怎么办呢？""看来，现在时机不成熟，不如放一放，再等段时间。""要等多久？共产党要打来了。""蒋总统那么多军队，我不相信拿共军没有办法。"孔红亮叹口气道："话是那么说，但我党国军队内部扯五扯六的不团结，迟早要败给共产党。"听了这话，陈善人很是震怒，斥问道："你是不是国民党党员？""是呀！""那你为啥长别人的志气，灭自己的威风？"孔红亮自知说话有误，忙转换话题："那个共党嫌疑人杜科，在成都受尽酷刑，就是不交代任何东西，看来共党分子骨头硬。""我原来叫你不要轻易抓人，你却不听，为了邀功请赏，现在看嘛！除了五百元奖金，啥子都没有捞着，还打草惊蛇了。""可是省上要我们完成任务报材料，共产党这么猖獗，我不可能报没有。我听说刘县长不但在找玄真想得到古玉，而且在追查前任县长罗光海的事情……他还准备攻打云顶山消灭赖山河，打死赖山河不要紧，万一他捉住了谭麻子，逼他交代与前任县长罗光海的事情，那我们不是不好办了吗？""他妈的，他处处与我们对着干。""不如除掉他。""怎么做呢？"孔红亮想了想："呵呵！现在机会来了，这次听说曾绍成为他母亲大办八十大寿，请了你吗？""没有，请了我也不会去。""听说刘县长要去……这是个机会，还可以嫁祸于曾绍成。"陈善人不解地望着孔红亮。"我的意思趁机做掉他。"陈善人摇头道："曾家寨守卫森严，一般人混不进去，不好下手。""我有主意，我们实行两套方案，一套在曾家寨内……另一套不在曾家寨，而在……"孔红亮与陈善人一阵耳语。陈善人吩咐孔红亮："千万不要露出马脚，一定做到不留痕迹。"

夏日，毗河的水涨起来了，"哗啦啦"地流向远方，岸边杨柳树叶茂盛，风声婆娑，在蓝如镜的河水中，杨柳像一位多情的少女正在梳妆打扮，长长的发辫在风中舞蹈。曾老夫人八十大寿即将来临，政府、教育、文化、商界的要员和名人几乎都要来参加，更重要的是刘县长也要来庆贺。曾家寨的人为了筹办这次寿宴，全寨人整整忙了好几天。在曾一的安排下，曾家人到处采购货品，一共杀了两头牛、十多头猪、二十多只羊，至于那些鲜货、干货就无法计算了。

上一次云顶山土匪来攻，差点寨破被抢，这次参加老夫人寿辰都是本县的达官贵人，省上也要来人。为了防止外人勾结入寨，曾一从曾家青壮年子弟中挑选六十多名，有枪支的就拿枪支，没有的就拿大刀斧头，日夜加强巡逻戒备。曾老夫人寿辰这日终于来临，曾家寨内热闹非凡，柱子上贴满红对联，院子里整齐地摆放着四十多张八仙桌。而且曾家请来了当地有名的川戏戏班，台子都搭得差不多了，下午要演川戏。参加曾老夫人寿辰的客人陆续来临。所有进曾家寨的人都要经过严格检查，不能带武器进去。所以凡是进曾家寨的人有枪或刀的都要拿出来，由曾家标号管理，离开时曾家就会归还给客人。

上午十点左右，刘仲明在张拐子的护送下骑马来到曾家寨。曾绍成迎出来抱拳施礼："贵客来临，有失远迎。"刘仲明回礼："祝贺，祝贺。"曾绍成陪着刘仲明走进客厅。进入寨门时，守卫要求张拐子交出腰中短枪。张拐子大声呵斥："我要保护县长的安全，枪不能交。"守卫争辩道："我们有专人负责安全。"张拐子骂道："狗日的，如果县长出事了，你负得起责任吗？"可是守卫坚持要求张拐子交出枪来："这是主人要求的。"两人的争吵惊动了大厅里的刘仲明，刘仲明走出来问："啥子事？"守卫回答："他不交出武器。"一旁的曾绍成解释道："今天的人很多，省上都会来人，为了安全，所以要求客人交出武器，请县长谅解。"刘仲明吩咐张拐子："来者是客，我们也要服从主人的安排和要求，你交出来就是了。"张拐子这才不情愿地交出枪。其他官员及其随从也不得不交出携带的武器。刘仲明与曾绍成回到大厅闲谈，不一会儿，有其他客人来，曾绍成忙着招呼去了。曾用刚也从省上回来了，他过来陪着刘仲明一起说话，摆龙门阵。

正午时分，寿礼仪式开始了。鞭炮轰鸣，曾张氏坐在大堂正中接受大家的祝贺，此时堂内堂外站满了人。曾一主持仪式，朗诵一阵贺语后，先是曾绍成一家向曾老夫人送上鲜花，接着是曾氏族人和客人向曾老夫人行礼。接下来，曾绍成致谢辞。开席了，十人一桌，四十多张八仙桌都被客人们围满了。跑堂的将一道道菜陆续端了上来，有猪肉、牛肉、羊肉、鱼、鸡等，是九斗碗，客家人爱办这样的宴席。喧闹阵阵，众客人大块地吃肉，大碗地喝酒，整个曾家寨洋溢着浓郁的酒菜香味。外面坐的那些都是普通客人，而曾用刚、刘仲明、汪东生等贵客则被安排在大厅雅间里就餐。酒过三巡，曾绍成起身挨个席桌敬酒，几杯酒下肚，已经醉得满脸通红，走路摇摇晃晃。大家向曾绍成道贺，他连声回礼："承蒙大家厚爱，本人在这里代表家母表示感谢。"席间一切风平浪静。吃了饭，一些客人告辞而去。刘仲明来向曾绍成辞行："县政府有事，我要回去了。"曾绍成醉醺醺地拉着刘仲明的手道："你是贵客，下午有川戏，无论如何吃了晚饭才走。"曾老夫人也坚持要留刘仲明。刘仲明担心说：

"可是吃了晚饭回去，天就快黑了。""不会，不会，现在是夏天，白天长夜晚短，况且我们晚上开席早。"曾老夫人一再说。盛情难却，刘仲明只好留下来看戏。川戏名叫《碧玉簪》。

吃过晚饭，天色已经不早了，云霞满天。川剧班晚上还要继续演节目，可刘仲明无心看戏，坚持告辞，曾绍成不好再留，刘仲明带着张拐子回县政府。两人骑马来到毗河边，晚风吹拂着毗河，霞光照射在河面，波光粼粼，周围一片静寂。摆渡的是一位中年人，霞光中，看见有人要过河，急忙把船开了过来。摆渡的问："要过河吗？"张拐子答道："是的。"摆渡的催促："快上船。"刘仲明和张拐子一前一后牵着马上了船，摆渡的划动船桨，船向对岸驶去。张拐子十分警觉，他发现上午那个开船的与现在这个开船的人面貌不一样，于是问："上午那个开船的呢？"船夫神情有点慌乱："他家临时有事，叫我顶替一下。"张拐子便没有再问了。快要到河中央了，船突然晃动起来，只听船夫一声喊："糟了，船漏水。"刘仲明和张拐子在船舱里站立不稳，不知如何是好。两匹马更是惊慌失措，乱蹬乱踢，船摇晃得更加厉害，几个来回，船翻了，刘仲明、张拐子、船夫和两匹马都落入河水中，并很快被水吞没。"救命啊！救命啊……"刘仲明大声地喊，可是周围没有人。幸好张拐子识水性，他闭紧嘴，挥舞着双手，双脚拼命乱蹬，好不容易浮上了水面。当张拐子从河水里爬上岸后，四处张望，也没看见刘仲明，那位船夫也没了踪影，识水性的两匹马游到了岸边正啃食着青青的草。河面上只余下细细的波纹，在霞光中荡漾，好像刚才什么事情也没有发生。张拐子大声呼喊："刘县长，刘县长……"可是除了流水和微风，没有刘仲明的回应和踪影。刘县长一定是被水打走了，想至此的张拐子六神无主，不知如何是好，嘴一撇哭了起来。张拐子吓坏了，没有保护好县长大人，他的责任重大，要被枪毙的。张拐子沿着河岸往下游寻找了一段距离，可是天黑了，什么也看不清楚。此时，清凉的夜风一吹，张拐子清醒了许多，无论如何得回去报个信，于是张拐子骑上马向城里飞奔而来。张拐子脑子并不笨，他回到县城后直接到自卫总队去找王从武、邱华生去了。接到张拐子的报告，邱华生焦急万分，要求王从武派人搜救。王从武马上下令："自卫队士兵全体集合，除了放哨守卫的，其余的都到毗河去救人。"

夜色中，一支队伍举着灯笼火把向毗河岸边飞奔而来。河对岸曾家寨的曾绍成得到消息，也组织了上百人赶来了。就这样二三百人打着灯笼火把，沿河呼喊寻找刘仲明，火光把毗河两岸照得通亮。有人沿着毗河寻找，有的人驾船寻找，有水性比较好的干脆跳下河去摸，可是沿着河道寻找了好几里都没有找到。王从武吩咐朱治松："去把那个摆渡的人找来。"朱治松带着几个人去找那摆渡的，可是不一会儿回来报告说："那位摆渡的不见了，全家人都不见了，村里有人说出了事情后，那人带着全家人连夜跑了。"王从武只好命令大家沿着毗河往下游继续寻找。直到天亮，有人向王从武报告："找不到刘县长。"王从武要求大家："继续找，活要见人，死要见尸。"可是找了一天，仍不见刘仲明的踪影。邱华生十分自责，认为自己应该陪同老师参加曾老夫人的寿礼的，不然就不会发生这样的事；如果老师有个三长两短，他将如何向师公师婆交代。望着滚滚的毗河水，邱华生伤心地放声痛哭起来："老师，你在哪里呀？"

陈善人是在刘仲明落水失踪后第二天早上才回到城厢的。前两天，他去成都找过女儿小英，可是找遍成都所有的大学，询问过成都的亲戚，也没有访到小英的行踪，他知道小英是故意躲着，只好失望而归。

陈善人回到家，毕竟上年纪了，加上女儿不争气，一肚子愤恨，身心十分疲惫。他想休息一下，然而下人来报贺松来访。陈善人知道有好消息，于是打起精神来见贺松。书房内，贺松喜滋滋地告诉陈善人："刘县长淹死了。"陈善人平静地问："真的死了吗？""目前下落不明，但听说他是旱鸭子，多半没希望了。""你作为副县长，县政府没有县长怎么办？""应该推选一位代理县长，可是我刚任副县长……王世成又太老了。"陈善人盯着贺松鄙夷地说道："你？""陈议长您德高望重，是新任县长不二人选。"贺松自知失言，明白陈善人的意图，连忙奉承。"你是副县长，许多事情我不好出面，你回去与王世成商量一下，然后给汪东生打招呼，做一做他们的工作，尽快把事情落实下来……今天就抓紧去做，明天上午召集县政府官员开会，推选代理县长。"等贺松走后，陈善人给省监察院的堂兄弟陈胜利修书一封，让他在成都帮自己活动，他认为刘仲明这次必死无疑，县长之职他志在必得。很快，信写成了，陈善人派人专程把这封信送往成都，并交代送信人说："你一定要把这封信亲自交给陈胜利监察委员。"

第二日上午，在贺松和王世成的召集下，县政府召开党政联席会，参加人员比较齐整，包括邱华生、曾绍成等人。会前，大家三五成群低声议论刘县长的生死下落，都认为事情很蹊跷。

开会了。贺松大声说："前日，刘县长去曾家寨参加寿宴，掉进毗河，至今下落不明，目前县政府没有人主持工作，今天把大家召集在这里就是商议如何办。"大家一片沉默。汪东生发言说："根据党中央文件规定，在非常时期，可以推选代理县长，人选由县党部推荐。我们经过党委会研究，一致同意推选陈善人为代理县长。大家意见如何？"汪东生话音刚落，邱华生站起来反对："刘县长并没有死，你们不能轻易更换县长。"贺松说："你说刘县长没有死，那你把他找来喽？"曾绍成站起来："刘县长是上级委派的，有省政府和专员的任命，如今虽然下落不明，但也见不到他的尸体，此事重大应该向温江专区何开平专员报告，你们这样急着推选代理县长，不合法。"孔红亮大声反对："什么合法不合法？先推选出来，然后报告上去不迟。刘县长是因为参加你曾家寨举办的寿宴而落水的，你们有没有责任？警察局正要调查此事。"曾绍成脸色通红，气愤地一拍桌子："有何证据？饭可以乱吃，话不能乱说。""如果将来刘县长回来了，怎么办？"邱华生站起来支持曾绍成。周理润蛮横地吼道："我以中央代表身份推荐陈善人为代理县长。"贺松、王世成等人同声附和。那么多人支持陈善人，邱华生感觉势单力薄，绝望地望着王从武，希望得到他支持，然而王从武坐在那儿一言不发。经过一番激烈的争吵，陈善人最终当上了代理县长。当从县政府出来后，在回武庙的途中，邱华生责备王从武说："好歹你和老师是校友，你为啥子不说话，为啥子不支持我们呢？"王从武若有所思地回答："你看当前形势，他们势在必得，是争不赢他们的。"邱华生着急地问："那怎么办呢？"王从武思虑良久："关键是尽快把刘县长找回来。"

落水后，刘仲明感觉到自己一会儿在波涛汹涌的大海里游啊游，使出浑身力气也游不出大海；一会掉进冰窖里，冻得直哆嗦；一会儿浑身发热，像是在女人温润的怀抱里。待完全恢复知觉，刘仲明发现自己一丝不挂地躺在一间屋子的床上，他还听见屋子里有人在走动，是一个年轻女子，再仔细一看，原来是巧儿。巧儿看刘仲明醒来了，高兴地嚷道："醒了？你终于醒了。"刘仲明翻身想起来，可是周身疼痛，不能动弹，吃力地问："这是哪儿？""这是我家呀！""我怎么到这儿了呢？""是我和爹爹把你从水中救起来的，你已经昏迷两天两夜了。"他这才想起在曾家寨参加曾张氏的寿辰回归途中船沉毗河的事来。原来，黄昏时分，巧儿驾着她爹的船到毗河缓流处撒网捕鱼，发现河面上有一个东西漂在水面上，像一个人。巧儿借着霞光，将船划近一看原来是刘仲明，她急忙叫来爹爹，父女俩一起把刘仲明打捞上船。那时，刘仲明周身冰冷。巧儿哭着问父亲："他还有救吗？"李达昌摸了摸刘仲明的心窝，安慰女儿说："还有些气息，还有救。"巧儿这才转悲为喜，父女俩一同把刘仲明背回家。此时，刘仲明看自己全身赤裸，不好意思地问："是谁给我换的衣服呢？"巧儿脸一红："是我爹……我把你的衣服洗了。""你爹呢？""在河边摆渡……你饿了吧！我去给你熬一碗粥。"刘仲明确实觉得有点饿，肚子"咕咕"地响，但他周身软绵绵的，一点也没有力气，只好静静地躺着，屋外传来"砰砰"声，是巧儿在给他生火熬粥。不一会儿，巧儿端进一碗粥来，刘仲明想坐起来，可是没力气。巧儿放下碗过来帮助刘仲明坐起来，刘仲明想自己吃，可是巧儿不让，她要一勺一勺地喂他。刘仲明感激地望着巧儿，吃了一碗粥，感觉好多了。下午，李达昌回来了，看见刘县长醒来，十分高兴。刘仲明感谢救命之恩。"是巧儿发现了你，你也救过巧儿，算扯平了，呵呵！"刘仲明向巧儿道谢救命之恩。巧儿脸通红，嗫嚅着说："希望……你尽快……好起来。""发生啥子事了？你怎么掉进河里了呢？"李达昌问。刘仲明把经过述说了一遍。"事情看来有点蹊跷，幸好是夏天，要是冬季水冷，你就没有那么好的运气了……好了，你要好好休息几天，不要随便走动。"说完李达昌出去了，只听他在外面吩咐巧儿："要好好照顾刘县长。""我知道，爹。""他现在身子虚，你做些鱼汤给他补一补。"巧儿轻轻一笑："你就放心吧！"

　　杜科被捕，特务和警察在城厢城中到处搜查禁书和阅读禁书的人，好长一段时间，金堂县地下党小组的工作处于瘫痪状态。邱华生与陈才川经过一番商议，决定由陈才川出面联络其他党员，将地下党工作尽快开展起来。这天晚上，党小组在陈才川家中举行秘密会议。昏暗的灯光映照着每一个人的脸，大家都知道杜书记出事了，个个心情十分沉重。邱华生用低沉的语气说："杜书记把支部书记职位临时交给我，但我认为我还年轻，经验不足，今天我们选举一位支部书记出来，带领大家革命。"彭涛反对说："邱华生同志，你太谦虚了，你是大学生，而且是县长的学生、县自卫总队的副队长，组织需要你，杜书记信任你，你带领大家开展工作最好不过了。我提议，就让邱华生同志担任支部书记……来，大家举手表决。"彭涛率先举起手来，其他人也跟着举起了手。邱华生看着同志们期望的眼神，沉默了一会儿，说："既然大家这样信任我，那我就暂时代理。目前，我已经把杜书记的情况报告给上级组织了，希望上级组织设法营救杜书记。我们以后主要采取单线联系，而且大家随时做好准备转移的工作，一些秘密文件该销毁的立即销毁，不要给敌人留下证据。现在我们县政府工作发生了很大变化，刘县长落水失踪后，陈善人当上了代理县长，但省上和专区还没有批下来，听说是省人事室压下来了。""活不见人，死不见尸，那刘县长究竟到哪里去了呢？""目前，我们自卫总队正派人四处寻找，你们也帮助寻找。"曾传秀道："我爹调查过了，真正的摆渡人姓赵，当天没有去摆渡，是另有人顶替他去的，而那姓赵的摆渡人全家失踪了。现有的证据显示，有人要暗害刘县长。""那是谁做的呢？"大家很疑惑。彭涛分析说："根据目前的情势，陈善人这么急着当代理县长，初步估计就是陈善人、周理润、孔红亮那一伙人干的。""他们太黑心了，这样的事情都能做得出来！"邱华生愤愤不平地说。"邱书记，你要注意，他们接下来肯定就要对付你。"陈才川善意地提醒说。"我不会怕他们，不会向他们低头的。"邱华生神情十分坚定。彭涛说："曾传秀同志，陈善人当上了代理县长，肯定对我们不利，在金堂你父亲德高望重，唯有他可以与陈善人抗衡，现在交给你一项重要任务，就是把你爹争取过来，有困难吗？""可以，没问题。"曾传秀当即表示。邱华生提醒道："曾传秀同志，记住，不能轻易暴露你的身份。"

偷心贼，你让我心潮起伏。

第二十七章

何家公馆内，小鸟在窗前的树上兴奋地鸣叫，花坛的棋盘花、状元红散发出阵阵芳香， 香味交织在一起，侵袭着小楼。何友琴正在小楼窗前读书，书名叫《金堂记事》，是一位本地作者写的。书中一则有关金堂西门五贤坊的传说引起她的注意，文笔虽然粗糙，但故事还挺幽默。

相传西门外有一陈姓大户，陈家儿子与尤家小姐有婚约，谁知陈少爷新婚不久就得急病死了。之后尤氏小姐并未改嫁，尽心侍奉公婆， 直至二老相继离世，还抱养了一位同族陈氏儿子。经过尤氏调教，养子聪明伶俐，勤奋努力，二十多岁就考中进士。不仅如此， 养子娶妻后， 给尤氏生了五个孙子，这五个孙子长大都成了朝廷命官， 尤氏高兴得合不拢嘴，这一笑却笑断了气。当地官府将此事上报朝廷， 皇帝看了奏章，连声赞叹： 尤家一奇女， 陈氏老太君。当即降旨让尤氏凤冠霞帔入葬，并建五贤坊表彰她的节操。然而就在给牌坊上宝顶时， 工匠们始终上不去， 只好停工。人们议论纷纷， 都说尤氏肯定是做了什么缺德事，致使宝顶上不去。为此，陈家的儿孙十分羞愧。当晚，尤氏养子做了一个梦， 梦见母亲在梦中给他说："儿呀！ 妈一辈子没有做过缺德事， 就是有一回看到公鸡踩蛋笑了一下。"天明，尤氏养子把梦境讲给家人听，家人当作笑话，没有在意。谁料此刻，只听外面工匠拍手吆喝："对了，宝顶上起了。"

读到此，何友琴禁不住轻轻笑了，但笑得凝重，想到自己的身世，不由轻叹一声。这时，丫鬟小丽气喘吁吁地进来说："小姐，听说……刘县长到曾家寨去参加寿宴，回来的途中……在毗河落水淹死了。""啪"的一声，何友琴手中的书滑落在地上，那书在地上翻腾了几下，就像一只折了翅的鸽子斜躺在那儿了。何友琴吃惊地瞪着眼问："真的吗？""全县城的人都知道了，而且陈思远陈老爷已经被选为代理县长了，可是……""可是啥子呀？"何友琴颤声问。"刘县长的尸体没找着。"何友琴灰暗的眼神有了些许光亮。回想起与刘仲明参加咏荷诗社、游桃花山、开办女子师范学校等那些事情，何友琴吃不香睡不好，魂不守舍，有意无意地冲着下人发无名火。第三天一大早，何友琴起了床，梳洗完毕后，平静地对丫鬟小丽说："我要出去逛街。"小丽问："要不要我陪小姐去呢？""不用，我这几日十分烦闷，想一个人出去走一走。"何友琴出了家门，直接出南门向毗河而来，原来她要亲自到毗河边去找一找，看能否找到刘仲明的踪迹。

夏日的早晨阳光灿烂，耀人眼目，路上行人来来往往，路两边的庄稼迎着阳光往上蹿，川西平原一片生机盎然。何友琴并不识路，一路走一路问。来到刘仲明出事的毗河边，只见河面波光粼粼，河水清清凉凉，打着旋向远方流淌着，根本不见刘仲明的踪影。何友琴顺着毗河向下游寻找，哪怕最后一丝希望，她都要亲自寻找一番。走了几个时辰，已经是下午了，何友琴来到河边一茅屋前，又渴又累，她想找口水喝，于是上前敲门："有人吗？""谁呀？"屋内一位年轻女子应道。"过路的，口渴了，想找一口水喝。"门"吱呀"一声打开了，一位俊俏的姑娘出现在门口。原来是巧儿，但她与何友琴并不认识。"姑娘，打扰了，找口水喝。"巧儿上下打量她一番："进来吧！"何友琴走进茅屋。屋里墙壁裂痕纵横，家具简陋陈旧，这是一个十分贫穷的家庭。巧儿说："喝生水不好，家里也没有温水壶，等一下，我给你烧开水吧！""好的，谢谢。"巧儿开始生火烧水。何友琴在一条凳子上坐了下来，看见旁边箩筐里放着几双针线精细、纹饰优美的鞋垫，问："这是你绣的？""是的。"巧儿回答。"不错，真是心灵手巧。"躺在里屋床上休息的刘仲明听出了何友琴的声音，大声喊道："何友琴，何友琴。"何友琴一听声音很熟悉，好像是刘仲明，赶紧放下手中的鞋垫奔到床前一看，果然是刘仲明，何友琴喜极而泣："刘哥，你还活着？""是呀！是巧儿和她爹救了我。"两人激动地双手握在一起，像久别重逢的亲人。这时在一旁的巧儿看他们亲昵的情形，咳嗽了两声，两人不好意思地松开了手。巧儿鼻子"哼哼"，醋意十足地说："你们关系好得很嘛？"刘仲明把巧儿介绍给何友琴："就是她和她爹救了我。"何友琴微笑着对巧儿道："谢谢您，巧儿姑娘。"巧儿一撇嘴说："刘县长也救过我。"何友琴有点不明白。刘仲明解释说："她就是蜈蚣案的新娘。"接着刘仲明讲述了落水的经过。"现在他们说你死了，已经推选出了代理县长。"何友琴说。刘仲明惊诧地问："他们动作太快了吧！谁当上了代理县长？""我表哥陈思远。"刘仲明沉思了一会儿问："邱华生呢？""我不知道。""他也许还是自卫总队的副队长，你回去给他说我在这里，而且让他保密。""这样子妥不妥当？""放心，邱副队长是我的学生，我很了解他。""可是，我想留在这里照顾你。""用不着，有巧儿照顾我。"巧儿急忙接过话头："有我照顾，用不着你操心。"喝了巧儿烧的水，何友琴依依不舍地回了县城。

巧儿坚持要送何友琴一程，两个女人一路沉默，巧儿突然问："你是单身吗？""是的，十多年前，丈夫在成都做生意被人杀死了。""你和刘县长挺般配的。"何友琴顿时满脸通红："我们仅仅是朋友。""不是那样子吧？我看你们关系不一般，不然你会专程来找他？""一言难尽，你好好照顾刘县长，让他身体尽快恢复过来。""为啥子一言难尽？""你年轻还不知道，感情之事一时说不清道不明……"

月光淡淡，穿过窗户映照在墙上，如梦如幻。油灯下，巧儿魂不守舍地为刘仲明做鞋垫。刘仲明轻轻地走到她的背后，沉静地看着巧儿的一举一动。巧儿转身发现了他，起身扶住他坐下，嗔怪道："你身体还没有完全恢复，怎么不在床上休息呢？""好多了，谢谢你这几天来对我的关心和照顾。"巧儿腼腆地回答："没啥子，只要你身体好起来，我就高兴。"隔了一会儿，巧儿幽幽地道："听说你目前是单身？""是啊！我妻子四年前得病去世了。""你和那位何女士是挺般配的一对嘛。""我们仅仅是朋友。""我看不是朋友那么简单。"巧儿话语中带有醋味。沉默好一会儿,巧儿翻了一下鞋垫,瞟了刘仲明一眼,叹口气道:"人家是大家闺秀,又那么漂亮,而我是船家女""不要想多了,你还年轻。"巧儿用牙咬断手中的线:"来,试一试,我 给你做了一双鞋垫,看合不合脚。""谢谢,谢谢。"说着刘仲明脱下鞋试穿了一下,尺寸刚好合适。"过一段时间,我再给你做一双鞋……""咚,咚……"这时外面有人敲门,敲门声打破了夜晚的宁静。"谁?"在外屋的李达昌问。外面的人应道:"我,邱华生。"李达昌迅速地打开门,邱华生闪了进来, 邱华生与刘仲明双手紧紧握在一起。邱华生委屈的眼泪掉了下来:"老师,我以为您出事了……"刘仲明安慰道:"我没事的。"两人坐下来谈话。刘仲明问:"现在县政府情况如何?""十分危急,那陈思远当上了代理县长后,千方百计在县政府安插自己的亲信,而且要求王从武交出自卫总队的兵权。""王队长交了吗?""没有,他说为了稳住局面,等一段时间,等上级对金堂县长的任命下来后再交。""上级任命下来了吗?""没有, 而且事情很蹊跷,据调查,那个摆渡的船夫失踪了,全家人都不见了。""难道有人想害我?""有可能, 根据掌握的线索,我估计是陈思远、周理润他们,现在他们说是曾绍成害的你,孔红亮正在调查。""简直是胡扯,诬陷!""目前怎么办呢?老师。""我认为值得依靠的是王从武, 目前最要紧的是恢复我的县长职务,你去找他谈一谈,关键时刻他要支持我。"

当上了代理县长后,陈善人认为自己还名不正言不顺,于是向温江专区何开平专员打了一个报告,希望省政府和专区尽快批复下来。然而迟迟没有回音,本家兄弟省监察委员陈胜利在省上活动也没有结果。县政府办公室,周理润来找陈善人。周理润拱手道:"恭喜大哥,祝贺大哥,终于如愿以偿。""多谢多谢,今后多支持。"陈善人满面春风。周理润压低声音:"我认为你当前的首要任务是拿下玄真老尼,叫她交出古玉'凤龙虎熊座'。""可是我是代理的,还没有正式任命。""那重要吗?关键是你现在能够行使县长职权, 现在不用过期作废。""好吧!那我们把孔局长叫上。"经过一番筹划,陈善人和周理润、孔红亮带着一大批警察来到寿佛寺。

午后的寿佛寺在强烈阳光的照射下十分刺眼，寺内的树木耷拉着脑袋，没有生机。此时由于没有香客来往，寺内一片沉静。佛堂上，香烛缭绕，玄真正在与众弟子谈经论佛，十几名警察凶神恶煞地闯进来把尼姑们控制住，并赶出佛堂，只留下玄真一人。玄真知道来者不善，不慌不忙地站起身大声斥道："阿弥陀佛，你们想干啥子？"孔红亮提高声音说："叫陈县长，你还不知道陈议长当上了县长？"玄真问："原来那位刘县长呢？""掉进毗河淹死了。"孔红亮幸灾乐祸地回答。陈善人神情严肃地问："玄真师父，今天有事与你谈一谈。""谈啥子事呢？""就是那个古玉'凤龙虎熊座'到底在哪里？"她双手一合："阿弥陀佛，贫尼说过无数遍了，贫尼没有你说的那样东西。"周理润在一旁厉声呵斥："是蒋总统要的，你敢私藏？""贫尼还是那句话，贫尼不知道什么蒋总统，只知道如来佛祖。"周理润顿时气得满脸通红，起身作势要打玄真，却被陈善人制止。陈善人耐心地解释："玄真师父，现在我是县长了，今天我是代表金堂县政府来与你谈话的，我认为你私自保存古玉是很危险的，你看上次赖山河来寿佛寺抢劫杀人，是多么危险的事。你不如交给我们政府，由政府来保管，让大家来瞻仰。"玄真干脆就微闭双眼不理睬陈善人等人了，因为她在城厢生活了这么多年，早听说他们的品行了。陈善人恼羞成怒，下令："把她捆绑起来。"两名警察过来把玄真绑起来，拴在柱子上，玄真并没有反抗，神情很淡定。陈善人警告玄真："我给你一天的时间，如果明天这个时间你再不交出古玉，我就将你烧死。""啥子罪名？"玄真睁开双眼质问。陈善人回答："通共。""阿弥陀佛，欲加之罪，何患无辞？""很简单的道理，你不把古玉交给国民政府，你想把它交给共产党吗？"玄真不吱声。"你还是好好想一想吧！"陈善人起身离开，并吩咐孔红亮："留下一些人把玄真等人看管起来，并把大门关上，以防万一。"

　　夜幕笼罩着寿佛寺，雾蒙蒙的，没有一丝月光，风儿吹拂，寺内冰凉、沉闷。寺内隐隐约约传出伤心的啜泣声，知道师傅明日要被烧死，那些女弟子十分着急，可是他们也被拿大枪的警察看管起来，虽担心师傅的安危却毫无办法，几位女弟子禁不住哭泣起来。玄真被绑在柱子上，低着头一动不动。看管玄真的警察李扯火不放心，上前推了推她的身体，玄真扬起头来："阿弥陀佛。"李扯火骂道："还有气儿呵！老子以为你死了，明日我们无法交差。"夜逐渐又静下来了。寺外传来几声清脆的鸟叫，玄真动了动，扬起头看了看寺外，接着，又传来一阵鸟声。原来是张老头在呼唤她，看来张老头得知了消息，想来搭救她。"叽叽喳喳……"鸟叫声传来一阵又一阵，玄真侧耳听着，一直没有回复。过了很久，外面没有了声息。

第二日，城厢的天空阴沉沉的，没有日头，好像老天都知道有事要发生。陈善人、周理润、孔红亮带着一批警察大摇大摆往寿佛寺而来，并且还带着一桶汽油。他们那阵势有点吓人，几只狗跟在他们的屁股后面吠叫着，酒鬼张老头也鬼鬼祟祟跟在后面。陈善人这帮人这次是真的下狠心要逼迫玄真老尼交出"凤龙虎熊座"，否则就打算把她一把火点了。陈善人等人一进寿佛寺，把那些尼姑吓得不行，有的哭了起来。警察搬来一把椅子让陈善人坐在玄真面前，开始了谈判。一些群众想进来观看，却被警察堵在门外。陈善人傲慢地问玄真："你想好了没有？"玄真平静地回答："啥子想好了没有？""不要装糊涂，是交出国宝'凤龙虎熊座'，还是要命？""我早说过这儿没有啥子国宝，只有菩萨活佛。"陈善人站起来指着玄真骂道："你知道吗？最好识相点，我说话算数，信不信我一把火把你点了。""豺狼，毒蛇。"玄真骂道。陈善人气急败坏地下令："来啊！把她烧了。"一名警察上前把汽油往玄真身上泼洒。顿时，一股浓烈的令人恶心的汽油味在空气中弥漫开来。玄真连声骂道："你们这帮无耻之徒，必遭天谴。"陈善人道："骂吧！尽管骂，我在金堂弄死你如同掐死一只蚂蚁。"此时的玄真一心把自己交给佛，微闭着双目不再说话了。

陈善人转过头来问玄真那些女弟子："你们知道'凤龙虎熊座'在哪里吗？你们只要交出来我就免你师傅不死。"可是那些尼姑都摇头说不知，并哀求陈善人放过师傅。陈善人指着玄真一挥手："把她点了吧！我不相信把寿佛寺翻个底朝天还找不出那宝贝。"一名警察正准备点燃汽油。这时，外面传来声势浩大的抗议声，只见几百名金堂中学的学生在曾传秀带领下举着"草菅人命""无法无天"等标语将寿佛寺围了起来，抗议声震天动地。孔红亮急忙指挥警察驱赶学生，学生们也不甘示弱，上前与警察发生了抓扯，夹杂在人群中的张老头也趁机起哄，场面一片混乱。正在这时，曾绍成推开学生走进寺内，对陈善人等人呵斥道："你们要干啥子？"孔红亮拦住曾绍成大声说："走开，我们在调查案件，与你无关。"曾绍成并不畏惧孔红亮，推开孔红亮的手，冲到陈善人面前质问："陈善人，你说一说你们是不是在逼迫人家交出古玉？""古玉本来就是国民政府的，我在行使县长的职权。"陈善人辩解道。"你们这样大动干戈，草菅人命，是不是另有目的？"曾绍成反唇相讥。周理润过来大声说："本会长是国大代表，我可以作证，这是蒋总统要的东西。"曾绍成一摊手问："请拿出蒋总统的手令来，让大家看一看。""这东西是你们能看的吗？"周理润面露讥讽。"但是，你们至少也得拿出具有说服力的证据。"陈善人向孔红亮一使脸色，孔红亮大声说："本局长在这里宣布，曾绍成涉嫌谋害前任县长刘仲明，现将其拘押。"两名警察过来要控制曾绍成，曾绍成极力挣扎，其他学生看他们要抓捕自己的校长，都推开警察往寺内冲来，场面瞬间失去控制。

"住手！"一声断喝，只看见刘仲明、朱治松、邱华生带着数十名全副武装的自卫队员冲进寿佛寺，将在场的官员和警察团团包围了起来。原来，刘仲明得知陈善人等人为了得到"凤龙虎熊座"准备烧死玄真的消息，与邱华生经过一番策划，在王从武支持下，决定采取行动不能让他们得逞。刘仲明指着警察下令："缴了他们的枪。"看着刘仲明突然出现，陈善人等人顿时吓得六神无主，手足无措。自卫队军士上前把在场的警察的枪缴了，有些警察想负隅顽抗，就被自卫队军士按翻在地。局面很快控制住了。"你们这是干啥子？"刘仲明大声问。场面十分尴尬。陈善人还是老练，站起来解释："我已是县长，正在处理公务。""你是县长，有没有专员的手令，或者上面部门的任命书呢？拿出来。"刘仲明向陈善人手一摊。陈善人脸色通红拿不出来。"既然拿不出来，我还是县长。你现在处理啥子公务，想草菅人命吗？"周理润气势汹汹地吼："我是奉蒋总统的命令来查案的。"刘仲明质问："蒋总统的手谕呢？""这点小事，蒋总统不会出手谕的，我是国大代表，我可以代表中央。""你就能代表中央？你虽然是国大代表，但只有监督权，没有决定权，既然没有蒋总统的手谕，我就不认。"陈善人示意孔红亮，意思让孔红亮指挥手下与自卫队干起来，孔红亮正要掏出手枪，邱华生上前一把按住了他的手，缴了他的械。刘仲明质问孔红亮："你带这么多部下来干啥子？"孔红亮像吃了烧萝卜，半天才吞吞吐吐说："我帮助……陈县长破案……""你这是助纣为虐，玩忽职守。"刘仲明当场宣布，"免去孔红亮的警察局长职务，由邱华生兼任。"邱华生指挥自卫队员把玄真从柱子上解救了下来。

何友琴听说刘仲明官复原职，心里十分高兴，由于他们之前在毗河岸边巧儿家中相遇，两人算是冰释前嫌了，感情又增进了一步。她想再见一见刘仲明，于是修书一封让丫鬟小丽悄悄带给刘仲明，两人相约在南街一家湖南会馆见面。

夏日阳光明媚，把古镇城厢大街小巷照得亮堂堂的。何友琴早早地来到约定的湖南会馆，此时还没有多少人，场面十分冷清，何友琴向堂倌要了一杯茶，坐在僻静处等候。不一会儿，刘仲明如约而至。刘仲明要了一杯茶，两人坐下来边喝边聊。刘仲明感激地对何友琴道："多谢你这次给邱秘书报信，要不然后果不堪设想，我不及时制止，他们要烧死玄真师傅。""这是应该的，我也看不惯表哥他们的所作所为……我不明白，他们为啥子要烧死玄真？""他们想得到古玉'凤龙虎熊座'。""'凤龙虎熊座'？这我以前听说过，也查阅过相关资料，有可能是'凤凰涅槃'传说故事中的古玉。哎！真是人心不古。"此时的何友琴才知道事情的来龙去脉。刘仲明问："我听说邱秘书与小英分手了，小英去哪儿了呢？""表哥反对小英与邱秘书来往，小英负气到成都读书去了。""以前陈议长不是同意他们来往的吗，是啥子原因又不同意了呢？""这个我不清楚。""他为啥子这样做呢？""思想顽固，不开化喽！"

这时，酒鬼张老头走了进来，一见刘仲明就要下跪行礼。刘仲明慌忙扶起了张老头："你为啥这样子？快起来，快起来。"张老头解释："我今天是来感谢县长救命之恩的。""救命之恩？"刘仲明大惑不解。"你救了玄真住持的命。""他与你有啥关系呢？""她是我夫人。""夫人？她可是尼姑，你不要损毁别人的清白。"何友琴提醒说。"我没有胡说，我们是少年夫妻。"

刘仲明问："那你们为啥分开了呢？"张老头噙着泪："都是我年轻时犯的错。"张老头讲述起以前的事。讲完后，张老头嘴里不停地念叨："都是我的错，都是我的错……"张老头疯疯癫癫地走出了茶馆。望着张老头远去的背影，刘仲明感慨不已，想不到一个乞丐竟有如此辛酸的情感故事。

陈善人等人没料到刘仲明会突然出现，还带着自卫队控制了局面，孔红亮为此丢了警察局长职位，这些完全打破了他们的计划。陈善人觉得整个事情很蹊跷，于是召集周理润和孔红亮在一家会馆商谈。陈善人叹口气道："看来，我们与刘仲明的矛盾公开化了。刘仲明确实不好对付，软硬都不吃。""我不相信，我们还搞不过那个外乡人。"孔红亮有点不服气。"可是，你不要小看他，他背后有何专员、曾绍成支持。"周理润说。"怎么办？我的警察局长职务如何弄回来？"孔红亮急切地说。"你放心，我们一定会给你弄回来的。"陈善人安慰道。周理润说："我总结这次失败的原因，是由于他们调动了自卫总队，我们主要是没有把王从武争取过来，没有掌控自卫总队。"陈善人解释说："我之前找过王从武，叫他交出兵权，可是他不干，打太极不买账。"周理润认为王从武社交很广，一直是一位摸不透的人物。陈善人安慰道："大家放心，将来有机会，我们不但要除去那姓刘的，还要让那个邱华生也滚蛋。至于王从武，是我们本地人，也是我们陈家屋里的女婿，如果把姓刘的和姓邱的收拾了，他自然会靠到我们这边来。""邱华生不是你的女婿吗？"周理润说。陈善人吼道："他不是我的女婿，我没有这样的女婿。"孔红亮突然问周理润："周会长，我有一个疑问。你说你是按照蒋总统的意思在办，可你却没有蒋总统的手令，那你至少有王实杰秘书的命令喽？当时如果你把王秘书的命令拿出来给他们看，我们也好办，你啥子都拿不出来，你是不是把我们当猴耍？""是呀！到底怎么一回事？"在陈、孔二人的一再追问下，周理润嗫嚅着回答："我只是……给王秘书提及过。"陈善人骂道："他妈的周烟灰，你耍我们呵！""狗日的，是不是你想独吞古玉？"孔红亮附和道。陈、孔二人把周烟灰狠狠地骂了一顿，三人不欢而散。

这么多人千方百计想得到古玉，玄真知道自己已经被推到了绝境，可能当初连她师祖也意料不到古玉会给寿佛寺带来这么多烦恼和灾难。如何才能消除争斗，让那些人对古玉彻底死心，不再到寿佛寺纠缠闹事呢？她认为只有把自己交给佛祖，交给大慈大悲的菩萨，让大家知晓她把秘密带到极乐世界里去，这件事才能了结。这晚，在做完功课时，玄真突然对众弟子说："你们已经知道古玉这件事情了。"众弟子好奇地问："那有没有这宝贝呢？""有。"玄真肯定地说。众弟子面面相觑，慧了脸上露出不经意的微笑。有弟子发问："它是不是寿佛菩萨的法宝呢？得到它能多子多福多寿吗？"玄真摇头道："那只是谣传，不可能有那么神奇，它仅仅是一件汉代的古玉，有可能与民间流传的'凤凰涅槃'凤公主拯救黎民百姓的故事有关。当初是祖师爷从一位掘墓人手中买过来的，她本意是想作为镇寺之物，没想到这古玉现在却成为本寺的祸害。""那您怎么不交给政府？""现在是多事之秋，社会动乱，人心叵测，交给谁才放心呢？"玄真答道，许多弟子纷纷表示认同师傅的话。一弟子说："是呀，你看土匪赖山河公然来抢劫，而且国民党和共产党正在打仗，谁胜谁负还没有结论。"另一弟子说："那些名义上的正道人士，却道貌岸然，以政府名义要求我们交出古玉，实质上是为了他们自己的私欲，我看寿佛寺今后不太平，还会有更大的风暴……"玄真道："'凤龙虎熊座'是国宝，如果我把古玉交给你们，继续将古玉留在本寺，会给你们带来更多的祸患，所以我已经把古玉送走了，没有在寿佛寺了，放置在一个很秘密的地方，这个地方谁也不知道，让将来有缘人去发现它，找到它……我本人也将会离开你们，今后你们安心修行吧。"有弟子问："师傅，你要走？离开我们，去哪儿？"玄真摇摇头道："到时你们就知道了。"众弟子随即散去，没有在意师傅的话。第二日，众弟子该做早课了，可人都到齐了，也不见玄真师傅，大家觉得事情不妙。大师姐慧了问："师傅呢？"其他师妹摇头不知。"去房内请她。"慧了说。几个女弟子来到玄真房外叫道："师傅，师傅。"房内没有应答。慧了推门，推不开，门是反锁了的。众人着急了，好不容易打开门，玄真师傅安详地低着头坐在床上一动不动。慧了一摸气息，玄真早没有呼吸。原来，玄真师傅坐化了。此时，众弟子才明白昨晚师傅话里的意思，个个禁不住号啕大哭起来。

玄真这一死，在金堂县掀起不小的风波。这天半夜，许多住在县城的人都听见天空中传来不死鸟——凤凰的鸣叫声，那声音悦耳悠长，而又惆怅凄凉。有人说："寿佛菩萨的法宝'凤龙虎熊座'显灵了，超度玄真得道成了仙，到极乐世界去了。"有人说："玄真没有看管好寿佛寺，让土匪抢劫了寿佛寺，女弟子被强奸，玷污了佛门圣地，受到寿佛菩萨严厉的惩罚，让她下地狱去了。"还有人说："玄真化作了不死鸟——凤凰，带走了人世间的仇怨与丑恶……"无论如何，古玉"凤龙虎熊座"的归宿变得更加扑朔迷离。金堂县民间有很多种传说：一种说法是玄真把古玉传给大弟子慧了，可是慧了坚决否认，她说她不知道古玉在哪里，师傅就是因为不想让古玉留在寿佛寺连累弟子才自尽的，众弟子可以作证；一种说法是玄真把古玉交给了刘县长，因为刘县长救过她的命；还有一种说法是玄真把古玉交给她的老情人酒鬼张老头，因为自从玄真去世后，酒鬼张老头在城厢神龙见首不见尾，很难找得到他的踪迹。

月夜，郊外，月光如水，静静地照着玄真的坟茔。坟前一个人影在晃动，原来是酒鬼张老头跪在那里。他自言自语地说："夫人，我一定遵从你的遗言，等局势稳定了，把古玉交给开明的新政府……而且我要为你报仇……"

第二十八章

金钱，有时候会让人失去理智。

　　清晨，空气清新，张季方像往常一样带着儿子张小明来到学校，小明今年九岁了，功课一直都很好， 一进校门就自觉地进教室读书去了。

　　操场上，有几个老师聚在一起兴奋地谈论什么。张季方好奇地上前问："你们在谈论啥子？ "那些老师告诉他， 昨晚发生了一件很离奇的事。住在学校的一位中年教师陈永明半夜里起来上厕所，路过学校旁边一处坟园，不知怎么就迷迷糊糊地走进坟园，大把大把地抓起泥土往嘴里塞，而且津津有味地吃起来。幸好另一位姓许的老师路过，听见声响，走近一看发现陈永明行为异常，便上前问： "陈老师在干啥子？ "可陈永明不理睬他，仍然吃土。许老师急了， 知道陈老师被鬼迷住了，猛抽了陈老师两耳光， 陈老师这才清醒过来，发觉自己身在坟园， 满口的泥巴， 吓得半死，赶紧吐出泥巴， 逃出坟园，回家把嘴巴洗净， 才回过神来。张季方不相信，专门到陈永明办公室找到他求证此事，陈永明目光呆滞： "是有那么一回事，我路过坟园时，有人请我吃饭， 我不知不觉就进去了。 "看样子，陈永明是跟鬼冲起了， 吓傻了，还没有清醒过来。想着此事与自己没有多大关系，张季方不再多问， 回到自己办公室，一路走一路在想， 坟园那么恼火，改日叫坟园的后代把它迁离学校远点， 免得又有意外发生。

　　中午的时候，杨冬瓜来学校找张季方喝酒，张季方不去，解释说下午有课要上，但杨冬瓜生拉活扯让张季方陪他喝一盘。原来，贺松走了， 当副县长去了，张季方并没有当上校长，一个名叫王成怀的人当上了乡长，杨冬瓜也没有当上副乡长。为此杨冬瓜心中很不平，他去县城找贺松，贺松却说想当官的话只有干拇指蘸盐一不行，当副乡长要二百个大洋。二百大洋这可不是一个小数目，比杨冬瓜一年的工资还高许多。在一家酒馆，张季方和杨冬瓜二人点了几样小菜和一壶酒，坐在一起摆龙门阵。几杯酒下肚，杨冬瓜谈及贺松升迁的事，骂道："日妈的，贺松升了，我啥子也没有捞到，你说贺松吃了肉也让我们这些喝一点汤喽……至少也要让我做个副乡长，以前我白为他卖命了，简直是良心被狗吃了。"张季方附和道："是啊！他答应让我当校长，也没有让我当。"两人越喝越多，越喝越心里不平。突然，杨冬瓜想到弄钱的方法了，对张季方说："叔，我看你家里也是紧巴巴的，没钱用，是不是？"张季方回答："是啊！老婆娃儿都要我供。""想不想发财？""想是想，怎么做呢？"杨冬瓜压低声音："我手头有枪，有枪就有办法……我们抢。"张季方吓了一跳："抢是重罪，怎么行呢？""有周代表和贺副县长给我们顶着，况且我们不在本乡抢，你怕啥子。我听说许多乡镇护镇局的枪架子暗中都在干这个，捞了不少钱。""真的吗？你们有枪，可是我只有毛笔没有枪。""枪不成问题，这个包在我身上，过几天我送给你一把，关键是你有没有那个胆子。"张季方此时在酒精作用下胆子也壮了起来："谁说我没有胆子？""好，一言为定，我改日来找你。"

张季方本以为杨冬瓜是一句酒话，并没有放在心上，可是过了两天，杨冬瓜果真来到学校办公室找张季方。关上房门，杨冬瓜神秘兮兮地说："我给你说的那事，你考虑得怎样了？""啥子事？"张季方一时回忆不起来。"就是我们去捞一把。""喔！那件事情，我还在考虑。"杨冬瓜看张季方犹豫不决的样子："你还考虑个屁，现在兵荒马乱，这样的事情经常发生，能捞的捞，能抢的抢，要都像你这书呆子这样，一辈子是发不了财。"张季方听说"发财"二字，眼睛一下子亮了许多："我干。"杨冬瓜这才眉开眼笑："这就对了，我们是亲戚，我会照顾你的。"说着杨冬瓜从怀中掏出一个布包，层层打开，一把美国造的左轮手枪和十发子弹露了出来。虽然那手枪有些生锈了，但子弹是崭新的。看到枪，张季方像做贼一样心惊肉跳。杨冬瓜问："怎样使用，你知道吗？"张季方摇头不知。杨冬瓜示范了一下，熟练地打开弹夹，装上子弹，并解释如何开枪。杨冬瓜把枪交给张季方，要他练一遍，然而张季方说："我会做了，我会做了。"杨冬瓜坚持说："你平时要多练习枪法。""这儿不方便，以后再练习。"听罢杨冬瓜取出子弹，把枪又用布包了起来，递给张季方道："把枪收好，不要擦枪走火，后天晚上擦黑到街东口大榕树下集合。""喔！我知道了。一起去的还有其他人吗？""这个你到时就知道了。"

约定时间那天早上，出门上班时，张季方给老婆兰氏打招呼说："晚上我有可能去会朋友，很晚才会回来。"兰氏信以为真。那一天，张季方工作起来总是力不从心，心里老是想着那事。好不容易挨到天黑，他揣好枪，出了学校，磨磨蹭蹭地来到镇东边的大榕树下。可是由于来得太早，树下一个人影也没有，张季方在榕树下一块干净的石板上坐了下来。

已经初秋了，凉风阵阵，吹得张季方头顶上的榕树叶发出"飒飒"的响声。圆如瓷盘的月亮从东边升起来了，地上朦胧一片。

街口有小孩子唱：

槐树开花锣打锣，
隔壁幺姑冲祸婆；
幺舅母没良心，
吆起狗来咬我的脚；
二舅母良心坏，
把肉藏起光吃菜；
大舅母倒心肠好，
给碗开水，
紧倒说个米没了；
还是外婆把我爱，
不停给我使眼色，
腊肉藏在大白菜。

月光很白，很白，张季方觉得这是一个很理想的打劫夜晚。这时，一个人影闪了过来，紧接着又是一个，原来杨冬瓜他们来了。杨冬瓜见着张季方笑道："你来得还挺早呵！"张季方回答："谁像你们这时才来。"过了一会儿，人全到齐了，一共六个人，他们相互认识，大多是护镇局的枪架子。杨冬瓜对大家说："今晚我们的目标是玉虹乡白贯村张朝奉家，张朝奉一直在成都做生意，听说最近赚了一笔，有人看见他拉了一鸡公车东西回来。"说罢就带着人踩着月光向玉虹乡而去，一路惊起狗吠声声。张季方平生第一次做贼，心里如打水的吊桶七上八下，走起路来腿有点软，老是赶不上趟，心中在想自己此时此刻的行为是不是像学校同事陈永明钻进坟园吃土那样被鬼迷住了。杨冬瓜轻笑道："快点，真是秀才第一次出山，瞻前顾后，是不是有点虚？"张季方壮了壮胆，加快了脚步。

洁白的月光羽毛般洒在路两边，夜很静，只有那些秋虫在草丛里弹琴作乐。张季方不认识张朝奉，也不知张朝奉家住何处，跟着杨冬瓜他们行了很远的路，才听说已经到了。远远望去，张家还有灯火亮着，还有人说话，而且张家的狗也在吠叫着。杨冬瓜他们觉得时间尚早，动起手来会惊动四邻，于是决定先藏进路边的苞谷地里。地里的苞谷有一人多高，棒子已经被人掰走了，藏匿在里面很难被人发现，苞谷下面种着红薯，长势比较茂盛。风儿吹过，空气清新，苞谷叶发出"哗哗"的摩擦声响，与草丛里不停吟唱的秋虫，好像在合唱一曲秋天的歌。不知等了多久，张家的灯熄灭了，人声和狗声也没有了，一切沉沉睡去。杨冬瓜几个低声商量了一下，认为可以动手了。六个人蒙上面，只露出一双眼睛，蹑手蹑脚地潜行到张家院墙边，此时张家那条看家狗听见外面有声音，"汪汪"地叫了起来，声音清脆，在夜间回荡。来到大门前，其中一位叫黄三娃的，熟练地撬开了门闩，杨冬瓜等人持着枪冲了进去。拴在院子里的那只看家狗叫得更加凶猛，不知是谁"啪""啪"打了两枪，狗倒在地上，呻吟了两声，顿时见了阎王。枪声惊动了张朝奉一家，屋里灯光亮了，里面的人正要起来看个究竟，但门已被踹开，黑洞洞的枪口对准了张家人的头部。杨冬瓜叫来的其他人都动作熟练，而那张季方不知所措，拿枪的手都在发抖，差点把枪都瞄错了方向。张家全家三女五男一共八口人全被赶到院子里，全被突然而至的蒙面贼吓蒙了，一个小孩子大声哭泣了起来。杨冬瓜低声喝道："识相点，我们只要钱不要命。"张朝奉毕竟见多识广，神情镇定自若，只是他老婆王氏已吓得魂飞魄散，两脚发软。借着昏暗的月光，杨冬瓜声音低沉地问："谁是你们家的主人？"连问了几声，半天没有人应答。杨冬瓜急坏了，一把搂过那个小孩子，枪顶在小孩子的脑门上，提高声音："再不出来，老子就打死他。"小娃娃挣扎着哭声更大了。这时一位老年男人站了出来："我是主人，我是张朝奉，冲我来，不要伤害我的孙儿。"杨冬瓜放下孩子，孩子惊慌失措地钻进一位年轻女人的怀抱里。杨冬瓜扬起枪对准张朝奉："你家钱放在哪儿？"张朝奉咬着牙："我没有钱，我家很穷。""看你家这个样子，你哄谁？不识抬举的东西，老子灭了你的根。"杨冬瓜又快步过去抓孩子，可是王氏与她儿媳妇死命护着娃儿。杨冬瓜扬起枪："如果不给钱，他们三个一起去见阎王。"王氏抖抖索索地说："老不死的，给他们，给他们……"张朝奉长长地叹一口气，随后供出了埋钱的地点——就在一间偏屋的角落里。两名劫匪找来两把锄头，在张朝奉的指引下，掌着灯，在偏屋角落处果然挖出了四缸子银圆，大约五百块。为了尽快撤退，几个劫匪用麻布口袋装好银圆，扛着一溜烟出了张家，消失在茫茫的夜色中。

快要到五凤乡了，就在一处田埂上，六个人分起钱来。经过清点，一共五百五十块大洋，要六个人分。这钱来得太容易了，几个人心里喜滋滋的。经过商议，其余五个人分五百块大洋，一人一百块，而张季方只分了五十块。张季方问："为啥子只给我分这么一点？"黄三娃嘴一撇："你看你嘛！今晚上出了多大的力？枪都是我们给你的，不是看在杨队长的面子上，今晚根本不让你来。"张季方据理力争："这不公平，参加者平均分配，你们明显欺负人。"杨冬瓜劝道："不要吵，不要吵了，要团结。这样子，你这次少拿一点，就算枪和子弹钱，今后再平均分配。"杨冬瓜既然这么说说，两人又是亲戚，张季方便不再吱声了。接下来，杨冬瓜提议："这事我们要保密，来，大家一起发个誓。"于是，他们六个人跪下来向着月亮起誓，如果谁出卖了秘密就灭了他的全家。

月亮挂在天上， 一直沉默不语。

张季方拿着钱，揣着枪，兴冲冲地回了家，到家时已经是凌晨三点多了，老婆娃儿早睡熟了。有了钱，张季方异常兴奋，他认为老婆兰氏知道有钱这事一定高兴得不得了，于是决定直接把钱拿回家中交给老婆，给老婆一个惊喜。回到院中，张季方家狗狂叫不止，后来发现是主人，这才摇尾不吭声了。"咚，咚，咚……"张季方轻轻地敲门。兰氏被惊醒，翻身起来问："谁？""我。"张季方低声说。"怎么这时才回来， 又在外面与人打牌？"兰氏嘟嘟囔囔着起来开门。门一打开，张季方闪了进去，把一口袋钱放在桌子上， 钱袋"哐当"发出清脆的响声。黑暗中， 兰氏问："这是啥子？""这是钱呀！"兰氏一摸口袋很吃惊："怎么这么多？你打牌赢的？""不是，你先把灯点起。"兰氏把油灯点燃，屋子里顿时光明一片，张季方激动地打开口袋。油灯下，兰氏抓起那沉甸甸的大洋好奇地问："你哪来这么多钱？"张季方并没有直接回答，而是问："儿子呢？""睡着了，你到底哪来这么多钱？"兰氏望了望睡在里床上九岁的儿子继续追问。张季方这才透露： "从玉虹乡那边抢来的。""你敢抢劫？你没有那个胆量吧！"兰氏鄙夷地说。因为兰氏知道丈夫不但瘦弱， 而且生性胆小，平时连鸡都不敢杀。这时，张季方从怀里摸出一把手枪，"砰"的一声放在桌子上道："我有这个。""枪，哪来的枪？"兰氏大吃一惊。"是他们给我的。""到底是哪个？""不能告诉你， 如果告诉你， 你和娃儿就危险了。"张季方想到他们的誓言。夫妻二人没想到他们的对话被床上惊醒的儿子张小明听得清清楚楚，只是张小明没有吭声，假装睡着了。

第二天早上，张季方像往常一样带着儿子张小明来到学校上课。儿子张小明与贺成的孙子贺林平是同班同学，下课时， 两人发生矛盾，相互厮打并吵闹。张小明气势汹汹地说： "我爸爸有手枪，'砰'， 我去拿来打死你。"并用手比作枪形对着贺林平开火。贺林平回骂："我爷爷也有枪， '砰'，我拿来打死你。"也用手比作枪形对着张小明开火。张小明炫耀："我爸爸拿枪抢回来很多钱呢？我家发财喽！""我家也发财， 我家有好多好多钱。"两人就这样斗起嘴来。放学了，贺林平兴冲冲地回到家，那段时间贺成休假在家，贺林平吵着向爷爷贺成要枪。贺成好奇地问："乖孙子，你要枪干啥子？""我去抢钱。""抢啥子钱？抢钱是犯法的。"贺成禁不住哈哈大笑起来。"不犯法，不犯法，我同学张小明他爸拿枪抢了好多钱回来，他爸还在当教务主任呢！""真的吗？""真的，所以我也拿枪去抢钱，有了钱，我去买糖果吃。"贺成并没有给孙子枪，而是买了一些糖果，这才停止了孙子的吵闹。当时，他没在意孙子的话，只当作是小孩子的玩笑游戏罢了。

邱华生虽然当上了警察局长，但他很快发现警察局内部很混乱，许多警察抽大烟、赌博、贪污，平时对邱华生毕恭毕敬，安排工作表面上服从，但都是当面一套背后又是一套。邱华生设法调查谁是云顶山上土匪的内应以及前任罗县长的事，却一无所获，他隐隐感觉有一只大手在操控这一切，自己就像一只大象根本挤不进狭窄的门缝。这日，县警察局接到玉虹乡公所报案，白贯村张朝奉家被抢。邱华生命令副局长杨成斌带人去调查。

杨成斌带着一队人去了玉虹乡，经过一路追查，根据路途线索，发现这伙抢劫犯是来自五凤乡的，所以带人来到五凤乡，发出告示征求线索。贺成得知这个消息后想起了孙子的话，他认为这有可能是一条线索，于是面见杨成斌告之情况。杨成斌笑着说："这不大可能吧！老师会去抢劫？""其实我也认为小孩子的话不太可信。"杨成斌有点发愁："可是目前没有线索，怎么回去交差？"他转身对手下说，"宁可相信有，不可相信无。去，把那张季方抓起来，押回县局慢慢审问。"两名警察当即来到学校将张季方带走。

杨成斌回到县警察局向局长邱华生报告抓到了嫌疑犯张季方，邱华生立马提审张季方。审讯室内，张季方戴着手铐端坐在一张凳子上。经历过一次抢劫后，张季方胆子也大起来，一直保持镇定自若。邱华生盯着张季方说："张主任，我提醒你，你是老师，为人师表，应该说实话，说真话。"张季方听了脸色很难看。邱华生继续问："你是不是抢劫了玉虹乡张朝奉家，抢了多少钱？你是不是家里有枪，枪藏在哪里？"然而张季方根本不招供。邱华生没有耐心了，命令手下："给他用刑。"两名警察上前把张季方架起来拷打。张季方是一位教书先生，哪经得如此折腾，连声道："我交代，我交代。"邱华生叫人把张季方放下来，张季方交代了抢劫张朝奉家的经过。邱华生问："你们几个人，同伙是谁？""这个我就不能说了。""为啥子不能说？"他沉默。邱华生继续追问。"我们发了毒誓，如果说了，他们会杀了我全家。""呵呵！他们是吓唬你的。""不，他们说到做到。"旁边的杨成斌笑道："你太迂腐了吧，现在你们只能各顾各了，只要你交代了，我们会保护你的家人。"但张季方摇头表示不相信，坚持不招供同伙。"那么你们一共几个人？"邱华生转问道。"一共六个。""你的枪和抢的钱在哪里？""枪和钱在家中柜子里。这件事与我老婆娃儿无关，请你们不要抓他们。"邱华生立马命令杨成斌带几名警察去五凤乡搜查张季方的家。很快，杨成斌从张季方家中搜出了那支手枪和赃物，并把他的婆娘兰氏押来接受审讯。来到县警察局，兰氏吓得半死，如实交代："我只知道钱是他抢来的，可是不知他与谁一起去的，他没有给我说。"邱华生让张季方与兰氏当面对质。张季方说："与她无关，她确实不知同伙是谁。"兰氏看丈夫受过刑，流着泪劝丈夫道："你招了吧！免得挨打。""你婆娘家懂啥子，如果我招了，不但我要死，而且你和娃儿都要死。""为啥子呢？""他们说了的如果我泄密就要杀死你和娃儿，灭全家。"兰氏听了这话，也十分害怕。邱华生安慰道："你如果招了其他同伙，我们减免你的刑罚，至于你的家属，我们可以把他们保护起来。"张季方摇头："你以为我是瓜娃子？我不可能说的，不可能。"接下来，任凭怎样拷打，张季方就是不招供其他同伙是谁。此时天色已晚，因为兰氏要回五凤乡看管娃儿，邱华生派人把兰氏护送了回去，并吩咐把张季方关押起来，准备明日继续审问。

夜晚，牢房内，那张季方本是一介书生，身体本就十分瘦弱，哪里经得起如此折腾，一直在那乱草堆上痛苦地呻吟着。天明，该吃早餐了，送饭的人打开牢房，呼唤张季方吃饭，可是张季方躺在那里一动不动，送饭人上前一摸气息，张季方早已气绝身亡了。看守人员迅速将此事报告给邱华生，邱华生感到事情变复杂了，难办了，忙赶到牢房查看究竟，张犯确实身亡。邱华生忙到县政府把情况报告给刘仲明，刘仲明感到此事重大，思虑良久说："张季方持枪抢劫证据确凿，但罪不至死，如今身亡，这是我们工作失职。现在唯一补救的措施就是给他的家属拿一些抚恤金，让她把尸体领回去埋了……至于其他同伙，要继续追查。"

第二十九章

赖山河后悔没有多派些人去，错过了机会。

　　兰氏回到五凤乡家里时已经是傍晚了，太阳落山了。那晚，她通夜没有睡好觉，　一直在想丈夫身陷囹圄如何办，他的同伙到底是谁，丈夫如果坐牢，她和儿子的日子今后如何过？直到天亮，兰氏才迷迷糊糊睡了一会儿。第二日早晨，兰氏把儿子张小明送进学堂后，觉得头脑昏昏沉沉，就躺在床上小睡一会儿。中午时分，儿子要放午学了，兰氏听见外面有人在喊她，连忙从床上爬起来出门应答，原来是贺成来了。贺成告诉她："你丈夫在狱中出事了，叫你去县警察局。"兰氏很惊讶："到底怎么回事？"在兰氏的再三追问下，贺成只得告诉了她实情："你丈夫在狱中受不了刑，死了，叫你去收尸。"此消息如五雷轰顶，兰氏差点儿晕倒，流着泪问："昨日，我去看他时他不是还好好的吗？""昨晚半夜死的。""为啥子呢？""还不是他不招供抢劫的同伙。"兰氏是老实妇女，想着丈夫确实犯了法，于是叫邻居照顾一下放午学的儿子小明，自己随着贺成一路来县警察局收领丈夫的尸体。兰氏他们来到县警察局已经是下午了，兰氏看见丈夫的尸体被一块麻布遮住，像一块冰冷的石头躺在那里一动不动，忍不住大哭起来。杨成斌劝慰道："人死不能复生，这里我们给你八十块大洋，你去请一辆牛拉车，把尸体拉回五凤乡埋了吧！"兰氏抹一把泪，接过八十块大洋，出了警察局到集市上准备请一辆牛拉车来拉尸。

　　刚出警察局不远，兰氏突然听到有人在背后叫她，她回头看去，原来是贺松。贺松在五凤乡当过乡长，与张季方一起吃了几次饭，她也参加过，自然认识。贺松笑着问："兰妹子，认识我吗？"贺松比她大一些，所以叫她为"兰妹"。"认识，你是贺大爷贺乡长，贺成监察的兄弟，听说你升为副县长了？""是的，我目前在县政府任职，你丈夫的事我听说了，他死得冤呀！"兰氏大惑不解地问："为啥子呢？他自己都给我说他拿枪抢劫。"贺松看了看四周，低声道："你这话千万不要乱说，你丈夫没有经过法庭审理，还未定罪就死了，同伙也没有抓住，况且罪不至死，完全是他们屈打成招，玩忽职守，你乘机能向政府多要很多钱。"一句点醒梦中人，兰氏问道："那么我怎样做呢？""这样，我们到茶楼去好好谈一谈。"

　　两人进了街边一间茶馆，找到一处僻静地方，要了两杯茶，就开始商谈起来。贺松呷了一口茶，然后舔了舔嘴唇："我与张主任是朋友，他以前为我做了许多事，我为他的死鸣不平，所以我才帮助你。""我知道，谢谢贺大爷的大恩大德，目前我怎么做？他的尸体还运不运回去？""当然要运回去，只不过运回去后要做一些手脚。你回去拿竹筒涂黑，在他的尸体上印一些像用枪筒或鞭子拷打过的痕迹，然后请来照相师摄成照片，就拿着这些照片作为证据向成都地方法院告状，说他们玩忽职守，屈打成招，致人死亡，乘机向他们索要几百大洋。""可是，我一个妇道人家怎么敢告县政府？""你不要怕，我认识张家族氏不少人，例如张华理、张成宽、张明贵……我会给他们打招呼，叫他们支持你；而且你们五凤乡还有周理润周大爷，还有陈思远，你知道喽？""知道，我早听说过，他们是县里的大人物。""他们一个是中央代表，　一个是议长，我与他们商议过了，他们也同意支持你。"兰氏听了这番话，心中有了底气："这事全靠贺大爷你们了，事成后必有重谢。""重谢不必了，我是因为十分同情你们孤儿寡母，也为张主任死得冤而鸣不平，你今后不要向任何人谈及我今天给你说的话。""要得，要得。"兰氏与贺松分了手后，就去请了一辆牛拉车到警察局把张季方的尸体拉回五凤乡。

　　傍晚，张季方的尸体运回五凤乡后停放在张家院子里。此时，张季方的死在张家族氏和五凤学校师生中炸开了锅，他们根本不相信文文弱弱的张季方会去抢劫。第二天一大早，张家族氏和五凤乡小学师生纷纷到张季方家悼念张季方，一时间张家院子来了黑压压的一群人。不少人向兰氏询问前因后果，兰氏自然把一些情节隐瞒，把另一些情节夸大，众人听了都是义愤填膺。张明贵大声说："张季方死得冤，一个教书先生会去抢劫吗？你们相不相信？"张华理趁机起哄："欲加之罪，何患无辞，他们认为我们张家族氏好惹吗？走，我们把张季方的尸体抬到县政府鸣冤。""不可，你想冲击县政府？他们有枪有炮，我们打不赢。""那怎么办？不可能吃了亏不吭声吧！""我认为我们应该联名写请愿书，向成都地方法院告状。"在大家怂恿下，由在小学任教的一位德高望重的老秀才陈启明主笔书写状书，在场四五十个人一同签字画了押。另一方面，兰氏按照贺松吩咐的那样，暗中在张季方的尸体上烙下印记，从相馆请来照相师摄下照片，连同状书，由张华理、张成宽、张明贵等人向成都市地方法院递交上去。至于张季方的尸体，张家族人经过一番商议，认为既然已经有了证据，兰氏就用县政府给的钱买了一口棺材将张季方的尸体埋了。

刘仲明对张季方的事情一直耿耿于怀，一条人命就这样去了，是自己工作失职，而且这件事处理得太草率了，张家肯定不会善罢甘休。果不其然，这日，张拐子进来向刘仲明报告："一位自称是成都地方法院的人要求见你。"刘仲明出来迎接，来人姓钟，三十多岁，他问明刘仲明的身份后，将一张传票递过来："刘县长，五凤乡张季方的家属兰氏及张家族人将你告了，告到我们成都地方法院，你们准备应诉吧！"刘仲明看到传票就明白了是怎么一回事。等把钟法官送走后，刘仲明把邱华生叫到办公室商议对策。邱华生十分愧疚："老师，这是我工作的过错，应该由我去承担责任。""我是县长，是管理法庭的法官，有事我应该是第一责任人……不要紧，是祸躲不过，目前关键是把这个案件查个水落石出。""可是，现在没有蛛丝马迹。""不可能，既然张季方承认与其他人一起抢劫过玉虹乡张朝奉家，细节都与张朝奉提供的几乎一致，而且从他妻子兰氏口中得到印证，张季方肯定犯了法，要找出同伙就从他最近来往密切的人调查入手。看来这事我要亲自去五凤乡一趟。""我去不去呢？""你用不着去，因为牵扯到你，为了避嫌，你留在警察局吧！"

云顶山土匪山寨议事大厅，赖山河正悠闲地坐在太师椅上抽大烟，双脚横放在桌子上，流里流气的样子。现在英姑回到了他的身边，他也不用下山去寻花问柳了，成天与英姑饮酒作乐，日子过得比较滋润。一喽啰匆匆进来报告："大哥，我们在山下捉住了一个鬼头鬼脑的探子。""啥子探子？拉去毙了。""可是这个探子说有重要情报，非要见您。"赖山河吆喝道："把他给老子押上来。"不一会儿，两名喽啰把探子押了进来。这个探子二十来岁，个头较矮，一身短衣。探子气昂昂地说："我是孔红亮局长派来送信的。"此时赖山河还不知孔红亮已经免职了，他愣了一下，坐直身子，质问道："信呢？给老子拿出来。"来人脱掉鞋子，从袜子里摸出一封信递了上来。旁边的土匪看见送信人那举动，都笑出声来，认为这样的主意居然也想得出来。赖山河拿过信，但看不懂，因为他识字不多，大老粗一个。赖山河随手递给旁边的赵前："你读一读。"赵前读了一遍。内容大致是金堂县刘仲明县长到五凤乡查案，即将经过云顶山下，希望赖山河好自为之。赖山河对送信人说："枪杀县长？那是杀头大罪……他当他的县长，我当我的土匪，何必要去惹祸上身？"不过这送信人很机灵，他说："您不要置身事外，那刘县长到处筹款购买武器，可是要准备消灭你们。"赖山河想了想，觉得刘县长确实可恶，于是问："那刘县长要带几个人去？""七八个警察。"赖山河道："我知道了。"

等送信人离开后，赖山河问军师赵前："怎么办，干不干？"赵前分析道："孔局长报信给我们，让我们枪杀县长，他们的目的是借我们的手扫清他们的障碍。如果把事情搞大了，对我们不利，但目前我们确实已经掌握到刘县长正在积极筹划攻打我们的情报。"赖山河骂道："干，这是那刘县长自己茅厕里点灯——找死（屎），我也没有办法，反正我身上背了那么多桩人命案，不在乎多一桩。"赖山河唤过谭麻子说："这次刘县长只带了七八个警察，我给你二十多个人埋伏在山脚下，等刘县长从五凤乡回来后，你最好把他活捉上山，我要亲自看一看那刘县长到底是啥子样的人物。"谭麻子连连点头答应："这次我保证完成任务。"

清晨，天高气爽，白云朵朵，今天又是一个好天气。一大早，刘仲明与杨成斌带着七八位警察向五凤乡而来。到五凤乡时已经是快要吃午饭的时候了，五凤乡乡长王怀成听说刘仲明来了，急忙带着乡公所的人员前来迎接。王怀成能够当上五凤乡乡长，都是刘仲明力排众议推荐上去的。王怀成原是大同乡一位副乡长，刘仲明看他踏实肯干，为人正直，才极力推荐他。吃了一点便餐，刘仲明等人就开展调查。刘仲明吩咐杨成斌："你们两人为一组，分别到街道、学校、餐馆去调查张季方最近与谁来往。"一个时辰过去后，一组人来报："有人看见事发前几天，杨冬瓜与张季方在餐馆一起喝过酒。"刘仲明问王怀成："杨冬瓜是谁？"王怀成解释道："他是我们护镇局队长，听说他与张季方有点亲戚关系。""杨冬瓜人呢？""他家中有事，告了假。"不一会儿，又有一组来报："事发前一天，有人看见杨冬瓜去过学校找过张季方。"刘仲明马上醒悟："根据受害人提供的消息，棒老二（土匪）每人都带着枪，那么多枪只有护镇局才有。"

刘仲明又问王怀成："你们护镇局有几个人。""一共有二十多个人，不过最近有四五个人请假，只有十多个人了。""四五个人请假？一定有问题。""我也觉得奇怪，怎么最近这么多人请假。""估计是得到什么风声了。"刘仲明当即下令："去搜捕那些请假的护镇局队员，包括杨冬瓜。"乡公所的人以及从县上来的警察立马行动去抓杨冬瓜等人，可是都扑了空，那些人望风而逃，拿着枪上了云顶山。刘仲明把那些嫌疑人的近亲集中传唤到乡公所接受审问，然而许多人都是一问三不知，枪支和赃款也没有搜着。刘仲明只好命令："搜集一些有价值的口供，法院开庭时，我们递交上去，也可作为证据。"刘仲明认为，经过一番整理分析，能从时间上得出杨冬瓜与张季方等人勾结起来，深夜抢劫玉虹乡张朝奉家的事实，其他就没有了。当天下午，刘仲明要返回县城。可是乡长王怀成说："县长，天时不早了，回到县城恐怕已经是晚上了。况且要过云顶山脚下，山上有土匪，很不安全，你不如就在五凤乡住一晚上吧！"杨成斌也极力劝说。刘仲明道："不会有事的，我们来时都没有事，县政府事情多，要我回去处理。"王怀成说："那我带护镇局的枪架子护送你们过云顶山。"加上护镇局的枪架子，刘仲明一行二十多人向金堂县城进发。

夕阳已经挂在西边的山垭，霞光给大地穿上一件彩色的纱衣，几只牛羊在山坡上安详地吃着青草，一只可爱的小羊羔在风中跑来跑去，时不时欢快地叫着。刘仲明与王怀成等人说说笑笑地走在路上，突然，枪声大作，有人受伤倒地。"糟了，有土匪！"刘仲明等人连忙找地方隐蔽起来，并开枪还击。只听埋伏在山坡上的土匪大声喊话："快投降吧！你们被包围了。"根据情形，王怀成判断土匪那边并没有多少人，彼此力量相当，就对杨成斌说："他们并没有多少人，我指挥护镇局的人还击。杨局长，你带着你的人保护刘县长突围。"经过一番分工后，王怀成就指挥手下牵制敌人的火力，杨成斌带着警察保护刘仲明利用坡道沟壑突围。枪声、爆炸声不绝于耳，一些护镇局的人和警察受伤牺牲，墨一样的血淌了一地。在警察和护镇局的拼死掩护下，刘仲明终于突破包围，来到安全地带。此时，身边只有杨成斌和三名警察，其余的警察都在对峙中身亡了，杨成斌右胳膊也挂了彩，受了伤。西边天空最后一片光亮被黑夜吞没，东边的月亮冉冉升起来，远远听见枪声越来越稀落。不知王怀成那边情况如何，刘仲明很担心，为自己的一意孤行懊悔。趁着月色，刘仲明与余下的人回归县府。后来，刘仲明得知王怀成因为掩护他们壮烈牺牲，十七名护
镇局的枪架子全部遇难。

打死五凤乡的王怀成乡长，谭麻子自认为功劳不小，回到山上向赖山河请功。一见面，赖河山笑盈盈地问："把刘县长捉住了吗？"谭麻子结巴着说："没有……被他跑了，可是打死了五凤乡……的乡长王怀成。"赖山河大发雷霆，上前冲着谭麻子就是一巴掌，骂道："打死个乡长有啥用！二十多人把七八个警察都搞不定。""不，他们还有五凤乡护镇局的枪架子，一共有二十多个人，我们也有几个弟兄伤亡。"谭麻子护住脸分辩道。"五凤乡护镇局的枪架子？不是说只有七八个警察吗？难道情报有误？"赖山河狐疑地盯着谭麻子。"不只警察，还有五凤乡护镇局的人，他们一起护送刘县长回县城的。""你没有把刘县长捉住，没有完成任务。来啊！把谭麻子拉出去枪毙。"赖山河下令。谭麻子跪倒在地，不断地哀求，并向军师赵前求救。赵前替谭麻子说情："大哥，不能全怪谭兄弟，谭兄弟也不知道刘县长他们临时增加了力量。"赖山河想了想，呵斥道："死罪可免，活罪难逃，拉下去重打

三十大板。"几名喽啰过来把谭麻子拖出去受刑，谭麻子杀猪般的叫唤声在云顶山久久回荡。好半天，赖山河恨恨地说："哎，为啥子不多派一些人去呢……可惜，错过了这次机会。"

第三十章

正义在邪恶面前有时也无能为力。

　　这日，县政府门前，张拐子与廖塌鼻正在站岗值班，看见来了三位骑马的人，一位老年人，一位中年人，一位年轻人，他们自称是成都市地方法院来的法官。中年人姓肖，是领头的。肖法官问："你们县长在吗？"张拐子热情地道："在，在，请进。"三位法官进入会客室，刘仲明闻讯赶来见面。原来，他们是来调查张季方狱中暴毙案件的，肖法官分别给刘仲明介绍其他人，老年人姓黄，是名法医；年轻人姓杨，是书记员。肖法官对刘仲明讲："我们今天来调查五凤乡小学教务主任张季方狱中暴毙案的前因后果，希望你配合。""不知肖法官调查一些啥子？从哪里调查起走？""就从狱中调查起走吧！"刘仲明吩咐小赵："去，把警察局邱局长叫来。"趁工作人员去叫邱华生的当儿，刘仲明问肖法官："不知肖法官在金堂会停留多久？""大约两天，我们还会到五凤乡去调查。""你们要去五凤乡的话，要过云顶山脚下，那里有土匪，我上次经过那里，差点被土匪捉住。""有土匪我们也要去，这是我们的工作。""那我派自卫总队王队长护送你们去。"刘仲明说着拿出一些材料交给肖法官说，"这是我上次去五凤调查的材料，你们看一看，我希望你们能秉公执法。"肖法官翻阅了材料："这些开庭时，你们可以当作证据提供。"不一会儿，邱华生来到了县政府。刘仲明吩咐他："这是从成都来的肖法官，是来调查张季方的案子的，你们警察局要积极配合。"邱华生满口答应，并带着肖法官三人去监狱展开调查。

　　傍晚，在东街悦来客栈，三位法官调查回来，刚吃完饭，门前突然出现上百人，他们在孔红亮和陈逸民的带领下，手拿"草菅人命""玩忽职守"等牌子，大声高呼："以命还命！"原来，是孔红亮、贺松组织的人来故意闹事。闹事的人一面要求面见法官一面往里冲，却被堂倌挡在门外。肖法官问堂倌："他们是谁？"堂倌回答："听说是张季方的朋友亲戚，他们是来请愿的。"肖法官吩咐堂倌："我们会秉公执法，你去告诉他们让他们散了。"堂倌出去后，很快回来说："那些人非要见你们，就是不走。"肖法官只好硬着头皮走出客栈，请愿的人看见法官出来了，稍稍安静下来。肖法官大声解释："我理解你们的心情，但你们要相信法律，我们会给你们一个公正的裁决。"可是请愿的人还是不愿离去，有人大声质问："大家说，一位柔弱的教书先生敢拿枪抢劫？你们信吗？哄鬼！"其余人纷纷应和："草菅人命！玩忽职守！"请愿的人又是一阵高喊。等众人静下来后，肖法官保证说："明日，我们就要去五凤乡调查，我们保证会给死者一个公正的交代。"可是许多人还是不答应，现场一片混乱。直到王从武带着一队自卫队战士赶来，才好不容易驱散了示威人群。

虽然秋天已经来临，但川西平原的天气还有点热。一大早，灿烂的阳光照射着大地，这是很好的天气。三位法官在王从武带领的自卫队员护送下来到五凤乡，一路上平安无事。张家族人听说成都法院的人来了，纷纷聚到张季方家看热闹。兰氏一见法官，就开始一把鼻涕一把泪地哭诉。肖法官问："你丈夫当着你亲口说他用枪抢劫，拿回来了五十块大洋？""没有，他没有当着我说这话。"兰氏此时抵赖不承认了。"县警察局有笔录，你说的你丈夫当着你的面亲口说他抢了五十块大洋，而且把手枪拿出来给你看。""没有，那是他们编造的，如果我不那样招供，他们就要打我。"肖法官又问："那你同意我们开棺验尸吗？""我们不是给你们提供照片了吗？还需要开棺？这不是要惊动地下的亡魂吗？"张家族人质问。"这个是程序的问题，公事公办，上法庭时必须要。""如果不开棺呢？""如果不开棺，庭审时会对你们不利。"张家族人又提出："不能轻易惊动地下的人，你们开棺前必须放鞭炮，烧一些纸钱。""这个没问题。"大家来到张季方坟地前，经过放鞭炮，烧纸钱，然后才开棺验尸。可是事情已经过去十多天了，当自卫队员把埋在土里的张季方的棺材挖出来，打开棺材一看，尸体早已经面目全非了，而且臭气熏天，大家纷纷躲避，不敢上前。黄法医戴着口罩上前仔细把张季方的尸体翻看了一会儿，拍了一些照片，然后过来吩咐自卫队员："我已经检查完毕，把他重新埋了吧。"几个自卫队员用布块捂住鼻子，硬着头皮上前把张季方的棺材掩盖上，刨上土埋了。

　　眼看开庭时间快要到了，很多事情依然没有头绪，刘仲明担心官司打不赢，把邱华生找来说："这场官司我担心要输，请个律师？"邱华生问："证据这么充分，请啥子律师？""我在法院工作过，世道就这个样子，颠倒是非，白的变黑的多的是……为了稳妥，还是请个律师。"邱华生想了想："也好，免得我们去准备材料应诉。""哪儿去请呢？""到成都去请，我认识成都瑞联律师事务所的一位律师，是我的朋友，名叫蒲碧波。你去找他，把案情讲给他听，让他帮助我们打官司。"刘仲明说完给蒲律师写了一封信，并把瑞联律师事务所地址告诉给邱华生。邱华生回到警察局将一些材料准备好后，第二天就上成都找那位蒲律师。成都瑞联律师事务所在成都黄忠街17号，邱华生走了进去，里面有几个人正在办公。一位中年男子迎面走来问："你找谁呀？"邱华生回答："我找蒲碧波律师帮我打官司。""我就是，来，请这边坐。"男子招呼邱华生坐下。邱华生说明来意，并将刘仲明的信交给蒲律师。蒲律师看了信后说："我与刘县长是多年的朋友，我会尽力帮助他。"刘仲明在重庆当过法院推事，当时蒲律师也在重庆当律师，两人认识并结下情谊。邱华生将自己整理好的材料交给蒲碧波，他翻看了材料，很爽快地说："这个官司赢没有问题，我接了。"

　　张季方暴毙案如期在成都地方法院开审。原告张家及其代理律师出庭，被告金堂县政府刘仲明县长及其代理律师出庭。由于邱华生有事留在城厢，没有参加庭审。庭上，原被告双方激烈地辩论。被告律师指出："嫌犯张季方有持枪在玉虹乡张朝奉家抢劫的重大嫌疑，其罪行由他亲生儿子张小明供述给他人。我们已经从其家中搜查到枪支和赃物，而且张季方在警察局审讯时也承认抢劫，他还亲口对其家属兰氏说他持枪抢劫。"随即被告律师展示了枪支和五十元赃款，还有张季方和兰氏的口供和笔录。原告律师驳斥："张季方的儿子张小明才九岁，属未成年人，他的言语没有法律效力；手枪，现在只要有钱就可以买来防身，不能确定为证据；至于所谓赃款，张季方是学校教务主任，家里有五十大洋，完全可能，也不能确定为证据；至于张季方的口供和家属的笔录，原告本人证实是警察局严刑拷打、威逼利诱才取得的，这从张季方身上的伤痕就可以证实。"原告律师展示了提前拍摄的照片。接下来，肖法官宣读了法医的鉴定结果："死者张季方并不是中毒而亡，据推断乃外伤所致死亡，原告提供的照片完全具有说服力。"被告律师展示了其他证人证词："抢劫嫌犯杨冬瓜与死者多次接触，并在案发前到学校找过死者。"原告律师驳斥道："杨冬瓜与张季方是亲戚，相互往来请吃喝很正常，不能确定他们是同伙。"被告律师又拿出其他嫌犯家属的口供，从时间上得到他们一同实施了抢劫行为的结论。原告律师说："时间有可能巧合，例如他们有可能一起喝酒到深夜才回家……杨冬瓜和其他嫌犯呢？"被告律师回答："畏罪潜逃了，至今未抓捕归案。"肖法官问："你的意思是说人证根本没有了？"形势完全不利于刘仲明一方。最后，肖法官宣判："刘仲明犯渎职罪，而且在当地影响很恶劣，判处有期徒刑二年，缓期三年执行，记录在案，金堂县政府赔偿受害人家属三百大洋。"听了宣判结果，刘仲明和蒲律师一同拍案而起，大声斥责："不公正，不公正。"而那肖法官转身离去，不再听他们的辩解。刘仲明十分气愤，但又无可奈何。

出了地方法院，刘仲明问："蒲律师，你看这事怎么办？""我认为有人在中间做了手脚，操控这次庭审，可惜我们没有证据……你想上诉吗？""当然想，可是……""既然想，我们就准备上诉。"刘仲明点头道："那就劳烦您了，我现在应当如何办？""又没有免你的县长职位，你还是回金堂当县长，后面的事由我来做。"

刘仲明虽被判刑，但温江专区并没有免除他县长职务的消息很快传到城厢。第二天一大早，孔红亮和陈逸民纠集一伙人在西街政府门前四处煽动。孔红亮大声说："刘仲明是判了刑的，不配当县长，大家起来把他赶走。"其他人应和："赶走他，赶走他。"可是周围看热闹的并没有人响应。孔红亮继续嚷："刘仲明草菅人命，我们不要他当县长。"跟着孔红亮的其他人应和道："把他赶下台，把他赶下台。"不料人群中陈启华站出来吼："刘县长可是好人。"周围一些人纷纷点头："对，好县长，好县长。"双方争执了起来。看情形自己的计划要受阻，孔红亮一挥手："走，兄弟姐妹们，那刘仲明今日要从北门回来，我们去阻止他进城。"一伙人吵吵嚷嚷就向北门而去。孔红亮那伙人的一举一动被陈才川看在眼里，看来他们想对刘仲明不利，陈才川心中很着急，于是关掉店门，匆忙到北街警察局把事情告诉给邱华生。接到报告，邱华生感到事态严重，当即说："我去自卫总队找王从武队长要一些人手，你去联络彭涛他们发动民众保护刘县长。"两人分头行事。武庙内，王从武了解情况后也认为不能让他们那样做，必须制止。邱华生说："我警察局的人手不够，你自卫队派出一中队人来支援我们，如何？""没有问题。"王从武答应给邱华生一个中队。于是，邱华生带着人马迅速赶往北门。

北门外，人头攒动，喧闹声声，孔红亮和陈逸民纠集的人已经在那儿等待。陈才川、陈启华带着一伙支持刘仲明的人也赶来了，两方的人马对峙起来，周围还有不少看热闹的百姓。邱华生指挥力量维持秩序，防止发生冲突。快要到正午时，刘仲明骑着马缓缓进了北门。孔红亮那方的人开始鼓噪起来，吼着口号："犯罪分子，不配当县长！犯罪分子，不配当县长！"一些人欲冲过警戒线阻止刘仲明进城，现场一度十分混乱。陈才川和陈启华用自己的身躯奋力保护刘仲明，将阻拦的人推开。"砰！"就在这关键时刻，邱华生朝天鸣了一枪："我是警察局长，谁敢动刘县长，打死不饶。"这一枪颇具震慑力，孔红亮、陈逸民等人这才安静下来，眼睁睁地看着刘仲明在邱华生的护送下，顺利进入县城。

回到县政府，刘仲明觉得应该给民众一个交代，事情是邱华生失职，即使是他的学生，该处理的也必须处理。刘仲明把邱华生叫到办公室，意味深长地说："小邱，你是我学生，我很了解你，但张季方那件事，我不得不给民众一个交代。"邱华生明白了："老师，我自动辞去警察局长一职。""那……

你今后有啥子打算呢？"邱华生知道老师是不可能让他回县政府当秘书了，但他不愿离开老师，也不愿离开城厢。刘仲明问："你愿不愿意到学校去当老师呢？""愿意，愿意。""那我给曾校长打个招呼，看他接不接纳你。"

第二日，邱华生来到办公室，刘仲明开心地告诉邱华生："我已经给曾校长说了，他很欢迎你到他们学校去工作，你去准备一下，明日他们派专人来接你。"听了这个消息，邱华生很是欣慰，回到县政府宿舍收拾自己的行装。那一夜，邱华生没有睡好，想到自己和老师来到金堂后，有人暗中作祟以致工作屡屡受阻，老师那么勤政爱民，推行新政，为百姓做了许多事情，却落得被判刑的下场；又想到小英，不知她现在情况如何；想到自己的革命事业十分艰难，全国革命形势发展迅猛，金堂革命工作必须跟上形势……直到凌晨，邱华生才迷迷糊糊睡了一会儿。

天亮了，外面的敲门声惊醒了邱华生，原来是守门的张拐子。张拐子在外面大声道："邱秘书，有人找你。"邱华生急忙穿好衣服，打开房门问："谁呀？"张拐子说："你自己去看嘛！是个女的。"邱华生好奇地来到县政府门口，只见曾传秀笑盈盈地站在那儿，身边还有两位学生。曾传秀说："邱老师，我代表金堂中学来迎接您。""用不着那么客气，谢谢。"在两位学生的帮助下，邱华生带着行装离开了县政府。金堂中学大门外，曾绍成领着一队学生早已等待多时。那些学生齐呼："欢迎，欢迎……"邱华生难为情地对身边的曾传秀说："是不是搞得太隆重了？""你这样的高材生，是难得的人才，不隆重，不隆重。"曾传秀说。曾绍成上前一把握住邱华生的手："我们知道你是清白的，是被人冤枉曲解的，你放心在这里工作吧！"

> 刘县长说："她对我有恩，知恩不报，我愧为县长。"

第三十一章

　　夜空，秋风阵阵，月亮还没有从川西平原的东边升起来，天气凉如水。突然，一团火从天空坠下，在漆黑的夜空划出一道长长的光亮，瞬间落在云顶山对面的炮台山上去了。这情景刚好被云顶山上的土匪们看见了，纷纷惊呼不已："那是星星屙屎。"军师赵前却说："这是祸事！"赖山河不以为然："怎么解释？""大哥，'落火'谐音'落祸'，老天是在叫我们搬家，搬到炮台山那边去吧！""胡扯，炮台山离我们这儿这么近，去那儿不是一样的吗？""我们上次袭击刘县长，打死王怀成，刘县长绝不会罢休，肯定要来报复，我们最好提前做好准备。""县政府那点人马，我根本没有放在眼里。"赖山河满不在乎，赵前不再说什么了。赖山河问谭麻子："最近从五凤乡来的杨冬瓜那几个混混表现得怎样？是不是真心投靠我们的？""我打听过了，杨冬瓜几个是真心的，原来他们之前到玉虹乡去抢劫，结果事情暴露了，警察到处追捕，一起去抢劫的有一个死在监狱里，其余几个跑到我们这儿来了。""抢的钱呢？""他们说没来得及带上山来。""我们这里不是养闲人的，给他们这样说，一是让他们回去把抢的钱带上山来，二是叫他们平时多下山去联络鸦片生意，你们要加强对他们的监控，防止他们反水。"

　　黄昏，秋阳晾在街两旁阁楼上，风儿吹来几片落叶，在空中打着旋，飘飘悠悠地落在青石板上，几只鸟儿飞落在屋檐上，"叽叽喳喳"地叫个不停。这段时间发生的事情太多了，刘仲明心情很不畅快，一个人在街上漫无目的地散步，他路过大南毛笔社的时候，有人在喊："刘县长，刘县长。"原来是大南毛笔社的老板陈才川在叫他。刘仲明停住脚步，转过身问："你在叫我吗？"陈才川笑着说："是的，刘县长，我想和您摆几句龙门阵。""你是？""我是这家店的老板，姓陈，名才川。"刘仲明认出了陈才川，上次在北门孔红亮等人阻拦他进城时，是陈才川与陈启华拼力保护了他。刘仲明走上前几步，拱手道："陈老板，感谢上次相助。"陈才川凑过去低声说："不必客气，我知道您是好人，您在金堂推行新政，做了不少好事，可是您是斗不过他们的。""你这话啥子意思？他们是谁？""谁在兴风作浪，您心里清楚。我在这里做了一二十年生意，你们县政府离我这不远，县政府的事我了如指掌。常言道，强龙压不过地头蛇，他们势力强大，历任县长都没有好的结果，最后都是灰溜溜地下了台。您是外乡人，在这里工作不容易，有些事情您还是睁一只眼闭一只眼。您上次掉进毗河失踪后，如果不是省人事室主任曾用刚压着，他们早得逞了。"听了陈才川的话，刘仲明沉默了一会儿，只说了一句："谢谢你的提醒。"说罢他继续向前走，没有在意陈才川的话，他觉得还有许多事情需要去做，王怀成不能白白牺牲了，他决定召开一次党政联席会议，讨论实施一些重要事情。

经过一番筹备，这日上午，会议召开，主要是县城各机关人员参加。开会了。刘仲明首先通报："五凤乡小学教务处主任张季方在狱中暴毙案，按照成都地方法院判决，已赔偿张家三百大洋，警察局长邱华生被免职，本人由于工作失职也承担了相应的责任，至于其他参与抢劫的嫌疑人杨冬瓜等人正在追捕中。在这里我要声明的是，我们在推行新政过程中有失误就要改正，有困难就要去面对……"大家一片沉默。刘仲明继续讲："由于邱华生被免去警察局长职务，警察局长职务空缺，现在大家讨论谁能胜任？"陈善人给贺松递了个眼色。贺松心领神会，当即提议："我认为原任孔红亮最合适，因为他当警察局长好多年了，一直都是尽职尽责。"贺松的提议立马得到多数人赞同。"可是，他犯了错误被免了职。"书记长汪东生帮腔道："这事我知道，他当时也是服从命令的，这不能怪他。"接着，又有几个人替孔红亮说话。"同意孔红亮继续担任警察局长的请举手。"刘仲明说。大多数人举起手来。看见这么多人支持，刘仲明知道扭不过他们，只好答应："好吧！就这样定了，让孔红亮继续担任警察局长。张季方这个案子还没有完结，杨冬瓜等人逃跑到云顶山去了，必须抓捕归案，我想目前自卫总队以及警察部队都武装得差不多了，是时候与土匪们较量一番了。"有人赞成，认为应当把这些土匪清除干净，让百姓安居乐业。有人反对，认为打仗就要花钱要有流血牺牲，不如招安。曾绍成站起来发言："那些土匪穷凶极恶，招安是不可能的，即使招了安，到时也会反水。""一定要消灭土匪，还金堂老百姓一个平安。"一旁的贺成附和。刘仲明强调："五凤乡的乡长王怀成，还有警察局的兄弟被土匪打死，我们不能让他们白白地流血牺牲。"

金堂中学大礼堂内，学生联合会在召开大会，几百名学生参加。台上，邱华生激情演讲："同学们，现在国共正在激烈地交战，双方伤亡无数，然而遭殃的是我们老百姓，工厂工人不能正常生产，农民不能正常劳动，就连我们学生都不能正常上课学习。根据我在政府的工作经历，农民负担沉重，税赋已经征到一百多年后去了，而且因为征兵，农村劳动力缺失，只余下老人妇女小孩，许多青壮年男人抓去当了壮丁。通货膨胀，货币贬值，商业垄断，层层盘剥，农民辛辛苦苦劳动一年生产出来的成果被财主、政府、军阀搜刮一空，有的全家被活活饿死……试问这是什么样的社会制度？这是什么样的政党？"同学们齐喊："反内战，反饥饿，反迫害。"等大家安静下来后，邱华生继续讲道："在场的同学都有家庭父母，都有亲戚朋友，你们看他们现在生活状况如何呢？国民党中央政府倒行逆施，黑暗腐朽，泯灭人性，遍街是特务警察，这就是社会现状……'防民之口，甚于防川'，我们迫切地需要和平、自由、民主。"同学们再次齐声呐喊："和平万岁，民主万岁！"

邱华生的演讲在曾传秀心里激起阵阵浪花，没想到他那么英俊，还那么有才华，而且组织上是自己的领导，这种感觉是敬？是爱？她心中五味杂陈。曾传秀经过一番思量，决定约邱华生一起去歌乐厅跳舞。放晚学时，曾传秀遇到邱华生从教室里走出来，快步上前打招呼："邱老师，今晚有辅导课吗？"邱华生摇头："没有。""那我们一起去歌乐厅跳舞吧！""你喜欢跳舞吗？""是的，读大学时就喜欢。正好我今晚也没有辅导课，心情很好，我们一起去跳舞吧。""好吧！我也好久没有跳过舞了。"傍晚，北街歌乐厅里，霓虹灯闪烁，音乐婉转悠扬，随着节奏，邱华生与曾传秀面对面地跳舞。曾传秀低声说："上次你在学生会上的演讲，讲得很不错，很具有鼓动性。""过奖了。"邱华生平静地回答。"许多学生在演讲后对我说，他们很敬佩你。""我们要把这些积极分子团结起来，进行战斗。""我知道，我们一起去做。"曾传秀幽幽地叹了一口气，她主动向邱华生怀里靠，身上的香水味熏得邱华生发晕，他回想起小英来，想起他们之间真挚的爱恋，不由自主地把曾传秀往远推。曾传秀轻声问："我就那么令你讨厌？""不，不是。""难道我就赶不上陈小姐。""不是，你与她不一样。""她为啥子要走呢？""她去成都读书……我不能忘记她……曾传秀同志，我们今晚不谈她，好不好？""那就谈我们俩吧！""目前你我只能谈工作方面的事，不能谈感情方面的事。"过了一会儿，曾传秀叹口气说："看到此情此景，我仿佛回到大学时代，在那时同学们可以随意一起唱歌跳舞，那是多么浪漫多么单纯啊！""是啊！可惜出来工作后没有那么多机会和时间了。"

很晚了，曾传秀才回到家，当她打开家门，见客厅的灯还亮着，曾绍成还在等她。"爹，你怎么还没有睡呢？"曾绍成笑盈盈地说："你今晚是不是与邱老师出去跳舞了？""你怎么知道？你在监视我？""我是你爹，知女莫若父。过来，今晚我们父女俩好好谈一谈。""我也很想找你谈谈呢！"说罢曾传秀走到父亲身边在一张椅子上坐了下来。"那你先说吧！"曾绍成和蔼地望着女儿，"我想请你谈一谈当今局势，有关国共方面的。""现在内战激烈，双方各有胜负，但我认为国民党最终会失败，因为他们内部不团结，而且国民政府税赋沉重，民不聊生呀！""那你有啥子打算呢？""你问我，我正想问你。""你成立学生联合会，经常开展活动，上次寿佛寺事件时还发动学生游行示威，这次邱华生在学生会上的演讲，这些我都看在眼里，我并没有阻挠你们，甚至我还是支持你们的。想当初，我在北京政法大学读书时，当时的我与你一样年轻有理想，热血沸腾，参加五四运动，拥护孙中山先生的'三民主义'，与同学们组织游行示威，与警察发生激烈冲突……""后来，我发现光我们几个学生是不行的，要教化唤醒民众，激发民众民族意识，梁启超先生说得好'少年强，则国强'，所以我回到金堂兴办教育，解放妇女，教化民众。以前，我看你经常去德新书店看书，后来德新书店老板也被抓了，书店封了，而今你又与邱老师走得很近，他们到底是啥子人啊？""他们都与你一样，是有良心、有民族大义的正义之士。""但愿如此，女儿，你是大学生，是教师，我相信你能够明辨是非，只要你认为正确之事就去做……但要保护好自己，爹爹就你这个女儿。""爹，你放心，女儿不会有事的……我这里有个要求。我希望你今后多听从我的安排。""呵呵！好，女儿长大了，懂事了。"

刘仲明要攻打云顶山的消息，很快被警察局的土匪内线传递给了云顶山。赖山河大发雷霆："刘仲明真的是吃了熊心豹子胆，敢来攻打云顶山，上次是我掉以轻心，这次叫他有来无回。"旁边的杨冬瓜讨好道："是呀！这个刘仲明确实太可恶了。""我听说那女儿渡的船夫李达昌和他女儿李巧儿对刘仲明有恩，上次刘仲明掉进毗河就是他们救的，不如把他们抓来要挟刘仲明，让他不敢轻易攻打我们。"旁边的谭麻子附和道："大哥，我也打听到上次我们到毗河抢劫时也是他们报信给县政府。""狗日的，把他们抓起来好好收拾一顿，我听说李巧儿长得不错，不如抓来让我尝尝鲜？""可是夫人那儿如何办？""瓜娃子，不让她知道就是了。"有人为赖山河帮腔。"不过那女子命硬，刚结婚就死了丈夫。"赖山河哈哈大笑："老子杀人如麻，还怕那些。"

午后的阳光和煦地照耀着毗河，风儿轻轻，波光粼粼，李达昌像往常一样划着船渡人，高兴时唱上几句：

好个歪婆娘，

恶名臭四方，

仗恃男人是保长，

周围乡邻都遭殃，

佃客粮食被搜光，

长年天天喝稀汤。

脸上擦胡豆粉，

麻子坑坑溜光光。

......

　　自从上次救了刘县长，李达昌逢人就夸耀，很快在当地就成了名人，他很是得意了一阵子。这日下午，李达昌向坐船的人滔滔不绝地摆谈他如何救刘仲明的事，殊不知危险已经向他逼近。渡口人不多，杨冬瓜带着四个人上了李达昌的船。其实，杨冬瓜他们一上船李达昌就发觉不对劲了，杨冬瓜几个是最近才上的云顶山，李达昌不认识，但其余那几个他知道是云顶山上的土匪，既然他们结伴而来，李达昌估计他们是一伙的，所以提防着他们。杨冬瓜几个人等船到了河中央，就慢慢靠近李达昌，准备一举擒拿，正要动手时，说时迟那时快，李达昌扔下船桨，一跃跳进水里。"砰，砰，砰……"杨冬瓜等人掏出枪，朝水里胡乱开了几枪，然而李达昌早已不见踪影。

　　岸边茅屋内，巧儿听见渡口有枪声，连忙奔出来看究竟，然而刚出门口就被三个身强力壮的土匪按住，巧儿刚要喊叫，嘴却被堵上。三名土匪把巧儿捆绑起来，用一个大口袋装着，横担在马上，与杨冬瓜几个汇合一处，迅速地回到云顶山。天快要黑了，当一身湿漉漉的李达昌回到自己家时，发现门敞开着，女儿巧儿不见了，李达昌四处呼喊也没有回应，李达昌明白一定是云顶山的土匪抢走了巧儿。李达昌一屁股坐在地上，大嘴一撇，禁不住哭起来。邻居过来知道了此事后，给李达昌出主意："你不是救了刘县长的命吗？快去报告县政府，找刘县长救人。"一句话点醒了李达昌，他抹一把泪，翻身起来就往县政府而来。

　　灯光下，刘仲明结束了一天的工作，正坐在自己宿舍里看书。"咚，咚，咚……"有人在急促地敲门。刘仲明打开门，只见张拐子带着李达昌走了进来。一见面，李达昌就一下子跪在地上："县长大人，快救救我女儿。"刘仲明一把扶起李达昌，问："李大哥，巧儿怎么啦？""她被云顶山的土匪抢走了。"李达昌泣不成声。又是云顶山的土匪！刘仲明顿时火冒三丈，情势危急，巧儿处于危险之中，不能让土匪这样肆意妄为。刘仲明命令张拐子："去，把王队长和孔局长叫来。"张拐子快步走了出去。刘仲明安慰李达昌："你放心，我一定会救出巧儿，你在这儿稍等，我到办公室去商议如何出兵。"

县政府办公室灯火通明，刘仲明与自卫总队和警察局的官员讨论消灭云顶山上土匪的事。大家分歧很大，认为时机不成熟。刘仲明心中明白，警察局内部有土匪的内应的话，必须尽快行动，让敌人防不胜防，让内奸来不及通风报信。刘仲明打断大家的议论："人命关天，我要连夜攻打云顶山，消灭土匪。""怎么这么快？"孔红亮吃了一惊。"他们抢走了李巧儿……兵贵神速，而且封锁消息。""就是那个船夫的女儿？""是的，她对我有恩，知恩不报我愧为县长，而且土匪们打死了王怀成乡长他们，我要替他们报仇。我仔细了解了一下，云顶山有三条路，前山有两条，后山有一条。如果打起来，那些土匪不会与我们真干，想保存实力，一定选择从后山逃跑。所以我们兵分三路，前山两路强攻，后山采取埋伏……大家现在就不回去了，在这里与我一同出兵去打仗。""可是我们兵力不够，怎么办？"有人问。"我已经给曾校长写了一封信，让曾家寨派人支援，我们现在需要研究的是如何分兵进攻。"经过一番讨论，刘仲明、朱治松带着自卫队主要兵力从前山左路进攻，孔红亮带着警察部队从前山右路进攻，王从武带着一队自卫队兵力和曾家寨的人马埋伏在后山。部队连夜进入战斗区域，天亮发起进攻。

第三十二章

猝不及防，赖山河穷途末路。

月亮的银辉洒满大地，隐隐约约能看到远处的云顶山。已经是中秋时节，天气冰冰凉凉的，云顶山慈云寺土匪的老巢里灯火通明，土匪们正在喝酒庆祝。杨冬瓜凑过来向赖山河敬酒："大哥，李巧儿那女子有点姿色，而且一定是原装货，我听说她还没有与男人交欢，她男人就中毒而亡。""是吗？那就好。老子一会儿就去，待会要是你嫂子来了，帮老子应付一下。""行，行，你放心地去吧！"赖山河几杯酒下肚就有点醉了，放下酒杯对手下说："你们慢慢喝，老子有点事。"其他人一阵哄笑："大哥有正事要办。""你们晓得个屁。"赖山河沉着一张脸，一步一个酒嗝出了堂子，往关押巧儿的房间而去。赖山河刚走没多久，英姑就来了，她没看到赖山河，问："你们大哥哪儿去了？"杨冬瓜迎上来回答："大哥有点事巡山去了，一会儿就回来，大嫂，快来与大家一起喝酒。"英姑扫视了众土匪一眼，觉得形势不对："哄鬼，这么晚了，你们在喝酒，还要他亲自去巡山？一定是又抢了良家妇女，尝鲜去了。"说着英姑转身要去寻找，杨冬瓜上前阻拦，极力解释："确实大哥有事出去了。"英姑踹了杨冬瓜一脚："爬，是你瓜娃子想的主意吧！"杨冬瓜挨了一脚，呆站在一旁，其余人一阵哄堂大笑。英姑迅速走出了堂子。

屋内，巧儿坐在床上，手脚被绑得牢实不能动弹，而且嘴巴也被堵着。此时巧儿心"怦怦"直跳，不知如何是好。只听外面一阵脚步声，门"吱呀"一声打开了，醉醺醺的赖山河走了进来，转身关上房门，向巧儿扑来。巧儿惊慌失措地躲闪，可是手脚被绑，躲闪不开，被扑倒在床上。赖山河伸手要扯巧儿的衣裤，巧儿拼命地挣扎。赖山河想与巧儿亲嘴，但巧儿的嘴上堵着布块不方便，赖山河便扯下巧儿嘴里的布块，巧儿顺势咬了赖山河的手一口。赖山河疼得直叫，骂道："老子看你有好烈。"说着扑上去打了巧儿两耳光，然后一只手解巧儿身上的绳子，另一只手扯巧儿的衣裤摸巧儿的奶子，巧儿用力反抗，用脚使劲地蹬踢赖山河，两人就在床上厮打起来。"砰！"门突然被一脚踢开，英姑怒气冲冲地走进来，看着床上赖山河狼狈的模样，愤怒地喊道："你还要糟蹋多少良家妇女才满足？""呜呜……"说着英姑大声哭泣起来。赖山河停止对巧儿的撕扯，坐在那里一副窘态。英姑过去一把拉住赖山河责问："你说，你又到哪里去抢的？"赖山河站起身蛮横地甩开英姑："老子想怎样就怎样，你管得着吗？""你他妈的没良心的，老娘为你付出那么多！"赖山河针锋相对地说："又怎样呢？男人有三妻四妾很正常呀！"英姑哭泣着跑出了房间。赖山河一脸怒气："他妈的，真扫兴。"于是锁上房门离去。赖山河并没有去找英姑，而是直接回到堂子上与众土匪继续喝酒，直到醉倒在堂子上。

　　清晨，太阳从平原东边的山岭冉冉升起，红彤彤地俯视着大地，山间云雾缭绕，早起的鸟儿在山林里兴奋地鸣叫着。"砰，砰，砰……"一阵激烈的枪声划破清晨的宁静。原来，刘仲明指挥部队开始攻山了。赖山河被枪声惊醒，一下子跳起来，不知外面发生了什么事。一位放哨的喽啰气喘吁吁地跑进来报告："县……自卫总队的人……开始……攻山了。""哪里来的人？"赖山河不敢相信地问。"县自卫总队，还有警察。""他妈的，来得这么快？给我顶住。"赖山河抄起枪冲出堂子，其余人也抄起武器跟了上来。刚出堂子，又有人来报："敌人从左右分两路来攻，怎么办？"赖山河冲赵前吼："你阻击左路，我阻击右路，给我狠狠地打，叫他们有来无回。"赵前领着一队人马匆匆而去。赖山河领着一队人马从右路扑下山来，迎头正好碰上刘仲明带的部队，双方进行激烈的枪战，互有伤亡。枪炮声、手榴弹爆炸声，在云顶山上响个不停。县自卫总队武器经过补充，战斗力比原来强了很多，加上他们这次是有备而来，打了赖山河一个措手不及，逐渐自卫总队占了上风，赖山河指挥人马边抵抗边撤退。谭麻子找到赖山河问："我们就这样与敌人硬拼下去？"赖山河晃了晃手中的枪："拼个球，想办法突围。""从哪里突围呢？"谭麻子问。"后山情况如何？""没有响动。""后山一定有埋伏，不可去。那孔红亮来的是哪路？""听说是左路，赵前那边。""我们从左路突围。"赖山河转身对杨冬瓜下令："你们顶住，掩护我们。"杨冬瓜不情愿，但命令难违，只好硬着头皮抵抗。赖山河在逃跑途中正好遇到英姑，赖山河一把拉着英姑，在喽啰的掩护下逃下山来。杨冬瓜等人看见赖山河等人逃走，心里发慌，也准备逃窜，结果来不及了，全部被自卫总队的乱枪打中，先后到阎王爷那儿报到去了。

刘仲明带着人冲进慈云寺时，寺内乱七八糟，土匪们已逃之夭夭。自卫队员在一间屋子里找到了巧儿，并把她解救出来。巧儿看见刘仲明他们，顿时转悲为喜。刘仲明一把拉住巧儿上下打量问："他们没有伤害你吧？""没有。"巧儿摇头道。"那就好。"刘仲明悬着的心终于落了地，他又问其他人："土匪哪里去了呢？"有人报告："土匪没有去后山，听说从前山左路突围去了。"刘仲明一挥手："给我追。"赖山河带着人马从左路突围，左路赵前指挥人马正与孔红亮带的警察队伍打得不可开交，赖山河来到增加了力量，可是也一时突不了围，这时后面又有人来报说："刘县长带着人马追上来了。"形势十分危急，赖山河站起来喊话："孔局长，孔局长，兄弟我是赖山河……兄弟我是赖山河……想借一条路……想借一条路。"听见赖山河的喊叫，这边孔红亮示意手下："停止攻击。"枪声稀落，警察这方停止了攻击。赖山河听见枪声停了，知道自己的喊话奏效，于是抄起枪带领人往前冲。而孔红亮手下的人没有命令不敢开枪，许多人不知如何是好。汪得顺不解地问孔红亮："我们就这样放他过去？可是，刘县长那儿如何交代？"孔红亮想了想："那只打他的手下。"枪声又响起来，一两个喽啰中枪倒地，英姑跟在赖山河背后东躲西藏，一不小心胸口中了一枪，倒在血泊里。英姑向赖山河伸出手唤："救我……"赖山河回头喊："夫人……"然而枪声激烈，英姑倒在地上扑腾了几下，咽了气，赵前、谭麻子也中枪死了，赖山河顾不上那么多了，只管自己逃命。赖山河指挥手下硬着头皮冲了出去，最后带着二十多个残兵败将落荒而逃。

不一会儿，刘仲明带人追上来，看到孔红亮的部队，刘仲明问："赖山河呢？"孔红亮指了指山下："跑了。"刘仲明很是生气："你们怎么没有堵住呢？""堵不住，那都是一些亡命之徒。"刘仲明还想说什么，可是没有说。刘仲明下令："打扫战场。"这时，埋伏在后山的王从武也上山来了，他带的部队只抓获了几名想从后山逃跑的小喽啰。这次行动只用半天时间就把云顶山上的土匪消灭了，经过清理，除土匪头子赖山河外，打死打伤土匪七十多人，缴获长枪五十多条，短枪十多支，子弹上千发，手榴弹五十多颗。刘仲明问孔红亮："找到杨瓜冬等人没有？""杨冬瓜等人被打死了。""……为了结案，把他们的尸首带回去示众吧！"

自卫总队和警察部队开拔回县城，县城百姓知道刘仲明他们大获全胜，自发地组织起来贴标语，放爆竹，夹道欢迎，小金龙龙舞队舞起了金龙，让人眼花缭乱，连箫队踩着欢快的节奏，跳起了优美的舞蹈。回到县政府，刘仲明吩咐王从武："将赵前、谭麻子、英姑、杨冬瓜等人的尸首在城门外示众，给民众一个交代。杨冬瓜、张季方等人确实犯抢劫罪，张季方狱中暴毙，杨冬瓜等人畏罪潜逃上云顶山当了土匪，罪证确凿，现在都被打死了。"刘仲明又吩咐小谢、小赵："草拟两个文件和一个布告，一个文件向温江专区、四川省政府报告我们剿灭了云顶山上的土匪；另一个文件向成都地方法院报告杨冬瓜等人犯抢劫罪，案发后，逃至云顶山当了土匪，剿灭时拒捕被击毙，同案犯张季方在狱中暴亡；布告就是向各乡镇邻县区通告，继续通缉捉拿赖山河。"

邱华生来到县政府，他得知老师带人攻打云顶山胜利后，专程来县政府向老师庆贺。刘仲明道："小邱，现在张季方一案已经清楚，张季方确系抢劫犯，你我是被冤枉的，你可以回县政府上班。"邱华生有点疑惑："他们不反对吗？""我这边需要你，虽然你不能再任警察局长了，但你可以担任秘书或自卫总队副队长，由你选。"其实，邱华生刚到金堂中学上班，教两个班的国学，在开明的曾校长的领导下，在曾传秀的帮助下，他的革命工作开展得很顺利，此时面对自己老师的请求，他犹豫了。理智告诉邱华生，为了革命，他最好能掌握武装力量。经过一再权衡，邱华生答应道："我还是担任自卫总队副队长。""好，那你尽快到王从武队长那儿去报到。"刘仲明说。

孔红亮自从官复原职，心中沾沾自喜，他认为刘仲明虽然是县长，但强龙终究压不过地头蛇，县长也有服软的时候。这晚，孔红亮应贺松邀请去赴宴，席上都是一些老熟人，如陈善人、周理润、王世成等人，个个都是酒圣，孔红亮喝多了一些，深夜才醉醺醺地独自回家。夜色朦胧，路过一个小巷子的时候，突然一个人影窜出来一把控制住了孔红亮，把他拖进小巷子。孔红亮吓了一跳，脚下一趔趄，伸手要去掏手枪。只见那个人按住了他的手，低声说："孔局长，是我。"孔红亮酒醒了大半，借着昏暗的夜色定睛一看，原来是赖山河。"你好大的胆子，还敢来找我……"孔红亮急忙又去拔手枪，可是被赖山河一双大手紧紧按住。赖山河气愤地说："老子的婆娘被你打死了，老子要为她报仇。"孔红亮顿时就软了，软着声音说："兄弟，我也是奉命行事，纯属意外。"赖山河道："那……暂时算了，但我今天找你有另外的事。""啥子事？""孔局长在城里吃香的喝辣的，而我们在乡下东躲西藏，没有钱没有武器，人马也不多，过的不是人过的日子。""我与你们没有任何关系，你们过得如何关我屁事。""你想我把我们以前的事情抖出来吗？或者我去学谭麻子向省政府告发前任县长那样告发你们？""你威胁我呵！""不是，不是，我与兄弟们确实无路可走了，才来向你求救。想找孔局长要点枪支弹药。""我到哪里去给你找枪支弹药呢？""我相信孔局长你自会有办法。""凭啥子我要给你弄？""别说那些话……七天后把武器送到康家渡，到时会有人接应你。"说完，赖山河转身消失在夜色中。"呸！老子不给你送，你把老子怎样？老子救了你，还要来找老子，真是阴魂不散。"此时的孔红亮完全清醒了，望着赖山河的背影，一口唾沫重重地啐在地上，摇摇晃晃地转身回家。

听说刘仲明带兵剿灭了云顶山的土匪，何友琴十分兴奋，好久没有见着刘仲明了，她很想见一见他，当面向他祝贺。可是，何友琴担心表哥陈善人发现并阻拦，于是她暗中写了一封信让小丽给刘仲明送去，希望见见他，地点在东街东升会馆。接到何友琴的信后，刘仲明也想见见她，于是答应赴约。刘仲明信步来到东升会馆，何友琴已在一隅等待多时。堂倌见顾客来临，上前问："客官，要一壶啥子茶？"刘仲明回答："竹叶青吧！"堂倌迅速将一壶竹叶青沏来，刘仲明与何友琴一边喝一边聊起来。何友琴上下打量了刘仲明一番："怎么，县长大人最近忙啥子？把老朋友都忘了。""呵呵，确实忙，忙征兵征粮征款。"刘仲明呷一口茶回应道。何友琴"扑哧"一笑："听说你最近很风光。"刘仲明点点头，回答："是呀！我们把云顶山上的土匪给剿灭了。""把赖山河给抓住了？""还没有，不过打死了不少土匪。""那还不算数，土匪头子都没有抓住……不过我也祝贺你，打击了土匪的嚣张气焰，他们不会像以前那样猖獗了。""说说你最近又有啥子诗作吧？""平时随便写一些东西，登不了大雅之堂。""你给我吟一首吧！""好，我就吟一首我最近创作的诗。"

何友琴吟道：

岁月无痕月光明，
闺房孤灯独影常。
思君笑语夜夜来，
扰得起身泪流长。

刘仲明心里明白何友琴在传达爱意，只是夸道："写得好。"这时，酒鬼张老头在茶楼门口探头探脑，他看见了刘仲明，径直走了过来。刘仲明笑着问："张大爷，又想给我摆金堂的故事？""不，我有很重要的事情给您讲。"张老头神秘地说。"啥子重要的事情？"张老头看了看何友琴："我想单独给您说。"刘仲明犹豫地看了看张老头。张老头恳切地望着刘仲明："请您相信我吧！"刘仲明于是与张老头走出茶馆来到街边。"啥子事？你说。"刘仲明问。"我知道寿佛寺的宝物'凤龙虎熊座'藏在哪里的。""在哪里？""就埋在寿佛寺内菩提树下，是玄真告诉我的。"刘仲明记起了张老头与玄真的事。"我以为她不会出事，想不到她会那样子……她看穿了这个世道，她说等局势稳定了，要求我将国宝交给将来开明的新政府。可我等不及了，我要交给一位正直之人，帮我完成她的心愿。""可我……你相信我吗？""您是好人，您救过她的命，也救过我，您到金堂来为百姓做了许多好事，您值得我托付……""那你呢？""我要为她报仇。""你要干啥子？你可不能采取过激行动。"然而张老头并没有多回答，转身走了，刘仲明望着张老头远去的背影，陷入了沉思。何友琴久不见刘仲明回去，走出茶馆凑了过来问："他给你说的啥子？""没说啥子，摆了几句闲话。"

第三十三章

一本《大众哲学》差点让邱华生暴露。

午后，陈善人与秀红坐在凉亭里消暑，下人端来了一些西瓜，两人慢慢地品尝着。管家陈礼才手里拿着一本《大众哲学》过来了，身后跟着丫鬟梅英。管家向陈善人报告："老爷，我们在小姐房里找到这本书，我知道它是禁书，所以拿过来让您看一看。"陈善人脸色突变，起身一把抓过书说："她看这种书？"管家辩解道："梅英说这本书不是小姐的，而是邱秘书的。"陈善人沉着脸问梅英："怎么回事？"梅英胆怯地说："那天，小姐拿着这本回来，我问是谁的，小姐说是从邱秘书那里借的。"难道邱华生果真是共党？一个念头在陈善人脑子里闪过，他不放心地问梅英："你确定这本书是从邱秘书那里借的？"梅英点点头："确定。"陈善人兴奋地站了起来，拿着那本《大众哲学》兴冲冲地走了。秀红在后面大声问："你到哪儿去？"陈善人转身回答："警察局。"

北街警察局办公室，陈善人将那本《大众哲学》放在孔红亮的面前。孔红亮问："你这是啥子意思？"陈善人喜形于色地说："我怀疑邱华生是共党分子，这是他借给小英的书，这是禁书，你是知道的。""小英回来了？亲口承认了？""没有。我现在也不知道她在成都哪里？""那怎么断定是邱华生借给她的呢？""是小英给丫鬟梅英说的。""这证据不充分。""上面不是要求对共党分子宁可错抓一千，不可放过一个吗？如果邱华生是共党分子，你负得起这个责任吗？你把邱华生抓起来审问不就行了吗？他年纪轻轻的，能受得起刑罚吗？""怎么抓？他可是县长的学生，自卫总队副队长。""管他是谁，这样，为了减少麻烦，你与汪东生书记长一起到自卫总队去抓人。"孔红亮这才答应。

武庙自卫总队，汪东生与孔红亮带着几个警察不顾卫士阻拦，气势汹汹地闯了进来。王从武闻讯出来问："汪书记长，你们有啥子事？"汪东生问："邱华生副队长呢？"跟在王从武后面的邱华生应声道："我在这儿。"汪东生宣布："邱副队长，你有共党嫌疑，请你配合调查。"邱华生镇定地问："有啥子证据？""到时你就知道了。"王从武提醒说："你们证据不充分，就不要随便抓人，如果刘县长过问的话，你们无法交代。""刘县长那我去解释。"汪东生说。孔红亮命令手下给邱华生戴上手铐，警察又在邱华生的住处搜查了一番，没有搜查到其他的证据。最后，邱华生跟着汪东生、孔红亮去了警察局。

刘仲明得知了邱华生被抓的消息，十分震惊，平时只听小邱语言上有些激进，没有发现小邱有其他不轨行为，突然出现这种事，刘仲明不敢相信，于是来警察局找孔红亮。汪东生和孔红亮两人刚好在，刘仲明问："你们凭啥子抓人？"孔红亮把证据讲给刘仲明听。刘仲明生气地说："荒谬，简直是荒谬，这就是你们说的所谓的证据吗？不是当事人证言证词，仅凭旁人之言就断定小邱读禁书，况且读禁书就是共党分子？这是啥子逻辑？这就是你们办案的方式？"一连串的质问让孔红亮一时回答不上来。汪东生接过话茬："是我叫他抓人的。刘县长，你知道，从中央到地方都要求对共产党绝不手软，宁可错抓一千，不可放过一人。"在国民党时期，县书记长主要管党务，而县长主要负责日常政务工作，所以在某些方面书记长职权还要大于县长。刘仲明说："我要求你们证据充分才能抓人。"汪东生回答："我们只是请邱副队长配合调查，如果他是清白的，还怕啥子呢？"刘仲明沉思片刻："你们不能施加刑罚。"汪东生道："那哪行？不采取非常手段怎么审？"一时之间双方僵持不下。孔红亮打圆场："刘县长，我知道邱副队长是你的学生，我们不会对他怎样的。""那好，你们啥子时候有结果？""一周时间。""我给你们一周时间，如果你们没有确凿的证据，到时必须放人，而且人要完好无损。""好吧！"孔红亮表面上答应，但他心里并不买刘仲明的账。

监狱里，阴暗潮湿，空气中散发着一种难闻的气味，许多刑具乱七八糟地摆放在桌上、地上，像吃人的獠牙。孔红亮与邱华生面对面坐着，几名凶神恶煞的打手站在一旁，仿佛孔红亮一声令下，打手们就要将邱华生生吞活剥似的。但邱华生平静对待这一切，因为他当过警察局长，见过这些场景和路数。孔红亮面带讥笑地说："邱局长……不……邱副队长，我们是同僚，为了不影响我们之间关系，我希望你如实交代，要知道如果我把你当成政治犯交到成都去，那你根本没有活路可言。"面对孔红亮的恐吓，邱华生轻蔑一笑："你要我交代啥子呢？"孔红亮拿起那本《大众哲学》问："我提醒你一下，你看看这本书是不是你的，是不是你借给小英看？"邱华生思虑良久，淡淡地回答："我从没有看见过这本书，也不知道这本书，如果你们能证明那本书是我的，请拿出证据来。"邱华生的回答让孔红亮愣住了。孔红亮脸色一沉："男子汉大丈夫，敢做就要敢承认，如果我们查出这本书是你的怎么办呢？""那你们就去查吧！""我现在明确告诉你，我们已经调查了县政府的人，还有陈家的下人，他们都说那本书是你的。""你把他们找来对质吧！"孔红亮当即传唤了鬟梅英来作证。不一会儿，梅英带到。听梅英说完前因后果，邱华生质问道："你亲眼看见我把那本书借给你家小姐的？"梅英摇头道："没有。"邱华生转过来问孔红亮："如果小英当着梅英的面说我杀了人，那你就认为我杀了人吗？"

"你不要强词夺理。"邱华生的辩解让孔红亮气急败坏，孔红亮喝令打手把邱华生绑上刑架。孔红亮举起手中的鞭子在邱华生面前晃来晃去，耀武扬威地说："邱华生，你也有今天，你原来那么嚣张，在寿佛寺竟敢缴我的枪，与老子作对，现在落在老子的手里，我们就新账旧账一起算。"邱华生鄙夷地朝他吐了一泡口水："我瞧不起你，你这是在打击报复。"孔红亮怒火中烧，挥舞着鞭子使劲地抽打，一道道伤痕刻在邱华生的身上，邱华生咬紧牙关，强忍着剧痛，拒不交代。抽打了一会儿，孔红亮有点累了，将鞭子交给手下继续施加刑罚，自己站在旁边喘气。孔红亮又叫手下施加炮烙之刑，在邱华生身上烙了几个印子。一旁的副局长杨成斌过来劝道："局长，不要弄得太凶了，如果出了问题，如何向刘县长交代？"孔红亮只得吩咐手下停止了刑罚。接下来几天，孔红亮又对邱华生进行了多次审讯，都一无所获。

一周时间到了。这日一大早，刘仲明就来到警察局接邱华生，当时汪东生也在场。孔红亮面对刘仲明，神色有点难堪。刘仲明问："你们查到证据了吗？"孔红亮摇头："还没有。"这时，邱华生一瘸一拐地走出监狱，刘仲明看见他满身伤痕，上前给了孔红亮一巴掌，骂道："你就这样让小邱配合你们调查的吗？"邱华生愤愤地说："他们纯粹是打击报复。"孔红亮捂住脸不敢吱声。一旁的汪东生为孔红亮辩解说："这是我让他那样做的，现在共党这么猖獗，我们不得不采取些非常手段，我们没有把小邱当成政治犯交到成都，就是看在他是你刘县长的学生的面子上。"刘仲明问："难道这件事就这样算了？""不，这事还要慢慢查，总有水落石出的那一天。"汪东生话中有话，意思是等找到小英，或者小英回来后继续调查。刘仲明看邱华生伤势不轻，命令孔红亮："马上把小邱送进医院检查治疗。"

经过一段时间治疗，邱华生伤势痊愈，准备回自卫总队去上班。这日晚上，刘仲明来到寝室就招呼他："走，小邱，今晚我们师徒二人又去打牙祭。"说着，刘仲明过来亲切地拉着邱华生的手走出了县政府，来到大街上。刘仲明边走边说："我请客，今晚想吃啥子，尽管说。"邱华生不好意思地说："怎么又让老师破费呢？""用不着客气，今晚我们在一起好好谈一谈……你到底想吃啥子？""吃火锅，好久没有吃火锅了。"他俩来到一家名叫"重庆火锅"的店，走了进去，里面顾客并不多。堂倌立马迎上来，笑容满面地问："客官，几个人？"刘仲明回答："就我俩。"堂倌给他们俩安排了一个比较舒适的位置。落座后，刘仲明点了一些菜，堂倌忙碌去了。不一会儿，堂倌把菜端上来了，火锅也烧沸了，两人边吃边谈。刘仲明很认真地问："小邱，那本《大众哲学》是不是你的？你从德新书店买的吗？"邱华生一愣："老师怎么突然问及此事呢？""我看你平时经常去德新书店看书买书，我担心你与杜老板有关联……那可是红线，我很为你的安危担忧。你与德新书店的杜老板到底有没有关联？"邱华生轻松一笑："那本书不是我的，德新书店的杜老板与我没有啥子关联呀！只是我以前经常去买书，所以认识杜老板。"刘仲明舒了一口气："那就好，我担心你出了事，如何向你父母交代。现在是多事之秋，时局不稳定，不该干的事你不要去干……"邱华生打断他的话："老师，你不是常说，要多做正义之事，我们不仅仅做给他人看，而且要勇往直前，只要自己心安理得。""说可以那样说，但每个人做起来却很难。"

这日，刘仲明突然接到温江专区来信，信是何开平专员写的。他打开信阅读后，脸上顿时乌云密布。

刘兄：

我知道你在金堂干得不错，很有政绩，也得罪了一些人。形势即将变化，吾将可能离职，调任其他部门，新换的专员名叫冯逸君，你做好离任的思想准备吧！

1948年7月20日

刘仲明认识冯逸君，但对冯逸君并不熟悉，只知道冯逸君靠娶了国民政府一位权贵的女儿，成了金龟婿，从此平步青云，从机关一名小职员很快升为一方大员，其实并没有多少才干。在现在这时代，根本用不着看谁有多少才华，只看谁傍的后台硬、票子多，谁就能升官发财。刘仲明知道自己在任的时间不多了，不过他并不在乎，他对这个官场和社会看透了，也知道靠自己个人的力量，很难改变。但无论如何，他在金堂要站好最后的岗，干好每一件事。不久，从温江专区果然传来消息，何开平调任省政府，冯逸君任温江专区专员。一朝天子一朝臣，新的专员上任后，自然人事上要做一番调整，专员将自己所辖县的县长换上自己的亲信，罢免不是自己人的县长，是轻而易举的事。

陈善人五十二寿辰来临，但他不想大张旗鼓地宴请客人，女儿小英至今下落不明，他心情一直很郁闷，听说共军占领了东北、华北，已经开始挥师南下，他知道打到成都是迟早的事。可是女儿小英到底在哪里？陈善人心里十分着急。陈善人心中时常咒骂不争气的女儿。但这仅仅是他个人的想法，圈子里的人认为既然寿辰来了该请客还是要请客，不能冷落大家，为了安慰陈善人，也为了表示庆贺，汪东生、周理润、贺松、孔红亮等几人拉串起来决定小聚一下，地点在"东方欲晓"酒楼。他们各自带上家属，一共坐了三桌，女的一桌，男的两桌。桌子上摆满鸡、鸭、鱼等菜肴，喝的是上好的酒水，这一桌在当时可以抵得上农民一家的年收入了。"今天是陈议长的寿辰，祝您身体健康，万事如意，我在这里借花献佛，感谢大家对本人的支持，让本人官复原职。"孔红亮举杯一饮而尽，众人同饮。谈到刘仲明，周理润很有怨气："让刘仲明一个外乡人在我们金堂颐指气使，推行啥子新政，弄得乌烟瘴气。大家说，咱们服不服气？"有几个人说道："可是我们不服气又如何呢？"陈善人敲着桌子："哎，我都五十二了，心里有个愿望至今还没有实现，悲哀呀！"不明就里的贺松问："不知啥子愿望陈议长还没有实现？"孔红亮接过话："你好瓜，当县长喽！"贺松顿时恍然大悟："这个好办，专员换了，那个何开平走了，现在是冯专员……有钱能使鬼推磨，只要愿意拿钱，事情就好办。""可是，要拿很多钱，现在时局动荡，税赋不好征收，按我们生意人的讲法划不来。"孔红亮喘着酒气凑过来问："大约要多少钱？"陈善人伸出五根手指。贺松吐了吐舌头，"五千大洋？"孔红亮转过身对大家说："兄弟伙，我们大家帮助陈议长实现他的心愿，让我们大家都扬眉吐气。""怎么帮助？""不是要钱嘛！这钱是身外之物，生不带来死不带去的。在座的各位都有些身家，出个百十来块大洋不成问题，我带头捐二百大洋。"孔红亮提议。其他人纷纷表示愿意捐赠。陈善人站起来拱手："大家的心意我领了，我本人坚决不接受捐赠，谁敢买官卖官，如果被人告发了，吃不了兜着走……大家千万别这样，听见没有？"

陈善人虽然这么说，但大家都心领神会。

这日，副县长王世成来给刘仲明汇报工作。王世成愁云满面地说："刘县长，中央禁止使用法币，从这个月起我们的薪酬改发金圆券了。"刘仲明问："改发金圆券，啥子意思？"王世成拿出一份国民党中央文件《财政经济紧急处分令》递给刘仲明。刘仲明认真阅读起来：

> ……金圆券每元法定含金0.22217厘，由中央银行发行，发行总额定为20亿元，金圆券一元折法币300万元。禁止私人持有黄金、白银、外汇。凡私人持有者，限于9月30日前收兑成金圆券，违者没收……

刘仲明问："禁止私人持有黄金、白银、外汇，他们想干啥子？"王世成叹口气说："他们是想掠夺民间财富呀！"刘仲明生气地放下文件，一拍桌子大声说："这是伤民之举，害民之举。"王世成问："如果不执行，上面要追求责任，如何办呢？"刘仲明想了想："按中央要求改发金圆券，法币、大洋可以兑换金圆券，但禁止私人持有黄金、白银、外汇这些采取稳步实施。""稳步实施？啥子意思？""就是看周边县区实施情况再说，你想，持有黄金、白银、外汇这些东西的，只有富人才有，中央之举相当于强行让他们交出来，富人手中可是有武器的，俗话说，'人为财死，鸟为食亡'，势必引起社会动荡。"王世成点头赞成："你说得对，我们要保护地方财政，否则危害严重。"

然而发行金圆券后，物价飞涨，由于金圆券贬值太快，早上的物价到了晚上就已大幅改变。市民及商人为避免损失都不想持有金圆券，交易后或发薪后所取得的金圆券，都尽快将其换成外币或实物，或干脆拒收金圆券。一些商人乘机抬高物价，囤积居奇，一石大米的价格被抬高到几千万金圆券，市场上时常发生大米面粉哄抢事件。为此，刘仲明带领自卫总队和警察到处扑"火"，维持社会治安，经常一天需要处理很多人，也抓了一些不法商人，可是仍然控制不住。刘仲明出面找商会会长周理润谈话，而周理润却跟他打太极，说自己也无能为力。

　　但王从武来报说县商办银行强行将市民的黄金、白银、外汇兑换成金圆券，许多人来县政府投诉。刘仲明说："不是说过禁止私人持有黄金、白银、外汇要稳步实施吗？王队长，你带人去把商办银行给查封了。"王从武犹豫道："商界银行是商会开办的，此举不免会引起周理润等人的反对。""不管是谁，只要扰乱经济秩序都要处罚。"王从武当即带着人去把商办银行给封了。然而陈逸民找上门来，他拿出那份中央文件在刘仲明面前一扬，气势汹汹地说："刘县长，你看一看这个，你敢违抗中央命令？你这个县长还想当不当？"刘仲明不慌不忙地回答："兑换黄金、白银、外汇是由中央银行办理的，你一个商办银行无权强行给市民兑换。"陈逸民顿时气势蔫了许多，辩解说："是中央银行委托我们办理的。"刘仲明手一伸说："有没有中央银行委托书？你拿出证据来。"然而陈逸民拿不出委托书来。刘仲明道："你拿不出来，那你们就是扰乱经济秩序，理应受罚。"陈逸民愤怒地说："你这是打击报复，我要到省上去控告。"说完气狠狠地离去。

最好的报复方式就是搞诬陷。

第三十四章

1948年9月，一转眼刘仲明担任金堂县长已经两年多了。时令已经进入秋天，田野里的玉米、稻谷、红苕等农作物已经成熟。特别是那稻谷，一穗穗金黄黄、沉甸甸的，像一张金黄的地毯延展在川西平原上。今年风调雨顺，农民收成不错。这日上午，刘仲明带着贺松、王世成等县政府官员到乡间去视察。他们一行五人，边说边笑行走在田间，看着一粒粒饱满的稻谷，还有一株株有一人多高的玉米，他们心情很愉悦。在上午的时间里，他们视察了玉虹、祥福两个乡镇，在康家渡街上吃的午饭，下午准备到姚渡、太平两个乡镇去看一看。然而刚在康家渡街上吃了午饭，刘仲明就接到办公室小谢送来的消息，温江专员派人来了，说是有重要的事情。刘仲明急忙赶回县政府接待上面来的人，温江专区来的人姓张，他从皮夹里拿出一封文件递给刘仲明："这是冯逸君专员的手令，你因消极执行中央实施金圆券的经济政策被解职了。"刘仲明接过手令解释说："县政府没有抵制金圆券发行，我们完全按照中央的政策贯彻实施的呀！""就是在贯彻不准私人拥有黄金、白银、外汇上消极怠慢，履职不到位，专区查证属实，冯专员对你的工作相当不满，所以免除你的职务。"刘仲明说："我要见冯专员。"张官员回答："这也是省上下达的命令，冯专员不会见你的。"刘仲明沉默良久，问："新任县长是谁呢？啥子时候来？我好安排交接工作事宜。"张官员又从皮夹里拿出另一张文件递给他："从现在起他就是金堂县长了。"刘仲明看了专员的手令："委任议长陈善人为金堂县长。"刘仲明明白了，问："那我今后工作如何安排呢？""冯专员说了，到省政府等待新的工作安排。"这时，早已在另外一个房间等候多时的陈善人走进房里。张官员嘱咐："你们之间做好交接。"刘仲明握住陈善人的手："恭喜，恭喜。"陈善人皮笑肉不笑地回答："同喜，同喜。"

刘仲明刚回到宿舍，邱华生就来了，他得知老师被免职，心里很着急，所以从自卫总队赶了过来探看究竟。邱华生颤着声音问："老师，你真的被免职了？""是的。"刘仲明找出专员的手令递给邱华生。邱华生接过去仔细看了看，愤愤不平地说："实施金圆券政策，弄得民不聊生，您在金堂做了那么多事，干得好好的，是您得罪了他们，这完全是他们的阴谋。""那又怎么办？只有永久的衙门，没有永久的官位。""老师，你今后何去何从呢？""我回成都，等待分配新的工作，你呢？""我还是留在金堂吧！自卫总队的工作需要我，王队长对我也不错。"邱华生已经接到上级的要求，让他掌控金堂的武装力量，举行起义，所以他不能离开金堂。"老师，你啥子时候走呢？""我行李不多，就明天吧！""今晚我为你饯行。""用不着，小邱，你收入不高，不要乱花销。""那我明天来送送你。""不要兴师动众……我不在金堂了，你要好好工作，不要让别人抓住你的把柄。""大不了我不当那个自卫总队副队长。"刘仲明拍了拍邱华生的肩："不要莽撞，你还年轻，还有大好前途。"邱华生向老师深深地鞠了一躬，含着泪离去。

邱华生刚走，王从武来了。王从武为刘仲明被免职一事感到不平。刘仲明安慰他说："我虽然离职了，但小邱要留下来，继续在你手下干事，看在我的情面上，今后还请你对他多加关照。"王从武回答："放心，我知道怎么做。""我走后，要继续推行新政，查赌禁毒、缉捕土匪等工作你要坚持做下去。"王从武摇摇头，叹口气说："许多事情不是您想象中那样的。""有困难也要做，力所能及地去做，这是我这位学长对你的忠告。"刚说上几句话，曾绍成、陈康地、贺成等人来了，他们都是来为刘仲明送行的，小小的屋子里挤满了人。贺成义愤填膺地说："我知道内情，都是陈善人他们搞阴谋诡计，太不像话了。"刘仲明说："没有证据，不能那样说，毕竟上级已经任命他为县长了，我们就得服从。"其他人纷纷表示："刘县长，你明日走时，我们为你设宴送行。""用不着，用不着，你们的心意我领了，我明日一早就走。"好不容易送走来为他送行的同僚，刘仲明静下心来梳理他到金堂工作的点点滴滴，推行新政，查赌禁毒，开办女子师范学校，建立自卫总队，清剿土匪，给老百姓做了这么多事，他问心无愧。刘仲明想到何友琴，他打心底很喜欢她，她温柔漂亮，很有才华，可是他们一直没有越过世俗的坎，没有打破礼教的束缚，不能牵手在一起。

夜晚，一轮秋月悬挂在空中，把皎洁的银辉洒向大地，草丛里的秋虫鸣叫个不停。何友琴在床上辗转反侧睡不着，因为她已经得知心上人明日就要离开城厢了，也许这一离开就是永别，她多想与心上人浪迹天涯，过着无忧无虑、自由浪漫的生活，可是她不能随着心上人而去。怎样才能传递自己的情意？她想为他作一首诗，于是何友琴披衣下床，点亮桌上的灯，铺开纸，挥笔写下一首：

月光如水，
一束一束落在窗前，
剪辑着我的思绪，
与你相识是个美丽，
时光编织了许多故事。
金刚池畔诗歌朗朗，
女子师范校内留下许多梦想，
桃花林中欢声串串，
毗河岸边留下无数牵挂，
云顶山上枪声似箭，
几多欢乐几多苦愁。

黑夜无声，
没有黎明，
与你相识是个错，

你化作一阵风，

轻轻走过我的世界，

不要那么匆忙，

不要那么沉默，

请把我的梦带走，

请把我的魂带去。

这是一首新诗，何友琴折叠好，用一信封装上，准备明天送给刘仲明。

城厢的黎明来得很早，虽然云雾笼罩着东边的天空，但始终遮不住太阳的光辉，霞光把大地照得亮晃晃的。为了不惊扰大家，刘仲明牵着马带着自己简单的行装，悄悄走出县政府大院。他以为一切没有人知道，可是他错了，刚出了西街，他发现街头站了不少民众，有大爷太婆，有年轻人，有小娃，他们都是来为刘仲明送行的，特别是陈启华、陈才川还买来了鞭炮。刘仲明一出现，人们纷纷挥手："刘县长，保重！刘县长，再见！"鞭炮轰响，有人还流下了眼泪。刘仲明发现了何友琴，向她点头挥手致意。心爱的人要离去了，何友琴泪眼婆娑，想上前去拉住他的手，不要他离开，她想与他一起走，双脚却迈不动，像被钉子钉住了一样，抖动的双唇说不出一句话来。她只有默默地举起手来，向他遥遥地招手，怀中那封信已被另一只手紧紧纂住。她感觉周围的无数双眼睛都在盯着她，她不好意思把那首诗拿出来交给刘仲明，只有远远地看着他离去，消失在城门口。

云雾缭绕，毗河在阳光的照射下，泛着粼粼波光。在巧儿茅屋前，刘仲明下了马，上前叩响柴门。"谁呀？"巧儿在屋内问。"我，刘仲明。"刘仲明回应。巧儿打开房门，惊喜地说："刘县长……您怎么来啦？""路过这里。"巧儿忙把刘仲明迎进屋内，挪来一条长板凳让他坐，并倒来了一杯热开水。刘仲明确实有点口渴，端起开水，猛喝了两口。刘仲明放下水杯问："去村里上识字班了吗？"巧儿兴奋地回答："上了，可是上了几次就没有上了。他们说没有经费，识字班开不下去了。"沉默了一会儿，刘仲明庄重地说："巧儿，我给你说一件事情。你答应我，我说的这件事你一定遵照执行。""好吧！我答应您。""我已经不是县长了，我被免职了，我要离开金堂了。"巧儿睁大眼睛，几乎喊出来："啥子，你不是县长了，那你现在是啥子？""我现在被免职了，平头百姓一个，我离开城厢之前有一件心愿未了。城厢寿佛寺有一件宝贝名叫'凤龙虎熊座'，许多人千方百计想得到它，包括原来云顶山上的土匪，寿佛寺的住持为它丢了性命。""喔！说明那宝贝值钱。""它是古玉，是国宝，就埋藏在寿佛寺内菩提树下。""我看你很善良、正直，如今我要离开金堂了，我认为那国宝应该属于金堂民众，我不应该把它带走，如今时局动荡，我现在把这件事告诉你，等将来时局稳定下来了，你再把它交给新政府。""我也跟您去……"巧儿羞涩地说。"不行，你还有你爹，我却居无定所。我吩咐你的事，一定要答应，而且轻易不要把事情告诉给别人。""你不见我爹了？""不见了，下次有机会再见，代我向他问好。"巧儿转身进屋拿出一双厚实的新布鞋，说："这是我专门为你做的，你试一下，看合不合脚？""谢谢，你太有心了。"刘仲明脱下旧鞋，穿上新鞋，尺寸大小刚好合适。刘仲明起身要走了，巧儿依依不舍地说："那你有空时可不可以回来看我们呢？""当然可以。"刘仲明穿着巧儿给他做的新鞋，打开房门走了出来，骑上马扬鞭远去，消失在漾漾的秋风中。

陈善人终于当上了县长，人生目标实现了，一身新衣坐在宽大的县长办公室那舒适的太师椅上，他摸着光洁的办公桌，特别是那具有诱惑力的刻着"金堂县政府"的大印，他翻来覆去看了好几遍，心里乐滋滋的。他觉得罗光海、刘仲明、曾绍成等人只是小菜一碟，他们都是自己坐上县长宝座的铺路石。这时，张拐子来报周理润来访。周理润一见陈善人就抱拳："恭喜，恭喜，大哥，你终于名正言顺地当上了县长。""别那么客气，都是大伙支持的……说，找我有啥子事吗？"周理润大大咧咧地坐在陈善人对面的椅子上，拿出一张电报放在陈善人的桌前："你看一看这个。"原来是蒋总统秘书王实杰发来的，电报上真真切切地写着：

理润兄：

　　……至于那古玉的事，麻烦你多操心。

王实杰

1948年9月20日

　　陈善人把那封电报一丢："这有啥子呢？刘仲明走了，玄真死了，金堂是我的天下了。"周理润小心翼翼地收起电报："这家伙大有用处呢……今天，刘仲明走时那么多人送他，而且还放了鞭炮，你听见没有？""那有啥子？还不是被我赶下了台了。"陈善人轻蔑地说。"但是，他可能知道古玉在哪儿？""可能吗？""怎么不可能，你不是说他单独见过玄真吗？""那我们如何办？""把他抓起来审问。""不可能，好歹人家是当过县长，我不是专员、省长，我没有那么大的权力。"周理润得意地说："你知道吗？有了王实杰秘书的这封信，我们现在权力大得很呢！一切都好办了。我想好了，我们告发他贪污，把他关进监狱。""哪里去找证据呢？""你现在不是县长吗？可以清查账目，随便找一个借口报告给省政府，把他给逮起来。""这样不错，还可以降低他的声望，金堂许多人意料不到他们心中的清官刘仲明县长原来是贪污犯……我们叫谁出来告发指认他呢？""要个权威一点的人物。"陈善人看了看周理润："这个人物不用找了，远在天边近在眼前。""我？不行，不行。""你是国大代表、商会会长，而且主意也是你出的。""好吧！大哥已经当上了县长，不如让我当一当议长过个瘾？""这个还不行，议长要大家选，况且那曾绍成对议长之位早已虎视眈眈，你搞得赢曾绍成吗？""那我就当青年党主席。""这个嘛！你要自己去找刁主席，让他主动让贤。""我怎么好意思去找他呢？大哥，你去给他说。""但你要把刘仲明那个事情做好。""这个你就放心，只要你找到一些证据，我就给省政府写信。"

　　周理润刚走，陈逸民来访。他将一张五百大洋的银票放在陈善人面前说："叔，我想当官，你帮我想办法。"陈善人看了看那张银票，并没有急着收起来，笑着问："你想当啥子呢？""有多大就当多大。""现在金堂县我最大，你想当我这一职吗？""你那职我哪敢当？我是说其他职位。现在商办银行被刘仲明查封了，要不，你重新开办起来，我去当经理。"陈善人摇头道："不，你回去等一等，我另有重用。"

刘仲明在东山客栈住了半个多月了，新的工作一直没有分配下来，他跑了省政府好几次，也没有结果，因为他在金堂时抵制中央金圆券经济政策，目前正处于风口浪尖，谁也不敢出面给他推荐职务。在省城住店吃饭拜会朋友开销很大，长期在这里待下去不是办法，刘仲明打算再过几天如果还没有消息，就回老家去看望父母和儿子。这日，他独自坐在茶楼一角喝茶，客栈来了三名警察，为首的警察问："谁是刘仲明？"刘仲明一脸疑惑地站起来回答："我是。"警察过来问："核实一下，你就是从金堂政府解职的刘仲明？""有啥子事吗？"为首的警察出示一张逮捕令："你被捕了。""金堂县有人告你贪污，请你到警察局接受调查。"听到这个消息，刘仲明义愤填膺，大声申辩："他们是诬蔑，他们是报复，我要控告。"刘仲明的声音惊动了在座喝茶的，都好奇地往这边张望。两名警察过来控制住了情绪激动的刘仲明。为首的警察道："走，我们到他的房间去看一看。"房间内，三名警察搜查了刘仲明的行李，结果一无所获，警察让他拿上一些衣物以备狱中用。刚要迈出客栈，客栈老板赶来问："刘先生，你的费用没有结算。""我包袱里还有几块大洋，其他东西我托人来处理。"

出了东山客栈，刘仲明坐上了警察的车，汽车把他送到宁夏街监狱，这里也是关政治犯的地方。戴着镣铐的刘仲明被警察推进了一间牢房，牢房大约只有十平方米，里面阴暗潮湿，冷冰冰的。刘仲明环顾四周：牢房里面已经关着五个人了，他们衣衫褴褛，蓬头垢面，好久没有洗过澡了，都戴着沉重的镣铐，而且有的身上还有不少伤痕，显然经过严刑拷打。牢房内没有床，只有地上角落里铺着稻草和一些破棉絮，冬天快要来临，这样的环境根本无法抵御寒冷。命运好像在捉弄人，眼前这一切，与刘仲明以前在省上工作、在金堂当县长时所享受的待遇相比简直是一落千丈，他心中十分颓唐，一时间无法接受这样的事实。他站立良久，然后找了一处位置坐了下来。许久，一人过来问："你是啥子原因关进来的呢？""贪污。"刘仲明老老实实地回答。

"呸！"旁边一位年纪稍大的一口唾沫重重地吐在地上，好像在表达对刘仲明的轻视，脸上露出鄙夷的神色。刘仲明看吐痰的那位有点面熟，却一时想不起在哪里见过面。经过一番思索，刘仲明突然想起，凑过去问："先生，你是不是城厢德新书店老板杜科？"杜科盯着他："你是？""我是金堂县原县长刘仲明呀！""喔！"杜科淡淡地回应道。其他人问杜科："你们认识？"杜科点点头又摇摇头。刘仲明继续说："我到你书店去过，当时你也许不认识我。""后来他们说你是共党分子，把你抓起来了。""他们说我是，我只有是喽。"沉默，长时间沉默。"我冤啊，他们污蔑打击我……这世道真不公平啊。"刘仲明自言自语地说。"啥子事让你长吁短叹呢？""我得罪了陈善人、孔红亮他们，他们如今诬陷我贪污，警察局把我关起来了。其实我一分钱都没有贪，是他们诬告我，他们在打击报复。""陈善人、孔红亮他们我认识，是金堂当地的实权派。""我在金堂推行新政，建立自卫总队，给曾家寨解围，消灭云顶山上的土匪，不过触动了他们的利益，得罪了他们，现在被他们关了起来。""你把云顶山上的土匪消灭了？""是呀！打死打伤七十多人。""那赖山河呢？""跑了，没有抓住。"

经过一番交谈，杜科与刘仲明渐渐熟悉起来。杜科说："我是金堂的人，我知道金堂那个地方，陈善人、周理润、孔红亮、贺松等人，他们是地头蛇。许多外地人到金堂做官都不好开展工作，因为陈善人他们处处为难。"接下来几天，刘仲明认识了其他四个人，他们的名字分别叫张俊、彭代学、邵成、王飞良。张俊是教师，彭代学是做生意的，邵成是公司职员，王飞良是记者。刘仲明问："你们都是共产党？"王飞良点点头回答："他们说我们是共党，我们能怎么办呢？你是邱华生的老师？""初中的老师，你认识他？""认识，我们以前是同事。"

刘仲明县长是贪污犯被抓起来的消息像长了翅膀迅速传遍了金堂县城，全县民众一片哗然。何友琴的丫鬟小丽在街面上得知这个消息后，回去告诉何友琴："小姐，听说刘县长是贪污犯，被抓起来了，现在关在成都。""你听谁说的？""街上的人都在说。"何友琴想了想，又摇头道："不可能，他不是那种人。""怎么不可能？无风不起浪，人都关起来了。"何友琴心想："邱秘书是他的学生，现在还在自卫总队，我去问问他，到底怎么回事，顺便把那封信找邱秘书转交给他。"于是，何友琴带上装有诗稿的信出了家门，往自卫总队而来。在武庙门前，何友琴见到了邱华生。她问邱华生："听说刘县长因为贪污被抓起来了，关在成都，到底怎么一回事？"邱华生回答："我也是刚听说，不知道到底咋回事？我相信老师是清白的，他不会干那种事，肯定是有人诬陷他，打击报复。""你会去成都看他吗？""有机会我就去。"何友琴将装着诗稿的信封交给邱华生："如果你去看他，请把这封信交给他。"邱华生接过信："我一定交给他。""近来你有小英的信息吗？"何友琴问。"没有，你呢？""我也没有，这死丫头连我都不给消息，不知道她钱够不够用，成都那么乱，我很担心她。"

原来，他们还是为了国宝"凤龙虎熊座"。

第三十五章

刘仲明发现自己一个人走在路上，父母和儿子小新手拉着手在前面向他一个劲地招手，他迅速向前跑过去抓他们，他们却飘飘忽忽没了踪影。他又发现自己掉进一个大泽里，水很浑浊，有水草、淤泥、石头，还有无数条蛇游来游去，他惊慌失措，挥舞着手想把身边的蛇赶走，而那些蛇瞬间不见了。过了一会儿，又有成群的蛤蟆爬了过来，咬食着他的身体，他疼痛难忍。"哎哟"一声，刘仲明醒了过来，原来是一场噩梦。此时的他躺在冷冰的牢房里，没有一丝光亮，外面传来的警察审问犯人声、拷打声、讯问声、呵斥声不绝于耳，吵得他无法入睡。他生平第一次身陷在这样冷酷的环境里。再看杜科他们，都躺在那里姿态各异地睡着了，也许这些声音对他们来说习以为常了。刘仲明想念老家的父母和儿子小新，然而他身陷囹圄，不知何时才能出去……

今天是刘仲明入狱的第四天，一位名叫郭杰的警官提审了他。审讯的场面很轻松，在一间宽大的办公室里，两人见了面，郭警官客气地让刘仲明坐在对面椅子上，并叫人给他倒了一杯热水。郭警官微笑着说："刘县长，你的事情我们正在调查，今天请你来是问你另一件事，你要如实回答，可以减轻你的罪责。""说吧，啥子事？""你知道金堂寿佛寺那件古玉在哪里吗？"刘仲明顿时明白了，他们是想得到古玉"凤龙虎熊座"，才这样做的。但理智告诉他不能将国宝的下落告诉这些人，他们一心想得到它，满足他们个人的目的和私欲。"没有，我不知道那东西在哪儿。"刘仲明很镇定地回答。"我提醒你，现在是我们蒋总统想得到那件古玉，我听说你与寿佛寺住持玄真交往密切，她把古玉交给你了吗？或者告诉你那件古玉藏匿的地点了吗？""我真的不知道，玄真师傅从没有告诉我。"郭警官转换话题："你是不是国民党党员？""是啊！""那你应该知道要忠于党国，忠于领袖。""我信仰的是孙中山先生的'三民主义'，不是现在的什么党国、领袖，况且我确实不知道那件东西，你们如此对待一名有二十多年党龄的老国民党党员、一位老干部……""你敢侮辱国家领袖，我给你说，我的忍耐是有限度的，你要如实交代，不如实交代对你相当不利。"郭警官打断刘仲明的话。"我确实说的是实话呀！"郭警官顿时如老虎出山，凶相毕露，他一拍桌子："来呀！给他尝一尝厉害。"警察把刘仲明押到审讯室，剥去他的衣服，绑在刑架上，两名警察用鞭子使劲地抽打。刘仲明忍着剧痛骂道："你们才是贪污犯，你们才是吸血鬼，你们这些恶魔……我要见律师，我要上告……"但是警察并没有停止，继续挥舞着鞭子猛抽，一道道血痕深深地印在刘仲明的身体上、灵魂上。刘仲明只是一介书生，哪经得起如此折腾，不一会儿就晕了过去。

当刘仲明醒来时，他已经回到牢房，周身血迹斑斑，钻心的疼痛让他无法忍受。刘仲明看见杜科、王飞良等人正守在他旁边，给他擦拭血污。看刘仲明苏醒过来，众人这才松了一口气。杜科问："你到底干了啥子？他们这样打你。"刘仲明痛苦地呻吟："哎哟……他们要我交出城厢寿佛寺里的古玉，可我哪里知道嘛。"杜科说："古玉？我在金堂听说过，那是'凤凰涅槃'传奇故事中的古玉，有人说是寿佛菩萨的法宝，谁得到它就会多子多福多寿……陈思远他们一直想得到，怪不得要抓你。"刘仲明气愤地道："这些人讲不讲道理，这世道要吃人，太黑暗了，太腐朽了，与孙先生的"三民主义"大相径庭。原来，我认为推行新政，就能实现共和，现在却受到如此对待，我算看穿了，我个人的力量无法改变这个国度，这个社会……哎哟……"刘仲明不停地倾诉心中的愤懑。刘仲明伤势不轻，一直躺着，不能行动，杜科担心他伤口恶化，于是大声要求看守的警察："拿点清水来，拿点清水来。"可是门外警察假装没有听见。王飞良走到门边，"咚——咚——咚"地敲打着铁门大声吆喝："你耳朵聋了？拿点清水来，听见没有？"一位长得五大三粗的警察凶神恶煞地说："敲啥子敲？"杜科解释："送点清水来，我给他洗一洗伤口。"胖警察不屑一顾地说："有啥子可洗的？"王飞良十分愤慨："你们有没有人性？"狱中其他人帮腔："人家又不是政治犯，好歹以前当过县长，你们怎么能这样子对待他？"

胖警察转身去了，不一会儿，果真送来了一盆清水。杜科端过清水："再给他一碗米粥吧！"胖警察拉长脸骂骂咧咧："狗日的，你们不要得寸进尺。"狱中其他人都过来吼："你骂谁？你嘴巴放干净点。""老子想骂谁就骂谁。"双方吵闹起来。政治犯们集体抗议起来，他们用镣铐使劲地敲打着牢狱的门，似乎要把这监狱击穿、击垮。看这些政治犯正义凛然的样子，警察知道他们不好惹，这才答应给刘仲明弄一碗米粥。这仅是一小碗米粥，米少水多的那种，不过此时能喝上一碗米粥，是一件多么奢侈的事呀！由于刘仲明行动不便，杜科只有一勺一勺地喂给他。可是刘仲明很快发现自己不忍心再继续喝下去了，因为狱中其他人都眼巴巴地望着他。刘仲明知道，其他狱友一直关在这里，每顿除了麦麸、豆渣，就是红苕、糠馍，没有吃过一丁点油荤，更没有尝过香甜米饭的味道。刘仲明轻轻推开杜科的手："我不喝了。"杜科诧异地问："为啥子？你伤得那么重，需要营养。""我吃饱了，不饿了。""你身体还很虚弱，必须喝下去。""真的，我不喝了。"刘仲明望了望其他狱友，闭着嘴坚决不喝。杜科明白了过来，温和地说："你不要考虑我们这些政治犯，我们几乎没有出头之日了，而你不同，只要你坚强地活下去，就有出去的可能。""喝了吧！出去后还能见你的亲人、朋友、学生……"其他狱友也过来劝说。刘仲明哽咽着把那碗米粥喝得一干二净。

这日，陈善人把王从武叫到县政府办公室谈话，他盯着王从武说："王队长，我对你以前的工作很不满意。"王从武心中明白，他说的是自己以前不听从陈善人他们的话，不支持陈善人的工作，但他还是故作不知地问："不知陈县长说的啥子事呢？""还用我直接说吗？就是刘仲明在金堂当县长的时候，我保举你当上自卫队长，你却让我十分失望。""没办法，我也是奉命行事。"王从武一副无辜的样子。"你是我陈家的女婿，应该站在我这边，全力支持我……以前的事我不追究了，看你今后的行动，务必执行我的一切命令。""是。"王从武站起身来行了一个军礼。"我现在就要你执行一项命令，让邱华生走人。""邱华生？可是……他毕竟是副队长，又没有犯错误，他又是您的……""他现在啥子也不是了，我没有追究他以前的事就不错了，让他走吧！"王从武为难地说："……你这不是叫我言而无信吗？""你不叫他走，那你就别当队长了。"

王从武从县政府出来后，心里十分矛盾，现在不得不让邱华生离开，但是怎样给邱华生说呢？回到武庙，王从武刚好碰到邱华生，王从武便提出与邱华生一起去喝酒。来到北街曾氏豆花饭店，两人点了招牌菜豆花以及几样小菜和一壶酒，一边吃一边谈。王从武呷了一口酒说："邱兄弟，我有一件重要的事情给你谈。""说吧！啥子事？"邱华生看着王从武那凝重的脸色，知道一定有事发生。"县政府决定让你离开自卫总队。""平白无故让我走，为啥子？"邱华生心中明白，这是陈善人等人开始反攻清算了。"我猜也许是因为你的老师刘县长的事。""老师是清白的，我知道他们一心针对老师，不满老师，打击报复。"王从武叹一口气说："这世道没法说，没有正义可言……我想留下你，你老师临走时还给我打过招呼，可是现在没有办法。小邱，你今后有啥子打算，还是回成都去当记者？"邱华生迟疑片刻回答："我不为难你，我喜欢教书，我再去找曾校长回金堂中学，看曾校长收不收留我？"王从武举起酒杯："这样也好，来，祝你好运。"

第二日，邱华生来到金堂中学办公室找到曾绍成。当听说了事情的缘由后，曾绍成生气地说："陈善人简直无法无天，想怎样就怎样，难道金堂就成了他的天下……小邱，别怕他，你到我这儿来，他不敢把你怎样。只是委屈了你，让你这个警察局长、自卫队副队长来当一名普通的老师。你明天就来学校上班。你有多少行李？我安排人过来帮你搬。""不多，就几本书和几件衣服，我自己搬过来就行了。""好的，来这儿后好好工作，你就像上次那样住在学校宿舍里吧。""我一定不会辜负曾校长的期望。还有一件事，我要营救刘老师，联络以前支持老师的同事向专区和省政府写信，证明老师是清白的。""我支持你，我也给在省人事室的侄儿说一说，让他也想一想办法。"

从金堂中学出来后，邱华生回到自卫总队宿舍收拾行装。邱华生被免职的消息在自卫总队传播开来，许多队员很是为他鸣不平，特别是陈高华、兰勇几个积极分子，他们都来到宿舍看望邱华生。他们看邱华生行装都收拾好了，马上就要离开了，心中很是不舍。兰勇很激动地喊："我们去见王队长，问他们为啥子这样做！"说着几个就要去找王从武。邱华生赶紧拦住他们说："王队长也没办法，这是县政府的命令。""你又没有犯错误，他们为啥子要免你的职？走，我们去找陈县长评理。""没用的，事情很复杂，目前你们的任务是加强训练，提高战斗技能，像上次一样，将来我也许还会回来。""那我们送一送你。"邱华生神情很严肃地说："用不着，你们那样做，会给你们惹来麻烦。"

邱华生又来到学校与自己共事，回想起上次在歌乐厅邱华生的冷漠，曾传秀心里像打翻了五味瓶，是爱，是怨，她一时分不清。但曾传秀喜欢听邱华生演讲，喜欢与他一起交流，喜欢听他的声音，喜欢仰视他高大的身材……曾传秀知道邱华生还喜欢小英，但她不甘心。一天下午，邱华生刚上完课回自己的宿舍，曾传秀几步赶上去喊："邱老师，邱老师。"邱华生回过头来："喔！有啥子事吗？曾老师。""晚上有空吗，请你到我家吃饭。""有事吗？""嗯！"邱华生知道曾传秀的家不在学校里而在东街16号，离金堂学校没多远，便答应赴约。

傍晚，天色暗了下来，邱华生如约来到曾家。"咚，咚，咚……"他轻轻敲响院门。只听曾传秀在里面说："来啦！"一阵急促的脚步声传来，房门被打开，只见曾传秀腰上拴着围裙，看样子正忙着做饭。邱华生环顾院子四周，这是一套比较简朴的院落，天井中栽种了不少绿树鲜花，布置得十分简洁，温馨。邱华生问："曾校长呢？""我爹临时有事回曾家寨去了。""家里没有其他人吗？""没有了，我今晚特意为你做了几样小菜。"邱华生这才注意到曾传秀今天淡妆素抹，穿着旗袍，比以前更加俊俏。客堂上，曾传秀给邱华生泡了一杯茶："邱老师，请喝茶，坐一会儿，饭菜马上就好。"说完，她转身匆匆地到厨房去了。邱华生只好坐下来耐心等候，他注意到客堂正中一副书写着"上善若水"的匾额，那书法龙飞凤舞，如行云流水。其他墙上还张贴着孙中山、丘吉尔、牛顿等不少名人画像和名言。不一会儿工夫，曾传秀端上来不少菜肴，还给邱华生备了一壶酒。两人一边吃饭，一边摆谈。曾传秀说："邱书记，你反正一个人，学校食堂的饭菜不是那么好，不如今后就来我们家吃饭吧！"邱华生听了这话，神情严肃地说："曾传秀同志，谢谢你的好意，但是目前敌人时刻注意着我，我们不能走得太近，否则会暴露的……"曾传秀低着头，满脸通红。看着她很难为情的样子，邱华生转口道："在学校吃食堂不是很方便的事情吗？"两人默默地吃饭。曾传秀好久才鼓起勇气问："你还在等她吗？"邱华生知道她指的是小英。"她会回来的，我等她。"沉默了一会儿，邱华生继续说："我听说你父亲在东山地区很有威信，你给他做做工作，叫他发动东山地区的乡镇做好自保，准备迎接解放。"

邱华生吃罢饭刚走，曾传秀正在收拾，外面有人敲门，她打开房门，原来是爹爹曾绍成回来了。曾传秀惊讶地问："爹，你不是回曾家寨吗？怎么回来了呢？""临时有事就回来了。"曾绍成来到客堂坐了下来，看见桌上剩余的饭菜，疑惑地问："怎么，家中来客人了？""刚才邱老师来过。""哪个邱老师？""就是刚来我们学校的邱老师……你吃了吗？还有一些饭菜，我去给你热。""不用了，我已经吃过了。"曾传秀很慎重地说："爹，共产党已经攻下了南京，打到四川是迟早的事，现在兵荒马乱，土匪兵痞横行，我们曾家寨在东山地区，为了保全，我有个主意，你与东山地区乡镇长关系那么好，把他们团结起来做好自保。""这主意不错，我给那些乡镇长打个招呼。"

金堂县县长办公室，孔红亮给陈善人汇报工作。孔红亮说："我已经调查到是谁向县政府告的密说吴志洪贩卖鸦片的了。是王水眼，他通过一位乞丐带信给刘仲明告发吴志洪的行踪的。""王水眼不是与吴志洪关系很好吗？""他们虽是很好的朋友，可是事情的确是他做的。""真他妈讨厌，我最恨出卖朋友的人了，想办法收拾他。""怎么收拾呢？""王水眼在南街有一个门市，主要经营布匹生意，开了好几年了，你带几个人去查一查有没有偷税漏税，如果有，就把他抓起来。""好的，这事还不是我让他怎么样就怎么样，我们把铺子给他收了。"陈善人点点头。

南街王水眼铺子里，两名雇工正在忙碌，王水眼坐在旁边抽烟，他做了十多年的布匹生意了，生意还不错。这时，孔红亮带了几名警察和两名税务人员闯了进来。王水眼愣了一下，知道来者不善，于是强打笑脸迎了上来，拿出一盒高档纸烟从中抽出一支递给孔红亮，极力讨好道："啥子风把孔局长吹来了？"孔红亮把王水眼递烟的手一推："我不抽，今天我奉县政府命令来查税，你有没有偷税漏税？"一句话把王水眼问得头上直冒汗，王水眼结巴着说："我懂得起，每年没有少给你们警察局上供。"孔红亮提高声音："少废话，我今天专门是为工作而来。"孔红亮吩咐手下查阅王水眼的布店账本，自己则坐在一旁盯着。税务人员开始认真清算布店的收入与支出。看来是动真格的，一旁的王水眼急得像热锅上的蚂蚁，因为他知道他的账目一查就有问题，生意上不偷点税漏点税，哪里赚得到钱。王水眼实在忍不住了，凑过去给孔红亮拿出一沓钱钞说："孔局长，我们俩是多年的熟人，老朋友了，麻烦你通融一下，这点钱你们拿去买酒喝。"孔红亮挡住王水眼的手："不要来这套，你如果讲情谊，就不会干那样的事。"孔红亮话中有话。王水眼愣了一下："我干啥子事了？我想问清楚，我得罪了哪尊神？"孔红亮神秘地说："吴志洪大爷。"王水眼听了这话，顿时像一堆稀牛屎，瘫了。其实，自从吴志洪被枪毙以后，王水眼一直担惊受怕，怕阴曹地府的吴志洪化成鬼来找他，怕哪一天自己会遭到报应。王水眼不停地作揖哀求："我悔过，我悔过，我把这店面全给您和陈县长，希望你们饶过我。"孔红亮站起来拍了拍王水眼的肩："你这才是懂得起，这才识相。大家不用查了，王老板主动承认偷税漏税，现在把店给封了，财产充公。"孔红亮吩咐几名警察关了布店，贴上盖有金堂县政府大印的封条，然后扬长而去，身后传来王水眼悲切的啼哭声。

信仰，是人生前行的灯塔。

第三十六章

在杜科他们的护理下，刘仲明的伤情渐渐有所好转，他可以坐起来了，就是不便走动，他十分感谢杜科他们的照顾和帮助。这日，警察打开牢门，吆喝道："彭代学，彭代学，出来。"狱友彭代学站了起来，微笑着对其他人说："他们又请我吃点心了。"他整理好衣衫，抖了抖沉重的镣铐，向狱友招手致意，然后从容地走出牢房，身上的镣铐"哗哗"作响。其他人在背后小声说："加油，加油。"刘仲明好奇地问杜科："请他吃点心，啥子意思？"其他狱友笑了。杜科解释说："就是接受审讯。"刘仲明这才明白是怎么回事。杜科继续说："彭代学也是我们金堂的人，他是大将军彭家珍的族弟，夫妻俩在成都做家具生意，很有钱，是富翁。这次他的妻子邵青也被关起来了，说他妻子也是政治犯，他们有一个不满一岁的女儿，由乡下奶奶带着，可怜啊！他们女儿那么小就离开爹娘……""彭家珍可是大英雄，他们为啥子这样子对待他的亲人呢？""一句话，在他们心中没有仁慈、善良，只有反动、残忍。"在养伤期间，刘仲明看见几位狱友无休止地接受警察的审讯，其他狱友给他们握拳加油，如果接受审讯后平安回来，其他狱友就鼓掌欢迎祝贺。有的狱友回来时一身伤痕，其他狱友就赶紧给他想办法医治伤口。在刘仲明心目中，这群政治犯是一个战斗的集体，个个是铁人，不会向敌人屈服。过了十多天，刘仲明可以自如活动了，他也与杜科他们成了朋友。

这日上午，只听牢房外警察把牢门敲得很响，大声喊："刘仲明，刘仲明，有人来探监。"接着，只听监狱外一声一声地喊："老刘，老刘。"刘仲明抬眼看去，原来是蒲碧波律师。刘仲明来到牢门边，紧紧地握住蒲碧波的手："老蒲，我是冤枉的，你是律师，你想办法救我出去。"蒲碧波看到他一身是伤，问："他们打你了？""是的，但我不怕。老蒲，你一定要证明我的清白。""你放心，你的案子并不严重，他们一直在调查，想拿你在开办女子师范学校时贷款的事做文章，说你有贪污的嫌疑，可是他们没有确凿的证据。你的学生小邱多次找过我，托我营救你，我听说你原来的上司何开平和省人事室曾用刚也在过问你的事。"刘仲明听了稍稍放了心。蒲碧波继续说："我正在收集证据，已经到金堂跑了好几趟了，一些能够证明你清白的证据也已经递交给了成都地方法院。本来，你的学生小邱想来探望你，可是监狱方不让他进来，他托我给你带来了两封信。"说着蒲碧波将信递给刘仲明。刘仲明当时并没有打开信，嘱咐道："我有点行李在东山客栈，还有费用没有结算，麻烦你去处理一下。""我已经替你处理了，你的行李都放在我那里的。"蒲碧波走后，刘仲明这才打开信。一封信是由邱华生写的，一封是何友琴写的。

他先打开邱华生的那封：

尊敬的刘老师：

相别数月，甚是挂念，作为您的学生和属下，我很了解老师的人格人品，我坚信老师是清白的，不会做出那些他们所说的行为。我知道您在金堂得罪了不少人，您入狱是那些别有用心的人搞诬陷，我和曾绍成校长已经发动您以前的下属和同僚向冯专员、四川省政府递交了请愿书，证明您的清白。另外，他们免去了我的自卫总队副队长的职位，我又回到金堂中学当老师了，我的工作很顺利，请您放心。

您的学生　邱华生

1949年3月11日

接着，刘仲明打开何友琴那封信，原来是一首诗。读着诗句，想起与何友琴相识的经历，刘仲明禁不住泪流满面。王飞良凑过来问："邱华生信中给你写的啥子呢？"刘仲明随手将邱华生那封信递给王飞良："你与他也相识，可以拿去看一看！"王飞良接过信仔细看了起来，然后点一点头，随手交给杜科他们阅读。他们每一个人不但传阅了邱华生那封信，而且还朗读了何友琴给刘仲明写的诗，彭代学说："我认识何友琴，是位才女。"

晚上，杜科他们挤在一起小声地商量着什么，有人还时不时地回头望着刘仲明微笑，刘仲明想凑过去听他们商量什么，可杜科很严肃地说："我们在开会，请你不要过来。"刘仲明就不好意思过去了。他们商量了很久后才散开。杜科走过来问他："你认为当今社会如何？""我一直信仰'三民主义'，想以推行新政，多为百姓做事，改变这个国度。但事实却不一样，我在官场上这么多年，对此深有体会，这社会太腐朽，太黑暗了，简直像牢笼。""你想不想参加我们的组织打破这个牢笼？""你们真的是共产党？"杜科点点头，其他几个也点头承认。"你们太了不起了，我以前没有见过共产党员，今天真正才见到了。"刘仲明称赞道。"我们这个组织的宗旨是解放被压迫被剥削的劳苦大众，解放全人类，我们纪律很严明，不怕流血牺牲。""我愿意参加，我不怕流血牺牲。"说着刘仲明挺直了胸膛。"目前，我们现在成立了'在监工作小组'，是'川西解放组'的一部分，你参不参加？""川西解放组？是啥子组织？""就是我党领导的解放四川的一个组织机构。""那我参加了，我就是共产党员？""不，还不是，你现在算是积极分子，还要经过组织的考验……目前，你要加强政治学习。"

杜科安排邵成给刘仲明讲解共产主义。虽然没有书本，但邵成记忆力特别好，他给刘仲明滔滔不绝地讲解："共产主义就是主张消灭生产资料私有制，并建立一个没有阶级制度、没有剥削、没有压迫，实现人类自我解放的社会，也是社会化集体大生产的社会。共产主义者认为未来所有阶级社会最终将过渡到各尽所能各取所需的共产主义社会，人类社会的意识形态将进入高级阶段……"在接下来几天里，邵成利用晚上或者敌人看守松懈的时候，先后给刘仲明讲解了《唯物论》《共产党宣言》《中国共产党纲领》等。刘仲明听得津津有味，茅塞顿开，他明白要树立共产主义远大理想和坚定的共产主义信念，一个人的力量不够，应该团结无产阶级和人民群众，与敌人不屈不挠地斗争，反对剥削，反对压迫，建立新中国，解放全人类。有一天，刘仲明问杜科："邱华生是不是共产党员？"杜科点点头。刘仲明夸奖道："小伙子有出息，有志气。"刘仲明回顾以前，小邱和他畅谈人生理想，思想进步，特别是后来孔红亮调查小邱阅读进步书籍一事，他当时就觉得小邱应该是地下党员。

这日，郭警官再一次提审了刘仲明。此时的刘仲明成熟多了，审讯室内，他镇定地坐在那里直视着对方。郭警官感觉刘仲明眼神十分犀利，也许心怵的缘故，郭警官失去了以往的气势，很客气地说："刘县长，对不起，上次恕我无礼，主要是你不配合我们的工作。""不要假惺惺的，这次找我何事？""还是那一件古玉的事，上面催得紧。你是老国民党员了，应该有很强的党性，上面说了，只要你交出古玉，以前的事既往不咎，而且让你官复原职。"刘仲明双手一摊："我没有贪污，没有犯法，我也不知道啥子古玉，你叫我交代啥子？""撒谎，我们调查了，你与玄真接触了很多次，她的弟子也说交给了你。""胡说八道，我只见过玄真一两回，根本没有谈及什么古玉那方面的事情。"郭警官沉默片刻，突然问："你认识省人事室曾用刚主任？你们是朋友？""认识，他怎么啦？""没啥子，只是问一下。"郭警官说着站起身来，挥一挥手命令手下："把他押回牢房。"刘仲明从容起身，挥舞着手上的镣铐，大声质问："我没有犯法，你们凭啥子关我？啥子时候放我出去？"郭警官说："这个事情我做不了主，你好好在牢房里待着吧！"

自从周理润把自己想当青年党主席的想法告诉陈善人后，不几天，那刁十一主动找到周理润，很委婉地说："周代表，前一段时间我看你比较忙，所以没有谈及让贤的事，最近我看你不太忙了，所以来与你谈一谈这事。"周理润知道刁十一是和尚赤脚——两面光，没好气地说："我不忙呀！我一天有的是时间，只是你才忙，一年多不顾不问。""我们彼此都忙，这样，哪天我们召开金堂青年党代表大会，我提议让你当青年党主席，让大家选一选。""这还用选吗？""不选怎样服众呢？不过周代表你是中央国大代表，竞选本县青年党主席一点不成问题。""我是青年党主委，是中央国大代表，兼任金堂县青年党主席也是名正言顺，何必兴师动众搞啥子选举。""至少也要给其他副主席、主委通个气。""就开个通气会。"按照周理润的要求，刁十一回去后开始做工作。经过一番操作，周理润终于如愿当上了青年党主席，职务比国大代表要实际得多。这是令人高兴的事情，他认为应该好好庆贺一下，于是决定在歌乐厅举办一场歌舞晚会。周理润以金堂青年党党部的名义向政府官员、社会名流、官绅富豪、乡镇袍哥大爷发出请柬，其中包括女诗人何友琴。周理润听陈善人说何友琴竟答应前来参加舞会，心中十分欣喜，准备筹划一件轰轰烈烈的事情。

10月17日晚，金堂县青年党举办的舞会如期举行，邀请的客人相继来到歌乐厅。今晚是一次特殊的歌舞会，来的客人较多，青年党包了场。周理润西装革履，梳了一个傲人的发型，穿着一双锃亮的皮鞋，春风得意，比原来那个烟灰周理润精神得多，帅气得多。他带着青年党的副主席、主委站在歌乐厅门口迎接各方来宾。大约八点钟，陈善人带着何友琴来了。何友琴一身崭新的旗袍，淡妆素雅，显得那么清新动人。周理润快步上前热情地握住何友琴的手说："欢迎，欢迎，女诗人来了，让我们今晚的舞会特别有意义！"何友琴很礼貌地说："祝贺，祝贺！"周理润摸着何友琴那温润的手，望着何友琴那动人的容颜，周身神经不由自主地兴奋起来，如果不是陈善人在一旁提醒，他都舍不得松开何友琴的手，弄得何友琴一脸尴尬。舞会前，按照安排，先是由青年党主席周理润讲话。在大家的注视下，周理润走上前台从服务员手中拿过话筒开始了一番讲话，大多是感谢大家对青年党的支持，还有接下来如何开创青年党的事业。快要讲完了，青年党一名党员拿着一大束鲜花快步走上前台向他献花。周理润接过鲜花大声说："各位先生、各位女士，今天我们有幸请到著名诗人、美丽动人的何友琴女士，令我们今晚的舞会蓬荜生辉，鲜花献给美女，献给诗人，我认为这束鲜花应该献给何友琴女士。"更令人震惊的是，周理润快步走下台来到何友琴身边，躬着腰，就差没有下跪了，他双手颤抖着把鲜花献到何友琴面前，大声说："美丽的女诗人，是您的魅力和温柔给我力量，让我才有今天的荣誉和辉煌。"这明显是变相求爱。瞬间所有的目光都集中在何友琴的身上，她愣愣地站在那里，手足无措，她感觉每个人的目光都像一把锋利的刀刃，割着她的肉体，剐着她的神经，她一直讨厌面前这个男人，她从小就知道他，了解他的人格品性、为人处事、兴趣爱好。此时的何友琴觉得无地自容，呆了一会儿，何友琴没有接周理润手中的花，而是转身扬长而去……

所有人都目瞪口呆。

金堂县政府办公室，陈善人正在办公，孔红亮走了进来。"请坐，有事吗？孔局长。"孔红亮在一张椅子上坐下来："我就是想向你汇报一下有关刘仲明的事。""他交代了吗？""成都市警察局传来信息说，刘仲明不招，他说不知道古玉在哪儿。""没有给他厉害的尝一尝？""给了，整惨了，可是他比那些政治犯还硬。现在我们又没有他贪污的确凿证据，加上金堂许多人联名保他，而且省上的曾用刚、何开平也在过问此事，成都市警察局的人说准备把他放了。""难道他确实不知道古玉在哪儿？""这个很有可能。我听说民间还有一种说法，说玄真临终前将古玉交给了那个酒鬼张老头。""交给他？不可能。张老头一个乞丐，她为啥子要交给他？我认为不可能。""东西是不是还在寿佛寺？那慧了没有说实话？""有可能，我们再去把寿佛寺搜一搜。""之前不是搜过了吗？""现在不一样了，我们要彻彻底底地搜。""慧了让我们搜吗？""她会答应的。"

寿佛寺内，烟雾缭绕，烛香飘飞，尼姑们正在佛堂念经，陈善人和孔红亮带着一队警察闯了进来。尼姑慧真质问："你们又来干啥子？"陈善人回答："你们私藏国宝，我们要彻底搜一搜。""你们不是搜过了吗？""许多地方没有搜到，还要再搜一遍。"不由分说，陈善人指挥人四处搜查。众尼姑问住持慧了："住持，就这样让他们搜？"慧了双手合十道："阿弥陀佛，让他们搜，不然他们不会死心的。"说完，慧了一下子跪在佛像面前，口中不停地念叨："罪过，罪过。"其余尼姑也跪在佛像面前念起经来，任凭警察在寺内搜查。陈善人他们把寿佛寺内外搜了一个遍，包括墙上房顶屋外，却始终不见古玉的踪影。孔红亮审视大堂中那一尊尊神佛，对陈善人道："陈县长，她是不是把古玉铸在菩萨里面的？我们要不要把那些神佛打烂看一看？""这个嘛……"陈善人拿眼神瞅了瞅住持慧了，只见她面如死灰，跪在那里弓腰向神像作了一个揖。"算了，撤吧！"陈善人命令道。

　　已经是夏日了，在监狱中，刘仲明感觉到天气已经燥热了起来，狱友们陆续脱下了厚衣服，迎接夏天的来临。刘仲明被关在监狱里六七个月了，在这期间，警察又提审了他两次，他受了刑，但并没有交代什么，敌人一无所获，仿佛失去了耐心。每次走出牢房接受审讯时，刘仲明都学着其他狱友低声说："他们又请我去吃点心了。"大家为他鼓劲加油，刘仲明成为他们中的一员。这天傍晚，吃过晚饭，他们放风归来，此时敌人放松了对他们的监视，他们坐在一起有说有笑。杜科突然严肃地对刘仲明说："请你让开一点，我们开个会。"刘仲明问："啥子重要的会议，我不能参加呢？""是关于你的事情，我们几个要研究一下。"刘仲明明白了，自觉地走到一边。杜科几个在一起低声商议了许久，然后杜科和王飞良向刘仲明走过来。杜科伸出手握住刘仲明的手，很慎重地说："刘仲明同志，祝贺你，经过我们党小组讨论通过，你已经是我党一名临时党员，我和王飞良同志是你的介绍人。"刘仲明高兴地问："真的吗？"王飞良点点头。刘仲明激动地说："谢谢你们，谢谢你们。这里我也向组织坦白，我确实知道城厢那件古玉在哪里……"杜科当即打断他的话："你不用给我们说，你有出去的机会，我们恐怕不行了，将来解放了，你把它交给人民政府吧！如果出去了，你要继续战斗，到武侯街35号找春风照相馆老板彭代成。他是彭代学的堂弟，也是我党的联络员，川西解放组的成员。"接着，杜科跟刘仲明说了接头暗语。

大家奋起自卫，保全四川，保全成都。

第三十七章

　　清晨的阳光从监狱的一扇窗撒下来，照在地板上，阴暗的牢房光明了许多。监狱方送来早餐糠馍和苦荞粥，刘仲明他们长期吃这些，一点营养都没有，他们无数次向监狱方抗议，但抗议无效，监狱方不予理睬。吃完早餐，几个人又聚在一起谈天说地。这时，牢房的门打开了，郭警官跨了进来。郭警官对刘仲明说："祝贺你，刘仲明，你自由了，可以出去了。""为啥子？"刘仲明慢慢腾腾地站起来问。"我们调查过了，你是清白的，以前是误会。"刘仲明顿时大冒肝火："你们想关就关，想放就放，讲不讲法律？好歹我是一名老党员，还做过一县之长。""我们也是执行上面的命令，你能出去，你的朋友蒲律师不知费了好多力气，他正在外面等着你呢！"郭警官说。听了这话，刘仲明不再说话了，与杜科等人点头告了别，走出了监狱。

　　门口，明媚的阳光和新鲜的空气迎面扑来，刘仲明顿时感到清爽了许多，身心十分愉快。不远处，蒲碧波坐在车上向他招手。刘仲明快步走过去握住蒲碧波的手说："感谢蒲兄鼎力相助。""老朋友，别客气，上车。"上了车，蒲碧波说："刘兄，看你一身脏，你的东西还放在我家，不如先上我家去洗个澡，我们再找个地方吃一顿，给你打个牙祭。"来到蒲碧波位于清江路20号的家中，刘仲明洗了个澡，换了一身衣服，就与蒲碧波来到一家后街酒馆吃饭。蒲碧波知道牢房的饭没有营养，特意点了一些猪蹄、排骨、红烧肉等菜肴。望着满桌子的菜，刘仲明无限感慨地说："还是蒲兄够朋友。"随即用筷子夹了几块红烧肉，狼吞虎咽起来。蒲碧波给他倒了一杯红酒："慢慢吃，来，咱们喝点红酒庆贺一下。"刘仲明举起杯："感谢蒲兄。""祝贺你获得自由。"蒲碧波喝了一口，放下酒杯："我知道刘兄是耿直人，举办女子师范学校那件事其实是小问题，我心中有个疑问，不知刘兄为何有这场飞来横祸？""还不是得罪了金堂那伙地方势力。""不止这点吧？应该还有其他事情……我到金堂调查时感觉得出来。""蒲兄不要问得过多，这些事情你不要牵扯进来……反正我是清白的。""那刘兄今后有何打算？""继续在成都找事干。我给蒲兄说，目前我在成都没有住处，也身无分文，希望在蒲兄这儿住上一段时间，等找到新的工作我就搬走。""这个没问题，你尽管住。"

在蒲碧波家休息了一天，第三天上午，刘仲明决定到武侯街35号去找彭代成，临出门时向蒲碧波借了一些钱以便零用。刘仲明毕竟在成都生活工作过几年，他很快就找到了武侯街，春风相馆的门开着，正在营业。这是一家很小的相馆，四十多平方米，相当于一个工作室。刘仲明走了进去，看见一位三十多岁的年轻人正在忙碌。年轻人戴着一副近视镜，个头较高，一米七二的样子，十分瘦削。年轻人注意到了刘仲明的脚步声音，抬起头很有礼貌地问："先生，您照相吗？""是的，我想给女儿冬梅照一张相。"刘仲明环顾了一下四周，很平静地回答。"你女儿呢？她来了吗？""她今天在上学，我想给她照一张艺术照，能不能上门服务呢？""你家庭地址在哪里？""长江路2号。"年轻人很惊疑地重新打量刘仲明一番，然后问："能不能进里屋谈一谈？""可以啊！不过，十分钟后我有事要走。"原来"冬梅""长江路2号""十分钟"都是他们的接头暗语。

两人进了里屋，刘仲明问："你是彭代成吧？我叫刘仲明，你认识彭代学吗？""认识，我们是亲戚，他做家具生意，不过我目前不知他在哪儿。"彭代成十分警惕地说。"他被抓起来了，不过他十分英勇，即使遭受严刑拷打，也不向敌人屈服。而且他们在监狱里成立了川西解放组'在监工作小组'。目前，我也参加了这个组织，我前两天才从监狱里出来，他叫我与你联络。""你是怎么出来的呢？""我是受人诬陷贪污关起来的，后来查无实证才被放出来的。"彭代成这才相信，上前紧紧握住刘仲明的手："欢迎你参加我们的组织。"两人坐下来谈话。刘仲明问："目前川西解放组织工作开展得怎样了呢?""由于敌人监视很严密,工作开展起来很艰难。""根据现在的革命形势,有必要建立一个由我们控制的武装力量,我已把这个想法告诉过在监工作小组杜科书记,他很赞成。你认识熊克武吗?""知道,但并不熟悉。""我原先在省政府上班时认识他,他也认识我,我们比较熟悉,他一直反对蒋介石,还成立了'川康渝自卫委员会'。我们可以联络他,利用'川康渝自卫委员会'的名义在金堂县建立一支由我们控制的武装力量。""这个主意不错,但我听说'川康渝自卫委员会'不是被国民党取缔了吗?""熊主任一直不满蒋介石,还是坚持在暗中搞。""不知他目前在哪里,是在重庆,还是在成都?""我知道他在成都布后街2号有一个住处,我还去过几次,我可以去联络他。""那就麻烦刘同志了,有啥子事通知我。""为了安全起见,我们今后最好实行单线联系。""彭代成,彭代成。"这时,外面有人在喊。彭代成起身应道:"喔!""是谁?"刘仲明问。"我的一个朋友李国杨。"一位与彭代成一样年轻的人径直走了进来,打量了刘仲明一番,问:"你这有客人?""是的,我的老乡。"彭代成回答。彭代成顺便给二人作了一个介绍。"幸会! 幸会! "刘仲明与李国杨抱拳施礼算作认识。闲谈了几句,刘仲明起身向彭代成告辞。

出了春风相馆,刘仲明看时间已经中午了,到了该吃午饭的时候了,刘仲明就在路边餐馆要了一碗面条,计划吃完后就去布后街找熊克武。当他来到布后街2号,映入眼帘的是一个富丽堂皇的公馆,白色的门,西式的大理石墙砖,红色的地毯,足显主人的身份和地位。可是不凑巧,熊克武不在家,管家姓冯,他认识刘仲明,热情地接待了他。刘仲明说明来意:"我想参加'川康渝自卫委员会'。"冯管家说:"可是熊主任有事到重庆去了。""啥子时候回来呢?""这个说不清楚,十天半月都有可能。"刘仲明很失望,怎么这么巧,熊主任不在家。刘仲明思索了一会儿说:"我写一封信留给熊主任吧! "冯管家找来文房四宝,刘仲明当即提笔写了一封信,把加入"川康渝自卫委员会"和建立武装力量的想法写了下来。刘仲明临走时告诉管家:"如果熊主任回信,就请他把信送到清江路20号。"

第四天的清晨，刘仲明就接到熊克武的回信，大意是完全支持他以"川康渝自卫委员会"名义成立一支保民自卫军。刘仲明很高兴，计划到金堂去一趟，动员王从武组建一支自卫军。刘仲明知道目前他已经不是县长了，但金堂许多人还是认识他，为了不让大家认出来，他决定不直接去县城，而先去巧儿家。刘仲明戴上墨镜和帽子，粘上一点假胡须，经过一番乔装打扮，他步行来到女儿渡。摆渡的李达昌像往常一样，把船停靠在岸边，看有人要渡河，连忙把船摇过去。刘仲明坐上船之后，李达昌还没有认出他。于是刘仲明喊："李师傅，李师傅。""啥子事？"李达昌摇着船漫不经心地回答。刘仲明取下帽子和墨镜哈哈一笑："你不认识我啦？"李达昌这才认出了他，惊喜地问："刘县长，您怎么来了？听说您免了职去成都了……你现在瘦多了，我差点认不出来了。"刘仲明在狱中遭到特务的折磨，加上生活营养差，瘦了十多斤。"我回来有事，巧儿在家吗？我想找她帮我办点事。""啥子事呢？我可不可以帮忙？""人家要过河你要摆渡，你这儿走不开吧。""好吧！你去找她，我要摆渡。"刘仲明过河下了船，来到巧儿屋前，上前轻轻地敲门。巧儿以为是爹爹回来了，打开房门一看，原来是陌生人："你找谁呀？"因为刘仲明瘦了，她一时没有认出经过乔装打扮的刘仲明来。"你也没有认出我？"刘仲明取下墨镜。巧儿这才认出了他，赶紧把刘仲明迎进屋内。刘仲明在一张凳子上坐了下来，巧儿端出茶水来招待刘仲明。由于夏天有点热，刘仲明确实口有点渴了，端起碗接连喝了几大口。巧儿问："几月不见你瘦多了……肚子饿了吧？我给你做饭。""我不饿，我刚才在路上吃了一些东西，我想请你到金堂中学帮我去找一个人来，我的学生邱华生，你认识吗？""认识，他原来不是在自卫总队吗？""没有了，他现在到金堂中学教书去了。""好好的队长不当，为啥子要去当教书先生呢？"刘仲明不想把太多事告诉给这位单纯的姑娘，只是说："他喜欢教书。""你们这些知识分子，我真搞不懂。"

　　巧儿打开房门，甩开一双大脚往城厢而去。大约三个时辰过后，巧儿回来了，告诉刘仲明："邱老师答应一会儿就来，为了不引起人注意，叫我先回来了。"又过了一个时辰，外面有敲门声，巧儿打开房门，果然邱华生来了。邱华生一见面就十分高兴地问："老师，你出来了？你啥子时候出来的？""我刚出来几天，他们没有证据，只好放了我。"旁边的巧儿好奇地问："发生啥子事了吗？谁把你关起来了？"刘仲明与邱华生两人相视一笑，觉得事情不能让巧儿知道，刘仲明回答："没事，警察局叫我去了一趟。巧儿，你到外面去守着，我与邱老师有重要的事情要谈。"于是巧儿出了房，端坐在一条板凳上守候在院子里。屋内，刘仲明问邱华生："你给老师老实说，你是不是共产党员，而且是金堂县党小组负责人？""这个……"邱华生犹豫不决地望着刘仲明。"你不要隐瞒了，德新书店的老板杜科全告诉我了，你现在是金堂县地下党小组负责人。""你见过杜书记了？""是的，我们是狱友。我也是临时党员了，我这次来金堂就是来开展革命工作的。"邱华生兴奋地说："欢迎老师加入我们的组织。"刘仲明掏出熊克武的信交给邱华生。邱华生打开看了后问："不知老师有啥子打算？""我想以'川康渝自卫委员会'的名义成立一支由我党掌控的武装力量，你以前在自卫总队当过副队长，我们可以把自卫总队发展进来。""我们已经在自卫队里发展了一些积极分子，目前想把王从武队长争取过来。""有困难吗？""但王队长态度很暧昧。"刘仲明讲述了王从武以前的经历，并赞许说："王队长人品不错，很正直，思想积极。""可是他是陈思远的侄女婿，他的职务是陈思远保举的。""我觉得他与陈思远他们不是一路人，我们是学长学弟，他一直很支持我的工作，我想直接和他谈一谈，探一探他的思想动向。""那很危险。""不要紧，我相信他。""好，我安排你与他见一面。""地点定在哪儿？""就在西门茗香茶楼。"

下午，金堂西门茗香茶楼，此时喝茶的人较少，王从武在邱华生陪同下走了进来，在一个包间里，王从武与刘仲明见了面。王从武紧紧握住刘仲明的手："他们说您经济有问题，我根本不相信，出来了就好，出来了就好。""是他们诬陷我，我是清白的。王队长，我今天找你是有一件事与你商量，你先看一看这个。"说着刘仲明把熊克武的信交给王从武。等王从武看完后，刘仲明意味深长地说："现在共产党已经攻占了南京，蒋介石大势已去，熊主任是国民政府的元老，他成立'川康渝自卫委员会'的目的就是自保，进而保全成都，保全四川。"王从武问："可是我能做啥子呢？""我想请你的自卫总队听从我和熊克武主任的指挥。""可以，你本来以前就是金堂县长，是我们的顶头上司，而且自卫总队也是你一手创建起来的。""为了支持你们的工作，我决定给昔日在金堂支持我工作的同僚写一封信，你想办法转交给他们。"

刘仲明当即写了一封信。

各位同僚及兄弟们：

　　刘某不才，曾任金堂县长二度春秋，查赌毒，整防务，灭土匪，时刻以民众为先，克己奉公，推行新政，实现共和，却遭诬陷，现清白出狱。虽离任，但情系金堂，心系百姓安危，今共产党已攻占南京，川渝为期不远。昔日四川领袖熊克武将军，挺身而出，倡导大家奋起自卫，保全四川，保全成都。刘某呼吁大家，响应熊克武将军号召，奋起自卫，保全金堂，保全民众。

刘仲明

1949年夏

信写好后，刘仲明吩咐邱华生："他们都知道你是我的学生，信由你负责送发。"邱华生欣然答应。等王从武走后，刘仲明问邱华生："最近何友琴情况如何？"邱华生摇头："我也不清楚，您想见她？"刘仲明叹了一口气："不，我很感谢她的一番深情厚谊，可是革命还未成功，不能顾及儿女私情。我马上就要回成都去，有许多事情要去做，目前不能与她见面，只有看我们将来的缘分了。这里我可以写一封信给她，表达我的心迹。"

说罢刘仲明提笔给何友琴写了一封信，也是一首新诗。

　　多少日子想着你，
　　几回梦里总有你，
　　你的情，你的意，
　　萦绕在记忆里。

缘分总是擦肩而过，

无法冲破传统枷锁，

当牢笼彻底打破，

当曙光来临，

就是我们重逢的日子。

刘仲明写完信后折叠好装进信封，再次吩咐："你在金堂要好好发展革命力量，有啥子事我会及时通知你，我现在住在成都清江路20号。"

第三十八章

刘仲明的回答让特务很丧气。

这天下午，何友琴家门口，邱华生敲了敲门，门"吱呀"一声打开了，守门的探出头来上下打量邱华生一番："你找谁呀？"看门的不认识他。邱华生回答："我是何友琴女士的朋友，有一封信需要交给她，麻烦你通报一声。""让我转交给小姐吧！""不行，我要亲自交给她。"邱华生坚持说。守门的进去了，不一会儿，何友琴出来了。她看是邱华生，喜形于色地说："邱秘书，请进，请进。""不了，我有事要走，老师让我把这封信转交给你。"说着邱华生把刘仲明的信交给何友琴。"刘县长出来了？你见过他？""是的，老师是清白的，最近出了狱。""他人在哪里？""在成都。""你现在还在自卫总队？""不，我在金堂中学当老师，你有事可以到那里来找我。"

捧着刘仲明的信，何友琴兴高采烈地回到房内，打开信，读着诗，她泪流满面。原来他心中有自己，他们是真心喜欢彼此的。何友琴不明白的是，刘仲明为什么说"当牢笼彻底打破，当曙光来临，就是我们重逢的日子"。"难道他是共产党？"何友琴心中充满憧憬："我们一定会再见面，一定会有美好的未来。"这时，管家何章兴冲冲地跑来报告："小姐，小英小姐回来了。""小英回来了？"何友琴大喜过望，收好信，急忙往表兄陈善人家而来。在陈善人家客厅，全家聚在一起，陈善人因为女儿回来了，满脸乐开了花，何友琴搂住小英不放手。何友琴嗔怪道："怎么这么久不给家里消息？你爹爹到成都各大学都找过，没有找到你，你到哪儿去了？""我一直在大学读书，只是我改了姓名，不叫陈小英，而叫'兰菊'。""姓都改了，怪不得找不到你，回来了就好，回来了就好。你爹爹都当上了县长，你知道吗？""我知道，祝贺爹爹。"小英转过头冲着陈善人说。陈善人只是笑而不答。旁边的秀红提醒："既然小英回来了，何友琴，你不回去，今晚就在这里吃晚饭，今天全家人团聚。"

饭席间，桌上摆了不少菜肴，有很多小英喜欢吃的食物，陈善人一个劲儿给小英夹菜说："快吃，当学生辛苦。"小英甜甜地说："谢谢爹。爹，邱华生还在自卫总队吗？""不在，他已经走了。""他现在在金堂中学当老师。"何友琴随口接道。陈善人挖了何友琴一眼，何友琴自觉嘴快，连忙低下头吃饭。陈善人说："女儿，你不要与他来往，他是危险分子。""啥子危险分子？""这个，我们还没有证据，但是不许你与他来往。"小英顶嘴说："你还是老样子，没有变，我还是要去成都读书。""你怎么这样……"陈善人生气地放下筷子，眼看父女俩又要发生争吵，秀红、何友琴赶紧劝止，转换话题。

吃罢晚饭，天已经黑了，孔红亮听说小英回来了，前来拜访。客厅内，孔红亮神神秘秘地对陈善人说："陈县长，就是那本《大众哲学》的事，我想和小英单独谈一谈。"陈善人心领神会："去我书房。你到书房等着，我去叫她。"陈善人来到小英的闺房，小英正要休息。陈善人说："女儿，你孔红亮叔叔找你谈一件事情。""这么晚了，啥子事情？明天谈吧！""不，他已经在书房里等着你了。"小英嘟嘟囔囔地穿好衣服往书房而来。书房里，灯光明亮，小英走了进去，发现气氛不对劲。孔红亮神情严肃地让小英坐在对面，旁边另外一位警察在做笔录，一切像审问罪犯一样。小英嘻嘻一笑说："孔叔叔，这么严肃，你说吧，要谈啥子？"孔红亮拿起放在桌上那本《大众哲学》，盯着小英问："这本书是哪儿来的？这是我们从你房间找到的。"小英故意思索了一会儿才说："我记不清了。""是不是从邱华生那儿借的？""不是，我记起了，是我逛书店时，觉得好奇买下来的。""可是你的丫鬟梅英说是你从邱华生那儿借的。小英,我提醒你,这是很严肃的问题,既然你与小邱分手了,没有感情了,就不必替他隐瞒,要实事求是地回答。""不是,不是,这本书确实是我买的。"孔红亮下令:"传丫鬟梅英。"不一会儿,梅英低着头颤颤巍巍地进来了。孔红亮举起那本《大众哲学》问:"梅英,你家小姐是不是说过这本书是从县政府邱秘书那儿借来的?"梅英嗫嚅着说:"是的。"小英瞟了梅英一眼,问:"梅英,你说一说,我是不是先后拿回来两本书《大众哲学》和《逻辑学》?它们封面一样都是白色的。""是的。""你认识上面写的字吗?""不认识。可是一本要新些, 一本要旧些。""你确定《逻辑学》新些,还是《大众哲学》新些?"梅英望了望小姐那严肃的神情,胆怯地说:"不确定。""既然不确定,那说明你显然是听错了,分辨错了,我明白地告诉你,《逻辑学》才是从邱秘书那儿借的,《大众哲学》是我从书店里买的。"梅英不知所措地站在那里。孔红亮看小英有意替邱华生遮掩, 一时问不出眉目来,就叫梅英下去了。孔红亮继续问小英:"你可知道阅读禁书是犯法的,会有共党分子的嫌疑的。""那本书放在书架上,我又不知它读不得,能怪我吗?难道你们怀疑我是共党分子,不然你们把我抓起来吧!"小英生气地说。"哪里,哪里,我们今天只是问一问情况,既然事情过去就算了,小英姑娘,请你今后不要再购买阅读这样的书了。"

金堂中学里,邱华生正在给学生上课,突然发现一些学生朝门口偷偷地笑。邱华生回头看去,只见教室门口站着一位时尚美女,仔细一看,原来是小英。邱华生停止了讲课,喜出望外地走出了教室:"你怎么来了?"小英微笑着回答:"我原来在这里读过书,对这里十分熟悉,怎么不能进来呢?""喔,你啥子时候回来的?""昨天。你现在有没有空?我有事找你。"邱华生说:"那你到外面等一会儿,我把课上完了吧!"上完课,邱华生来到学校外面,小英站在那里等他。两人边走边聊,邱华生问:"你这一年多到哪儿去了?""在成都读书。""听说你爹到成都找过你，怎么没有找到呢？""我换了一个名字……你老师刘县长的事我回来后听说了。""他完全是遭人打击诬陷。""他现在在哪儿？""到成都去了。"过了一会儿，小英郑重地说："你很不坦诚，你以前不与我一起走，不离开金堂，原来你是因为有重要的事情瞒着我。""我有啥子重要的事呢？""你不仅是共产党员，而且是金堂县的地下党小组的负责人。"此话一出，邱华生吓了一大跳，机警地望了周围，好在周围没有人。"你不要胡乱说。"邱华生神情严肃地斥责道。小英看着邱华生慌乱的样子，忍俊不禁地笑了，伸出手来："邱华生书记，兰鹰来向你报到。"邱华生疑惑地打量着小英问："你是兰鹰？"邱华生最近接到中共成都特委的通知，要派一位代号"兰鹰"的人来协助他的工作。"是的，我在成都读大学时加入了党组织。上级领导得知我爹当上了金堂县长，叫我回金堂开展革命工作。当上级领导告诉我你是党员，而且是金堂党小组书记时，我心里有多高兴啊！我这才明白你当初为啥不与我一起走的原因。我一回来，孔红亮就找我谈话问那本禁书《大众哲学》的事。""你怎么回答的呢？"小英轻松地说："我跟他说那本书是我在逛书店时觉得好玩，顺便买回来的。这样一来，他们就没有啥子说的吧！""欢迎你，陈小英同志，今后好好工作。"邱华生紧紧握住小英的手，两位有情人深情地拥抱在一起。

刘仲明回到成都后，来到春风相馆与彭代成商量如何进一步开展革命活动。刘仲明说："要具有强有力的鼓动性，让更多的力量加入，我认为以'川康渝自卫军'的名义办一张宣传刊物，刊登一些我们的方针措施，在成都市和各区县发放，这样效果要好一些。"彭代成赞许道："这办法很好，我在照相复印方面有一些经验，也有一些设备。""我认识的一些同僚许多在军界，或者手头掌握有武装，我可以写一封《告国民党官兵书》发给他们，规劝他们弃暗投明。只不过我一时想不出合适的刊物名称。"彭代成道："这个名称不能太直白，版面也不宜过大，否则会引起敌人的注意……名叫《驼铃》如何？"刘仲明沉思良久："《驼铃》？不错，朴素典雅，负重的骆驼敲响铃铛，发人深省。"二人商定，刘仲明负责撰稿组稿，彭代成负责校对印刷。分手时，彭代成说："我会把这些情况向上级组织汇报，请上级组织批准。刘同志，你现在还住在清江路20号？"刘仲明回答："是的，暂时住在朋友那。""有啥子情况我就到那通知你。"

经过上级的批准后，二人着手创办《驼铃》刊物，购置设备和材料，经过几审几校，第一期样刊很快问世。看着一份"心血"就这样诞生，刘仲明和彭代成十分兴奋。这是一张页面不大的小报，由于纸料比较少，二人计划只印三百份。为了不引起敌人怀疑，彭代成晚上借洗照片之机，在他的工作室完成了印刷。在操作过程中，有一二张印刷效果不佳，彭代成将其揉成一团扔在垃圾筐里。夜很深了，彭代成将一些印好的报纸整理整齐装入一个黑布口袋，因为第二天刘仲明要来拿，另外一些报纸他带回家中存放。第二天彭代成刚打开店门，李国杨就来了。李国杨直接进入彭代成的工作室，此时彭代成正在外间忙碌准备迎接顾客。李国杨无意间发现垃圾筐里有一些东西，他走过去将那揉成一团的报纸稍微展开看了一眼，然后迅速揣进怀中。

相馆中，彭代成与李国杨坐在一起有说有笑，刘仲明走了进去，彭代成起身招呼他，刘仲明与李国杨见过一次面，两人点头打招呼。三人坐下来闲聊了一会儿，李国杨说："彭先生，刚才我已经给你说了，晚上我请你看电影，去不去？""好，七点钟嘛！"彭代成答应了。李国杨转身问刘仲明："刘先生去不去呢？是一部很好看的外国片，一起去的都是朋友。""谢谢，我有事，你们去吧！"刘仲明问彭代成："彭先生，我让你给我买的东西呢？""买好了，我去给你拿。"彭代成起身走进里间工作室，从角落处提出一个沉重的黑布口袋交给刘仲明。李国杨问："刘先生，你要到哪儿去吗？"刘仲明回答："我要到金堂县去一趟，你们慢慢聊。"说完刘仲明提着口袋走出了春风相馆。

下午，在城厢蓉缘酒店走进来两名一胖一瘦的自卫队兵士，那胖子陈启华认识，是他远房一位表弟，姓李。那两人又累又饿，进店就叫了一壶跟斗酒和几样小菜吃了起来。一边喝酒，李胖子一边向瘦子抱怨说："他妈的，忙活半天了，根本没有见到可疑的人。"瘦子说："怎么抓？现在姓刘的人多的是。"陈启华赔着笑凑过去问："表弟，你们要抓谁呀？"李胖子说："今天陈县长把我们几个叫去让准备抓人，说是一位姓刘的男人，四十多岁，中等个子，微胖，操川东口音，拿着一个黑布口袋。表哥，你这里今天来过这样的人吗？"陈启华摇头道："没有来过这样的人，况且顾客来吃饭，我从不问姓甚名谁。"但陈启华心里"咯噔"一下，这人不就是刘仲明县长吗？他继续问："表弟，你为啥子抓他呀？"李胖子低声说："听陈县长说那姓刘的是共党分子，今天要到金堂来散发反动传单，而且叫我们就地处决……"那瘦子急忙打断李胖子说："陈县长说要咱们保密。"李胖子不再言语了。陈启华听了这话，一下子慌了神：如果他们要抓的是刘仲明县长的话，还要就地处决……刘县长这么好的人，不能有事，可是现在他在哪儿呢？陈启华知道刘县长有个学生叫邱华生在自卫总队，得尽快把这个消息告诉他。还没有等那两位自卫队兵士离开，陈启华借故叫店内伙计照顾一下生意，然后急匆匆地去武庙自卫总队找邱华生。

可是守卫士兵说邱华生副队长不在自卫总队了，到金堂中学当老师去了。陈启华又来到金堂中学，好不容易才见到邱华生，当他把情况一五一十告诉邱华生，邱华生也觉得自卫队四处要抓的人就是刘仲明，但他也不知道刘仲明目前身在何处，进没有进县城，心里十分着急。打发走陈启华后，邱华生吩咐曾传秀通知其他地下党小组成员寻找刘仲明。就这样，陈善人派人四处搜捕刘仲明，邱华生等人也在秘密寻找刘仲明，邱华生还到毗河岸边巧儿家中找过，刘仲明没有去过那里，两帮人找了一天一晚都没有找到刘仲明。第二天天明，姚渡曾家镇传来消息说刘仲明在曾家寨，大家这才松了一口气。原来，刘仲明担心自己直接进城厢会被人认出，于是来到曾家寨找曾绍成，动员曾绍成带领他的武装力量也参加"川康渝自卫军"，可是曾绍成当时不在曾家寨，曾一接见了他。鉴于形势危急，邱华生当即命令曾传秀回曾家寨通知刘仲明尽快离开金堂县。

晚上七时许，李国杨如约来到相馆，彭代成随即关了相馆的门，两人一起来到附近名叫"天外来客"的电影院看电影。彭代成还从路边摊买了一些香瓜子、落花生之类，两人边看电影边食用。电影名叫《基督山伯爵》，是一部外国片。两人大约看了两个小时，电影才放完。彭代成和李国杨走出电影院，此时成都的大街小巷已是灯火辉煌，夜市里人头攒动，许多卖酸辣粉、肥肠粉、凉粉、锅盔等吃食的摊点，生意红火。两人还没有吃晚饭，准备一同到附近夜市吃一点东西。然而刚走出电影院不久，几名便衣迎了上来，带头的一名便衣问："谁是李国杨？"李国杨一惊："我是。"特务又问："他是谁？""他是我朋友彭代成。"特务说："对不起，请两位跟我们走一趟。"彭代成问："你们是哪里的？""我们是保密局的。"那特务一声令下，其他几名特务过来控制住了彭代成和李国杨。彭、李二人边挣扎，边大声质问："你们凭啥子抓人？""你们是共党嫌疑分子，现在被捕了。"于是警察把二人押上车，一起关进宁夏街监狱一间屋子里。牢房里，光线很暗，彭代成与李国杨长时间面对面沉默，彼此只能感觉到对方的呼吸。他们虽然是朋友，但不清楚对方的身份。外面传来特务审讯犯人的声音，他们也不知道这是什么地方，只是觉得凶多吉少。沉默许久，彭代成终于开口问："你到底是不是共产党员？"李国杨点点头："是。我属于成都特委，你呢？""目前我属于'川西解放组'，那你认识成都特委哪些人？""这个你不要多问，我认识不多，为了保密，我们常常是单线联系。"彭代成不再问了。过了一会儿，李国杨问："你们现在办了一种报纸名叫《驼铃》？"彭代成惊讶地问："你怎么知道？"李国杨漫不经心地说："我听领导说过，我这里想核实一下。"彭代成回答："我们以'川康渝自卫委员会'的名义办的。"过了一会儿，李国杨给他鼓劲说："如果他们问啥子，你就装作无辜，即使动刑，你也啥子都不说，这样他们也许就会放我们出去。"彭代成表示同意："我们不能屈服，给敌人留下把柄。"

　　接下来几天，敌人并没有提审他俩，而是送来了一些纸笔叫他们写检查，要求他们如实交代。彭代成写了一张纸条递给李国杨："如果他们先放你出去，请把这张纸条交给刘仲明，叫他躲一躲。""刘仲明？就是那天我见到的那位刘先生吗？"李国杨问。"是的，他也是川西解放组成员，他住在清江路20号。"李国杨瞄了瞄外面，迅速收好纸条， 一丝不易觉察的阴笑从嘴角划过。第二天，牢房门打开了，警察大声吆喝："李国杨，出来。"李国杨走出了牢房，从此再没有回到监狱。

刘仲明得到邱华生的消息后，离开了曾家寨回到了成都。在成都活动了一段时间，四处拜会昔日同僚和上司，散发《驼铃》，游说他们参加"川康渝自卫委员会"，他去过春风相馆几次，可是店门紧闭，没有找到彭代成。谁知道他要去金堂县散发传单呢？刘仲明预感彭代成出事了。这日，刘仲明走出清江路20号居所准备又到春风相馆去看一看，李国杨带着几名警察迎面走来。李国杨远远地指着他道："就是他。"警察迅速地扑过来控制住了他。 一名警官说："刘仲明，你被捕了。"几名警察将他押上一辆警车，并从他的住处搜走了剩余的报刊《驼铃》。

刘仲明再一次被关进宁夏街监狱，这次，他没有与杜科他们关在一起，而是与彭代成关在了一起。 一见刘仲明的面，彭代成马上明白过来，李国杨是国民党的特务，是故意来接近他的。原来，国民党特务在狱中从彭代学身上查不出什么来，就从他开照相馆的堂弟彭代成身上着手，让彭代成的朋友李国杨主动接触彭代成，想从彭代成身上查出"川西解放组"的其他成员。李国杨发现他们印制报纸《驼铃》，经过对那份报纸的研究，确定彭代成便是中共地下党员。彭代成愧疚地握住刘仲明的手："刘同志，是我害了你，我不知道这是敌人的计策。"彭代成讲了事情的经过，刘仲明批评道："你太粗心了。"

接下来，警察对他俩轮番审讯，他们首先提审了彭代成。负责审讯的警察姓罗，是一个胖子，嗓门很大。罗胖子问彭代成："你们'川西解放组'是啥子组织？计划干啥子？""解放四川，解放全中国，保家卫国。""你们成员有哪些？你是不是负责人？刘仲明是不是你们组织的成员？""他不是我们的成员，成员只我一个，负责人也只我一个。"罗胖子一拍桌子："撒谎，成员只有你一个，你哄三岁的小孩子？"彭代成反唇相讥："怎么不可能？言论自由，我想怎样说就怎样说。""那你的上线是谁，接头暗语是啥子？""没有接头暗语，没有上线。""狱中的杜科是不是你们的领导？""不是，我不认识他。""你怎么开展工作的呢？你办《驼铃》的目的是啥子？上面的文章是刘仲明写的吗？""是我自己写的，我自己拿去宣传联络。""那你把报纸发给了哪些人？联络了多少人？""有李国杨，还有你，全四川人。""你还嘴犟。"罗胖子不耐烦了，命令手下："拉下去，狠狠地打，我看他交代不交代。"两名如狼似虎的警察过来把彭代成揪过去，绑在刑具上严刑拷打，然而彭代成骂声不断，根本没吐露半点情报。

接着，警察们提审刘仲明，想从他身上找到突破口。刘仲明一来到审讯室，就被两名警察使劲按在座位上。罗胖子在他身边转来转去，好半天才问："刘先生，我查阅了你的档案，你是国民党党员，在省政府任过职，在三台县、金堂县都担任过县长，有人诬陷你贪污，结果查无实证，又放了你……党国对你不薄，你为啥子要加入共产党？"有了上次入狱的经历，刘仲明的意志坚定了许多，他从容地回答："政治立场不同吧！以前我信奉孙中山先生的'三民主义'才加入国民党，现在政策完全走了样，弄得民不聊生，战事频发，我对蒋介石推行的政策极为不满，看穿了当今黑暗社会。""你们'川西解放组'有哪些成员？如实交代，免受皮肉之苦。""成员多，四川人都是。"罗胖子知道刘仲明在戏弄自己，拿出《驼铃》报纸问："你们印刷这个用来干啥子？上面的文章是不是你写的？""《驼铃》是我用来宣传联络的，上面的文章全部是我编的。""那彭代成呢？""他不是，他没有撰写文章，他不知道有这件事。""胡说，他说这所有的一切是他干的，与你无关，你们都这么说，我到底相信谁？"沉默了一会儿，罗胖子又说："之前我们调查你贪污，结果证明你确实是清白的，后来你成了共党分子，是不是你在牢中认识杜科，他们让你加入的？杜科是不是'川西解放组'的成员？""不是，他们都不是。"刘仲明的回答让特务很失望。

绣川书院（何志勇配图）

> 权力是工具，权势是巨鸠。

第三十九章

傍晚，天边的云彩逐渐被黑夜吞没，地上光影朦胧。陈家花园外面，几个孩童在那里一边玩耍， 一边唱着顺口溜：

　　中华民国三十三，
　　三水机场修得宽，
　　见了多少泥巴官，
　　左手拿根篾条片，
　　右手拿支假纸烟，
　　白天才把民工管，
　　黑了算账把污贪。

这歌谣说的是修广汉三水关军用机场时的乱象。守门的陈跛子觉得烦，开门出来吆喝： "滚远点唱， 滚远点唱！"孩童们无趣地跑远了。一会儿，那群小孩子又跑回来唱起来。警察局长孔红亮匆匆来访，陈跛子像长虫过门槛——点头哈腰地说： "老爷在，请进，请进。"书房内，陈善人与孔红亮密谈起来。屋外窗口，小英路过， 她停下脚步侧耳倾听。孔红亮说： "刘仲明又被抓起来了，省保密局传来消息说他是共党分子，加入了'川西解放组'，现在成都到处抓'川西解放组'成员。我听说刘仲明以熊克武的名义到我们金堂来散发传单，发动保民自卫。"陈善人说："果真是刘仲明，上次我接到密报说有一位姓刘的共党分子要来金堂散发传单，我估计就是他。这说明我们金堂还有共党分子，你以前不是到处在抓共党分子，结果怎样？""一言难尽，共产党十分狡猾，查不出蛛丝马迹来。但我听说邱华生在金堂帮刘仲明散发过给同僚的信，王世成副县长就接到了一封，现在王副县长把那封信交给了我。"说着孔红亮把副县长王世成说的那封信拿出来交给陈善人看。陈善人认真看了信件后说："这就是证实他们是共党分子的有力证据，他们打着熊克武的名义搞阴谋诡计，邱华生是刘仲明的学生，他为老师发这些，共党嫌疑很大。""所以我今天来找你就是为这个事情，你看如何办？""怪不得邱华生不离开金堂，原来是另有所图，他身上的疑点太多了，你还不快点把他抓起来。""可是他在金堂中学，如果贸然抓捕的话，事情闹大了，曾绍成说我们在打击报复，不免会遭到阻拦，学生会闹事。""我明日上午说有事找他把他叫到县政府办公室，那会你就采取行动。""要得，这样就好办多了。还有那个王从武，我始终不放心，他与刘仲明、邱华生走得很近，不可靠，我建议最好换了他。""你认为他也是共党分子吗？""这个不好说。""那换谁呢？我认为王从武办事稳妥，在自卫总队里很有威信，他也是我推荐上去的，况且以前我们做事，他都睁一只眼闭一只眼，并没有与我们作对。""自卫总队我可以兼任，别忘了，在寿佛寺是他让邱华生和朱治松带人帮刘仲明缴了我们的枪，没有王从武的点头同意，邱华生他们能调得动自卫总队的人吗？""可是当自卫总队队长要有军事才干。""你太小看我了。""不是我小看你，你把警察局的事情搞好就差不多了，管不过来自卫总队的事……寿佛寺那件事我已经狠狠地批评过王从武了，他保证从今往后听从我的调遣和指挥。"邱华生有危险！小英心里着急，快步走出家门。守门的陈跛子拦住问："小姐，这么晚了，您要出去吗？""是的，我要出去买东西。"小英一边回答，一边迈出了大门。

金堂中学灯火辉煌，金堂中学的学生还在上晚自习。校门口，小英见到了邱华生。小英焦急地说："你已经暴露了，快离开这儿……他们不但要抓你，还想免去王从武队长的职务。"小英把事情简明扼要地讲述了。邱华生大吃一惊，准备马上回宿舍收拾行装。小英问："你还有重要东西吗？""没有重要的了。""那些东西不要了，你快走。"两人迅速分开，消失在黑夜中。

街巷灯光昏暗，路上行人极少。邱华生走在大街上慌不择路，这么晚了，快要到十点了，到哪儿去躲呢？他想到了曾传秀，她也许会有办法。邱华生快步来到东街曾家，敲响了门。不一会儿，只听曾传秀在里面问："谁呀？""我。"邱华生低低地回答。曾传秀听出了邱华生的声音，打开了门，邱华生径直走了进去，曾传秀迅速关上门。曾传秀问："你怎么来了？"邱华生并没有直接回答反问道："你爹在家吗？""他有事出去了，一会儿要回来。"见曾传秀确实一个人在家，邱华生这才说："我已经暴露了，你想办法帮我躲一躲。"邱华生把事情经过告诉给曾传秀，但他没有透露小英也是地下党员的事。曾传秀着急地说："只有等我爹回来，他办法多。""他走时说过今晚要回来……那不是王队长也有危险？""目前不会吧！他暂时不是我们组织的成员。"曾传秀表示她基本上做通了她爹的工作。邱华生欣慰地说："这样就好，将来解放了金堂，给你爹记头功。""你宿舍有没有重要的东西？""没有了，不过，你明日一早再去看一看。"邱华生把寝室的钥匙交给曾传秀。

大约晚上十一点钟，曾绍成才从外面回到家中，看见邱华生来了，十分高兴。邱华生说："曾校长，我遇到点麻烦，请你设法帮我躲一躲。""因为我老师刘仲明号召保民自救的事情，陈善人和孔红亮他们要抓我。""就是上次刘县长散发传单要我们响应熊克武主任的号召，做好保民自救那件事吗？刘县长现在怎样？""听说在成都被捕了。""刚放出来，怎么又被抓起来了呢？""明天上午他们要抓我。""你到我曾家寨去躲一躲，那里比较安全，可是现在出不了城了，明日一早我带你出城。"曾绍成看了看自己的女儿，问邱华生："你们是不是共产党呢？"邱华生沉默不语。"爹，你问这干啥子呢？我给你说过，我们与你一样是开明人士、正义人士。"曾传秀嗔怪道。"不问，不问，你们组织有纪律要求。""不过曾校长上次在寿佛寺表现得不错。"邱华生赞许道。"他们确实做得太过分了，我与那陈善人等人周旋了好多年了，根本不怕他们。""有了你们，金堂县民众才有希望。"邱华生当晚在曾家借宿了一晚。

第二天一大早，霞光遍地，夏日的太阳还没有探出头来，天空瓦蓝瓦蓝的。明教寺的钟声响起，城厢的东、西、南、北城门早已打开，踩着净土晨钟的节拍，不少做生意的乡下人已经背着或者挑着货物进了城，城里到乡下或者到外地远行的人可以自由出城了。曾绍成雇了一辆马车，带着经过一番乔装打扮的邱华生出了南门向曾家寨疾驰而去，此时的陈善人、孔红亮还在睡梦中。大约两个时辰后，他们来到曾家寨，曾绍成直接把邱华生带到曾老夫人房中。曾老夫人已经起床了，坐在那里让丫鬟给她梳头。曾老夫人视力有些不好，还没有认出邱华生："儿呀！他是谁？"邱华生取下墨镜："是我，老夫人。""你是邱副队长。"曾老夫人终于认出了邱华生。在解围土匪攻打曾家寨时，邱华生参加过，还给曾老夫人敬过酒。"你们刘县长呢？"曾老夫人问。她还不知道刘仲明已经解职了，更不知道他被捕了。曾绍成给邱华生递了一个眼色，邱华生回答："他工作忙。"曾绍成道："娘，邱队长遇到点麻烦，想在我们这儿住上一段时间，这事越少人知道越好。"曾老夫人看着儿子的脸色，知道事态严重，应允道："就请邱队长住在扶风楼底楼，那里很隐蔽。"

　　曾绍成带着邱华生来到扶风楼，底楼有一间很隐蔽的房间，大约二十多平方米，房间打扫得很干净，里面有书桌、笔墨纸砚、书籍，还有床和被褥，适合一二人居住。屋子光线很暗，曾绍成划燃洋火点燃油灯，屋内顿时一片光明。曾绍成对邱华生说："你的饭食我们会派专人送来。你就放心地住在这里！我已经给东山区一些乡镇长打了招呼，要求他们联合起来自保，他们答应了，情况还不错。""哦！谢谢，您这儿确实隐蔽，我还有个想法。今后我想把您这儿作为我们活动的中心。麻烦您给传秀带信说，今后一些会议就转移到这里召开，您也参加。""这行吗？""行，您已经是我们忠实的朋友了。""感谢你们的信任，我现在迅速赶回县城去，不然会引起他们的怀疑。"说罢曾绍成急匆匆地走了。

　　上班了。由于在家抽了一会儿大烟，陈善人迟到了，他一到县政府办公室就吩咐办公室人员小谢："去，到金堂中学通知邱华生来县政府开会，说有紧要事情，叫他马上来。"小谢一溜烟去了。不一会儿，小谢回来报告："邱老师没有在金堂中学。听学校教务处张主任说，他昨晚出去后就没有回来了。"这时，孔红亮也来报告："邱华生不见了。"陈善人立即下令："调动自卫总队和警察局的人全城搜捕，把县城弄个底朝天也要把他搜出来。"当天城厢到处是警察和自卫总队人员在挨家挨户搜查邱华生，街面上到处张贴着通缉邱华生的人像和告示。然而搜查半天毫无所获，孔红亮来向陈善人报告情况。陈善人问："难道有人通风报信？""不可能吧！要抓捕他的事只有你我知道，没有第三者知道。"陈善人思虑了一会儿说："走，带一部分人跟着我到金堂中学去。""邱华生跑了，去那里干啥子？""你说干啥子，现在曾绍成收留共党分子，你说该不该抓？"陈善人一句话提醒了孔红亮，孔红亮笑着说："你说得对，这下我看曾绍成跑不脱了吧！"

金堂中学外，陈善人、孔红亮带着一队警察要往学校里闯，曾传秀带着几位老师拦住他们的去路。孔红亮要求进去搜捕邱华生，曾传秀坚持说："邱华生老师已经不在学校里，昨晚就离开了，至今没有回来。"孔红亮大声说："我们找曾校长，他到哪里去了？""还没有来上班。""我们要进去搜查。"一位老师说："学校正在上课不能进去，而且你们县政府好几个月没有给我们发工资了，我们没有饭吃。"孔红亮上前冲着那位老师就是一巴掌："他妈的，警察来抓人，你们敢阻拦，还想要不要工资？"那位老师差点跌倒在地。"你们不给我们发工资，我们就不让你们进去。"曾陈两家多年的矛盾瞬间爆发，老师们义愤填膺，坚决不让警察进去。孔红亮打老师的情形正好被学校的学生看见了，只见一个学生大声吼："警察打人喽！警察打老师喽！"就是这一声吼，惊动了全校师生，一千多名学生和老师都停止上课向校门口涌来，学生们个个怒火冲天，把陈善人等人团团围住。不少学生质问："你们为啥子打我们的老师？"陈善人大声解释："你们邱华生老师是共党分子，我们今天是来搜捕他的。""有啥子证据？""大家知道吗？金堂以前的县长刘仲明是共党分子，已经在成都被抓起来了，邱老师是刘仲明的学生，有共产党嫌疑。""老师是共产党，学生一定是共产党吗？"陈善人一时回答不上来。"砰"，孔红亮朝天鸣了一枪："谁阻挠警察执行公务，老子就枪毙谁！"可是那些学生根本不买账，他们一拥而上，有的按住警察的手，有的夺枪，场面一片混乱。

"住手！你们干啥子？"只听一声呵斥，原来是曾绍成回来了。曾绍成的出现让学校师生停止了行动，事态渐渐平息下来。曾绍成大声对师生们说："这里有我，你们统统回去上课。"在曾绍成和其他老师的催促下，学生们陆续回到了教室。曾绍成双目与陈善人对视着，他们是老对手了，彼此很了解。陈善人问："你到哪儿去了？"曾绍成镇定地回答："我刚从家里来上班，你们来学校有啥子事吗？"陈善人扬起手中刘仲明的信，得意地说："现在查明刘仲明是共产党，在成都被抓了，而他的学生邱华生在我们金堂到处发刘仲明致同僚的信，号召大家自卫，这证明邱华生也是共党嫌疑分子，我们要带他回去接受调查。"曾绍成问旁边的教务处张主任："邱老师呢？""昨天晚上就离开了，至今没有回来。"教务处张主任回答。曾绍成对陈善人说："你看，邱老师不在。"陈善人说："我们要搜查他的住处。"曾绍成说："可以，你们去搜吧！"

孔红亮带着几名警察进了学校，来到邱华生的住处，仔细搜查了一遍，然而一无所获。孔红亮向陈善人报告了搜查情况，陈善人对曾绍成说："曾校长，那就麻烦你到警察局接受调查。""你怀疑我是共党分子？""这个我不敢说，但你一再容留邱华生在你们学校当老师，而且有可能是你把他藏起来了，这个事情你要接受调查。"曾绍成沉思片刻："我跟你们去。""爹，你不能去。"一旁的曾传秀十分担心父亲的安全，上前拉住曾绍成。其他老师也力劝曾绍成不要去。"放心吧！不会有事的。"曾绍成安慰大家说。孔红亮上前要给曾绍成戴手铐，陈善人挥挥手："算了，曾校长好歹还是副议长，我们只要求他接受调查。"

县政府审讯室里，曾绍成与陈善人面对面坐着。陈善人皮笑肉不笑地说："老同学，看到你，我就想起我们以前同窗的事情来，我们在一起打球、跑步、读书。那时我个头小，光受到你们欺负……而且我们争了大半辈子了。"曾绍成一脸轻蔑："你现在当上了县长，就耀武扬威，想打击报复？""不……不……此时念及同窗情谊，是因为我不希望动武，但你要配合我们的调查， 实话实说。邱华生第一次到你们金堂中学任教是为啥子？""他因为张季方那个案子的事被免了职，这是刘县长打的招呼，当时刘县长是县长，我能不买账吗？""那么第二次呢？""他离开自卫总队后，来找我， 说想找一份工作，他教书很不错，学生十分欢迎， 所以我才让他来学校。""他为啥子不离开金堂？难道你不怀疑他是共党嫌疑分子？""没有证据，你能识别你们县政府哪个是共党分子？他们脸上刻有字？你有孙悟空的火眼金睛？""你撒谎，你没有说实话。""我句句都是实话。""你还嘴犟。"旁边的孔红亮沉不住气了，举起鞭子要抽打曾绍成，被陈善人拦住。陈善人冲着曾绍成说："等找到证据，我让你心服口服。"说罢陈善人反背着手出去了。

傍晚，陈善人回到家，孔红亮全副武装带着两名警察来了。陈善人看了看孔红亮身后的人， 严肃地问："难道我是共党分子， 你带人来抓我？"孔红亮解释： "您是县长，我哪敢来抓您。""你搜过曾绍成的家吗？""搜过，他家没有线索。""还有其他线索吗？""有……自卫总队和县政府没有蛛丝马迹， 但我们从金堂中学外面调查到小英昨晚去找过邱华生， 邱华生从此就没有回去。""我女儿？难道昨天晚上我们之间的谈话被她听见了？"陈善人吃惊地问。孔红亮说： "有可能。""让我再核实一下。"陈善人紧走几步走出屋子去叫陈跛子。陈跛子应声一瘸一拐地进来了。陈善人问： "昨天晚上小姐出去过吗？"陈跛子如实回答："出去了的。""大约啥子时候？""九点多钟。"陈善人望了望孔红亮，孔红亮点点头。陈善人吩咐陈跛子："去把小姐叫来。"陈跛子不一会儿就把小英叫来了。小英走进屋内发现气氛不对，父亲和孔局长脸色凝重地望着她。陈善人问： "女儿，昨晚你去过金堂中学？"小英平静地回答： "去过。""你是不是去给邱华生通风报信了？""是的。"小英毫不隐瞒地回答。"小英，你好糊涂，邱华生是共党分子。"一旁的孔红亮着急地说。"我不知道， 我只知道他是我爱的、我喜欢的人。"陈善人怒火中烧， 冲过去扬手要打小英，小英立在那里并不躲闪。孔红亮拉住陈善人说："小英不懂事，她被邱华生蒙蔽了，我们慢慢做她的工作。"陈善人气急败坏地坐下来，指着小英骂道："我怎么养出你这个不争气的女子。孔局长，这样，你把她当作共党分子带走接受调查。"孔局长很为难。"王子犯法与庶民同罪，你把她关起来。"孔局长转身对小英说："走吧！小姐，请到我们警察局协助调查。"小英头也不回地跟着孔红亮走了。秀红得知事情缘由后，过来劝道："老爷，你不能那样子，监狱条件那么差，小英受得了吗？"陈善人愤愤地说："就是要让她去受点罪，她才知道馍馍是面和的。而且我怀疑她是共党分子，那可是丢脑袋的事……哎！她肯定是这段时间到成都上大学跟别人学坏了，开始造反了。"

第四十章

他终于成为一名光荣的共产党员。

　　特务在刘仲明和彭代成身上挖不出什么情报，一时又找不到新的证据，于是失去了耐心，就在两个多月后的一天，警察将他们转移了牢房，把他们和杜科等人集中关在了一起。大家都是战友，又都是"川西解放组"成员，相互都认识。当刘仲明再次见到杜科，彼此会心地笑了，并紧紧地拥抱在一起：我们又相会了。刘仲明看了看其他几个人，个个衣衫褴褛，瘦骨嶙峋，明显在监狱里受到敌人的残酷折磨。刘仲明感慨地说："你们瘦多了。"监狱传出轻松愉快的笑声，在冰冷窒息的空气中回荡。后来，除了应付敌人的审讯，大家在没有敌人监视的情况下，聚在一起挨着讲党课，交流自己读到的、了解的进步思想。刘仲明无限感慨地说："我原来信奉孙中山先生的'三民主义'，以孙先生为榜样，推行新政，克己奉公，想着为老百姓多做善事益事，就能实现共和，结果处处碰壁，屡屡受挫，后来我才明白这个世道并不是我想象的那样，不是我一个人能够改变的。"大家都赞同他的观点，认为蒋介石完全违背了孙中山的方针政策，执意发动内战，致使社会腐朽黑暗，民不聊生。

　　刘仲明与彭代学单独在一起交流时，刘仲明好奇地问彭代学："听说你们夫妻俩做家具生意赚了很多钱，成了富翁，为啥子走上了革命道路呢？"彭代学回答："你知道我们彭家出了一位大英雄彭家珍，我们父辈时常鼓励我们要向英雄学习，做一个正直、有民族大义的人。我与妻子是在金堂读书时认识的，毕业后在做生意过程中结识了杜科，是他帮助我们找到了信仰与追求。拥有那么多钱有啥子用呢？还是拯救不了我们的民族，唤醒不了民众，所以我与妻子义无反顾地参加了共产党，加入了'川西解放组'，就是为了打破这个旧社会、旧制度……"刘仲明久久地回味着彭代学的话语，想到自己的人生经历，他决定要做一件很重要很有意义的事，那就是加入中国共产党，真正成为一名光荣的共产党员。

这日，刘仲明对杜科和王飞良说："杜书记，王记者，你们是我的入党介绍人，我目前还是临时党员，我要求正式入党，不知我现在合不合格了呢？"杜科回答："当然合格了，可是这里没有红色的党旗，不能宣誓入党。""一定要红色的吗？""一定要红色的，因为红色代表着革命，代表着鲜血，代表着胜利。"王飞良补充道。刘仲明并没有多问了，他在思索如何找到党旗，哪怕一块红色的布也好。过了一个星期的下午，当他们放风回到监狱，刘仲明兴高采烈地从衣兜里摸出一块红布来，问杜科："这个可不可以当党旗呢？"那块红布湿湿的，色泽暗红，有巴掌那么大。杜科一把扯过去，问："你在哪里找的？""我刚才放风时，路过一条小水沟看到的，于是把它捡了起来。""可以，等它干了，我们做一面党旗。"杜科激动地说。杜科小心翼翼地把那块绒布晾在通风口，半天时间就干了，然后七八个人凑在一起共同研究设计了一面党旗。经过很长时间的琢磨，他们终于完成了杰作。夜色朦胧，一面鲜红的党旗挂在监狱的墙壁上，虽然小，却像一轮太阳，像一把火炬，闪闪发光。大家一同举起拳头重温入党誓词："我志愿加入中国共产党，拥护党的纲领，遵守党的章程……"暗夜里，那声音越来越大，越来越洪亮……

何友琴得知小英被抓后，十分震惊，虎毒不食子，表哥为什么要这样做？本来没有多大的事情，何必小题大做呢？傍晚，何友琴来到陈家花园找陈善人，想劝陈善人把小英放出来。刚好，陈善人下了班回到家中，何友琴说明来意。陈善人责备道："就是你惯着她，让她去读大学，让她去学坏，现在好了，犯法关起来了。""她犯了啥子法？我听说她给邱秘书报信，邱秘书是她喜欢的人，你们要抓他，难道她看见自己喜欢的人身处危险能见死不救吗？""她不给别人送信，偏偏给共党分子报信，那就是死罪。""可是，你只这一个女儿呀！""那又怎样？我期望她成凤上天，而她要钻草，她自己不争气，我也保不住她。当初我一看刘仲明、邱华生两人就不是啥子好东西，你还想嫁给姓刘的，现在好了，他们都是共党分子，而且刘仲明被抓起来了，你如果嫁给刘仲明，也会脱不了干系。"何友琴劝服不了表哥，反而遭了表哥一顿臭骂，但从表哥口中得知刘仲明是作为共党分子被抓起来了，进一步证实了她的猜想。何友琴忧喜参半地回到家，找出刘仲明给他写的那一首诗，又认真地读了两遍。他果真是共产党，有理想，有志气，她为他骄傲，为他自豪。但是，她为他目前处境担心，国民党是凶恶的，他们不会轻易放过他。何友琴迷迷糊糊地睡着了。清风徐徐，月光遍地，她和他在一起，一会儿他在作对联，她在吟诗；一会儿他在抚琴，她在跳舞；一会儿他在写书法，她在绘画。突然，乌云密布，遮住了月光，刮起了大风……何友琴惊醒过来，原来是一场梦，两行清泪不知不觉从面颊无声地流下。

何友琴决定第二天去探视小英。她带上一些水果、饼干等，都是小英平常喜欢的食物，用一个篮子装好。在警察局，何友琴要求探视小英，孔红亮为了讨好她，很爽快地同意了。在一间比较干净的牢房里，何友琴见到了小英。她拉着小英的手问："他们没有为难你吧？"小英很轻松地说："没事，他们都知道我是县长的宝贝女儿，没有打我骂我，只叫我写材料配合调查，给我住最好的房间，吃的也没有亏待我。""那就好，你不用担心，我去劝说过你爸，我认为你那样做有自己的道理。""我爹一天就是想着抓共产党，六亲不认，没有一点儿人情味。"何友琴从篮子里拿出给小英的食物说："我怕他们委屈了你，所以给你带了一些你喜欢吃的东西。""谢谢，关键时刻还是表姑疼爱我。"小英嘻嘻笑着，抓起一个橘子，剥了皮吃起来："孔叔叔说，过两天就要放我出去了呢！""到时候表姑给你做好吃的。你听到了刘仲明的消息吗？他现在情况如何呢？"小英看了看外面没有人，犹犹豫豫地回答："我听说，他又……被捕了，关……在成都。""我想去探望他。""他是政治犯，警察不会让你去探监的。"

县政府办公室，陈善人在读报纸，根据报纸报道，战况对国民党极为不利，共产党已经攻占了南京，蒋总统逃往大西南。邱华生跑了，至今下落不明，陈善人怀疑是曾绍成把他藏起来了，对曾绍成进行了二次审讯。可曾绍成不承认，从侧面进行调查，也没有结果，他又不想这样轻易放过曾绍成。

此时，陈善人正左右为难。张拐子突然来报："省政府人事室主任曾用刚来访。"陈善人知道他一定是为曾绍成的事而来，急忙起身迎接。两人见面后，曾用刚把一封信交给陈善人："这是温江专区冯专员给你的信。"陈善人接过冯专员的信仔细阅读，原来信中冯专员要求陈善人不能无缘无故抓人，在没有确凿的证据情况下要释放曾绍成。曾用刚说："今天我就是专门为我二叔的事而来，我想问一问陈县长，我二叔到底犯了啥子事，你要把他抓起来？"陈善人回答："曾主任，您是国民党员，上级领导，还请您支持我们的工作，目前我们正在调查有关金堂中学的老师是共产党的事，我们只是要求您二叔配合调查。""证据找到了吗？""还没有，正在找。"曾用刚一拍桌子："三四天了，没有找到证据，还不放人，你想干啥子？想打击报复吗？""曾主任，您说严重了，我与您二叔是老同学，只要他是清白的，我不会为难他的。"

陈善人想方设法稳住曾用刚，还是不想放曾绍成。然而这时，外面传来喧闹声，原来曾传秀为了救出父亲，发动金堂中学的学生游行示威，他们来到县政府外抗议，要求释放曾校长。学生们手拿"释放我们的曾校长""反对内战""反对独裁"等标语，一路走一路高喊。孔红亮带领警察前来阻拦学生，然而根本阻拦不住，孔红亮惊慌失措地跑进来向陈善人报告："金堂中学的学生举行游行示威，要求释放曾校长。"陈善人脸色铁青不吱声。曾用刚呵斥道："还不放人，你想把事情闹大，你负得起这个责任吗？"孔红亮看了看陈善人问："陈县长，怎么办？"陈善人挥挥手："放人。"曾绍成走出县政府，外面响起雷鸣般的掌声和欢呼声。众学生簇拥着曾绍成回到学校。

陈善人终于想到如何安置陈逸民了。自卫总队差一名副队长，把陈逸民安进去正好可以监控王从武，进而掌控自卫总队。一天，陈善人把王从武叫到办公室谈话。一见面，陈善人就说："你们自卫总队缺少一名副队长，我派陈逸民来做你的助手。"王从武心里明白，陈善人安排陈逸民来当副队长，其用意是来监视他，问："可是他行不行，带得来兵吗？""可以学嘛！你是陈家的女婿，你们是两舅子关系。陈逸民只当过乡长，对军事方面不懂，你要多提携关照他。"王从武走后，陈善人叫来陈逸民。陈善人说："逸民，我想让你到自卫总队当副队长。"陈逸民问："不开办银行了？"陈善人点头说："是的，我让王世成和孔红亮负责金圆券兑换黄金、白银、外汇的事。"陈逸民大失所望："与那些穷兵混在一起，有啥子油大可捞？""当官就是捞油大吗？想法都不对。目前只有这个空缺，你干不干？"陈逸民连忙道："干，干，可是我对军事一窍不通。""你完全可以学的嘛，那邱华生原来是书生，到自卫总队里不是干得好好的吗？我已经给王从武队长说了，让他多帮助你。还有，你今后到了自卫总队，要好好干，最好把自卫总队掌握在手中，听我的指挥。"陈逸民明白了陈善人的用意。第二日，陈善人带着陈逸民到自卫总队宣布了任命。

陈逸民当过乡长，懂得玩弄权术和拉关系，刚进自卫总队不久，就开始倒腾起来，与一些下属吃喝玩牌九，打成一片。不几天，朱治松来向王从武汇报："那个新来的陈逸民仗势陈县长，吃喝拉关系，到处找人谈话，还找了我谈话。"朱治松与王从武从小是哥们，关系很铁。王从武疑惑地问："他找你谈啥子？""他问我在自卫总队里工作顺不顺心，有啥子想法，家里经济状况如何，他还与其他小队长谈话。我问了他们，他们说陈逸民问你在自卫总队工作能力如何？生活作风如何？只要今后听他的话，听陈县长的话，他就会给他升官。"王从武觉得陈逸民的行为太过分，但顾虑到是亲戚，又不想直接得罪他，吩咐朱治松道："他这是在搞小动作，分化队伍，你去把那些小队长叫到我办公室开会。"不一会儿，七名小队长来到王从武办公室。王众武问："各位兄弟，我平时对大家如何？"众人回答："亲如兄弟。"王从武愤愤地道："可是有人在搞小动作，搞分裂，影响部队的战斗力。团结就是力量，我希望大家服从本队长的命令，有啥子情况随时向本队长报告，只要我们一致对外，某些别有用心的人就会孤掌难鸣，阴谋就会失败。"几个小队长纷纷表示坚决服从王队长的指挥。王从武吩咐道："今后把陈逸民监视起来，看他想搞啥子名堂。"

此后，陈逸民在自卫总队处处碰壁，工作不好开展，行动还受到监视，他知道是自己之前操之过急，王从武有了防备，于是来到县政府找到陈善人说："伯父，我不想在自卫总队干了。那里经常搞训练……苦得很，我吃不了那苦……"陈善人说。"应该不是那个原因吧？我听说你在自卫总队搞得动静太大了。你太慌了，要慢慢来，心急吃不了热豆腐，人家王从武经营自卫总队那么多年了，你一下子能插得进去吗？""那啥子时候才能成功呢？""等你在自卫总队混熟了，站住了脚，我自然会提拔重用你。"

　　曾家寨扶风楼下密室里，借着从通风口斜射进来的阳光，邱华生正在看书。现在已经是秋天了，从窗外吹来的风很凉爽。"咚，咚，咚……"一阵杂乱的脚步声传来，有人从楼上下来。邱华生警觉起来，放下书站了起来侧耳细听，大致有两个人的脚步声。原来是曾绍成带着曾用刚走了进来，邱华生很诧异地看着曾用刚，心想他怎么来了？曾用刚笑容可掬地招呼道："邱书记，你好。"邱华生愣住了："你也是我们组织的人？"曾用刚微笑着回答："我是成都地下党特委组织部副部长。""你认识张冬生部长吗？""认识呀！他是宣传部长，我们是同志，你来金堂从事革命工作，都是我们研究决定的。""那你是市委的领导，欢迎光临指导。"两人双手紧紧握在一起。一旁的曾绍成乐呵呵地说："想不到我的侄儿和女儿都是共产党，年轻人有出息。"接下来，三人坐下来进行详谈。曾用刚传达了当前的革命形势说："随着解放军前进的步伐加快，国民党军队节节溃败，可是一些国民党残兵败将沿途扰民，土匪也浑水摸鱼，到处烧杀抢掠，无恶不作。为了和平解放金堂，维护金堂稳定，我受成都特委委托在金堂协助你们开展工作。""我与曾校长商议过了，为了东山地区稳定，我们准备开一个会议商讨一下具体方案。""地点在哪里呢？""就在我们曾家寨，这里比较安全。"一旁的曾绍成插嘴道。曾用刚和邱华生觉得不错，曾用刚问邱华生："我认为这项工作要尽快开展下去，你看大约啥子时候好呢？""现在已是十月了，就这个月15号吧！曾部长，你觉得如何呢？"曾用刚想了想回答："到时我也参加。"邱华生吩咐曾绍成："麻烦你让曾传秀老师通知其他人，为了安全起见，叫他们化妆分头来曾家寨开会。"

　　等曾绍成走后，邱华生与曾用刚继续讨论如何维持金堂县城的稳定，和平解放金堂。曾用刚提议："我们最好在金堂建立一支自己的武装力量。""我已经和自卫总队队长王从武接触过，他答应听从我们的指挥。"邱华生把自己和老师刘仲明接触过王从武的事告诉了他。"王从武这个人我知道，为人很仗义，处事也很稳重，可以把他争取过来。""我在自卫总队的时候，已经在队伍里发展了一些积极分子。""这很好呀！把这些力量充分发动利用起来，在队伍中能起鼓动作用。""这事我要亲自去找王队长，与他当面再谈一谈……你知道我老师的情况吗？""由于敌人渗入'川西解放组'，他和我们另外一位同志被捕了，我们正在想办法营救他。你老师在狱中很勇敢，很坚强，敌人想尽办法想从他那里得到古玉'凤龙虎熊座'的下落和'川西解放组'的情况，他自始至终没有透露任何情报……你作为他的学生，知道古玉的下落吗？""这个我也不清楚，但我知道陈善人和周理润他们想得到它，为此还逼死了寿佛寺玄真住持，至今没有找到。""对，保护国宝，不能让他们得逞。"

何友琴成了一件交易品。

　　临风茶楼，陈麻子、李五爷、彭友明、廖校春四人在喝茶打牌，玩得很起劲，由于陈善人没有来，他们就把做古董生意的廖校春弄来顶替。这时，一阵脚步声，陈善人带着孔红亮和几名警察上楼来了。自从当上县长后，因为工作繁忙，陈善人就没有与他们一起喝茶打牌了，陈善人的突然到来使他们十分诧异，都放下手中的纸牌站起来望着陈善人。陈善人自己大大咧咧地找了一个位置坐下来，看陈麻子等人十分拘谨，笑着招呼他们："怎么，不玩了？坐，坐。"陈麻子等人这才诚惶诚恐地坐下来。陈善人微笑道："好久没有与你们在一起玩纸牌了，最近哪个手气好呢？"陈麻子几个见陈善人来者不善，没有一个人回答他。此时此刻，空气中充满着尴尬不和谐的气氛。陈善人继续问："你们知道当下局势吗？"陈麻子等人摇头说不知。陈善人愤慨地说："目前，共军已经攻占了南京，正向我们西南进攻，过不了多久就会打到成都来了，你们还有心思在这里休闲娱乐。"听了这话，陈麻子他们知道陈善人今天是专门来找碴儿的。陈麻子大着胆子说："共军来了，我们五六十岁的糟老头子又能干啥子呢？"陈善人斥责道："人尽其能，我看你们在座的都是腰缠万贯的富翁，现在中央实行金圆券政策，不准私人拥有黄金、白银、外汇，而你们一定私藏了很多，现在共军打来了，那些下人和泥腿子要分割你们的钱财，居住你们的房屋，还有什么值得留恋的？目前，我准备组建一支队伍与共军干一场，不如你们把手头那些真金白银捐给政府当作军费。"廖校春胆怯地问：

"还要捐多少钱？"陈善人伸出一个拇指："不要金圆券，要现大洋，每人一千。"此话一出，陈麻子等人吓了一大跳，纷纷叫苦："我们哪有这么多钱呀？"陈善人心平气和地说："不要激动，让我来给你们算一下吧！陈麻子，你最近才进了一千块大洋的盐；李五爷，你上个月花了八百大洋从成都戏园子娶了一位小妾；彭友明，你最近在北街花了九百大洋购置了一个门市部；至于廖校春，你最近卖了两个汉代青铜鼎，获得了七百大洋。这些事情我都清楚，这一切说明你们很有钱，家里藏匿的真金白银还不少。"

陈善人一席话让陈麻子等人瞠目结舌。陈麻子终于忍不住心中的怒火，跳起来指着陈善人的鼻子破口大骂起来："陈善人，狗日的，你今天是专门来打击报复老子的？老子没钱，钱用在生意里面去了，老子命有一条。"陈善人顿时气得脸通红，但强忍住没有发作。孔红亮呵斥道："陈麻子，你好大的胆，敢辱骂县长，不想活了？把他给我抓起来。"两名警察过来，将陈麻子扑倒在地，陈麻子拼命地挣扎，骂声更肆意了："陈善人，心狠手黑，吃人不吐骨头……"陈善人下令："把他关起来，到他家去搜查是否藏匿黄金、白银、外汇，再叫他家人拿一千块大洋赎人。"然后，陈善人转过身，狠狠地对其他三人说："你们回去尽快筹钱，交出真金白银，否则与陈麻子一个样，没有好果子吃。"陈善人等人押着陈麻子下楼而去。李五爷等人面面相觑，仿佛刚才发生的一切像做梦一般。好一会儿，彭友明恨恨地说："简直是明抢，老子就是不交，坐牢就坐牢，看他把老子咋办！"三人牌也不打了，郁郁而去。

傍晚，天色已经昏暗，小巷子内黑漆漆的，街上行人稀少。王从武从自卫总队出来回家，他家住在北街，就在他家外面的一处小巷子，黑暗中，他看见一个影子向他招手。"谁？"王从武高度警觉地摸出腰中的手枪，拉开枪栓。影子低声回答："是我，小邱。"王从武觉得声音有点像邱华生，借着昏暗的夜色，凑近一看，果然是邱华生。此时的邱华生经过乔装打扮，王从武差点认不出来了。"警察在到处抓你，你还敢来县城？"王从武收起枪问。邱华生呵呵一笑："老朋友，不请我进你家去坐一坐？"两人一起进了王从武的家。这是一家典型的"一进三"的川西民居，外面是客堂，中间是天井，两边是厢房。王从武太太陈兰香认识邱华生，知道邱华生原来是自卫总队副队长，与王从武共事，两人是朋友，也听说过邱华生被县政府通缉的事，但她相信丈夫做事有他的道理。陈兰春亲自下厨为他俩炒了几样小菜，并热上一壶酒。王从武与邱华生边喝边谈。"听说刘县长是共产党，在成都被抓起来了，怪不得他上次来金堂县动员我参加'川康渝自卫委员会'。"邱华生放下酒杯问："王队长，怕了吗？"王从武摇头回答："不怕……'川康渝自卫委员会'是共产党的组织？""是共产党的朋友，我今天就是代表刘老师的组织来与你谈话的，不知王队长了不了解当今国内形势？""了解一些，国民党目前处于下风，丢失了很多土地。""现在共产党的军队占领了沈阳、北平、南京、上海等主要城市，蒋介石大势已去，我希望王队长认清形势，自我保全。""说是那样，可我又能怎样做呢？""你是自卫总队队长，不但要牢牢掌控自卫总队，听候我们的指挥，而且要想办法进一步扩大武装力量。""组军容易，除了自卫总队，我还有干部武装，如在乡军官、自卫干部等，我现在想向陈县长建议一甲一兵的主张，金堂有五千多甲，如果能实现，立马就可以成立有五六千人的壮丁部队。""如果那样就好办了。我给你一项任务，请你设法破坏广汉飞机场，防止国民党高级军官逃跑。"王从武面露难色："其他好办，就是广汉飞机场是军用机场，有重兵把守，我们这点力量是不行的。""等你队伍壮大了，时机成熟了再说。""不知邱兄弟如今在何处安身？到时我到哪里来找你？"邱华生说："暂时没有固定的地方，有事，我自己会来找你。"

王从武按照邱华生的指示要求，来到县政府给陈善人汇报工作。陈善人对王从武在自卫总队孤立陈逸民的事很不满，开口就问："听说陈逸民在你那里干得很不顺心，你支持他的工作没有？"王从武知道他话中有话，解释说："他不懂军事，一支部队关键是军心，统一指挥，他在那里搞这样搞那样，会动摇军心，影响指挥，这是军中大忌。"但陈善人认为王从武的解释很牵强。王从武继续道："目前形势严峻，共军势力很强大，将来县自卫总队那二三百人的力量根本抵挡不住。"王从武把扩大地方武装，一甲出一兵的想法讲了出来。陈善人对王从武的提议很满意："我正有这个想法，扩大武装，建立一支队伍。""军费和枪支弹药到哪里去找？""这个你放心，我已想到办法……但这支队伍取个啥名字呢？"陈善人思索了一会儿，一拍桌子："取名'金堂县保民救国军'，你回去制定一个具体的方案提交给我。"王从武走后，陈善人在想："扩大武装力量是好事，可是我对军事接触比较少，到哪里去找指挥官呢？如果让王从武全权指挥，那不是进一步壮大了他的力量，事情不是适得其反吗？"这时，张拐子来报："黄寅敬团长回来了。"指挥官不是来了吗？陈善人喜出望外，连忙去接黄寅敬。两人见面，黄寅敬拱手道："恭喜，恭喜，陈议长当上了县长。"陈善人看黄寅敬一身便服，精神萎靡，完全没有原来那颐指气使的样子，便开玩笑地问："黄团长，你的部队呢？成了光杆司令？"黄寅敬叹了一口气，不好意思地说："我在淮海战役成了共军的俘虏，军队全没有了。""那你怎么没有被共军枪毙？""我是被共军改造后遣送回来的……但我不服气，我想再与共军拼一拼，可惜目前没有人马和武器。"你来得正是时候，这里正需要懂军事的人来指挥。陈善人当即把一甲出一兵组建"保民救国军"的想法告诉黄寅敬。"陈县长怎么不当司令？""我对军事方面懂得不多，黄团长可是真正上过战场，从死人堆里爬出来的，军事能力强，我相信你一定能把这支队伍带好。""我还可以组织一些原来的旧部，再与共军斗一斗。可是一下子那么多人，哪里有那么多军费呢？""这个我想办法。"陈善人笔杆子吞进肚——胸有成竹地回答。

局势紧张，行动要快。陈善人迅速召开党政联席会议，黄寅敬参加了会议。会上，陈善人说："现在共军已经攻下南京，占领湖南，即将进军四川，我们成都危急，金堂危急，今天把大家召集在一起，商讨如何应付当前形势。"下面的人议论纷纷，大部分人认为应该放弃抵抗，迎接共军。陈善人大声说："难道就这样让共产党来枪毙你们，没收你们的财产？侵占你们的妻女？让那些泥腿子们居住你们的房屋？"此言一出，大家沉默了。陈善人鼓励大家："我们绝不能放弃，哪怕拼掉我们的性命。"有人问："蒋总统那么多的军队都被打垮了，我们金堂这点人马又能怎么办呢？"陈善人道："共军是人，不是神，只要我们团结一心，一定能战胜共军。现在黄团长回来了，有人指挥军队了，我们计划实行'一甲出一兵'制度，金堂有五千多甲，就有五千多兵，完全可以建立一支军队，我名字都取好了，叫'金堂县保民救国军'。""可是军费、装备哪儿去找呢？"陈善人道："该捐献的捐献，该征收的征收。还有，中央实行金圆券，不准私人拥有黄金、白银、外汇，孔红亮局长和王世成副县长要加强兑换工作……"

尽管一些人反对，但建立"金堂县保民救国军"的方案还是通过了。会议结束后，陈善人让周理润留下来。办公室内，陈善人意味深长地对周理润说："老周，我们是兄弟伙，县政府目前有难处，想请你帮忙。"周理润问："啥子事？大哥，你说嘛！""这里我给你明说两件事，第一件事就是你现在是青年党主席了，你们青年党是我们金堂党员最多的，现在国家处于危难之际，你要发动你们的党员参加'保民救国军'。第二件事就是建立县'保民救国军'需要的经费，你们商会的要多筹措一些。""我们商会的那些人老好得不得了，每次叫他们出钱像割他们身上的肉，叫唤得不得了。""有困难就找我和孔红亮。不过，我听说你们每次都利用捐献之机侵占别人的财产？"周理润把头摇得像拨浪鼓："根本没有这一回事，我们都采取的是自愿的原则，哪个狗日的乱说。""你周家那么多财产，这次可要多捐一些。"周理润心中明白，陈善人这是在打他家财产的主意，于是反击道："我哪有那么多钱，都是空架子，你们陈家可是金堂数一数二的大富户，比我们周家的财产多得多，你们要多捐。""当然，我们陈家也捐。你们周家这次要捐这个数，而且是大洋。"他举起五个手指头。周理润吓得跳了起来："五千？你这是要我的命呀，我全部家产加起来也没这么多呀！""周兄弟，难道我不知道你的家底？我当这个县长难呀，我们多年的朋友，此时正需要你的大力帮助，难道你把财产放在那里等共军来没收充公？"周理润迟疑了半晌，咬着牙道："五千就五千，但你必须答应我两个条件？""第一个条件就是让我在'保民救国军'当个官。""这个完全可以，让你当个团长，把你们青年党的人组合在一起，由你指挥。""第二个条件就是把你表妹何友琴嫁给我。""这个……老周，你有两个老婆了，我劝你，'色'字头上一把刀，难道你以前在这方面没有上过当，吃过亏吗？"陈善人说的吃亏就是他挨黑打的事。"这个你莫管，你答不答应？不答应，一分钱没有。""我答应，但何家的财产不能带到你们周家去，那可是我舅舅的，我要对得起九泉之下的舅舅、舅母。""我只要她那个人，不要她的财产。""今晚就把她送过来，我也不举行任何仪式。"周理润说完，兴高采烈地回家筹备去了。

下班后，陈善人没有回家，而是直接来到何公馆。他一路走一路在想，如何向何友琴说明此事呢？从平时表现，特别是上次在歌乐厅的情况看来，何友琴并不喜欢周理润。可是，"保民救国军"的军费到哪里去找？共军马上要打来了，根据自己以前做过的事情，共产党决不会放过自己，只有来个鱼死网破，与他们对抗到底。门口，陈善人碰到管家何章，何章上前招呼说："陈老爷来了。"他点点头问："你家小姐呢？""她在房内。"房里，何友琴正在练习书法，她弯着腰伏在书案上，紧握着毛笔，聚精会神地写了四个字："天道酬勤。"那笔锋圆润，字体秀气，很有功力。陈善人轻轻走了进去，何友琴没有注意，陈善人夸奖道："写得好。""表哥来啦！"何友琴头也没抬地说。陈善人自己在一张凳子上坐了下来，慢条斯理地问："何友琴，我问你，舅舅舅母去世后，这个家交给我打理，一切事情由我做主，是吗？"何友琴放下手中的笔说："我爹妈去世得早，如果不是表哥您操心，这个家早没了。"陈善人继续问："是呀，陈才顺也不争气……表哥对你如何呢？"何友琴很诧异："你怎么这样子问呢？你有啥子事直接说，不要拐弯抹角。"陈善人叹一口气说："现在表哥有难处，关键时刻需要表妹帮助。现在我们正在组建'保民救国军'，需要大量的军费。""这个我好像帮不上多少忙，我并没有多少钱呀！""我是另一个意思，你知道商会会长周理润吗？他一直喜欢你，想娶你，如果你嫁给他，他愿意捐献五千大洋作为军费。"何友琴听了这话，顿时脸色大变："表哥，你把我当啥子了，把我当商品？以前有人上门提亲，你不答应，你总说让我守节，现在又要我嫁人，况且那周理润有两三个老婆了，你到底想把我怎样？""我也莫办法，现在是非常时期，共军马上要打过来了，他们来了就会没收我们的财产。为了抵抗共军，许多人流血牺牲，有的人还会捐献自己的所有财产，何况你的个人贞节。""共军来了又怎么啦？我不相信他们要枪毙我们，要我们的命？你现在把小英关进牢房，又要把我当商品送人，你将来会成为孤家寡人的……"说着何友琴嘤嘤地哭泣起来。陈善人一下子站起来，气急败坏地说："你不嫁也得嫁，这事由我做主，马上收拾一下，今晚你就得到周家去。"说着陈善人快步出了房门，只听何友琴在后面声嘶力竭地喊："我宁死也不嫁……"陈善人来到院子，吩咐何管家道："你给小姐准备一下，今晚就嫁人。"何章已经在外面听见了陈善人与何友琴的争吵，嗫嚅着说："老爷，不能这样子对待小姐……""啪！"陈善人狠狠地抽了何章一巴掌，斥责道："这个家由我做主，你一个下人开啥子腔，还不下去准备。"何章捂着发烫的脸，低着头去了。

傍晚，没有月光，没有星光，何公馆一片黑沉沉，只有几只蝙蝠在树丛中鬼鬼祟祟地飞来飞去。何友琴要出嫁了，然而整个何家公馆没有一丝喜气。闺房里，何友琴双眼哭得通红像灯泡，两个丫鬟含着泪默默地给她梳妆打扮，平时何友琴对她们不错，但此时她们也不敢说什么，因为就在她们旁边站了四个身强力壮的仆人，他们是陈善人派来监视她们一举一动的。陈善人在院子里走来走去，不断地催促："快点，时辰要到了。"那声声催促撞击在何友琴的心上，像阎王的催命符，此时她的心都要碎了。"快了，快了，老爷。"屋内丫鬟回答。门"吱呀"一声打开了，何友琴头顶盖头，一身新衣，在两名丫鬟的搀扶下走出了房间，进了早已停在大门外的花轿，在四名仆人的护送下向周家而去。看着花轿渐行渐远，陈善人这才长长地舒一口气，放心地向陈家花园去了。

在周家新房内，何友琴静静地坐在那里，侧耳听着外面的动静，心"怦怦"直跳。她心里在想：如果刘哥此时在该多好呀！刘哥，你在哪里呀，快来救我呀……可惜我再也见不到你了，今晚我要和他同归于尽……外面厢房内传来喧闹声，原来，周理润正与一些朋友喝酒庆祝。夜深了，外面的喧哗声渐渐没有了。一阵脚步声后，门被打开，周理润醉醺醺地走进来。屋内灯光昏暗，他一边打着酒嗝，一边呼唤："我的美人儿，我的女诗人，我来了……"周理润摸索着过来，刚摸到床边，忽然觉得手一阵剧烈的疼痛，原来，何友琴用剪刀刺了他一下，正好刺在他的手上。周理润嚷嚷道："女诗人还这么烈，我看你好烈……"说着周理润向何友琴猛扑过去，何友琴一闪，他扑了个空，他翻身起来又扑将过来……两人在屋内追逐扑打起来。危急时刻，何友琴手拿剪刀对准自己的脖子，大声说："你别过来，你过来我就自尽。""你别想那个姓刘的了，他是共产党，他已经被抓起来了，必死无疑。""那我也不会嫁给你，除非我死。"此时，周理润清醒了许多，担心人财两空，不敢再进一步采取行动，喘着气坐了下来。他一摸手上的伤，发现自己流了不少血，大声吆喝："来人呀，来人呀！"不一会儿，外面的仆从迅速进来点亮了屋内的灯。灯光中，周理润看见了何友琴那张绝望、愤怒的脸，知道不可霸王硬上弓。他捂着受伤的手说："真晦气，把她送回去，把她送回去。"出了周家，上了轿，何友琴这才放下手中的剪刀，抚着胸长长地舒了一口气。

陈家花园内，陈善人正在与秀红谈论何友琴的事。秀红责怪道："那是你的表妹，你那样做，怎么忍得了心？"陈善人无可奈何地道："周烟灰一定要娶她，我也没有办法呀！"这时，仆人急匆匆地向陈善人报告："老爷，周家又把表姑送回来了。"陈善人大吃一惊："为啥子？"仆人吞吞吐吐地解释："表姑，拿剪刀要自杀……说宁死也不嫁给周会长……还把周会长的手划了一道很长的血口子。"秀红幸灾乐祸地说："事情出来了，强扭的瓜是不甜的。"陈善人生气地说："我不想见到她了，你们把她送到陈家祠堂关起来。"秀红道："人家是何家的人，你不应该把她关在陈家祠堂。""女人家，懂啥子，她已经嫁给陈才顺了，就是陈家的人。"

革命烈火，在川西平原上熊熊燃烧。

第四十二章

　　邱华生与曾用刚筹划的会议在曾家寨如期举行。参加会议的除了一些老党员，还有新党员廖先德、何天贵、文毅平等，曾绍成列席会议，一共二十多人。为了保密，会议地点设在曾家内堂，寨外城堡上的曾家枪架子加强戒备。会上，邱华生首先给大家介绍曾用刚："这是市特委的领导曾副部长，他是来指导我们的工作，首先请他给我们讲话。"大家拍手欢迎。曾用刚用低沉而兴奋的声音讲道："同志们，我给大家传达一个好消息，解放军发起了辽沈、淮海、平津三大战役，消灭了国民党军队一百多万人，连蒋介石都宣布下野。但国民党政府麻痹民众，封锁了这些消息，所以国统区许多老百姓不了解情况。如今，解放军解放了北平、上海、南京，已经打到了湖南、湖北，正向我们大西南进军。党中央号召我们国统区地下党组织发动民众保全自救，保护民众生命财产和公共设施设备不受破坏，防止国民党高官逃跑……"这些消息如同春雷震惊四座，会场上出现一阵热烈的掌声。接着，邱华生给大家介绍曾绍成："曾绍成校长，大家都认识，他是我们忠实的朋友，今天，我们召开专题会议，研究怎样贯彻中央和上级的指示，如何解放金堂，维护东山地区稳定。曾校长在金堂、在东山地区相当有威信，今天我邀请他参加我们的会议，就是商讨如何采取具体行动……这里我们请曾校长发言，听听他的意见和建议。"曾绍成说："首先感谢你们对我本人的信任，让我参加这么重要的会议。只要是为了解放金堂，让金堂人民过上安定幸福的生活，曾某人赴汤蹈火在所不惜。

以前，我给东山几个乡镇长打过招呼，他们都口头答应了，但具体效果如何，本人不是很清楚。现在你们讨论方案，要我如何做，我完全遵照执行。"接下来自由发言，大家东一句西一句，总觉得方案不如意。彭涛提出自己的意见："我认为各个乡镇单打独斗是不行的，因为人手和武器有限，不如把七八个乡镇联合起来，实行联防，效果会很好。"曾绍成赞成说："对，我们曾家寨也有一些力量可以与他们联合，我写信把那些乡镇长召集起来开个会。"邱华生问："以啥子名义召集他们呢？"曾用刚说："你老师刘仲明不是发动大家响应熊克武的号召参加'川康渝自卫委员会'吗？我们就以'川康渝自卫委员会'的名义召集他们开会。"邱华生说："好，曾校长，你负责写信，我们的人负责送信，时间就定在十一月中旬，开会地点就在曾家寨。"

11月中旬某天，已经是初冬时节，早晨天气异常寒冷，地上冻起了白霜，曾家寨外几株大槐树光秃秃的，像静默的老人矗立在那儿。雾蒙蒙的，没有日头，一大早，曾家寨寨门大开，许多背长枪短枪的、骑马坐轿的人进进出出，原来是东山地区的乡镇长和他们的卫士，他们是来参加联防会议的。会议地点在曾家寨大堂内，会议由曾绍成主持，参加的有姚渡乡长李培林、龙王乡长张大路、日新乡长曾顺利、太平镇长李子成、福洪乡长陈涛国、合兴乡长王明和以及部分乡镇的副乡长副镇长，地下党代表曾用刚、邱华生、彭涛等大约三十多人。会议上，曾用刚、邱华生等人以"川康渝自卫委员会"代表的身份参会。会上，曾绍成介绍了参加人员后就说："大家知道，我们东山地区最近几个月不安宁，不少军阀部队路过，时常骚扰和抢劫乡民，危及民众的安全，所以今天把大家召集到这里，中心任务就是想把大家联合起来，实行自卫。"此言一出，大家议论纷纷。"是啊！那些兵士自称是正规军，钻进人家屋里抢粮食，有的把人家的鸡鸭杀了下酒。""有的还强奸妇女，如有反抗还杀人，简直是土匪，比土匪还不如！""有的土匪趁机冒充正规军，到处抢劫。"曾绍成打断大家的谈论说："所以我们今天号召大家进行讨论，最好以曾家寨力量为中心，实行乡镇联防。""有没有具体的方案呢？""我这儿有一份。"曾绍成拿出一份方案。其实这份方案是邱华生他们事先草拟出来的。

曾绍成清了清嗓子读了起来。

摘要几条：

第一、不准坏人乘机利用局势滋事生非，制造混乱；

第二、不准造谣惑众，扰乱人心；

第三、保护私人财产不受侵犯，不准抢劫掳掠；

第四、不准破坏生产和庄稼禾苗；

第五、不准毁坏桥梁、学校等公益设施；

……

曾绍成宣读完后问："你们有没有其他意见？"有人站起来说："有些条款需要完善一下。"大家逐条进行修改，大约两个多小时才把方案敲定。曾绍成道："既然方案定下来了，大家都没有意见，回去后就要遵照实行，将内容给民众张贴出来，大力宣传，而且按约定各乡镇抽调力量，派出一名副职带队组成联防队，对各乡镇采取定期不定期的巡视检查。而且，我在这里特别强调，大家要保守秘密，不能向外面透露我们参加'川康渝自卫委员会'的事，不然会引起县政府的怀疑，说我们搞独立。""我们听从曾议长的。"大家齐声说。曾用刚最后总结讲话："我们是奉熊克武主任的命令来参加这个会议的，我看各位为了保护民众的生命财产安全积极性很高，责任心很强，我感到十分欣慰。是的，我们为了和平与安宁，实行自卫，是正大光明的，我们要与那些刻意搞破坏，损害民众利益的人斗争到底，绝不手软……"接下来，曾家寨准备了午餐款待与会人员。在院落里，摆了三大桌，桌上有鸡、鸭、鱼、肉等九斗碗，十分丰盛，此外，曾绍成还开了几坛珍藏了多年的酒让大家品尝。席间，曾绍成端起酒杯："我们东山地区的安全就靠在座的各位了，如有情况互相通知，相互帮衬，我曾家寨绝不会坐视不管的。"大家举杯畅饮，满寨子美酒飘香。

这日，小英被孔红亮放回了家，可是陈善人对她爱理不理，也不过问。小英从丫鬟口中得知表姑被关进了陈家祠堂，于是来到陈家祠堂看望表姑。何友琴被关在一间屋内，屋子里打扫得干干净净的，布置得整整洁洁的，桌上放着一些书和诗稿，角落处还有一张古筝。姑侄俩一见面就相拥在一起。小英疑惑不解地问："爹为啥子要这样对待你呢？"何友琴把事情经过告诉了小英。小英义愤填膺地说："那姓周的恬不知耻，配得上表姑你吗？……爹也是，怎么这样子，以前有人上门说亲，他不让你嫁，现在又逼你嫁。""自古以来女人就是这样，有需要时可以当商品或礼物随便送。""爹简直是顽固不化，这样的事也做得出来。"小英看了看四周问："表姑，你在这里好吗？""还好，他们没有亏待我，我想要啥子，何管家就给我送来。"小英拿起桌上厚厚的诗稿问："你有刘县长的消息吗？"何友琴摇头道："没有，我听那姓周的人说，刘哥是共产党，要被枪毙。""不要听他胡说，刘县长吉人有天相，上次不是抓进去又放出来了吗？我回去说服我爹放你出去，我不相信我爹的心是铁铸的。"

傍晚，陈善人从外归来，小英正坐在客堂等他，她要说服他把表姑放出来。小英上前问："爹，你为啥把表姑关起来呢？""她不听话。""你让她嫁给不爱的人，她会同意吗？以前有人上门说亲，你不让她嫁，现在又逼她嫁。""现在是非常时期，一切以局势为重，需要她嫁。"陈善人的脸像黑锅。"局势，局势，你有没有想一想别人的感受。人家姓何，是何家的人，你凭啥子把人家当礼物送？凭啥子把人家关在陈家祠堂？你把人家当人没有？"小英连珠炮似的发了一通质问。陈善人争辩道："她已经嫁给我们陈家人了，她就是陈家的人，况且我是她的表哥，舅父舅母临终前交代过，她的婚姻大事由我做主。""你真是太顽固、太封建、太自私了。你把她放出来，不要再关起来。"陈善人咆哮道："不能放，不服从我的安排，就要受到惩罚。共军马上要打过来了，你今后也不能到处跑，没有我的同意不准迈出家门。"瞎子算命的话一下子闪现在陈善人的脑海里，两个女人要出头，理智告诉他不能让她们乱来。"那你今后就一个人过吧！"小英生气地跑回自己的房间。

牢房里很冷，如冰窖，狱友们把所有的衣服穿上也抵挡不住寒冷的侵袭。但是刘仲明和杜科他们心里热乎乎的，因为从牢房外传来消息说，解放军快要打到四川来了。大家坐在一块儿谈论将来。刘仲明说："等全国解放了，我要去当法官，把老家的父母从大山接出来好好赡养，把小新培育成才。"王飞良说："我出去后，继续当记者，找一位漂亮的姑娘结婚生子。"彭代学说："等我出去后，与妻子继续做家具生意，把女儿接到身边，让她读书习字画画。"大家憧憬着光明幸福的未来。杜科低沉地说："黎明前的夜晚更黑暗，敌人会垂死挣扎，大家不要乐观，要做最坏的打算。"此话一出，大家沉默了。有人提议："趁着我们还活着，我们给各自的家人写一封信，诉说我们的心声，并想办法把信送出去。"大家纷纷表示赞成，于是动手收集纸张和铅笔，趴在冰冷的地板上开始写起信来。刘仲明提起笔，不知信写给谁，写给父母，可是他愧对父母，父母给他生命，把他抚育成人，他却来不及报恩；写给小新，他觉得对不起儿子，小新正在读书，正在成长，可他没有在儿子身边尽到父亲的责任。他决定把信写给学生小邱，让他完成自己的心愿……

彭代学则激情满怀，给女儿写了一封信：

女儿，我的最爱，

此时此刻，

你的爹妈没有在你身边，

甚至不在这个世界上了。

但你知道吗？

我多想亲亲你的小脸蛋，

多想听听你欢快的笑声。

我和你妈妈给你生命，

却没有让你快乐成长。

是爹妈的错，

你不要责怪爹妈。

为了信仰，为了追求，

为了更多人快乐幸福地生活，

我们心甘情愿。

但我们的祝福时刻陪伴着你，

当你长大成人时，

当我们的国度和平自由时，

请你在爹妈的坟上，

献上一束最美的鲜花。

窗外天气阴沉，冷风阵阵，大家听着彭代学朗读那首诗，个个泪流满面。

瞎子算命说："你今年12月24日有血光之灾。"

第四十三章

这几日，陈善人反复思索，算命瞎子说自己将紫袍加身要当官，而现在灵验了，自己当上了县长，看来瞎子还真有些名堂，他想让瞎子再给自己测算一下将来的运势。这日，陈善人上班路过瞎子算命摊，看见瞎子还在那里，于是走过去一屁股坐下来，要求瞎子给他算一算。陈善人刚开口说话，瞎子就听出了他的声音，说："您现在已经紫袍加身，是一个官爷了吧！"瞎子这么一讲令陈善人更加信服，他忙点头说："先生说得对，我现在当上了官。"瞎子拱手道："祝贺，祝贺，您这是第三次找我算命了，一个人我只给他算三次，今后请您不要再找我算了。""这次让你选择，摸骨还是测字？"瞎子想了想说："还是摸骨吧！"男左女右，陈善人配合地将左手伸给瞎子，瞎子先摸了摸手，然后颤颤巍巍地站起来把陈善人的脸骨摸了一番："先生不知想问啥子？""我想问将来的命运如何。"瞎子摇摇头，叹了一口气："你今年12月24日有血光之灾。""如何化解？"陈善人心里"咯噔"一下，忐忑不安地问。"那日你最好不要出远门，如果躲过这一劫，还可以多活很多年。"瞎子这么说，陈善人听了认为这纯粹是糊弄人，哪有那么玄，但当时他并没有多说什么，站起身来给瞎子一些钱，然后一言不发地走了。

陈善人来到办公室，汪东生正在等着他。汪东生神神秘秘地说："我们接到情报，曾绍成在曾家寨子召集东山地区乡镇长开会。""他想干啥子？难道要投靠共产党？""这个不清楚了。""如果曾绍成投靠了共产党，那我们金堂县不就完了吗？"陈善人决定召集贺松、孔红亮等人商议对策。自从他上台后，就对王从武失去了信任，平常一些机要会议很少通知他来参加。会议上，陈善人对大家说："我听说曾绍成在曾家寨开会，有七八个乡镇长参加，曾绍成是不是想搞独立，另立县政府，或者投靠共党？"贺松回答："我问过几个乡镇长，他们说是为了确保地方安全，防止土匪侵扰，开会商议实行联防，他们这一套目前在很多区县都在搞。""这样的事应该报告给县政府备案。"陈善人说。"我还听说这个会有很多神秘人物参加，到底是啥子人物？是不是那个邱华生躲藏在曾家寨？那样的话就更加危险了。"汪东生说。"不如我们去曾家寨来个突然搜查。"孔红亮说。"曾绍成不是省油的灯，曾家寨是私人住宅，有私人武装，没有成都市地方法院的搜捕令，他不会让你轻易进去搜查的。"陈善人说。"不如我们把曾家寨拿下来。"孔红亮提议。"不可，曾家寨易守难攻，'保民救国军'没有建立起来，是攻不下来的。"贺松不同意。陈善人同意贺松的意见："等我们把'保民救国军'建立起来后就不怕他了。"贺松脑瓜子灵光，马上有了主意："武攻不行，我们就来个文攻。擒贼先擒王，不如我们通知曾绍成来县政府开会，乘机将他扣留起来，那曾家寨就只能乖乖地开门投降。"贺松说。陈善人说："这也不好办，上次我们不是把他抓来了吗？结果金堂中学学生闹事，他侄儿曾用刚兴师问罪来要人，还不是把他给放了。""这次不一样，我们只要求搜查曾家寨，调查他们开会的事，这是合理的要求。"贺松说。"这主意不错。"陈善人欣然同意。陈善人起身叫来办公人员小谢："去金堂中学叫曾绍成来县政府开会。"小谢领命而去，不一会儿，小谢回来报告："曾校长已经好几天不在学校里了。回曾家寨去了，听说曾老夫人病了，请了一段时间的假。"小谢出去后，陈善人说："看来我得去曾家寨看看这到底怎么一回事。"贺松主动要求："陈县长，县政府工作离不开您，让我去。""你代表我去看望他老母亲，调查情况，趁机打探曾家寨的虚实。"陈善人表示同意。

次日一大早，几只喜鹊在树上跳来跳去欢叫个不停，曾家寨外戒备森严，几名护卫手拿长枪来回巡逻。喜鹊叫，客来到。贺松骑着马带着一名随从来到曾家寨门外，却被守门的守卫拦住。贺松的随从告诉守卫："去报告曾校长，就说县政府贺副县长来访。"守门卫士急忙进去报告。曾绍成正在密室内与邱华生交谈，当接到贺松来访的消息后，两人感到意外。曾绍成思虑良久说："世间没有不透风的墙，我们召开东乡地区乡镇长开会的事，他们肯定知道了，陈善人派贺松来的目的应该是打探虚实，调查情况，这表明他们对曾家寨有所怀疑。"邱华生说："那你要稳住他，不能留下蛛丝马迹。""我知道如何做。"

曾绍成起身走出了密室，来到寨门口把贺松迎了进去。贺松一边走，一边四处张望，可是这么大的寨子他一下子也看不出什么端倪来，他问："曾校长不在学校上班却待在家里？"曾绍成回答："家中老母生病，请了一段时间假。"来到客堂，两人分宾主坐下，一边喝茶一边叙话。此时，贺松相当警觉，时刻留意堂内人的一举一动。曾绍成看他紧张兮兮的样子，问："不知贺县长驾临敝寨有何贵干？""我今天受……陈县长的委托来看望你母亲，顺便……通知你明天到县政府去开会。"贺松吞吞吐吐地回答。"开会，有啥子紧要的事吗？""我们正在筹划成立'保民救国军'，需要经费和装备。""保民救国军？""就是保护金堂民众，抵抗共军，拯救国家的军队。""目前很有必要，共军马上要打过来了，我为了保全曾家寨，早就在做准备了，还与附近几个乡镇联合起来搞地方联防，抵抗共军。"听了这话，贺松这才放松警惕："搞地方联防是好办法，你们怎么不向县政府报告呢？""还没有来得及。""听说有许多神秘人物参加。""就我侄儿曾用刚省上几个朋友。你是知道的，他是省政府人事室的主任，省上派他到地方来搞游击工作，我侄儿是曾家寨的人，比较熟悉周围的情况，他们决定以曾家寨为中心开展游击工作，我侄儿叮嘱过，这是军事机密，不能轻易说出去。""曾用刚主任他们人呢？""早回成都去了。""你们实行联防目前有多少力量？不能搞独立武装，今后要听从县政府的调遣。""这个你放心，县政府需要我们，我们随时听从调遣，就像上次刘县长剿匪一样，我们大力支持。"

提到刘仲明，一时间大家都很尴尬。曾绍成叹道："真是意想不到那刘县长竟然是共产党。""所以你看到他平时装模作样，背后尽干坏事，我希望曾议长要忠于党国，忠于领袖，不要胡思乱想，如果共军来了，对谁也没有好处。""共军来了，我这偌大的曾家寨就全没了，我日夜发愁，不知怎么办，所以我们才实行联防，协助我侄儿开展游击工作，保卫我们的家园。"接下来，贺松要求见一见曾老夫人，曾绍成爽快地答应了。房内，贺松见到了曾张氏，此时曾张氏病得很重，意识不清，贺松喊了几声，然而曾张氏分不清来访的人是谁并没有回应。看这样子，他只好退了出来。曾绍成道："我母亲病得不轻，麻烦你回去给陈县长说明情况，明天的会议我就不来开了。"贺松不依不饶地说："可是明天的会议很重要，你必须参加。""就是要求大家出钱嘛，你回去给陈县长说，分给曾家寨多少钱，我就想法子筹多少钱，不过为了组建联防队，目前我们曾家寨经济也比较困难。"曾绍成又拿出几张大面额金圆券给贺松："有劳副县长亲自跑一趟，这点小心意，不成敬意，请笑纳，等我母亲身体好了后我就回学校上班。"贺松假装推辞一番后就收下了。回到县政府，贺松向陈善人汇报了情况，经过一番解释，陈善人这才稍稍放了心，并没有为此事追查下去。

这日，县政府在大街小巷张贴出告示，内容大概是县政府成立"金堂县保民救国军"，全县各乡镇各甲必须出一兵，原来杀过人放过火的罪犯土匪，只要愿意改过自新，愿意参加"保民救国军"的，县政府可以既往不咎，如果携枪支弹药加入，还有现大洋奖励。此消息迅速传遍全县各乡镇，来县政府报名参加"保民救国军"的还真不少。

孔红亮为当初没有答应给赖山河送武器的事耿耿于怀，就怕赖山河哪天前来报复，自己防不胜防。这日早晨，阳光很好，孔红亮走出位于南街的家去警察局上班，发觉家门口大街上有几个人鬼鬼祟祟的，最开始他并没有在意，因为他认为青光白天，街上人来人往，歹徒不敢乱来，况且自己腰中有枪。可是孔红亮越来越发觉事情不对劲，那几个人包抄过来，把他围在了中间，他顿时方寸大乱，伸手要去掏枪，可是已经来不及了，一支支黑洞洞的枪口已对准了他，有两个人以迅雷不及掩耳之势缴了他的武器。孔红亮吓出一身冷汗，咆哮道："青光白天，你们想干啥子？"此时，一个人扯下伪装跟他打招呼："孔局长，你给老子的武器呢？"孔红亮定睛一看，原来是赖山河。"我当是哪个，原来是赖兄，怎么这样子？把我吓一大跳。"孔红亮这才反应过来，讪笑道。赖山河却不接孔红亮的话："老子今天来向你要武器。"孔红亮明白自己的人身安全此时掌控在别人手里，讨好道："赖兄，哪儿有嘛？警察局就那么几杆破枪。""你哄老子，上次你们攻打云顶山，不是缴了老子那么多武器吗？""可是那些武器都被刘县长分给了王从武他们，武装了自卫总队。""撒谎，我不相信你孔局长会同意……好了，听说县政府正在征兵，土匪也可以参加，像老子这样的人你们要不要？老子有一竿子人呢！"赖山河这么一说，提醒了孔红亮，孔红亮拍着手高兴地说："欢迎，欢迎，我们正需要赖兄这样的人，共同抵抗共军……我们一同去见陈县长，保证他会同意。"说着孔红亮去拽拉赖山河一同去县政府，可是赖山河有些迟疑不敢去。孔红亮劝慰道："放心，陈县长正在广纳人才，你有那么多人马，陈县长求之不得，以前我们不是合作得很愉快吗？"在孔红亮的一再保证下，赖山河这才跟着他来到县政府。

办公室内，陈善人正在办公，孔红亮走了进去，喜形于色地说："陈县长，我给你带来了一个人，你看他是谁？"陈善人抬头看了看，那个人尾随在孔红亮的身后，戴着破草帽和墨镜，低着头，一脸胡须，身材微胖。陈善人没有认出来。那人取下草帽和墨镜，点头哈腰道："陈县长好，鄙人赖山河。"一听这话，陈善人吓得跳了起来，急忙摸出桌下的枪，呵斥道："你好大的胆子，敢到这里来？"赖山河不慌不忙地说："陈县长莫要惊慌，世间没有永远的敌人，也没有永远的朋友，您的告示不是说，土匪只要改过自新，就可以参加'保民救国军'吗？我们不愿意当一辈子土匪，愿意悔过自新，所以今天来投靠您，如今我们共同的敌人是共军，我们要团结起来一致对付共军。"陈善人稍稍沉静下来，一屁股坐下，摆出一副傲慢的样子："你现在有啥子资格与我谈条件呢？"赖山河竖大拇指说："目前，我也还有几十号人，几十条枪。"孔红亮在一旁帮腔："陈县长，目前我们正是用人之际，就当招安吧！"陈善人不再开腔了，好半天才问："你的队伍呢？"赖山河回答："在云顶山。""狗日的，你怎么还在那儿？""没办法，我无处躲藏，最危险的地方也是最安全的地方。""别说了，你们到金堂外驻扎吧！""可是我们几十号人要吃要喝怎么办？""目前你们自行解决，后面我再想办法拨款给你们。"

推行一甲一兵后，加上自愿参加的，陈善人好不容易凑到了五千多人。 一下子多了这么多人马，县城肯定容纳不下，于是他把全部人马集中在唐家寺，把那里作为金堂县"保民救国军"司令部。唐家寺是成都回民最多的地区之一。这里有汉代流传下来的旱八阵遗址， 阵中有许多近十米高的大土包，误入八阵的敌人会在土包丛中迷失方向。土包上可藏士兵， 进行伏击。传说那就是诸葛亮的旱八阵，诸葛亮时常在这里练兵，至今还有诸葛井、诸葛桥等遗迹。

有宋代陆游的《八阵图歌》为证：

有客骑马来新都，逢人指点说弥牟。

森然魄动下马拜，武侯八阵遗荒墟。

五千多人要吃要喝要武器，陈善人为筹措军费和武器伤透脑筋，当家才知柴米油盐贵， 此时， 他才觉得当县长真不容易。陈善人把王世成叫来商议如何筹措军费，王世成叹了一口气："养一支军队谈何容易，如果实行征收，那些乡镇村民早已被掏空， 目前只有向一些官绅富户开刀。""那以啥子名义， 采取啥子方式呢？""救国呀！现在国家处于危亡之际， 我认为你可以把那些人召集起来开会，晓之以理， 动之以情，要求他们纳捐。"陈善人摇头道："你知道他们都是铁公鸡，想从他们身上拔毛很难。""先礼后兵，可以采取强征措施……况且成立'保民救国军'了，任命一批官员也可以从中筹措一些军费和武器。"经过和王世成的一番筹划，陈善人拟订了一份名单，命令孔红亮和王从武到县城和各乡镇去通知那些官绅富户开会，如果不来， 就叫人将其绑到县政府。孔红亮和王从武办事也利索，软硬兼施终于把全县的官绅富户以及县城内商家店主请到了县政府，二百多号人集中在县政府大礼堂开会。陈善人、汪东生、黄寅敬都出席了会议。会上，陈善人讲道："……共军马上打过来，国家危急，四川危急，金堂危急， 泥腿子想翻身了，你们的财产是怎么来的，你们各自心里清楚。大家知道泥腿子会翻旧账， 共军是有仇必报的， 而且他们肯定会不择手段，我们还守着那点家产干啥子，让共军拿去做军费？让泥腿子拿去瓜分？"接下来，汪东生、黄寅敬也对大家进行了一番洗脑，会议足足开了两个多小时。

会后，参会人员不得不按照县政府规定的数量缴纳军费。然而周理润回去后却迟迟没反应，陈善人想到那五千大洋的事，于是叫办公室小赵、小谢轮番上门催促，结果周理润只叫管家送来二千大洋和五百万金圆券。看这金额远远不够，陈善人很是生气，认为周理润言而无信耍无赖，当时便质问周理润管家："不是说拿五千现大洋吗？"管家回答："我们老爷说了，他与何友琴女士的事没有成功，他少给三千大洋。""不行，你回去给你家老爷说，如果不拿五千现大洋，休怪我不顾情谊。"管家回去把陈善人的意思传达给周理润，周理润又命管家送来一千大洋。朋友之间不好一下子撕破脸皮，陈善人只好暂时收下。

孔红亮来向陈善人报告军费征收情况，陈善人问："陈麻子、李五爷他们四个人把一千大洋交上了吗？"孔红亮回答："交了，他们不交也得交。只是那田喔味的田大贵没有交，他说他与你有交情，想见你。"陈善人连忙摆手道："我不见他……田大贵开店有些年头了吧？"自从当上县长后，陈善人很久没有去田喔味吃抄手了。孔红亮回答："十多年了，生意不错。"陈善人问："叫他交多少呢？""二十块大洋。""太少了，你去给田大贵讲，让他交五百块大洋。他不交就把他抓起来，送到自卫总队陈逸民那儿，让他去当兵。"孔红亮"咕"的一声笑起来："这主意好，这样子，田大贵怎受得了？他肯定会规规矩矩把大洋送来。"孔红亮按照陈善人的吩咐，带着警察来到田喔味餐馆将田大贵抓了起来。田大贵拼命挣扎，孔红亮道："你不捐款，就去当兵。""我要见陈县长，我要见陈县长。"田大贵大声吼叫。孔红亮嘻嘻一笑："他不见你。"就这样，孔红亮把田大贵五花大绑送到自卫总队副队长陈逸民那里。陈逸民看到田大贵，好奇地问："把他送来干啥子？"孔红亮回答："陈县长说了，他不愿意捐款，叫他来当兵，为国效力。"等孔红亮走后，陈逸民唤训练官过来说："对田大贵这个兵要特殊训练一下。"训练官给田大贵松了绑，开始训练。先是跑步，跑一千米，接着是越障……动作稍慢了，训练官不是脚踢，就是扇耳光。田大贵是一个胖子，平时养尊处优，哪经历过如此折腾，两三天时间就投降了，主动找到陈逸民表示愿意捐款了。陈逸民"扑哧"一笑："早知如此，何必当初。"田大贵自认倒霉，回到家中筹集了五百大洋交到县政府。

与此同时，陈善人开始兜售"保民救国军"的指挥官之位，根据缴纳黄金、白银、大洋和武器的多少来决定官职大小。消息传出去后，来县政府找陈善人买官位的还不少。贺松捐了一千大洋，陈善人同意将参谋长的职位委任给贺松，但参谋长有可能要出去打仗，贺松的主要任务是在县政府代理县长的职位，处理日常事务。孔红亮捐了一千大洋要求陈善人给他一个头衔，陈善人委任他为副总司令，但主要工作还是负责警察局事务。其他与陈善人有交情的朋友、本家亲戚，凡愿意捐钱捐武器的，凡愿意当兵打仗的，他都一一委任，一时间委任状满天飞。

放下屠刀，回头是岸。

第四十四章

　　组建一支队伍，捞到团长职务，周理润在青年党这边的工作也在紧锣密鼓地进行着。周理润知道自己新任党主席不久，而且主席职务来得不那么光明正大，加上自己以前的风流韵事，致使自己在党内威信不高，说话起不了多大的作用，他想先找到刁十一商议一下。周理润以退为进，为难地说："刁主席，我不想当党主席了。这个主席职位不好当，共军马上打来了，陈县长叫我在青年党内组建一支队伍，领导他们与共军战斗，可是我知道自己目前在党内有几斤几两，根本发动不起他们来。"刁十一安慰道："你要自信，上次国大代表选举，你不是选上了吗？既然我主动让贤退下来了，你应该担起重任……为了支持你的工作，我亲自出面号召他们行动。"周理润喜出望外，拱手道："刁主席不愧是我党的灵魂，时时以我党的事业为重，这次出山一定会马到功成，周某感激不尽。"经过一番筹划，他们决定在城隍庙内召开全县青年党员大会，主要邀请各乡镇年轻党员参加。

　　通知发出去后，各乡镇青年党支部组织党员积极参加，开会那日，上千名党员从四面八方聚拢到城隍庙。会上，刁十一激愤地讲道："……共军就要打来了，你们是我党的勇士、精英，国家正在遭受一场空前浩劫，我们的家乡，我们的亲人，我们的财产将受到毁灭性的打击和破坏，我们应不应该拿起武器奋起战斗……"虽然刁十一年龄大了，人老体弱，但他的声音却很有号召力。参会的青年党员群情振奋，高呼："打倒共产党，消灭共军，绝不投降。"看着大家激愤的情景，周理润继续鼓动："我们不怕洒热血，抛头颅，我们要参加'保民救国军'，拿起武器战斗到底。"当场有许多青年党员报名参加'保民救国军'，一会儿就征集了好几百人，这些人成了周理润那个团的基本人马。当上团长以后，周理润手头有了征兵的权力，就可以随意把一些人抓去当兵。首先，他想到了陈凤的丈夫王胖子，王胖子身体好，适合当兵，于是命令手下去把王胖子抓进了军营。他已经打好算盘，如果王胖子打仗当了炮灰，他就可以名正言顺地把陈凤娶进门。

为了庆贺"保民救国军"成立，陈善人决定仿效三国时诸葛亮阅兵练兵之术，在驻地唐家寺举行誓师大会。11月底，已入深秋，天气异常寒冷。这天，川西平原下着小雨，龙泉山上飘起了雪花，在唐家寺一块空坝子里，数千人组成的"保民救国军"冒着寒风，顶着细雨，排着整齐的队伍，迎接陈善人的检阅。他们中间既有老又有少，小的十来岁，老的六十多岁，有高有矮，有胖有瘦。他们没有统一的服装，没有足够的武器，有些人只拿着标枪或大刀。酒鬼张老头也参加了，他拿了一把大刀站在队伍里，神情木然。主席台上坐着一批当地有脸面的政府官员、军官和绅士。首先，陈善人讲话："……大家知道吗？共军已经打过来了，我们的家园将会遭到他们的破坏，我们的财产将遭到他们的没收，我们的妻女将遭到他们的欺凌，我们要拿起武器奋起保卫民众，拯救国家，不能让他们胡作非为……"一番讲话后，陈善人宣读委任状："我代表县政府委任黄寅敬为县'保民救国军'总司令，孔红亮为副总司令。"黄寅敬、孔红亮上前接过了委任状。接着，陈善人委任贺松为参谋长，王从武为第一团团长，陈逸民为第二团团长，周理润为第三团团长，赖山河为第四团团长。

委任完毕后，陈善人看见了队伍中的酒鬼张老头，突然想到那古玉"凤龙虎熊座"，他快步下台来把张老头请到主席台上，大声问下面的人："你们认识他吗？""讨口子张老头，哪个不晓得？"有人回答。有的是其他乡镇来的，摇头称不认识。陈善人介绍："他就是我们金堂县城有名的酒鬼张老头。"下面传来一片鸭子打呵欠的嘘声。陈善人问张老头："哥老倌，你今年多大岁数了。"张老头竖起拇指道："六十四了，吃六十五的饭了。""你为啥子参加'保民救国军'？""肚子饿……参军有饭吃。"下面传来一片哄笑声。陈善人提高声音说："我们能看出张老头的勇敢，这么大的年龄了，还参加队伍保卫家乡，拯救国家。我们要坚决打倒共产党，消灭共军。"下面一片响应："打倒共产党，消灭共军，国民党万岁！打倒共产党，消灭共军，国民党万岁！"张老头不知所措地站在那里，只想找个洞往地下钻。等下面呼声稍稍停歇后，陈善人从口袋里掏出一支手枪，放到张老头的手上："拿着，多杀几个敌人。今后，你就当我的勤务兵……"

王从武向陈善人进言实行一甲一兵的方案，本意是按照邱华生的指示扩大自卫总队的力量，可是黄寅敬回来了，当上了总司令，孔红亮当上了副总司令，连陈逸民也当上了团长，职位与自己平起平坐，事情完全出乎他的意料，明显是陈善人在分解他的权力。现在以县自卫总队为基础的第一团虽然还在王从武掌控之下，但按照要求要同其他三个团一起驻守在唐家寺，根本没有机会采取行动去破坏广汉三水机场。他也不知邱华生的踪迹，只好维持现状，等待时机。虽然金堂县"保民救国军"成立了，但县城军力空虚，只有孔红亮的警察部队，战斗力很弱。为此，陈善人召来黄寅敬、孔红亮、贺松等人商议。陈善人说："县城是核心，如果失守就全完了。"黄寅敬道："我们可以成立警备司令部，主要负责城区安全防卫。"陈善人问："主意不错，可是派谁负责呢？"黄寅敬道："王从武一直负责城区防卫工作，比较熟悉情况，还是让他来干。"孔红亮反对："我认为王从武这人不可靠。"黄寅敬道："可是其他三个团都是临时拼凑起来的，目前要加强训练，武器装备也不行。"贺松道："疑人不用，用人不疑，我认为王从武长期负责县城安全工作，是'保民救国军'的主要力量，用来保护县城最好不过了。""就让他来，他是我侄女婿，应该没有问题。"陈善人同意了。

这日，黄寅敬把王从武叫到司令部谈话，意思是还让他负责县城守卫。黄寅敬说："你们第一团前身是自卫总队，武器精良，战斗力强，以前你长期驻防城厢，对县城十分熟悉，以后保卫县城就是你的主要职责。现在成立警备司令部，委任你为司令，你的第一团就驻扎到北门大小寺，你要抽派一部分精兵强将组成警备大队，进驻县城。"王从武听了十分高兴，立即给黄寅敬行了一个军礼："保证完成任务。"黄寅敬拍了拍王从武的肩："兄弟，好好干，陈县长相当重视你。"

王从武回来后着手开展工作，带领第一团进驻大小寺。首先，他以"金堂县警备司令部"的名义向市民发出布告，内容有五条：

一、杀人放火者枪决；

二、奸淫妇女者枪决；

三、抢劫民众财产者枪决；

四、无故鸣枪者拿办；

五、造谣纠众滋事者拿办。

这些告示张贴在大街小巷，一时间县城里秩序井然。接着，王从武选拔了一批身强力壮的兵士组成警备大队，任命副团长朱治松为警备大队大队长，下面又分四个警备中队，分驻四条大街，主要守护街口巷口。晚上每十家人一个哨兵，一盏油灯，以此为号。司令部还派出巡查中队，昼夜巡查大街小巷。

邱华生从曾绍成那里得知王从武担任"保民救国军"第一团团长职务，且带部队驻扎在唐家寺，以为自己的计划失败了。此时他又接到上级的消息：解放军快要攻进四川，要求他积极准备起义，邱华生一时不知如何是好，正当他一筹莫展时，没几天，曾绍成又从县城给他带回振奋人心的信息：王从武担任金堂县警备司令，"保民救国军"第一团驻防城厢。邱华生激动地说："起义时机来临。曾校长，你安排一下，我要见王从武。部队就快要攻进四川了，上级要求我们积极采取行动，配合解放。""今晚我接你进县城。"黄昏，在曾绍成的掩护下，邱华生成功从曾家寨来到县城，他让曾绍成带信给王从武，请王从武深夜到曾绍成家中与他见面。夜深人静，曾家灯光还亮着，王从武如约而至。三人坐下来详谈。邱华生高兴地说："王队长现在是警备司令，起义时机到了，解放金堂就全靠你了。"王从武真挚地说："我早就对国民党的统治很不满，想推翻它，建立新政府……这里我向你汇报一下工作。"王从武向邱华生汇报了在县城实行的具体保卫措施。邱华生赞许道："做得不错，我这里再交给你一些重要任务。"接着，邱华生讲了几条：

一、伺机截击胡宗南尾部；

二、破坏广汉机场；

三、成立川康人民自卫军第十九纵队；

四、成立金堂县政务维持委员会，迎接解放；

五、维护治安保护人民的生命财产，保护物资；

六、与人民解放军联络。

王从武说："破坏广汉机场的时机还没有成熟，我的队伍还不能轻易调动出城，如果调动出城到广汉去，肯定会引起陈县长他们的怀疑。"邱华生说："这项任务暂时不开展。""其他任务我保证完成，有事我如何通知你呢？"王从武看了看一旁的曾绍成问。曾绍成解释："他现在住在我们曾家寨，有事你告诉我。""那里很安全，有事我就向你请示。"邱华生紧紧握住王从武的手："我相信你永远是我党最忠实的朋友。"王从武感觉到邱华生的双手很有力量。

小英从下人那里得知父亲成立了金堂"保民救国军"，积极组织武装力量反共，她很为父亲的处境担忧，由于她被父亲看管起来，一时联络不到组织，得不到上级的指示，经过反复的思想斗争，小英认为自己是父亲唯一的女儿，父亲不会把自己怎么样，决定铤而走险，出面劝说父亲洗心革面，停止反动行为，向地下党组织靠拢。这夜，陈善人很晚才回家。客厅里，小英端来一碗热腾腾的汤圆递给陈善人："爹，这才回来，饿了吧？我亲自下厨给你煮了一碗汤圆，趁热快吃了吧！"陈善人欣喜地接过去："我的乖女儿今晚怎么这么孝顺？一定有啥子事有求于我。""没有啥子事，只是关心您罢了。"一股汤圆的清香在空气中弥漫。陈善人用匙子搅了搅碗中的汤圆，感动地说："我还从来没有吃过女儿煮的汤圆呢！""那我以后经常给你煮。""好的，这才是我的宝贝。""爹，你这段时间在忙啥子？""县政府事务多，'保民救国军'刚成立，要加强训练才能提高战斗力，忙得很呀。""'保民救国军'是啥子军队哟？""是我们为对付共军成立的。""连蒋介石几百万军队都拿共产党没办法，何况你们那点力量？现在共产党都打到家门口了，你还跟着国民党走，你不为自己想想后路？""共产党要剥夺我的财产，我这么大的家产不就一下子完了吗？而且我以前做的事，共产党绝不会放过我的，我只有一条路走到黑。""财产是身外之物，常言道'放下屠刀，回头是岸'。只要爹爹你愿意，主动向共产党靠拢，立了功，共产党会原谅你的，我可以帮助你。""女儿，你如何帮助我呢？""只要你配合，我去联络。""你联络谁呢？""共产党喽。""难道你是共产党员？""我现在只是临时党员。""你啥时候参加的？""在成都读大学的时候。""金堂县还有没有其他人是共产党呢？"小英警惕地摇摇头："这个我就不知道了。"陈善人一下子站起来，拖长喊音："来——人呀！来——人呀！"不一会儿，两名卫兵进来了，陈善人愠怒地指着小英："她是共党分子，把她抓起来，送到孔局长那儿。"没想到爹爹如此无情，小英满脸通红，茫然地站在那里。两名卫兵吓了一大跳，不敢动手。陈善人斥责道："还不动手，瓜娃子。"两名卫兵这才过来抓住小英，她一边挣扎一边喊："你好狠心，我可是你的女儿，你不能这样子。"不管她如何哀求，陈善人都不为所动，像霜打过的茄子一样焉了，挥一挥手让卫兵把小英带走了。

　　陈善人一屁股坐在椅子上，使劲地扯自己的头发："我的女儿呀！我的女儿呀！都是读书惹的祸，都是读书惹的祸。"心痛的泪水如雨丝一般往下流。秀红闻讯赶来，劝说他不应该那样，陈善人如吃了响炮一样怒吼："滚开，滚开，关你屁事！"激愤、痛苦，扭曲了陈善人那张脸。秀红不敢再多言，嘟哝了几句回了房。孔红亮得到消息赶到陈家花园劝慰陈善人："虎毒不食子，她是您唯一的女儿，她现在还年轻，也许是被人蒙蔽了，应该原谅她。"陈善人冲着孔红亮像狮子一样大喊大叫："可我是国民党党员，一县之长。"孔红亮沉默了一会儿："那怎么处置她呢？"陈善人感到心里一阵绞痛，挥一挥手："你想怎么处置就怎么处置。"

孔红亮走后，陈善人稍稍稳定了情绪，拖着沉重的步伐来到祖宗的牌位前，点燃了三支香，拿在手里恭敬地给各位祖宗行了三个礼，然后哆哆嗦嗦地把香插进香炉里。他长久地注视着陈家各位祖宗的牌位，一行清泪慢慢地从脸颊流淌下来，喃喃地说："列祖列宗啊！这到底为啥子？为啥子会这样子？是我没有教育好小英，我愧对于你们……如今，我该怎么办呀？"然而，那些祖宗牌位静默着，没有回答他。

寒冬时节，外面刮起了风，天下起了小雪，风从破洞灌进来，监狱内异常寒冷。没有棉袄，没有棉被，七个政治犯衣衫单薄，为了抵御寒冷，他们靠在一起相互取暖。刘仲明算了一下日子，从他第二次入狱距今已经四个多月，一百多天了，如今他经过历练已经成为一名真正的共产党员，为此他无怨无悔，终生无憾。黑夜里，他们虽然看不清对方，但能感觉到彼此的心跳，感受到彼此的血液在加速。最近从监外传来人民解放军快要解放成都的消息，他们仿佛听见远处隆隆的炮声和冲锋号声，正义和胜利即将来临，牢笼即将被打破，他们终将会获得自由。这怎么不是一件令人振奋的消息呢？"坚持就是胜利。"他们相互鼓劲。杜科低声问身边的刘仲明："外面传话，省政府人事室的曾用刚问你那古玉'凤龙虎熊座'在哪里？""曾用刚？他为啥子问这个？"刘仲明疑惑不解地望着杜科。"他也是我们组织的一位负责人。"在金堂第一次与曾用刚的见面谈话，第一次被捕时郭警官的问询，这些细节此刻在刘仲明脑中飞快地旋转，原来，党组织一直都在关心他，保护他，帮助他。刘仲明热泪盈眶地说："请党组织放心，我已经妥善地安排……"

这是一个令人不眠的夜晚，牢房里不知是谁开始唱起《国际歌》：

起来，饥寒交迫的奴隶！

起来，全世界受苦的人！

满腔的热血已经沸腾，要为真理而斗争！

旧世界打个落花流水，奴隶们起来，起来！

不要说我们一无所有，我们要做天下的主人！

这是最后的斗争，团结起来到明天，

英特纳雄耐尔就一定要实现！

……

　　他们相互应和着，歌声在牢房上空飘荡，穿透人心，穿透冰冷的墙壁。
"唱，唱，还在唱，看谁的末日即将来临。"监狱长一边敲打着铁栏杆一边如
狼嚎般吼着。不一会儿，只见十多名全副武装的特务冲进牢房，把戴着脚镣手
铐的三十多名政治犯赶了出来，押上两辆停靠在院中的大卡车。这三十多名政
治犯中大多是共产党员，少部分是"民革""民盟"成员，还有一些支持共
产党的无党派人士。寒风呼啸，吹在衣衫单薄的政治犯身上，个个冷得瑟瑟
发抖。刘仲明问旁边押解他们的特务："这是到哪儿去？"那名特务迟疑了一
下："送你们到该去的地方。"夜晚是那么宁静，天上没有星辰，汽车向西方
十二桥方向的郊外驶去。人群中有人问："这是不是去枪毙我们？"没有人回
答，但他们每一个人都明白这意味着什么。

　　沉默，沉默。不知是谁又开始唱起了《国际歌》：

起来，饥寒交迫的奴隶！

起来，全世界受苦的人！

满腔的热血已经沸腾，要为真理而斗争！

旧世界打个落花流水，奴隶们起来，起来！

……

　　"不准唱，不准唱。"一名特务军官声嘶力竭地制止。其他特务挥舞着枪
托殴打唱歌的人，但是这些政治犯毫不理会，他们继续唱着，歌声响彻云霄。
汽车驶达十二桥西南200多米的乱坟坝内就停下来了，这里还留有抗日战争时
期修筑的防空壕。这防空壕有一人多高，修得比较深邃，里面一片漆黑。特务
将三十多名政治犯往防空壕赶，此时没有人挣扎，没有人喊救命，黑夜中，杜
科由于看不清路摔倒了，后面的刘仲明赶紧上前把他扶起来。他们手拉着手走

进防空壕，特务给他们解下脚镣手铐，让他们面对着冰冷的墙壁。

知道最后的时刻即将来到，大家高喊：

　　打倒国民党反动派！打倒蒋介石！中国共产党万岁！

　　打倒国民党反动派！打倒蒋介石！中国共产党万岁！

　　……

屠杀开始了，特务疯狂地挥舞着刺刀刺向这群政治犯，许多人倒在血泊中，并没有立即死亡，特务又拔出手枪将他们一一枪杀。防空壕内像墨一样浓的鲜血遍地流淌，烈士们的遗体到处都是……

第四十五章

她咬着牙说："……他不是我爹，我没有那个爹。"

傍晚，暮色朦胧，月亮还没有升起来，寒冷开始肆意地张狂。孔红亮押着小英回警察局，一路上几个孩童跟在他屁股后面看热闹。孔红亮不耐烦地驱赶孩童："去，去，不要来胡闹。"然而孩童嘻嘻哈哈地像狗皮膏药跟在后面大声唱：

> 大月亮，二月亮，
> 贼娃子进来偷水缸，
> 聋子听见脚板响，
> 瞎子看见在翻墙，
> 跛子起来撵一趟，
> 哑巴说，算球了。

欢快的笑声在街面上飘来飘去，几只狗在黑暗中若隐若现。

"说得轻巧，我想怎么处置就怎么处置。"孔红亮边走边想，"这不是扔给我一个烫手山芋吗？上次只是通风报信，无关紧要，现在陈小英自己承认是共产党，这次非同小可了。"回到警察局，他吩咐手下把小英关进牢房。副局长杨成斌过来问："县长千金如何处置？"孔红亮发了火："你问我，我问谁去？"看着孔红亮要吃人的样子，杨成斌好半天才说："我认为陈县长正在气头上，说的是气话，他只有这一个女儿，如果在我们手中有个三长两短，万一哪天陈县长后悔了，问我们要人，我们该如何向他交代。""这道理我知道，可是如果不对她采取措施，怎么叫她开口？审不出结果来，我又怎么向陈县长交代呢？""那不如我们就拖，陈县长问及，就说她不开口，或者正在审讯。"孔红亮沉默着点燃一支香烟，在屋子里踱来踱去，回想起与陈善人多年的交情，陈善人无论在经济上，还是在仕途上，一直提拔他，没有亏待他，他不能做出对不起陈善人的事；但他知道陈善人执拗的性格，最后说："不，审讯照样审讯，只不过莫伤及她的性命。"

审讯室内，各种刑具摆放在一张破旧的桌子上，刑架高高矗立在那里，冰冷的铁链乱七八糟地悬挂在墙上。小英头发凌乱，整个身体被吊在刑架上，干净漂亮的衣服被弄得又乱又脏，一张俊俏的脸憔悴不堪。孔红亮手拿着又粗又长的鞭子，摸着小英那细皮嫩肉的肌肤，嬉皮笑脸地说："小英，我是看着你长大的，我与你爹还是朋友，我不想弄得我们之间不愉快，我也不想在你如玉的肌肤上留下伤痕……"小英一扬漂亮的双眉，吐了孔红亮一脸的口水："臭流氓，别假惺惺的……"孔红亮仍然笑嘻嘻地说："我奉劝你交代了！金堂地下党组织有哪些成员，谁负责？""我不知道？""你不是在你爹面前说你是临时共产党员吗？你还不承认……说，你和哪个联系，如何接头？""我只知道我是一名共产党员。""你男朋友邱华生在哪里？他是不是共产党员？""我不知道，我没有见过他。"小英一问三不知，孔红亮不耐烦了，举起鞭子狠狠地抽打起来，小英咬着牙强忍住剧痛。一时间，牢房里充斥着猛烈的鞭挞声。孔红亮打累了，放下鞭子直喘粗气："你要搞清楚，你现在不是啥子千金小姐了，而是共党分子。你爹陈善人都不要你，不管你了，如果不老实交代，只有死路一条。如果你如实交代了，回心转意了，写下悔过书，看在你爹的面子上，我还可以给你自由，放你回家。"小英咬着牙说："不必了……不要在我面前提我爹，他不是我爹，我没有那个爹。""你有种，看我如何慢慢收拾你。"说着孔红亮放下鞭子离去。

转眼已经是12月23日了，陈善人觉得日子好漫长。明日就是12月24日，应该没有特殊事情发生了吧？陈善人这么认为，这么想，于是准备明日就不出门了，一直待在家里，躲过瞎子说的血光之灾。晚上下班时，陈善人吩咐办公室小谢和小赵："我明日就在家中办公，有啥子事到家里来找我。"傍晚，县政府门口，一人急匆匆地要闯进县政府，却被张拐子、廖塌鼻拦住。那人凶神恶煞地说："我是专员派来的，快去通报你们的县长。"张拐子听说是专员派来的，不敢怠慢："陈县长下班回家去了，我带您去他家里。"在张拐子带领下，那人来到陈善人家。陈善人听说专员派人来，赶紧将其迎进客堂。那人自我介绍说："鄙人姓杨，是冯专员派来的特派员。"杨特派员当即把冯专员的手令交给陈善人道："专员要求你务必按照上面的命令执行。"原来，冯专员手令中说共军准备攻打广汉三水机场，要求陈善人明日带着金堂的"保民救国军"去支援。陈善人心中一惊，明日他不是出不得门吗？陈善人愣了半天问："我可不可以不去？县政府目前有许多事情需要办理。""不行，冯专员说了，要我督促你亲自带队，否则革职查办。"

陈善人心中翻腾起来，他无法向杨特派员解释清楚他为什么不能带兵去广汉，即使讲出来杨特派员也不会相信，反而会讪笑他，说他故意推辞，临阵脱逃。看来，只有硬着头皮去广汉了。军情就是命令，陈善人安排好杨特派员以后，立即召集相关官员到他家中召开会议，商讨如何采取行动。不一会儿，黄寅敬、贺松、王从武、周理润等人来到陈家花园。陈善人把冯专员的手令展示给大家看："各位，我们建立'保民救国军'的目的就是保卫民众，拯救国家。如今共军要占领广汉三水机场，专员命令我们紧急救援，兄弟们，有我们的用武之地啦，我们要全力以赴，与共军拼个鱼死网破。"大家举手赞成。接下来，陈善人进行分工："贺松留在县政府代理我处理政务，孔红亮的警察部队留在县城维持治安，王从武的第一团警备司令部留一个营下来防守，其余人马集中到唐家寺跟着我和黄寅敬一起去广汉。现在已经傍晚了，大家回去整顿队伍，明日八时出发。"

开完会，孔红亮磨磨蹭蹭地留了下来。陈善人疑惑地问："孔局长，有事吗？""我就是想问一下小英的事呢？""你该怎么审就怎样审，该枪毙的枪毙。""她就是不开口，不承认自己是共党分子。""可她当着我的面亲口承认她是共产党员。""她说她只是应付你才那样说的。"陈善人想了想："把她关一段时间，待我从广汉回来后再说。"孔红亮心中暗自庆幸："看来我的预料是对的，幸好没有伤及她的性命。"

众人走后，陈善人吩咐管家："去把秋玉巷那个算命瞎子找来。""这么晚到哪里去找呢？"管家一脸的疑惑。"找，今晚上就算找遍整个县城也得把他找出来。"管家带着几个人急匆匆地找那算命瞎子去了。很晚管家才将那算命瞎子找到，并把他带到陈家花园客厅。陈善人热情地让瞎子坐下，叫下人给算命瞎子斟了一杯茶。瞎子听出是陈善人的声音："原来是您，我的规矩是只给一个人算三次，我已经给你算了三次了，我再也不会给你算了。"陈善人和颜悦色地解释："我不是让你给我再测算，因为明日我必须出门，你说我有血光之灾，怎么破解呢？"瞎子摇头："没有破解方法。""那你再给我算一卦，我会给你很多钱。""我只给一个人算三卦。"瞎子坚决不肯。管家不耐烦了，上前斥责瞎子："不识抬举的东西，啥子破规矩，陈县长叫你算你就算。"算命瞎子像泥菩萨一般无动于衷。"啪，啪……"管家使劲地给了瞎子几巴掌，瞎子被打翻在地，手中的拐杖丢到了一边，瞎子捂着脸坐在地上还是坚持不算。管家抬起脚踢踹瞎子，瞎子双手护住自己的身子。陈善人忐忑不安地望着瞎子，此时他才知道世界上竟有如此固执之人，真想上前把那瞎子撕得粉碎。最后，陈善人无可奈何地挥手："算了，让他走吧！"管家停止了踢打，叫几个仆人过来将瞎子像拖死狗一样架出陈家花园扔到大街上。瞎子好不容易爬起来，摇摇头，长长叹息一声，拄着拐杖消失在黑夜中。

街面的寒风一阵紧过一阵。

曾家寨扶风楼密室内，霞光从天窗斜照下来，一片朦朦胧胧。邱华生正在吃送来的晚餐，有红烧肉、土豆丝和猪蹄汤。这段时间他住在这里，曾家把他照顾得很周到，每天吃了就睡，睡了又吃，又不能四处自由走动，他感觉自己胖了许多。负责联络的曾传秀急匆匆地来到地下室，把一张纸条交给邱华生。他放下碗筷，接过纸条一看，上面写着："兰鹰已暴露，清江1号。"他大吃一惊问："怎么一回事？"曾传秀解释说："一位学生把这封信交给我的，说是一位陌生的叔叔叫他转交给我，我也不知道'清江1号''兰鹰'是谁，所以来向你报告。""'兰鹰'是小英，'清江1号'是我们埋伏在警察局的同志，我也不知道他是谁。""小英是我们的同志？""是的，她在成都读大学时加入了我们的组织。""清江1号"是谁呢？杨成斌、汪得顺等人在邱华生脑子里快速地闪现。"我估计小英擅自行动暴露了。"曾传秀说。"有可能，她太幼稚了，我这就去县城，想办法营救她，不然她会有危险。"

情况发生变化，明日一早要去广汉，他要如何与邱华生取得联系？如何采取行动呢？王从武从县政府开会出来后，一路上都在盘算，他认为要尽快把这个信息传递给邱华生。王从武没有回家，而是直接前往东街曾家。曾家大门紧闭，王从武上前敲门，然而里面没有人应答。他很失望，正准备离开，两个人影过来了，走近一看，原来是曾传秀与邱华生。王从武喜出望外地说："我正好有事找你们。"邱华生说："我也有事找你，进屋里说。"曾传秀打开房门，三人迅速走了进去。客堂上，灯光下，邱华生与王从武进行密谈。王从武说："明日，陈县长命令我跟他去广汉，我想趁这个机会带兵去破坏广汉飞机场。"王从武详细讲述了事情的经过。邱华生当即反对："不行，现在临时改变策略，因为那里已有我们的解放军大部队，不如趁这个机会解放县城。"邱华生继续问："你知道小英的情况吗？""我知道一些，听说她劝她父亲陈县长投诚共产党，结果被陈县长抓起来了，关在警察局。""小英是我们的一位同志，我们要想办法把她救出来。""就是因为要救她，所以我们要放弃破坏广汉飞机场吗？""不仅仅是那个原因，陈思远要带兵走，县城军力空虚，正是我们起义的好时机。""可是他命令我明天一早带部队到唐家寺去集中。""你想办法不去。"

接下来，他们初步拟订了起义方案，邱华生负责联络地下党上级领导，王从武筹备起义事宜。

第二天黎明，天边刚露出曙光，刺骨的寒风吹在人的脸上像刀子在刮。唐家寺练兵场，在杨特派员的督促下，陈善人、黄寅敬集结队伍准备去救援广汉三水机场。不一会儿，周理润、赖山河、陈逸民都带着自己的队伍来了，孔红亮也来了，他来给陈善人送行，可是迟迟不见王从武的队伍。陈善人正要询问缘由。这时，朱治松带着一些人马来了。黄寅敬问朱治松："你们的王团长呢？"朱治松上前报告："王团长昨夜得了重病，高烧不退，正在打针吃药。"朱治松双手将一张药单子递给陈善人。陈善人看也没有看，鄙夷地把药单一扔："怕死鬼，关键时刻当逃兵。朱副团长，你们的人都来了吗？""报告县长，只来了一个营。王团长说，他是警备司令，保护县城的安全是他第一要职，所以要多留一些人。"陈善人不放心，命令朱治松和周理润："你们两个一起马上去给王团长说，生病不是他的理由，坐轿也要上前线去，如果不来，军法从事。"朱治松和周理润领命骑马而去。

天寒地冻，那些"保民救国军"的军士们待在寒风中瑟瑟发抖，吵嚷着要开拔。孔红亮幸灾乐祸地说："王从武靠不住，关键时刻梭边边。"杨特派员不停地催促："不能等了，不能等了，贻误战机谁也担待不起。"陈善人坚持道："再等一会儿，我相信王从武不会这样子拖沓。"不一会儿，周理润和朱治松回来了。周理润报告："王团长确实病了，但他说，让我们先走，他带着部队跟来。"陈善人问黄寅敬："怎么办？""算了，这么多人不可能等他。"黄寅敬回答。部队出发了，陈善人唤过孔红亮低声交代："你随时要注意王从武的行动，而且我走后你给我办一件事，把秋玉巷那个算命的瞎子给解决了。"孔红亮大吃一惊："你与他有仇吗？听说那算命瞎子还比较灵验。"陈善人意味深长地说："曹操说得好，'宁教我负天下人，休叫天下人负我'。"孔红亮听得一脸迷茫。

回到警察局，孔红亮安排杨成斌负责监视王从武部队的动向，自己亲自带着人来到秋玉巷找算命瞎子。然而秋玉巷根本不见算命瞎子的踪影，孔红亮凶神恶煞地抓住旁边一位算命的神汉问："看见那个算命瞎子没有？"神汉吓得周身抖如筛糠，结结巴巴地说："不知道。"孔红亮一脚踹开神汉，下令全城搜捕算命瞎子。警察们开始四处搜寻，然而如草帽子端水——一场空。直到中午时分，汪得顺向孔红亮报告："有人看见那算命瞎子一大早租了一辆马车出西门了。"孔红亮吩咐汪得顺："算命瞎子一定没有走多远，你马上带人去追，就地正法，这是命令。"汪得顺疑惑不解地问："一个瞎子值得这样兴师动众？""那算命瞎子是共党分子。"汪得顺听了这话，迅速出了警察局，跳上一匹马带着两名手下出西门追去。大路上，在算命瞎子催促下，马车车夫扬起鞭子快速前行。汪得顺三人风驰电掣地追赶，马蹄将路上的泥沙溅起老高。汪得顺看见了前面马车上的算命瞎子，距离渐渐近了，汪得顺举起手中的枪瞄准瞎子。"啪啪"，瞎子中枪从马车上翻下来，躺在地上不动了，墨一样浓的血浸润着地面。马车车夫吓得不轻，赶着马车赶紧逃跑。汪得顺勒住马围绕着算命瞎子尸体转了两圈，看算命瞎子确实没命了才离去。

黎明来临，"天府之国"开始起飞。

　　陈善人离开县城，带着大部队去广汉三水机场。邱华生则化装成一名普通士兵，住进了王从武的警备司令部武庙。在王从武办公室，邱华生召开了党员会议，王从武和原自卫总队的积极分子陈高华、兰勇等人也参加了会议。会上，邱华生通报了小英擅自行动暴露了身份被抓起来的消息。邱华生批评道："陈小英同志不遵守组织纪律，擅自行动，她要为自己行为负责任……好在她没有暴露其他人。否则，后果不堪设想，今后大家要在上级领导统一安排下采取行动。"接着，大家讨论下一步行动。邱华生对王从武说："王司令，举行起义时间急迫，你去跟部队战士做好思想动员工作。"王从武回答："这个没多大问题，目前国民党大势已去，金堂解放是迟早的事，大家都想建功立业，积极性很高。如果陈思远、黄寅敬等人回来就麻烦了，就我们这几百人，占领了县城也等于零，关键是要联系上解放军大部队。"彭涛说："我接到情报，解放军确实到了广汉，准备攻打广汉三水机场。我们派人去联系他们，只要他们派部队来支援，事情就好办了。"大家经过商量，打算明日一早就举行起义，大部队进占城厢，具体行动由王从武负责。邱华生强调："部队的积极分子要配合王司令的工作，在部队军士中做好宣传鼓动，起义一定要成功，并且做好保密工作，防止有人给陈思远他们通风报信，其他党员和积极分子回去后发动群众和学生积极配合这次起义。"

　　会议还决定派陈高华与曾传秀假扮夫妻，到广汉联络解放军。邱华生解释说："我为啥子要派曾传秀同志去，因为这一路上岗哨很多，十分危险，而曾传秀同志的父亲曾绍成校长在金堂、广汉这一带很有名望，一般人不会为难她。"会议一结束，陈高华与曾传秀立刻出发去广汉，邱华生吩咐二人："为了安全，你们穿着不要太张扬，曾传秀同志不到关键时刻不能暴露你是曾绍成的女儿这件事，而且与解放军联络时，要说出自己的联络号。一是说出自己部队的番号川康人民自卫军第十九纵队；二是拥护新政协《共同纲领》。"

12月25日一大早，寒冬时节，北风呼啸，天气异常寒冷，然而北门大小寺门前却是一片热血澎湃，王从武正在集合部队讲话动员大家。面对众军士，王从武大声说："弟兄们，你们知道吗？国民党大势已去，人民解放军打到我们家门口了，我们的家乡即将解放，这正是我们建功立业的机会。为了保卫家乡，保卫人民的生命财产不受侵犯，我们要举行起义，占领金堂县城，宣布解放。如果有人还想继续跟着国民党走，继续与人民作对，兄弟我不拦阻，可以立马走人，我不追究他任何罪责。"台下的军士一片议论，不一会儿，大家纷纷举手表示："打倒国民党，愿意跟着王团长革命。"因为经过事先宣传鼓动，没有人表示反对。"那就好，大家思想觉悟很高，只要我们为解放家乡立下功劳，共产党会采取宽大政策，对以往的事情既往不咎……"王从武大声道。

接下来王从武开始对队伍进行整顿，将一些军士还戴着的国民党军帽军章扯掉，每个军士手臂系上红领巾作为起义标志。整顿完毕，王从武指挥部队迈着整齐的步伐向县城前进，在城内警备大队的接应下，起义军顺利进入北门。沿街墙上，入党积极分子沿路张贴"拥护共同纲领""欢迎解放军"等宣传标语。此时，鞭炮轰鸣，群众放起了鞭炮，祝贺解放。进了城后，起义军兵分两路，一路由王从武带领直扑县政府，一路由邱华生带领去北街警察局解救小英。王从武带着人来到西街县政府大门口时，副县长贺松脸色铁青，手拿一支枪盛气凌人地挡住他们去路。一见王从武，贺松大声咆哮道："王从武，你想造反吗？"王从武并没有作答，而是手一挥，几名战士向贺松扑了过去，缴了贺松的枪。贺松一边挣扎，一边破口大骂："王从武，陈县长待你不薄，你忘恩负义不得好死。"王从武下令："把他押下去，把他押下去。"王从武进驻县政府后，命令士兵摘掉国民党县政府的牌子，将事先准备好的"川康人民自卫军第十九路纵队"的牌子挂出，并兵分四路镇守东、西、南、北四门，加强盘查与巡逻，不许人进出。

警察局办公室内，孔红亮听到外面街上一阵枪声，立马跑出屋问汪得顺："外面发生啥子事了？"汪得顺一脸迷茫："我也不知道。"这时，副局长杨成斌急匆匆地来报告："王从武的第一团反了，占领了县城，往警察局这边打过来了。"孔红亮责问道："叫你监视他们的一举一动，你怎么这时才来报告？"杨成斌解释说："我也才接到消息。"孔红亮下令："快，集合队伍，给我顶住。"杨成斌转身要出去却被孔红亮叫住："带头的是谁？""是邱华生。"杨成斌回答。孔红亮命令汪得顺："去牢中把陈小英带来。"汪得顺立马去了。

硝烟弥漫，枪声激烈，爆炸声此起彼伏，警察局院子里，孔红亮指挥警察与邱华生带领的人马进行激烈的交战，双方各有伤亡。县政府内，有人来向王从武报告："孔红亮拒不投降，邱书记一时攻不进警察局，请求支援。""走，我去看一看。"王从武亲自带领一队人赶往北街警察局。王从武带着增援来了，起义军火力大增，警察败下阵来且死伤大半，汪得顺也中枪死了。孔红亮在里面抵挡不住了，大声喊话："王从武，龟儿子，你反水，你忘恩负义，看陈县长回来后如何收拾你。"王从武回喊："孔局长，现在全国都解放了，国民党大势已去，出来投降吧！我们是多年的朋友，我会请求政府宽大处理你的。"孔红亮向这边连开几枪，大声回答："要我投降，做白日梦去吧！"双方又是一阵激烈交火，起义军已经冲进大院。只见孔红亮一手抓住捆绑住的小英，一手拿枪抵着陈小英的头部，朝着王从武、邱华生大声喊："你们看她是谁？"王从武看见孔红亮挟持着小英，问邱华生："怎么办？小英在他手里。"邱华生起身喊话道："她是你们陈县长的女儿，看你怎么办？"随即命令战士继续开枪。孔红亮看这一招不奏效，拉着小英与几个警察躲进一间屋子。王从武朝屋内喊："孔红亮，出来吧！不要做垂死挣扎了。"然而里面没有响动。王从武一示意，一颗手榴弹扔了过去。"砰！"一声巨响，硝烟弥漫。趁着烟雾，战士们冲了进去，只见孔红亮受了重伤，鲜血满面，但他仍然挟持着陈小英，用枪指着小英的太阳穴声嘶力竭地吼道："你以为我真的不知道？她是共产党员，是邱华生的女人，你们马上撤出去，不然老子真的与她同归于尽。"王从武、邱华生不敢轻举妄动，双方处于僵持状态。小英大声喊道："开枪，不要管我……""啪，啪！"就在关键时刻，孔红亮背后两声枪响，原来杨成斌突然开了两枪。孔红亮中枪后，一脸惊讶，回头望着杨成斌："你……你……"孔红亮慢慢倒地身亡，杨成斌收起枪镇定地走了出来。邱华生上前问："难道你就是潜伏在警察局里的清江1号？""是的，邱书记，清江1号向你报到。"杨成斌向邱华生行了一个军礼。

县政府内，邱华生与王从武正在商议政事。邱华生说："按上级的指示，我们要尽快把人民政府成立起来，把党的一些政策措施落实下去。"王从武问："人民政府叫啥子名字呢？""就叫县临时政务维护委员会，而且要公推公选一位临时政务维护委员会主席。""这个好办，啥子时候开会？""就明天吧！"两人连夜研究布置成立新政府具体事宜。第二日清晨，明教寺的钟声不紧不慢地敲响，这声音清脆、愉快、广博，悠悠扬扬地翻开新的一天。"当当，当当……"战士们在大街小巷敲起了锣声，把人们从梦中惊醒。"通知，通知，请各家各户派一人到家珍公园参加解放大会。"这声音在大街小巷回荡。人们纷纷从床上爬起来，穿好衣服去开会。家珍公园内，陆陆续续来了很多群众，大约五六千人，陈启华、陈才川等都来参加了。有人说："共产党来了，我们解放了，他们要给我们分配工作。""还要分粮食、房屋呢！""那样的话，我们有饭吃了，有房住了，不再受穷了，不再受地主老财的剥削了，我们当家做主了。"众人议论纷纷，脸上喜气洋洋。

九时，会议正式开始，站在主席台上的王从武大声说："各位乡亲父老，人民解放军已经打到广汉了，根据地下党的安排，叫我进城维持秩序。从今以后，凡是人民的生命财产我都要尽到保护的责任，一切共有的物资，我都要妥善保护。请大家守秩序，高高兴兴迎接解放……目前，我们要公推一位临时政务维护委员会主席，大家可以自由选举，公开表决。"话音刚落，台下群众同声高喊："公举王从武为主席！公举王从武为主席！"声音像澎湃的波涛。就这样，王从武被公选为县临时政务维护委员会主席。王从武回到县政府开始办公，他以县政府名义发公告通知全县各乡镇维持秩序，保护群众的生命财产及共有财产安全，迎接解放。

下午，阳光和煦。县政府门外陆续来了一拨人，是贺成带着田大贵、陈麻子、李五爷、王水眼、彭友明等人，吵吵嚷嚷地要求面见邱华生和王从武，张拐子等卫士就要阻拦不住了。听见外面有喧哗声，邱华生和王从武走出了办公室看个究竟。原来，这些人怀疑陈善人、孔红亮、贺松等人强夺了他们的家财，他们不服，要求新政府进行调查。贺成大声说："陈思远强征强收了不少财物，没收了许多黄金、白银、外汇，不准民间私藏，说是用作军费，可是据调查'保民救国军'并没有得到多少军饷，也没有购置多少武器，我们怀疑他们私吞了。"其他人也纷纷证实。面对愤慨的民众，王从武下令："查抄陈思远、孔红亮、贺松等大户。"县委副书记彭涛领着一队起义军来到陈家花园，然而管家陈礼才带着下人上前阻拦，可是很快被起义军缴了武器控制住了。通过对陈家花园彻底地搜查，在一间封闭的黑屋子里，起义军找到了堆成山的黄金、白银、大洋。面对这么多钱物，在场的人都惊呆了。原来，陈善人将那些从富户商户身上搜刮来的财产，大部分据为己有。如今真相大白，彭涛果断宣布："陈思远涉嫌贪污，财产全部充公。"

陈家祠堂内的何友琴被外面的喧闹声、枪声吵醒，她起身透过门缝想看外面动静，只见守卫不见了，侧耳倾听，街上传来杂乱的脚步声和吵闹声。何友琴使劲地敲打着门，并不停地喊："来人啊！放我出去……来人啊！放我出去……"路过祠堂的陈才川发现了她，砸开锁把她放了出来。何友琴问："陈叔，发生啥子事了？"陈才川高兴地回答："解放军打来了，城厢解放了，你自由了。"何友琴一脸疑惑，她走在大街上，空气清新，看到街邻个个喜气洋洋，拍手叫好，何友琴觉得一夜之间城厢变了，变得不认识了。她在想："是不是刘哥说的打破牢笼的时刻到了？"何友琴首先回到何公馆，打开院门，家中丫鬟和仆人并不理她，而都在忙着收拾东西，管家何章正在制止他们的行为，可是他势单力薄，无法制止他人的所作所为。管家何章转过身见何友琴回来了，迎了上来，着急地问："小姐，你回来了？你看他们……"她问众人："你们这是干啥子？"仆人大贵欢天喜地地说："现在解放了，所有人平等了，我们不再当仆人了，可以回家了，可以分到财产粮食，可以另找工作了。"丫鬟小丽拿着一条裙子过来问："小姐，你这条裙子旧了，我要哈！"她挥挥手："拿走吧！"其他人见状，纷纷拿着一些东西过来也要求拿走。她吩咐管家："他们想拿走啥子就拿走。"几个人当即拿着各自想要的东西匆匆地离去。最后只剩下何友琴和管家何章了，何友琴对何章说："你也走吧！"何章担心地问："我走了，小姐，你咋办呢？""你别管我，现在不是解放了吗？我还年轻，我有办法。"何章收拾好自己的东西离去。

何友琴担心小英，于是关上院门来到陈家花园，陈家花园已经被起义军查抄，整个陈家花园空荡荡的，只有秀红默默地端坐在客堂上。她问："思远哥呢？"秀红木讷地回答："到广汉打仗去了……抄了，全都抄了。""小英呢？""不知道。""其他人呢？"秀红像有点精神失常地唠叨着："走了，都走了……"何友琴从陈家花园退了出去，正好遇见小英。小英几步上前欢喜地拉住她的手："表姑，我正在找你，我很担心你。"何友琴拍了拍小英的肩："傻孩子，我这不是好好的吗？""现在解放了，大家自由了，我刚去祠堂找你，你不在。""你知道刘哥的消息吗？"小英摇头说不知。

第四十七章

侥幸是负隅顽抗的心药。

雾渐渐散去，露出日头，冰霜融化，村庄、田野湿漉漉的，好像被清洗过。一路上田地里麦子、油菜绿油油的，虽然天寒地冻，但长势很好，渴望着春天的来临。一些破旧不堪的茅草房东一座西一座零散地矗立在路边，像悬崖上的枯柴，在寒风中摇摇欲坠。一杆旗帜在空中飘扬，上面绣着：金堂县保民救国军。那几个大字是陈善人亲自找街上搞刺绣的张孃绣的，一共花了三个大洋。陈善人带着四千多人浩浩荡荡向广汉三水机场挺进，他们这些队伍是刚凑起来的，缺少训练，武器又参差不齐，服装也不统一，像一群散兵游勇。由于不是正规军，行军速度极其缓慢，黄寅敬是军人，知道兵贵神速，一再催促部队快步向前进发。可是落水人不努力，急死岸边人。这些军士大多是烟鬼，跑几步就气喘吁吁，上气不接下气，吵着嚷着要歇息一会儿。杨特派员看着这群乌合之众，无奈地叹息："这样的速度何年何月才能到达广汉三水？这样的部队能上战场打仗吗？"然而陈善人不这样认为："我不相信，共党即使是神，老子也要与他们拼一场。"这是他第一次带兵出征，一路上好不得意，笑容满面地与杨特派员、周理润边行边谈，路边看热闹的群众不少，陈善人觉得挺威风。此时，酒鬼张老头紧跟在陈善人的马屁股后东奔西跑，活像一只灵活的猴子，为陈善人侍候打点。黄寅敬给赖山河下令："赖团长，带领你的人马打头阵。""为啥子，你想喊老子先去送死？"赖山河并不是省油的灯，与黄寅敬顶起嘴来，他俩向来就有仇，原先黄寅敬带驻军把他打得像野鸡满云顶山飞，现在又是他的上级，赖山河自然想顶撞发泄。黄寅敬气得直骂娘，骑马过去对陈善人、杨特派员说："赖团长不听指挥，我这个司令没法当。"陈善人唤过赖山河："赖团长，军令如山，你必须服从。"赖山河这才极不情愿地带领他的人马迅速向前开进。

"啪，啪，砰，砰……"部队刚到广汉三水边境，就听到前方有急促的枪声，那枪声像煮沸的粥。陈善人等人吓了一大跳，立即跳下马，弓下腰躲藏起来，生怕自己被枪打中，不明不白地丢了性命。然而等了许久也没有发现共军的影子，大家这才直起腰。一会，陈逸民急步跑来报告："前面发现共军。"原来，赖山河带领的先头部队与共军的队伍相遇了，双方交起火来。此时，那些兵士们听见共军真的来了，思想开始动摇，都想两脚抹油——开溜，队伍像一群散养的鸭子，没有一点秩序。

"难道共军已经占领了三水机场？"陈善人问黄寅敬。"有可能。"黄寅敬一面控制眼下慌乱的局面，一面回答。"完了，完了，我们来晚了。"杨特派员不停地顿足呼叫，一双眼睛快要蹦出来似地责问陈善人："贻误战机，你要承担全部责任。"陈善人无可奈何地双手一摊："没办法，你看着的，我尽力了。""无赖，真他妈的拿你们没有办法。"杨特派员骂道。前面枪声更加密集，还不时传来手榴弹的爆炸声，震耳欲聋。周理润慌了神，一张瘦脸皱成一团，周身抖得厉害，大声说："陈县长，黄司令，我们撤吧！"还是黄寅敬稳得起，他掏出腰中的枪晃了两晃："你们就在这儿，我到前边去看一看。"他一挥手中的枪，一队人马跟着他快速向前面冲去。杨特派员、陈善人、周理润等人就坐在路边石头上等候。

此时陈善人觉得口渴了，吩咐勤务兵张老头去给他找水喝。张老头用水壶打来一壶井水，陈善人喝了一口，马上又喷了出来，粗声粗气地骂："瓜娃子，怎么是冷的？你难道不知我胃不好，这是冬天，喝不得生水吗？""这是行军打仗，哪里去找热水。"张老头低声嘟囔道。"你还顶嘴？"陈善人一扬手中的鞭子作势要抽张老头，"找不到也得找，到周围农户家里去找。"张老头正要转身去找热水，然而陈善人挥手说："算了，战况紧急，不喝了。"大约过了一个多时辰，黄寅敬和赖山河如丧家之犬带着人跑回来了。"情况怎么样？"陈善人问。"我们遇到共军大部队了，根本打不过，快撤！"赖河山气喘如牛地说。一听这话，陈善人、周理润等人飞快地爬上马往回逃，队伍其他人只恨爹娘少给自己生了一条腿，也都四散逃命去了。张老头却不离陈善人、周理润左右，使劲跟在他们屁股后面跑。行了几里路远，后面终于没有枪声了，陈善人等人这才放慢脚步喘口气，然而此时才发现杨特派员已不见了。陈善人骂道："狗日的，共军来了，他比任何人都跑得快。"有人哀叹道："共军真的厉害，简直是天兵神将。""蒋总统几百万军队都打不赢，何况我们这点人马。"看见黄寅敬骑马奔了过来，陈善人上前问："黄司令，怎么办？"黄寅敬抖了抖缰绳，勒住马，沉思片刻回答："目前只有回县城再说。"陈善人如抽了筋的老虎，塌了架，命令部队回归。

现在解放了，牢笼打破了，老百姓迎来了新社会、新生活，刘哥情况到底如何，应该有消息了吧？何友琴踽踽独行在街上。真正的爱情是海枯石烂，生死不渝的。她自责在封建礼教面前懦弱，没有勇敢地与他结合，没有与他并肩战斗，生死与共。现在好了，国民党的腐朽统治推翻了，封建礼教一去不复返，她憧憬着与刘哥重逢，激情相拥，一起快乐幸福自由地生活下去。街上歌声飞扬，许多人忙忙碌碌，有的在打扫卫生，有的在张贴红对联，有的在挂红灯笼，家家户户像过年一样。"欢迎解放军""人民政府万岁"，何友琴看到一群起义军战士，臂戴红布条，四处贴标语，其中就有王从武签署新政府成立的布告。何友琴拦住一位年轻女战士问："你们的邱队长呢？"女战士十七八岁，一双好看的丹凤眼，一身崭新的军装，十分英武俊俏。女战士上下打量她一番，脆生生地问："同志，你问哪个邱队长？"她喊自己同志，而且女子也能当兵了，何友琴觉得十分新奇而快意。她解释："就是邱华生。""你问的是我们的邱书记吧？他已经是县委书记了，你去县政府找他吧。"女战士丢下一串欢快的笑声，快步与其他战士忙去了。

何友琴信步来到县政府，守门的仍然是张拐子，此外还有一位战士，原来张拐子也参加了起义军，目前的任务仍然是守卫政府大门，廖塌鼻却跟着陈善人去救三水机场没有回来。何友琴惊喜地问："你当上了解放军？"张拐子乐滋滋地说："我也参加了起义，当上了解放军，邱书记信任我，仍叫我站岗守卫……你来县政府有事吗？""我找邱华生书记。"张拐子知道她与邱书记是朋友，于是让她进去了。县政府内人来人往，忙忙碌碌，根本没有人注意到她。何友琴不知邱华生在哪间办公室，经过一番打听后推开了邱华生的办公室，里面坐了许多人，说说笑笑的，有的她认识，有的她不认识。终于，她看见了邱华生，邱华生也看见了她，邱华生起身过来招呼她。何友琴问："你知道刘县长现在在哪里吗？情况怎样？"邱华生知道她问他的老师刘仲明，但由于成都刚解放，信息不通畅，他也不知详情，只好实话实说："刘老师在成都，我也不知道他现在的情况。我也在为老师担心，我们尽快去调查了解，有消息就告诉你。""现在解放了，妇女自由了，妇女能找工作了，你能不能帮我找个工作呢？""欢迎，欢迎，女大才子。这个事情我们正在筹划，你到人事科去报个名吧！"邱华生很热情地说。屋里人都敬佩地望着何友琴，她不好意思地问："人事科在哪儿呢？"顺着邱华生的指点，何友琴来到一间屋子里，这里有不少男男女女，有年轻的、年老的，他们正在排着队报名。一位与小英一般大的女娃子在负责登记，很有耐心地向报名人询问情况，她只好排队等候。轮到何友琴报名了，她报上姓名和年龄后，年轻女娃子微笑着问："同志，你能干啥子呢？""我以前在女子师范学校当过老师，想当老师。"女娃子又问了一些其他事情后说："有结果了，我们会通知你。"何友琴心情舒畅地走出了县政府。

一路走走停停，直到第三天，金堂县"保民救国军"才到达县城东门外，此时部队已经不足一千人了，个个饿得心发慌，部队里大多是城里面的居民，他们都想回家与家人团聚，美美地吃上一顿饱饭，睡个好觉。然而城厢四门紧闭，城楼上有军士来回巡视，守卫十分森严。陈善人大声叫喊："开门，开门。"可是，城里的守卫根本不理睬他。陈善人十分纳闷，怎么回事？他以为城里的人没有听见，于是提高声音喊："开门，我是陈县长。"其他士兵也帮着高声叫喊："开门，开门，陈县长回来了。"然而城门上的人仍然无动于衷。好一会儿，王从武的身影这才出现在城楼上。陈善人向王从武招手："王司令，快开门。"王从武摆手："陈县长，对不起，城厢解放了，已经成立了新政府。"陈善人没有听清楚，竖起耳朵问："你说啥子？"王从武双手握成话筒形状，大声喊："城厢解放了，人民政府成立了，你们快缴械投降，接受人民的审判。"陈善人等人这才明白过来，原来王从武投靠了共产党。

此消息如一颗突然引爆的炸弹，炸得队伍一阵骚乱，人心惶恐不安。陈善人忍不住破口大骂起来："王从武，你个瓜娃子，你个忘恩负义的狗东西，你反水，莫得老子，你当个屁的警备司令……"周理润、黄寅敬等人也跟着骂起来。"你们尽管骂。"王从武转身离去，甩给陈善人一个背影。"砰，砰……"城墙上的起义军开始朝下面猛烈开火，几名"保民救国军"士兵中枪倒地，陈善人等人仓皇躲避并进行还击。毕竟城中起义军所处地势有利，"保民救国军"攻击不进去，只好撤退。

在城厢城外的一片麦地边，"保民救国军"驻扎下来，由于又累又饿，军心涣散，一些军士乱踩乱踏，把一地的麦苗踩得东倒西歪，一塌糊涂。最亲近最信任的人居然背叛自己，愤恨、绝望占据着陈善人的大脑，他把大家召集起来商议策略。陈善人眼神灰暗，狐疑地扫视着大家，觉得大家都要背叛他似的。此时，众人神色各异。他问："怎么办？现在县城回不去了。"赖山河啐了一泡口水，恨恨地说："妈的，我们干脆一鼓作气把城厢给拿下来，把王从武那小子碎尸万段。""他们也有一千多人，而且武器比我们好，我们现在只有几百人了。"周理润强烈反对，"我们如果打起来，必然要死人，还要损坏城中的财产，我们的家人和财产都在城内。""命都快没有了，还想啥子财产？打仗肯定有损害和流血。"赖山河不屑一顾地说。"说得轻巧，你没有婆娘娃儿，一无所有，当然毫无顾忌。"周理润像泄了气的球，一张瘦脸惨白。赖山河青筋绷起老高，冲着周理润吼道："你挖苦我呵？"赖山河与周理润争吵起来。"好啦！好啦！"黄寅敬制止道，"金堂城内肯定来了解放军，王从武腰杆才挺得那么硬，况且强攻，一时半会儿也攻不下来。"周理润提议："不如我们到曾家寨去，那里易守难攻，曾绍成也有枪有炮有人马，和他联手应该没有问题。"陈善人摇头："我与那曾绍成平素不合，有矛盾，况且曾绍成有可能早就被共产党收买了，我们去了是自投罗网，被打死被俘虏都还不知道呢！"大家顿时没有了主意。黄寅敬看了看赖山河问："我们向南撤，过毗河，到赖团长的云顶山上去打游击。"赖山河一拍大腿兴奋地说："这还差不多，我对那儿的地形相当熟悉，而且那里易守难攻，共军是打不上去的。"听赖山河这么一说，大家认为目前只有这样了。到云顶山去当土匪的消息在"保民救国军"部队里传开后，王胖子等兵士很不情愿，他们一心只想回到县城与妻儿老小团聚，哪想到山上去当土匪受罪。部队向南进发，士兵一路走一路潜逃，有的携带着枪支，有的干脆把枪扔了，带枪在身上是祸害，就连那第一团副团长朱治松也失了踪。

部队过了毗河，来到姚渡乡一带，这里属于东山地区，"保民救国军"只剩下四五百人，士兵们饿得肚子"咕咕"叫，直呼走不动了。陈善人、周理润等人也是饥肠辘辘，跳下马不走了。黄寅敬走近说："得想办法解决饥饿问题。""怎样解决呢？"陈善人问。黄寅敬瞄了瞄周围："只有四处找一找。"四处望去，周围有不少民房，有人居住就能找到食物，陈善人命令赖山河带着一些人去周围农户家搜找粮食，部队就地停下来，等赖山河的消息。大约一个多时辰后，赖山河带着人回来了，他们只找到三只鸡、两只鸭和两口袋红苕。陈善人指着那些食物，哭笑不得地问："就这些东西？"赖山河回答："这些农户奸猾得很，早已把粮食藏起来了。"陈善人说："这点怎么够部队吃呢？""够我们几个吃了就行，红苕炖鸡鸭还是高级营养品呢！"周理润说着，走过去抓了一根红苕在手，开始像狗啃骨头一样啃起来。其他几个军官见状也过来拿起一根红苕生吃起来。

"砰，砰……"突然枪声响起，子弹从耳边呼啸而过，把陈善人等人吓了一跳，赶紧找地方躲藏。只见前面来了一队人马向这边开枪射击，一时间子弹在空中乱飞。原来"保民救国军"的抢劫行为引来了东山地区的联防队，曾绍成带着二百多名枪架子闻讯赶来，两边对峙起来。周理润看见是曾绍成带的人马，如发现新大陆似的，挥手打招呼："曾校长，曾校长。"曾绍成也发现了他们，大声喊："我以为是哪个，原来是你们。"曾绍成带着人马靠了上来，他嘲弄陈善人道："你们成了棒老二（土匪），抢人家的粮食？"陈善人叹一口气回答："别说了，曾兄，冯专员叫我们去救广汉三水机场，没有走拢就遇到共军，打了一仗，打不赢，我们回城厢，哪知王从武那瓜娃子投靠了共产党，占领了城厢，我们只有往这边撤。""原来是这么一回事，到处都是共军，你们今后如何办，要到哪里去呢？""没有地方去了，黄司令和赖团长叫我们到云顶山去打游击。"此时曾绍成心里明白，让他们上云顶山，如同放虎归山，今后清剿就不好办了，得稳住他们。曾绍成收起手中的枪说："你们一味地退却，也不是办法，共军追来怎么办？如果你们到我曾家寨去，我家也住不下你们这么多人……你们就驻扎在毗河边，敌人打来了，一是可以防守，二是可以退却，三是我们还可以相互支援，至于你们的吃喝由我们东山地区几个乡镇承担。"周理润等人听说有食物了，个个像吃了喜鹊蛋，乐开了怀。陈善人上前高兴地拍着曾绍成的肩："以前是误会，我和曾兄不枉同学一场，够朋友，讲义气，是党国的忠诚战士。"曾绍成回答道："你们现在饿了吧？你们就在这儿驻扎，我们马上去给你们准备食物送来。"曾绍成带着人走了，消失在凛冽的寒风中。

已经是下午时候，暖洋洋的太阳偏了西。看着军士东倒西歪地坐在路边，个个又累又饿，陈善人吩咐队伍就地宿营。黄寅敬问："天气这么冷，没有营地怎么办？"陈善人说："现在是非常时期，我以县长的名义去打开那些农户的门，征用为营房。""保民救国军"四散开来，打开百姓家的门，住了进去，由于天气寒冷，士兵们把百姓家的干柴点燃取暖，把从农户那里收集的红苕放在火中烤来吃，暂时充饥。一时间烟火弥漫，呛人口鼻。陈善人把司令部安置在一富户家，主家早跑光了，只余下几间瓦房和一些家具。在一间屋内有一张床，床上有暖和的被盖。好久没有看见床这个东西了，黄寅敬和周理润争先恐后地躺了上去，小小床上容不下他们两个，陈善人不好意思和他们争抢，只在床边坐下来。军士搬来一张桌子和几张椅子放在屋子正中，再生起一堆火，屋子里更加暖和了。一切安顿下来，就等曾绍成送食物来了。不一会儿，军士送来一堆烤好的红苕，陈善人几个各自抓一个在手里狼吞虎咽地吃起来，在此时，这几根烧红苕成了陈善人等的山珍海味。黄寅敬像肥猪一样靠在床上，一边津津有味地吃烤红苕，一边问："陈县长，我们果真就驻扎在这儿？"陈善人反问："你是司令，懂军事，你认为如何办呢？"黄寅敬想了想说："临时驻扎在这儿也可以，如果共军从河对岸攻来，我们凭河坚守，如果共军从河这边攻来，我们可以撤到河对岸去。"

第四十八章

有的人活着，他已经死了；有的人死了，他还活着。——臧克家

曾绍成带着人马回到曾家寨时，刚好碰到曾用刚从成都回来了。曾绍成问："成都情况怎样？""成都解放了，回来途中听说金堂也解放了，我这次回到曾家寨来就是配合解放军行动，消灭国民党残余势力。"曾用刚欣喜地回答。曾绍成把陈善人的"保民救国军"情况告诉了曾用刚。曾用刚赞许道："叔父做得不错，先稳住他们，他们要啥子给啥子。""接下来如何对付他们呢？""我去联络县城的邱华生、王从武，让他们出兵，采取前后夹击的战术，将他们消灭在毗河岸边。"他们当即进行了分工，曾用刚负责联络县城的王从武和邱华生，曾绍成负责为陈善人他们提供生活所需物品。

大约过了两个多时辰，曾绍成就陆续派人送去了粮食、猪肉、棉被以及做饭的锅碗，还专门给陈善人等人送去了几坛子酒，炒了几道小菜。一看见美味的菜肴，许多人感激得流下泪来。周理润、黄寅敬等人准备开吃，陈善人急忙制止道："莫慌，看里面有没有毒。"周理润大大咧咧地说："陈县长多虑了吧！""人心隔肚皮，防人之心不可无啊！"赖山河叫来一名兵士先来把那些酒菜试吃了一遍，结果没有什么事，大家这才放心地大吃大喝起来。周理润有两三天没有吃过这样可口的菜肴了，当时流下泪来说："患难见真情呀！还是曾校长够朋友。"不一会儿工夫，几个人把一桌子饭菜一扫而光。周理润觉得还不解意，又把盘子清扫了一遍，吃饱喝足后惬意地躺在床上感叹说："人生就是这样，只要有吃有喝，就万事大吉。"赖山河剔着牙问："陈县长，

我们不上云顶山了吗？""走一步看一步吧！到了万不得已的时候再上云顶山。""但是不得不防，现在战争年代，谁也不能相信，谁也不可靠。"黄寅敬当即给士兵下令，"白天黑夜加强警戒，枪不离手，眠不脱衣。"

这时，有士兵进来报告说外面有一个女人要见陈善人和周理润。这个时候有个女人来，到底是谁？陈思远命令："把她带进来。"那女人进来了，蒙尘垢面，衣衫褴褛，原来是汪玉莲。周理润兴奋地跳了起来，一把抓住汪玉莲道："你怎么来了？"在众人面前，汪玉莲难为情地摆脱周理润的手，对陈善人说："我找你们找得好苦啊！"边说边啜泣了起来。陈善人过来扶着她坐了下来，安慰道："不要伤心，把目前县城的情况说一说。"汪玉莲情绪稍稍平静下来，一五一十地讲述起来："你们走后，王从武就起义了占领了县城，把我家老爷抓了起来，孔局长不投降，被打死了，我想出城给你们报信，可是城里实行戒严，不准百姓出入。后来，王从武派人抄了我家，还抄了陈县长您的家，听说在你家里搜出了好多好多黄金、白银、大洋……你们回来后没有进得了城，开拔走了后，县城才放松了警戒，百姓可以出入，但检查很严，我为了给你们报信，经过一番乔装打扮才出来的。"听了这话，大家都怪怪地盯着陈善人，怀疑陈善人把搜刮来的钱全部装进了自己的口袋。此时，陈善人脸色铁青，恨恨地骂道："王从武这个忘恩负义的狗杂种，一定遭五雷轰。"好一会儿，黄寅敬问汪玉莲："县城里有没有共军的大部队？"汪玉莲摇头道："没有。"周理润说："不如我们打回城厢去。"黄寅敬说："我们这点人马不行。""不行，不行，你还要好多人马才行，难道我们就在这儿等死？"周理润生气地说。

另一边，曾用刚经过一番化妆绕道渡过毗河，来到县城，天已经黑了，但县政府灯火通明，邱华生、王从武他们还在办公。门口，张拐子拦住去路："你找谁呀？"曾用刚回答："我有紧急事情找你们领导，快去通知。"张拐子认出了他，但他只知道他是省国民政府人事室的主任，并不知道他是共产党，于是拦住曾用刚不让他进去。曾用刚亮明身份："我是中共地下党成都市特委组织部副部长，快去通知你们县委邱书记，我要见他们。"张拐子狐疑地盯着他问："你真的是市委领导？""难道有假吗？叫你领导出来吧！""我去通报，你等一下。"张拐子急忙进去通报。不一会儿，邱华生和王从武双双出来把曾用刚迎了进去。

办公室内，曾用刚说："我刚从曾家寨来，知道陈思远、黄寅敬的"保民救国军"现在所处的位置。"曾用刚当即把毗河那边陈善人的情况告诉他们，并建议他们联合起来将其消灭。有了陈善人的"保民救国军"的具体去向，邱华生高兴地说："我们不能错过这个机会。"灯光下，三人展开地图，研究起作战方案。经过一番筹划，决定让王从武带军渡过毗河从东北面围攻，曾绍成带领联防队从西南面围攻，采取前后夹击的战术，明晚十二时，以枪声为号采取行动。方案定下来后，曾用刚说："我今天必须返回曾家寨，将战斗计划告诉我叔父，让他们那边也做好准备。"王从武说："辛苦曾部长了，为了安全我们派人送您。""这路我相当熟悉，人多了还容易暴露。"曾用刚就连夜回曾家寨去了。

黑夜笼罩着毗河，河水静静地流淌，雾气蒸腾，天上几颗稀落的星星倒映在水中，冬夜是那么寂静。几只小船载着王从武带领的川康人民自卫军第十九纵队悄无声息地向陈善人的"保民救国军"靠近，曾绍成带着联防队早已潜伏在原定地点。晚十时许，陈善人等人吃完了曾绍成送来的晚餐后，玩了一个多小时的牌九，觉得很累了，先后散去，各自找到事先铺好的床，呼呼大睡起来。睡梦中，陈善人只觉得烟雾缭绕，朦朦胧胧看见贺松和孔红亮在不远处走着，一脸是血，还向他伸出手喊："陈县长，救命……"他看见玄真一身是火，手里拿着"凤龙虎熊座"古玉向他走来；他看见自己一百多岁了，白发飘飘，儿孙成群，小英带着他们围绕着自己又唱又跳，他开心地笑了；他看见刘仲明周身伤痕累累，微笑着倒在血泊里；他还看见算命瞎子眼睛明亮了，高高举起拐杖向他冲来……陈善人猛地惊醒，一身冷汗，再也无法入眠。旁边床上的黄寅敬、周理润睡得很沉，鼾声如雷，在屋子里遥相呼应。陈善人侧耳倾听，外面寒风呼啸，河水哗哗地流淌。"哇呀……呀哇……"他仿佛听到天空传来一阵阵悦耳悠长的鸟叫，那声音持久深邃，搅得他心神不安。难道是传说中的不死鸟——凤凰在叫，他想到了"凤凰涅槃"的故事。难道这世道要彻底改变？难道国民党政府的统治真的要毁灭？陈善人想起自己目前的处境，人生际遇简直一落千丈，难道自己的所作所为，真的得罪了寿佛菩萨，因果报应，要短命。如今名和利渐渐离他远去，正如周理润所说，人生只要有吃有喝就万事大吉，但他始终认为周理润的想法很牵强，一个人没有人生目标，那就是行尸走肉。陈善人又不由思念起县城的秀红和狱中的小英来，他多么想回去把小英从牢中放出来，父女俩重归于好⋯⋯

"砰，砰⋯⋯"突然，枪声划破夜空，打破了冬夜的宁静。陈善人一下子从床上跳了起来，慌乱地穿好衣服跑出屋。一名士兵气喘吁吁地来报告："共军打来了。""跟他们拼了！"陈善人挥舞手枪急忙指挥黄寅敬、赖山河等人抵抗。由于事前有准备，陈善人的人马并不是那么慌乱，根据枪声的方向，他们分兵抵抗。硝烟弥漫，火光冲天，映衬着毗河两岸，枪声如雷鸣，在毗河上空久久地回荡，战斗十分激烈。陈善人带领的四五百人，都是穷凶极恶死心塌地跟着陈善人的，他们借助民房、田埂等有利地形负隅顽抗。后来，他们终于明白过来，原来是王从武、曾绍成的队伍。周理润一边开枪还击一边大骂："曾绍成这瓜娃子，老子以为你是好人，原来是一只披着羊皮的狼，老子要剥你的皮，抽你的筋。"旁边的陈善人回应道："我早料到曾绍成要反水，现在终于现了原形。"

黎明，天边露出鱼肚白，四周景物明显可见，空气中弥漫着浓郁的硝烟。枪声渐渐停止了下来，经过一夜的折腾，双方的弹药都消耗得差不多了。陈善人几个凑在一起商量了一下，认为南面曾绍成的力量要弱一点，准备向南面突围，继续往云顶山逃窜。"冲啊⋯⋯"突然嘹亮的军号吹响了，枪声更加猛烈，原来曾传秀、陈高华从广汉带来了解放军的部队。陈善人的部队哪抵抗得住，顿时防线被冲破，军士死的死伤的伤，赖山河、陈逸民、汪玉莲等人都被打死了，陈善人几个沿着毗河没命地往西逃跑，准备逃往康家渡。来到一处渡口，陈善人身边只有三个人了，分别是周理润、黄寅敬、勤务兵张老头，他们一身的尘土，黄寅敬的肩膀还受了伤，墨一样的血顺着手臂往下流。他们看见渡口有一条小船，船上有一位六十多岁的船夫。陈善人招呼道："哥老倌，快把船摇过来，我们要过河。"船夫答应着迅速把船划了过来，陈善人四人纵身跳上了船。船夫一边划船一边问："那边发生了啥子事？枪炮声响了一夜。"周理润摇了摇手中的枪："少废话，快开船，不然老子毙了你！"船夫立马噤了声。

"哗，哗……"水花溅起，一圈一圈地荡漾开来。船开到了河中央，陈善人还听得到不远处传来的枪声，他心有余悸地对张老头说："哥老倌，谢谢你，改日给你升官。"张老头并不吱声，沉默了一会儿，谁也意料不到，张老头突然站起来，以迅雷不及掩耳之势从怀中拔出陈善人给他那把手枪。"砰，砰"两声枪响，张老头分别击中了陈善人、周理润，二人瞬间血流如注，喷洒在船舷上。陈善人绝望地问张老头："为啥子？"张老头眼里喷出一团火："玄真是我的妻子，你们逼死了她，我要为她报仇。"又是两声枪响，陈善人、周理润翻身掉进了毗河，像两块石头掉进水里，激起一层浪花，然后很快被河水吞没。旁边的黄寅敬反应了过来，然而由于肩膀受了伤，拔枪的动作迟缓了一些。"砰，砰"子弹击中张老头的头部，张老头倒在血泊中，仰望着天空，口中念道："夫人呀！我可以来见你了……"此时的船夫被眼前的变故惊呆了，吓得三魂丢了二魂，停止了划船，一时不知如何是好。黄寅敬探头看了看掉在河中的陈善人、周理润，发现他们没有什么声息了，于是持枪命令船夫继续开船，船夫这才慌忙地拿起船桨用力划起来。船一到对岸，黄寅敬纵身跳上岸，仓皇而去。陈善人和周理润的尸首像两头被淹死的猪在冰冷的毗河上一荡一漾，一起一伏，顺着冰冷的河水飘向远方。

何家公馆内，安静如夜，偌大的院落空荡，凌乱，寒风吹起院中的落叶，飞来飞去，萧萧瑟瑟。要过年了，然而这里人去楼空，显得那么落寞，冷寂。何友琴一个人正在收拾院子，她昨天接到县政府通知，何家公馆部分房屋已经被分给一些没有房屋的穷人居住，叫她整理收拾一下把房子腾出来，而且她有了一份工作，县政府安排她在金堂中学当国语老师。"吱呀"小英推开那扇厚重的门走了进来，只见小英泪流满面，双眼红肿得像灯泡，一副伤心欲绝的样子。她一见何友琴的面就奔过来扑倒在何友琴的怀里，哭个不停。何友琴抚摸着小英的头发问："怎么啦？""我爹……我爹……他被……酒鬼张老头……

打死在毗河里。"何友琴一愣："你怎么知道的？""黄寅敬被捉住了，是他交代的。"两个女人抱头痛哭起来。好一会儿，何友琴才问："你知道刘县长的消息吗？"小英哽咽着仰起头："他……也被杀了，……在成都十二桥。"一字一句像一根根针一样扎着何友琴的心，她差点晕过去，但她极力克制住自己。

毗河蓝蓝的，流水淙淙，烟波茫茫，遮掩着它的神奇与深邃。夕阳挂在西边的天空，微风阵阵，两岸的树木泛出绿意，一切预示着，寒冬即将过去，春天就要来临。岸边，何友琴独自一人遥望着毗河水，她手里拿着刘仲明给她的诗稿，时而念念有词，时而呆呆伫立，时而呼叫呐喊……家珍公园对诗、游桃花山、观城隍爷出驾……所有这一切在她脑海里如梦般闪现，他爽朗的笑声在耳畔久久地回荡。心上人就这样去了，所有的憧憬化为了乌有，没有希望，没有快乐，没有幸福，她怎能在这个世上苟活下去？她手一扬，将手中的诗篇抛起，那洁白的纸如一只白色的蝴蝶在风中飘飞，然后落进水中。随着"蝴蝶"飞落，她也像一只白天鹅纵身一跃，划出一条曲线，一头扎进河里，"扑通"一声，水花飞溅，冰冷的河水瞬间将其吞没。然而，何友琴的一举一动被远处摆渡的李达昌看在眼里。当何友琴跳下去时，李达昌飞快地跑了过来，衣服也没来得及脱，一个猛子跳进冰冷的水中像鱼一样拼命向何友琴游去。

何友琴醒来时，发现自己躺在床上，周身冰冷。她咳了几声，然后吐出几口清水，她想挣扎着起来，周身却十分疼痛，软绵绵的，没有力气。一位年轻女子的面孔出现在她眼前，原来是巧儿。巧儿轻轻一笑："你醒了？"何友琴满眼含泪，没有回答。旁边的李达昌过来问："何姑娘，现在解放了，自由了，你为啥子要轻生呢？""他……死了。"何友琴终于说话了，眼泪禁不住喷涌而出。"你说的是谁死了呀……是刘县长吗？"巧儿急切地问。何友琴点点头。"他怎么死的？""被国民党反动派……杀害在成都……十二桥。"巧儿"哇"的一声掩面大哭了起来，一下子蹲在地上扯痛哭。一旁的李达昌急得直搓手："这么好的人，怎么死了呢？这么好的人，怎么死了呢？"李达昌一再劝慰，但巧儿就是不理睬，一个劲地哭泣。好一会儿，巧儿抹一把泪站了起来："他还有一桩心愿没有了，我一定帮他完成。有一件古玉'凤龙虎熊座'在啥子地方，叫我解放后交给新政府。"床上的何友琴一愣："'凤龙虎熊座'？我也听说过，这是一件国宝……现在邱秘书是县委书记了，你去交给他吧！"

和煦的阳光照耀着县政府大院，大院的人正在勤奋地工作着，一切是那么平静祥和，波澜不惊。县政府办公室，邱华生坐在那张老师曾经坐过的椅子上，一切那么亲切，那么珍贵，那么崭新，他用眼光默默地抚摸着老师用过的办公桌和其他用具，心里十分激动。他终于实现了人生的目标和追求，彻底粉碎了旧社会，建立了新社会，让贫穷百姓不再受欺负，有吃有穿，过上幸福自由的新生活……可是老师看不到这一切了。前不久，他到成都去参加了老师的葬礼，老师与其他牺牲的革命战士被四川省人民政府追授为"革命烈士"。从此，老师长眠于十二桥烈士陵园。这时，王从武进来了，他交给邱书记一封信说："中共成都市委转给你一封信，说是你的老师刘仲明写给你的，通过地下党组织传递出来的。"

他轻轻地撕开信封。

小邱：

当你读到这封信时，我也许已经不在人世了。如今，我终于有自己的信仰和追求，我彻底改变了世界观，如同凤凰涅槃，浴火重生。你说得对，我以前的人生追求是狭隘的，勤政爱民，实现不了共和，一个人的力量改变不了这个丑恶的国度。人生价值和意义不仅仅是为他人为社会多做善事益事，更重要的是追求民主和自由、公平与正义，为共产主义信仰而活，为民族大义而活。只要为民众谋幸福，哪怕抛头颅，洒热血……我有多少话想向你倾诉啊！我如果死了，不能做孝顺的儿子和负责任的父亲，老家的双亲和小新麻烦你多照顾，老师在九泉之下感谢你。还有何友琴，是我辜负了她，对不起她，她将来会找到自己的幸福。另外，等革命胜利了，新政府成立了，女儿渡的巧儿会告诉你一件事，请你完成。

刘仲明

1949年11月30日

邱华生看着那熟悉的字迹，不觉泪眼蒙眬，口中不停地道："老师，你放心吧！我发誓一定照顾好你的父母，为你尽孝，并把小新培育成才……"这时，两个女人走进邱华生的办公室，她们是何友琴和巧儿。巧儿说："邱书记，我有一个重要事情要向你报告，我知道寿佛寺的国宝'凤龙虎熊座'就埋在寺内菩提树下。""你怎么知道的呢？""是刘县长告诉我的，他说他要离开金堂了，他认为宝贝应该归属金堂民众，他不应该带走，等胜利了，要我把它交给新政府。"邱华生这才知道老师信中提到有关巧儿的事是什么事，他把老师写给他的信拿出来让她俩看。读着刘仲明的信，巧儿和何友琴禁不住落下泪来。邱华生意味深长地说："老师用生命和鲜血保护国宝，他死得光荣，死得伟大。前不久，省人民政府召开了公祭大会，追授老师为革命烈士……他终于实现了人生的价值和意义。"

接着，邱华生提议："走，我们这就去把国宝挖出来。"说着邱华生带着巧儿和何友琴一起直奔寿佛寺。寿佛寺里的尼姑已经不在了，因为人民政府让她们还俗归家去了，整个寺内空空如也。在寿佛寺右侧，有一株菩提树，两个人才能合抱过来，树叶葱茏，枝枝丫丫的，努力向上生长着，下面铺了许多厚重的青石板。树下，工作人员经过仔细搜索，挖开一块青石板，刨开一层泥土，出现一个大木盒子，几个人抬起木盒。那木盒经历水土的侵袭已经沧桑满目，破败不堪。工作人员用工具打开，一尊汉代古玉"凤龙虎熊座"展现在眼前。古玉近1米高，周身洁白通透，一只凤凰展翅飞翔在上，下面有龙、虎、熊三种动物，雕刻得栩栩如生，纹饰精美绝伦，古色古香。这就是金堂民间传说"凤凰涅槃"中的古玉。望着光芒四射的古玉，邱华生激动万分，铿锵有力地讲道："这虽然是一件汉代古玉，却凝聚着天府之国古代人民的智慧和汗水，传递着川西平原悠久的文化历史，承载着革命英雄们的生命和鲜血，我们要永远
地保存它，珍惜它，瞻仰它……"

春来了，毗河的水涨起来了，唱起了欢快的歌谣，蓝幽幽地流向远方。河两岸红的花、绿的草正展示着春天的美丽与生机。巧儿轻轻地划着小船载着小

新、巧儿的女儿小芳、何友琴的儿子明亮、邱华生的儿子中华行进在毗河上。

河面上，传来银铃般的声音："阿姨，小新哥哥的爹是不是掉进这河里，被您救起来的呀？""是呀！""小新哥哥的爹是不是共产党员呀？小新哥哥的爹是不是英雄呀？""是呀！""我长大后也要向小新哥哥的爹学习，做一位大英雄……"

河面上传来孩童们悠扬的歌声：

> 毗河水呀清又清，唱支歌谣甜了心；
> 穷人翻身做了主，天下人民心连心。
>
> 毗河水呀流淙淙，日日夜夜把歌唱；
> 英雄换来新中国，幸福生活万年长。

此时，古老神奇的川西平原、美丽富饶的天府之国，经过革命的洗礼，像一只浴火重生的凤凰展翅欲飞，焕发出蓬勃生机。

2017年9月25日初稿
2019年6月4日定稿于青白江文化馆

跋

　　我要放声歌唱，这美丽富饶的川西平原，哺育了世世代代勤劳勇敢、积极向上的巴蜀儿女；我要高声呐喊，在这古老辽阔的"天府之国"，不知发生了多少故事，流传着多少神奇。

　　从大巴山走出的我，在川西这片土地上已生活、工作了近十年，由原来的陌生到熟悉，再到依恋，是这里的人杰地灵，滋养了我的创作灵感；是灿烂的天府文化，提供了我的创作素材。

　　所以，我花了八年时间，殚精竭虑，创作了长篇小说《川西涅槃》。

　　毗河是沱江的支流，小说中的"金堂县"位于毗河岸边，就是当年的老金堂县。老金堂县后来一分为二，分作青白江区和金堂县，如今这片土地发生了翻天覆地的变化，青白江区被国家确认为自由贸易区，建起了亚欧最大的物流港、欧洲产业城，老金堂县治所在地——城厢，当今政府正在将其设计打造成为"天府文化"古镇。

　　事实证明，在党的领导下，毗河儿女迎来了新生活、新机遇；"天府之国"迎来了新挑战、新时代。

　　文化是一个地方的生命力。为了宣传文化古镇，挖掘天府文化，我来到青白江工作，查阅了大量的当地文史，游历过城厢、云顶山、毗河、五凤溪等地，踏遍了城厢的大街小巷，终于构思了这部小说的蓝本。在老金堂历史上的确有大量历史人物故事，如刘仲宣、彭家珍、魏长生等；名胜古迹有净土晨钟、云顶山、五凤溪、家珍公园、寿佛寺、旱八阵、曾家寨等；还有当今博物馆里存放的汉代陶器"虎熊龙凤座"和青铜马，所有这些都昭示着这里是巴蜀文明天府文化的重要载体，其他还有金沙文化、三星堆文化等，我所记叙描写的仅仅是巴蜀文明的冰山一角。小说中的刘仲明、邱华生、何友琴等人物形象和故事情节都是我精心构思，在真实历史基础上通过虚构加工，利用国宝古玉"凤龙虎熊座"将其串联起来的，目的不仅仅是塑造人物形象，而是要展示厚重的天府文化和别具一格的川西风情。

小说内容主要反映地下党和革命烈士的斗争经历，是红色文化题材。为了创作这部小说，我历尽艰辛，不但在工作生活上，而且在情感尊严上，都受到挫折。但我要感谢李益谦、税清静、李国军、王鸿均、刘有贵、胡跃先等文友对我这部小说的指教，以及画家何志勇对我的鼎力支持。

完成这部小说让我对小说创作有了新的认识，也爱上了小说创作。厚重的小说不但能反映深刻的道理，展现宏大的历史背景和现实生活，而且还能启迪人性，经得起读者的检验。我读过《百年孤独》《白鹿原》《尘埃落定》《三国演义》等许多古今中外名著，这些对我的创作影响很大。在我们川西平原、天府之国还有许许多多题材和故事可以去创作去挖掘，可惜我的精力和时间有限，也没有足够的动力和决心。我在这里呼吁后来者们继续前行，继续努力，用更生动的笔触把天府文化发扬光大，让它举世瞩目。

最后，但愿《川西涅槃》能够在怎样进行人生的选择方面给予读者一些启迪，为传承巴蜀文明做出一些贡献。

余震

2020年3月10日